오만과 편견

일러두기

- 이 책은 Jane Austen, *Pride and Prejudice*(Oxford, 1923)를 우리말로 옮긴 것입니다.
- 인명, 작품명, 지명은 국립국어원 외래어표기법을 따르되 일부 명칭은 일반적으로 널리 쓰이는 표기를 따랐습니다.
- 단행본 및 정기간행물은 『　』, 그림, 영화, 희곡, 음악의 제목은 〈　〉로 구분했습니다.
- 주석은 모두 옮긴이 주입니다.
- 원서에서 저자가 강조 표시한 부분은 번역서에서 고딕 볼드체로 처리했습니다.

오만과 편견

Pride and Prejudice

제인 오스틴 지음

김지선 옮김

B:

목차

오만과 편견

오만과 편견

1 부

1장

돈 많은 미혼남에게 반드시 아내가 있어야 한다는 건 누구라도 인정할 진리다.

이런 남자가 어떤 동네에 처음 나타났다 하면, 이 진리를 한 치도 의심 없이 믿고 있는 그곳 사람들은 당연한 양 자기 집 딸을 그 남자의 임자로 점찍게 된다. 정작 그 남자야 속으로 무슨 마음이나 생각을 품고 있든 말이다.

"여보, 네더필드 파크에 누가 세 들어 온다는 소식 들으셨어요?" 어느 날 베넷 부인이 남편에게 물었다.

못 들었다고 베넷 씨가 대답했다.

"들어온대요." 부인이 대꾸했다. "롱 부인이 방금 와서 그럽디다."

묵묵부답.

"누가 올지 궁금하지도 않수?" 안달 난 부인이 목청을 높였다.

"말하고 싶으면 그냥 하시오. 누가 듣기 싫댔나."

이 정도 반응이면 충분했다.

"그게, 여보, 당신도 꼭 알아야 돼요, 롱 부인이, 네더필드 파크에 들어오기로 한 사람은 잉글랜드 북부 출신 젊은 남자라고, 돈이 엄청 많다지 뭐예요. 월요일에 사두마차를 타고 와서 집 구경을 하고는 어찌나 맘에 들었던지 모리스 씨하고 그 자리에서 바로 계약을 했대요. 미가엘 축일[1] 전에는 들어오는데, 일단 하인

---

1 9월 29일

몇 명이 미리 다음 주말에 들어와 있기로 했고요."

"이름이 뭐랍디까?"

"빙리래요."

"결혼은?"

"아유! 안 했죠, 그럼! 내가 확실히 알아뒀지. 연 수입이 4, 5천
이나 되는 독신남이라니. 우리 딸들한테 안성맞춤이죠!"

"아니, 왜? 우리 딸들은 무슨 상관이야?"

"당신도 참! 다 알면서 어쩜 그래요! 그 사람이 우리 딸 하나
하고 결혼했으면 하는 거 아니에요."

"그 사람이 그럴 작정으로 여기에 자리 잡았대?"

"작정이라뇨! 말이 되는 말씀을 하세요! 그래도 우리 딸한테
반하지 말라는 법도 없잖아요. 그러니까 그 사람이 들어오면 바
로 들여다보시기예요."

"내가 뭐 한다고. 당신이나 애들 데리고 가봐요, 아니면 저희
끼리 알아서 가라고 하든가. 그래, 아예 그게 낫겠군. 당신 미모
가 애들 저리가라니, 빙리 씨가 당신에게 반하면 어쩌려고."

"괜히 추켜세우시긴. 나도 옛날 같으면야 어디 가서 미모로 빠
지지 않았지만, 지금은 내세울 것도 없지 뭐예요. 다 큰 딸이 다
섯이나 되는 여자가 미모 운운해서야 되겠어요, 어디."

"그런 경우엔 보통 운운할 미모 자체가 없겠지."

"아무튼 여보, 빙리 씨가 이사 오면 꼭 가서 만나봐요."

"확실히 말해서, 장담 못 하겠소."

"아니, 우리 딸들 생각을 하셔야죠. 걔들 앞날에 그렇게 좋은
자리가 또 있겠수? 윌리엄 루커스 경 부부도 간다잖아요. 왜 갈
것 같아요. 누가 새로 이사 왔다고 한번을 들여다보는 사람들이
우, 어디? 정말 꼭 가야 돼요. 당신이 안 가는데 우리끼리 어떻게

가우."

"그렇게 주저할 거 뭐 있소. 내 장담하는데, 빙리 씨는 틀림없이 반갑게 맞아줄 게요. 거기다 우리 딸과 결혼을 진심으로 허락한다고 내 몇 자 적어 보내주면 될 게 아니오. 아무래도 우리 리지[1] 추천을 한두 마디 써넣겠지만, 누구를 고르더라도 말리지 않으리다."

"어디 그러기만 해보시우. 리지가 다른 애들보다 한 군데라도 나은 데가 있수? 제인 반만큼 예쁘길 하나, 리디아 반만큼 싹싹하길 하나. 그런데도 노상 리지밖에 모른다니까."

"딴 애들은 내세울 만한 구석이 한 군데도 없으니까 그렇지. 하나같이 다른 집 애들하고 똑같이 철이 없고 생각도 없어. 그나마 리지는 영리한 데가 있지." 베넷 씨가 대답했다.

"자기 자식들한테 무슨 그런 막말을 해요? 날 괴롭히는 게 아주 재미있나 봐. 가뜩이나 내 신경 약한 줄 알면서 어쩜 그렇게 아랑곳도 안 해요?"

"무슨 말씀이시오. 당신 신경을 내가 얼마나 신경 쓰는데. 나한테야 오랜 친구나 다름없지 뭐요. 내가 그 신경증 이야기를 들어온 세월이 벌써 한 20년은 됐을 테니까."

"아이고! 내가 얼마나 힘든지 당신이 짐작이나 하겠어요."

"당신이 아무리 힘들어도 부디 꾹 참아내고 오래오래 살아서 연 수입 4천짜리 젊은이들이 이 동네에 모여 살게 되는 걸 보는 게 내 소원이라오."

"그런 젊은이들이 스무 명이 오면 뭘 해요? 당신이 들여다보질 않는데."

---

1 엘리자베스 베넷을 말한다. 종종 '일라이자'라는 이름으로도 불린다.

"일단 스무 명만 모였다 하면 일거에 모조리 들여다보리다. 내 장담하지."

베넷 씨는 재기가 넘치면서 냉소적이고, 점잖은 것 같으면서도 변덕스러운 희한한 성격인지라 아내는 23년을 같이 살고도 남편을 도통 이해하지 못했다. 한편 **베넷 부인**은 훨씬 단순했다. 부인은 이해력도 지력도 없고 기분이 심하게 왔다 갔다 하는 여자였다. 신경증이 도진다는 건 그냥 기분이 나쁠 때 자기 마음대로 그렇게 생각하는 것뿐이었다. 평생의 업은 딸들을 출가시키는 것이고, 위안거리라고는 이웃들과 소문뿐이었다.

2장

정작 베넷 씨는 빙리 씨를 거의 제일 먼저 찾아갔다. 아내에게는 끝까지 절대로 안 간다고 못을 박아두었지만 실은 진즉부터 그럴 마음이었던 것이다. 하지만 그날 저녁 베넷 씨가 사실을 밝히기 전까지, 베넷 부인은 전혀 낌새조차 채지 못했다. 그날 저녁, 둘째 딸이 모자에 장식을 다는 것을 보다가 베넷 씨가 뜬금없이 이런 말을 건넸다.

"그게 빙리 씨 마음에 들었으면 좋겠구나, 리지야."

"만날 일도 없을 텐데, 빙리 씨가 그걸 좋아할지 말지 알 게 뭐유." 베넷 부인이 원망스레 말했다.

"어머니, 잊으셨어요? 무도회 때 만날 텐데. 롱 부인께서 소개해 주기로 약속하셨잖아요." 엘리자베스가 말했다.

"롱 부인이 참 잘도 그렇게 해주겠다. 자기 조카가 둘씩이나 있는데. 그런 이기적이고 위선적인 여자한테 내가 뭘 바라겠니."

"동감이오." 하고 베넷 씨가 말했다. "그 부인 덕 볼 마음이 없다니 잘됐군."

베넷 부인은 일부러 남편을 무시하려 마음먹었지만 그만 분에 못 이겨 애꿎은 딸을 야단치기 시작했다.

"무슨 놈의 기침을 그렇게 쉴 새 없이 해대니, 키티[1]야. 제발 좀! 엄마 생각 좀 해다오. 신경이 아주 갈기갈기 찢어지는 것 같다."

"키티는 기침을 봐가면서 할 줄을 몰라. 꼭 이럴 때 때맞춰 한단 말이야." 베넷 씨가 말했다.

"저라고 기침을 하고 싶어서 하겠어요." 키티가 짜증스레 대꾸했다.

"다음번 무도회가 언제냐, 리지야?"

"보름 후요."

"그래, 그렇다니까." 하고 어머니가 목청을 높였다. "롱 부인은 그 전날이나 돼야 돌아올 텐데, 그 여자가 어떻게 그 사람을 소개해 주겠어. 정작 자기도 그 사람을 모를 텐데."

"그렇다면 당신이 더 유리한 입장이니 당신이 **그 부인한테** 빙리 씨를 소개해 주면 되겠구랴."

"말이 되는 소리를 하시우. 내가 그 사람을 모르는데 그게 무슨. 지금 나 놀리시우?"

"당신이 그리 신중한지 내 미처 몰랐구려. 하긴 보름 정도 알고 지낸 거야 어디 안다고 할 수 있나. 사람 속을 보름 만에 알 수야 없는 거지. 허나 **우리** 아니라도 누군가 다른 사람이 나설 테고, 그러면 결국 득 보는 건 롱 부인하고 그 집 조카들일 게요.

---

1 캐서린의 애칭.

그러니 당신이 끝내 마다할 참이면, 내가 직접 나서서 롱 부인에게 은덕이나 입혀두리다.”

딸들은 눈이 휘둥그레져서 아버지를 쳐다보았다. 베넷 부인은 “말도 안 돼!” 하는 소리를 되풀이할 뿐이었다.

“도대체 무슨 뜻으로 그렇게 말하는 거요?” 베넷 씨가 소리쳤다. “소개의 형식이요, 아니면 그렇게 형식을 중시하는 게 말도 안 된다는 거요? **그 점**에 대해서 내 생각은 당신하곤 전혀 다른데 말이지. 어디 네가 한번 말해봐라, 메리야. 넌 젊은 아이치곤 생각도 깊고, 좋은 책도 많이 읽는 데다, 발췌도 해두지 않느냐.”

메리는 무언가 현명한 말을 하고 싶었지만 아무런 생각도 떠오르지 않았다.

“메리가 생각을 가다듬는 동안,” 하고 베넷 씨가 말을 이었다. “우리는 빙리 씨 이야기로 돌아가 보지.”

“그 지긋지긋한 빙리 씨 이야기 좀 그만 해요.” 부인이 소리쳤다.

“**이거** 큰일 났군. 그렇게 지겨우면 진즉 말해주지 그랬소? 오늘 아침에만 알았더라도 그 사람을 찾아가지 않는 건데. 참 공교롭게 됐군그래. 그러나 이미 찾아가 버렸으니 이제 와서 안면 몰수할 수야 있나.”

베넷 씨는 가족들을 깜짝 놀라게 하려던 목적을 달성했다. 아마 그중에서도 가장 놀란 사람은 베넷 부인이었을 테지만, 막상 환희의 소용돌이가 가라앉자 부인은 자기는 벌써부터 그럴 줄 알았다고 큰소리를 쳤다.

“당신 너무 좋은 분이에요, 여보! 결국은 당신이 제 말 들으실 줄 알았어요. 당신이 우리 딸들을 얼마나 사랑하시는데 그런 사람하고 친분을 쌓을 기회를 나 몰라라 하시려고요. 참말로, 이렇게 기쁠 데가! 어쩜 그렇게 시침을 딱 떼시고. 아침에 진즉 다녀오셨으면서 어쩜 지금껏 한마디를 안 하셨어요, 그래."

"자, 키티야, 이제 마음껏 기침을 하려무나." 베넷 씨는 아내가 호들갑을 떠는 데 진력이 나서 이렇게 말하고 방을 나갔다.

"얘들아, 저렇게 좋으신 아버지가 또 계실까." 문이 닫히자 부인이 말했다. "너희는 아버지의 자애로우신 마음에 평생 가야 보답 못 할 게다. 그야 이 어미한테도 마찬가지겠지만. 우리 나이쯤 되면 날마다 사람을 새로 사귀는 게 그리 수월한 일은 아니란다. 그렇지만 너희를 위해서라면 무슨 일을 못하겠니. 우리 귀염둥이 리디아, 엄마가 장담하는데, 나이는 네가 **제일 어려도** 빙리 씨는 틀림없이 이번 무도회에서 너하고 춤을 추실 게다."

"응!" 리디아가 씩씩하게 말했다. "난 겁 안 나요. 나이는 **제일** 어려도 키는 내가 제일 큰걸."

그날 저녁 남은 시간은 빙리 씨가 얼마나 빨리 답방을 올지 추측해 보고, 식사 초대 날짜를 언제로 잡는 것이 좋을지 의논하는 사이에 지나갔다.

3장

베넷 부인은 다섯 딸을 총동원해 남편을 들쑤셔 보았지만 빙리 씨에 대한 충분한 설명을 끌어내지 못했다. 어머니와 딸들은 다양한 방식으로 아버지를 공략했다. 대놓고 묻기도 하고, 말도 안 되는 추측을 하기도 하고, 에둘러 떠보기도 했다. 그러나 베넷 씨는 이런 술수를 모조리 빠져나갔다. 그래서 별 수 없이 이웃에 사는 루커스 부인이 전해주는 간접 정보에 기대야 했다. 부인의 보고는 무척 바람직했다. 윌리엄 경이 빙리 씨를 아주 좋게 보았다고 했다. 무척 젊고, 대단히 미남이고, 성격도 몹시 싹싹한데, 무엇보다 다음번 모임에 사람들까지 잔뜩 데리고 올 작정이라니. 이보다 더 신나는 일이 있을까! 춤을 좋아한다 함은 곧 사랑에 빠지는 길로 한 발짝을 들여놓는 것이었다. 다들 빙리 씨의 마음을 사로잡을 생각에 가슴이 부풀었다.

"우리 애들 중에 하나가 네더필드에서 행복하게 자리를 잡고," 베넷 부인이 남편에게 말했다. "다른 애들도 다 그만큼 시집을 잘 가는 것만 보면 소원이 없겠어요."

며칠이 지나, 빙리 씨가 베넷 씨를 답방해서 10분 정도 서재에 들렀다 갔다. 빙리 씨는 내심 미인이라고 소문이 자자한 이 댁 딸들을 한번 보았으면 하는 기대를 품고 왔지만 아버지밖에 만나지 못했다. 한편 아가씨들은 그나마 운이 좋아서 위층 창문을 통해 빙리 씨가 파란색 외투를 입고 검은 말을 타고 왔다는 것 정도는 알 수 있었다.

뒤이어 곧 정찬 초대장이 발송되었다. 그러나 베넷 부인이 벌써부터 자기 살림 솜씨를 뽐낼 식단까지 짜놓은 참에, 답신이 오는 바람에 계획이 몽땅 연기되고 말았다. 빙리 씨가 다음 날 불가피하게 런던에 갈 일이 생겨서 영광스러운 초대를 받아들일 수 없게 되었다는 등 하는 내용이었다. 베넷 부인은 심란해졌다. 하트퍼드셔에 온 지 얼마나 됐다고 런던에 금방 볼일이 생겼다는 게 도무지 납득이 안 갔다. 그리고 혹시 빙리 씨가 노상 여기저기 돌아다니기만 하고 네더필드에 눌러 살지 않으면 어쩌나 하는 걱정이 피어올랐다. 그런 기막힐 노릇이 또 있겠는가. 그러나 다행히도 루커스 부인이 런던에는 무도회에 사람들을 데려오러 간 거라고 알려주었고, 뒤이어 빙리 씨가 숙녀 열두 명과 신사 일곱 명을 데려온다는 소식도 들려왔다. 아가씨들은 여자 수가 너무 많다는 데 가슴을 졸였지만, 무도회 전날 그가 런던에서 데려온 사람은 열두 명이 아니라 여섯 명이고, 그것도 자기 누이 다섯 명과 사촌 한 사람이라는 이야기를 듣고 마음을 놓았다. 그리고 막상 무도회장에 들어선 것을 보니 남녀 합쳐 다섯 명뿐이었다. 빙리 씨, 그의 누이 둘, 큰 누이의 남편, 그리고 젊은 남자 하나였다.

빙리 씨는 미남이고 신사다웠다. 호감 가는 용모에, 편하고 자연스러운 태도를 지니고 있었다. 그 누이들은 공들여 잘 꾸민 우아한 여성들이었다. 그의 매부인 허스트 씨는 그냥저냥 평범한 신사처럼 보였다. 그러나 친구인 다아시 씨는 훤칠하고 균형 잡힌 몸매와 잘생긴 이목구비, 귀족적인 모습으로 이내 모든 사람의 주목을 한 몸에 받았다. 다아시 씨가 들어오고 나서 대략 5분 내에 벌써 연 수입이 1만 파운드라는 이야기가 쫙 퍼졌다. 남자들은 남자답다며 칭찬했고, 여자들은 빙리 씨보다 훨씬 잘생겼다고 공언했다. 그리하여 사람들은 그날 저녁 시간이 반쯤 지나가기 전까지는 감탄의 눈길을 보냈는데, 이윽고 다아시 씨의 태도에 거부감을 느꼈고, 그가 받던 이전의 인기는 썰물처럼 빠져나갔다. 알고 보니 다아시 씨는 거만하고, 사람들을 무시하고, 즐길 마음이 없었던 것이다. 태도가 어찌나 비사교적이고 불쾌했던지, 다아시 씨는 더비셔에 있다는 드넓은 영지도 별 소용 없이 자기 친구와는 비교조차 안 되는 처지로 전락했다.

빙리 씨는 이내 그곳에 온 주요 인사들과 안면을 텄다. 활발하고 수줍음도 타지 않으며 매번 춤 대열에 끼었고, 무도회가 너무 짧다는 데 화를 냈을뿐더러 자기가 네더필드에서 무도회를 열겠다는 말까지 했다. 사람들은 이런 친근한 기질을 곧 알아보게 마런이다. 친구 간에 어쩌면 그리도 대조적인지! 다아시 씨는 각각 허스트 부인과 빙리 양과만 한 차례씩 춤을 추고 나서는 다른 아가씨를 소개받기를 거절하고 남은 저녁 시간 내내 방을 서성거리면서 드물게, 그것도 자기 일행에게만 말을 걸었다. 사람 됨됨이가 빤히 드러났다. 다아시는 세상에서 가장 거만하고 기분 나쁜 사람이 되어, 그를 다시 만나고 싶어 하는 사람은 아무도 없었다. 베넷 부인 역시 다아시를 가장 미워한 사람 중에 속했는데, 전반적으로 마음에 안 들게 군 데다 자기 딸 하나를 무시하기까지 했으니 그럴 만도 했다.

신사의 수가 모자라는 바람에 엘리자베스는 두 번 춤 대열에 끼지 못하고 자리에 앉아 있었다. 그런데 마침 그 가까이에 서 있던 다아시 씨와 빙리 씨가 나누는 대화가 엘리자베스의 귀에 들려왔다. 춤 대열에서 잠시 빠져나온 빙리가 친구에게 같이 추자고 권하고 있었다.

"이봐, 다아시," 하고 빙리 씨가 말했다. "자네 빼면 안 돼. 이렇게 혼자 바보같이 서 있는 꼴은 못 봐주겠어. 춤을 추는 게 훨씬 낫다니까."

"전혀 낫지 않네. 내가 아주 친한 파트너와 추는 게 아니면 춤추기 싫어한다는 거 알지 않나. 이런 무도회에서는 불가능한 일이지. 자네 누이들은 이미 파트너가 있으니, 이 방의 다른 여자들하고 춤춘다는 건 나로서는 고역이야."

"그렇게 까다롭게 굴 것 없잖아." 빙리가 소리쳤다. "나 참! 맹세하는데 이렇게 괜찮은 아가씨들을 이렇게 많이 만나본 건 오늘 저녁이 내 평생 처음이야. 게다가 자네도 보다시피 그중 몇 명은 특출난 미인이고."

"이 방에서 미인이라고는 **자네**하고 춤추는 아가씨뿐인데." 다아시 씨는 베넷 집안의 맏딸을 쳐다보면서 말했다.

"아아! 내 평생 저렇게 아름다운 사람은 처음 봤네! 그렇지만 저 아가씨 동생분이 자네 바로 뒤에 앉아 있는데, 무척 예쁜 데다, 뭐, 귀여운걸. 내 파트너를 통해서 소개해 줄 테니."

"누구 말인가?" 다아시 씨는 몸을 돌려 잠시 엘리자베스를 쳐다보다 눈이 마주치자 눈길을 거두고 차갑게 말했다.

"못 봐줄 정도는 아니군. 그렇지만 내가 끌릴 정도로 미인은 아니야. 그리고 난 지금 다른 남자들한테 무시당한 여자들의 자존심이나 살려줄 기분도 아니고. 자넨 도로 가서 파트너의 미소나 감상하게. 괜히 나한테 시간 낭비하지 말고."

빙리 씨는 친구의 충고를 따랐다. 이내 다아시 씨도 다른 쪽으로 가버렸고, 엘리자베스는 그에 대해서 그다지 호의적이지 않은 감정을 품게 되었다. 그렇지만 엘리자베스는 아는 사람들한테 그 이야기를 흥겹게 들려주었다. 본래 어이없는 상황에 재미있어하는 활발하고 짓궂은 성격이었던 것이다.

그날 저녁은 전체적으로 온 가족에게 즐거운 시간이었다. 베넷 부인은 네더필드 사람들이 자기 맏딸을 무척 마음에 들어하는 것을 알아차렸다. 빙리 씨는 제인과 두 번이나 춤을 추었고, 그의 누이들도 제인을 각별히 대했다. 제인은 그리 티를 내지는 않았지만 어머니 못지않게 그 사실에 기뻐했다. 엘리자베스는 제인이 기뻐하는 것을 알 수 있었다. 메리는 누군가가 빙리 양에게 자기를 두고 이 근방에서 가장 교양 있는 여성이라고 말하는 것을 들었고, 캐서린과 리디아는 운이 좋아서 거의 매번 파트너를 얻었는데, 무도회에서 그들이 관심을 두는 것은 오로지 그뿐이었다. 그래서 베넷가家의 식구들은 자기들이 지역 유지로 있는 롱본으로 신이 나서 돌아왔다. 돌아와 보니 베넷 씨는 아직 잠자리에 들지 않은 터였다. 원래 책만 펼쳤다 하면 시간 가는 줄을 모르는 데다 이번 저녁 모임은 워낙 많은 사람들의 기대를 모았던 만큼 그 역시 호기심이 없지 않았다. 새로 이사 온 사람에 대한 아내의 기대가 실망으로 끝났더라면 베넷 씨로서는 더 반가웠겠지만, 그가 듣게 된 이야기는 전혀 달랐다.

"아아! 여보," 부인이 방에 들어오면서 말했다. "최고로 즐거운 저녁이었어요. 최고로 훌륭한 무도회였고요. 당신도 가셨으면 참 좋았을걸. 다들 비할 수 없을 만큼 제인을 칭찬했지 뭐유. 제인이 정말 예쁘다고 한마디씩 안 하는 사람이 없었다고요. 빙리 씨도 제인을 아주 예쁘게 봐서 춤을 두 번이나 췄답니다. 생각 좀 해봐요, 여보. 글쎄, 정말로 두 번이나 췄다니까요. 거기서 빙리 씨한테 춤을 두 번이나 신청받은 건 제인뿐이었어요. 처음에는 루커스네 맏딸한테 춤을 신청하더라고요. 개하고 춤을 추러 가는 걸 보고 얼마나 어이가 없던지. 근데 전혀 마음에 안 들었나 봐요. 하긴 누군들 안 그럴까, 당신도 알잖수. 그러다 그 사람이 제인이 춤추는 걸 보더니 영 눈을 못 떼더라고요. 그래, 사람들한테 물어 소개를 받아 다음번 춤을 신청한 거죠. 그러고 나서 세 번째는 킹 양하고, 네 번째는 마리아 루커스하고, 다섯 번째는 다시 제인하고, 또 여섯 번째는 리지하고, 또 불랑제 춤에서는……."

"그 사람 참 무자비하군. **내 사정은** 생각도 않고 그렇게 줄기차게 춤을 춰대다니!" 남편은 못 참겠다는 듯 소리를 질렀다. "제발 부탁이니, 그 사람 파트너 이야긴 이제 더 한마디도 하지 마시오. 아, 맨 처음 출 때 발목이라도 삐어버렸으면 좋았을걸!"

"아이고! 여보, 그 사람 너무 마음에 들어요. 너무너무 잘생겼고, 누이들도 매력적이고. 그렇게 우아한 옷은 내 평생 처음 봤어요. 글쎄 허스트 부인의 드레스에 레이스가 달렸는데……."

여기서 다시 베넷 씨가 끼어들었다. 옷 장식에 관해서는 한마디도 듣지 않겠다고 했다. 따라서 베넷 부인은 그 주제 내에서 다른 이야깃거리를 찾다가, 다아시 씨의 충격적인 무례함을, 과장까지 조금 보태 이야기하며 분통을 터뜨렸다.

"아니 확실히 말해서," 부인은 덧붙였다. "리지가 그 **작자** 마음에 들지 않았다고 해서 손해 볼 건 하나도 없어요. 그런 불쾌하고 지독한 인간 마음에 들어서 좋을 게 뭐람. 그렇게 고고하시고 잘나셔서 배겨낼 사람이 있으려고! 뒷짐 지고 왔다 갔다 하면서 자기가 뭐 대단한 위인이라도 되는 줄 알지! 그 꼬락서니를 해 가지고 누가 자기랑 춤추고 싶어 할까 봐! 여보, 당신이 거길 가셔서 당신 식으로 한번 쏘아붙이셨어야 했어요. 내 참 꼴같잖아서."

4장

그동안 빙리 씨를 내놓고 칭찬하기를 삼간 제인은 이윽고 엘리자베스와 둘만 남자 동생에게 그가 정말 마음에 들더라고 말했다.

"딱 젊은 남자의 모범 같은 분이더라." 제인이 말했다. "분별 있고, 성격 좋고, 쾌활하고 말이야. 또 그런 유쾌한 매너는 처음 봤어! ……너무 자연스럽고, 교양이 아주 몸에 밴 것 같더라!"

"거기다 미남이지," 엘리자베스가 말했다. "그것도 바람직한 젊은 남자의 모범이고. 뭐 완벽 그 자체네."

"그분이 두 번째 춤을 신청하셨을 때는 정말 으쓱해졌지 뭐니.

그런 특별 취급은 전혀 기대도 못 했는데.”

“기대를 못했어? 그럴 줄 알고 언니 대신 **내가** 했지. 그게 우리 둘의 정말 다른 점이야. **언니는** 언니가 칭찬을 들으면 늘 놀라지만 **난** 아니거든. 그 사람이 언니한테 춤을 다시 신청하는 거야 세상에서 제일 당연한 일 아냐? 언니가 그 방에 있던 그 어떤 여자보다도 다섯 배는 더 예쁘다는 걸 그 사람도 당연히 알 테니까. 별로 신사로서 예의를 발휘한 게 아니라고. 아무튼 아주 괜찮은 사람인 건 분명하니까 언닌 그 사람 좋아해도 돼. 언닌 그보다 훨씬 말도 안 되는 사람도 숱하게 좋아했으니까.”

“리지야!”

“아휴! 언니가 사람 너무 쉽사리 좋아하는 거, 자기도 알면서. 언닌 사람한테 결점을 잡아내는 법이 없잖아. 언니 눈엔 세상 사람 전부가 착하고 좋아 보이나 봐. 난 지금껏 언니가 남 욕하는 거 한 번도 못 봤어.”

“그냥 섣불리 남을 비판하기 싫을 뿐이야. 그래도 마음에 없는 말은 하지 않아.”

“내가 그걸 모를까. **그러니까** 더 놀랍다는 거야. **언니**처럼 분별 있는 사람이 남들이 어리석게 굴거나 헛소리를 할 때 어떻게 그렇게 모를 수가 있어! 정직한 척하는 사람이야 어딜 가나 흔히 보지만 아무런 가식이나 속셈도 없이 좋은 말만 하고, ……모든 사람의 성격에서 좋은 점만 가져다, 더욱 좋게 봐주고 나쁜 점에 대해서는 입을 다물어버리고…… 그런 사람은 오로지 언니뿐이야. 말 나온 김에, 언니는 그 사람 누이들도 마음에 들었지? 누이들은 그 사람만큼 호감이 가는 사람들은 아니던데.”

“사실 처음엔 그랬어. 그렇지만 말을 나눠보니까 아주 괜찮은 사람들이더라. 빙리 양은 오빠하고 같이 살면서 집을 관리할 거래. 그리고 앞으로 빙리 양이랑 가까이 살면 틀림없이 좋은 점이 많을 것 같아.”

아무 말 없이 듣긴 했지만, 엘리자베스는 수긍하지 않았다. 무도회 날 그 사람들은 대체로 다른 사람들을 배려하려는 의도를 보이지 않았다. 엘리자베스는 원래 언니보다 관찰력이 더 날카롭고 성격은 덜 유한 데다, 특별 취급으로 인해 판단력에 영향을 입지도 않았으므로 그 여자들을 별로 좋게 봐야 할 이유가 없었다. 빙리의 누이들은 자기들 기분이 좋으면 얼마든지 유쾌하게 굴 수 있었고, 내키기만 하면 얼마든지 싹싹하게 굴 수 있는 매우 세련된 숙녀들이었지만, 거만하고 잘난 체했다. 예쁜 축에 속했고 런던에 있는 일류 사립여학교에서 교육을 받았으며 2만 파운드의 재산이 있었지만, 분에 넘치게 돈을 쓰고 신분이 높은 사람들하고만 사귀려 했다. 그러면서 모든 면에서 자신들이 우월하며 남들을 얕잡아 볼 자격이 있다고 여겼다. 기실 그들 남매의 재산은 장사로 번 것이지만, 그 사실보다는 자기들이 잉글랜드 북부의 점잖은 집안 출신이라는 사실이 머릿속에 더 깊이 새겨져 있었다.

빙리 씨는 부친에게서 거의 10만 파운드에 이르는 재산을 물려받았는데, 부친은 원래 시골 장원을 사들여 정착할 생각이었지만 미처 뜻을 이루기 전에 세상을 떴다. 빙리 씨도 부친과 같은 생각을 하고 드문드문 살 곳을 알아보기도 했다. 그러나 좋은 저택에다 수렵권까지 얻은 지금, 빙리 씨의 느긋한 성격을 잘 아는 사람들은 그가 여생을 네더필드에서 보내면서 내 집 마련은 다음 세대에 넘겨버릴 거라고 보고 있었다.

누이들은 그가 장원을 마련하기를 애타게 바랐다. 그러나 단기로 세를 들어 있을 뿐인 지금도 빙리 양은 기꺼이 네더필드의 안주인 노릇을 하려 했고, 재산보다는 지위를 보고 결혼한 허스트 부인 역시 자기가 있기 편한 남동생의 집에 자기 집인 양 눌러앉았다. 빙리 씨가 우연한 추천으로 네더필드 하우스를 둘러보게 된 것은 성년이 지나고 2년 후였다. 대략 30분 정도 집 안팎을 둘러보았는데, 위치와 주실들도 마음에 들고, 집 주인의 자랑도 마음에 들고 해서 즉시 얻기로 했다.

다아시와는 성격이 거의 정반대인데도 매우 꾸준히 우정을 이어왔다. 다아시는 빙리의 까다롭지 않고 솔직하고 유순한 성격이 마음에 들었다. 다아시 자신의 성격과는 거의 정반대였지만, 그렇다고 자기 성격에 무슨 불만이 있는 것은 아니었다. 한편 빙리는 다아시를 굳게 의지했으며 그의 판단력을 무척이나 존중했다. 지성으로 보자면 다아시가 우월했다. 빙리가 남들보다 떨어진다기보다 다아시가 영리했다고 해야겠다. 동시에 다아시는 고고하고 과묵하고 까다로운 데다 몸가짐이 훌륭하되 사교적이지는 않았다. 그 점은 빙리 쪽이 훨씬 나았다. 빙리는 어디를 가나 사람들의 호감을 샀지만 다아시는 어디를 가나 사람들을 불쾌하게 했다.

메리턴 무도회를 두고 그 두 사람이 말하는 모습만 보아도 그 사실을 충분히 알 수 있다. 빙리는 이제껏 이토록 유쾌한 사람들이나 아름다운 여자들을 만나본 적이 없었다. 모든 사람이 그에게 관심을 기울여 주고 친절히 대해 주었으며, 지나치게 격식을 차리거나 뻣뻣하게 굴지도 않았고, 그도 순식간에 그곳의 모든 사람과 친해진 기분이었다. 그리고 베넷 양으로 말하자면, 아무리 천사라도 그보다 아름다울 수는 없었을 것이다. 반대로 다아시는 아름답거나 세련된 사람은 거의 또는 전혀 보지 못했고, 조금이라도 관심을 둘 만한 사람도 찾지 못했으며, 반대로 누구도 그에게 관심을 기울이거나 즐거움을 주지 못했다. 다아시의 눈에도 제인은 예뻤지만 웃음이 좀 헤퍼 보여서 마음에 들지 않았다.

허스트 부인과 빙리 양도 거기에는 동의했지만 그래도 제인을 칭찬하고 마음에 들어 했으며 사랑스러운 여자라고 결론을 내렸고, 개중 더 사귀어보고 싶은 사람이라고 했다. 그리하여 베넷 양은 사랑스러운 여자로 결정이 났고, 이런 칭찬에 용기를 얻은 빙리는 베넷 양을 좋아해도 된다는 인정을 받았다고 여겼다.

5장

롱본에서 금방 걸어갈 수 있는 거리에 베넷 집안과 각별히 가까운 한 집안이 있었다. 윌리엄 루커스 경은 이전에 메리턴에서 장사를 하면서 상당한 재산을 모았고, 시장으로 재직하는 동안 왕에게 청원해 기사 작위까지 얻었다. 그런데 경은 이 영예로 인해 아마 지나친 감명을 받았던 모양이다. 경은 조그만 장터 마을에 살면서 사업을 하는 데 싫증이 나서, 결국 양쪽을 떠나 가족과 함께 메리턴에서 1마일가량 떨어진 저택으로 옮겨 갔다. 그리고 '루커스 로지'라고 명명한 그 저택에서 자신의 높은 지위에 만족하며 번잡한 사업은 잊고 온 세상 사람들에게 예를 갖추는 것을 업으로 삼았다. 경은 신분 상승 덕분에 우쭐해지긴 했어도 거만해지지는 않았다. 반대로 누구에게나 예의로 대했다. 원래부터 성격이 원만하고 다정하며 공손했는데, 세인트 제임스 궁에서 국왕을 알현한 덕분에 궁정인다운 정중함까지 갖게 되었다.

루커스 부인은 무척 선량한 여자였고 그다지 약삭빠르지도 않았기 때문에 베넷 부인에게는 소중한 이웃이었다. 루커스 부인은 자식을 여럿 두었다. 장녀는 분별 있고 똑똑한 스물일곱 살짜리 아가씨로, 엘리자베스하고는 친한 친구 사이였다.

루커스 집안 딸들과 베넷 집안 딸들은 무도회가 끝나면 서로 만나서 후일담을 나누는 게 빼놓을 수 없는 일상이었던 터라, 그 이튿날에는 루커스 집안 딸들이 롱본으로 건너와 이야기를 나누었다.

"얘, 어제 저녁에 시작이 아주 좋더라, 샬럿." 베넷 부인이 짐짓 온화하게 루커스 양에게 말했다. "빙리 씨가 맨 처음 춤 신청을 **너한테** 하셨지."

"그랬죠……. 그렇지만 두 번째 상대를 더 마음에 들어하시는 것 같던데요."

"아! 제인 말이구나. ……그러고 보면 제인하고는 두 번이나 춤을 췄지. 분명히 제인에게 **호감이 있어** 보이긴 하더구나……. 보이는 게 아니라 **사실인가**……. 들은 말도 있어서 말이다……. 그게 나도 잘은 모르지만…… 로빈슨 씨가 뭐라고 했다던가."

"그분하고 로빈슨 씨가 이야기하시는 걸 제가 들은 거 말씀이신가 봐요. 제가 말씀 안 드렸나요? 로빈슨 씨가 그분한테 우리 메리턴 무도회가 어떠냐고, 미인들이 아주 많지 않느냐고, 그중에서 누가 제일 예쁜 것 같냐고 물어보니까, 그분이 마지막 질문에 대해 바로 대답을 하시더라고요. ……아! 말할 것도 없이 베넷 양이라고. 거기에 대해선 이견이 있을 수 없다고요."

"어머나! ……그럼, 정말 그렇게 확실히 생각하시나 보네……. 꼭 마치…… 그렇지만 결국 아무것도 아닐 수도 있는 거지 뭐."

"일라이자, 너보단 **내가** 엿들은 게 더 쓸 만하지." 샬럿이 말했다. "빙리 씨에 비하면 다아시 씨의 말은 차라리 안 듣는 게 나았어. ……뭐니 정말……! 못 봐줄 정도는 아니라니 말이야."

"그 말도 안 되는 소리를 생각나게 해서 우리 리지 속을 긁지 말아다오. 그렇게 꼴 보기 싫은 사람한테 호감을 얻는다면 그거야말로 운수 사나운 거지. 롱 부인이 어젯밤에 그랬는데, 그 사람이 자기 옆자리에 반 시간이나 앉아 있으면서 말 한마디 안 하더란다."

"확실해요, 엄마……? 살짝 잘못 들으신 것 아니에요?" 제인이 말했다. "다아시 씨가 롱 부인에게 말하는 걸 제가 분명히 봤는데요."

"하긴 했지. 네더필드가 마음에 드냐고 물으니까, 대답을 안 할 수야 없었겠지. 그렇지만 그렇게 억지로 말을 하는 게 엄청 억울했나 보더라."

"빙리 양 말로는, 그분은 원래 친한 사람들 아니면 별로 말을 안 한대요." 제인이 말했다. "그리고 친한 사람들한테는 무척 살갑대요."

"그걸 나더러 믿으라고. 그렇게 살가운 사람이 롱 부인한테 말 한마디 안 걸겠니. 상황이야 뻔하지. 그 사람이 거만하다고 안 그러는 사람이 없던데, 이렇게 말해도 될지 몰라도, 롱 부인이 마차가 없어서 무도회에 전세 마차로 왔다는 소릴 틀림없이 어디서 들은 걸 게야."

"전 그분이 롱 부인한테 말을 걸지 않은 건 상관없어요. 그렇지만 일라이자하고 춤을 안 춘 건 너무했어요." 샬럿이 말했다.

"다음에 보면, 리지야. 나 같으면 그 **사람**하고는 절대 춤을 안 출 거다." 어머니가 말했다.

"아무렴요. 그 사람과는 **절대** 춤 안 출 테니까 안심하세요, 엄마.”

“오만한 사람을 보면 대개 기분이 나쁠 때가 많지만 그분의 경우는 달라.” 샬럿이 말했다. “그럴 만한 이유가 있으니까. 집안도 좋고 부자에, 뭐든지 자기 원하는 대로 할 수 있는 그처럼 잘난 젊은 남자가 자신을 높이 평가하는 게 뭐가 이상하겠어. 이렇게 말해도 될지 모르겠지만, 그분은 오만할 **권리**가 있어.”

“지당하신 말씀이야.” 엘리자베스가 대답했다. “그 사람이 내 **자존심**에 상처주지만 않았어도, 나 역시 그 사람의 오만함을 쉽게 용서할 수 있었겠지.”

“난 오만이 무척 흔한 결점이라고 믿어.” 메리가 자신의 건전한 사고방식을 뽐내며 말했다. “내가 지금까지 읽은 책들에 따르면 오만이란 실제로 아주 흔하고, 인간의 본성 자체가 오만하기 쉽고, 자신이 지닌 이런저런 실제 장점이나 자칭 장점에 관해 자만심을 품고 있지 않은 사람은 거의 없는 게 분명하거든. 허영은 오만과 같은 뜻으로 쓰일 때가 많지만 사실은 다르지. 허영심이 강하지 않아도 오만할 수 있어. 오만은 나 스스로 자신을 어떻게 생각하느냐에 더 가깝고, 허영은 남들이 나를 어떻게 생각해 주었으면 하는 쪽에 더 가깝거든.”

“내가 다아시 씨만큼 부자라면, 난 내 맘대로 오만하게 굴 거야.” 누나들과 같이 온 루커스네 아들이 소리쳤다. “사냥개를 잔뜩 키우고, 날마다 포도주를 한 병씩 마셔야지.”

“그건 너무 많아.” 하고 베넷 부인이 말했다. “내 눈에 보이기만 하면 바로 병을 뺏어버릴 테다.”

아이는 못 할 거라고 반박하고 베넷 부인은 할 거라고 계속 장담하느라, 말다툼은 손님들이 떠날 때까지 이어졌다.

6장

롱본의 부인들은 곧 네더필드의 부인들을 방문했다. 그리고 그 방문에 대한 정중한 답방 또한 이루어졌다. 붙임성 있고 예의 바른 베넷 양은 허스트 부인과 빙리 양의 호감을 샀다. 어머니는 못 참아줄 사람이고 동생들은 말을 붙일 가치도 없지만, 맨 위 두 자매와는 좀 더 사귀어볼 만하다고 생각하는 것 같았다. 제인은 이런 관심을 대단히 기쁘게 받아들였지만 엘리자베스는 여전히 그들 자매가 모든 사람을, 심지어 제인까지 예외 없이 얕잡아 본다는 느낌을 받았기 때문에 마음에 들지 않았다. 하지만 그들이 제인을 친절히 대하는 데는 아마도 오빠인 빙리 씨의 영향이 있었을 터이므로, 그런 점은 반가웠다. 빙리 씨가 제인을 각별히 생각하고 있다는 **사실**은 두 사람이 만날 때마다 점점 분명해졌고, 제인 역시 처음부터 빙리에게 품었던 호감을 어쩌면 사랑으로까지 키워나가고 있을지 모른다는 사실이 **엘리자베스에게는** 분명해 보였다. 그러나 다행히 그런 사실을 남들에게 쉽게 들키지 않을 듯했다. 제인은 감성이 풍부하지만 그 감성은 침착한 성격과 늘 일관되게 쾌활한 태도와 결부되어 있어서, 아무리 오지랖 넓은 사람들이라도 낌새를 채기가 쉽지 않았다. 엘리자베스는 친구인 루커스 양에게 그 사실을 털어놓았다.

"이런 경우에 그렇게 사람들 몰래 시침 떼고 있으면 아마 재미는 있겠지." 샬럿이 대꾸했다. "그렇지만 그렇게 조심하다가 오히려 손해를 볼지도 몰라. 여자가 똑같은 기술로 상대에게까지 그 감정을 숨겼다간 상대를 붙잡을 기회를 놓치는 수도 있거든. 그렇게 되면 세상 사람들이 그 사람과 매한가지로 아무것도 모른다는 게 그나마 위안이 되려나. 애정에는 거의 예외 없이 고마움이나 허영심이 섞여 있는 법이라, 그냥 저절로 자라도록 내버려두면 위험해. **시작**이야 다들 별 생각 없이 하지. 가벼운 호감 정도는 저절로 생기는 거니까. 그렇지만 상대의 반응이 없는데도 진짜 사랑을 키워나갈 수 있는 용기를 가진 사람은 별로 없을 거야. 여자라면 자기가 느끼는 감정 **이상을** 보여주는 게 십중팔구 더 나아. 빙리가 너희 언니를 좋아하는 것은 틀림없어. 그렇지만 언니가 호응해 주지 않으면 그 사람은 그저 좋아하는 선에서 멈출지도 몰라."

"그렇지만 언니도 자기 성격 내에서는 할 수 있는 만큼 호응하고 있어. **나도** 언니의 호감을 알 정돈데, 바보도 아니고 설마 그 사람이 모르려고."

"일라이자, 그분은 제인의 성격을 너만큼 모른다는 걸 잊지 마."

"하지만 여자가 남자한테 호감을 가지고 있고 그걸 애써 숨기려 하지 않으면, 남자도 응당 알아채게 마련이잖아."

"그야 그렇겠지, 서로 자주 만난다면 말이야. 빙리와 제인이 자주 만나는 편이긴 해도 몇 시간씩 함께 있지는 않잖아. 또 항상 여러 사람과 어울려 만나니까 매번 함께 이야기를 나눌 수도 없고. 그러니까 제인은 그분의 관심을 잡아둘 수 있는 잠깐잠깐을 매번 최대한 이용해야 해. 일단 그분의 애정을 확보하고 나면 얼마든지 마음껏 사랑에 빠질 수 있잖아."

"그것도 좋은 계획이긴 해." 엘리자베스가 말을 받았다. "오로지 시집을 잘 가고 싶은 마음뿐인 경우라면 말이야. 부자 남편, 아니 아무 남편이라도 잡아야겠다고 작심하면 나도 그런 방법을 택할 수밖에 없겠지. 그렇지만 우리 언니 감정은 달라. 언니는 계획에 따라 행동하지 않거든. 아직까지 자기 호감이 어느 정도인지, 그게 적절한지 어떤지도 확실히 몰라. 빙리 씨를 안 지 보름밖에 안 되니까. 메리턴에서 그분과 네 번 춤을 췄고, 그분 댁에서 아침에 한 번 뵈었고, 그 후로 네 번 식사를 같이 했지. 그정도로 그분의 성격을 어떻게 다 알겠어.”

“네 식으로 말한다면 그렇겠지. 너희 언니가 그분과 **식사**만 같이했다면, 그분이 식성이 어떤지밖에 더 알겠니. 그러나 저녁 시간을 네 번이나 함께 보낸 것도 빼놓으면 안 되지. 저녁 시간 네 번이라면 적은 게 아니야.”

“그래, 저녁 시간을 네 차례 같이 보내면서 두 사람 다 커머스 게임보다 벵텅 게임[1]을 더 좋아한다는 건 확실히 알았지. 하지만 다른 중요한 성격적 기질들도 그만큼 확실해진 건 아니야.”

“글쎄.” 샬럿이 말했다. “난 진심으로 제인이 잘되길 바라는데, 제인이 내일 당장 그분과 결혼을 하든 1년 열두 달 동안 그분 성격을 연구하고 나서 결혼을 하든, 행복해질 확률은 그게 그거라고 봐. 결혼 생활의 행복은 순전히 운에 달린 거거든. 서로의 성격을 아주 잘 알거나 혹은 서로 아주 비슷하다고 해서, 그로 인해 두 사람이 더 행복해지는 건 절대로 아니야. 성격이란 계속 변하는 거라 나중엔 저 사람이 내가 알던 사람이 맞나 싶어지거든. 한평생을 같이 보낼 사람의 결점은 될수록 적게 아는 게 더나아.”

“언니 말이 참 재미있긴 한데, 그건 아니라고 봐. 언니도 알잖아, 언니도 정말로 그러진 않을 거면서.”

엘리자베스는 빙리 씨가 언니에게 쏟는 관심에만 신경을 쓰느라 정작 빙리 씨 친구의 눈이 자신을 살피고 있는 것은 까맣게 몰랐다. 다아시 씨는 처음에는 엘리자베스가 예쁘다고 인정할

---

1 둘 다 카드 게임의 이름이다.

마음이 거의 없었다. 무도회에서 보았을 때는 전혀 특출난 데가 없다고 생각했고, 그다음에 만났을 때도 흠집만 잡아내려 했다. 그러나 예쁜 구석이 없다고 자신과 주변 사람들에게 확실히 하자마자, 다아시 씨는 검은 눈동자가 발하는 아름다운 빛 덕분에 엘리자베스의 얼굴이 남달리 영리해 보인다는 사실을 깨달았다. 그 점을 깨달은 데 이어, 그에 못지않게 낭패스러운 다른 깨달음이 뒤따랐다. 예리한 눈으로 몸매의 균형이 어긋난 부분을 몇 군데 찾아내긴 했지만, 그 모습이 경쾌하고 보기 좋다는 것을 인정하지 않을 수 없었던 것이다. 그리고 엘리자베스가 상류 사회의 예절에 맞지 않게 행동한다고 이미 자기가 공언하고도 도리어 발랄한 장난기에 매료되고 말았다. 이러한 사실을 엘리자베스는 전혀 몰랐다. 엘리자베스에게 다아시 씨는 어디서나 불쾌하게 굴고, 춤 상대로는 그녀의 미모가 딸린다고 생각한 남자였을 뿐이다.

상대에게 관심이 생기고 더 알고 싶어진 다아시는 언제 한번 대화를 나눠볼 요량으로 엘리자베스가 남들과 나누는 대화에 귀를 기울였다. 엘리자베스는 이런 행동을 눈치챘다. 윌리엄 루커스 경의 집에 많은 사람들이 모였을 때였다.

"다아시 씨가 내가 포스터 대령과 나누는 이야기를 유심히 듣던데 왜 그러는 걸까?" 엘리자베스가 샬럿에게 물었다.

"내가 다아시 씨가 아닌데 어떻게 알겠니."

"그렇지만 다음에 또 그러면, 그 사람 속셈을 내가 빤히 안다는 걸 보여주겠어. 워낙 삐딱한 표정이라, 내가 더 강하게 나가지 않으면 자칫 움츠러들고 말 것 같아."

이내 다아시 씨가 두 사람을 향해 걸어왔지만, 별로 말을 걸려는 생각은 없어 보였다. 루커스 양은 친구에게 그런 말을 꺼내지 말라는 눈치를 주었지만 오히려 자극을 받은 엘리자베스는 그를 향해 돌아서서 말했다.

"다아시 씨, 제가 방금 포스터 대령께 메리턴에서 무도회를 열어달라고 졸라댈 때 말을 너무 잘하지 않았어요?"

"열의가 대단하시더군요. 숙녀분들은 대개 그런 화제에 열의를 띠는 법이니까요."

"정곡을 찌르시네요."

"그리고 이젠 내가 **널** 조를 차례야." 루커스 양이 끼어들었다. "피아노 뚜껑을 열 테니까, 일라이자. 그다음은 너도 알지."

"언닌 정말 내 친구가 맞는지 모르겠어. 항상 아무 앞에서나 연주하고 노래하라고 하니 말이야! 내가 음악 쪽으로 허영심이 있었다면 언닌 너무 고마운 친구였겠지만, 지금 내가 평소에 최고 연주자들의 연주를 노상 듣던 분들을 앞에 두고 피아노 앞에 앉을 순 없잖아." 그러나 루커스 양이 강권하자 엘리자베스는 이렇게 덧붙였다. "좋아, 하라면 해야지 뭐." 그리고 다아시 씨를 엄숙한 눈길로 응시하면서 이렇게 말했다. "좋은 속담이 있는데, 여기 계신 분들은 물론 다들 익히 아실 거예요. '숨은 아껴뒀다가 죽을 식히는 데 써라.' ……저는 아껴뒀던 숨을 노래하는 데 써야겠어요."

엘리자베스의 노래는 최고라고는 못 해도 들어줄 만했다. 한두 곡쯤 부르고 나서 한 곡 더 해달라는 몇 사람의 요청에 답하려는 참에, 동생 메리가 성급히 나서서 연주자석을 차지했다. 메리는 식구들 가운데 외모가 떨어지는 편이라 지식과 교양을 쌓는 데 몰두했고 늘 나서지 못해 안달이었다.

메리는 피아노에 재능도 취향도 없었다. 다만 허영심 때문에 배웠을 뿐이었고, 아는 척하고 잘난 척하는 것은 여기서도 티가 나서 연주 실력이 지금보다 더 뛰어났다 해도 별 소용이 없었을 것이다. 실력으로는 반도 못 따라갈 엘리자베스 쪽이 오히려 더 듣기 편하고 자연스러웠다. 그래도 메리는 긴 협주곡을 마치고 동생들이 청한 스코틀랜드와 아일랜드 민속악을 연주하여 기분 좋은 찬사와 감사를 받아 만족스러웠고, 그사이 동생들은 루커스 집안 아이들과 장교 두엇과 어울려 방 한쪽에서 열심히 춤에만 몰두했다.

한편 그들 가까이 서 있던 다아시는 이런 식으로 말 한마디 없이 시간을 보내는 데 대한 화를 속으로만 삭이는 중이었다. 자기 생각에 너무 몰두한 나머지 윌리엄 루커스 경이 말을 걸어올 때까지 그가 옆에 있다는 것도 까맣게 모를 지경이었다.

"젊은이들에게 춤만큼 매력적인 오락도 없지요, 다아시 씨! 뭐니 뭐니 해도 춤만 할까요. 세련된 사교계에서 으뜸가는 고상한 오락이죠."

"물론입니다. 그리고 그다지 세련되지 못한 사회에서도 유행할 수 있다는 것 역시 춤의 장점이지요. 야만인도 춤은 출 줄 아니까요."

윌리엄 경은 대답 대신 웃음을 지어 보였다. "친구분이 즐겁게 춤을 추시는군요." 잠시 말을 멈추었던 그는 빙리가 춤 대열에 합류하는 것을 보고 말을 이었다. "다아시 씨도 틀림없이 이 분야의 솜씨가 훌륭하실 겁니다."

"메리턴에서 제가 춤추는 걸 아마 보셨을 텐데요."

"아무렴요. 대단히 보기 좋은 광경이었지요. 세인트 제임스 궁에서도 자주 추십니까?"

"아니요, 한 번도요."

"춤이야말로 그 장소에 바치는 적절한 찬사일 거라고 생각지 않으십니까?"

"저로서는 어느 장소를 막론하고 그런 찬사는 안 바치고 싶군요."

"런던에 저택이 있으시죠, 아마?"

다아시 씨가 고개를 숙였다.

"저도 전에는 런던에서 살까 한 적도 있습니다. 상류 사회를 좋아하니까요. 그렇지만 런던의 공기가 집사람한테 맞을지 잘 모르겠더군요."

경은 답변을 들을까 해서 말을 멈추었으나, 상대는 그럴 기미를 보이지 않았다. 마침 엘리자베스가 다가오자, 경은 불현듯 신사다운 행동을 해야 한다는 충동을 느끼고 그녀를 불렀다.

"일라이자 양, 춤 안 추고 뭐하십니까? 다아시 씨, 아주 바람직한 파트너인 이 젊은 숙녀분을 소개해 드릴 테니 부디 거절하지 마십시오. 눈앞에 이런 미인이 있는데 춤추기를 거절하지는 않으실 거라고 굳게 믿습니다." 그러고는 엘리자베스의 손을 잡아 다아시 씨에게 건넬 기세였다. 다아시 씨는 무척 놀라긴 했지만 거절할 생각은 아니었는데, 그 순간 엘리자베스가 얼른 물러나더니 영 내키지 않는다는 투로 윌리엄 경에게 말했다.

"정말 전 춤출 생각이 조금도 없어요. 제가 파트너를 구하려고 이리로 왔다고는 생각지 말아주세요."

다아시 씨가 정중히 예를 갖추어 같이 춤을 추는 영광을 베풀어달라고 청했지만 소용없었다. 엘리자베스는 단호했다. 윌리엄 경이 아무리 설득하려 해도 그녀의 결심은 전혀 흔들리지 않았다.

"일라이자 양, 그렇게 춤을 잘 추시면서 보는 사람의 즐거움을 빼앗으려 하다니 너무하군요. 여기 이 신사분이 아무리 춤추기를 좋아하지 않으셔도, 반 시간 정도는 기꺼이 우리를 즐겁게 해주실 텐데."

"다아시 씨는 예의의 화신이시니까요." 엘리자베스가 웃음을 띠고 말했다.

"아무렴. 그렇지만 일라이자 양, 당신 같은 파트너한테 정중한 거야 당연한 일 아니겠소. 누가 이런 파트너를 마다하려고?"

엘리자베스는 짓궂은 표정을 짓고 자리를 떴다. 다아시 씨는 엘리자베스의 거절로 상처를 입기는커녕 오히려 만족스러운 기분으로 그녀를 생각하고 있는데 빙리 양이 다가왔다.

"무슨 생각을 하고 계신지 전 알 것 같아요."

"전 아닐 것 같은데요."

"벌써 며칠째 저녁 시간을 이런 식으로 보내고 있으니 진력이 나신 거겠죠. 그것도 이런 사람들하고 어울려서. 저도 같은 생각이에요. 이렇게 짜증 난 적은 처음이에요! 따분한 데다 괜히 시끄럽기만 하고. 다들 아무것도 아닌 사람들이 잘난 척은 어찌나 하는지! 따끔하게 한마디 좀 해주세요!"

"완전히 반대로 생각하셨습니다. 그보다 기분 좋은 생각에 빠져 있었거든요. 예쁜 얼굴의 아름다운 두 눈이 얼마나 사람을 즐겁게 만드는가를 생각하고 있었습니다."

빙리 양은 즉시 그의 얼굴을 똑바로 쳐다보며 그런 생각을 불러일으킨 여자분이 누구인지 말해달라고 했다. 다아시 씨는 아주 대담하게 이렇게 대답했다.

"엘리자베스 베닛 양입니다."

"엘리자베스 베닛 양이라고요!"라고 빙리 양이 되풀이했다. "이거 놀라운 일이군요. 언제부터 그렇게 그 아가씨를 각별히 좋아하게 되셨죠? 축하는 언제쯤 드려야 할까요?"

"그렇게 물어보실 줄 알았습니다. 여자분들의 상상력은 무척 성급하니까요. 호감에서 사랑으로, 사랑에서 결혼으로 순식간에 넘어가죠. 축하해 주실 줄 알았습니다."

"아니, 그렇게 진지하신 걸 보니 이 문제는 이미 확정된 거 같네요. 이제 매력적인 장모님도 얻고 좋으시겠어요. 물론 장모님은 펨벌리에 들어와서 계속 당신과 함께 사시겠지요."

다아시 씨는 이와 같은 놀림을 전혀 아무렇지 않은 태도로 들어주었고, 이런 담담한 태도에서 걱정할 일 없다고 안심한 빙리 양은 딴에는 재치 있다고 생각하는 말을 계속 늘어놓았다.

7장

베넷 씨의 재산은 연 수입 2천 파운드의 토지가 거의 전부였는데, 집안에 아들이 없는 탓에 먼 친척인 남자가 유산을 상속받게 되어 있었다. 이러한 한정 상속 제도는 딸들에게는 불행이었다. 베넷 부인 쪽은 자기 신분치고는 유복한 편이어서 메리턴의 변호사였던 아버지로부터 4천 파운드를 물려받긴 했지만, 그 정도로 남편 쪽 재산의 부족함을 만회하려면 어림도 없었다. 부인에게는 여동생 하나, 남동생 하나가 있었는데, 여동생은 아버지의 서기로 있다가 변호사직을 물려받은 필립스라는 사람과 결혼했고, 남동생은 런던에 정착해서 벌이가 좋은 사업에 종사하고 있었다.

롱본은 메리턴에서 겨우 1마일 거리였다. 즉 메리턴은 베넷 집안 아가씨들이 마실 가기 딱 알맞은 거리여서, 아가씨들은 보통 일주일에 서너 번은 메리턴에 나가 이모 댁을 방문하거나 모자 가게에 들르곤 했다. 가장 자주 다니는 것은 자매 중 맨 밑인 캐서린과 리디아였는데, 언니들만큼 영리하지 못한 이 두 아가씨는 별다른 일이 없으면 메리턴으로 산책을 나가는 것이 소일거리였고, 그 외에는 아침나절을 즐겁게 보내고 저녁에 말할 이야깃거리를 만들 방법이 별로 없었다. 시골에서 새 소식이라 봤자 별 대수로운 것이 있을까 싶지만 두 자매는 이모에게서 반드시 이야깃거리를 끌어냈다. 그리고 최근 이들에게 즐거움을 가져다준 소식은 얼마 전 근처 동네에 군부대가 배치되었다는 것이었다. 군부대는 겨우내 머물기로 되어 있었을뿐더러 메리턴이 본부였다.

필립스 부인은 늘 흥미로운 정보를 쏟아내는 정보원이었다. 날마다 장교들의 이름이나 신상에 대해 새로운 정보를 하나씩이라도 반드시 전해주었다. 오래지 않아 장교들이 묵는 곳도 알려졌고, 마침내 장교들을 직접 만날 기회까지 왔다. 필립스 씨는 장교들을 모두 방문했고, 조카들은 덕분에 전에 없던 끝없는 환희를 누렸다. 아가씨들은 오로지 장교들 이야기뿐이었다. 빙리 씨의 막대한 재산은 베넷 부인에게는 가장 신나는 이야깃거리였지만 딸들에게는 소위의 군복에 비하면 아무것도 아니었다.

어느 날 아침, 캐서린과 리디아가 이 주제를 가지고 조잘조잘 떠들어대는 걸 듣고 있던 베넷 씨가 차갑게 말했다.

"말하는 걸 들어 보니 너희 둘이 이 마을에서 제일 멍청한 애들이구나. 긴가민가했는데 역시 내 생각이 맞았다."

캐서린은 어찌할 바를 몰라 입을 다물었지만 리디아는 전혀 들은 체도 않고 카터 대위를 칭송하면서, 대위가 다음 날 아침 런던으로 떠나니 그날 중으로 만나야겠다고 떠들어댔다.

"정말 충격이에요." 베넷 부인이 말했다. "어쩜 그렇게 자기 자식들이 멍청하다고 속 편하게 생각할 수가 있어요. 흉을 볼 거면 다른 집 애들을 흉봐야지, 어떻게 자기 자식들을."

"우리 애들이 멍청하다면, 적어도 그 사실을 알고는 있어야 하잖겠소."

"누가 뭐래요. 그렇지만 우리 애들은 하나같이 똑똑하잖아요."

"당신하고 내 의견이 다른 게 그것뿐이니 참 다행이군. 우리 둘 생각이 완벽하게 일치했으면 좋았겠지만 난 맨 밑의 두 아이가 제일가는 바보들이라고 생각하니, 당신과는 생각이 달라도 너무 다르다는 걸 인정 안 할 도리가 없겠소."

"이렇게 어린 딸들이 어떻게 부모처럼 분별력이 있겠어요. 애들도 우리 나이가 되면 우리처럼 장교들은 쳐다보래도 안 볼 거유. 나도 붉은 군복이라면 환장했던 시절이 있었구만. 사실 마음으로야 아직도 그래요. 연 수입이 한 5, 6천 되는 멋진 젊은 소령이 내 딸 하나를 달라고 하면 난 거절 못 할걸요. 그날 밤 윌리엄 경 댁에서 보니 포스터 대령의 군복 입은 모습이 어찌나 보기 좋던지."

"엄마." 리디아가 큰 소리로 말했다. "이모님이 그러시는데, 포스터 대령하고 카터 대위는 처음 왔을 때만 그랬지 이제는 왓슨 양 집에 별로 자주 안 간대요. 그분들이 클라크 도서관에 서 있는 걸 자주 보셨대요."

베넷 부인이 막 대답을 하려는데 마침 하인이 제인에게 전하는 쪽지를 가지고 들어왔다. 쪽지는 네더필드에서 온 것이었고, 하인은 답장을 받아 가려고 기다렸다. 베넷 부인은 기쁨으로 눈을 빛내면서, 딸에게 빨리 읽어달라고 안달을 하며 소리쳤다.

"애, 제인, 누가 보낸 거니? 용건은? 빙리 씨가 뭐라고 하니? 애, 제인, 얼른 말해주렴. 얼른, 애야."

"빙리 양한테서 온 거예요." 제인이 쪽지를 소리 내어 읽었다.

친애하는 친구에게.

오늘 루이자와 제 처지를 가엾이 여겨서 우리와 같이 식사하러 와주지 않으면, 우리 둘은 앞으로 평생 원수지간이 될지도 몰라요. 두 여자가 하루 종일 얼굴을 맞대고 있으면 대개는 싸움으로 끝나는 법이니까요. 편지를 받자마자 가능한 한 빨리 와주세요. 저희 오빠와 신사분들은 장교들하고 같이 식사하러 나간답니다. 그럼 이만.

캐럴라인 빙리

"장교들하고!" 리디아가 소리 질렀다. "이모님은 어쩜 그런 **이야기**를 안 해주시고."

"식사하러 나간다니." 베넷 부인이 말했다. "운도 참 없지 뭐냐."

"마차를 타고 가도 될까요?" 제인이 물었다.

"아니야, 말을 타고 가는 게 낫겠다. 비가 올 것 같으니까, 그럼 하룻밤 자고 올 수 있을 것 아니냐."

"좋은 계책이네요." 엘리자베스가 말했다. "그 댁에서 언니를 집에 데려다주지 않는다는 보장만 있다면요."

"아, 그렇지! 그런데 빙리 씨의 마차는 신사분들이 메리턴에 갈 때 타고 갈 테고, 허스트 부부는 따로 마차가 없잖니."

"저는 마차로 가고 싶은데요."

"아버지가 말을 여러 마리 내주시긴 힘들지. 농장에서 필요하잖니. 안 그래요, 여보?"

"농장이야 말이 모자랄 때가 많지."

"아버지가 오늘 벌써 말을 대셨다면 어머니 뜻대로 되는 거네요." 엘리자베스가 말했다.

결국 엘리자베스는 베넷 씨가 노는 말이 없다고 인정할 수밖에 없게 만들었고, 제인은 말을 타고 가야 했다. 어머니는 비가 올 조짐이 적지 않다는 데 기뻐하면서 딸을 문간으로 배웅했다. 어머니의 소망이 이루어져, 제인이 떠나고 얼마 안 되어 장대비가 쏟아졌다. 동생들은 걱정을 했지만 어머니는 기뻐서 어쩔 줄 몰랐다. 저녁 내내 비가 쉬지 않고 내렸으므로 제인은 집에 돌아올 수 없게 되었다.

"참 기막힌 계책이었지!" 베넷 부인은 비가 온 것이 자기 덕이기라도 한 양 거듭 되뇌었다. 그러나 부인이 정작 자기의 계략이 얼마나 잘 맞아떨어졌는지 알게 된 것은 이튿날 아침이었다. 아침 식사를 채 마치기도 전에 네더필드에서 하인이 와서 엘리자베스에게 쪽지를 전했다.

사랑하는 리지.
오늘 아침 몸이 너무 안 좋구나. 어제 흠뻑 젖어서 그런가 봐. 여기 분들은 친절하게도 낫기 전엔 못 돌려보낸다고, 존스 선생님한테도 꼭 보여야 한다고 하시네. 그러니 선생님이 여기 다녀갔다는 이야기를 듣더라도 놀라지 마. 목하고 머리가 아픈 걸 빼면 괜찮아.
이만 줄일게.

엘리자베스가 쪽지를 소리 내어 읽고 나자 베넷 씨가 아내에게 말했다. "만일 당신 딸이 중병에 걸려서 죽는다 해도 다 당신 말을 듣고 빙리 씨를 잡으러 가서 그런 거니 당신은 참 위안이 되겠구려.”

“아니! 그런다고 내가 겁낼 줄 알아요? 그깟 감기로 사람이 죽기는 왜 죽어. 간호도 얼마나 잘해줄 텐데. 애가 거기 있는 한은 만사형통이우. 마차만 있으면 내가 보러 갔으면 좋겠구만.”

한편 엘리자베스는 진짜로 걱정이 되어서, 마차를 못 내더라도 언니를 보러 가기로 마음먹었다. 하지만 말도 탈 줄 모르니 걸어가는 수밖에 없었다. 엘리자베스는 그런 생각을 이야기했다.

“넌 어쩜 그렇게 생각이 없니.” 그 말을 들은 어머니가 소리쳤다. “길이 온통 진흙탕일 텐데 그게 말이 되니! 거기까지 가려면 몰골이 아주 엉망이 될 텐데.”

“언니를 보는 데 몰골이 무슨 상관이에요. 언니만 보면 됐죠.”

“마차를 내달라는 소리냐, 리지야?” 아버지가 물었다.

“정말 그런 거 아니에요. 전 걷는 거 좋아하잖아요. 그리고 갈 마음만 있다면 거리가 문젠가요, 고작 3마일 가지고. 저녁 식사 전까지는 돌아올게요.”

“언니가 이타심을 발휘하는 건 좋은 일이지만,” 메리가 끼어들었다. “감정의 충동은 반드시 이성으로 통제해야 하는 법이야. 그리고 내 견해로는, 이런 상황에서 그렇게까지 하는 건 좀 정도를 넘어선다고 봐.”

“메리턴까지는 우리가 같이 가줄게.” 캐서린과 리디아가 말했다. 엘리자베스가 그러자고 해서 셋은 함께 출발했다.

“서두르면 카터 대위가 떠나기 전에 잠깐이라도 볼 수 있겠지.” 같이 걸어가면서 리디아가 말했다.

자매는 메리턴에서 헤어졌다. 동생들은 한 장교 부인의 거처로 갔고, 엘리자베스는 혼자서 계속 걸었다. 빠른 걸음으로 들판을 여러 번 가로지르고, 낮은 울타리를 뛰어넘고 웅덩이를 건너

뛰고 하면서 마침내 네더필드의 저택이 보이는 곳에 이르자 발목은 시큰거리고 양말은 더러워지고 얼굴은 열기로 달아올랐다.

엘리자베스는 제인만 빼고 모든 사람이 모여 있던 조찬실로 안내를 받았다. 다들 엘리자베스의 출현에 몹시 놀랐다. 그토록 이른 시각에, 그렇게 험한 날씨에, 거기다 여자 혼자 3마일을 걸어왔다는 것은 허스트 부인과 빙리 양으로서는 거의 못 믿을 일이었고, 엘리자베스는 그로 인해 그들이 자기를 멸시하는 것을 느꼈다. 겉으로야 매우 정중히 응대했지만 말이다. 한편 빙리 씨의 태도에는 단순히 정중함을 넘어서는 선의와 다정함이 있었다. 다아시 씨는 거의 입을 열지 않았고, 허스트 씨는 아예 한마디도 하지 않았다. 다아시 씨는 운동으로 인해 밝아진 엘리자베스의 얼굴에 감탄하는 한편으로 혼자 그렇게 먼 길을 온다는 게 과연 옳은 일인지 자문하고 있었지만, 허스트 씨는 오로지 아침 식사 생각뿐이었다.

엘리자베스는 언니의 안부를 물었지만 바람직한 대답을 듣지 못했다. 잠도 잘 못 잤고, 아침에 일어나니 열이 많고 몸이 좋지 않아서 계속 방에 누워 있다고 했다. 엘리자베스는 곧장 언니 방으로 안내를 받았다. 제인은 내심 동생이 와줬으면 했으면서도 공연히 놀라게 하거나 부담을 줄까 봐 내색을 못한 터라, 동생이 오자 기뻐했다. 그러나 말을 많이 할 수 있는 상태가 아니라서, 두 사람끼리 편하게 이야기하라고 방을 나가는 빙리 양에게 친절히 보살펴 줘서 고맙다는 말을 하는 것이 고작이었다. 엘리자베스는 말없이 언니를 보살폈다.

이윽고 아침 식사를 마친 빙리 자매가 들어왔다. 엘리자베스는 제인에게 애정과 위로를 보여주는 그들이 조금은 마음에 들었다. 제인을 진찰하러 온 의사는 예상대로 감기가 심하니 잘 낫도록 다들 잘 보살펴 줘야 한다면서, 지어주는 약을 먹고 침대에 누워 있는 게 낫겠다고 조언했다. 제인은 열이 더 올랐고 두통이 심해졌기 때문에 그 충고를 그대로 따랐다. 엘리자베스는 잠시도 언니 방을 떠날 수 없었고, 빙리 자매도 자주 곁을 지켰다. 남자들이 외출한 터라 사실 달리 할 일도 없었다.

시계가 세 시를 알리자 너무 오래 있었다고 생각한 엘리자베스는 속으로는 내키지 않았지만 떠나야겠다고 말했다. 엘리자베스는 마차를 내주겠다는 빙리 양의 말에 응낙하려 했지만, 제인이 동생이 가버리는 것을 너무 걱정하는 바람에 빙리 양은 그 제안을 거두고 대신 며칠 머물러달라고 부탁할 수밖에 없었다. 엘리자베스는 이 제안을 아주 고맙게 받아들였고, 롱본으로 하인을 보내 그 사실을 알리고 옷가지를 가져오게 했다.

8장

다섯 시가 되자 빙리 자매는 옷을 갈아입으러 제인 방을 나섰고, 여섯 시 반이 되자 엘리자베스는 저녁 식사를 하러 오라는 알림을 받았다. 식당에 간 엘리자베스는 제인의 상태에 대한 정중한 질문을 받았고, 특히 빙리 씨가 가장 걱정하는 것을 알고 기분이 좋았지만 좋은 소식을 전할 수는 없었다. 제인이 조금도 나아지지 않았기 때문이다. 빙리 자매는 그에 답하여 자기들이 얼마나 가슴이 아픈지, 독감에 걸린다는 게 얼마나 무서운 일인지, 그리고 자기들이 몸이 아픈 걸 얼마나 질색하는지를 서너 번쯤 말했지만 그뿐, 제인 생각은 완전히 잊어버린 것 같았다. 엘리자베스는 그들이 제인이 눈앞에 있을 때만 관심을 보인다는 것을 알고서 다시 그들을 마음껏 싫어할 수 있었다.

사실 개중 엘리자베스가 유일하게 마음 놓고 대할 수 있는 사람은 빙리 씨뿐이었다. 빙리 씨는 제인을 진심으로 걱정하는 티가 났고 엘리자베스에게도 더할 나위 없이 신경을 써줘서, 불청객으로 여겨질까 봐 걱정스러운 엘리자베스의 불편한 기분을 조금은 덜어주었다. 빙리만 빼고 나머지는 엘리자베스를 거의 본체만체했다. 빙리 양은 다아시 씨에게만 온 신경을 쏟았고, 언니인 허스트 부인도 있으나 마나였다. 삶의 낙이라고는 오로지 술과 음식과 카드놀이뿐인 허스트 씨는 엘리자베스가 스튜보다는 담백한 요리를 더 좋아한다는 것을 알고 나서는 옆에 앉은 엘리자베스에게 한마디도 더 말을 건네지 않았다.

식사가 끝나자 엘리자베스는 곧장 제인 방으로 돌아갔고, 빙리 양은 엘리자베스가 자리를 뜨자마자 흉을 보기 시작했다. 오만하고 건방지고 돼먹지 않은 태도에 말솜씨도 없고, 멋도 모를 뿐더러 예쁘지도 않다고 했다. 역시 똑같이 생각하는 허스트 부인이 덧붙였다.

"한마디로, 잘 걷는 거 빼면 봐줄 만한 데가 한 군데도 없어. 오늘 아침 그 꼴은 절대 못 잊을 거야. 솔직히 좀 미친 줄 알았지 뭐니."

"맞아, 언니. 난 태연한 척하느라 안간힘을 썼는걸. 애초에 여기 온 것부터가 어이가 없지 뭐야! 제 언니가 감기에 걸렸으면 걸렸지 **자기가** 뭐라고 그 들판을 타넘어 여기까지 온대? 머리는 다 헝클어져서 난리도 아니더구만!"

"누가 아니래, 페티코트는 또 어떻고. 너도 봤어야 하는데, 밑에서부터 6인치는 족히 진흙탕을 뒤집어썼더라. 내가 확실히 봤어. 드레스를 늘어뜨려서 감춘다고 그게 감춰지니."

"루이자 누나가 봤다면 확실히 그랬겠지." 빙리가 말했다. "하지만 난 전혀 모르겠던데. 아침에 엘리자베스 베넷 양이 여기 들어왔을 때 정말 좋아 보인다고 생각했어. 더러운 페티코트 같은 건 보이지도 않을 정도로."

"하지만 다아시 씨는 **틀림없이** 보셨겠지요." 빙리 양이 말했다. "당신 **누이동생**이 그런 모습을 남들한테 보이는 건 아무래도 달가워하지 않으실 것 같은데요."

"그야 당연합니다."

"3마일이나 되는 거리를, 아니 4마일, 5마일인가, 아무튼 그게 문제가 아니라 그렇게 먼 거리를 발목까지 진흙탕에 빠져가면서 걸어오다니, 그것도 혼자서, 완전히 혼자서 말이에요! 무슨 생각일까요? 그런 건 독립심이라기보다는 오만, 그것도 지독한 오만이죠. 그렇게 상식 없는 짓은 촌사람들이나 하는 거예요."

"얼마나 언니를 아끼면 그러겠나 싶어서 난 보기 좋기만 하던데." 빙리가 말했다.

"어떡해요, 다아시 씨." 빙리 양이 반쯤 속삭이듯 말했다. "이런 대담한 짓 때문에 그 아가씨의 아름다운 눈에 대한 다아시 씨의 평가가 많이 떨어졌겠어요."

"천만에요." 다아시가 대답했다. "운동 덕분에 더욱 반짝이더군요." 빙리 양은 이 말에 아무 대답도 하지 않았고, 이번에는 허스트 부인이 말문을 열었다.

"제인 베넷 양 정도면 아주 괜찮지. 그렇게 예쁘고 상냥하니 좋은 데 시집갔으면 하는 게 내 진심이야. 하지만 아버지, 어머니도 그렇고 친척들도 그렇게 신분이 낮으니 거의 틀렸다고 봐야지. 안됐어."

"언니가 그때 그 아가씨들 삼촌이 메리턴에서 변호사를 한댔지, 아마."

"맞아, 그리고 다른 삼촌도 있는데, 그 사람은 무슨 칩사이드[1] 쪽에 살고 있다나."

"굉장하다." 동생이 이렇게 덧붙였고, 이윽고 자매는 신나게 웃었다.

"칩사이드에 사는 사람들이 **전부** 그 아가씨들 삼촌이면 뭐 어때," 빙리가 큰 소리로 말했다. "그렇다고 해도 그 아가씨들의 매력은 조금도 줄어들지 않아."

"하지만 실질적으로 괜찮은 신분의 남자와 결혼할 가능성은 많이 줄어들 수밖에 없잖나." 다아시가 대답했다.

빙리는 다아시의 말에 아무런 대답도 하지 않았다. 그러나 그의 누이들은 전적으로 동의하면서, 자기네 친구의 천한 친척들을 비웃는 즐거움을 잠시 동안 만끽했다.

그러나 이윽고 정찬실을 나서자 다정한 마음이 되살아났는지, 자매는 제인의 방으로 가서 커피가 준비되었다는 부름이 올 때까지 제인 곁을 지켰다. 제인은 여전히 몸이 좋지 않아서, 엘리자베스는 저녁 늦도록 언니 곁에 있겠다고 고집했다. 그리고 마침내 제인이 잠들자 그제서야 마음을 좀 놓고, 놀고 싶어서가 아니라 예의를 지키려고 아래층으로 내려갔다. 응접실에 들어서니 다 같이 카드놀이를 하고 있던 사람들이 같이 하자고 엘리자베스를 불렀다. 그러나 판돈이 너무 높아 보이는 터라, 엘리자베스는 언니 핑계로 거절하고는 잠깐 방에서 책이나 읽을까 해서 왔다고 말했다. 이 말에 허스트 씨가 놀란 눈으로 엘리자베스를 쳐다보았다.

---

1 런던의 중심부 지역으로, 중세 시대부터 상업 중심지 역할을 해왔다.

"카드놀이보다 책 읽는 게 더 좋다고요?" 허스트 씨가 말했다. "정말 특이하시군요."

"일라이자 베넷 양은," 빙리 양이 말했다. "카드놀이 같은 건 경멸하세요. 엄청난 독서가일뿐더러 오로지 독서 말고는 좋아하는 활동이 없답니다."

"그게 칭찬의 말씀이든 비난의 말씀이든 제가 들을 말씀은 아니네요." 엘리자베스가 탄성을 질렀다. "저는 엄청난 독서가도 **아닐뿐더러** 독서 말고도 좋아하는 활동이 많거든요."

"그리고 좋아하시는 활동 중에는 언니 간호도 있고요." 빙리가 말했다. "언니가 얼른 나으셔서 그 즐거움이 더 커졌으면 좋겠습니다."

엘리자베스는 빙리에게 마음으로부터 감사를 표하고, 책이 몇 권 놓여 있는 탁자 쪽으로 갔다. 빙리는 즉시 자기 서재에 있는 책이라면 얼마든지 더 가져다주겠다고 나섰다.

"장서가 더 많았더라면 일라이자 양에게도 더 좋고 저도 더 자랑스러웠을 텐데, 제가 워낙 게으르다 보니 그나마 있는 책도 다 못 읽었답니다."

엘리자베스는 응접실에 있는 책이면 충분하다고 빙리를 안심시켰다.

"아버지가 남기신 장서가 그 정도밖에 안 될 줄은 저도 몰랐어요." 빙리 양이 말했다. "펨벌리의 서재는 그렇게 훌륭한데 말이에요, 다아시 씨!"

"그 서재야 좋은 게 당연하지요." 다아시가 대답했다. "몇 대에 걸쳐서 갖춰졌으니까요."

"본인도 거기다 아주 많이 보태셨으면서. 늘 책을 사시잖아요."

"그저 요즘 같은 시기에 가문의 서재를 방치할 수 없는 것뿐입니다.”

“방치하다니요! 그 멋진 저택을 더 아름답게 만들려고 엄청 노력하시는 것 다 아는데요. 찰스 오빠, 오빠도 이제 본격적으로 집을 짓게 되면 펨벌리의 반만큼이라도 쾌적하게 만들었으면 좋겠어요.”

“그러면야 좋지.”

“하지만 내가 진짜로 조언하고 싶은 건, 펨벌리 근처 땅을 구하고 집도 펨벌리를 본떠서 지으라는 거예요. 잉글랜드 전 지역에서 더비셔보다 나은 주는 없을걸요.”

“전적으로 동의해. 만약 다아시가 팔아만 준다면 아예 펨벌리를 사버리고 싶어.”

“그건 가능성이 없잖아요, 오빠도 참.”

“그렇지만, 캐럴라인, 내 생각에는 펨벌리를 갖고 싶으면, 모방하느니 차라리 사들이는 방법이 틀림없이 더 가능성이 있을 것 같은데.”

엘리자베스는 이 이야기에 온 정신이 쏠리는 바람에 손에 든 책에는 집중이 되지 않았다. 그래서 아예 책을 내려놓고 카드 테이블 쪽으로 가서 빙리 씨와 허스트 부인 사이에 자리 잡고 앉아 카드놀이를 구경하기 시작했다.

“다아시 양은 봄보다 키가 많이 자랐나요? 나중에 저만큼은 크려나요?” 빙리 양이 말했다.

“그럴 것 같습니다. 지금은 엘리자베스 베넷 양 정도, 아니면 더 클지도 모르겠군요.”

“다아시 양이 너무 보고 싶어요! 그렇게 마음에 드는 사람을 또 어디 가서 만날 수 있을지. 표정도 그렇고, 태도도 그렇고! 거기다 어린 나이에 어쩜 그렇게 교양을 쌓았는지! 피아노 솜씨도 보통 뛰어난 게 아니에요.”

“정말 놀라운 일이야,” 빙리가 말했다. “젊은 아가씨들이 다들 그처럼 끈기 있게 교양을 쌓을 수 있다니.”

“젊은 아가씨들이 다들 교양이 있다니! 오빠도 참, 그거 진심으로 하는 말이에요?”

“그렇잖아, 다들 그렇던데. 그림이면 그림, 수면 수, 뜨개질이면 뜨개질, 내가 아는 아가씨들은 대개 이런 정도는 전부 할 줄 알던걸. 게다가 어떤 아가씨 이야기가 나오면 으레 교양이 굉장하다는 이야기가 맨 처음에 나오잖아.”

“자네처럼 그런 평범한 것들을 가지고 교양을 따진다면,” 다아시가 말했다. “뭐 그것도 맞는 말이겠지. 뜨개질이나 수놓는 것 말고 다른 건 아무것도 모르는 여자들을 수두룩하게 두고 보통 교양이 있다고들 하니까. 그렇지만 나로서는 아가씨들 전반에 대한 자네 평가에 전혀 동의할 수 없네. 내가 아는 아가씨들을 다 헤아려 봐도, 그중 진짜 교양을 갖춘 사람은 여섯 명도 안 되거든.”

“저도 적극 동의해요.” 빙리 양이 말했다.

“그렇다면,” 엘리자베스가 말했다. “다아시 씨는 교양 있는 여성이라고 할 때 상당히 많은 조건을 포함하시는군요.”

“그렇습니다. 당연히 상당히 많은 조건을 포함하지요.”

“아! 그야 당연하지요.” 다아시의 충실한 지지자인 빙리 양이 외쳤다. “누구라도 쉽게 달성할 수 있는 정도를 훨씬 뛰어넘지 않고서는 진정 교양 있는 여자로 인정받을 수 없어요. 그러려면 적어도 음악과 노래, 그림과 춤에 완벽히 통달하고 유럽어도 몇 가지는 할 줄 알아야 해요. 이 모든 것을 갖추고, 거기다 분위기와 걸음걸이와 어조, 말씨와 표현력에 어떤 자기만의 특별함이 있지 않으면 그 말이 아깝죠."

"그 모든 것도 갖춰야 하지만," 다아시가 덧붙였다. "그 위에 더 실질적인 무언가가 필요합니다. 폭넓은 독서로 열린 마음을 갖춰야 하죠."

"말씀을 들으니 교양 있는 여성을 여섯 명**밖에** 모르신다는 게 그리 놀랄 일도 아니네요. 이제는 오히려 한 사람이라도 아신다는 게 신기한걸요."

"이 모든 요건이 전혀 불가능하다고 생각하신다면, 동료 여성에 대해 평가가 너무 박하신 것 아닌가요?"

"**저는** 한 번도 그런 여자를 본 적이 없는걸요. 적어도 그만한 능력에 취향, 근면함에다 우아함까지 전부 갖춘 여자는 한 번도 못 봤어요."

허스트 부인과 빙리 양은 입을 모아 그와 같은 엘리자베스의 의심은 부당하다고, 자기들은 그런 조건에 맞는 여자들을 많이 알고 있다면서 큰 소리로 항변했다. 이때 허스트 씨가 좀 조용히들 하고 카드놀이에 집중하라며 불평을 터뜨렸다. 대화는 거기서 끝났고, 엘리자베스는 이내 방을 떠났다.

"일라이자 베넷은," 엘리자베스가 나가고 문이 닫히자 빙리 양이 말했다. "남자들한테 잘 보이려고 같은 여자들을 비하하는 유의 아가씨로군요. 아마 거기 넘어가는 남자도 많을 테죠. 하지만 내가 보기에는 깜찍하고 유치한 술책이에요."

이 말은 누구보다 다아시 씨 들으라고 하는 말이었기에, 다아시 씨는 이렇게 대답했다. "그야 물론 아가씨들이 신사들의 관심을 끌기 위해 종종 써먹는 술책은 **다** 유치한 데가 있죠. 교활한 술책은 유치하기도 한 법이니까요."

이는 빙리 양이 대화를 더 이어가기에는 충분치 않은 대답이었다.

엘리자베스는 다시 응접실에 나타났지만 제인의 상태가 더 악화되어서 곁에 붙어 있어야겠다고 알리기 위해 온 것뿐이었다. 빙리 씨는 즉시 존스 씨를 불러오자고 했고, 누이들은 시골 의사가 와서 본다고 별 수 있겠느냐며 런던의 유명한 의사를 급히 불러오자고 했다. 엘리자베스는 누이들의 제안은 단호히 거절했지만, 빙리 씨의 제안까지 반대할 마음은 없었다. 그리하여 결국 베넷 양의 상태가 확실히 나아지지 않는 한 아침 일찍 존스 씨를 불러오기로 했다. 빙리는 안절부절못했고, 누이들은 말로는 너무 걱정된다고 했다. 그러나 빙리 씨가 하녀장에게 제인과 엘리자베스를 최대한 잘 보살피라고 지시하는 것 말고는 통 마음을 가라앉힐 방법을 찾지 못한 반면, 누이들은 저녁 식사 후에 이중창을 부르며 평온한 마음을 되찾았다.

9장

엘리자베스는 그날 밤을 언니 방에서 꼬박 새우다시피 했다. 빙리 씨는 이튿날 아침 일찍 하녀를 통해, 누이들은 그 조금 후에 자기들 시중을 드는 두 점잖은 숙녀를 통해 제인의 안부를 물어왔는데, 다행히도 엘리자베스는 그럭저럭 괜찮아졌다는 대답을 전할 수 있었다. 비록 제인의 상태가 나아지긴 했지만, 엘리자베스는 롱본으로 쪽지를 보내 어머니에게 직접 와서 봐달라고 부탁했다. 쪽지는 급파되었고, 베넷 부인은 아침 식사를 마치자마자 바로 맨 밑의 두 딸을 데리고 네더필드에 도착했다.

제인의 상태가 정말로 위중했다면 베넷 부인은 걱정이 이만저만이 아니었으리라. 하지만 직접 보니 다행히도 심각한 병세는 아니었고, 제인이 건강을 회복하면 네더필드를 떠나야 한다는 것을 아는 부인은 제인의 쾌유를 조금도 바라지 않았다. 집에 데려가 달라는 제인의 부탁도 무시했다. 하긴 부인과 거의 동시에 도착한 의사도 그러지 않는 편이 낫다고 조언하긴 했다. 어머니와 세 딸이 얼마 동안 제인 곁을 지키고 있는데, 빙리 양이 들어와 조찬실로 청했다. 빙리가 조찬실에서 모녀를 맞아 제인이 어머님이 예상한 것보다 상태가 나아졌기를 바란다고 말했다.

"실은 그렇지가 않네요." 부인이 대답했다. "애가 너무 아파서 집에 데려갔다간 큰일 나겠어요. 존스 씨도 그런 생각은 하지도 말라고 그러네요. 그러잖아도 잘해주셨는데 조금만 더 신세질게요."

"데려가시다니요!" 빙리가 외쳤다. "생각도 할 수 없는 일입니다. 제 누이도 그런 말씀은 듣지 않을 겁니다."

"걱정 놓으세요, 부인." 빙리 양이 정중하지만 냉랭하게 말했다. "베넷 양이 여기 계시는 한은 있는 힘껏 보살펴 드릴 테니까요."

베넷 부인이 감사 인사를 늘어놓았다. "정말이지," 부인은 덧붙였다. "이렇게 좋은 친구분들 아니었으면 제인은 어떡할 뻔했대요. 애 상태가 정말 심각하고, 너무 아픈데 지금 엄청나게 참고 있는 거예요. 세상에서 제일 참을성이 강한 애라서, 노상 그런답니다. 제 평생 저렇게 착한 애는 어디 가서 본 적도 없어요. 제가 밑의 애들한테 노상 하는 말이, **큰언니**에 비하면 너흰 아무것도 아니야, 그런답니다. 방이 참 예뻐요, 빙리 씨. 정원 자갈길 쪽 전망도 좋고. 제가 알기로 이 부근에서 네더필드만 한 집이 없어요. 세는 짧게 내셨다고 들었지만, 그래도 금방 떠나실 작정이 아니셨으면 좋겠네요."

"저는 뭐든 했다 하면 당장 하는 편이라서요," 빙리가 대답했다. "그러니까 네더필드를 떠나야겠다고 생각하면, 5분이면 떠나는 거죠. 하지만 지금으로선 여기에 정착했다고 보셔도 틀린 생각은 아닐 겁니다."

"제가 짐작한 꼭 그대로시네요." 엘리자베스가 말했다.

"이제 슬슬 저라는 사람을 훤히 들여다보시는군요?" 빙리가 엘리자베스를 돌아보며 탄성을 질렀다.

"예, 맞아요! 완벽히 이해가 되네요."

"그 말씀이 칭찬이었으면 좋겠지만, 그렇게 뻔히 들여다보이는 사람이라는 게 자랑할 일은 아니겠지요."

"그럴 수도 있겠네요. 하지만 깊고 복잡한 성격이라고 해서 반드시 빙리 씨 같은 성격보다 짐작하기 더 어렵거나 더 쉬우라는 법은 없지요."

"리지," 어머니가 소리쳤다. "네가 지금 있는 곳이 어디인지 잊었니? 그렇게 주제넘게 굴면 못써."

"리지 양이 성격을 연구하시는 줄은 미처 몰랐습니다," 빙리가 즉시 말을 이었다. "아주 재미있겠는데요."

"맞아요. 그렇지만 사실 **제일** 재미있는 건 복잡한 성격이죠. 일단 재미는 있다는 게 복잡한 성격의 장점이에요."

"시골에서는 대체로 그런 연구 대상이 드물죠." 다아시가 말했다. "시골 동네에서는 워낙 제한되고 협소한 사교계 안에서 움직여야 하니까요."

"그렇긴 해도 인간 자체가 워낙 자주 변하는 법이어서 새로운 관찰거리가 끝없이 나타난답니다."

"아무렴요," 시골 동네를 이야기하는 다아시의 태도가 거슬린 베넷 부인이 소리쳤다. "제가 분명히 말씀드리는데, 시골이나 런던이나 다사다난하기는 매한가지랍니다."

다들 깜짝 놀랐다. 다아시는 그녀를 흘끗 보고는 말없이 등을 돌렸다. 자기가 완승을 거두었다고 착각한 베넷 부인은 기세등등하게 말을 이었다.

"가게나 공공장소 같은 데를 빼면 저로서는 런던이 시골보다 뭐 특별히 나을 게 있는지 모르겠더군요. 오히려 시골이 훨씬 더 살기 좋죠, 안 그래요, 빙리 씨?"

"저는 시골에 있을 때는," 빙리가 대답했다. "시골을 떠나기가 싫어진답니다. 그리고 런던에 있을 때는 또 런던을 떠나기가 싫어지고요. 시골이든 런던이든 제각기 장점이 있는 법이라 저는 어느 쪽에도 딱히 불만은 없습니다."

"아무렴요, 그게 올바른 품성을 가지신 분의 생각이죠. 그렇지만 저분은," 부인은 다아시 씨를 바라보며 말을 이었다. "시골은 아주 우습게 보시는 것 같네요."

"에이, 그건 엄마가 오해하신 거예요." 엘리자베스는 어머니 때문에 얼굴이 빨개져서 말했다. "다아시 씨의 말씀을 오해하셨어요. 그냥 시골보다는 런던에서 더 다양한 사람을 만날 수 있다고 하신 것뿐이에요. 사실은 사실로 인정하셔야죠."

"그래, 애, 누가 아니래니. 그렇지만 이 동네에서 사람을 많이 만나기가 쉽지 않다고 하시는데, 이 동네보다 더 이웃이 많은 곳도 드물걸. 우리하고 식사를 함께하는 가족이 스물네 집이나 되잖니."

엘리자베스를 생각하지 않았더라면 빙리도 이 말에는 웃음을 참지 못했으리라. 반면 그처럼 세심하지 않은 그의 누이는 입가에 의미심장한 미소를 띠고 다아시 씨에게 눈길을 던졌다. 엘리자베스는 어머니의 생각을 다른 데로 돌리려고 **자기가** 여기 있는 사이에 샬럿 루커스가 집에 놀러온 적이 있느냐고 물었다.

"그래, 어제 자기 아버지하고 들렀더라. 윌리엄 경은 사람이 어쩜 그렇게 좋을까! 그렇지 않아요, 빙리 씨? 아주 멋쟁이지! 어쩌면 그렇게 점잖고 사람이 유하고! 그분은 누구하고든 대화 거리가 없을 적이 없지. 내 보기에 품성이 좋다는 건 **바로** 그런 거다. 나는 중요한 사람입네, 하고 입을 꾹 다물고 있는 사람들은 뭘 몰라서 그러는 거야."

"샬럿이 저녁은 먹고 갔어요?"

"아니, 집에 가서 먹는다고. 아마 걔가 가서 민스파이[1]를 만들어야 하는 것 같더라. 그야 **저는**, 빙리 씨, 자기 일은 늘 스스로 알아서 하는 하인들을 두었으니, **제 딸들은** 그렇게 안 길렀답니다. 하지만 다들 자기 하는 방식이 있는 거고, 루커스 집 딸들 정도면 아주 괜찮은 편이죠, 뭐. 예쁘기만 했으면 참 좋았을 텐데! 그렇다고 제가 샬럿이 아주 못생겼다고 생각하는 건 아니에요……. 하기야 걔는 워낙 우리 집안하고 친하니까."

"제가 보기엔 아주 괜찮은 아가씨 같던데요." 빙리가 말했다.

"아유! 그럼요, 그렇고말고요. 그렇지만 걔가 무척 못생긴 건 사실이잖아요. 엄마인 루커스 부인부터가 툭하면 그러고, 제인이 예뻐서 좋겠다고 저를 부러워한답니다. 자식 자랑을 하려는 게 아니라, 확실히 제인은…… 그렇게 예쁜 애는 보기 드물어요. 제인이 겨우 열다섯 살 땐데, 한 신사분이 런던 사는 제 남동생 가드너네 집에서 제인을 보고는 홀딱 반해가지고, 저희 올케는 그분이 우리 식구가 그 집을 나서기 전에 기어이 제인한테 청혼을 할 거라고 확신했답니다. 뭐, 실제로 청혼을 하지는 않았지만

---

1 밀가루와 버터를 개어 잘게 다진 고기를 넣고 구워서 만드는 음식.

요. 아마 너무 어려서 그랬나 봐요. 그렇긴 해도, 그분이 제인에 관해서 시를 몇 편 지었는데, 얼마나 멋있었는지 몰라요.”

“그리고 그분의 사랑도 그것으로 끝났고요.” 엘리자베스가 참다못해 말했다. “그런 식으로 사랑이 끝난 예가 수두룩하죠. 시가 사랑을 몰아내는 특효약이라는 걸 누가 처음 알아냈는지 궁금해요!”

“저는 지금껏 시가 사랑의 **양식**인 줄로만 알았습니다.” 다아시가 말했다.

“훌륭하고 굳건하며 건전한 사랑이라면요. 원래 강한 사랑은 그 무엇이라도 양분으로 삼을 수 있는 법이니까요. 하지만 그저 얕고 얄팍한 이끌림뿐이라면, 틀림없이 그럴싸한 소네트[2] 한 편으로 바닥나고 말걸요.”

다아시는 그저 웃음으로 답했고, 이어진 침묵에 엘리자베스는 어머니가 다시 나설까 봐 마음을 졸였다. 아무 말이라도 꺼내려고 했지만 도무지 할 말이 떠오르지 않았다. 잠시 침묵이 이어졌고, 이윽고 베넷 부인은 빙리 씨에게 제인에게 잘해줘서 고맙고, 리지까지 폐를 끼쳐 죄송하다는 말을 하고 또 했다. 빙리 씨는 가식 없이 정중하게 대답했고, 누이에게도 예를 갖추고 이 상황에서 필요한 말을 하도록 종용했다. 사실 빙리 양은 맡은 바 역할을 그리 정중하지 않은 태도로 수행했지만 베넷 부인은 별로 불만을 느끼지 않았고, 이내 마차를 준비하러 보냈다. 그리고 이 신호에 맞춰 맨 밑 두 딸이 앞으로 나섰다. 네더필드에 와 있는 동안 둘은 내내 무슨 이야기를 쑥덕이고 있었는데, 결국 막내인 리디아가 처음 이사를 왔을 때 한 약속대로 네더필드에서 무

---

2 14행의 짧은 시로 이루어진 서양 시가.

도회를 열어달라고 빙리 씨를 졸라댔다.

리디아는 피부가 맑고 표정이 밝고 열다섯 살치고는 발육이 좋은 튼튼한 소녀였는데, 어머니가 가장 애지중지하는 딸이라서 어린 나이에 사교계에 선을 보일 수 있었다. 워낙 기가 센 데다 타고나길 자신감이 다소 넘치는 편이었는데, 이모부의 융숭한 대접과 자신의 헤픈 처신 덕분에 장교들의 관심을 한 몸에 받자 그 자만심은 더욱 커졌다. 그랬으니 리디아가 빙리 씨에게 무도회 얘기를 꺼내고 그의 약속을 들먹이며 따진 것은 당연한 일이었다. 뿐만 아니라 약속을 어긴다면 세상에서 가장 수치스러운 일일 거라고까지 덧붙였다. 뜻하지 않은 공격을 받은 빙리는 베넷 부인의 마음에 꼭 드는 말로 대답했다.

"약속은 꼭 지킨다고 분명히 말씀드리죠. 아가씨의 언니가 다 나으면, 언제든 아가씨가 원하는 날에 무도회를 열겠습니다. 하지만 언니가 아파 누워 있는데 지금 춤추고 싶다는 건 아니죠?"

리디아는 만족했다. "아, 물론이죠! 언니가 나을 때까지 기다리는 게 훨씬 나아요. 그때쯤이면 카터 대위도 메리턴으로 돌아올 거고. 그리고 빙리 씨가 무도회를 여시고 나면," 리디아가 덧붙였다. "그다음에는 그분들한테도 무도회를 열자고 조를래요. 포스터 대령한테도 안 그러면 정말 수치스러운 일이라고 말해야지."

이윽고 베넷 부인과 두 딸이 집으로 돌아갔고, 엘리자베스는 자신과 가족의 행동을 마음껏 화제 삼을 수 있도록 두 숙녀와 다아시 씨를 남겨두고 즉시 제인에게 돌아갔다. 그러나 빙리 양이 예의 **아름다운 눈**이라는 말을 끄집어내 온 재치를 다 발휘해 놀렸어도 **엘리자베스**에 대한 험담에 다아시 씨를 끌어들이지는 못했다.

10장

그날은 대체로 전날과 거의 다름없이 지나갔다. 허스트 부인과 빙리 양은 오전에 환자 곁에서 몇 시간을 보냈는데, 환자는 느리게나마 회복되고 있었다. 저녁에는 엘리자베스가 응접실로 내려가 사람들 모임에 끼었다. 하지만 이날 사람들은 다 같이 카드 게임을 하고 있지 않았다. 다아시 씨는 누이동생에게 편지를 썼고, 빙리 양은 가까이에 앉아서 다아시 씨가 편지를 써 내려가는 모습을 지켜보면서 누이에게 이런저런 소식을 전해달라는 말로 계속 다아시 씨를 방해했다. 허스트 씨와 빙리 씨는 카드놀이를 하고 있었고, 허스트 부인은 그것을 지켜보고 있었다.

엘리자베스는 뜨개질감을 집어들었지만, 다아시와 빙리 양 사이에 오가는 대화를 무척 재미있어하며 귀를 기울였다. 빙리 양은 끊임없이 글씨를 고르게 잘 쓴다는 둥 긴 편지를 잘 쓴다는 둥 하면서 다아시 씨를 칭찬한 반면 다아시 씨는 거의 무관심하게 흘려듣고 있어서, 대화는 아주 기묘하게 흘러갔다. 그 대화의 흐름은 두 사람에 관한 엘리자베스의 견해와 정확히 일치했다.

"다아시 양은 이런 편지를 받으니 정말 좋겠어요!"

묵묵부답.

"편지를 무척 빨리 쓰시네요."

"잘못 보신 겁니다. 보통 느리게 쓰는 편이죠."

"매년 때맞춰 쓰실 편지가 얼마나 많을까! 게다가 사무적인 편지도 있고! 저더러 그런 편지를 쓰라면 정말 지겨울 것 같아요!"

"그렇다면 그런 편지를 써야 하는 사람이 빙리 양이 아니고 저라서 다행이군요."

"다아시 양에게 제가 너무 보고 싶어 한다고 좀 써주세요."

"아까 말씀하셔서 이미 그렇게 썼습니다."

"펜이 좀 불편한가 봐요. 제가 손봐드릴게요. 저 정말 잘 고쳐요."

"고맙습니다만, 늘 직접 손봐서 쓰고 있습니다."

"어쩜 그렇게 고른 필체로 쓰실 수가 있어요?"

침묵.

"다아시 양이 하프 솜씨가 더 늘었다는 소식을 듣고 제가 기뻤다고 좀 전해주세요. 또 다아시 양이 그리신 아름답고 조그만 탁자 도안에 제가 반했다는 이야기도요. 그랜틀리 양의 도안은 비교도 안 되더라고요."

"그 반했다는 말씀은 다음 편지로 미루어도 되겠습니까? 지금은 그 말씀을 제대로 전할 공간이 남아 있지 않군요."

"어머! 별로 중요한 얘기도 아닌데, 괜찮아요. 어차피 정월에 만날 텐데요, 뭐. 그런데 동생에게 언제나 그렇게 길고 멋진 편지를 쓰시나요, 다아시 씨?"

"제 편지가 보통 길기는 한데, 늘 멋진지는 제가 판단하기 어렵군요."

"편지를 길게 쓰고, 그것도 수월하게 쓰는 사람은 편지를 못 쓰는 경우가 없기에 드리는 말씀이에요."

"칭찬을 하려거든 맞게 해야지. 캐럴라인." 빙리가 큰 소리로 말했다. "다아시는 절대로 편지를 수월하게 쓰는 사람이 **아니거든**. 어려운 단어만 골라 쓰려고 신경을 쓰지. 안 그래, 다아시?"

"자네하고 나는 글 쓰는 방식이 아주 다르니까."

"아유!" 빙리 양이 외쳤다. "이 세상에서 찰스 오빠처럼 글을 되는 대로 쓰는 사람은 정말 없을 거예요. 단어를 끝까지 쓰지도 않고 반쯤 빼먹고 나머지도 온통 잉크 자국으로 범벅이지 뭐예요."

"난 생각이 너무 빨리 흘러가서 미처 쓰기도 전에 지나가 버려. 그래서 가끔은 편지를 받는 사람이 도대체 무슨 소린지 이해를 못 할 때가 있을 정도지."

"그렇게 겸손하시면," 엘리자베스가 말했다. "뭐라고 하는 사람이 오히려 민망하겠어요, 빙리 씨."

"하지만 겸손한 척하는 거라면," 다아시가 말했다. "그거야말로 기만적인 거죠. 겸손해 보이는 게 알고 보면 생각하기 싫어서라든가 반대로 간접적으로 자기 자랑을 하기 위해서일 수도 있으니까요."

"그렇다면 자네 보기엔 조금 전 **내** 겸손이 둘 중 어느 쪽인데?"

"간접적인 자기 자랑이지. 사실 자네는 글을 아무렇게나 쓰는 걸 자랑으로 여기잖나. 그게 생각은 빠른데 표현을 대충 하는 데서 생기는 문제라고, 그게 멋있거나 아니면 적어도 무척 흥미로운 특성이라고 생각하니까. 사람은 원래 무슨 일이든 과정이나 완성도보다는 빨리 해치우는 능력을 더 자랑 삼기 쉽거든. 오늘 아침 자네는 베넷 부인께 만일 자네가 네더필드를 떠날 마음을 먹기만 하면 5분도 안 되어 떠나버릴 거라고 말했지. 그때도 자네는 그 말을 일종의 찬사로, 자화자찬으로 한 거야. 그렇지만 그렇게 서두르면 꼭 처리해야 할 일들을 그대로 두고 가게 될 텐데, 그러면 나한테나 남한테나 좋을 게 없지. 과연 그게 칭찬받을 만한 행동일까?"

"이거야 원," 빙리가 외쳤다. "너무하잖아. 아침에 실없는 소리 좀 했다고 그걸 저녁때 끄집어내서 뭐라고 하다니. 그렇지만 난 그때 진심으로 그런 말을 한 거고 지금 이 순간도 그렇게 믿고 있으니까 어디까지나 떳떳해. 적어도 그냥 숙녀들에게 멋있어 보이려고 괜히 성질 급한 척한 건 아니라고.”

“자네가 소신껏 말했다는 건 나도 알지. 그렇지만 자네가 그렇게 서둘러 떠나지 않을 것도 난 알아. 누구나 그렇듯이 자네의 행동도 우연이라는 걸 피할 수는 없거든. 만일 자네가 막 말에 올라타려고 하는데 친구가 ‘빙리, 다음 주까지 더 있다 가지’라고 하면 자넨 아마 그러겠다고 할걸. 거기다 친구가 한마디만 더 하면 한 달이라도 더 눌러앉을지 모르지.”

“그렇게 말씀하시면 그냥 빙리 씨가 스스로 부당하게 자기 성격을 깎아내렸다는 설명밖에 되지 않는데요.” 엘리자베스가 외쳤다. “빙리 씨가 자화자찬한 것보다 오히려 훨씬 더 빙리 씨를 추켜세우신 거잖아요.”

“정말 감사합니다.” 빙리가 말했다. “저 친구의 말을 제 성격이 좋다는 칭찬으로 바꿔주시다니요. 그렇지만 제가 보기엔 완전히 오해하신 것 같은데요. 왜냐하면 다아시는 분명히 제가 친구의 부탁을 그 자리에서 딱 잘라 거절하고 말을 몰고 떠나야 저를 높이 평가할 테니까요.”

“그렇다면 다아시 씨는 경솔한 결정이라도 일단 내렸다면 고집스레 밀고 나가야 그 경솔함이 무마된다고 생각하신다는 건가요?”

“저는 도저히 이 문제를 명확히 설명할 재간이 없습니다. 다아시가 직접 자기 생각을 밝혀야겠는데요.”

“내가 인정하지도 않은 의견을 자네 멋대로 내 의견이라고 해놓고 그걸 나더러 설명까지 하라는 건가. 하지만 베넷 양, 지금 말씀하신 게 맞다고 해도, 빙리의 친구가 붙잡을 때 단순히 더 있어줬으면 좋겠다고 했지, 그렇게 해야 하는 이유는 설명하지 않았다는 걸 잊지 마십시오."

"친구의 **부탁**을 선뜻 받아들인다는 건 장점일 수도 있잖아요."

"친구의 부탁이라고 무조건 선뜻 받아들인다면 그건 양측 다 생각이 좀 모자란다는 뜻이겠지요."

"제가 보기엔 다아시 씨는 우정이나 애정의 힘을 전혀 인정하지 않으시나 봐요. 자기가 중요하게 생각하는 사람이 부탁을 하면 꼭 그 이유를 들을 때까지 기다리지 않고 들어줄 수도 있잖아요. 이건 다아시 씨가 아까 예를 들어 말했던 경우에만 해당되는 이야기는 아니에요. 어쩌면 빙리 씨 행동이 신중한지 어떤지 하는 이야기를 하려면, 그런 일이 실제로 일어날 때까지 기다리는 게 나을지도 모르죠. 그렇지만 일반적인 상황에서, 그다지 중요하지 않은 결정을 바꿔달라는 친구의 부탁을 이유도 묻지 않고 즉시 수락한다면 그 사람은 잘못한 걸까요?"

"더 이야기하기 전에 그 부탁이 얼마나 심각한 일인지, 또 그 두 친구가 얼마만큼 가까운 사이인지 좀 더 정확하게 밝혀두는 게 옳지 않을까요?"

"그럼 어디," 빙리가 외쳤다. "세부 사항을 조목조목 다 따져보자고. 두 친구의 상대적인 키와 몸집도 빼놓으면 안 돼. 베넷 양은 잘 모르시겠지만 알고 보면 그게 무척 중요하거든요. 솔직히 다아시가 저보다 저렇게 훨씬 크지 않았더라면, 저는 다아시를 지금의 반만큼도 존경하지 않았을 겁니다. 때와 장소에 따라 다르긴 한데, 특히 다아시의 집에서, 그리고 아무 할 일이 없는 일요일 저녁에 다아시는 저한테 정말 무서운 상대랍니다."

다아시 씨는 미소를 띠었다. 그러나 엘리자베스는 다아시가 조금 기분이 상한 듯한 인상을 받았기 때문에 웃음을 참았다. 빙리 양은 오빠가 다아시 씨를 말도 안 되는 소리로 모욕했다고 대단히 분개하며 나무랐다.

"그렇게 말한 속셈을 내가 모를 줄 아나, 빙리." 다아시가 말했다. "자네는 토론이라면 질색이지. 그래서 이 토론을 중단시키려는 거야."

"아마 그렇겠지. 토론은 말다툼하고 너무 비슷하단 말이야. 내가 이 방에 있는 동안만은 자네하고 베넷 양이 토론을 참아주면 대단히 고맙겠어. 내가 나간 다음엔 날 두고 무슨 소릴 해도 괜찮으니까."

"저로서는 기꺼이 그 부탁을 들어드릴 수 있어요," 엘리자베스가 말했다. "다아시 씨도 편지를 마무리 지으셔야 할 테고요."

다아시는 엘리자베스의 충고를 받아들여 편지를 마무리 지었다.

편지 쓰기가 끝나자 다아시 씨는 빙리 양과 엘리자베스에게 노래를 들려주면 감사하겠다고 부탁했다. 빙리 양은 재빨리 피아노로 다가가 정중한 태도로 엘리자베스에게 먼저 연주해 달라고 청했는데, 엘리자베스가 역시 정중하게, 그리고 더 강하게 사양하자 그녀가 먼저 피아노 앞에 앉았다.

허스트 부인과 빙리 양이 같이 노래를 했다. 그동안 엘리자베스는 피아노 위에 놓인 악보집을 뒤적이고 있었는데, 다아시 씨가 자주 자신에게 눈길을 보내는 것을 눈치채지 않을 수 없었다. 그렇게 대단한 사람이 자기를 보고 감탄하고 있다고는 생각하기 힘들었다. 그렇다고 마음에 안 들어서 쳐다보는 거라면, 그거야말로 이상한 일이었다. 엘리자베스는 마침내 자기가 다아시의 요주의 대상이 된 이유는 다아시의 기준에 비추어 자신에게 무언가 다른 사람들보다 잘못되고 책잡힐 데가 많아서라고 결론을 내렸다. 그렇게 생각했다고 해서 딱히 속이 상하거나 하지는 않

앉다. 어차피 이쪽도 좋아하는 마음이 전혀 없으니, 저쪽이 이쪽
을 인정해 주건 말건 전혀 상관없었던 것이다.

빙리 양은 이탈리아 가곡을 몇 곡 연주하고 나서 분위기를 바
꿔 경쾌한 스코틀랜드 민요를 연주했다. 다아시 씨가 이내 엘리
자베스 곁으로 다가와 말을 걸었다.

"베넷 양, 릴[1]을 추기에 딱 어울리는 곡이 아닙니까?"

엘리자베스는 웃음만 띠었을 뿐 말이 없었다. 다아시는 대답
을 듣지 못하자 약간 놀라서 다시 한번 똑같이 물었다.

"아!" 그녀가 말했다. "아까 물으셨을 때 들었어요. 그렇지만
당장 뭐라고 대답해야 할지 모르겠더라고요. 제 취향을 깔보면
서 즐거워하시려고, 제가 '예'라고 대답하길 바라고 물어보신 거
잖아요. 그렇지만 저는 그런 속셈을 뒤엎는 걸, 그렇게 해서 예
정된 경멸의 기회를 슬쩍 빼앗아 버리는 걸 늘 즐긴답니다. 그러
니까 저는 릴을 출 마음이 전혀 없다고 대답하기로 마음먹었어
요. 자, 이제 절 마음껏 깔보세요. 할 수 있으시면요."

"전혀 그러고 싶지 않은데요."

엘리자베스는 다아시의 기분이 상할 줄 알았기 때문에 그 정
중한 태도에 놀랐다. 그러나 엘리자베스의 태도에는 상냥함과
짓궂음이 한데 섞여 있어서, 누구든 불쾌하게 만들기가 어려웠
다. 더욱이 지금까지 엘리자베스처럼 다아시를 매혹시킨 사람은
일찍이 없었다. 다아시는 엘리자베스의 집안이 그렇게 처지지만
않았어도 자기가 상당히 흔들렸을 거라고 진심으로 믿었다.

빙리 양은 자기 눈으로 본 것, 혹은 머릿속으로 짐작한 것 때
문에 엘리자베스에게 질투심을 느꼈다. 그래서 엘리자베스가 가

1 스코틀랜드 고지인들의 경쾌한 춤 형식.

버렸으면 하는 마음에, 다정한 친구 제인이 완쾌하길 더욱 간절히 바라게 됐다.

그리고 다아시가 엘리자베스를 싫어하게 만들려고, 자주 다아시가 엘리자베스와 앞으로 결혼을 한다는 등 두 사람이 어떻게 하면 행복하게 살 수 있을 거라는 등 하는 소리를 해댔다.

"제 생각엔," 다음 날 다아시 씨와 관목 숲을 걷다가 빙리 양이 말했다. "장모님께—그런 경사가 실제로 일어나면 말이에요—웬만하면 입을 다물고 계시는 게 나을 거라고 슬쩍 일러드리면 좋을 것 같아요. 그리고 가능하면 어린 처제들이 장교들 꽁무니를 졸졸 따라다니는 것도 좀 못하게 하시고요. 그리고 이건 좀 민감한 주제라 제가 말씀드리긴 그렇지만 부인이 지니신 사소한 단점이랄까, 그 잘난 척 우쭐하는 성격도 좀 고치라고 하시고요."

"제 가정의 행복에 관해 더 하실 말씀이 있으신가요?"

"아 참, 맞아요! 펨벌리 회랑에 필립스 이모부님 내외의 초상화를 꼭 걸어놓으시고요. 판사셨던 증조부님의 초상화 바로 옆에다가요. 알고 보면 두 분이 같은 일을 하셨잖아요. 조금 방향이 다를 뿐이지. 그리고 당신의 엘리자베스는, 아예 초상화는 그릴 생각도 마세요. 그토록 아름다운 눈을 제대로 그려낼 화가를 어디 찾을 수나 있겠어요?"

"사실 그런 눈빛을 포착한다는 게 쉽지는 않을 겁니다. 그렇지만 색과 모양, 그리고 그 대단히 아름다운 속눈썹 정도라면 똑같이 그릴 수 있겠지요."

바로 그 순간 두 사람은 다른 쪽 산책로를 걸어오던 허스트 부인과 엘리자베스를 맞닥뜨렸다.

"언니가 산책을 하고 싶어 했는지 몰랐네." 빙리 양이 자기 말이 들렸을까 봐 조금 당황해서 말했다.

"두 사람, 어쩜 우리한테 이럴 수가 있어요." 허스트 부인이 말했다. "나간다는 말도 없이 슬쩍 빠져나오고 말이야." 그러고는 다아시 씨의 빈 한쪽 팔에 자신의 팔을 끼어 엘리자베스가 혼자 걷게 만들었다. 길은 세 사람이 간신히 걸을 수 있는 넓이였다. 예의가 아니라고 느낀 다아시 씨가 즉시 이렇게 말했다.

"이 산책로는 나란히 걸을 수 있을 만큼 넓지 않군요. 가로수 길로 나가는 게 좋겠습니다."

그러나 엘리자베스는 그들과 계속 함께 걷고 싶은 마음이 전혀 없었으므로 웃음을 섞어 이렇게 대답했다.

"아뇨, 아니에요. 그냥 그 길로 가세요. 그렇게 세 분이 딱 보기 좋게 어울려요. 거기다 제4의 인물을 추가하면 그림을 망칠 거예요. 먼저 갈게요."

그러고 나서는 기운차게 달려서 자리를 피했고, 하루이틀 후면 집으로 돌아갈 수 있다는 희망으로 한가로이 산책을 즐겼다. 제인은 꽤 회복되어서 그날 저녁에는 두어 시간 응접실에 와서 사람들과 어울리기로 했다.

11장

숙녀들이 저녁 식사를 물리자 엘리자베스는 얼른 언니 방으로 올라가 춥지 않도록 단단히 옷을 입혀 언니를 응접실로 데려갔다. 제인의 두 친구는 거듭 잘됐다고 하면서 제인을 반겼다. 그리고 신사들이 방에 들어올 때까지 엘리자베스가 그간 한 번도 보지 못한 유쾌한 태도를 보여주었다. 빙리 자매는 화술이 뛰어났다. 연회를 정확히 묘사하고, 유머를 담아 일화를 전하고, 주위 사람들을 유쾌하게 조롱할 줄도 알았다.

그러나 신사들이 들어오자 제인은 곧바로 그들의 관심사에서 밀려났다. 빙리 양은 이내 다아시에게 눈길을 돌려 그가 미처 몇 발짝 다가오기도 전에 말을 걸었다. 그러나 정작 다아시 씨는 제인에게 다가가 정중히 축하 인사를 건넸다. 허스트 씨 또한 가볍게 고개를 숙이며 "정말 다행입니다"라고 말했다. 그러나 장황하고 열렬한 인사는 빙리의 몫이었다. 빙리는 기쁨과 배려심으로 한바탕 수선을 피웠다. 방이 바뀐 탓에 제인이 추위를 타지 않도록 30분은 족히 들여 장작을 높이 쌓고 불을 더 세게 땠다. 또 제인이 문에서 좀 더 멀리 있도록 벽난로의 반대편 옆으로 자리를 옮긴 것도 빙리의 생각이었다. 그러고는 제인 곁에 자리를 잡고 앉아 다른 사람과는 거의 한마디도 하지 않았다. 반대편 구석에서 뜨개질감을 집어든 엘리자베스는 그런 모습을 보고 무척 기뻤다.

티타임이 끝나고 허스트 씨는 빙리 양에게 슬쩍 카드놀이를 하자는 운을 띄워 보았지만 처제는 들은 척도 하지 않았다. 다아시 씨가 카드놀이를 하고 싶어 하지 않는다는 것을 눈치챘기 때문이다. 그래서 허스트 씨가 다시 정식으로 제의하는 것도 이내 거절했다. 빙리 양은 카드놀이를 하고 싶어 하는 사람이 아무도 없다고 대답했는데, 다들 아무 말도 하지 않았으니 그 말이 틀린 말은 아닌 듯했다. 그러니 허스트 씨는 아무런 할 일이 없어져서 소파에 편안히 기대앉아 잠들고 말았다. 다아시는 책을 집어들었고, 빙리 양도 따라했다. 허스트 부인은 주로 자기의 팔찌와 반지 들을 만지작거리고 있다가 드문드문 남동생과 제인의 대화에 끼어들기도 했다.

빙리 양은 자기 책보다는 다아시 씨와 그가 읽고 있는 책의 진도에 더 신경을 썼다. 연거푸 질문을 던지고 책을 넘겨다보기도 했다. 하지만 결국 다아시를 대화로 끌어들이는 데는 실패했다. 다아시가 묻는 말에만 대답하면서 계속 책을 읽었기 때문이다. 오로지 다아시가 보는 책의 다음 권이라는 이유로 고른 책을 억지로 붙잡고 있던 빙리 양은 마침내 포기했는지 늘어지게 하품을 하더니 이렇게 말했다. "저녁 시간을 이렇게 보내니까 너무 좋네요! 누가 뭐래도 독서만큼 즐거운 것도 없죠! 책은 아무리 읽어도 싫증이 나질 않아요! 나중에 내 집이 생겨도, 훌륭한 서재가 없다면 정말 못 견딜 것 같아요."

아무도 대답하지 않았다. 빙리 양은 다시 하품을 하더니 책을 한쪽으로 치워버리고 다른 오락거리를 찾아 방을 둘러보았다. 그러다 오빠가 제인에게 무도회 이야기를 하는 것을 듣고 끼어들었다.

"무도회 이야기 말인데, 찰스, 정말 네더필드에서 무도회를 열려고요? 확실히 하기 전에 여기 모인 사람들한테 좀 물어보는 게 좋을 것 같아요. 우리 중에는 무도회를 오락이 아니라 고역으로 생각하는 사람도 있는 것 같은데, 안 그래요?"

"다아시 말이군." 빙리가 큰 소리로 대꾸했다. "다아시야 무도회를 시작하기 전에 자러 가면 그만이지. 무도회는 이미 하기로 정해진 거니까. 니컬스가 흰 수프를 넉넉히 만들기만 하면 곧장 초대장을 돌릴 거야."

"무도회를 좀 다르게 하면 훨씬 나을 것 같은데." 빙리 양이 대답했다. "무도회는 대개 진행 방식이 너무 지루해서 못 견디겠더라고요. 춤추는 대신 대화를 더 나누면 확실히 훨씬 더 건전할 텐데 말이에요."

"그야 훨씬 더 건전하긴 하겠지, 캐럴라인. 하지만 그러면 그
건 무도회가 아니잖아."

빙리 양은 대답하지 않았다. 그리고 이내 일어나서 방을 이리
저리 거닐었다. 우아한 자태로 맵시 있게 걸었다. 그러나 정작
봐줘야 할 다아시는 책에만 빠져 있었다. 빙리 양은 조바심이 나
서 다른 방법을 써보기로 마음먹고 엘리자베스를 향해 이렇게
말했다.

"일라이자 베넷 양, 저랑 같이 방금 제가 한 것처럼 이 방을 한
바퀴 돌아봐요. 똑같은 자세로 그렇게 오래 앉아 있다가 걸으면
정말 기분이 상쾌해진답니다."

엘리자베스는 영문을 몰라 어리둥절했지만 즉시 일어섰다. 그
러자 빙리 양은 엘리자베스에게 예의 바르게 군 진짜 목표를 달
성했다. 다아시 씨가 고개를 들어 아가씨들을 쳐다보았던 것이
다. 다아시는 엘리자베스만큼이나 빙리 양의 제안에 의아해져
서 무의식적으로 책을 덮었다. 빙리 양은 즉시 다아시에게도 함
께 걷자고 제안했지만 거절당했다. 다아시는 거절의 이유로, 자
기가 짐작하기에 그녀들이 함께 방 안을 걸어 다니기로 한 이유
는 딱 두 가지밖에 없는데, 자기가 함께 걸었다가는 그 두 가지
목적이 다 실패할 거라고 했다. "도대체 무슨 뜻이죠? 무슨 뜻인
지 너무 궁금하잖아요." 빙리 양은 엘리자베스에게 다아시의 말
뜻이 뭔지 알겠느냐고 물었다. 엘리자베스는 전혀 모르겠다고
대답했다. "그렇지만 틀림없이 우리를 꼬집는 말일 테니, 다아시
씨를 실망시키려면 아무것도 묻지 않는 게 제일 좋겠죠."

그러나 뭐가 됐든 다아시 씨를 실망시킬 마음이 전혀 없는 빙
리 양은 그 두 가지 이유가 뭔지 설명해 달라고 물고 늘어졌다.

"그건 얼마든지 설명해 드릴 수 있습니다." 다아시 씨는 말할

기회를 얻자마자 이렇게 말했다. "두 분이 같이 걷기로 하신 건 두 분끼리만 아는 은밀한 논의 사항이 있어서든가 아니면 그렇게 걸음으로써 가장 아름다운 자태를 뽐내기 위해서겠지요. 만일 전자라면 저는 방해만 될 겁니다. 그리고 후자라면 그냥 이렇게 난롯가에 앉아 있는 편이 두 분의 모습을 감상하기에 더 유리하고요."

"아이, 너무하세요!" 빙리 양이 외쳤다. "그렇게 망측한 소리는 처음 들어요. 그런 말을 하다니, 어떻게 벌을 드려야 하죠?"

"마음만 먹으면 그보다 더 쉬운 일도 없죠." 엘리자베스가 말했다. "서로 괴롭히고 혼내주는 건 다들 얼마든지 하잖아요. 약을 올리든가 비웃든가, 다아시 씨하고는 친하시니까 어떻게 하는 게 제일 좋은 방법인지 잘 아실 테지요."

"정말 몰라서 그래요. 그것까지 알 만큼 친하지는 않거든요. 저렇게 침착한 사람을 약 올린다고요! 아뇨, 아니에요. 다아시 씨는 눈도 깜짝 안 할걸요. 그리고 비웃어준다고 했지만 웃음거리가 없는데 괜히 비웃으려다가 도리어 우리가 당할지도 몰라요. 다아시 씨만 좋아하게요."

"다아시 씨한테는 비웃을 구석이 없다는 건가요?" 엘리자베스가 탄성을 질렀다. "그건 보기 드문 이점인데요. 앞으로도 보기 드물었으면 싶네요. 그런 사람이 많으면 **전** 무척 안타까울 거예요. 저는 웃는 걸 무척 좋아하거든요."

"빙리 양은 저를 지나치게 추켜세우신 겁니다." 다아시가 말했다. "이 세상에서 가장 현명하고 가장 훌륭한 사람이라도, 아니 그런 사람의 가장 현명하고 훌륭한 처신이라도, 웃는 게 인생의 최대 목표인 사람한테는 얼마든지 웃음거리가 될 수 있지요."

"확실히 그런 목표를 가진 사람이 있긴 해요." 엘리자베스가 대답했다. "제가 **그런** 사람은 아니었으면 좋겠지만 말이에요. 제가 현명하거나 훌륭한 처신을 조롱한 적도 없었으면 좋겠고요. 하지만 제가 **오직** 어리석은 행동이나 터무니없는 짓, 변덕이나 모순을 보면 즐거워진다는 건 인정할게요. 기회만 되면 놓치지 않죠. 하지만 다아시 씨한테야 어디 그런 약점이 있겠어요."

"그런 약점이 전혀 없는 사람이 어디 있겠습니까. 그러나 저로서는 특히 조롱을 유발하기 쉬운 약점들을 피하려고 줄곧 노력하긴 했지요."

"허영이나 오만 같은 것 말씀이군요."

"그렇지요. 허영은 진정 단점입니다. 그러나 오만은…… 진정으로 탁월한 지성을 갖추고 있다면 오만을 능히 통제할 수 있지요."

엘리자베스는 웃음을 감추려고 뒤돌아섰다.

"이제 다아시 씨에 대한 검토를 마치신 것 같은데요." 빙리 양이 말했다. "저한테도 꼭 좀 결과를 들려주세요."

"검토 결과 다아시 씨에게는 아무런 단점도 없다는 사실을 완벽하게 확신했어요. 다아시 씨 스스로도 감추지 않고 인정하셨고요."

"아니요." 다아시가 말했다. "그렇게 주장한 적은 없습니다. 저도 물론 단점이 있습니다만 지적인 능력과 관계된 건 아니라고 생각하고, 그러길 바라는 것뿐입니다. 제 성격 또한 그리 좋은 편은 못 되죠. 너무 고집이 세서, 무난하게 세상에 맞춰 사는 게 쉽지 않거든요. 잊어버리는 편이 좋을 다른 사람들의 어리석은 행동이나 단점, 잘못 따위를 쉽게 잊지 못하지요. 제 감정은 쉽게 움직이지 않습니다. 아마도 저 같은 성격을 두고 뒤끝이 있다고 하는 것 같더군요. 한번 아닌 사람은 끝까지 아닌 게 접니다."

"**그건** 정말 단점이 맞네요!" 엘리자베스가 탄성을 질렀다. "뒤끝이 길다는 건 확실히 성격적인 단점이죠. 하지만 단점 한번 잘 고르셨네요. 그런 성격을 **비웃는** 방법은 저도 모르거든요. 안심하셔도 되겠어요."

"특정한 단점을 나타내기 쉬운 성향이랄까, 가장 좋은 교육으로도 극복할 수 없는 어떤 타고난 단점 같은 건 꼭 제가 아니라 누구라도 하나씩 갖고 있는 것 아닐까요."

"그러니까 **당신의** 단점은 모든 사람을 미워하게 될지도 모른다는 거죠."

"그렇다면 당신의 단점은," 다아시가 웃음을 지으며 말했다. "남의 말을 일부러 곡해해서 듣는 거겠군요."

"우리 노래나 좀 듣죠." 대화에서 배제된 빙리 양이 참다못해 외쳤다. "루이자 언니, 형부를 깨워도 괜찮죠?"

아무 상관 없다는 대답을 들은 빙리 양은 피아노 뚜껑을 열었다. 잠시 마음을 가다듬고 난 다아시는 대화가 거기서 끊긴 게 차라리 다행이라고 생각했다. 엘리자베스에 대한 관심이 너무 커지는 게 스스로도 걱정스러웠다.

12장

이튿날 아침, 엘리자베스는 언니와 의논해 어머니에게 그날로 마차를 보내달라는 편지를 보냈다. 그러나 어머니는 제인이 간 지 딱 일주일이 되는 다음 화요일까지 딸들이 네더필드에 있기를 바랐기 때문에, 그 이전에 돌아온다는 말이 전혀 반갑지 않았다. 그리하여 하루라도 빨리 돌아가고 싶어 조바심을 내던 엘리자베스는 어머니에게서 전혀 기쁘지 않은 답신을 받았다. 화요일이나 되어야 마차를 보내줄 수 있다고 했다. 게다가 어머니는 만일 빙리 씨 남매가 더 있으라고 붙잡는다면 자기는 전혀 개의치 않겠다는 추신까지 달았다. 그러나 엘리자베스는 이미 더 이상 머무르지 않겠다는 결심을 굳혔고, 저쪽에서 붙잡으리라는 기대도 거의 하지 않았다. 오히려 쓸데없이 너무 오래 남의 집에 폐를 끼치는 불청객으로 여겨질까 봐 염려스러워 이내 빙리 씨의 마차를 빌리자고 강력하게 제인을 설득했다. 그리하여 마침내 자매는 그날 아침 네더필드를 떠난다는 애초의 계획을 빙리 씨에게 말하고 마차를 빌려보기로 했다.

그러한 의도를 전하자 다들 호들갑을 떨며 걱정스러워했다. 그리고 적어도 하루는 더 묵고 가야 한다고 입을 모아 말하는 바람에 제인은 마음이 약해졌다. 그래서 자매가 떠나는 것은 이튿날로 미뤄졌다. 그러자 빙리 양은 자기가 만류한 것을 후회했다. 자매 중 한쪽에 대한 질투와 미움이 다른 쪽에 대한 애정보다 훨씬 강했기 때문이다.

빙리 씨는 다음 날 가는 것도 너무 이르다고 진심으로 아쉬워했다. 그리고 아직 병이 충분히 회복되지 않았기 때문에 위험하다고 거듭 제인을 설득하려 했다. 그러나 제인은 일단 자기가 생각을 정하면 단호하게 실행하는 성격이었다.

다아시 씨는 이 소식을 반겼다. 그만하면 엘리자베스가 네더필드를 떠날 때가 되었다고 생각했다. 원치 않게 지나치게 마음을 빼앗겼기 때문이었다. 거기다 빙리 양이 엘리자베스에게 무례하게 굴면서 평소보다 심하게 다아시를 놀려댔다. 현명하게도 다아시는 **이제부터** 자신이 엘리자베스에게 품은 호감을 무심결에 드러내거나, 그녀가 자기를 행복하게 만들 수 있다는 희망에 부풀게 만들 행동은 절대로 하지 않도록 각별히 조심해야겠다고 마음먹었다. 그리고 만일 그녀가 이미 그런 희망을 품었다면, 그 희망을 현실로 만들거나 짓밟는 데 마지막 날 자신의 행동이 중요한 역할을 하리라는 사실을 깨달았다. 다아시는 그런 결심을 충실히 지키느라 토요일 내내 엘리자베스에게 채 열 마디도 건네지 않았다. 그리고 우연히 반 시간 정도 단 둘이서만 있게 되었을 때도 엘리자베스에는 눈길도 주지 않고 일사불란하게 독서에만 매진했다.

일요일 아침 식사를 마치고 대다수 사람들이 무척이나 고대하던 작별이 이루어졌다. 빙리 양은 마지막에 가서는 기어이 제인에 대한 애정뿐 아니라 엘리자베스에 대한 공손함마저 매우 급속히 커졌다. 그리하여 작별의 순간이 오자, 제인에게는 롱본에서든 네더필드에서든 언제라도 다시 만나면 기쁘겠다고 힘주어 말하면서 매우 다정하게 껴안은 뒤, 엘리자베스에게 악수를 청하기까지 했다. 엘리자베스는 발랄한 태도로 모든 이와 작별 인사를 나누었다.

어머니는 자매가 집에 돌아온 것을 썩 반기지 않았다. 이렇게 일찍 돌아올 줄은 정말 생각도 못했고, 빙리 씨한테 마차를 빌린 건 너무 폐를 끼친 것이며, 제인은 분명히 감기가 도졌을 거라고 했다. 반면 아버지는 비록 기쁨을 짧게 표하긴 했지만 자매를 진심으로 반겼다. 집안에서 그 두 사람이 얼마나 중요한 존재인지를 새삼 느꼈기 때문이다. 두 사람이 없는 동안, 남은 가족이 모여 나누는 저녁의 대화는 맥이 빠졌을뿐더러 의미 없는 잡담에 불과했다.

메리는 평소처럼 통주저음법[1]과 인간 본성에 대한 연구에 깊이 빠져 있었다. 그리고 사람들의 감탄을 사기 위해 몇 가지 새로운 인용문과 표현만 바꾼 진부한 교훈을 들려주느라 바빴다. 한편 캐서린과 리디아는 그와는 다른 종류의 소식을 준비해 놓았다. 지난 수요일 이래 연대에서 많은 일이 일어났고 이야깃거리도 많았는데, 최근 장교 몇 사람이 이모부와 식사를 했고, 졸병 한 사람이 태형을 당했으며, 포스터 대령이 곧 결혼한다는 이야기가 구체적으로 나왔다고 했다.

13장

이튿날 아침 식사 자리에서 베넷 씨가 아내를 불렀다. "여보, 오늘 정찬을 좀 신경 써서 준비했으면 좋겠는데. 우리 식구 말고 다른 사람이 자리할 것 같소."

"누구요? 제가 알기론 올 사람이 분명히 아무도 없는데. 샬럿 루커스가 지나가다 들르면 모를까. 걔한테야 **평소** 우리 집 식사 정도면 양반이죠. 자기네 집에서 어디 그런 걸 먹어봤으려고."

"내가 말한 사람은 숙녀가 아니라 신사고, 이 동네 사람이 아니라오." 그 말에 베넷 부인의 눈이 반짝였다. "신사고 동네 사람이 아니라고요! 그럼 분명히 빙리 씨군요. 제인, 얘, 너 어쩜 그렇게 한마디도 미리 얘길 안 해줬니? 이 새침데기야! 아유, 빙리 씨가 온다면야 너무 환영이죠. 그렇지만…… 맙소사! 큰일 났네! 오늘은 생선이 한 마리도 없는데. 리디아, 얘, 벨 좀 울려라. 당장, 힐한테 말을 해야지."

"빙리 씨가 **아니야.**" 베넷 씨가 말했다. "내 평생 처음 만나보는

---

1 주어진 숫자가 딸린 저음 위에 즉흥적으로 화음을 보충하면서 반주 성부를 완성하는 음악 기법.

사람이지."

이 말은 온 가족을 놀라게 했고, 아내와 다섯 딸의 호기심 어린 질문을 한꺼번에 받은 베넷 씨는 즐거워했다.

베넷 씨는 가족의 호기심을 자극하면서 얼마간 그 즐거움을 누리고 나서 설명했다. "한 달쯤 전에 편지를 한 통 받았다오. 그리고 보름쯤 전에 답장을 보냈지. 좀 미묘한 사안이라, 회신을 빨리 보내야 했거든. 내 친척 콜린스 씨가 보낸 편지였지. 마음만 먹으면 내가 죽는 즉시 당신과 아이들을 모두 이 집에서 내쫓을 수도 있는 사람 아니오."

"아유, 여보!" 베넷 부인이 소리를 질렀다. "그 이야기라면 난 듣기도 싫어요. 제발 그 밉살스러운 사람 이야기는 꺼내지도 말아요. 당신 유산을 물려주는데 당신 자식을 쏙 빼놓아야 한다니 그렇게 무자비한 일이 어디 있대요. 내가 당신이었으면 무슨 수를 써도 벌써 썼다고요."

제인과 엘리자베스는 어머니에게 한정 상속이라는 제도는 무슨 수를 써서 해결될 성질의 것이 아니라는 점을 이해시키려고 애썼다. 전에도 몇 번 그러려고 한 적이 있었다. 하지만 그것은 베넷 부인으로서는 도저히 납득할 수 없는 이야기였다. 따라서 부인은 딸이 다섯이나 되는 집안에서 재산을 빼앗아 아무 상관도 없는 사람에게 물려주는 일이 얼마나 무자비한가 하는 한탄만 되풀이했다.

"분명히 억울한 일이긴 해." 베넷 씨가 말했다. "감히 롱본을 물려받다니 콜린스 씨는 참 용서 못 할 죄인이지. 그렇지만 그 사람이 편지를 쓴 태도를 보면 당신 화도 좀 누그러질지 모르겠소."

"행여나, 어림도 없어요. 거기다 자기가 뭐라고 주제넘게 당신한테 편지를 써요? 위선자 같으니. 그렇게 가식적인 사람은 질색이야. 자기 아버지 하던 대로 당신하고 계속 싸우기나 할 것이지 웬일이래요?"

"아닌 게 아니라 아들로서 그 점은 좀 부담스럽기도 했나 보더군. 일단 들어봐요."

켄트 주 웨스터햄 근교 헌스퍼드
10월 15일

존경하는 어르신께.

어르신과 제 선친 사이의 불화로 인해 저 역시 늘 마음이 편치 않았습니다. 불행히도 선친을 잃고 저는 줄곧 그 불화를 해소하기를 바라 마지않았습니다만 그간 저어했던 까닭은 선친께서 가까이 지내지 않으려 하셨던 분과 관계를 회복하는 것이 선친의 유지를 어기는 것이 아닌가 하는 염려 때문이었습니다—"바로 이 부분이오, 여보."—그러나 이제는 그 문제에 관해 확고히 마음을 굳혔습니다. 그 까닭은 제가 지난 부활절에 성직 수임을 받고 루이스 드 버그 경의 미망인이신 캐서린 드 버그 영부인을 후원자로 모시는 영광과 행운을 동시에 누리게 되었기 때문입니다. 영부인의 너그러우신 은혜 덕분으로 해당 교구의 귀중한 목사직을 맡게 되었으니, 부인에 대한 감사와 존경심에 어울리는 처신을 하고, 그 어느 순간에라도 국교회에서 제정한 의례와 의식을 수행하기에 부족함이 없도록 노력을 다하고자 합니다. 또한 성직자로서 제 영향하에 있는 모든 가정에 평화의 은총이 넘치도록 하는 것이 제 의무가 아닐까 합니다. 이런 까닭에 저는 이 선의의 제안이 매우 칭찬할 만한 것이라고 자부하며, 어르신께서도 제가 롱본 저택의 상속자라는 불가피한 사정을 너그러이 이해해 주시고 제가 내민 화해의 올리브 가지를 내치지 않으시리라 굳게 믿는 바입니다. 어르신의 사랑스러운 따님들이 저로 인해 피해를 입게 되신 데 안타까울 따름이고, 그에 대한 사과를 받아주셨으면 합니다. 또한 추후에 자세히 말씀드리겠지만 따님들께 그 점을 보상하고자 할 수 있는 모든 방법을 동원할 생각임을 분명히 알려드리고 싶습니다. 만일 제가 댁을 찾아뵙는 데 반대하지 않으신다면 부디 11월 18일 월요일 네 시경에 댁내를 찾아뵙는 은혜를 베풀어주셨으면 하오며, 저 대신 직무를 수행할 다른 성직자를 안배하는 한 캐서린 영부인은 제가 가끔 일요일에 출타하는 것을 전혀 괘념치 않으시므로, 아무 문제 없이 그다음 주 토요일까지 신세를 질 수 있을 듯합니다. 그럼 부인과 따님들께도 심심한 경의를 표하오며 이만 줄이겠습니다. 건승하시기를 빕니다.

윌리엄 콜린스

"그러니까 우리는 이 평화의 신사가 네 시에 찾아오는 걸 기다리면 되는 거지." 베넷 씨가 편지를 접으며 말했다. "나더러 말하라면 아마 아주 양심적이고 예의 바른 젊은이인 것 같군. 알아둬서 그리 손해 볼 것도 없는 친구인 것 같고. 물론 여기 올 때마다 너그러운 캐서린 영부인께 허락을 받아야겠지만 말이야."

"어쨌든 우리 딸들에 관한 말은 일리가 있네요. 우리 애들한테 어떤 식으로든 보상하겠다는데, 말릴 필요야 없겠죠."

"그 사람이 우리에게 보상하겠다는 게 도대체 어떤 방식인지는 잘 모르겠지만 그런 생각을 했다는 것만으로도 훌륭하네요." 제인이 말했다.

엘리자베스는 콜린스 씨가 캐서린 영부인에게 유별난 존경을 표한 데서, 그리고 자기 교구민들의 세례와 결혼식과 장례를 주관하는 당연한 임무를 마치 선심이라도 쓰는 양 강조한 데서 특이한 인상을 받았다.

"제가 보기엔 분명히 이상한 사람 같아요." 엘리자베스가 말했다. "말이 앞뒤가 안 맞잖아요. 지나치게 점잔 빼는 문체도 그렇고. 그리고 자기가 상속자라는 걸 사과한다는 게 무슨 말이에요? 사과하고 말고 할 일이 아니잖아요. 이 사람, 상식이 있는 걸까요, 아버지?"

"아마 없겠지, 얘야. 틀림없이 상식이 전혀 없는 사람이지 싶어서 나는 무척 기대하는 중이다. 이 편지를 보면 지나친 비굴함과 자만심이 뒤섞여 있으니, 아마 틀림없을 게야. 얼른 만나보고 싶구나."

"작문 실력으로 보면," 메리가 말했다. "별로 흠잡을 데는 없는데요. 올리브 가지라는 비유는 별로 독창적이지 않지만, 제가 보기엔 적절하게 쓰였네요."

캐서린과 리디아는 그 편지에도, 편지를 쓴 사람에게도 전혀 흥미를 느끼지 못했다. 그 사람이 군복을 입고 올 가능성은 거의 없었고, 근래 몇 주 동안 그들을 즐겁게 해준 사람들은 군복을 입은 사람들뿐이었기 때문이다. 한편 어머니는 그 편지 덕분에 콜린스 씨에 대한 미움이 많이 누그러진 듯 아주 담담히 손님을 맞을 준비를 해서 남편과 딸들을 적잖이 놀라게 했다.

콜린스 씨는 자기가 정한 시간에 정확히 맞춰 왔고, 온 가족으로부터 대단히 정중한 환영을 받았다. 실상 베넷 씨는 거의 입을 열지 않았지만 숙녀들은 얼마든지 대화를 나눌 마음이 있었고, 콜린스 씨도 굳이 부추기지 않아도 말문이 무거운 편은 아니었다. 콜린스 씨는 키가 크고 둔해 보이는 스물다섯의 젊은이였다. 엄숙하고 정중한 분위기로, 태도에 무척 격식을 차렸다. 자리를 안내받아 앉자마자 이내 베넷 부인에게 이렇게 아름다운 따님들을 두셔서 좋으시겠다고 칭찬하면서, 따님들의 미모는 익히 들었지만 만나 보니 소문이 실물만 못 하다고, 틀림없이 모두 때맞춰 좋은 곳에 시집보내게 될 거라고 덧붙였다. 이 정중한 인사말은 그 자리에 있던 모든 사람들의 마음에 꼭 드는 것은 아니었지만 칭찬이라면 무조건 좋아하는 베넷 부인은 기다렸다는 듯 대답했다.

"고마운 말씀이에요. 그렇게만 됐으면 하는 게 제 소원이죠. 안 그러면 애네는 알거지가 되게요. 도대체 무슨 일이 그따위로 됐나 몰라요."

"한정 상속 말씀이시죠."

"아이고! 맞아요. 우리 불쌍한 딸들한테 너무 심한 일이라는 건 부정하시면 안 돼요. **그쪽** 탓을 하는 게 아니라, 세상에는 이런 일도 있더라고요. 일단 한정 상속이 정해지면 그게 누구한테 갈지는 그때 가봐야 아는 거니까요."

"저도 아름다운 사촌들이 곤란한 처지라는 건 잘 압니다. 해서 지금은 제가 너무 성급히 나서는 게 될까 봐 조심하고 있습니다만, 곧 그 문제에 관해 드릴 말씀이 많습니다. 그러나 사촌들에게 언제든 찬사를 드릴 준비가 되어 있다는 사실만큼은 확실히 말씀드릴 수 있습니다. 지금으로선 여기까지밖에 말씀드릴 수 없습니다만, 아마 우리가 서로 더 잘 알게 되면……."

저녁 식사를 하러 오라고 부르는 바람에 콜린스 씨의 말은 거기서 끝났다. 아가씨들은 서로 마주보고 웃음을 띠었다. 콜린스 씨가 찬사를 쏟아부은 대상은 그들만이 아니었다. 현관과 식당,

집안의 가구가 모조리 관찰과 칭찬 세례를 받았다. 베넷 부인은 평소라면 이런 칭찬에 무척이나 기뻤겠지만, 콜린스 씨가 그 모두를 장차 자기 것으로 여기고 있으리라고 짐작하니 원통할 따름이었다. 콜린스 씨는 저녁 식사 때 또 음식을 두고 대단한 감탄을 퍼부으면서, 아리따운 사촌 중 누가 이렇게 탁월한 요리 솜씨를 발휘했는지 궁금하다고 했다. 그러나 이는 콜린스 씨의 실수였다. 베넷 부인이 자기 집은 좋은 요리사를 둘 만한 재력이 있으니 자기 딸들은 손에 물을 묻힐 일이 없다고 다소 퉁명스럽게 대꾸했던 것이다. 콜린스 씨가 부디 노여움을 푸시라고 용서를 빌자 부인은 다소 누그러진 목소리로 괜찮다고 대답했지만, 사과는 족히 15분간이나 이어졌다.

14장

만찬 내내 베넷 씨는 거의 침묵을 지켰다. 그러나 하인들이 물러가고 이제쯤이면 손님과 담소를 나눌 시간이 되었다고 생각한 베넷 씨는 후원자를 아주 잘 만난 것 같다는, 콜린스 씨가 반색할 화제를 꺼냈다. 보아하니 캐서린 드 버그 영부인은 콜린스의 청을 무척 잘 들어주며 잘 지낼 수 있도록 무척 신경을 써주시는 것 같다고도 했다. 그보다 더 좋은 화제를 고르기란 불가능했으리라. 콜린스 씨는 영부인 칭찬을 유창하게 쏟아냈다. 보통 때보다도 더한층 엄숙한 태도와 짐짓 심각한 표정으로 그처럼 지체 높으시면서 그처럼 상냥하고 그처럼 친절하신 분은 캐서린 영부인밖에 없으실 거라고 주장했다. 송구스럽게도 그분 앞에서 두 차례나 설교를 행하는 영광을 누렸는데 두 번 다 모두 잘

했다는 칭찬을 받았으며, 또한 로징스 저택의 만찬에는 두 번이나 초대를 받았고, 바로 지난 토요일 저녁에는 카드리유[1]를 하는데 인원이 모자란다며 그를 부르러 보내기도 하셨다고 했다. 그분을 오만하다고 하는 사람도 많지만 적어도 **자신**에게만큼은 한결같이 상냥하게 대해주셨다고 했다. 또 언제나 다른 신사에게와 똑같은 태도로 그에게 말을 걸어주시고, 이웃과 교제하거나 친척을 방문하느라 가끔 한두 주 정도 교구를 비우는 것도 개의치 않으시며, 심지어 상대는 신중히 선택하되 결혼은 가능한 한 빨리 하는 게 좋다고 충고까지 해주실 정도로 두루두루 신경을 써주시고, 한번은 누추한 목사관까지 몸소 왕림하셔서 마침 진행 중이던 목사관 개조를 전격 승인해 주시고, 2층 벽장의 선반에 대한 제안까지 해주셨다는 것이다.

"어쩜 꼭 적절하고 다정한 충고를 해주셨네요." 베넷 부인이 말했다. "무척 좋은 분이신가 봐요. 지체 높은 부인들이 다 그분만 같으면 얼마나 좋을까. 그분하고 가까이에 사시나요?"

"제 누추한 처소를 에워싼 정원에서 오솔길만 가로지르면 바로 영부인의 저택인 로징스 파크가 나옵니다."

"미망인이라고 하셨죠? 다른 가족은 없나요?"

"외동딸을 두셨는데, 앞으로 로징스를 상속하시고, 뿐만 아니라 아주 많은 재산을 상속받으실 분이지요."

"세상에!" 베넷 부인이 고개를 저으며 외쳤다. "복을 타고난 아가씨네요. 그런데 그 아가씨는 어떤 분이에요? 미인인가요?"

"대단히 매력적인 아가씨이십니다. 진정한 미美라는 관점에서 보면 그 어떤 미인보다도 드 버그 양이 훨씬 더 낫다고 캐서린

영부인 스스로 말씀하실 정도지요. 좋은 집안에서 태어난 아가씨만이 가질 수 있는 기품이 있으니까요. 불행히도 원래 몸이 약하셔서 많은 재주를 익히지는 못하셨습니다만, 그렇지 않았다면 얼마든지 그런 재주를 쌓고도 남으셨을 겁니다. 그간 그분의 교육을 맡아오셨고 지금도 그 댁에 함께 사시는 숙녀분에게 제가 직접 들은 이야기입니다. 그렇지만 더할 나위 없이 상냥한 분이라 송구스럽게도 가끔은 작은 말이 모는 사륜 쌍두마차를 타고 누추한 제 거처를 잠깐씩 들러주기도 하신답니다."

"그 아가씨가 궁중에서 폐하를 배알하신 적이 있나요? 궁정을 출입하는 귀부인들 사이에서는 이름을 못 들어본 것 같은데요."

"불행히도 건강 때문에 런던에는 못 가신답니다. 일전에 제가 캐서린 영부인께 말씀드렸듯이, 그러니 영국 궁정은 가장 눈부신 보석 하나를 놓친 거지요. 영부인께서는 제가 그렇게 생각하는 것에 흐뭇해하시는 것 같더군요. 짐작하시겠지만 숙녀분들은 그런 섬세한 칭찬을 늘 반기시기 때문에 저는 기회만 있으면 그런 칭찬을 해드리는 데서 보람을 느낀답니다. 캐서린 영부인께도 그분의 매력적인 따님이 공작부인이 되려고 태어나신 분 같다고, 아무리 높은 지위일지언정 그것이 아가씨의 품격을 높여드리는 게 아니라 오히려 아가씨가 그 지위를 돋보이게 만드실 거라고 여러 차례 말씀드린 바 있지요. 그분은 이런 사소한 말에 기뻐하시기 때문에, 그런 말씀을 드리는 것은 제가 그분께 꼭 해드려야 마땅한 임무라고 봅니다."

"판단력이 아주 뛰어나시군요." 베넷 씨가 말했다. "그처럼 섬세하게 남을 추켜세우는 능력이 있으니 참 좋겠소이다. 그런 살가운 배려가 순발력 덕분인지 미리미리 연구해 둔 덕분인지 물어봐도 되겠소?"

"대개는 순간적으로 떠오르는 생각을 말합니다. 그리고 더러 일반적인 상황에 적용할 만한, 사소하지만 우아한 칭찬을 떠올리고 미리 준비해 두는 것도 즐겁긴 하지만, 실제로 그런 말을 할 때는 될 수 있으면 미리 준비한 티를 내지 않으려고 하죠."

베넷 씨의 기대는 완벽히 충족되었다. 친척은 기대한 만큼 엉뚱한 사람이었다. 베넷 씨는 속으로는 아주 재미있어하며 그의 말에 귀를 기울였지만 겉으로는 전혀 그런 내색을 하지 않았고, 가끔 엘리자베스에게 눈짓을 할 뿐 남몰래 그 재미를 만끽했다.

그러나 티타임이 되자 이제 그만하면 충분히 재미를 누렸다고 생각한 베넷 씨는 기꺼이 손님을 다시 응접실로 인도했다. 그리고 티타임이 끝나자 역시 기꺼이 손님에게 숙녀들을 위해 책을 읽어달라고 청했다. 콜린스 씨는 선뜻 청을 받아들여 책을 한 권 받아들었다. 그러나 막상 책을 보는 순간 깜짝 놀라 뒤로 물러서며(아무리 봐도 순회도서관에서 빌려온 티가 났던 것이다), 죄송하지만 자신은 소설은 절대로 읽지 않는다고 했다. 키티는 콜린스를 빤히 쳐다보았고, 리디아는 놀라움에 탄성을 질렀다. 그리하여 다른 책을 몇 권 건네주자 콜린스 씨는 한동안 신중히 생각하다가 포다이스의 설교집[1]을 골랐다. 리디아는 콜린스 씨가 책을 펴들자마자 이내 하품을 하더니, 무척 단조롭고도 엄숙한 목소리로 채 세 쪽도 다 읽기 전에 이렇게 말해서 낭독을 방해했다.

"엄마, 필립스 이모부가 리처드를 자를 생각이고, 만일 그렇게 되면 포스터 대령이 리처드를 쓸 거라던데, 들으셨어요? 토요일 날 이모가 그러시던데요. 내일은 메리턴에 산책 가서 그 소식도 더 알아보고, 데니 씨가 런던 갔다 언제 오는지도 물어봐야겠어

---

1 스코틀랜드 성직자 제임스 포다이스가 1766년에 펴낸 설교집 『젊은 여성을 위한 설교*Sermons to Young Women*』를 말한다.

요."

두 언니가 리디아에게 입을 다물라고 주의를 주었지만 콜린스 씨는 이미 기분이 상해서 책을 내려놓은 뒤였다.

"아가씨들에게 더할 나위 없이 득이 되는 진지한 주제의 책을 정작 당사자들은 외면하는 일이 참 흔하지요. 솔직히 말해 참으로 놀라운 일입니다. 분명히 배움보다 이로운 건 없으니까요. 그렇지만 더는 어린 사촌들을 괴롭히지 않겠습니다."

이어 콜린스 씨는 베넷 씨를 향해 돌아서며 주사위 놀이의 상대가 되어주겠다고 자청했다. 베넷 씨가 그러자고 하면서 아가씨들이 자기들끼리 소소한 오락을 즐기도록 놓아준 것은 아주 현명한 일이었다고 말했다. 베넷 부인과 딸들은 리디아가 끼어든 데 대해 아주 정중히 사과하면서, 다시 책을 읽어준다면 이번에는 절대로 그런 일이 없을 거라고 다짐했다. 그러나 콜린스 씨는 어린 사촌 때문에 불쾌하지 않다고, 사촌의 태도에 추호도 모욕감이나 분노를 느끼지 않았다고 안심시킨 뒤, 다른 테이블에 베넷 씨와 마주앉아 주사위 놀이를 준비했다.

15장

콜린스 씨는 그리 영민한 사람은 아니었는데, 그 타고난 단점을 교육이나 교제를 통해 개선할 기회도 거의 없었다. 인생 대부분을 무식한 구두쇠 아버지 밑에서 보낸 데다, 비록 대학에는 갔지만 졸업에 필요한 학점만 땄지 도움이 될 만한 인간관계를 형성할 주변이 없었던 것도 문제였다. 아버지는 아들을 무조건 순종하는 아이로 키웠는데, 그 바람에 그는 아주 비굴한 사람이 되었다. 그런데 그 비굴함은 이제 머리는 나쁜데 남들과 교류도 별로 없는 사람들이 흔히 갖기 쉬운 자만심과 인생에서 뜻밖에 일찍 성공을 거머쥔 사람들이 흔히 갖기 쉬운 자부심으로 인해 상당히 상쇄되었다. 헌스퍼드의 목사 자리가 비었을 때 때마침 운 좋게도 캐서린 드 버그 영부인이 그를 추천해 주었다. 그 바람에 그는 영부인의 높은 지위에 대한 존경심과 후원자에 대한 숭배에다 자만심, 성직자로서의 권위의식, 교구 목사로서의 권리 따위가 온통 뒤섞여 오만과 아첨, 잘난 척과 비굴함의 혼합물이 되었다.

콜린스 씨는 좋은 집과 충분한 수입원을 얻었으니 이제는 결혼을 해야겠다고 작심했다. 또한 롱본 집안과 화해도 할 겸해서, 그 집안 딸들이 소문대로 예쁘고 싹싹하다면 그중 하나를 택해 결혼할 계획이었다. 이것이 베넷 씨의 재산을 자신이 상속받는 데 대신 그 딸들을 위해 콜린스 씨가 생각한 보상―이른바 속죄―이었다. 자기 딴에는 적절하고 바람직할뿐더러 너그럽고 사심 없기까지 한 몹시 훌륭한 계획이었다.

콜린스 씨는 베넷 집안 딸들을 만나고 나서 결심을 굳혔다. 장녀인 제인의 아름다운 얼굴을 보니 자신의 견해가 옳다는 확신이 들었고, 또 서열을 중시하는 자신의 평소 생각 역시 그 덕분에 더욱 강화되었다. 그리하여 콜린스 씨는 이미 첫날 저녁에 **맏딸**을 신붓감으로 단단히 점찍어 두었다. 하지만 그 결정은 바로 이튿날 아침에 바뀌고 말았다. 아침 식사 전 15분 정도 베넷 부인과 단둘이서 이야기를 나눌 기회가 있었는데, 그가 목사관 이야기를 꺼내면서 자연스럽게 그곳의 안주인을 롱본에서 찾았으면 한다는 쪽으로 이야기를 이어가자, 베넷 부인이 상냥한 미소를 띠고 그에게 용기를 주긴 했지만 그가 마음속으로 점찍어 둔 바로 그 제인에 대해서는 이렇게 일러주었기 때문이다. "**다른 애들에 대해서는** 딱히 별 게 없는데…… 무슨 임자는 없는 것 같지만…… 맏딸에 대해서는 꼭 말씀드릴 것이…… 저로서는 꼭 알려드려야 한다고 느끼는 것이…… **그 애는** 얼마 안 가 약혼을 할 것 같거든요."

콜린스 씨는 그저 제인에서 엘리자베스로 바꾸면 그만이었다. 그리고 베넷 부인의 부추김도 받았으니 순식간에 그럴 수 있었다. 나이도 제인 바로 밑일뿐더러 예쁘기도 제인 버금가는 엘리자베스가 제인의 뒤를 이어받는 것은 당연했다.

베넷 부인은 콜린스 씨가 어렴풋이 드러낸 의향을 소중히 간직하고 곧 두 딸을 시집보낼 수 있다는 기대에 부풀었다. 그리하여 바로 하루 전만 해도 이름조차 듣기 싫어했던 바로 그 사람에 대해 이제는 대단한 호감을 품게 되었다.

리디아는 메리턴으로 산보를 가려는 계획을 잊지 않았다. 메리만 빼고 언니들도 모두 같이 가겠다고 나섰다. 콜린스 씨도 동행했는데, 그를 쫓아내고 혼자 서재를 차지하고 싶어 안달이 난 베넷 씨가 그러라고 권한 덕분이었다. 콜린스 씨가 아침 식사가 끝나자마자 서재로 베넷 씨를 따라가서는, 독서를 한다는 핑계로 서가에서 제일 큰 책을 꺼내만 놓고 실은 헌스퍼드에 있는 자기 집과 정원 이야기를 쉬지 않고 떠들어댔던 것이다. 베넷 씨는 그런 상황을 도저히 참을 수 없었다. 항상 엘리자베스에게 이야기했듯, 베넷 씨는 비록 집안의 다른 방에서는 어디서나 어리석고 잘난 체하는 꼴을 마주칠 마음의 준비가 되어 있었지만, 적어도 자기 서재에서만큼은 그런 방해를 받지 않고 한가로움과 평온함을 즐겼다. 그것이 그가 내처 콜린스 씨에게 자기 딸들의 산책에 동행해 달라고 정중히 청한 까닭이었다. 콜린스 씨는 사실 독서보다는 걷는 쪽을 훨씬 좋아했으므로 베넷 씨의 큰 책을 덮고는 대단히 기분 좋게 서재를 나갔다.

메리턴에 들어설 때까지 콜린스 씨는 무의미한 자랑을 해대고 사촌들은 예의 바르게 거기에 장단을 맞추었다. 그러나 일단 메리턴에 들어서자 맨 밑의 두 사촌 아가씨는 급속히 그에 대한 관심을 잃어버렸다. 그들의 눈은 즉시 장교들을 찾아 거리를 바삐 오갔고, 장교들에게 향한 그 눈길을 낚아챌 수 있는 것은 가게 진열창에 보이는 굉장히 맵시 있는 모자 아니면 방금 나온 모슬린 정도였다.

그러나 모든 아가씨들의 시선은 이내 길 건너편에서 장교 한 사람과 함께 걸어가는, 대단히 신사다운 외모의 한 낯선 젊은이에게 꽂혔다. 장교는 바로 리디아가 언제 런던에서 돌아올지를 궁금해하던 데니 씨였는데, 그가 아가씨들을 알아보고 목례를 보냈다. 아가씨들은 모두 처음 본 그 젊은이에게서 강한 인상을 받았고, 도대체 누구일까를 궁금해했다. 그가 누구인지 알아내기로 마음먹은 키티와 리디아는 반대편 가게에 물건을 사러 간다는 핑계로 길을 건넜다. 둘은 운 좋게도, 건너편 보도에 도착한 그 순간, 가던 길을 되돌아와 마침 그 보도 앞에 딱 맞춰 온 두 신사를 마주쳤다. 데니 씨는 직접 말을 걸어 옆의 젊은이를 소개하면서 이번에 자기 부대의 장교로 임관되어 어제 자신과 같이 런던을 떠나 온 친구 위컴 씨라고 말했다. 이는 아가씨들에게 너무나 반가운 소식이었다. 그 젊은이는 장교복만 입혀놓으면 완벽한 매력을 발휘할 게 분명했기 때문이다. 위컴 씨는 누구한테나 호감을 살 만한 외모를 가지고 있었다. 미남이라고 불릴 수 있는 가장 좋은 조건들, 즉 수려한 이목구비와 훌륭한 몸매, 그리고 상대방을 아주 즐겁게 해주는 언변까지 완비한 사람이었다. 그는 소개를 받자마자 바로 주저 없이 대화를 시도했는데, 부적절하다거나 주제넘는다는 인상은 전혀 주지 않았다. 그리하여 일행은 그곳에 선 채로 아주 유쾌한 대화를 나누고 있는데, 말발굽 소리가 들려와 그들의 시선을 끌었다. 다아시와 빙리가 말을 타고 오는 것이 보였다. 두 신사는 모인 사람들 가운데 숙녀들을 알아보고 곧장 그리로 다가가 여느 때처럼 정중히 안부를 물었다. 주로 빙리가 제인에게 말을 걸었다. 마침 제인을 문병하려고 롱본으로 가던 참이라고 말했다. 다아시 씨는 그렇다는 뜻으로 고개를 숙였는데, 엘리자베스에게 눈길을 주지 않으려고 마음먹고 고개를 돌린 순간 불현듯 위컴 씨의 모습이 눈에 들어왔다. 엘리자베스는 그 두 사람의 눈길이 마주친 순간 두 사람의 표정을 우연히 목격하고는 화들짝 놀라고 말았다. 둘 다 안색이 급변했는데, 한 사람은 하얗게 질렸고 다른 사람은 벌겋게 상기되었던 것이다. 그 몇 초 후에 위컴 씨가 모자에 손을 올렸고, 다아시 씨는 거기에 마지못해 응수했다. 도대체 무슨 뜻일까? 상상조차 할 수 없었다. 적잖이 호기심이 동했다.

다음 순간 빙리 씨가 아무것도 눈치채지 못한 듯 작별 인사를 하고 친구와 함께 말을 몰아 자리를 떴다.

데니 씨와 위컴 씨는 아가씨들과 나란히 필립스 씨네 현관까지 걸어갔다. 리디아가 잠깐 들렀다 가라고 조르다시피 했고, 심지어 필립스 부인까지 거실 창문을 열어 올리고 큰 소리로 그러라고 했는데도 두 사람은 작별 인사를 남기고 돌아섰다.

필립스 부인은 언제나 조카들을 반겼다. 특히 맨 위의 둘은 그동안 못 만난 터라 더욱 환영을 받았다. 부인은 그 둘이 갑자기 집에 돌아왔다는 소식을 듣고 깜짝 놀랐다고 호들갑을 떨었다. 그것도 베넷가의 마차를 타지 않고 돌아오는 바람에, 우연히 길에서 존스 씨 밑에서 일하는 소년을 만나 그 소년이 베넷 양 자매가 집으로 돌아가서 더는 네더필드로 약을 보내지 않는다고 알려주지 않았더라면 여태 몰랐을 거라는 둥 말했다. 이런 이야기를 하는 도중에 제인이 콜린스 씨를 소개해서, 필립스 부인은 콜린스 씨와 인사를 나누었다. 부인은 최대한 예의를 갖춰 콜린스 씨를 맞이했고, 콜린스 씨도 그 이상으로 정중하게 답례했다. 초면에 이렇게 불쑥 찾아와서 죄송하지만 자기가 방금 자기를 소개해 주신 아가씨들에게는 친척 간이 되므로 너그러이 살펴주시리라 믿는다면서 변명을 늘어놓았다. 필립스 부인은 콜린스 씨의 과도한 예의범절에 기가 질렸다. 그러나 이 새로운 인물에 관해 생각해 볼 겨를도 없이 이내 또 다른 새로운 인물에 대한 조카들의 쏟아지는 감탄과 질문 공세를 받아야 했다. 그러나 이모도 그 사람이 데니 씨와 같이 런던에서 왔고 여기서 중위로 임관하게 될 거라는, 조카들이 이미 아는 것 말고는 더 알려줄 정보가 없었다. 이모는 지난 한 시간 동안 위컴 씨가 거리를 왔다 갔다 하는 것을 줄곧 지켜보았다고 말했는데, 아마 지금 위컴 씨가 나타났다면 분명히 키티와 리디아가 그 관찰역을 물려받았으리라. 하지만 불행히도 그 순간 창밖을 지나는 장교들 중에 위컴은 없었고, 그 장교들은 위컴 씨에 비하면 '멍청하고 마음에 안 드는 사람들'이 되어버렸다. 하지만 장교들 몇 명이 다음 날 필립스가에서 정찬을 들기로 되어 있었으므로, 이모는 조카들이 올 요량이면 이모부에게 말해서 위컴 씨도 초대하게 하겠다고 약속했다. 그렇게 하기로 정해졌고, 필립스 부인은 조카들이 오면 떠들썩하고 재미있는 제비뽑기 놀이도 시켜주고, 따끈한 밤참도 대접하겠다고 했다. 다들 즐거운 저녁 약속에 대한 기대로 부풀어 기분 좋게 작별했다. 콜린스 씨는 자리를 나서면서 거듭 사과를 했고, 역시 전혀 사과할 필요가 없다는 정중한 응답을 거듭 받았다.

집으로 걸어오는 동안 엘리자베스는 제인에게 아까 두 신사 사이에서 자신이 본 일을 묘사했다. 그들이 뭔가 잘못을 했다면 제인은 둘 중 한 사람이나 둘 다를 변호해 주었겠지만, 그런 행동에 대해서는 동생과 마찬가지로 이유를 짐작조차 할 수 없었다.

집에 돌아온 콜린스 씨는 필립스 부인이 예의범절이 아주 깍듯하시더라고 칭찬을 해서 베넷 부인을 기쁘게 했다. 캐서린 영부인과 그의 딸을 제외하고는 필립스 부인보다 우아한 여성을 본 적이 없다고 단언했다. 자기를 지극히 정중하게 맞아준 것도 그렇고, 다음 날 저녁 모임에 초면인 자신을 일부러 초대해 준 것을 봐도 틀림없는 노릇이었다. 아마 자신과 베넷 집안의 관계 때문에 그처럼 자신을 배려해 주었으리라는 것은 자신도 짐작하지만, 그래도 자기 평생에 여태껏 그토록 배려심이 깊은 사람은 처음 보았다고 했다.

16장

베넷 씨 부부는 딸들이 참석하는 것을 흔쾌히 허락했고, 손님으로 온 처지에 비록 하룻밤일지언정 베넷 부부를 단둘만 남겨 놓고 나가기는 마음이 편치 않다는 콜린스 씨의 우려 역시 잘 무마해, 콜린스 씨와 다섯 사촌들은 다음 날 저녁 시간에 맞춰 마차를 타고 메리턴으로 출발했다. 아가씨들이 응접실에 들어서자 위컴 씨가 이모부의 초대를 받아들여 이미 와 있다는 반가운 소식을 들었다.

그 소식을 듣고 저마다 자리에 앉자 콜린스 씨에게는 느긋하게 주위를 둘러보고 감탄을 표할 여유가 생겼다. 그 방이 어찌나 크고 가구 또한 어찌나 멋진지, 로징스의 작은 여름용 응접실에 앉아 있는 듯한 착각이 든다고 말했다. 처음에 필립스 부인은 그런 비유가 썩 마음에 들지 않았다. 그러나 콜린스 씨가 로징스와 그 주인에 대해 설명하고, 그 저택의 여러 응접실 중 한 곳의 벽난로 장식 하나가 8백 파운드짜리라는 이야기를 늘어놓자 필립스 부인은 그러한 비유가 엄청난 칭찬임을 비로소 알게 되었으며, 심지어 자기 응접실을 로징스의 가정부 방과 비교했대도 전혀 기분이 나쁘지 않을 것 같았다.

아직 다른 신사들이 합류하기 전이라, 콜린스 씨는 캐서린 영부인과 로징스를 묘사하다가 그 와중에 슬쩍 자신의 누추한 처소와 그곳을 자기가 얼마나 더 멋지게 개조했는지 자랑하기도 하면서 만족스러운 시간을 보냈다. 필립스 부인은 그의 말을 한 마디 한마디 귀담아들었는데, 들으면 들을수록 점점 더 대단한 사람이라는 생각이 들었고, 자기가 들은 이야기를 얼른 이웃에게 퍼뜨리고 싶어 안달이 났다. 한편 사촌의 말을 계속 들어줄 정도로 인내심이 넘치지 않았던 아가씨들은 속으로 음악이나 연주했으면 하는 생각을 하고 있었다. 아가씨들은 벽난로 위에 놓인, 자기들이 만든 보잘것없는 복제 도자기들을 감상하는 것 말고는 아무 할 일이 없어서 기다리는 시간이 매우 지루하게 느껴졌다.

그러나 마침내 기다림도 끝이 났다. 신사들이 들어왔고, 특히 위컴 씨가 들어오는 것을 보면서 엘리자베스는 어제 그를 보았을 때나 그 이후로 그를 생각했을 때 멋있다고 느꼈던 것이 조금도 틀리지 않았음을 다시금 확인했다. 그 부대의 장교들은 대체로 평판이 매우 좋은 신사다운 남자들이었는데, 그중에서도 가장 괜찮은 남자들이 마침 이 방에 모여 있었다. 그리고 위컴 씨는 그중에서도 군계일학이었다. 비교하자면 넓적한 얼굴에 뚱뚱한 몸매로 포트와인 냄새를 폴폴 풍기면서 장교들 뒤를 따라 들어온 이모부 필립스 씨와 다른 **장교**들의 차이만큼, 그만큼 위컴 씨는 다른 장교들과 차이가 났다. 체격이나 얼굴, 태도와 걸음걸이까지 어디 한 군데 빠지는 데가 없었다.

위컴 씨가 거의 모든 여성들의 시선을 한 몸에 받은 그날의 행운아였다면, 그가 옆에 앉기로 결정한 엘리자베스 역시 행운아였다. 위컴 씨가 한 말은 그저 밤비가 내리고 있다거나 장마철이 곧 시작될 것 같다거나 하는 게 다였지만, 앉자마자 어찌나 붙임성 있게 대화를 시작하던지 엘리자베스는 아무리 평범하고 지겨운 주제라도 말하는 사람의 능력에 따라 얼마든지 흥미로운 주제가 될 수 있다는 사실을 새삼 깨달았다.

위컴 씨와 장교들 같은 경쟁자가 나타나는 바람에 콜린스 씨는 숙녀들의 주의를 끌지 못하는 안쓰러운 처지로 전락한 듯했다. 아가씨들에게 그는 분명히 있으나 마나 한 존재였다. 그러나 필립스 부인은 여전히 그의 이야기를 친절하게 잘 들어주었고, 그녀가 끊임없이 신경써 준 덕분에 콜린스 씨는 커피와 머핀은 실컷 먹을 수 있었다.

카드 테이블이 펼쳐지자, 콜린스 씨는 부인의 배려에 보답하는 뜻으로 휘스트 게임에 끼기로 했다.

"실은 저는 게임 방식을 잘 모릅니다만," 하고 콜린스 씨가 말했다. "기꺼이 배울 용의가 있습니다. 저는 이제까지 살아오면서……." 필립스 부인은 콜린스 씨의 호의에 감사했지만 그 이유까지 들어줄 여유는 없었다.

위컴 씨는 휘스트 놀이에 끼지 않고 다른 테이블로 가 환영을 받으며 엘리자베스와 리디아 사이에 앉았다. 리디아는 일단 입을 열었다 하면 다무는 법이 없었으므로, 어쩌면 위컴 씨는 다른 사람과는 말 한마디 나누지 못했을지도 모르는 일이었다. 그러나 리디아는 떠드는 것 못잖게 제비뽑기 놀이도 좋아하는 터라, 점차 놀이에 몰두하여 내기를 걸고 이기면 환성을 지르기 바빠 어느 한 사람에게 신경을 쓸 여유가 없었다. 덕분에 위컴 씨는 게임 상황에 적당히 맞춰주면서 엘리자베스와 대화를 나눌 기회를 얻었다. 사실 엘리자베스가 가장 듣고 싶은 이야기는 그와 다아시 씨 간의 사연이었지만 그것은 기대하기 어려웠고, 어쨌거나 위컴 씨가 하는 말이라면 얼마든지 들어줄 마음이 있었다. 그녀의 입장에서는 다아시 씨의 이름을 입 밖에 내기도 쉽지 않았다. 그러나 뜻밖에도 엘리자베스의 궁금증은 쉽게 풀렸다. 위컴 씨가 먼저 그 이야기를 꺼냈던 것이다. 그는 네더필드와 메리턴의 거리가 얼마나 되느냐고 묻더니, 대답을 듣고 나자 잠시 머뭇거린 후 다아시 씨가 그곳에 온 지 얼마나 되었느냐고 물었다.

"한 달쯤요." 엘리자베스는 물음에 대답하고 나서 그 화제를 이어갈 요량으로 이렇게 덧붙였다. "듣기로 그분이 더비셔에 가진 재산이 엄청나다면서요."

"예." 위컴이 대답했다. "재산이 어마어마하지요. 확실히 1년에 1만 파운드는 되니까요. 아마 그 사람에 대해서는 제 정보가 가장 정확할 겁니다. 어렸을 적부터 그 집안과는 특수한 관계였거든요."

엘리자베스는 놀란 표정을 감출 수 없었다.

"제 말씀을 듣고 놀라시는 것도 당연합니다. 어제 저희가 마주쳤을 때 그 냉랭한 분위기를 보셨으니까요. 베넷 양, 다아시 씨와 잘 알고 지내시나요?”

“더 알고 싶지 않을 만큼은요.” 엘리자베스가 열을 올리며 말했다. “나흘간 한집에 머물렀던 적이 있는데, 전혀 마음에 들지 않는 사람이에요.”

“저는 그 사람이 마음에 드는 사람인지 안 드는 사람인지 **제** 의견을 말할 처지가 못 됩니다. 그런 견해를 가질 자격이 없다고나 할까요. 공평한 평가를 내리기에는 그 사람을 너무 오래, 너무 잘 알아왔으니까요. **제** 사심을 배제한다는 게 불가능하죠. 하지만 그 사람에 대해 방금 하신 것처럼 그렇게 말씀하시면 사람들은 보통 충격을 받을 것 같은데요. 다른 곳에서는 이렇게까지 강하게 표현하지야 않으시겠지만. 지금은 가족끼리 모인 자리니까 그렇게 말씀하신 걸 테고요.”

“분명히 말씀드리자면, 네더필드라면 모를까 저는 **이** 근방 어디를 간다 해도 방금 한 이야기를 그대로 할 수 있어요. 하트퍼드셔에서 그분을 마음에 들어 하는 사람은 한 명도 없거든요. 너무 오만해서 모든 사람들을 불쾌하게 만들었어요. 그나마 제가 좋게 말한 걸 거예요.”

“꼭 그 사람만이 아니라,” 위컴이 잠시 사이를 두고 말했다. “사람이 실제 이상으로 좋은 평가를 받는 것이 반드시 바람직하다고 할 일은 아니겠지요. 그렇지만 적어도 **그 사람**은 실제 이하로 평가받는 일이 별로 없는 것 같더군요. 다들 재산과 신분 때문에 눈이 멀어서든, 그 오만하고 고압적인 태도 앞에서 알아서 기는 것이든, 보통은 그 사람이 원하는 평가를 내려주는 모양입니다.”

“저는 그분을 아주 조금밖에 모르지만, 그래도 성정이 바른 사람은 절대로 아니에요." 이 말에 위컴은 고개를 저을 뿐 말이 없었다.

다음번 말할 차례가 되자 위컴이 말했다. "그 사람이 이 고장에 얼마나 더 있을지 궁금하군요."

"그건 저도 아는 바 없어요. 하지만 제가 네더필드에 머무는 동안 그분이 떠난다는 말은 전혀 **듣지 못했어요**. 설마 그 분이 이 동네에 있다고 해서 이곳에 머무르려던 계획을 바꾸시려는 건 아니겠죠."

"아뇨, 천만에요. **제**가 다아시 씨를 피해 떠나야 할 이유는 없습니다. **그**가 **저**를 보기 싫다면 그쪽이 떠나면 될 겁니다. 우리는 서로 우호적인 사이가 아니고, 그 사람과 마주치는 게 저로서는 늘 괴로운 일이지만, 그렇다고 제가 **그쪽**을 피해야 할, 말 못할 이유 같은 건 없거든요. 저는 그 사람을 피하는 이유를 세상에 떳떳이 말할 수 있습니다. 그 사람이 저를 부당하게 대우했고, 안타깝게도 썩 훌륭한 인물이 못 된다는 것이죠. 그 사람의 선친인 고故 다아시 씨는 세상에서 둘째가라면 서러울 선한 분이셨고, 제게는 가장 소중한 친구 같은 분이셨답니다. 때문에 저는 그 아들인 다아시 씨와 함께 있을 때면 늘 그분에 대한 따뜻한 기억들이 수없이 떠올라 깊은 슬픔에 잠기곤 하지요. 다아시 씨가 제게 한 행동은 그야말로 수치스러운 것이었지만, 제가 진정 그를 용서할 수 없는 이유는 그 행동 자체 때문이 아니라 그 행동이 선친의 유지를 저버리고 그분의 기억을 더럽히는 짓이었기 때문입니다."

엘리자베스는 이 주제에 대한 호기심이 더욱 짙어지면서, 깊은 관심을 갖고 그의 말에 귀를 기울였다. 그러나 워낙 미묘한 주제여서, 위컴이 자발적으로 말하는 것 이상으로 더 묻기는 어려웠다.

위컴 씨는 메리턴과 동네, 사교계 같은 좀 더 일반적인 이야기를 하기 시작했는데, 자기가 와 있는 곳에 대해 아주 흡족해하는 듯했다. 특히 사교계에 대해 이야기할 때는 점잖으면서도 적극적인 태도를 보였다.

"제가 이곳으로 오기로 결정한 가장 중요한 이유는 이곳의 사교계가 안정적이고 훌륭하다고 들었기 때문입니다. 이곳 부대가 매우 평판이 좋고 분위기도 좋다고 들었는데, 마침 친구인 데니가 자기 주둔지에 대한 이야기를 해준 거죠. 메리턴 근방에는 훌륭한 분들이 많이 계시고 장교들에게도 관심을 베풀어주신다고요. 그래서 더욱 이곳에 올 마음이 들었습니다. 솔직히 저는 지금 사람들과 어울릴 필요가 있습니다. 너무 쓰라린 상처를 입고 나니 외로움을 견디기 더욱 힘들더군요. 그래서 직장과 사교가 **반드시** 필요했습니다. 처음부터 군대에 들어올 생각은 없었지만, 사정상 그렇게 된 거지요. **원래대로라면** 목사가 되었을 겁니다. 그렇게 교육을 받았으니까요. 방금 말씀드린 그 신사가 방해만 하지 않았어도 이미 성직자로서 상당한 고정 수입을 가지고 있었을 테지요."

"어머나!"

"그렇습니다. 고 다아시 씨께서는 여러 곳의 임명권을 가지고 계셨는데, 그중 제게 가장 좋은 곳을 남긴다고 유언을 하셨지요. 대자인 저를 무척이나 아껴주셨거든요. 그분이 제게 베풀어주신 은혜를 어찌 말로 표현할 수 있을까요. 그분은 제게 넉넉한 수입을 보장해 주려 하셨고, 실제로도 그렇게 될 거라고 생각하셨답니다. 그러나 막상 자리가 나니 그 자리는 다른 사람에게 넘어가고 말았습니다."

"세상에!" 엘리자베스가 외쳤다. "**그런** 일이 있을 수가 있나요? 유언을 그렇게 무시하는 법이 어디 있어요? 재판이라도 해서 되찾으셔야 하는 거 아닌가요?"

"유언장에 공식적으로 명시된 게 아니라서 법에 의탁하기가 쉽지 않았지요. 명예를 아는 사람이라면 고인의 뜻에 의문을 품을 여지가 없었는데, 다아시 씨는 의문을 품기로 했어요. 아니면 그저 단순한 조건부 권고 정도로 넘겨버린 겁니다. 그리고 제 행실과 씀씀이가 바르지 못하다는 구실을 대충 갖다 붙여서 제게는 그 자리를 얻을 권한이 없다고 정해버린 겁니다. 그 자리가 난 것은 분명히 2년 전, 마침 제가 그 직위를 맡을 수 있는 나이가 되었을 때였는데도 제가 아닌 다른 사람에게 넘어갔지요. 그리고 또 한 가지 분명한 것은, 아무리 생각해도 제가 그 자리에 앉아서는 안 될 어떤 잘못도 저지르지 않았다는 겁니다. 제가 다혈질에다 다소 경솔해서 그 사람**에 대한** 제 생각을 그에게 기탄없이 이야기한 적은 몇 번인가 있을 겁니다. 하지만 그 이상 무슨 실수를 한 기억은 없습니다. 아마 그 사람이 저와는 철저히 다른 사람이고, 저를 지독히 싫어한다는 게 문제였겠죠."

"너무 충격적이에요! 그런 짓을 하다니, 공개적으로 망신을 한 번 당해봐야 하는데."

"언젠가는 그렇게 **될지도** 모르죠. 다만 거기에 **제가** 앞장설 수는 없습니다. 제가 선친의 은혜를 잊지 못하는 한, 결코 그 사람에게 싸움을 걸거나 그 사실을 폭로한다거나 할 수는 없습니다."

엘리자베스는 위컴의 착한 마음 씀씀이를 칭찬하면서, 그런 마음씨를 알고 나니 이전보다도 훨씬 더 멋져 보인다고 생각했다.

"하지만 도대체 이유가 뭘까요?" 엘리자베스는 사이를 두고 물었다. "도대체 무슨 까닭으로 그렇게까지 지독한 짓을 했을까요?"

"그만큼 제가 지독히 싫은 거겠죠. 아마 질투심 때문이라고밖에는 저도 설명할 수가 없습니다. 고 다아시 씨께서 저를 조금 덜 아끼셨더라면 좀 나았을지도 모르겠습니다. 그러나 그분이 워낙 저를 각별히 아끼셨던 터라, 아주 어렸을 때부터 그게 퍽 불만이었나 봅니다. 자기 아버지가 남인 저를 그토록 편애한다는 걸 자기 성격으로는 용납할 수 없었을 테고, 저한테 모종의 경쟁심을 느꼈겠지요."

"다아시 씨가 그 정도로까지 나쁜 사람인 줄은 몰랐어요. 그다지 좋게 본 건 아니지만, 그정도일 줄은 생각도 못 했지요. 대체로 남들을 얕잡아 본다는 건 알았지만, 그처럼 악랄하게 남을 괴롭히고 앙갚음이나 하고, 그런 몰인정한 행동까지 할 정도로 형편없는 사람인 줄은 몰랐지 뭐예요!"

엘리자베스는 잠시 생각에 잠겨 있다가 말을 이었다.

"그러고 보니 언젠가 네더필드에서 그 사람이 자기는 뒤끝이 있고 한 번 아닌 사람은 끝까지 아니라고 한 적이 있어요. 그게 이렇게 무서운 거였군요."

"그 문제는 제가 뭐라고 할 입장이 못 됩니다." 위컴이 대답했다. "**저**는 공평할 수 있는 위치가 아니니까요."

엘리자베스는 다시금 깊은 생각에 잠겼다가 탄성을 질렀다. "선친이 대자이자 벗으로 삼아 각별히 아끼시던 사람에게 어떻게 그런 짓을!" 엘리자베스는 '거기다 얼굴에 좋은 사람이라고 뻔히 쓰여 있는 **당신** 같은 사람을!'이라고 덧붙이고 싶은 것을 참고 대신 이렇게 말했다. "거기다 어린 시절부터 가장 가깝게 지낸 친구를!"

"우리는 같은 교구, 같은 장원에서 태어났고, 어린 시절 내내 거의 같이 어울려 지냈습니다. 같은 집에 살면서 놀 때도 같이 놀고, 똑같이 부모님의 보살핌을 받았지요. **제 부친**께서 원래 하시던 일은 베넷 양의 이모부인 필립스 씨가 하고 계시는 바로 그 점잖은 직업이었습니다. 그러나 나중에는 다른 일은 일체 접고 다아시 씨의 재산 관리를 도와드리면서 평생 펨벌리의 재산을 관리하셨습니다. 고 다아시 씨는 제 부친의 능력만 높이 사신 게 아니라 누구보다도 믿음직한 친구로 여기셨지요. 그리고 제 부친이 당신의 재산을 자기 것인 양 충실히 관리해 주었으니 반드시 보답을 하겠다는 게 그분이 늘 하시던 말씀이었습니다. 그래서 제 부친의 임종 직전에, 제게 넉넉한 생활을 보장해 주시겠다고 약속하셨지요. 저를 그만큼 아끼기도 하셨지만, 아마 **제 부친**에게 보답하려는 마음도 있으셨을 겁니다."

"어쩜 그럴 수가!" 엘리자베스가 외쳤다. "어이가 없네요! 다아시 씨가 최소한 자존심이 있다면 당신에게 그래서는 안 되었던 거예요! 다른 건 둘째 치고라도 최소한 자존심만 있어도 그런 부정직한 짓은 못 할 텐데. 그런 짓은 부정직하다고밖에 할 수 없어요."

"참 신기한 일이지요." 위컴이 대답했다. "그 사람은 모든 행동 하나하나에 자존심을 중시하니까요. 또 바로 그 자존심이 그 사람의 가장 친한 친구라 해도 틀린 말은 아닐 겁니다. 어떤 다른 감정보다도 자존심이 그나마 그 사람을 옳은 길로 이끄니까요. 그러나 완벽하게 일관적으로 행동하는 사람이 어디 있겠습니까. 그 사람이 제게 그런 짓을 한 것은 다른 감정이 자존심을 압도했기 때문이었겠지요."

"그분은 자존심이 그렇게 지독히 강해서 뭐 덕 보는 게 있긴 할까요?”

“그럼요. 그 자존심 때문에 사람들한테 너그럽게 대할 때가 많지요. 돈을 아낌없이 내주고, 사람들에게 융숭한 대접을 베풀기도 하고, 소작인들을 도와주거나 빈민을 구제해 주기도 합니다. 다 가문에 대한 긍지와 **선친에 대한** 자부심 덕분에 할 수 있는 일들이죠. 선친이 생전에 하신 선행에 대해서도 자부심을 느끼는 겁니다. 가문을 욕되게 하거나 사회의 일반적인 관행을 어기거나 펨벌리 저택의 위세를 떨어뜨리면 안 된다는 것들이 강력한 동기로 작용하겠죠. **오빠로서의** 자부심도 알아줘야 합니다. 오빠로서의 애정도 **조금은** 있으니까 여동생에게는 더할 나위 없이 친절하고 사려 깊은 후견인 노릇을 하고 있지요. 그러니 세상에서 가장 생각이 깊고 훌륭한 오빠라는 칭찬을 심심찮게 들으실 수 있을 겁니다.”

“그 누이동생은 어떤 사람인데요?”

위컴은 고개를 저었다. “마음씨 고운 아가씨라고 말씀드릴 수 있으면 얼마나 좋을까요. 그 집안사람을 나쁘게 이야기하려니 마음이 너무 괴롭군요. 하지만 그 아가씨도 오빠와 똑같습니다. 오만하기가 이를 데 없어요. 어렸을 땐 정도 많고 싹싹해서 저를 무척이나 따랐지요. 그래서 저도 시간 가는 줄 모르고 같이 놀아주곤 했답니다. 그러나 이제 저와는 완전히 남남입니다. 나이는 열대여섯쯤으로 외모가 아름답고, 기품과 교양도 대단하다고들 하더군요. 지금은 부친께서 돌아가시고 나서 그 아가씨의 교육을 맡은 부인과 함께 런던에서 살고 있지요.”

그 후로 침묵을 지켜보기도 하고 다른 화제를 끄집어내기도 해봤지만 엘리자베스는 결국 앞서 이야기하던 화제로 돌아가지 않을 수 없었다.

"어떻게 그런 사람이 빙리 씨와 친구 사이일 수가 있을까! 선량함의 화신인 것 같은, 그렇게 괜찮은 사람이 어떻게 다아시 씨 같은 사람과 친구로 지낼 수가 있을까요? 두 사람이 서로 맞을 수가 있나? 혹시 빙리 씨를 아시나요?"

"전혀 모릅니다."

"착하고 사람 좋고 너무 괜찮은 분이에요. 다아시 씨의 실제 모습을 모르고 있는 게 틀림없어요."

"아마 그러기가 쉽겠죠. 하지만 다아시 씨라고 좋은 친구일 때가 없는 건 아닐 겁니다. 능력이야 얼마든지 있으니까요. 자기가 그럴 만한 가치가 있다고 여긴 사람한테는 얼마든지 좋은 말벗이 되어주지요. 나만 한 사람들을 대할 때와 나만 못한 사람들을 대할 때 완전히 다른 사람이 되는 겁니다. 오만한 성격이야 어디 가겠습니까만은 그래도 있는 사람들한테만큼은 너그럽고 공평하고 성실하고 합리적이고 명예롭게 행동할 겁니다. 아마 태도도 싹싹하게 바뀌겠지요. 재산과 지위가 있는 사람들은 일단 인정을 해주니까요."

이내 휘스트 놀이가 끝나고, 놀이를 하던 사람들이 다른 테이블로 모였다. 콜린스 씨는 엘리자베스와 필립스 부인 사이에 앉았다. 필립스 부인은 의례적으로 콜린스 씨에게 얼마나 많이 땄느냐고 물었다. 콜린스 씨는 매번 잃기만 해서 별로 재미를 보지 못했다고 대답했다. 그러나 필립스 부인이 안타까움을 표하자 콜린스 씨는 그 정도 잃은 것은 아무것도 아니라고, 자기는 기분이 전혀 상하지 않았으니 제발 미안해하지 말아달라고 극히 심각하고 엄숙한 태도로 애원했다.

"저도 잘 압니다." 콜린스 씨가 말했다. "일단 카드놀이를 할 때는 그 정도 가능성은 각오해야 하는 거죠. 5실링 정도 잃어도 아무렇지 않은 제 형편이 얼마나 다행입니까. 누구나 저처럼 말할 수는 없겠지만, 캐서린 드 버그 영부인 덕택으로 저는 그처럼 사소한 일에 괘념하지 않아도 되는 상황입니다.”

한편 그 말을 들은 위컴 씨는 고개를 돌려 콜린스 씨를 잠시 쳐다보다가 엘리자베스에게 낮은 목소리로 그가 드 버그 가문과 얼마나 가까운 사이냐고 물었다.

“캐서린 드 버그 영부인이 아주 최근에 저분을 교구 목사로 임명하셨어요.” 엘리자베스가 대답했다. “처음 두 분이 알게 된 경위는 몰라도, 오래 알고 지낸 사이가 아닌 건 분명해요.”

“캐서린 드 버그 영부인과 앤 다아시 영부인이 자매라는 건 이미 아시겠지요? 그러니까 그분은 다아시 씨한테는 이모님이죠.”

“아뇨, 전혀 몰랐는데요. 영부인의 집안에 대해 전 아무것도 몰라요. 그런 분이 계시다는 것도 어제에야 알았는걸요.”

“영부인의 따님이신 드 버그 양은 굉장히 많은 유산을 상속받게 됩니다. 그리고 다들 두 집안의 재산이 그 아가씨와 다아시 씨의 결혼을 통해 합쳐지게 될 걸로 내다보고 있지요.”

이 말에 엘리자베스는 불쌍한 빙리 양 생각에 웃음을 띠었다. 다아시 씨가 이미 다른 사람과 결혼하기로 되어 있다면 빙리 양은 그동안 헛물을 켠 셈이고, 다아시의 여동생에 대해 쏟아부은 애정이나 찬사 역시 모두 허사가 될 터였다.

“콜린스 씨는 영부인과 그 따님에 관해 칭찬 일색이시더라고요.” 엘리자베스가 말했다. “그런데 이야기를 잘 들어보면 후견인에 대한 고마운 마음에 좀 잘못 보시는 거 아닌가 싶어요. 아무래도 거만하고 안하무인인 분이 아닌가 싶던데요.”

“맞습니다.” 위컴이 대답했다. “저는 영부인을 딱히 좋아한 적도 없고, 비록 그분을 뵌 지 벌써 여러 해가 지나긴 했지만 부인의 오만불손한 태도만큼은 기억이 생생합니다. 흔히 그분을 두고 분별력과 지력이 뛰어나다고들 하는데, 저더러 말하라면 그 부인의 능력이라는 건 그저 신분과 재산, 그리고 고압적인 태도뿐인 것 같더군요. 또 자기 친척이라면 당연히 누구보다도 지적 능력이 뛰어날 거라고 생각하는 조카의 오만함도 거기 한몫했을 겁니다."

엘리자베스는 그 말이 맞는 것 같다고 맞장구를 쳤고, 서로에게 호감을 느낀 두 사람은 대화를 이어나갔다. 이윽고 카드놀이가 끝나고 저녁 식사를 하러 가서는 다른 아가씨들도 위컴 씨의 관심을 나눠 가질 수 있었다. 필립스가의 만찬 분위기는 워낙 소란스러웠기 때문에 대화를 나누기가 쉽지 않았지만, 위컴 씨는 예절 바른 태도만으로도 모든 사람의 호감을 샀다. 늘 아주 적절한 말만 했고, 모든 행동에 품위가 있었다. 그리하여 엘리자베스는 이모 댁을 나오면서 오로지 위컴에 대한 생각뿐이었다. 집으로 가는 내내 위컴 씨와 그로부터 들은 이야기밖에는 아무것도 생각할 수 없었다. 그러나 막상 그의 이름조차 한 번도 입 밖에 내지 못했다. 리디아와 콜린스 씨가 서로 질세라 떠들어댔기 때문이다. 리디아는 제비뽑기에 대해, 그리고 게임에서 얼마나 잃고 얼마나 땄는지에 대해 끝없이 수다를 떨었다. 한편 콜린스 씨는 필립스 부부가 자기를 너무나 정중히 대해 주었다는 둥, 자기는 게임에서 돈을 잃었어도 전혀 아무렇지도 않았다는 둥, 저녁 식사에 무슨무슨 요리가 나왔는데 그게 어땠다는 둥 떠드는 와중에 마차에 자기까지 타는 바람에 자리가 좁아서 불편하지 않느냐고 거듭 물어보느라 마차가 롱본 하우스에 도착할 때까지 입을 다물 시간이 없었다.

17장

이튿날 아침 엘리자베스는 전날 저녁에 위컴 씨와 주고받은 이야기를 제인에게 들려주었다. 제인은 이야기를 들으면서 놀라움과 우려를 동시에 표했다. 제인은 빙리 씨의 친구인 다아시 씨가 그토록 형편없는 사람이라는 사실을 믿기 어려웠다. 한편 위컴처럼 선량해 보이는 사람이 거짓말을 했다고 의심하는 것도 제인답지 않은 일이었다. 아직 사실로 확인된 것은 아니지만, 위컴이 그처럼 냉랭한 대우를 당했을지 모른다는 가능성만으로도 제인은 동정심이 솟구쳤다. 따라서 제인으로서는 두 사람을 다 좋게 생각하고 두 사람의 행동을 모두 변호해 주면서 해명이 안 되는 부분에 대해서는 뭔가 우연이나 착오가 있었다고 생각할 수밖에 없었다.

"난 우리가 알 수 없는 어떤 사연 때문에 두 분 다 속고 있는 것 같아." 제인이 말했다. "누가 자기의 이익 때문에 두 사람을 이간질하고 있을지도 몰라. 그렇지 않다면, 두 분 다 잘못이 없는데 두 분 사이가 그렇게 틀어진 이유를 설명할 수 없으니까 말이야."

"그 말이 맞는 것 같아. 그런데 언니, 그럼 자기 이익 때문에 두 사람을 이간질한 사람들은 나쁜 사람이 되는 거 아냐? 어디 **그 사람도** 옹호해 주지? 그 사람은 그대로 나쁜 사람으로 둬도 괜찮은가 봐."

"그러고 싶으면 날 마음껏 비웃으렴. 그래도 난 내가 옳다고 생각해. 리지, 생각 좀 해봐. 선친께서 그처럼 각별히 아끼셔서 생계를 보장해 주겠다고 하셨던 사람한테 그런 짓을 한다는 건 보통 수치스러운 일이 아니잖니? 도대체 말이 안 돼. 그건 자기

인격을 스스로 깎아내리는 짓이야. 정말 그런 사람이라면 친한 친구에게 자기 본모습을 그렇게 완벽하게 숨길 수 있을까? 난 불가능하다고 생각해!"

"난 어제 저녁에 내가 들은 과거사, 사람들 이름이나 기탄없이 털어놓은 모든 사실을 위컴 씨가 꾸며냈다고 생각하기는 힘들어. 그보다 빙리 씨가 속고 있다는 게 훨씬 더 그럴싸하지. 그게 사실이 아니라도, 그건 다아시 씨가 직접 증명해야 할 일이야. 위컴 씨 표정에는 정말 거짓이 없었다고."

"정말 어려운 문제기도 하고, 너무 안타까운 일이라 어떻게 봐야 할지 난 정말 모르겠다."

"언니한텐 미안하지만 나는 너무 확실히 알겠는데."

그러나 제인이 알 수 있는 것은 오직 하나뿐이었다. 즉 정말로 빙리 씨가 그동안 속아왔던 **것**이라면, 그리고 그 사실을 알게 된다면 무척 괴로워하리라는 것이었다.

관목 숲에서 이런 이야기를 나누고 있는데 마침 그 이야기의 주인공 중 몇 사람이 찾아왔다는 부름이 와서 두 사람은 숲을 나섰다. 모두들 기다리던 네더필드의 무도회 날짜가 마침내 다음 주 화요일로 정해져서, 빙리 씨와 누이들이 직접 초대하러 찾아왔던 것이다. 빙리 자매는 제인에게 다시 만나서 반갑다고, 지난번 헤어진 뒤 너무 오래 못 본 것 같다고 하면서 그동안 어떻게 지냈느냐고 거듭 물었다. 그러나 나머지 식구들은 거의 본체만체했다. 베넷 부인에게는 가능한 한 말을 줄이고 엘리자베스에게만 마지못해 몇 마디 건넸을 뿐, 다른 사람에게는 한마디도 건네지 않았다. 그리고 그 자매는 빙리 씨가 깜짝 놀랄 정도로 급작스레 자리에서 일어나 베넷 부인의 정중한 인사말도 듣는 둥 마는 둥 하고 서둘러 그 집을 떠났다.

베넷 집안의 여자들은 모두 네더필드의 무도회 생각에 가슴이 부풀었다. 베넷 부인은 빙리 씨가 무도회를 연 의도가 제인 때문이라는 생각에 들떴다. 특히 형식적으로 초대장만 보낸 게 아니라 빙리 씨가 직접 초대하러 찾아왔다는 사실에 우쭐했다. 제인은 빙리 자매를 만나고 빙리 씨와 함께 있을 수 있다는 기대로 행복해한 한편, 엘리자베스는 위컴 씨와 춤을 추고 다아시 씨의 표정과 행동을 통해 전에 들은 이야기를 확인해야겠다는 생각에 즐거웠다. 캐서린과 리디아는 언니들과는 달리 어떤 한 가지 일이나 어떤 사람에 대해서가 아니라 전반적인 무도회에 대한 기대를 품었다. 둘 다 언니 엘리자베스와 마찬가지로 위컴 씨와 가능한 한 많은 춤을 출 생각이었지만, 한 파트너에 만족할 생각은 없었다. 뭐라 해도 무도회가 아닌가. 심지어 메리조차 그 무도회에 대해서는 이의를 제기하지 않았다.

"아침나절만 가만히 놔두면 난 그걸로 충분해." 메리가 말했다. "가끔씩이라면 저녁을 파티로 보내는 것도 나쁘지 않아. 사람들과 어울리는 것도 중요한 일이고. 난 누구든 가끔은 오락을 즐기는 게 오히려 바람직하다고 생각하거든."

무도회 때문에 너무나 들뜬 엘리자베스는, 꼭 필요한 경우 이외에는 되도록 말을 섞지 않으려 했던 콜린스 씨에게까지 네더필드에 갈 건지, 만약 간다면 다른 사람들처럼 춤을 추고 노는 데 불만은 없는지 물어보았다. 그리고 콜린스 씨는 다소 놀랍게도 자기는 딱히 무도회를 꺼리지 않으며, 춤을 춘다고 해서 대주교나 캐서린 드 버그 영부인에게 빈축을 살지 모른다는 두려움도 느끼지 않는다고 대답했다.

"저는 지체 높은 젊은 신사가 점잖으신 분들께 베푸는 무도회라면 얼마든지 바람직하다고 봅니다." 콜린스가 말했다. "저도 춤이라면 싫어하는 편은 아니니, 그날 저녁에 아리따운 사촌 아가씨들과 차례차례 춤을 출 수 있다면 영광이겠습니다. 말이 나온 김에 특히 엘리자베스 양께 맨 처음 두 번의 춤을 청하고자 합니다. 제인 양을 두고 당신께 먼저 춤을 청함은 제인 양을 무시해서가 아니라 제 생각이 있어서니 제인 양도 이해해 주시리라 믿습니다."

맨 처음 두 차례의 춤을 위컴과 춰야겠다고 단단히 마음먹고 있던 엘리자베스는 어찌할 바를 몰랐다. 상대가 위컴 씨에서 콜린스 씨로 바뀌다니! 괜히 들떠서 나서는 바람에 스스로 올가미에 걸린 셈이었다. 그렇다고 별 수 있는 일도 아니었다. 엘리자베스는 위컴 씨와 자신의 즐거움은 어쩔 수 없이 잠시 미뤄야겠다고 체념하고, 할 수 있는 한 상냥하게 콜린스 씨의 청을 승낙했다. 하지만 콜린스 씨의 춤 신청에 무언가 숨은 의미가 있다는 생각에 머릿속이 더욱 복잡했다. 헌스퍼드 목사관의 여주인 자리에, 그리고 로징스에 더 그럴싸한 손님이 없을 때 4인조 카드놀이의 머릿수를 채울 사람으로, 베넷 집안 딸들 중에서 마침 **자기**가 간택된 것이 아닌가 하는 생각이 들어서였다. 콜린스 씨가 유독 자기를 친절하게 대해주고, 또 영리하고 활달하다는 칭찬을 기회만 있으면 들려주려고 애쓰는 것을 느끼면서, 엘리자베스의 생각은 곧 확신으로 바뀌었다. 엘리자베스는 자신의 매력이 낳은 이 뜻하지 않은 결과에 기쁨보다는 놀라움이 더 컸지만, 어머니는 이내 두 사람이 결혼한다면 **자기**로서는 더할 나위 없이 기쁘겠다는 뜻을 은근히 내비쳤다. 거기다 대고 뭐라고 했다가는 시끄러워질 것이 불 보듯 뻔하니, 엘리자베스는 그냥 못 들은 척하기로 했다. 콜린스 씨가 반드시 청혼을 한다는 보장도 없는데, 미리 싸울 필요까지는 없다 싶었다.

베넷 집안의 어린 딸들에게 이제 유일한 낙은 네더필드 무도
회 이야기를 하고 무도회에 갈 준비를 하는 것뿐이었다. 초대를
받은 날부터 무도회 날까지 내내 비가 와서 메리턴으로 산책을
나갈 수 없었기 때문이다. 그러니 이모나 장교를 만날 수도 없었
고 새로운 소식을 들을 수도 없었다. 네더필드에 신고 갈 구두에
달 장미꽃 모양 리본도 하인을 대신 보내 사와야 하는 형편이었
다. 심지어 엘리자베스조차도 날씨 때문에 인내심에 한계를 느
낄 정도였다. 날씨 때문에 그 이후 한 번도 위컴 씨를 만나지 못
했기 때문이다. 그러니 화요일에 무도회라는 중요한 일이 없었
더라면 키티와 리디아는 금요일에서 월요일까지 그처럼 지겨운
나흘을 도저히 참지 못했으리라.

18장

무도회 날, 네더필드의 응접실에 들어간 엘리자베스는 그곳에
모인 장교들 가운데 위컴 씨가 없는 것을 보고 그제서야 위컴
씨가 무도회에 초대받지 못했을지도 모른다는 생각이 들었다.
그가 해준 이야기가 있었으니 어쩌면 그런 걱정을 하는 게 당연
했을 텐데도, 그가 무도회에 오리라는 생각을 전혀 의심하지 않
았던 것이다. 엘리자베스는 그날 저녁 내로 위컴 씨의 마음을 모
조리 차지하겠다고 단단히 다짐하고 평소보다도 옷차림에 훨씬
더 신경을 썼다. 하지만 이 순간 빙리 씨가 다아시 씨를 생각해
위컴만 쏙 빼고 장교들을 초대했을 것 같은 불행한 예감이 들었
다. 나중에 데니 씨를 만나서 알고 보니 그 예감은 사실이 아니
었지만, 위컴이 오지 않는다는 것은 사실이었다. 데니 씨는 리디

아의 열띤 물음에 위컴은 바로 전날 런던에 볼일이 생겨서 갔는
데 아직 돌아오지 않았다면서 의미심장한 미소를 띠고 이렇게
덧붙였다.

"여기에 어떤 만나고 싶지 않은 신사가 오지 않았더라면 과연
그런 볼일이 생겼을지 모르겠습니다."

리디아는 듣지 못했지만 엘리자베스는 이 말을 놓치지 않았
다. 그리고 위컴이 못 온 게 아니라 안 온 거라 해도 어쨌든 그
원인은 분명히 다아시였으니, 엘리자베스의 실망은 곧 분노로
바뀌어 다아시의 인사에 예의로 응답하기 힘들 지경이었다. 다
아시에게 관심을 갖거나 너그럽게 대하는 것은 위컴을 모욕하는
것이나 다름없었다. 다아시와는 말도 섞지 말아야겠다고 마음먹
은 엘리자베스는 개운치 않은 마음으로 그에게 등을 돌렸다. 심
지어 빙리 씨와 이야기를 나눌 때조차 기분이 영 개운치 못했다.
다아시 씨 같은 사람과 그토록 친하다는 것이 마음에 들지 않았
기 때문이다.

그러나 엘리자베스는 언짢은 기분이 오래가는 성격은 아니었
다. 비록 기대가 어그러지긴 했지만 그렇다고 계속 기분 나빠하
고 있는 것은 엘리자베스답지 않은 일이었다. 엘리자베스는 근
일주일 만에 만난 샬럿 루커스에게 속상한 기분을 모조리 털어
놓고는 곧 사촌 콜린스 씨의 기묘한 언행을 주된 화제로 삼았다.
그러나 맨 처음 두 차례의 춤을 추고 나서 엘리자베스는 다시
기분이 가라앉았다. 춤이 아니라 고역이었던 것이다. 콜린스 씨
는 춤에 서투르면서 무게만 잡고, 상대에 대한 배려 대신 자기변
명에 급급하며, 자기가 실수를 했다는 것조차 모르는 바람직하
지 못한 파트너여서, 엘리자베스는 그와 춤을 추는 동안 너무 창
피하고 괴로웠다. 그리하여 드디어 놓여나는 순간, 엄청난 해방

감을 느꼈다.

다음 순서로 한 장교와 춤을 췄는데, 그 장교로부터 누구나 위컴을 좋아한다는 이야기를 듣자 엘리자베스는 웬만큼 기분이 나아졌다. 그런데 다시 춤이 끝나고 샬럿 루커스와 이야기를 나누는 도중에 다아시 씨가 불쑥 나타나 춤을 신청했다. 전혀 예상하지 못한 상황에 허를 찔린 엘리자베스는 자기도 모르게 승낙을 하고 말았다. 그리고 다아시가 바로 자리를 뜨자 엉겁결에 춤 신청을 허락하고 만 자신에게 화가 났다. 샬럿이 엘리자베스를 위로했다.

"혹시 알고 보면 괜찮은 사람일지 또 아니."

"말도 안 돼! **그렇다면** 그거야말로 진짜 불행한 일이지! 난 이미 그 사람을 미워하기로 마음먹었는데 그 사람이 괜찮은 사람이라면 말이야! 그 말은 너무 심했어."

그러나 다시 춤이 시작되어 다아시가 춤을 추러 다가오자, 샬럿은 엘리자베스에게 위컴이 마음에 든다고 해서 그보다 열 배나 더 중요한 사람에게 밉보이면 안 된다는 충고를 속삭였다. 엘리자베스는 아무 대답도 하지 않고 춤추는 대열에 끼었는데, 다아시 씨의 상대라는 격상된 지위에 자기도 놀랐지만 주위 사람들 역시 놀라는 것을 느낄 수 있었다. 얼마 동안 두 사람은 한마디도 하지 않았다. 엘리자베스는 다아시 씨가 춤을 두 번 추는 동안 입을 꾹 다물고 있을 생각인가 보다고 넘겨짚고, 자기가 먼저 그 침묵을 깨지는 않겠다고 다짐했다. 하지만 갑자기 상대가 대화를 하지 않을 작정이라면 오히려 억지로 말을 하게 만드는 게 상대를 괴롭히는 방법이라는 생각이 들었고, 그리하여 춤출 때 하는 의례적인 인사말을 몇 마디 건넸다. 다아시는 대답만 하고 다시 침묵을 지켰다. 몇 분간 침묵이 이어진 뒤, 엘리자베스가 다시 말을 꺼냈다.

"이제는 **다아시 씨**가 뭔가 이야기를 하실 차례예요. **제가** 춤 이야기를 했으니 이제는 **다아시 씨**가 방의 크기나 춤추는 사람의 숫자 같은 것에 대해 뭐라고 말씀을 하셔야죠."

그러자 다아시가 웃음을 띠며 무슨 말이든 하라는 대로 하겠다고 말했다.

"좋아요. 이번 차례는 그 말로 넘길게요. 어쩌면 좀 있다 제가 사적인 무도회가 공적인 무도회보다 더 즐겁다고 말할 수도 있겠지만, **지금**은 둘 다 말을 안 해도 돼요."

"춤추실 때는 항상 그렇게 규칙에 따라 말씀하십니까?"

"그럴 때도 있죠. 조금이라도 말을 하긴 해야 하니까요. 반 시간 동안 같이 춤을 추면서 입을 꾹 다물고 있으면 이상해 보일 거 아니에요. 하지만 말하는 게 싫은 **사람이라면** 가능한 한 말을 덜 해도 되게 배려하는 게 좋겠죠."

"지금 같은 경우는 본인을 배려하시는 건가요, 아니면 저를 배려하시려는 건가요?"

"양쪽 다예요." 엘리자베스가 짓궂은 표정으로 대답했다. "왜냐하면 제가 보기엔 다아시 씨와 제 취향이 무척 비슷한 것 같거든요. 둘 다 비사교적이고, 말하기를 별로 좋아하지 않지만, 일단 말을 했다 하면 적어도 이 방에 모인 사람들이 모조리 감탄하고, 대대로 후손에게 물려줄 명언 정도가 아니면 직성이 안 풀리죠."

"그 묘사는 당신에게 딱 들어맞는 것 같지는 않군요, 확실히." 다아시 씨가 말했다. "또한 **제 성격**에 대해서도 맞는다고 할 수 있을지는 잘 모르겠습니다. 물론 **본인**은 분명히 제 성격을 정확히 파악했다고 생각하시겠지만 말입니다."

"저로서야 제가 옳다고 생각할 수밖에 없겠죠."

더 이상 대답하지 않고 계속 말없이 춤을 추던 다아시는 이윽
고 엘리자베스에게 자매들과 함께 메리턴에 자주 산책을 가느냐
고 물었다. 엘리자베스는 그렇다고 대답하면서 충동을 못 이겨
"지난번에 메리턴에서 뵈었을 때, 저희는 새로운 분을 만나던 참
이었어요"하고 덧붙였다.

그 말이 즉효를 발휘했는지 다아시는 평소보다 더욱 오만한
표정으로 변했다. 그러나 엘리자베스는 아무런 대답도 듣지 못
했다. 좀 더 몰아붙이고 싶었지만 감히 용기가 나지 않았다. 이
윽고 다아시가 입을 열어, 개운치 않다는 듯 이렇게 말했다.

"위컴 씨는 워낙 호감 가는 인상이라 친구를 쉽게 **사귀긴** 해도,
한번 사귄 친구와 그만큼 **오래가지는** 않더군요."

"어쨌거나 불행히도 **다아시 씨**의 우정을 잃은 것만은 사실이지
요." 엘리자베스가 강조했다. "그게 그분의 인생에도 영향을 미
칠 것 같고요."

다아시는 아무 대답도 하지 않았고, 화제를 바꾸고 싶어 하는
듯했다. 마침 그 순간 춤추는 사람들 한복판을 가로질러 가던 루
커스 경이 두 사람 곁을 지나게 되었는데, 그는 다아시 씨를 알
아보고 잠시 멈춰서 가벼운 목례를 하더니 다아시 씨의 춤 솜씨
와 춤 상대를 칭찬했다.

"아주 보기 좋습니다, 다아시 씨. 이렇게 멋진 춤 솜씨는 정말
보기 드물지요. 아주 일류신데요. 허나 파트너 역시 다아시 씨에
비해 조금도 떨어지지 않는군요. 앞으로도 자주 이런 즐거운 광
경을 볼 수 있다면 좋겠습니다. 특히 앞으로 뭔가 경사스러운 일
이 (루커스 씨는 여기서 제인과 빙리를 곁눈질했다.) 일어난다면 말
입니다. 그러면야 얼마나 좋겠습니까, 엘리자베스 양! 다아시 씨
께는 특별히 부탁드리고, 저는 이만 가보겠습니다. 두 분의 매력

적인 대화를 더 이상 가로막아서야 안 될 말이고, 일라이자 양의 반짝이는 눈동자도 저를 나무라고 있으니까요.”

다아시는 윌리엄 경의 말의 뒷부분은 거의 귀담아듣지 않았다. 그러나 윌리엄 경이 자기 친구를 곁눈질하며 한 말에서는 무언가 정신이 번쩍 든 듯 함께 춤을 추고 있는 빙리와 제인을 심각한 눈길로 바라보았다. 그러나 다아시는 곧 정신을 차리고 파트너를 바라보며 말했다.

“윌리엄 경이 끼어드시는 바람에 무슨 이야기를 하고 있었는지 잊어버렸군요.”

“아무 이야기도 안 하고 있었을걸요. 윌리엄 경은 이 방에서 가장 말 없는 사람들의 대화를 방해하신 거예요. 벌써 두세 가지 화제를 꺼내 보았지만 전부 실패로 돌아갔으니 더 무슨 이야기를 해야 좋을까 모르겠네요.”

“책 이야기를 하면 어떨까요?” 다아시가 웃음을 띠고 말했다.

“책이요? 아뇨, 천만에요! 우리가 같은 책을 읽었을 것 같지도 않고, 만약 그렇다 하더라도 감상은 전혀 다를 거예요.”

“그렇게 생각하신다니 유감입니다만, 오히려 그쪽이 더 화제가 많을 것 같군요. 서로의 의견을 비교할 수 있으니까요.”

“저는 사양할래요. 무도회장에서 책 이야기는 어울리지 않아요. 무도회장에서는 늘 다른 생각으로 바쁘니까요.”

“이런 장소에서는 늘 **현재**에 충실하려 하신다는 말씀인가요?” 다아시 씨가 미심쩍은 표정으로 말했다.

“맞아요, 늘 그래요.” 엘리자베스는 머릿속으로 딴생각을 하고 있었기 때문에 거의 무의식적으로 대답했다. 그리고 이내 큰 소리로 이렇게 말해서 머릿속 생각을 드러냈다. “다아시 씨, 언젠가 당신이 용서를 잘 못하시고, 일단 누굴 미워하게 되면 다시 돌이키기 힘든 성격이라고 말씀하셨던 게 기억났어요. 하지만 그렇다면 누굴 **미워하실** 때는 그만큼 깊이 생각을 하시고 미워하시는 거겠죠?"

"물론입니다." 다아시 씨가 단호하게 말했다.

"편견으로 인해 눈이 머는 일은 없겠죠?"

"그래야겠지요."

"자기 견해를 절대로 바꾸지 않는 사람들은 그만큼 처음에 판단을 잘 하는 게 중요할 것 같아요."

"왜 이런 질문을 하시는지 여쭤봐도 되겠습니까?"

"그냥 **다아시 씨**의 성격을 파악하고 싶어서요." 엘리자베스는 짐짓 가벼운 태도를 취하려고 애쓰며 말했다. "그러려고 노력하는 중이에요."

"그래서 어떤 결론을 얻으셨습니까?"

엘리자베스는 고개를 가로저었다. "아무런 결론도 얻지 못했어요. 다아시 씨에 대해 너무나 상반되는 이야기를 들어서 정말 당황스러워요."

"저에 대해 상반되는 이야기를 들으셨다는 것도 당연하다면 당연합니다." 다아시 씨가 정색하고 말했다. "저로서는 당신께서 지금 당장 제 성격을 파악하려 하지 않으셨으면 좋겠습니다. 그러지 않는 편이 우리 두 사람에게 더 좋을 거라고 생각합니다."

"하지만 지금이 아니면 또 언제 기회가 올지 모르잖아요."

"정 그러시다면 굳이 말리지 않겠습니다." 다아시는 차갑게 대답했다. 엘리자베스는 입을 다물어버렸고, 두 사람은 끝까지 더는 한마디도 없이 춤을 추고 돌아섰다. 둘 다 기분이 개운치 않았지만, 다아시는 엘리자베스에게 적지 않은 호감이 있었던 터라 그 불쾌함을 곧 다른 사람에게 돌리고 엘리자베스를 용서했다.

다아시 씨와 헤어지고 얼마 안 되어 빙리 양이 엘리자베스에게 다가와 정중한 척 얕잡아 보는 표정으로 말을 걸었다.

"어머, 엘리자베스 양, 조지 위컴이 아주 마음에 들었나 봐요! 제인이 그 사람 이야기를 계속하면서 궁금한 게 참 많은 것 같더군요. 그런데 그 젊은이가 온갖 이야기를 다 하면서도 자기 아버지가 다아시 씨 선친의 집사였다는 사실은 쏙 빼놓고 말한 모양이지요. 제가 친구로서 충고하는 건데, 그 사람 말을 덮어놓고 믿으면 곤란해요. 그 사람이 다아시 씨에게 부당한 일을 당했다는 이야기는 완전히 잘못된 거예요. 오히려 위컴이 다아시 씨한테 너무나 파렴치한 짓을 했는데도 다아시 씨가 분에 넘치는 친절을 베푼 거라고요. 자세한 건 저도 잘 모르지만, 다아시 씨는 아무런 잘못이 없고, 조지 위컴의 이름조차 듣기 싫어한다는 건 알고 있어요. 저희 오빠도 어쩔 수 없이 그 사람을 초대하긴 했지만 알아서 피해준 걸 얼마나 다행으로 여기는지 몰라요. 감히 이 동네에 뻔뻔스레 발을 들여놓을 생각을 하다니 정말 파렴치한 인간이에요. 미안하게 됐네요, 일라이자 양. 그렇게 당신 마음에 든 사람의 잘못된 행실이 이렇게 드러나서 말이에요. 하기야 그 사람 출신을 생각하면 뭘 더 기대할 여지도 없겠지만요."

"빙리 양은 그 사람의 잘못이 곧 그 사람의 출신이라고 말씀하시는 것 같네요." 엘리자베스가 화가 나서 말했다. "마치 그의 잘못 중 가장 심한 게 그분이 다아시 씨네 집사의 아들이라는 것처럼 들려서요. 그런데 분명히 말씀드리지만 **그 사실**은 위컴 씨가 이미 직접 말씀하셨답니다."

"그렇다면 죄송해요." 빙리 양은 경멸하는 미소를 띠고 돌아섰다. "제가 쓸데없이 참견을 했나 보네요. 나쁜 뜻은 없었으니 용서해 주세요.”

“자기가 뭐라고!” 엘리자베스가 혼잣말을 했다. “고작 그런 말로 내 마음을 바꿀 수 있을 줄 알고. 잘 알지도 못하면서 고집만 부리니까 다아시 씨만 더 심술궂은 사람처럼 보이잖아.” 이윽고 엘리자베스는 빙리에게 그 일을 물어볼 임무를 맡은 언니를 찾았다. 제인은 너무나 행복해 보이는 만족스럽고 달콤한 미소를 띠고 있어서, 보기만 해도 얼마나 즐거운지를 알 수 있었다. 엘리자베스는 언니의 기분을 즉각 알아차렸고, 위컴이 안 됐다거나 그 적들이 밉살맞다는 생각을 비롯한 모든 다른 생각은 이내 사라져 버렸다. 제인이 행복해졌으면 좋겠다는 생각뿐이었다.

엘리자베스는 제인 못지않게 환히 웃으며 말했다. “언니가 위컴 씨에 대해 무슨 이야기를 듣고 왔는지 궁금한걸. 하지만 너무 즐거운 시간을 보내느라 어디 그 사람 생각할 겨를이 있었겠어. 괜찮으니까 신경 쓰지 마.”

“아니야.” 제인이 대답했다. “다 생각하고 있었어. 하지만 별로 네가 만족할 만한 이야기는 아니야. 빙리 씨도 그 뒷이야기는 자세히 모른다더라. 특히 위컴 씨가 뭘 잘못해서 다아시 씨의 노여움을 샀는지는 전혀 모른대. 그렇지만 다아시 씨가 나무랄 데 없이 정직하고 명예롭게 처신했다는 건 보증하던걸. 그리고 위컴 씨가 한 짓에 비하면 다아시 씨가 넘치는 친절을 베풀었다고 굳게 믿고 있어. 거기다 빙리 씨나 빙리 양의 설명을 들어보면, 안타깝지만 아무래도 위컴 씨가 그리 괜찮은 사람은 아닌가 봐. 다아시 씨의 신뢰를 잃을 만큼 뭔가 생각 없는 짓을 하긴 한 모양이야.”

“빙리 씨가 위컴 씨를 직접 아는 건 아니지?”

“응, 직접 본 건 그날 메리턴이 처음이래.”

"그렇다면 그 이야기는 전부 다아시 씨한테 들은 거겠네. 그럼 그렇지. 그런데 목사직에 관해서는 뭐라고 했어?"

"다아시 씨한테 몇 번 듣기는 했는데 정확한 상황은 잊어버렸대. 그렇지만 그건 아마 애초부터 **조건부**였다는 것 같아."

"난 빙리 씨가 거짓말을 했다고 생각하지는 않아." 엘리자베스가 열띤 어조로 말했다. "그렇지만 그분의 장담만 믿고 내 생각을 바꿀 수는 없어. 빙리 씨의 옹호가 못 미덥다는 게 아니라, 그 이야기에 빙리 씨가 모르는 부분이 많고, 아는 부분이라는 건 다아시 씨한테 들은 거니까, 다아시 씨와 위컴 씨에 대한 평가를 바꿀 수는 없겠어."

이윽고 엘리자베스는 언니와 자신이 좀 더 만족스럽게 의견 일치를 볼 수 있는 화제를 꺼냈다. 제인은 빙리와 관련된 행복한 전망에 대해 조심스럽게 이야기했고, 엘리자베스는 기쁜 마음으로 그 이야기를 들어주면서 언니에게 확신을 주려고 애썼다. 마침 그때 빙리 씨가 두 사람의 대화에 끼어들어서, 엘리자베스는 루커스 양에게 갔다. 루커스 양은 엘리자베스에게 다아시와 춤춘 감상을 물었는데, 엘리자베스가 미처 뭐라고 말하기도 전에 콜린스 씨가 두 사람에게 다가와 몹시 들뜬 어조로 대단히 운이 좋아서 방금 엄청나게 중요한 사실을 알게 되었다고 말했다.

"어쩌면 이런 우연의 일치가 있을 수 있을까요." 콜린스 씨가 말했다. "이 방에 제 후원자분의 가까운 친척이 계신다지 뭡니까. 그 신사분이 이 댁의 여주인인 아가씨께 당신의 사촌인 드 버그 양과 그분의 모친이신 캐서린 영부인의 존함을 말씀하시는 걸 제가 우연히 들었습니다. 이건 정말 반갑기 그지없는 일입니다! 제가 이곳에서 아마도 캐서린 드 버그 영부인의 조카분―아마도 맞겠지요―을 만나게 될 줄은 생각도 못했지 뭡니까! 마침 지금 그 사실을 알게 되어 경의를 표할 수 있게 되었으니 정말 고마운 일입니다. 이제 가서 인사를 드릴 참입니다. 이제야 인사 드린다고 노여워하지는 않으시겠지요. 이제야 알았다고 하면 제 변명을 받아주실 테니까요."

"설마 다아시 씨에게 가서 직접 자신을 소개하시려는 건 아니죠?"

"그럴 생각인데요. 진즉 인사드리지 못한 불찰에 대해 용서를 빌어야지요. 그분은 분명히 캐서린 영부인의 **조카**분인 게 틀림없습니다. 영부인께서 지난주까지 잘 지내고 계셨다는 걸 알려드리는 게 제 마땅한 도리라고 생각합니다."

엘리자베스는 그렇게 소개해 주는 사람도 없이 직접 다가가서 아는 체한다면 다아시 씨는 그것을 자기 이모님을 존경하는 게 아니라 자기에게 함부로 구는 걸로 볼 게 틀림없고, 서로 반드시 인사를 나눠야 할 이유도 없으며, 만에 하나 그럴 이유가 있다 해도 신분이 더 높은 다아시 씨가 먼저 아는 척을 할 때까지 기다리는 게 옳다고 말하면서 콜린스 씨를 간절히 만류했다. 콜린스 씨는 그 말을 잠자코 듣기는 했지만 마음을 바꿀 생각이 없는 것이 빤히 보였고, 이윽고 엘리자베스의 말이 끝나자 이렇게 대답했다.

"친애하는 엘리자베스 양, 당신이 아는 범위의 일에 한해, 저는 당신의 판단을 세상에서 가장 존중한다고 말씀드립니다만, 평신도들이 지켜야 할 예의범절과 성직자들이 지켜야 할 예의범절은 서로 막대한 차이가 있다는 사실을 알려드리지 않을 수 없군요. 외람되오나 저는 영국에서 성직이 다른 어떤 지위에 비해 그 위엄이 조금도 처지지 않는다고 봅니다. 물론 거기에는 도를 넘지 않는 겸손한 태도도 동시에 따라야 하겠지요. 그러니 이번만큼은 제 양심에 따라, 제 임무를 행하는 것을 양해해 주십시오. 다른 문제라면 얼마든지 당신의 충고를 저의 영원한 지침으로 여기겠습니다만 이번만큼은 부득이하게 당신의 충고를 따르지 않는 것을 용서해 주십시오. 작금의 상황에서 옳고 그름을 판단하기에는 엘리자베스 양 같은 아가씨보다는 더 폭넓은 교육과 경험을 소유한 제가 더 적합하다고 봅니다." 콜린스 씨는 엘리자베스에게 고개를 숙여 인사하고 나서 다아시 씨를 공략하러 나섰고, 엘리자베스는 다아시 씨가 과연 콜린스 씨를 어떻게 대할지 큰 관심을 갖고 지켜보았다. 아니나 다를까, 콜린스 씨가 갑자기 말을 걸자 다아시 씨는 당황한 기색이 역력했다. 콜린스 씨는 먼저 정중하게 고개를 숙이고 나서 인사말을 쏟아놓기 시작했는데, 엘리자베스는 들리지 않아도 무슨 말을 하는지 다 알 것만 같았고, 입 모양만 보아도 '죄송'하다는 둥 '헌스퍼드'가 어쨌다는 둥 '캐서린 드 버그 영부인'이 어쨌다는 둥 주절거리고 있는 것이 빤히 보였다. 엘리자베스는 콜린스 씨가 다아시 씨 같은 사람 앞에서 스스로 망신을 자초하는 꼴을 차마 지켜보기가 괴로웠다. 다아시 씨는 어이없어하는 표정을 그대로 드러낸 채 콜린스 씨를 빤히 바라보고 있다가, 마침내 자기가 입을 열 기회가 오자 그다지 공손하다고는 할 수 없는 태도로 응답했다. 그러나 콜린스 씨는 그 정도에 기가 죽어 입을 다물 사람이 아니어서, 말이 길어질수록 다아시 씨의 경멸 역시 점점 커지는 듯했다. 그리고 콜린스 씨가 할 말을 다 하자 다아시 씨는 간단히 고개만 숙여 보인 후 바로 다른 쪽으로 가버렸다. 콜린스 씨는 다시 엘리자베스에게 돌아왔다.

"저는 다아시 씨에게서 만족스러운 환대를 받았다고 확신합니다. 오히려 제가 먼저 인사를 드려서 무척 기뻐하시는 것 같더군요. 지극히 정중하게 제 인사를 받아주셨을뿐더러 심지어 캐서린 영부인의 신중하신 성격을 언급하시며 그분이 호의를 베푸셨다면 응당 제가 그런 호의를 받을 자격이 있어서였을 거라고 장담하시더군요. 정말 탁월하신 식견이시지요. 요컨대, 저로서는 무척 만족스럽습니다."

엘리자베스 자신은 더 이상 흥밋거리가 없었기 때문에, 오로지 언니와 빙리 씨에게만 관심을 쏟았다. 언니의 모습을 보고 있으니 여러 가지 기분 좋은 상상이 꼬리를 물고 이어져, 엘리자베스는 제인 못지않게 행복한 기분이 들었다. 엘리자베스는 언니가 바로 이 집의 안주인이 되어 진실한 사랑으로 맺어진 결혼이 안겨주는 모든 행복을 누리게 된다면 얼마나 좋을까 하는 상상을 했다. 정말 그렇게만 된다면 빙리의 두 누이를 좋아하려고 노력하지 못할 것도 없다는 생각이 들었다. 보아하니 어머니도 비슷한 생각을 하고 있는 것이 틀림없어서, 엘리자베스는 어머니가 주책없는 소리를 늘어놓지 못하도록 어머니 곁을 되도록 피해야겠다고 마음먹었다. 그랬으니 저녁 식탁에서 자신과 어머니가 한 사람을 사이에 두고 나란히 앉게 되었을 때 엘리자베스는 낭패감을 느꼈다. 거기다 어머니가 엘리자베스와 자신 사이에 앉은 사람, 즉 루커스 부인에게 제인이 곧 빙리 씨와 결혼할 거라는 이야기를 집요하고도 전혀 거리낌 없이 떠들어대는 바람에 엘리자베스를 더욱 난감하게 만들었다. 베넷 부인으로서는 그만큼 신나는 화제도 없었고, 그렇게 되면 좋은 점은 아무리 말해도 모자랐다. 빙리 씨는 참 괜찮은 젊은이고, 돈도 많은 데다, 롱본에서 겨우 3마일 거리에 살고 있다는 것이 맨 처음으로 꼽은 장점이었고, 그의 두 누이는 또 제인을 너무 좋아해서, 그들 또한 자기만큼이나 그 결혼을 바라는 게 분명하니 얼마나 다행이냐고 했다. 게다가 그 결혼으로 인해 동생들의 전망도 밝아질 거라고, 제인이 그처럼 훌륭한 집안으로 시집을 간다면 응당 동생들 역시 부잣집 젊은이들을 만날 기회가 많아질 거라고 했다. 마지막으로 꼽은 장점은, 이제는 자기가 가고 싶지 않은 파티에 억지로 갈 필요 없이 큰딸에게 동생들을 딸려 보낼 수 있게 되었다는 것이었다. 그렇지만 그것을 마지막 장점으로 꼽은 것은 남들이 으레 그렇게 말하기 때문이지, 사실 베넷 부인은 아무리 나이가 들어도 집에만 들어앉아 있고 싶어 할 사람은 아니었다. 부인은 루커스 부인도 머지않아 자신처럼 좋은 일이 생기기를 바란다면서 말을 맺었지만, 그렇게 될 리가 없다고 생각하는 것이 그 으스대는 태도에서 뻔히 보였다.

엘리자베스는 어머니더러 말을 좀 천천히 하시라고, 그리고 남들에게 들리지 않게 하시라고 설득하려고 애를 썼지만 소용이 없었다. 마침 다아시 씨가 맞은편에 앉아 어머니가 하는 말을 거의 다 듣고 있었으니, 엘리자베스는 이루 말할 수 없이 당황스러웠다. 그러나 어머니는 쓸데없는 소리를 한다며 도리어 딸을 나무랐다.

"도대체 다아시 씨가 뭐라고 내가 그 사람을 신경 써야 한다는 거냐? 뭐 신세진 것도 없는데 **그 사람** 듣기 좋은 말만 해야 할 이유가 없지."

"제발 부탁이니까, 어머니, 목소리 좀 낮추세요. 다아시 씨의 기분을 상하게 해서 이로울 것도 없잖아요? 친구인 빙리 씨도 별로 좋아하지 않을 거예요."

그러나 무슨 말을 해도 소용없었다. 어머니는 계속해서 다 들리는 어조로 자기 생각을 이야기했다. 엘리자베스는 창피하고 당황스러워서 달아오른 얼굴이 식을 줄 몰랐다. 부득이하게 다아시 씨를 번번이 곁눈질하지 않을 수 없었는데, 그때마다 자신의 염려가 사실임을 확인할 수 있었다. 다아시 씨는 계속 베넷 부인을 쳐다보고 있지는 않았지만 그녀가 하는 말을 귀담아듣고 있는 것만은 분명했다. 처음에는 분노와 경멸이 뒤섞여 있던 다아시 씨의 표정은 점차 진지하고 심각한 표정으로 바뀌었다.

그러나 끝내 베넷 부인도 더 할 말이 남지 않았던지, 자신과는 아무 연관도 없어 보이는 남 좋은 일에 진즉부터 지루함을 느끼며 연신 하품을 하던 루커스 부인이 그나마 식은 햄과 닭을 먹을 수 있게 되었다. 엘리자베스도 슬슬 활기를 되찾았다. 그러나 그런 평온도 잠시였다. 저녁 식사가 끝나 다들 이제 노래를 좀 들어보자고 말하자 누가 청하지도 않았는데 메리가 불쑥 앞으로 나서서 엘리자베스를 민망하게 만들었기 때문이다. 엘리자베스는 메리의 허영심을 억누르려고 눈짓으로 만류하며 애를 썼지만 소용없었다. 그런 눈길의 뜻을 알아차릴 눈치도 없는 메리는 자기과시의 기회를 놓치지 않고 노래를 시작했다. 엘리자베스는 이루 말할 수 없이 괴로운 표정으로 동생을 뚫어지게 쳐다보며 인내심을 가지고 어서 노래가 끝나기만을 기다렸는데, 그 인내심은 보답을 받지 못했다. 노래가 끝나고 한 30초나 기다렸을까, 사람들이 인사치레로 한 곡 더 불러달라는 소리를 하기 무섭게 메리가 다시 노래를 시작했기 때문이다. 메리의 노래 솜씨는 결코 남들 앞에서 자랑할 만하지 않았다. 성량이 부족한 데다 태도도 부자연스러웠다. 엘리자베스에게는 그 시간이 너무나 길고 고통스럽게 느껴졌다. 함께 고통을 나눌까 해서 언니를 바라보았지만 제인은 아무렇지 않은 듯 빙리와 담소를 나누고 있었다. 이윽고 빙리의 두 누이들 쪽을 쳐다보니, 서로 조롱하는 표정을 지어보이면서 다아시에게도 같은 표정을 보내는 것이 보였다.

다아시는 거기에 반응하지 않았지만 계속해서 뭔가 심각하게 생각에 잠긴 표정이었다. 메리가 저녁 내내 노래를 부를까 봐 겁이 난 엘리자베스는 어떻게 좀 해달라는 뜻으로 아버지를 바라보았다. 그리고 엘리자베스의 의중을 알아챈 아버지는 메리가 두 번째 노래를 마치자 큰 소리로 말했다.

"그 정도면 아주 충분했다, 얘야. 덕분에 무척이나 오랫동안 즐거웠다. 그러니 이제 다른 아가씨들한테도 좀 자랑할 기회를 주려무나."

메리는 못 들은 척했지만 당황한 기색이었다. 엘리자베스는 메리도 딱하고, 그런 말씀을 하신 아버지도 딱하다 싶어 자기가 공연히 조바심을 내서 일이 더 나쁘게 된 것 아닌가 하는 생각이 들었다. 이제 사람들은 저마다 다른 사람들에게 노래를 청했다.

"만일 제가 노래에 소질만 있었으면 얼마든지 기꺼운 마음으로 여러분께 노래를 선사했을 텐데요." 콜린스 씨가 말했다. "음악은 그야말로 무고한 오락이며, 성직자의 직분에도 전혀 어긋남이 없으니까요. 물론 그렇다고 해서 저희 성직자들이 음악에 지나치게 많은 시간을 쏟아도 된다는 뜻은 절대로 아닙니다. 신경 써야 할 다른 일들이 수두룩하니까요. 교구 목사들은 정말 할 일이 많지요. 자신에게도 도움이 되면서 후견인이 불쾌하시지 않을 정도로 십일조를 거두는 것이 우선 그 첫째요, 다음으로는 설교문도 직접 작성해야 하지요. 거기서 남는 얼마 안 되는 시간은 교구민을 위해 예배를 진행하고, 자신의 처소를 가능한 한 안락한 곳으로 만들기 위해 손보는 데 들여야 합니다. 또한 모든 이를, 특히 성직에 발탁해 주신 분들을 섬기고 도와드리는 것도 중요한 일입니다. 교구 목사라면 마땅히 그러한 임무를 수행해야 하며, 후견인의 가족과 친척분들께 존경을 표하려 하지 않는 사람은 바람직하다고 볼 수 없지요." 콜린스 씨는 말을 마치며 다아시 씨에게 고개를 숙여보였는데, 어찌나 큰 소리로 말했던지 그곳에 있던 사람들 절반은 그 말을 다 들을 수 있었다. 그를 빤히 쳐다보는 사람도 많았고 웃음을 띤 사람도 많았다. 그중에서 가장 재미있어한 사람은 베넷 씨였던 반면 베넷 부인은 정말 지당한 소리가 아니냐며 진지하게 칭찬했고, 루커스 부인에게는 반쯤 속삭이듯이 정말 총명하고 훌륭한 젊은이라고 말했다.

엘리자베스는 그날 저녁 자기 가족이 온 힘을 다해 망신당할 짓만 골라 하기로 미리 약속을 하고 왔다 해도 그보다 더 완벽하게 각자의 역할을 수행할 수는 없었으리라 생각했다. 그리고 빙리 씨와 언니를 생각하면, 빙리 씨가 그런 광경을 다 보지 못했고 보았다 해도 별로 신경 쓰지 않는 성격인 게 정말 다행이었다. 그러나 빙리의 두 누이와 다아시 씨에게 자기 가족과 친척을 마음껏 조롱할 기회를 준 것만 해도 참기 어려운 일이었다. 엘리자베스는 다아시 씨의 말 없는 경멸과 빙리 자매의 오만한 비웃음 중 어느 것이 더 괴로운지 알 수 없었다.

그날 저녁 남은 시간 동안도 엘리자베스에게는 좀처럼 즐겁지 못했다. 콜린스 씨가 끈질기게 옆에 따라붙어 엘리자베스를 괴롭혔다. 엘리자베스는 콜린스 씨의 춤 신청을 거절할 수 있었지만, 덕분에 다른 사람과도 춤을 출 수 없었다. 그 방에 있는 다른 아가씨를 춤 상대로 소개해 주겠다고 했지만 허사였다. 콜린스 씨는 자기는 춤 자체에 관심이 있는 게 아니라 오로지 엘리자베스에게 관심을 쏟아서 호의를 얻는 것만이 자기 목적이고, 따라서 저녁 내내 당신 곁을 지킬 작정이라고 말했다. 그런 소리를 아예 대놓고 하니까 뭐라고 응수할 재간도 없었다. 그나마 엘리자베스가 견딜 수 있었던 것은 친구인 루커스 양이 자주 끼어들어 기분 좋게 콜린스 씨의 말 상대를 해준 덕분이었다.

그래도 다행이었던 것은 다아시 씨가 더 깊이 관심을 보이지 않았다는 것이다. 다아시 씨는 엘리자베스와 아주 가까운 곳에 혼자 서 있을 적이 많았지만 말을 건넬 정도로 가까이까지는 오지 않았다. 엘리자베스는 아마도 위컴 씨 이야기를 꺼낸 덕분이겠거니 싶어 만족스러웠다.

롱본 집안은 네더필드에 가장 마지막까지 남아 있었다. 베넷 부인이 쓸데없이 머리를 쓰는 바람에 다른 사람들이 모두 떠난 뒤 15분이나 더 마차를 기다려야 했는데, 덕분에 네더필드 사람들 몇몇이 그들이 떠나기를 얼마나 간절히 바라는지를 느낄 수 있었다. 허스트 부인과 빙리 양은 입만 열었다 하면 피곤하다고 투덜거리면서 그만 손님들이 갔으면 하는 조바심을 감추지 않았다. 베넷 부인이 말을 걸어보려 해도 번번이 무시하여 분위기를 무척이나 갑갑하게 만들었다. 거기다 콜린스 씨까지 가세해 무도회에 품위가 넘쳤다는 둥, 빙리 씨와 그 누이들의 손님 접대가 후하고 정중했다는 둥 하면서 아무짝에도 쓸모없는 장황한 인사말을 늘어놓았다. 다아시 씨는 통 입을 열지 않았고, 베넷 씨도 마찬가지로 침묵을 지키며 그 상황을 즐기고 있었다. 빙리 씨와 제인은 다른 사람들과 약간 떨어져서 둘이서만 이야기를 나누고 있었다. 엘리자베스도 허스트 부인이나 빙리 양 못지않게 끈질기게 침묵을 지켰다. 심지어 리디아마저 너무나 지겨웠는지 이따금씩 커다란 하품을 하며 "아이, 정말 피곤해!" 하고 말하는 것이 전부였다.

마침내 떠날 때가 되어 자리에서 일어서자, 베넷 부인은 빙리의 가족 모두를 롱본에서 곧 만날 수 있게 되기를 바란다고 정중하되 은근히 부담을 주듯이 말하면서, 특히 빙리 씨를 두고 꼭 공식적으로 초대하지 않더라도 아무 때나 들러 가족끼리 하는 만찬에 자리를 함께해 준다면 정말 기쁘겠다고 강조했다. 빙리는 감사한 말씀에 너무 기쁘다고 대답했고, 다음 날 런던에 볼일이 있어 잠시 갔다 와야 하는데, 돌아오면 짬을 내어 제일 먼저 찾아뵙겠다고 약속했다.

베넷 부인은 이루 말할 수 없는 만족감을 느꼈다. 그리고 새 마차며 예복 같은 결혼식 준비에 드는 시간을 고려해서, 서너 달만 있으면 제인이 그곳의 안주인이 되겠다는 행복한 확신을 안고 네더필드를 떠났다. 부인은 또한 둘째 딸이 콜린스 씨와 결혼할 거라고 굳게 믿었는데, 비록 제인의 결혼만큼은 아니라도 역시 무척 만족스러웠다. 부인은 딸들 중에서 엘리자베스를 가장 덜 예뻐했다. 그러니 빙리 씨와 네더필드에 비하면 보잘것없는 자리라 해도, **엘리자베스**를 보내기에는 전혀 아쉬울 것이 없었다.

19장

다음 날 롱본에서는 새로운 광경이 펼쳐졌다. 콜린스 씨가 엘리자베스에게 정식으로 청혼을 한 것이다. 휴가가 다음 토요일이면 끝나니 그만하면 충분히 기다렸다 싶었고, 청혼을 하는 바로 그 순간까지도 주저하거나 저어하는 마음이 전혀 없었으니, 콜린스 씨는 으레 그런 용무를 수행하는 데 거친다고 생각하는 절차를 따라 일을 진행시켰다. 아침 식사 후 베넷 부인과 엘리자베스, 키티가 같이 있을 때, 콜린스 씨는 베넷 부인에게 이렇게 말을 건넸다.

"아주머님, 제가 오늘 아침 아리따운 따님 엘리자베스 양과 개인적으로 말씀을 나누는 영광을 청하고자 하는데, 허락해 주시겠습니까?"

깜짝 놀라 얼굴을 붉힌 엘리자베스가 미처 뭐라고 하기도 전에 베넷 부인이 기다렸다는 듯 대답했다.

"아유! 그럼요, 당연히 되죠. 리지도 분명히 좋아할 거예요. 절대로 이의가 있을 리가 없죠. 애, 키티야, 넌 2층에 얼른 올라가 봐라." 부인이 뜨개질감을 챙겨 서둘러 자리를 뜨려 하자 엘리자베스가 큰 소리로 만류했다.

"어머니, 가지 마세요. 부탁이니 가지 마세요. 콜린스 씨께서 양해해 주셔야겠어요. 저한테만 하실 말씀이 있을 리 없잖아요. 저도 나갈래요."

"아니, 아니다, 말도 안 돼, 리지. 너는 여기 그대로 있어야 한다." 엘리자베스가 정말 난처하고 당황스러운 표정으로 일어나서 나가려 하자 어머니는 이렇게 덧붙였다. "리지, 여기 남아서 콜린스 씨 말씀을 들으라고 **분명히** 말했다."

그렇게까지 말하니 엘리자베스로서도 어머니의 말씀을 어길 수 없었다. 거기다 이내 이런 일은 가능한 한 빨리 조용히 마무리하는 게 현명하겠다는 생각이 든 엘리자베스는 다시 자리에 앉아 난감함과 우스움 사이에서 갈피를 잡으려 애쓰며 열심히 뜨개질에 몰두했다. 콜린스 씨는 베넷 부인과 키티가 방을 나가자마자 말문을 열었다.

"친애하는 엘리자베스 양, 당신의 겸손함은 당신에게 무슨 흠이 되기는커녕 당신을 더욱 돋보이게 할 뿐입니다. 그처럼 주저하지 **않으셨더라면** 제 눈에는 당신이 이처럼 사랑스럽지 않았을

지 모릅니다. 그러나 제가 앞으로 드릴 말씀은 이미 존경하옵는 어머님의 허락을 받았음을 알아주십시오. 아마도 워낙 섬세하셔서 제 의도를 파악하고 있어도 겉으로는 모른 척하실 수밖에 없으셨겠지만, 그렇다고 제 본심을 모르실 수는 없겠지요. 제가 당신을 어떻게 생각하고 있는지는 오해하실 수 없도록 그동안 분명히 표현해 왔으니까요. 저는 이 댁에 들어서자마자 이내 당신을 제 미래의 동반자로 택했습니다. 그러나 감정에 자신을 내맡기기 전에 제가 결혼을 하려 하는 이유를, 나아가 제가 하트퍼드셔에서 아내를 택하려 하는 이유를 먼저 말씀드리는 편이 더 바람직하리라고 생각합니다.”

콜린스 씨는 엘리자베스에게 잠깐이나마 말할 기회를 주려고 했지만 그 근엄하고 점잔 빼는 콜린스 씨가 감정에 자신을 내맡기는 모습을 상상한 엘리자베스는 터져 나오려는 웃음을 억누르느라 그 기회를 이용할 수 없었다. 콜린스 씨는 말을 이었다.

“제가 결혼을 하고자 하는 이유는 우선, 저처럼 안정적인 환경에 있는 성직자라면 응당 교구민에게 훌륭한 결혼 생활의 모범을 보일 의무가 있다고 생각하기 때문입니다. 둘째로, 결혼으로 인해 저의 행복이 더한층 증폭되리라는 것을 제가 굳게 믿기 때문입니다. 그리고 셋째로, 아마 이것부터 말씀드려야 옳았겠지만, 영광스럽게도 제가 후견인으로 모시고 있는 귀부인께서 그렇게 하라는 각별한 권유와 충고 말씀을 해주셨기 때문입니다. 그분은 친절하시게도 이 문제에 대해서 두 번씩이나 말씀을 해주셨지요(여쭤보지도 않았는데 말입니다!). 헌스퍼드를 떠나기 전 토요일 밤, 카드리유 카드놀이의 판을 새로 시작하는 사이에 젠킨슨 부인이 드 버그 양의 발판을 놓아드리고 있는데, 그분이 그러시더군요. ‘콜린스 씨, 자네는 반드시 결혼을 해야 하네, 자네

같은 성직자는 당연히 결혼을 해야지. 신붓감을 제대로 골라야 하는데, **나**를 봐서는 양갓집 규수를 골라야 하고, **자네** 자신을 위해서는 활발하고 쓸모 있고 너무 고상하지 않고 적은 수입으로도 알뜰하게 살 수 있는 여자를 골라야 하겠지. 이것이 내 충고라네. 될 수 있는 한 빨리 그런 여자를 찾아서 헌스퍼드로 데려오게. 그러면 내 만나러 가지.' 말이 나왔으니 말이지만, 엘리자베스 양, 저와 결혼하시면 캐서린 드 버그 영부인의 배려와 친절을 누리실 수 있을 텐데, 그건 절대 사소한 이점이 아닙니다. 그분의 예의범절은 제가 이루 말로 다 형용할 수 없어서, 아마 엘리자베스 양도 탄복하지 않으실 수 없을 테고, 아마 그분도 당신의 재기발랄함을 너그러이 봐주실 거라고 생각합니다. 특히 응당 그분의 지위에 걸맞은 존경심과 침묵으로 누그러뜨린다면 말이죠. 요컨대 제가 결혼을 하고자 하는 이유는 이런 것들입니다. 이제는 제가 이웃의 괜찮은 아가씨들을 수두룩하게 두고 굳이 롱본으로 주의를 돌린 이유를 말씀드릴 차례군요. 솔직히 말씀드려서, 제가 존경해 마지않는 베넷 씨께서 세상을 떠나시고 나면—물론 그 일은 아주 먼 훗날이 될 수도 있겠습니다만—이 댁의 재산을 제가 물려받게 된 터라, 그분의 따님들 가운데 제 아내를 택한다면 그 안타까운 일이 닥쳤을 때—물론 앞으로 가까운 시일 내에는 그런 일이 절대로 없겠습니다만—따님들께 가능한 한 덜 폐를 끼칠 수 있을 테고, 그렇지 않으면 저 스스로 자신을 용납할 수 없기 때문입니다. 자, 아름다운 사촌 엘리자베스 양, 이것이 제가 청혼을 하게 된 동기이며, 이런 말씀을 드렸다 해서 저에 대한 당신의 평가가 깎이지는 않았으리라고 믿습니다. 그럼 이제는 당신께 가장 진실한 표현으로 제 강렬한 애정을 확인시켜드리는 일이 남았군요. 저는 재산에 대해서는 전혀 아무런 관심이 없으며, 아버님께 아무것도 바라지 않을 생각입니다. 바란다고 해도 들어주실 수 있는 형편도 아니고, 연 4퍼센트 이율의 1천 파운드짜리 공채가 그나마 당신에게 돌아갈―그것도 어머님께서 별세하신 다음에야―가능성이 있는 유일한 재산임을 저는 익히 잘 알고 있습니다. 그러므로 저는 그 문제에 대해서 일체 함구할 생각이며 우리가 결혼한 뒤에도 너그러운 마음으로 그것을 전혀 문제 삼지 않을 것임을 약속드립니다.”

이쯤 되니 더는 도저히 가만히 듣고 있을 수 없었다.

“너무 성급하시네요, 콜린스 씨.” 엘리자베스가 외쳤다. “제가 아직 아무 대답도 안 드렸다는 걸 잊으셨어요. 괜히 시간 낭비할 것 없이 바로 말씀드릴게요. 저를 그토록 높이 평가해 주신 데 대해서는 진정 감사드립니다. 콜린스 씨로부터 청혼을 받는다는 것이 얼마나 영광인지 모르는 바는 아니지만, 저는 부득이하게 거절할 수밖에 없네요.”

“아가씨들이 처음 청혼을 받으면 속으로는 승낙하면서 겉으로 거절하는 일이 흔하다는 건 저도 잘 압니다.” 콜린스 씨가 무게를 잡고 손을 내저으며 대답했다. “때로는 두 번쯤, 심지어 세 번까지 거절하기도 한다고 하더군요. 그러니 방금 당신이 하신 말씀 때문에 낙심하지는 않겠습니다. 머지않아 당신을 결혼식장으로 인도할 수 있기를 바랍니다.”

“정말 아니에요, 콜린스 씨.” 엘리자베스가 외쳤다. “제가 그렇게 말씀드렸는데도 그런 바람을 가지신다는 건 좀 뜻밖이네요. 분명히 말씀드리지만 다시 청혼을 받을지 어떨지 모르는데 무모하게 자기 행복을 거절하고 보는 그런 아가씨들이 정말 있다 해도 전 그런 아가씨들하고는 달라요. 전 정말 진심으로 거절한 거예요. 제가 콜린스 씨와 결혼해서 행복할 수 없다는 걸 아니까요. 그리고 이 세상에서 저보다 더 **당신**을 행복하게 만들지 못할 여자도 없을 거라고 굳게 믿어요. 아뇨, 후견인이신 캐서린 영부인께서 저를 보신다면, 모든 점에서 저를 그 자리에 어울리지 않는 사람으로 생각하실 게 틀림없어요."

"캐서린 영부인께서 정말 그렇게 생각하신다면……." 콜린스 씨가 적잖이 심각한 표정으로 입을 열었다. "그렇지만 영부인이 당신을 마음에 들지 않아 하실 거라고는 생각하기 어려운데요. 어쨌거나 그 점은 염려 마십시오. 제가 영광스럽게도 다음번에 영부인을 만나뵐 때 당신의 겸손함이나 알뜰함 같은 좋은 점들을 극찬할 테니까요."

"정말이지, 콜린스 씨, 그렇게 저를 극찬하실 필요는 전혀 없어요. 저는 제가 제일 잘 아니까, 제 말을 그대로 믿어주시는 게 저로서는 가장 고마울 것 같아요. 저는 진심으로 콜린스 씨가 아주 행복하고 여유롭게 사시기를 바라는데, 그러려면 저는 이 청혼을 거절해야 해요. 어쨌든 저한테 청혼을 하셨으니 더 이상 저희 가족에 대해 미안해하지도 마시고, 훗날 롱본의 재산을 차지하게 되실 때 자책도 하지 마세요. 이 문제는 여기서 그만 끝냈으면 좋겠네요." 엘리자베스는 이 말을 하는 도중에 이미 자리에서 일어서 있었기 때문에 말을 마치고 막 방을 나가려는데 콜린스 씨가 다시 입을 열었다.

"다음번에 제가 엘리자베스 양에게 이 문제를 거론할 수 있는 영광을 얻었을 때는 이번보다 긍정적인 대답을 듣고 싶군요. 지금 너무 심하게 거절하셨다고 비난하는 건 아닙니다. 여성들은 으레 처음 청혼을 받으면 거절하는 게 관례지요. 그리고 지금도 충분히 여성스런 섬세함을 가지고 제 청혼을 격려해 주신 거나 다름없으니까요."

"정말이지, 콜린스 씨." 다소 열이 오른 엘리자베스가 소리쳤
다. "정말 저를 난처하게 하시네요. 지금까지 제가 드린 말씀을
격려로 들으셨다니, 도대체 어떻게 말씀을 드려야 제 거절을 진
심으로 받아들이실 수 있을까요?"

"친애하는 사촌 엘리자베스 양, 당신의 거절이 단지 과정에
불과하다는 것을 굳게 믿고 만족해하고 있으니 그런 저를 용납
해 주십시오. 제가 그렇게 믿는 이유는 간단히 말하면 이렇습니
다. 우선 제 견해로는 제 청혼이 당신이 거절할 만큼 그렇게 가
치 없지 않다고 봅니다. 달리 말해, 제가 제공할 수 있는 수입과
지위는 분명히 더할 나위 없이 바람직한 것입니다. 제 사회적 지
위나 저와 드 버그 가족과의 연고나 당신의 가족과 저의 관계를
볼 때 저는 대단히 유리한 조건을 갖췄다고 할 수 있지요. 더구
나 엘리자베스 양은 물론 무척 매력이 넘치지만 앞으로 반드시
다른 사람에게 청혼을 받는다는 보장이 있는 것도 아닙니다. 불
행히도 당신께서 상속받을 유산이 너무나 보잘것없다 보니 당신
의 매력이나 장점은 무용지물이 되기 쉽습니다. 그런 탓에 저는
당신이 진심으로 거절하시는 거라고는 도저히 믿을 수 없으며,
따라서 교양 있는 여성들이 으레 그러듯이 저를 애타게 해서 제
사랑을 더한층 부추기려는 바람으로 제 청혼을 거절하시는 거라
고 믿겠습니다."

"진심으로 말씀드리지만, 콜린스 씨, 괜히 남자를 애타게 하
는 그런 교양은 저하고는 거리가 멀답니다. 저를 추켜세우려 하
지 마시고 그냥 제 진심을 믿어주세요. 청혼을 받은 것은 영광스
럽고 감사한 일입니다. 하지만 청혼을 승낙하는 것은 절대로 불
가능해요. 제 감정이 도저히 용납하질 않으니까요. 좀 더 분명히
말씀드릴까요? 부디 저를 당신을 애태우기로 마음먹은 고상한

여성으로 생각하지 마시고, 진심을 있는 그대로 이야기하는 이성적인 인간으로만 봐주세요."

"아무리 그래도 당신의 매력은 사라지지 않는군요!" 콜린스 씨는 딴에는 신사답게 구느라고 이렇게 외쳤지만 영 어색했다. "그리고 존경하옵는 두 분 부모님께서 확실한 권한으로 제 청혼을 허락해 주신다면 그때 가서는 당신도 제 청혼을 받아들이실 수밖에 없으리라고 굳게 믿습니다."

이처럼 자기기만에 빠져 고집부리는 사람을 더 이상 상대할 필요가 없다고 느낀 엘리자베스는 아무 대답도 하지 않고 즉시 자리를 떴다. 그렇게 거듭 거절했는데도 그것을 부추김으로만 받아들인다면 아버지께 부탁드릴 수밖에 없겠다고 마음먹었다. 아버지는 아마 더 단호한 태도로 거절하실 테고, 아무리 콜린스 씨라고 해도 아버지가 고상을 떨고 애교를 부리느라 마음에도 없는 말을 한다고 생각할 수는 없을 테니까.

20장

콜린스 씨가 청혼에 성공한 것을 기뻐하며 조용히 생각에 잠긴 시간은 얼마 가지 않았다. 두 사람의 이야기가 어찌 되어가는지 궁금해하면서 거실 입구에서 서성대고 있던 베넷 부인이 엘리자베스가 문을 열고 빠른 걸음으로 자기 앞을 지나쳐 계단 쪽으로 가자마자 거실로 들어가 머지않아 가까운 사이가 될 콜린스 씨와 자신에게 열렬한 축하 인사를 퍼부었기 때문이다. 콜린스 씨는 반갑게 그 축하를 받으며 상대에게도 똑같은 축하 인사를 건넸다. 이윽고 엘리자베스와 자신 사이에 오간 대화를 베넷 부인에게 전하면서, 그런 단호한 거절은 엘리자베스가 워낙 수줍고 겸손하며 섬세한 데서 나온 것이니 자기로서는 전혀 불만이 없다고 이야기했다.

그러나 부인은 그 말에 깜짝 놀라고 말았다. 딸이 정말로 상대방의 사랑을 부추기기 위해 거절을 했다고 믿었다면 부인도 똑같이 기껍고 흡족스러웠겠지만, 그게 아닌 게 뻔히 보였기 때문에 이렇게 말하지 않을 수 없었다.

"그래도 콜린스 씨, 리지는 틀림없이 곧 정신을 차릴 거예요. 제가 직접 가서 이야기를 할게요. 애가 고집불통에다 꽉 막혀서 자기한테 뭐가 득이 되는지도 모른답니다. 제가 잘 알아듣게 이야기를 **할게요.**"

"말씀하시는 중에 죄송합니다만, 부인." 콜린스 씨가 큰 소리로 말했다. "만일 엘리자베스 양이 정말로 그렇게 고집불통에다 꽉 막힌 사람이라면 제가 바라는 행복한 결혼 생활에 어울리는 아내감은 아닌 것 같군요. 그러니 엘리자베스 양이 제 청혼을 끝내 거절한다면 굳이 강요할 필요는 없겠습니다. 그처럼 성격에 문제가 있는 사람이라면 제 행복에는 크게 도움이 되지 않을 것 같군요."

"행여나 오해하지 마세요, 콜린스 씨." 큰일 났다 싶은 베넷 부인이 말했다. "걔가 고집부리는 일은 이런 일뿐이랍니다. 다른 일에서는 얼마나 온순한지 몰라요. 당장 남편한테 가서 리지 일에 대해 잘 알아듣게 말해둘게요. 정말이에요."

부인은 콜린스 씨에게 대답할 시간을 주지 않으려고 서둘러 서재로 향했다. 그리고 서재에 들어서자마자 남편을 큰 소리로 불렀다.

"아이고, 여보, 당신 당장 좀 와보세요. 아주 큰일이 났어요. 당신이 와서 리지하고 콜린스 씨를 결혼시켜야 돼요. 걔가 그 사람과 결혼을 안 한다고 아주 고집을 부리고 있어요. 당신이 서두르지 않으시면, 그 사람 마음이 돌아서서 **리지**를 받아주지 않으려고 할 거예요."

베넷 씨는 읽고 있던 책에서 고개를 들어 아내의 얼굴을 빤히 쳐다보았는데, 아내가 한 말에 전혀 영향을 받지 않은 무심한 표정이었다.

"무슨 말인지 도무지 알아들을 수가 없군." 아내가 말을 마치자 베넷 씨가 말했다. "그게 도대체 무슨 소리요?"

"콜린스 씨하고 리지 말이에요. 리지가 콜린스 씨와 결혼하지 않겠다고 뻗대서, 콜린스 씨도 리지와 결혼하지 않겠다고 하고 있어요."

"그 상황을 나더러 어쩌라고? 이미 물 건너간 일인 것 같은데."

"당신이 직접 리지한테 말을 좀 해주세요. 그 사람하고 반드시 결혼해야 한다고요."

"리지를 불러주시오. 내 생각을 이야기해 줄 테니."

베넷 부인은 벨을 울려 엘리자베스 양을 불러오게 했다.

"어서 오너라, 아가." 엘리자베스가 나타나자 아버지가 큰 소리로 말했다. "중요한 일이 있어서 불렀다. 콜린스 씨가 네게 청혼했다는데 그게 사실이냐?" 엘리자베스가 그렇다고 대답하자 아버지는 다시 물었다. "좋다, 그리고 넌 그 청혼을 거절했고?"

"네, 아버지."

"좋다. 이제 진짜 중요한 이야기를 해야겠다. 어머니는 네가 그 청혼을 받아들여야 한다고 고집하시는구나. 그렇지 않소, 여보?"

"아무렴요. 안 그러면 평생 저 애를 보지 않겠어요."

"아주 불행한 선택을 해야겠구나, 엘리자베스. 오늘 이후로 너는 부모 중 한 사람과 남남이 되어야겠다. 네가 콜린스 씨하고 결혼을 **하지 않으면** 어머니가 너를 평생 안 볼 것이고, 결혼을 **한다면** 내가 평생 너를 안 볼 테니 말이다."

엘리자베스는 시작과 끝이 전혀 다른 아버지의 말에 웃음을 참을 수 없었다. 그러나 남편 생각이 자신과 똑같은 줄로만 믿었던 베넷 부인은 실망이 이만저만 크지 않았다.

"당신 도대체 어쩌시려고 그런 소리를 하시는 거예요, 여보? 저 애더러 그 사람과 **결혼해야 한다고** 말씀하시기로 약속하시고선."

"여보, 두 가지 작은 부탁이 있소." 남편이 대답했다. "첫째, 현재의 상황에서 내가 내 판단력을 사용하게 해줄 것, 둘째, 내 방을 내 뜻대로 사용하게 해줄 것. 내 서재에서 가능한 한 빨리 나가주면 고맙겠소."

베넷 부인은 비록 남편에게 실망하긴 했지만 아직 자기 뜻을 완전히 굽힌 것은 아니었다. 번갈아 달래기도 하고 윽박지르기도 하면서 계속 엘리자베스를 설득하려고 애썼다. 또한 제인을 자기편으로 끌어들이려고도 애썼지만 제인은 무척 조심스럽게 자기는 거기에 개입하고 싶지 않다고 거절했다. 엘리자베스는 어머니의 공격에 때로는 진지하게, 때로는 장난스럽게 저항했다. 그리고 저항하는 태도는 바뀔지언정 결심만은 절대로 바뀌지 않았다.

한편 혼자 남은 콜린스 씨는 앞서 일을 곰곰이 되새겨 보았다. 자신을 워낙 높이 평가하는 터라, 청혼을 거절당한 이유를 도무지 납득할 수 없었다. 그러니 약간 자존심이 상했을 뿐 그밖에 괴로울 것은 전혀 없었다. 사실 그가 엘리자베스에게 품었던 호감은 실제가 아니라 상상일 뿐이었고, 어쩌면 베넷 부인이 딸을 두고 한 험담이 사실일지도 모른다고 생각하면 별로 아쉬울 것도 없었다.

이처럼 소란스러운 상황에서 샬럿 루커스가 놀러 왔다. 현관에서 샬럿과 마주친 리디아는 샬럿에게 나는 듯 달려가 반쯤 속삭이듯 이렇게 외쳤다. "언니 정말 잘 왔어. 우리 집에서 지금 아주 재미있는 일이 벌어졌거든! 오늘 아침에 무슨 일이 있었게? 콜린스 씨가 글쎄 리지 언니한테 청혼을 했는데 언니가 거절했지 뭐야."

샬럿이 미처 뭐라고 대꾸하기도 전에 키티가 나타나서 다시 똑같은 소식을 들려주었다. 또한 세 사람이 응접실에 들어서자, 응접실에 혼자 있던 베넷 부인 역시 똑같은 이야기를 다시 시작했다. 베넷 부인은 샬럿의 동조를 구하면서, 친구로서 리지를 설득해 온 가족의 소망을 이루게 해달라고 부탁했다. "제발 부탁이다, 샬럿, 내 편은 하나도 없구나, 어떻게 된 게 내 편은 하나도 없어. 어쩜 나한테 이럴 수가 있는지, 내 예민한 신경은 다들 아랑곳도 하지 않는구나."

샬럿이 막 대답을 하려는 참에 제인과 엘리자베스가 들어왔다. "마침 저기 오시네." 베넷 부인이 말을 이었다. "어쩜 태연하기도 하지. 우리 같은 건 어디 멀리 요크에라도 가 있는 양 안중에도 없지 그래. 그냥 저 하고 싶은 대로 하겠다 이거지. 그렇지만 내 한마디만 일러두겠는데, 리지 양, 이런 식으로 청혼이 들어오는 족족 거절하고도 어디 시집갈 수 있나 두고 보자. 이다음에 아버지가 돌아가시면 누가 너를 돌봐줄지 난 모른다. **난 널 계속데리고 살 형편이 안 되니까 그렇게 알아.** 오늘 이 순간부터 너하고 나는 남남이다. 내가 아까 서재에서 다시는 너하고 말 안

한다고 했지. 이제 내가 한 번 말하면 지키는 사람이라는 걸 보여주마. 부모를 우습게 아는 자식하고 무슨 말을 하겠니. 가뜩이나 내가 사람들하고 이야기하는 걸 좋아하는 사람도 아닌데 말이다. 나처럼 신경이 예민해서 고생하는 사람은 말을 하는 것 자체가 힘들어요. 내가 얼마나 힘든지 누가 알아주려나! 하긴 뭐 새삼스럽게. 불평을 하지 않으면 동정도 얻지 못한다니까."

딸들은 어머니를 설득하거나 달래려고 아무리 애써 봤자 화만 돋울 뿐이라는 걸 잘 아는 터라 이런 넋두리를 그저 말없이 듣기만 했다. 하여 베넷 부인은 아무런 방해도 받지 않고 마음껏 불만을 터뜨리고 있는데, 마침 콜린스 씨가 평소보다도 더 진지하게 무게를 잡고 방에 들어왔다. 그것을 보고 베넷 부인은 딸들에게 말했다.

"자, 얼른, 엄마가 콜린스 씨하고 잠깐 이야기를 해야 하니까 너희 모두 조용히 좀 해줘야겠다."

엘리자베스가 먼저 조용히 방을 나갔고, 제인과 키티가 그 뒤를 따랐다. 그러나 리디아는 그 자리에 남아서 두 사람의 대화를 들을 수 있는 데까지 듣기로 작정했다. 샬럿은 콜린스 씨가 자기와 온 가족의 안부를 아주 세심하고 공손하게 물어오는 바람에 나갈 기회를 놓쳤는데, 나중에는 호기심이 발동해 그들의 대화를 듣지 않는 척 창문 쪽으로 걸어가 섰다. 베넷 부인은 작정한 이야기를 꺼내려고 애처로운 목소리로 말문을 열었다. "아이고! 콜린스 씨!"

"친애하는 부인." 콜린스 씨가 대답했다. "이 문제는 서로 덮어두기로 하지요." 그리고 불쾌감을 감추지 않은 목소리로 말을 이었다. "저는 따님의 행동에 전혀 기분이 상하지 않았습니다. 어차피 피할 수 없는 불행이라면 그냥 단념하는 것이 우리 모두의 의무입니다. 특히 저처럼 운이 좋아 일찍 출세한 젊은이라면 그런 의무를 더더욱 지켜야 하고요. 저는 완전히 체념했습니다. 또한 이제 와서 생각해 보니 엘리자베스 양이 영광스럽게 제 청혼을 수락해 주셨다 할지라도 제가 과연 진정으로 행복했을지 모르겠습니다. 또한 한번 놓친 은총이 하찮은 것으로 보이기 시작할 때 비로소 그 체념이 완벽해지는 경우를 저는 여러 차례 보아왔습니다. 청혼을 거두어들이기 전에 응당 아버님과 어머님이 부모의 권위로 엘리자베스 양을 설득해 달라고 요청하는 것이 예의겠습니다만, 그러지 않았다고 해서 제가 부인의 가족에게 응당한 존경심을 보이지 않았다고 여기지는 말아주십시오. 두 분이 아닌 따님의 말만 듣고 거절을 받아들였다는 데 이의를 제기하실지도 모르겠습니다. 잘못을 저지르지 않는 사람이 어디 있겠습니까. 그러나 한 가지 자신 있게 말씀드릴 수 있는 것은 저는 처음부터 끝까지 오로지 선한 의도로 이 일을 추구해 왔다는 것입니다. 오로지 저 자신을 위해 사랑스러운 동반자를 얻는 동시에 부인의 온 가족의 이익을 도모하고자 한 뜻밖에 없습니다. 그리고 제 **태도**에 추호라도 비난받을 구석이 있다면 이 자리에서 용서를 청하고자 합니다."

21장

콜린스 씨의 청혼을 둘러싼 소란은 이제 거의 마무리되었고, 엘리자베스는 다소 거북한 감정과 아직 화가 풀리지 않은 어머니가 이따금씩 던지는 구박만 참아내면 되었다. 한편 콜린스 씨는 난감해하거나 기가 죽거나 혹은 엘리자베스를 피하려 하기는

커녕 뻣뻣하고 시무룩하게 입을 다문 태도로 **자기** 감정을 드러냈다. 엘리자베스에게는 거의 말을 걸지 않았고, 이후 줄곧 의도적으로 루커스 양에게 지칠 줄 모르는 관심을 표했는데, 샬럿은 콜린스 씨의 말을 아주 예의 바르게 경청하여 베넷가의 사람들 모두, 특히 친구인 엘리자베스를 구해주었다.

이튿날도 베넷 부인은 여전히 심기가 불편했고 몸 또한 편치 않았다. 콜린스 씨도 여전히 자존심이 상해 화가 난 상태였다. 엘리자베스는 콜린스 씨가 불쾌한 마음에 예정보다 일찍 떠났으면 했지만 그의 예정과 감정은 완전히 별개인 모양이었다. 토요일에 떠나기로 정했으니 토요일에 떠나는 것이었다.

아침 식사 후 베넷 집안의 아가씨들은 위컴 씨가 돌아왔는지 알아볼 겸, 그리고 네더필드의 무도회에 오지 않아서 아쉬웠다는 말도 전해줄 겸해서 메리턴으로 산책을 갔다. 아가씨들은 메리턴에 들어서자 때마침 위컴 씨를 마주쳐 이모 댁까지 함께 걸었다. 위컴 씨는 무도회에 참석하지 못해 안타깝고 속상했다고 말했고, 아가씨들 역시 무척 실망했다고 말했다. 그러나 위컴 씨는 엘리자베스에게 런던에 간다는 건 그 자리를 피하기 위한 **핑계**였다고 먼저 털어놓았다.

"무도회 날이 다가올수록 다아시 씨와는 만나지 않는 편이 낫겠다는 생각이 들더군요." 위컴이 말했다. "같은 공간에서, 그렇게 오랫동안 같은 파티에 참석한다는 걸 참아낼 수 있을 자신이 없었습니다. 저뿐만이 아니라 다른 사람들까지 기분이 상할지 모르니까요."

엘리자베스는 그의 희생정신을 칭찬했다. 롱본으로 돌아가는 길에는 위컴과 다른 장교 한 사람이 동행했다. 위컴은 엘리자베스와 나란히 걸으면서 오로지 그녀와만 이야기를 나누었으므로,

두 사람은 그 문제에 관해 충분히 논의하고 서로 정중하게 온갖 칭찬을 주고받을 여유가 있었다. 위컴이 그처럼 같이 가준 것은 두 가지 점에서 좋았다. 우선 위컴이 자신에게 경의를 표하고 있다는 게 명확히 느껴졌고, 또한 부모님에게 그를 소개하기에도 좋은 기회였다.

집에 돌아온 직후 제인 앞으로 편지 한 통이 배달되었다. 제인은 네더필드에서 온 그 편지를 바로 열어보았다. 봉투 안에는 광택이 나는 조그맣고 우아한 편지지가 들어 있었는데, 서신은 아름답고 단정한 여성의 필체로 쓴 글씨로 꽉 채워져 있었다. 엘리자베스는 언니가 편지를 읽어 내려가면서 안색이 바뀌고, 특히 몇몇 구절을 찬찬히 곱씹고 있는 것을 알아차렸다. 제인은 곧 평온한 표정으로 되돌아가 편지를 한쪽으로 밀어놓고 여느 때처럼 쾌활하게 다른 사람들과 대화를 나누려 했다. 그러나 엘리자베스는 뭔가 석연치 않아 위컴에게도 신경을 쓸 여유가 없었다. 제인은 위컴과 동료 장교가 떠나자마자 눈짓으로 동생을 불러내 2층으로 따라오게 했다. 방에 들어가자 제인은 문을 닫고 편지를 꺼내면서 이렇게 말했다.

"캐럴라인 빙리가 보낸 건데, 전혀 예상도 못 한 내용이야. 지금쯤 네더필드 사람들은 전부 그곳을 떠나서 런던으로 가고 있을 거래. 다시 돌아올 계획도 없고. 읽어줄 테니 직접 들어 봐."

그러고 나서 제인은 편지의 첫 문장을 소리 내어 읽었다. 방금 오라버니를 따라 곧장 런던으로 가기로 결정했으며, 허스트 씨가 집을 한 채 가지고 있는 그로스브너 스트리트에서 저녁을 먹을 계획이라고 했다. 그다음 문장은 이러했다. '솔직히 나의 가장 친한 벗인 당신과 만나지 못하는 것을 제외하면 하트퍼드셔를 떠나는 마음은 전혀 아쉽지 않답니다. 언젠가 때가 되면 예전처럼 즐거운 만남을 다시 자주 가질 수 있기를 바랄 뿐이죠. 그 때까지 이별의 고통을 줄일 수 있도록 마음을 담은 편지를 서로 주고받았으면 해요. 당연히 그래 주시리라 믿어요.' 엘리자베스 는 이런 유창한 표현에 전혀 감동받지 않았고, 오히려 그들의 본 심을 의심했다. 그리고 그렇게 갑작스럽게 떠난 것이 놀랍기는 해도 딱히 아쉬울 것까지는 없다고 생각했다. 빙리 자매가 네더 필드를 떠났다 해서 빙리 씨까지 완전히 떠나버렸다는 것은 아 니니까. 그리고 제인이 빙리를 자주 만날 수만 있다면 그 자매를 만나지 못하는 아쉬움은 얼마든지 무마할 수 있을 거라고 생각 했다.

"떠나기 전에 언니가 친구들을 못 만난 건 아쉬운 일이지." 잠 시 후에 엘리자베스가 말했다. "그렇지만 빙리 양이 고대하는 그 언젠가가 자기 생각보다 더 빨리 올지도 모르잖아? 그것도 전에 는 친구 사이였다면 이번에는 시누이와 올케라는 더욱 가까운 관계로 말이야. 누이들 때문에 빙리 씨까지 런던에 있어야 하는 건 아니겠지."

"그들 중 누구도 이번 겨울에 하트퍼드셔로 돌아오지 않을 거 라고 캐럴라인이 확실하게 밝혔어. 내가 읽어줄게. '어제 오빠가 런던으로 떠날 때는 사나흘 내로 볼일을 마칠 예정이었답니다. 그러나 저희는 그 일이 그렇게 빨리 끝날 일이 아니고 또 오빠 가 굳이 서둘러 이곳으로 돌아올 이유도 없으니만큼 여가 시간 을 호텔에서 혼자 쓸쓸하게 보내는 일이 없도록 오빠를 뒤따라 가기로 결정했어요. 적잖은 저희 지인들 역시 이미 겨울을 나러 런던에 가 있기도 하고요. 내 소중한 벗이여, 그대도 그 사람들 처럼 겨울을 나러 런던으로 와준다면 정말 좋을 것 같아요. 하지 만 그런 기대는 버려야겠지요. 하트퍼드셔에서 기쁨으로 충만한 크리스마스를 맞으시길 바라며, 부디 그대를 흠모하는 분들이 많아서 우리가 세 친구를 데려가 버린 데 대해 아쉬움을 느끼지 않으시기를 진정으로 바란답니다.'"

"이걸 보면 빙리 씨는 이번 겨울에 다시 돌아오지 않을 게 분명해." 제인이 덧붙였다.

"빙리 양이 오빠가 돌아오는 걸 **싫어한다는** 것밖에 난 모르겠는걸."

"왜 그렇게 생각하니? 이건 틀림없이 그분이 스스로 결정한 일일 거야. 자기 일은 알아서 결정하는 분이니까. 그렇지만 내용이 더 있어. 내가 특히 더 속상한 부분을 **읽어줄게.** 너니까 다 털어놓을게. '다아시 씨가 동생을 무척 보고 싶어 하세요. 그리고 솔직히 말씀드려서 **우리도** 다아시 씨 못지않게 보고 싶고요. 미모와 기품으로 보나 재능으로 보나 조지애나 다아시 양을 능가할 여자는 세상 어디에도 없을 거예요. 더구나 그 아가씨는 앞으로 우리의 올케가 될 가능성이 있는 만큼, 루이자와 저는 그 아가씨에 대해 단순한 호감이 아닌 훨씬 더 깊이 있는 감정을 키워나가고 있답니다. 이전에 말씀드린 적이 있는지 모르겠지만 그 문제에 대한 제 생각을 떠나는 지금에라도 터놓고 말씀드릴게요. 그대도 그것이 터무니없는 생각은 아니라고 생각해 주리라고 믿어요. 오라버니가 이미 그 아가씨를 무척 우러러보고 있는 데다 그 아가씨의 집안에서도 우리만큼이나 두 사람의 결합을 바라는 상황이고, 이제 런던에 가면 두 사람이 아주 자주 가까이 만날 기회가 올 테니까요. 그리고 누이로서 이런 말을 하기는 좀 그렇지만 찰스는 여성들이 반할 만한 훌륭한 사람이지요. 내 친애하는 친구여, 이처럼 모든 조건이 긍정적이고 걸리는 것이 아무것도 없으며 많은 사람들을 행복하게 해줄 뿐인 경사를 바라는 것이 잘못인가요?'"

"리지야, 이 문장을 어떻게 생각해?" 거기까지 읽고 나서 제인이 물었다. "이만하면 분명하지 않아? 캐럴라인은 내가 자기 올케가 되는 걸 예상하지도 원하지도 않는다고 분명히 밝힌 거지? 또 자기 오빠가 나한테 관심이 없다고 굳게 믿고 있어서, 내가 혹시라도 자기 오빠한테 호감을 품고 있다면 일찌감치 포기하라고 (오로지 선의에서) 말해주는 거 아닐까? 이걸 다르게 해석할 수 있겠어?"

"그럼, 할 수 있지. 내 생각은 전혀 달라. 말해볼까?"

"얼마든지."

"간단하게 말할 수 있어. 빙리 양은 자기 오빠가 언니를 사랑한다는 걸 알지만 오빠가 다아시 양과 결혼하기를 바라는 거야. 빙리 양이 오빠를 뒤따라간 건 오빠를 런던에 붙잡아 둬서 언니가 자기 오빠를 포기하게 만들려고 하는 거야."

제인은 고개를 저었다.

"정말이야, 언니. 내 말 믿어. 언니와 빙리 씨가 같이 있는 걸 본 사람들은 그분이 언니를 사랑한다는 사실을 절대 의심할 수가 없어. 빙리 양도 모를 리가 없지. 모른다면 바보야. 만일 다아시 씨가 자기한테 그 반만큼이라도 애정을 보였다면 벌써 웨딩 드레스를 주문하고도 남았을걸. 그렇지만 그게 문제가 아니고, 우리 집안 형편이나 신분이 자기네 집에 비해 처진다는 거지. 또 자기 오빠와 다아시 양의 결혼을 오매불망 바랄 만한 더 중요한 이유가 있어. **일단** 두 집안이 결혼으로 맺어지면 자기가 다아시 씨와 결혼할 가능성도 더 커진다고 생각하는 걸 거야. 확실히 성공할 가능성이 없지 않은 예리한 생각이야. 드 버그 양이 걸리적거리지만 않는다면 말이지. 하지만 언니, 자기 오빠가 다아시 양을 굉장히 숭배하고 있다는 건 빙리 양의 말일 뿐이니까, **언니**에 대한 그분의 애정이 식었다고 생각해야 할 이유는 전혀 없어. 그리고 빙리 양이 아무리 설득한다 해도 빙리 씨로 하여금 자기가 언니가 아니라 다아시 양을 사랑한다고 믿게 만든다는 건 불가능해."

"내가 빙리 양에 대해 너처럼 생각했다면 네 설명으로 마음이 상당히 편안해졌을지도 몰라." 제인이 대답했다. "그렇지만 네 말은 기본 전제가 틀린 것 같아. 캐럴라인은 누구를 고의로 속일 사람은 아냐. 그러니까 내가 희망을 가질 수 있는 건 그저 캐럴라인이 잘못 알았다고 생각하는 것뿐이야."

"맞는 말이야. 그렇게 생각하는 게 제일 좋겠어. 내 말이 위로가 안 된다면 그냥 그렇게 믿어. 그러면 언니는 친구로서 의무를 다한 거니까 더는 고민하지 마."

"그렇지만 엘리자베스, 아무리 좋은 쪽으로만 생각한다 해도, 그분의 누이와 친구들이 모두 그분이 다른 사람과 결혼하기를 바라는데 과연 내가 그 사람과 결혼해서 행복할 수 있을까?"

"그건 언니 스스로 결정할 일이야." 엘리자베스가 대답했다. "신중하게 생각해 보고, 그분의 아내가 됨으로써 얻게 될 행복보다 두 누이의 뜻을 어김으로써 얻게 될 불행이 더 크다 싶으면 당연히 물러서야겠지."

"어쩜 그런 소리를 하니?" 제인이 희미한 웃음을 띠고 말했다. "그들이 반대하면 무척 슬프긴 하겠지만, 그렇다고 내가 물러서기야 하겠니."

"그걸 내가 모를까 봐. 그러니까 언니는 그렇게 딱한 형편은 아닌 거야."

"그렇지만 그분이 이번 겨울에 이곳으로 돌아오지 않는다면 내겐 선택권이 없는 거야. 그 6개월 동안 무슨 일이 있을지 누가 알겠니!"

엘리자베스는 빙리 씨가 돌아오지 않는다는 것은 생각조차 할 수 없는 일이라며 언니의 말을 일축했다. 그건 그저 캐럴라인의 이기적인 바람에서 나온 추측일 뿐이고, 캐럴라인이 오빠를 은근히 종용하든 내놓고 종용하든, 아무런 구애도 받을 필요가 없는 젊은 남자로서 빙리 씨는 하고 싶은 대로 하면 그만일 테니까.

엘리자베스는 언니에게 그러한 생각을 가능한 한 힘주어 강조했고, 곧 그것이 좋은 쪽으로 효과를 발휘하는 것을 보고 기쁨을 느꼈다. 제인은 쓸데없이 안달복달하는 성격이 아니어서, 더러는 사랑에 빠진 사람들이 흔히 그러듯이 자신감을 잃기도 했지만, 점차 빙리가 네더필드로 돌아와서 자기가 품은 모든 소망을 이루어주리라는 희망을 품게 되었다.

두 사람은 어머니에게 그들이 떠났다는 소식만을 전하고, 괜히 놀라지 않도록 빙리 씨에 대한 이야기는 하지 않기로 합의했다. 그러나 어머니는 자기가 들은 것만으로도 걱정이 이만저만이 아니어서, 이제 좀 두 집안이 가까워지려는 참인데 런던행이 웬 말이냐며 재수가 없어도 너무 없다고 한탄을 해댔다. 그러나 얼마간 한탄을 늘어놓고 나자 빙리 씨가 금방 다시 내려와 롱본에서 식사를 하게 되리라는 생각에 마음을 가라앉혔다. 그리고 가족끼리의 만찬이라고는 해도 빙리가 온다면 정식 코스를 두 가지는 더 준비해야겠다고 기분 좋게 선언함으로써 그 소란을 마무리 지었다.

22장

베넷 집안은 그날 루커스 집안과 만찬을 함께하기로 했는데, 이번에도 루커스 양은 친절하게도 내내 콜린스 씨의 말에 귀를 기울여주었다. 엘리자베스는 기회를 보아 고맙다는 인사를 했다. "언니 덕분에 그분 기분이 많이 풀린 것 같아. 정말 너무너무 고마워." 샬럿은 도움이 되었다니 기쁘고, 얼마 안 되는 시간을 희생한 것이 친구에게 도움이 된다면 그것으로 만족한다고 대답했다. 더할 나위 없이 상냥한 대답이었다. 그러나 샬럿이 친절을 베푼 데는 엘리자베스가 꿈에도 생각지 못한 목적이 숨어 있었다. 콜린스 씨가 엘리자베스에게 한 청혼을 거두고 자신에게 청혼하게 만들려는 것이었다. 그것이 루커스 양의 계획이었다. 상황은 아주 순조로워 보여서, 그날 밤 두 사람이 헤어질 무렵 샬럿은 콜린스 씨가 그처럼 빨리 하트퍼드셔를 떠나야 하는 형편만 아니었어도 자기 계획이 거의 성공했을 거라고 확신했다. 그러나 샬럿은 콜린스 씨의 열정과 성격을 과소평가한 모양이었다. 콜린스 씨가 다음 날 아침 놀라울 정도의 민첩함을 발휘하여 롱본 하우스를 빠져나가서는 급히 루커스 로지를 찾아 샬럿의 발 앞에 무릎을 꿇었기 때문이다. 콜린스 씨는 사촌들이 자기를 보면 계획이 들통날까 봐 사촌들 모르게 롱본을 빠져나오느라 노심초사했다. 이번만큼은 확실히 성공한 다음에야 청혼 사실을 알리고 싶었던 것이다. 비록 이미 성공을 확신했고, 샬럿의 호의적인 반응으로 보면 충분히 그렇게 확신할 만도 했지만, 수요일의 사건이 있었으니 전처럼 자신만만할 수는 없었다. 그러나 그는 기대 이상으로 후한 대접을 받았다. 2층의 자기 방 창문을 통해 콜린스 씨가 자기 집 쪽으로 걸어오는 것을 본 샬럿은 즉시 샛길로 달려 내려가 우연을 가장하고 그와 마주쳤다. 그러나 자신에게 쏟아진 엄청난 사랑의 웅변은 샬럿으로서도 미처 짐작하지 못한 것이었다.

콜린스 씨의 기나긴 고백이 끝나기가 무섭게 두 사람 모두에게 흡족스러운 방식으로 모든 일이 결정되었다. 콜린스 씨가 집으로 들어서자마자 자기가 이 세상에서 가장 행복한 남자가 될 날을 얼른 잡아달라고 열렬히 간청할 정도였다. 그런 문제를 지금 결정하려는 것은 분명히 너무 성급한 일이었지만 샬럿은 상대의 행복이 관련된 문제를 가지고 괜히 애를 태울 생각은 없었다. 콜린스 씨는 딱히 매력적인 구애를 할 능력이 없는 워낙 우둔한 사람이라, 샬럿으로서는 구애 기간을 좀 더 오래 즐겨보고 싶은 마음도 없었다. 아무런 사심 없이 오로지 지위와 수입만을 보고 수락한 청혼이었으니, 기왕 손에 들어올 것이라면 빨리 들어올수록 좋았다.

두 사람은 이내 윌리엄 경과 루커스 부인의 허락을 구했고, 양친으로부터 아주 흔쾌히 동의를 얻어냈다. 샬럿은 물려받을 유산이 얼마 안 되는 처지라 콜린스의 현재 조건만으로도 과분했는데, 거기다 콜린스 씨는 장차 부자가 될 가능성이 높았다. 루커스 부인은 곧 베넷 씨의 남은 수명을 전보다 훨씬 더 진지하게 어림해 보았다. 윌리엄 경은 장차 콜린스 씨가 롱본을 소유하는 날에는 콜린스 씨 부부가 응당 세인트 제임스 궁에서 국왕을 알현해야 한다고 이야기했다. 아무튼 온 가족이 각자 나름대로 이 혼사에 기뻐했다. 여동생들은 언니가 결혼한 덕분에 사교계에 한두 해 일찍 나갈 수 있게 되었으니 기뻤고, 남동생들은 누나가 노처녀로 자기들에게 얹혀살게 될 걱정을 덜어서 기뻤다. 한편 당사자인 샬럿은 대체로 차분했다. 목적은 달성했으니 그에 관해 생각할 겨를이 생겼다. 생각한 결과는 대체로 만족스러웠다. 콜린스 씨는 분명히 총명한 사람도 자상한 사람도 아니었다. 같이 있으면 지루했고, 그가 자신에게 가진 애정이라는 것도 그저 머릿속 생각에 불과했다. 그렇지만 중요한 것은 남편을 얻게 된다는 것이었다. 샬럿은 남자나 혼인 관계 자체를 딱히 중시했다기보다는 결혼 그 자체를 목표로 삼았다. 교양은 있지만 재산은 없는 아가씨가 명예롭게 살아갈 수 있는 방식은 오로지 결혼뿐이었고, 결혼이 행복을 보장하지 않는다 해도 궁핍하지 않은 생활만은 보장했다. 미인이었던 적이 한 번도 없는 스물일곱 살의 여자로서, 샬럿은 마침내 궁핍하지 않은 생활을 확보했으니 그만하면 무척 운이 좋다고 여겼다. 다만 마음에 걸리는 건 가장 소중한 친구인 엘리자베스 베넷이 충격을 받으리라는 사실이었다. 엘리자베스는 놀라서 자신을 질책할 것이 틀림없었다. 그렇다고 결심을 바꾸는 일은 없겠지만 마음은 편치 않을 터였다. 샬럿은 직접 엘리자베스에게 사실을 털어놓기로 마음먹고 콜린스 씨에게 저녁 식사 시간에 롱본에 돌아가더라도 이 일에 관해서는 함구해 달라고 부탁했다. 물론 콜린스 씨는 성실한 연인답게 비밀을 지키겠다고 약속했지만 쉬운 일은 아니었다. 콜린스 씨가 오랜 시간 자취를 감춘 데 궁금해하던 가족들이 그가 돌아오자마자 어딜 갔었느냐고 물어대는 통에 곧이곧대로 대답하지 않으려고 없는 재치까지 동원해야 했다. 게다가 구애가 성공한 것을 자랑하고 싶은 마음까지 억눌러야 했으니, 그로서는 엄청난 자제심을 발휘한 셈이다.

　다음 날 아침 콜린스 씨가 떠나기로 예정한 시간은 너무 이른 시간이었으므로, 전날 밤 숙녀들이 잠자리에 들기 전에 미리 작별 인사를 하기로 했다. 베넷 부인은 매우 정중하고 살가운 태도로 언제든 다시 롱본을 찾아주면 기쁘겠다고 말했다.

"친애하는 부인, 그렇게 초대해 주시니 얼마나 반가운지 모르겠습니다." 콜린스 씨가 냉큼 대답했다. "실은 내심 그런 초대를 기다리고 있었습니다. 가능한 한 빨리 그런 기회를 만들겠다고 약속드리지요."

모두 깜짝 놀랐다. 그리고 그가 그처럼 서둘러 돌아오는 것이 전혀 달갑지 않은 베넷 씨가 서둘러 이렇게 말했다. "그야 반가운 일이지만 캐서린 영부인께서 과연 허락하시려나 모르겠군. 친척들과 친하게 지내는 것도 좋지만 후견인의 눈 밖에 나서야 안 될 말이지."

"어르신께서 그토록 자상하게 신경을 써주시니 진심으로 감사드립니다." 콜린스 씨가 대답했다. "그토록 중요한 일을 영부인의 허락 없이 행할 일은 없으니, 저를 믿어주십시오."

"뭐든 확실한 게 최고지. 영부인이 혹시라도 불쾌해하실지 모르는 일은 알아서 자제하는 편이 나아. 다시 이곳을 방문해서 그분이 불쾌해하실 것 같으면—충분히 그럴 수도 있다고 보는데—그냥 가만히 집에 있는 편이 이롭지. **우리**는 절대로 섭섭하게 여기지 않을 테니 걱정 말게나."

"다시금 말씀드리지만, 어르신께서 그렇게 자상하게 신경을 써주시는 데 심심한 감사를 드립니다. 그리고 그렇게 신경 써주신 데 대해서도 그렇고, 제가 하트퍼드셔에 머무는 동안 정성껏 돌봐주신 데 대해서도 그렇고, 속히 감사의 편지를 써 보내드리겠습니다. 그리고 비록 제가 떠나 있는 기간이 얼마 되지 않는다 해도, 엘리자베스 양을 비롯해 아름다운 사촌들께는 인사를 대신하여 모두 건강하고 행복하시기를 기원하겠습니다."

숙녀들도 예를 갖춰 인사를 하고 자리를 떴다. 그가 머지않아 돌아올 생각을 하고 있다는 데 놀라지 않은 사람이 없었다. 베넷 부인은 콜린스 씨가 밑의 딸들 중 하나를 아내로 고를 작정이라는 뜻으로 이해하고 싶어 했으며, 만약 메리라면 그와 결혼하라는 설득에 넘어갈지도 몰랐다. 메리는 자매들에 비해 콜린스 씨를 훨씬 높이 평가했고, 그가 올바른 사고방식을 가지고 있다는 점을 여러 차례 거론했으며, 비록 자기만큼 총명하지는 않아도 독서를 많이 하고 자신을 모범 삼아 노력한다면 그런대로 어울리는 배필이 될 수 있으리라고 생각하기도 했다. 그러나 이런 희망은 다음 날 아침에 끝장이 났다. 아침 식사 직후에 그들을 찾아온 루커스 양이 엘리자베스를 따로 불러내 전날 있었던 일을 털어놓았기 때문이다.

엘리자베스는 엊그제인가 어쩌면 콜린스 씨가 샬럿을 사랑한다고 착각할지도 모른다는 생각을 잠시 떠올린 적이 있었다. 그러나 샬럿이 콜린스 씨를 부추긴다는 건 자기가 그러는 것만큼이나 가능할 것 같지 않았다. 그랬으니 너무 놀라 그만 예의도 잊고 이렇게 소리칠 수밖에 없었다.

"콜린스 씨하고 약혼을 했다고! 맙소사, 언니, 말도 안 돼!"

루커스 양은 그동안 애써 태연한 표정을 유지하고 있었지만 이처럼 급작스럽게 노골적인 비난을 당하자 순간적으로 당황한 표정을 감추지 못했다. 그러나 예상하지 못한 반응은 아닌 터라, 곧 침착함을 되찾고 이렇게 대꾸했다.

"왜 그렇게 놀라니, 일라이자? 콜린스 씨가 네게 청혼을 거절당했다고 다른 사람에게도 거절당하라는 법은 없잖니?"

그러나 이제 정신을 차린 엘리자베스는 안간힘을 내어 비교적 침착한 태도로 대단히 기쁘다고, 샬럿이 더없이 행복하기를 진심으로 바란다고 말할 수 있었다.

"네 기분이 어떤지는 나도 알아." 샬럿이 대답했다. "너야 당연
히 놀랄 수밖에 없겠지. 그것도 무척 놀라울 거야. 콜린스 씨가
너한테 청혼한 게 바로 엊그제니까. 그렇지만 좀 더 찬찬히 생각
해 보면 너도 내가 옳았다고 생각할 거야. 그랬으면 좋겠어. 내
가 낭만적인 사람이 아니라는 거 너도 알잖니. 낭만을 찾은 적은
한 번도 없었지. 편안한 가정만 있으면 그걸로 됐어. 그리고 콜
린스 씨의 성격과 배경, 사회적 지위를 감안하면 우리가 다른 부
부들보다 행복하지 못할 이유는 없을 거라고 생각해."

"물론이지." 엘리자베스는 차분하게 대답했다. "나도 그렇게 생
각해." 잠시 어색한 침묵이 흐르고, 두 사람은 나머지 가족에게
로 돌아갔다. 샬럿은 이내 집으로 돌아갔고, 엘리자베스는 그제
서야 여유를 가지고 샬럿의 말을 곱씹어 보았다. 그런 말도 안
되는 결혼이 현실이라는 것을 인정하는 데만도 한참 걸렸다. 콜
린스 씨가 겨우 사흘 사이에 두 사람에게 연달아 청혼을 했다는
사실도 무척 어이없었지만, 그보다는 샬럿이 그의 청혼을 받아
들였다는 사실이 훨씬 더 어이없었다. 결혼에 관해 샬럿이 자신
과 생각이 다르다는 거야 늘 알고 있었다. 그러나 샬럿이 실제로
세속적인 이익 때문에 더 중요한 다른 것들을 희생시킬 줄은 상
상도 못 했다. 샬럿이 콜린스 씨의 아내가 되다니, 그보다 민망
한 일이 또 있을까! 엘리자베스는 믿었던 친구가 스스로를 욕되
게 했다는 실망감에서 느끼는 아픔도 컸지만, 그보다는 샬럿이
스스로 선택한 운명이 샬럿을 절대로 행복하게 만들어주지 않을
거라는 확신 때문에 마음이 아팠다.

23장

엘리자베스가 어머니와 자매들과 같이 앉아 샬럿의 일을 곱씹어 보면서 자기가 직접 그 소식을 전하는 것이 옳은지 자문하고 있는데, 마침 샬럿의 부탁을 받은 윌리엄 루커스 경이 베넷 집안에 약혼 사실을 알려주러 찾아왔다. 경은 소식을 전하며 두 가족이 결합하는 데 다리를 놓아준 베넷 집안에게 감사를 전하면서 자축도 했는데, 정작 소식을 들은 사람들은 이 소식에 놀라기보다는 아예 믿으려 하지를 않았다. 베넷 부인은 무례해 보일 정도로까지 집요하게 뭔가 잘못 알고 있는 게 틀림없다고 고집했다. 언제나 버릇없고 생각 없이 말하는 리디아는 호들갑을 떨며 소리를 질렀다.

"말도 안 돼요! 윌리엄 아저씨, 어쩜 그런 거짓말을 하실 수가 있어요? 콜린스 씨가 결혼하고 싶어 하는 사람은 리지 언니라고요!"

경이 워낙 정중한 궁중 예의범절이 몸에 밴 사람이 아니었더라면 그런 대접에 틀림없이 분개했으리라. 그러나 고고한 인품을 지닌 경은 끝까지 인내심을 발휘하면서 상대의 무례한 이야기를 모두 예의 바르게 들어주고, 자기가 말하는 것이 사실임을 믿어달라고 했다.

엘리자베스는 이런 난처한 상황에서 그를 구해주어야 할 사람이 자기뿐이라고 느끼고, 얼른 나서서 자신은 샬럿에게 이미 들어 알고 있었다며 그 말을 확인시켜 주었다. 그러고는 어머니와 동생들의 아우성을 잠재우려고 윌리엄 경에게 열렬한 축하의 인사말을 건넸고, 제인도 곧 동생을 따라했다. 엘리자베스는 앞으로 행복이 기대된다고 말하며, 콜린스 씨의 훌륭한 성품이나 헌스퍼드가 런던에서 가까운 거리에 있다는 점 등을 들어 축하했다.

베넷 부인은 너무나 큰 충격을 받은 나머지 윌리엄 경이 거기 있는 동안은 말이 나오지 않을 지경이었다. 그러나 경이 떠나자마자 그동안 참아왔던 감정을 모조리 터뜨렸다. 우선 그 모든 것은 절대로 사실일 리가 없다고 했다. 둘째로, 콜린스 씨는 뭔가 속은 게 틀림없다고 했다. 셋째로, 결혼한다 해도 두 사람은 절대로 행복할 리가 없다고 했다. 그리고 넷째로, 결혼이 꼭 성사되리라는 법도 없다고 했다. 어쨌거나 이 모든 일의 결론은 두 가지였는데, 하나는 이 모든 일이 엘리자베스의 탓이라는 것이었고 다른 하나는 모든 사람들이 자기를 괴롭히려고 작정했다는 것이었다. 부인은 이 두 가지를 그날 온종일 입에 달고 살았다. 부인을 위로하거나 진정시킬 수 있는 것은 아무것도 없었다. 하루 만에 누그러질 화가 아니었다. 그로부터 일주일에 걸쳐 부인은 엘리자베스가 보이기만 하면 구박을 했고, 한 달에 걸쳐 윌리엄 경과 루커스 부인에게 무례하게 굴었으며, 여러 달에 걸쳐 절대로 샬럿을 용서할 수 없다고 생각했다.

베넷 씨는 이번 일을 부인보다 훨씬 더 담담하게 받아들였고, 오히려 무척 재미있게 생각했다. 꽤 분별이 있는 아이인 줄 알았던 샬럿이 자기 아내와 똑같이, 그리고 자기 딸보다는 더 어리석다는 사실을 알았으니 말이다!

제인은 자기도 이 결혼에 조금은 놀랐다고 말했다. 그러나 자신의 놀라움은 제쳐두고 두 사람의 행복을 기원하는 이야기를 더 많이 했다. 엘리자베스가 뭐라고 해도 제인은 두 사람이 행복해지지 말라는 법은 없다고 믿었다. 키티와 리디아는 자기들은 고작 목사와 결혼하는 루커스 양이 하나도 부럽지 않다고 말했다. 그저 메리턴에 퍼뜨릴 소식을 하나 더 얻은 게 반가울 따름이었다.

딸이 시집을 잘 가게 되었으니, 루커스 부인은 베넷 부인에게 앙갚음할 기회를 얻은 셈이었다. 뻔질나게 롱본을 찾아와서 행복을 과시했고, 그런 행복을 저만치 내쫓을 법한 베넷 부인의 뚱한 표정과 쌀쌀맞은 대꾸에도 아랑곳하지 않았다.

엘리자베스와 샬럿은 각자 그 이야기를 되도록이면 꺼내지 않으려고 애썼다. 엘리자베스는 이제는 전만큼 샬럿을 진정으로 신뢰할 수 없을 것 같았다. 그리고 샬럿에 대한 실망 때문에 그만큼 언니인 제인에 대한 애정과 존경심이 커졌다. 제인의 올곧고 섬세한 성품은 절대 자신의 신뢰를 깨뜨리지 않을 것을 확신했기 때문이다. 엘리자베스는 날이 갈수록 점점 더 언니의 행복 때문에 노심초사했다. 빙리가 런던에 간 지 일주일이 지났는데도 언제 돌아온다는 소식은 전혀 들려오지 않았다.

제인은 캐럴라인의 편지에 일찌감치 답장을 보내고 나서 답장을 받을 날만을 손꼽아 기다리고 있었다. 화요일에는 콜린스 씨가 아버지 앞으로 보낸 감사의 편지가 도착했다. 편지는 마치 그곳에서 열두 달 정도는 얹혀살았던 사람이나 쓸 법한 온갖 정중한 감사의 말로 넘쳐흘렀다. 그런 식으로 양심을 가책을 덜던 콜린스 씨는 뒤이어 온갖 열정적인 표현을 써서 자기가 행복하게도 그들의 절친한 이웃인 루커스 양의 마음을 얻었다는 사실을 알렸다. 그러고 나서 롱본으로 다시 와달라는 친절한 초대에 자기가 그처럼 신속히 응했던 것은 오로지 루커스 양을 다시 만날 수 있다는 행복한 기대감 때문이었다고 설명하면서, 2주 후 월요일에 다시 뵈올 날만을 기다리겠다고 했다. 그리고 마지막으로, 캐서린 영부인께서 자기의 결혼을 흔쾌히 승낙하시면서 될 수 있는 한 빨리 결혼식을 올리라고 하셨는데, 다정한 샬럿이라면 아무런 이의 없이 하루빨리 날을 잡아 기꺼이 자신을 세상에서 가장 행복한 남자로 만들어주리라고 믿는다고 덧붙였다.

베넷 부인은 이제 콜린스 씨가 다시 하트퍼드셔에 온다는 소식을 들어도 기쁘지 않았다. 오히려 남편보다 더욱 달갑지 않게 여겼다. 루커스 로지로 갈 것이지 괜히 롱본에는 왜 온다는 건지. 왜 굳이 자기를 불편하고 힘들게 하는지, 하필이면 자기 몸이 이렇게 좋지 않을 때 손님을 맞아야 하는지, 게다가 왜 자기가 그토록 보기 싫은 연인들이 붙어 다니는 꼴을 봐야 하는지, 불평은 중얼중얼 이어졌다. 그리고 그나마 불평을 하지 않을 때는 그보다 더 심각한, 즉 빙리 씨가 돌아오지 않는다는 사실을 걱정할 때뿐이었다.

제인도 엘리자베스도 그 일을 생각하면 마음이 불편했다. 메리턴 전역에는 빙리가 겨우내 네더필드에 돌아오지 않을 거라는 소문만 파다했고, 날이 가도 그에 관련한 소식은 들려오지 않았다. 베넷 부인은 그 소문에 어찌나 부아가 치밀었던지 그런 소문을 들을 때마다 말도 안 되는 거짓 모략이라고 일일이 대꾸했다.

이제는 엘리자베스도 느긋한 태도를 유지할 수 없었다. 빙리가 제인을 잊었으리라고는 생각할 수 없었지만, 그들을 떼어놓으려는 누이들의 계략이 제대로 맞아떨어진 게 아닌가 하는 생각이 들었다. 그런 걱정을 한다는 것은 제인의 행복을 부정하는 것이고 빙리 씨의 애정에도 오명을 입히는 것이기 때문에 웬만하면 생각조차 떠올리고 싶지 않았지만, 저절로 생각이 그리로 향하는 것은 막을 도리가 없었다. 두 누이에다 그처럼 영향력이 강한 친구까지 합세해 빙리를 공략한다면, 거기다 다아시 양의 매력과 런던의 재미까지 더해지면 그의 애정이 아무리 튼튼하다

해도 결국 흔들리고 말지도 몰랐다.

물론 이처럼 하릴없이 기다려야 하는 처지에 가장 애가 타고 고통스러운 것은 엘리자베스가 아니라 제인 본인이었다. 그러나 제인은 좀처럼 속내를 드러내지 않으려 해서, 제인과 엘리자베스는 그 문제를 전혀 입에 올리지 않았다. 그러나 그런 섬세함과는 거리가 먼 어머니는 툭하면 빙리 씨의 이름을 끄집어내어 도대체 언제 돌아오냐며 투덜거렸고, 심지어 빙리가 돌아오지 않는다면 제인을 데리고 논 거라며 애꿎은 제인을 몰아세우기까지 했다. 제인이 그처럼 온순하고 인내심이 강한 사람이 아니었으면 참기 힘든 공격이었다.

콜린스 씨는 롱본을 떠난 지 정확히 2주째인 월요일에 다시 롱본을 방문했는데, 처음 방문했을 때만큼은 환영을 받지 못했다. 그러나 어차피 자기 행복에 너무나 심취해 있었던 터라 딱히 아쉬울 것도 없었다. 그리고 연애 사업에 바빠서 롱본의 식구와 같이 보내는 시간이 줄었으니 그 또한 다행이었다. 콜린스 씨는 거의 매일 온종일을 루커스 로지에서 보내다시피 했고, 더러는 가족들이 잠자리에 들기 직전에야 돌아와 너무 오래 자리를 비워 미안하다고 사과하는 일도 있었다.

베넷 부인은 불행의 구렁텅이에 빠졌다. 콜린스 씨의 결혼은 말만 들어도 너무 괴로웠는데, 문제는 어디를 가든 그 이야기를 피할 수 없다는 것이었다. 샬럿은 꼴도 보기 싫었다. 부인은 자기 뒤를 이어 롱본의 안주인이 될 샬럿을 질투 섞인 증오심으로 바라보았다. 샬럿이 롱본으로 놀러오기만 해도 '저것이 롱본의 안주인이 될 날만 손에 꼽고 있구나' 싶었다. 그리고 샬럿과 콜린스 씨가 이야기하다 목소리를 낮추기만 해도 롱본의 저택과 토지 이야기를 하는 것 같았고, 베넷 씨가 죽으면 바로 자기와 딸들을 내쫓을 계략을 꾸미고 있는 것 같았다. 남편에게 이런 온갖 생각을 늘어놓으며 불만을 토했다.

"정말이지 여보, 샬럿 루커스가 이 집의 안방을 차지한다니, 내가 **그런 애**한테 자리를 내주고 그 애가 내 자리를 차지하는 날이 온다는 건 도저히 견딜 수 없어요!"

"그렇게 암울한 생각은 하지 맙시다. 더 좋은 방향으로 생각할 수도 있을 거요. 내가 당신보다 더 오래 살지도 모른다고 생각하면 좀 위안이 되지 않겠소."

이 말은 베넷 부인에게 조금도 위안이 되지 않았기 때문에 부인은 그 말에는 아무 대꾸도 하지 않고 똑같은 불평을 다시 늘어놓았다.

"그 사람들이 우리 재산을 몽땅 차지할 걸 생각하면 정말 속이 뒤집혀요. 한정 상속만 아니라면 아무래도 상관없을 텐데."

"뭐가 상관이 없다는 거요?"

"뭐든 다요."

"그렇다면 한정 상속 덕분에 인생이 덜 지루해진 셈이니 고맙게 여깁시다."

"한정 상속에 고마울 건 하나도 없어요. 양심도 없지. 어떻게 우리 딸들에게서 재산을 몽땅 뺏어가게 만들 수가 있냐고요. 거기다 그걸 콜린스 씨 같은 사람한테 넘겨주다니! 도대체 왜 그 사람이 다른 사람보다 더 많은 재산을 가져야 하냐고요."

"그 대답은 당신이 알아서 찾아보구려." 베넷 씨가 대답했다.

오만과 편견

2부

24장

마침내 날아온 빙리 양의 편지에 모든 의문이 풀렸다. 편지는 그쪽 모두 겨울을 런던에서 나기로 결정했다는 이야기로 시작해서, 오빠가 미처 친구들에게 작별 인사를 할 틈도 없이 하트퍼드셔를 떠나온 것을 애석해한다는 이야기로 끝났다.

희망은 사라졌다. 완전히 사라졌다. 제인은 가까스로 마음을 다잡고 편지의 나머지 부분을 훑어보았지만, 다정한 친구가 어쩌니 하는 입바른 소리를 빼면 위안이 될 만한 내용은 전혀 없었다. 나머지는 오로지 다아시 양에 관한 칭찬만 잔뜩이었다. 캐럴라인은 다아시 양이 얼마나 좋은 점이 많은지, 그리고 그런 사람과 점점 가까워져서 얼마나 기쁜지 모른다는 자랑을 늘어놓았고, 그것으로도 모자라 지난번 편지에서 털어놓은 소망이 이루어질 것 같다고까지 내비쳤다. 또한 오빠가 다아시 씨와 같이 살고 있다는 이야기를 무척이나 기뻐하면서 알려주었는데, 다아시 씨가 새로운 가구를 들여놓을 계획임을 전할 때는 그야말로 기뻐 날뛰는 모양새였다.

제인은 이내 이 모든 내용을 거의 빠짐없이 엘리자베스에게 전했고, 엘리자베스는 화를 삭이며 말없이 듣기만 했다. 엘리자베스가 느끼는 감정의 절반은 언니에 대한 걱정, 절반은 다른 모든 사람들에 대한 분노였다. 오빠가 다아시 양을 좋아한다는 캐럴라인의 이야기는 처음부터 조금도 믿지 않았다. 아무리 지금 이런 상황이라도 빙리가 정말 좋아하는 사람이 제인이라는 데는 조금도 의심이 가지 않았다. 다만 그동안 좋게만 생각하려 했던 빙리의 순한 기질이나 우유부단한 성격에 화가 났고, 한심하기도 했다. 그 우유부단한 성격 때문에 주위 사람들의 술수에 발목이 잡혀 남들의 변덕에 자기 자신의 행복을 희생하고 있는 거니까. 아니, 희생하는 것이 단지 빙리의 행복뿐이라면 마음대로 해도 상관없겠지만 이 경우에는 언니의 행복도 달려 있으니 생각을 잘했어야 했다. 아무리 골똘히 생각해 보아도 답이 나오지 않았다. 엘리자베스는 빙리가 정말 언니에 대한 마음을 잊어버린 것일까, 아니면 친지들의 방해 때문에 그 마음이 억눌린 것일까, 제인이 자기를 좋아하는 것을 알았을까, 아니면 전혀 몰랐을까 하는 물음으로 머리가 복잡했다. 하지만 그 물음의 답이 어느 쪽으로 나오든, 변하는 것은 그저 빙리에 대한 자신의 평가일 뿐이지 언니의 딱한 처지는 아니었다. 엘리자베스는 마음이 어지러웠다.

제인이 용기를 내어 엘리자베스에게 속내를 털어놓은 것은 그로부터 하루나 이틀쯤 지나서였다. 베넷 부인이 네더필드 이야기로 평소보다 더 오랫동안 짜증을 부리고 나가자, 엘리자베스와 단둘이 방에 남은 제인은 견디다 못해 입을 열었다. "제발! 어머니가 좀 참아주셨으면 좋겠어. 그렇게 계속 그분 이야기를 하시면 내가 얼마나 괴로운지를 전혀 모르시나 봐. 하지만 뭐라고 할 수도 없고. 오래가진 않을 테니까. 그분이 잊히고 나면 다시 예전으로 돌아갈 수 있겠지."

엘리자베스는 아무 말도 하지 않았지만 의심과 근심이 동시에 어린 표정으로 언니를 쳐다보았다.

"내 말을 안 믿는구나." 제인이 얼굴을 살짝 붉히며 목소리를 높였다. "하지만 못 믿을 이유가 없는걸. 아마 그분이 내가 아는 사람들 중에서 가장 마음에 드는 사람이라는 사실은 잊을 수 없겠지. 하지만 그뿐이야. 난 그분에 대해 더 바라는 것도 걱정하는 것도 없고, 탓할 것도 없어. 얼마나 다행이니! 안 그랬으면 **얼**

마나 힘들었겠어. 그러니까 조금만 시간을 줘. 반드시 힘내서 극복할 테니까.”

제인은 더욱 단정적인 어조로 이내 이렇게 덧붙였다. “전부 다 나 혼자 착각한 것뿐이고, 남한테 피해 준 것도 없으니까, 분명히 곧 마음이 편해질 거야.”

“우리 착한 언니!” 엘리자베스가 탄성을 질렀다. “언니는 너무 착하다. 천사도 아닌데 어쩜 그렇게 마음이 곱고 사심이 없을까. 난 뭐라고 할 말을 못 찾겠어. 언니가 이렇게까지 착하고 사랑스러운 사람인 줄은 미처 몰랐어. 내가 언니한테 더 잘했어야 했는데.”

제인은 과찬이라고 정색하며 오히려 동생의 살가운 우애를 칭찬했다.

“아니야,” 엘리자베스가 말했다. “이건 불공평해. **언니**는 세상 사람들이 모두 존중받을 만하다고 생각하고 싶어 하고 내가 누굴 욕하면 속상해하잖아. 언니가 아무리 아니라고 해도 내가 완벽하다고 생각하고 싶은 사람은 **언니**뿐이야. 행여나 내가 극단적으로 마음이 바뀌어서 언니처럼 세상 모든 사람들을 좋게만 평가할까 봐 걱정하지는 마. 그럴 필요 없으니까. 내가 정말 사랑하는 사람들은 얼마 안 되고, 그중에 훌륭하다고 생각하는 사람은 더 얼마 안 되거든. 어째 살면 살수록 세상이 점점 더 실망스럽고, 사람들 성격도 영 못 믿겠다는 생각만 강해지니 말이야. 다른 사람들이 갖고 있다고 생각했던 장점이나 분별력도 이젠 더 못 믿겠어. 최근에도 그럴 만한 일이 두 가지나 있었잖아. 하나는 말 안 해도 알 거고, 다른 하나는 샬럿의 결혼이야. 도대체 말이 안 되는 일이잖아! 어떻게 봐도 말이 안 돼!”

“리지, 너무 그렇게만 생각하지 마. 그러면 너만 힘들어져. 상황이나 성격은 사람마다 다른 건데, 그걸 생각해야지. 콜린스 씨는 지위가 있고, 샬럿은 성격이 신중하고 진득하잖니. 거기다 샬럿네는 대가족이니, 형편으로 보면 그렇게 잘 만나기도 힘들어. 샬럿이 콜린스 씨를 좋아하거나 존경하지 말라는 법도 없잖니. 그렇게 생각하는 편이 모두를 위해서도 더 좋고."

"언니를 위해서라면 내가 뭘 못 믿겠어. 그렇지만 그렇게 믿는다고 실제로 뭐가 좋아지는 건 아니잖아. 내가 샬럿이 콜린스 씨를 조금이라도 존경한다고 믿는다면 샬럿의 지성을 무시하는 거야. 그러잖아도 난 지금 샬럿의 감성을 무시하지 않을 수 없는 형편인데 말이야. 언니, 콜린스 씨는 잘난 척하고, 거만하고, 편협한 데다 실속 없는 사람이야. 그건 언니도 나만큼 잘 알걸. 그러니 그런 남자와 결혼하려는 여자는 생각이 제대로 된 사람일리가 없다는 걸 나만큼 잘 알 테고. 그 여자가 샬럿 루커스라고 해서 달라질 수는 없어. 샬럿 한 사람에 한해서만 원칙과 진정성이라는 게 바뀌는 것도 아니고, 이기심을 신중함이라고, 무모한 행동을 행복의 보증이라고 설득하려 하는 건 언니 스스로한테나 나한테나 의미 없는 짓이야."

"난 네가 두 사람에게 너무 심한 것 같아." 제인이 대답했다. "그 두 사람이 행복하게 사는 걸 보고 네가 생각을 바꿨으면 좋겠다. 그렇지만 그 이야기는 이제 그만하자. 아까 네가 그랬지. **두** 가지 일이 있었다고. 뭘 말하는지는 알겠는데, 제발 부탁이니까, 리지, **그분**을 탓하거나 그분한테 실망했다는 말로 나를 아프게 만들지는 말아줘. 저쪽이 일부러 우리에게 상처 주었다고 확실히 말할 수 있는 일이 아니잖아. 혈기왕성한 젊은 남자가 언제나 앞뒤 잘 살피면서 조심스럽게 행동하기는 힘들지. 또 여자들이 허영심에 스스로 속을 수도 있고. 칭찬 한마디에 괜한 상상의 날개를 펼치는 게 여자들이잖니."

"그리고 일부러 그런 상상을 부추기는 게 남자들이고 말이지."

"물론 작정하고 그러면 안 되지. 그렇지만 다른 사람들은 어떨지 몰라도 나는 그런 사람들이 많다고 생각 안 해."

"나도 빙리 씨가 작정하고 그랬다는 건 전혀 아니야." 엘리자베스가 말했다. "그렇지만 일부러 남에게 피해를 주거나 불행하게 만들려고 작정하지 않아도 실수로 그럴 수도 있잖아. 생각이 모자라거나 다른 사람의 마음을 배려하지 못하거나 우유부단하다거나 해서 말이야."

"넌 이번 일이 그래서 벌어졌다고 생각하니?"

"그래, 특히 우유부단함. 그렇지만 이 이야기를 계속하면 언니가 좋게 보는 사람들에 대한 내 생각을 말해야 할 테고, 그러면 언니가 속이 상하겠지. 언니가 하지 말라면 안 할게."

"그럼 넌 지금도 그분의 누이들이 그분을 가로막고 있다고 생각하는 거구나."

"맞아, 그분 친구도 한패고."

"난 못 믿겠어. 뭐 하러 그 사람들이 그분을 가로막겠니? 당연히 그분이 행복하기를 바랄 텐데, 그분이 만일 나를 사랑한다면 어떻게 다른 여자를 좋아하겠어."

"언니의 기본 전제가 틀렸어. 그분의 행복보다 다른 게 더 중요한 거겠지. 재산이 더 늘거나 지위가 더 높아지거나. 그러니 돈과 연줄과 오만함까지 두루 갖추신 아가씨와 결혼하기를 바라는 거야."

"물론 그 사람들이 그분이 다아시 양을 택하기를 바라는 건 틀림없어." 제인이 말했다. "하지만 그 이유는 네 생각보다 더 순수한 걸지도 모르잖니. 아무래도 나보다는 그 아가씨를 더 오래 알고 지냈을 테니, 그 아가씨를 더 마음에 들어 하는 것도 당연하다면 당연해. 하지만 그들이 아무리 그걸 바란다 해도, 오빠 뜻을 거스르면서까지야 그러겠니. 그렇게까지 반대하지 않으면 안 될 이유가 있지 않고서야 어떤 누이가 자기 오빠에게 그렇게까지 하겠어? 만약 자기 오빠가 나를 그렇게 좋아한다고 믿었다면 그냥 포기했을 거야. 그게 사실이라면 어차피 소용없을 테니까. 그러니까 네 말대로 그분이 정말 나를 좋아했다면 그 사람들의 행동이 말이 안 되고, 나 역시 몹시 마음이 아플 거야. 그런 생각으로 날 슬프게 하지 말아줘. 내가 그동안 착각에 빠져 있었던 게 부끄럽지는 않아. 아니, 적어도, 그분이나 그분 누이들을 나쁘게 생각하는 것보다는 그 편이 나아. 그냥 가장 좋은 쪽으로, 내가 납득할 수 있는 쪽으로 생각하고 싶어. 그러게 해줘.”

그렇게까지 말하는 데 어쩔 수가 없어서, 엘리자베스는 그 후로 둘이 있을 때는 빙리 씨의 이름을 거의 입에 올리지 않았다.

베넷 부인은 빙리 씨가 돌아오지 않는다는 사실을 도무지 믿을 수 없어서 끊임없이 불평을 해댔다. 엘리자베스는 거의 하루도 빠짐없이 어머니에게 그 이유를 명백히 설명해 주었지만 어머니가 그 사실을 태연하게 받아들일 수 있는 날은 아무래도 오지 않을 모양이었다. 엘리자베스는 빙리 씨가 제인에게 그저 일시적이고 별 대수롭잖은 호감을 느낀 것뿐이고, 서로 만날 일이 없어지자 그 호감이 사라져 버린 거라는, 자신도 믿지 않는 말로 어머니를 설득하려 애썼다. 그러면 어머니는 그 자리에서는 과연 그럴 수도 있겠다고 납득하는 것 같았지만 다음 날이면 또 똑같은 이야기를 되풀이했다. 어머니의 마음을 달랠 수 있는 것은 오로지 빙리 씨가 여름이면 반드시 다시 내려올 거라는 기대뿐이었다.

한편 베넷 씨는 이 상황에 다르게 대처했다. "그래, 리지야." 어느 날 아버지가 말했다. "네 언니가 실연을 당했다면서. 축하해 줘야겠구나. 아가씨들이 결혼 다음으로 좋아하는 게 가끔씩 실연도 당하고 하는 거 아니냐. 모처럼 생각도 좀 해보고, 친구들이 각별한 위로도 해주고 할 테니까. 네 차례는 언제냐? 넌 뭐든 제인에게 뒤지는 법이 없었지. 이제 네 차례겠구나. 메리턴에 있는 장교들이면 이 지방의 아가씨들을 전부 실연시키고도 남겠지. 네 **상대**는 위컴 정도면 괜찮겠다. 사람도 그만하면 됐고, 아주 멋들어지게 차줄 것 같구나."

"고맙습니다, 아버지. 그렇지만 그보다 덜 멋있는 남자라도 괜찮아요. 다들 언니처럼 운이 좋을 수야 있나요."

"하기야 그렇지." 베넷 씨가 말했다. "어떤 남자한테 차이든, 네 다정다감한 어머니가 그 아픔을 제대로 느끼게 해주실 테니까 별 문제는 없겠구나."

근래에 일어난 달갑잖은 일들로 인해 롱본을 뒤덮은 우울한 그림자를 조금이나마 잊을 수 있었던 것은 위컴 씨와의 왕래 덕분이었다. 위컴 씨의 여러 가지 장점이야 익히 아는 바였지만, 자주 만나다 보니 솔직하다는 장점도 보태야 할 듯했다. 엘리자베스가 일찍이 들어 알고 있었던, 위컴 씨가 다아시 씨에게 부당한 취급을 받고 그로 인해 어려움을 겪고 있다는 이야기를 이제는 모르는 사람이 없었다. 그리고 사람들은 자기들이 그런 일을 전혀 모를 때부터 이미 다아시 씨를 싫어했다는 사실에 대단한 만족감을 느꼈다.

하트퍼드셔의 사람들이 모르는 어떤 그럴 만한 사연이 있었을지도 모른다고 생각한 사람은 오로지 제인 혼자였다. 제인은 성격이 워낙 온유하고 섣불리 남을 재단하는 사람이 아니어서, 항상 어떤 사정이나 오해가 있을 가능성을 배제하지 않았다. 하지만 그 외의 모든 사람들에게 다아시는 이미 세상에서 가장 형편없는 인간으로 낙인찍히고 말았다.

25장

마침내 토요일이 다가와, 샬럿에게 사랑을 고백하고 행복을 설계하며 일주일을 보낸 콜린스 씨는 사랑스러운 샬럿에게 아쉬운 작별을 고해야 했다. 그러나 그런 이별의 아픔은 신부를 맞을 준비를 하다 보면 잊을 수도 있을 듯했다. 다음번에 하트퍼드셔에 돌아오면 곧장 그를 세상에서 가장 행복한 남자로 만들어줄 날을 잡기로 했으니 희망으로 부풀 만도 했다. 콜린스 씨는 롱본의 친척들에게 이전 못지않게 엄숙한 작별 인사를 했다. 사촌들에게는 다시금 건강과 행복을 기원하고, 아버지에게는 다시 한번 감사 편지를 보내겠노라고 약속했다.

그다음 월요일에 베넷 부인은 남동생 부부를 손님으로 맞았다. 크리스마스를 롱본에서 지내는 것이 부부의 연례행사였다. 가드너 씨는 타고난 성품이나 교양이 누이와는 비할 수 없을 만큼 지각 있고 점잖은 사람이었다. 혹여 네더필드의 숙녀들이 그를 만났다면 하루 종일 가게에 붙어 앉아서 장사로 먹고사는 사람이 그토록 교양 있고 싹싹할 수 있다는 사실을 도저히 믿지 못했으리라. 또한 베넷 부인이나 필립스 부인보다 몇 살 아래인 가드너 부인은 상냥하고 영리하며 우아한 여성이어서, 롱본의 조카들은 모두 숙모를 몹시 따랐다. 특히 맨 위 두 조카와는 서로 각별히 아끼고 인정하는 사이였다. 제인과 엘리자베스는 런던에 있는 숙모의 집에 자주 지내러 가곤 했다.

부인이 도착해서 맨 처음 수행한 임무는 준비해 온 선물들을 나누어주고 최신 유행을 전해주는 것이었다. 이 임무를 마치자 그보다 덜 적극적인 다음 임무가 기다렸다. 이제는 부인이 이야기를 들어줄 차례였다. 베넷 부인은 한탄할 거리도 불평할 거리도 많았기 때문이다. 그동안 못 본 사이에 자기네 온 가족이 다른 사람들에게 지독한 짓을 당했다면서, 두 딸이 결혼 직전까지 갔다가 둘 다 허사로 돌아간 사연을 늘어놓았다.

"제인은 잘못이 없지." 부인은 말을 이었다. "걔야 그럴 수만 있었으면 빙리 씨와 결혼을 했을 테니까. 그런데 리지는! 아이고 올케! 걔가 괜히 뻗대지만 않았어도 벌써 콜린스 부인이 되고도 남았을 텐데. 콜린스 씨가 바로 이 방에서 청혼을 했는데 글쎄 걔가 거절을 했다니까. 덕분에 루커스 부인이 나보다 더 먼저 딸을 시집보내게 된 데다 롱본의 재산은 예전 그대로 한정 상속 상태지 뭐야. 올케, 루커스 집안사람들은 얼마나 약아빠졌는지 몰라. 손에 넣을 수 있는 건 아주 악착같이 넣고야 말지. 나라고 이런 말을 하고 싶어서 하는 건 아니지만 사실인 걸 어쩌냐고. 내 식구라는 것들은 그렇게 내 속을 긁어대고 이웃이라는 것들은 저들 생각만 하니 나는 신경이고 건강이고 이젠 정말 한계야. 그래도 마침 이렇게 올케가 와주니 내가 좀 살 것 같네. 긴 소매가 유행이랬지. 요즘 유행 소식도 듣고 그러니까 참 좋다."

가드너 부인은 이미 제인과 엘리자베스에게 편지를 받아서 대충 사정을 아는 터라, 조카들을 생각하는 마음에 시누이의 말을 가볍게 받아넘기고 화제를 바꿨다.

나중에 부인은 엘리자베스와 단둘이 남은 틈을 타서 그 문제에 관해 좀 더 이야기를 나누었다. "제인한테는 참 좋은 자리였던 모양인데." 부인이 말했다. "허사로 돌아갔다니 아깝다, 얘. 그렇지만 그런 일이 어디 한둘이니! 네 말을 들어보니 빙리 씨는 예쁜 여자한테 금방 반해서 잠깐 사랑에 빠졌다가 또 안 보게 되면 금방 잊어버리는 남자인 모양이구나. 그렇게 변덕스러운 사람들은 어딜 가나 있게 마련이지."

"그 말씀은 받아들이기에 따라서는 좋은 위로 말씀일 수도 있는데요." 엘리자베스가 말했다. "**저희**한테는 아니에요. 이 일은 그냥 **그러려니** 할 수 있는 일이 아니거든요. 멀쩡히 자기 재산을 가지고 있는 남자를 주변에서 들볶아서 바로 며칠 전까지만 해도 열렬히 사랑하던 여자를 잊게 만드는 일이 어디 그리 흔한가요."

"그런데 그 '열렬히 사랑한다'는 표현은 너무 흔하고 애매해서 영 미덥지가 않구나. 난 잘 모르겠다. 진정 강한 사랑만이 아니라 겨우 30분쯤 만나서 호감 좀 가진 것 가지고도 흔히 그렇게 말을 하니까 말이다. 빙리 씨의 사랑이 도대체 얼마나 **열렬했는지** 나도 좀 알 수 있을까?"

"그렇게 뻔히 보이는 경우는 처음이었어요. 빙리 씨는 가면 갈수록 다른 사람은 아랑곳 않고 오로지 제인 언니한테만 몰두했거든요. 만날 때마다 매번 그 정도가 심해지는 게 분명하게 보였고요. 네더필드에서 무도회를 열었을 때는 그분이 춤을 신청하지 않아서 마음이 상한 아가씨가 한둘이 아니었어요. 저도 그분에게 말을 걸었다가 두 번이나 무시당한 적도 있어요. 그쯤 되면 확실한 거 아니에요? 다른 사람은 아예 보이지도 않게 되는 게 사랑의 기본이잖아요?"

"암, 그렇지! 그 사람이 제인에 대해 그런 마음이었구나. 측은하기도 하지! 제인이 참 안됐다. 걔는 성격상 이런 일을 쉽게 극복하지 못할 텐데. 차라리 **네**가 그런 일을 당하는 게 나을 뻔했다, 리지야. 너라면 그냥 웃어넘겨 버릴 수도 있지 않았겠니. 어떻게, 내가 런던에 돌아갈 때 제인한테 한번 같이 가자고 해볼까? 환경을 바꿔보면 도움이 될지도 모르고, 어쩌면 집에서 놓여나는 것 자체도 도움이 될 것 같은데 말이다.”

엘리자베스는 이 제안에 무척 기뻐했고, 언니가 흔쾌히 동의할 거라고 확신했다.

“제인이 다시 그 사람 때문에 휩쓸릴까 봐 망설이는 건 아니겠지.” 가드너 부인이 덧붙였다. “같은 런던이라도 사는 곳이 다르고 아는 사람들도 전혀 다르니까. 또 너도 알겠지만 우린 바깥출입도 거의 안 하니까 그 사람이 일부러 제인을 찾아오지 않는 한은 별일 없을 거다.”

“그리고 그 사람이 일부러 **찾아올** 가능성은 없어요. 다아시 씨가 얼마나 철통같이 감시를 하고 있을 텐데, 그분이 제인을 찾아 그런 곳까지 가도록 허락해 줄 리가 없겠죠! 아이 참, 숙모, 어쩜 그런 말도 안 되는 생각을 하셨어요? 다아시 씨가 그레이스처치 스트리트라는 이름을 행여나 **안다고** 해도, 그런 동네에 갔다가는 아마 한 달은 내리 목욕재계를 해야 그 불결함을 씻어낼 수 있다고 생각할 거예요. 그리고 확실히 말해서, 빙리 씨는 다아시 씨가 같이 가주지 않는 한 꼼짝도 안 할 거고요.”

“그럼 더 잘 됐지 뭐냐. 내 생각 같아서는 둘이 아예 안 만났으면 싶다. 그런데 제인이 그 사람 여동생하고 편지 왕래를 한다며? 그렇다면 제인이 **여동생**을 한 번은 찾아가야 할 텐데.”

“언닌 완전히 교제를 끊을 건데요, 뭐.”

그렇지만 막상 언니가 그들과 교제를 끊을 것이며 빙리가 제인을 만나지 못하도록 방해를 받고 있다고 자기 입으로 단언하고 나니, 오히려 두 사람의 사이가 완전히 끝난 게 아니라 제인에 대한 빙리의 사랑이 다시 살아날 수 있을지도 모르겠다는 생각이 들었다. 아무리 친지들의 영향력이 강하다 해도 제인의 매력이 그보다 더 강할지도 모른다. 엘리자베스는 이런 생각이 영 가망 없어 보이지 않았다.

제인은 숙모의 제안을 기꺼이 받아들였다. 빙리 씨를 마주칠 일이 염려되긴 했지만, 어차피 누이동생과 같은 집에 사는 것도 아니니 가끔 오전에 잠깐씩 들르는 정도는 괜찮겠거니 하고 그 이상은 생각지 않으려 했다.

가드너 부부가 머문 일주일 동안, 롱본은 필립스네와 루커스네에다 장교들까지 하루도 빠짐없이 손님들로 북적거렸다. 베넷 부인이 동생 부부를 즐겁게 해주려고 손님들을 불러 모으는 데 너무 신경을 쓰다 보니 식구끼리만 오붓하게 정찬을 든 날이 하루도 없을 정도였다. 손님 중에는 반드시 장교들 몇 사람이 끼여 있었고, 또 그중에는 반드시 위컴 씨가 끼여 있었다. 엘리자베스가 매번 위컴 씨를 무척 반갑게 맞는 것을 보고 두 사람 사이에 뭔가가 있다고 느낀 가드너 부인은 두 사람을 예의주시했다. 서로 진지하게 사랑에 빠져 있는 것처럼은 보이지 않았지만 호감을 갖고 있는 것만은 틀림없어 보여서, 조금 염려가 되었다. 그리하여 부인은 하트퍼드셔를 떠나기 전에 엘리자베스에게 그런 식으로 호감을 키우는 것이 경솔할 수도 있다는 충고를 해주기로 마음먹었다.

위컴이야 워낙 사람들을 즐겁게 해주는 사람이었지만, 특히나 가드너 부인을 즐겁게 해줄 거리를 하나 더 가지고 있었다. 위컴은 전에 더비셔에 살았는데, 부인 역시 결혼하기 십수 년 전에 바로 그곳에서 꽤 오랫동안 살았기 때문이다. 따라서 두 사람은 공통된 지인이 많았다. 위컴은 5년 전에 다아시의 선친이 작고하신 후로는 그곳에 거의 발길을 끊었지만, 그래도 부인이 모르는 옛 친구들에 관해 비교적 근황에 가까운 소식을 알려줄 수 있었다.

가드너 부인은 펨벌리를 직접 구경한 적도 있었고 고 다아시 씨의 평판도 익히 들어 알고 있었다. 따라서 그것만 가지고도 얼마든지 이야깃거리가 넘쳤다. 각자의 기억에 남아 있는 펨벌리의 모습을 서로 비교하기도 하고, 그 옛 주인의 인품을 칭찬하기도 하면서 두 사람은 마냥 즐거웠다. 위컴 씨가 자기가 현재의 다아시 씨에게 당한 일을 말해주자, 부인은 그 말에 맞장구를 치고 싶은 마음으로 다아시 씨의 어릴 적에 관해 들은 소문들을 열심히 떠올려본 끝에 마침내 예전에 분명히 피츠윌리엄 다아시가 아주 오만하고 심술궂은 소년이라는 말을 들은 적이 있다고 단언했다.

26장

마침내 엘리자베스와 단둘이 이야기할 기회를 얻은 가드너 부인은 알아듣도록 차분히 주의를 주었다. 부인은 자기 생각을 있는 그대로 털어놓고 나서 말을 이었다.

"리지야, 너는 안 된다는 말을 들었다고 해서 더욱 사랑에 불타오를 경솔한 아이는 아니니까 이 숙모가 솔직히 말하마. 진지하게 하는 말인데, 네가 마음을 단단히 단속했으면 좋겠다. 아무리 재산이 없다고 해도, 그런 식으로 사랑에 휩쓸리거나 상대를 끌어들이는 건 경솔한 짓이야. **그 사람**이야 어디 한 군데 나무랄 데 없는 호감 가는 젊은이지. 원래 얻기로 되어 있었다는 수입만 있었어도, 그만큼 좋은 사람은 찾기도 힘들 게다. 그렇지만 현실을 잊고 감정에만 휩쓸려서는 안 돼. 넌 분별 있는 아이고, 그 점에서 우린 모두 네게 기대가 크단다. 너희 아버지도 틀림없이 네 야무진 성격과 단정한 품행을 믿고 계실 텐데, 아버지를 실망시키는 일은 없었으면 좋겠구나.”

“어머, 숙모님. 너무 심각하신 것 같아요.”

“그래, 너도 나처럼 좀 심각하게 생각해 보렴.”

“그럴게요, 숙모님, 그러니까 너무 걱정하실 필요 없어요. 저 자신이나 위컴 씨나 제가 다 알아서 할게요. 위컴 씨가 저한테 반하지 않게 애써볼게요. 그게 제 능력으로 되는 거라면요.”

“엘리자베스, 지금 그게 심각한 거니.”

“죄송해요, 숙모님. 다시 말씀드릴게요. 전 분명히 아직은 위컴 씨를 사랑하지 않아요. 그렇지만 지금까지 만난 남자들 중에서 가장 마음에 드는 건 사실이에요. 그리고 만약 그분이 저를 정말로 사랑하게 된다면……. 저도 그게 경솔한 일이고, 바람직하지 않다는 건 알아요. **정말**, 저 밉살스러운 다아시만 아니었어도! 아버지께서 믿어주시는 건 저도 자랑스럽게 생각하고, 그 신뢰를 잃게 된다면 정말 가슴이 아플 거예요. 하지만 숙모님, 아버지도 위컴 씨를 마음에 들어 하세요. 어른들께 걱정을 끼치고 싶은 마음은 없어요. 그렇지만 솔직히 당장 재산이 없어도 서로 사랑한다는 이유로 약혼을 주저하지 않는 젊은이들이 그렇게 많은데, 저라고 꼭 다른 사람들보다 더 지혜롭게 처신할 거라고 장담은 못 드려요. 사실 제 감정을 억누르는 게 지혜로운 일이 맞는지조차 잘 모르겠어요. 하지만 너무 서둘지 않겠다는 것만큼은 약속드릴게요. 그 사람이 저를 사랑한다고 섣불리 단정하지도 않을

게요. 그 사람과 같이 있을 때도 늘 이런 생각을 잊지 않을 거고
요. 제가 할 수 있는 한도 내에서는요.”

“그러려면 아무래도 그 사람이 지금처럼 너희 집에 자주 오지
않는 게 좋지 않을까. 최소한 어머니께 네가 먼저 그 사람을 초
대하자고 하는 일은 없어야겠고.”

“지난번처럼 말이죠.” 엘리자베스가 알아듣겠다는 미소를 띠
고 말했다. “그 말씀이 맞아요. **그런 일**은 자제하는 게 아무래도
현명하겠죠. 하지만 그분이 그렇게 자주 저희 집에 오는 건 아
니에요. 이번 주에 그분을 자주 초대한 건 숙모님 때문이었어요.
숙모님도 아시겠지만, 어머닌 친척분들이 와 계실 때는 항상 손
님이 있어야 한다고 생각하시니까. 그렇지만 제 명예를 걸고 진
심으로, 앞으로는 제가 할 수 있는 한 가장 현명한 방식으로 행
동하도록 노력할게요. 제가 이렇게 말씀드리면 되죠.”

숙모는 납득했고, 엘리자베스는 친절한 충고에 고맙다고 인사
하여 이야기가 마무리되었다. 이런 문제에 관해 서로 기분이 상
하지 않고 충고를 주고받은 훌륭한 본보기였다.

제인이 가드너 부부를 따라 하트퍼드셔를 떠나고 나서 이내
콜린스 씨가 왔다. 그러나 그는 루커스가에 묵었으므로 베넷 부
인이 불편할 일은 없었다. 결혼 날짜는 속속 다가오고 있었고,
이쯤 되자 베넷 부인도 마침내 그 결혼을 마지못해 인정하고는
“기왕 결혼하는 것, 행복하게 살았으면 **좋겠구나**. 과연 그럴 수
있을지는 모르겠지만” 하고 말할 정도였다. 물론 빈정대는 어조
였지만. 결혼식은 목요일로 잡혔고, 샬럿은 그 전날에 작별 인사
를 하러 왔다. 엘리자베스는 샬럿에 대한 어머니의 억지 인사치
레가 부끄럽기도 하고 샬럿이 안쓰럽기도 해서 인사를 마치고
떠나는 샬럿을 방 밖까지 배웅했다. 함께 계단을 내려가다가 샬

럿이 말했다.

"자주 편지 써줄 거라고 믿을게, 일라이자."

"**당연**하지."

"한 가지 더 부탁이 있어. 나를 만나러 와줄래?"

"하트퍼드셔에서 자주 만날 텐데 뭐. 그래야지."

"얼마간은 켄트를 못 떠날 것 같아. 그러니 헌스퍼드에 오겠다고 약속해 줘."

엘리자베스는 내키지 않았지만 거절할 수도 없었다.

"우리 아버지가 3월에 마리아를 데리고 오시기로 했어." 샬럿이 말을 이었다. "그때 같이 오겠다고 약속해. 정말, 아버지나 마리아 못지않게 환영할게."

결혼식이 끝나고, 신랑과 신부는 교회를 나서서 켄트로 향했다. 결혼식이 끝나면 으레 그렇듯이 뒤에 남은 사람들은 식을 두고 이야기꽃을 피웠다. 샬럿은 이내 엘리자베스에게 편지를 써 보냈다. 두 사람은 예전에 그랬듯이 자주 정기적으로 편지를 주고받았는데, 아무래도 예전처럼 솔직하기는 힘들었다. 엘리자베스는 샬럿에게 매번 편지를 쓸 때마다 더 이상 속생각을 마음 편히 털어놓기는 어렵다고 느꼈다. 비록 편지 쓰기를 소홀히 하지 않으려고 하긴 했지만, 그것은 지금보다는 과거의 좋았던 관계를 유지하고 싶어서였다. 처음에 샬럿의 편지를 읽을 때는 호기심도 있었다. 새 집에 관해서, 캐서린 영부인에 관해서, 그리고 결혼 생활의 행복에 관해서 뭐라고 말할지가 궁금했다. 그런데 편지를 읽고 나니 오로지 예상 그대로의 내용만을 적어 놓았다는 생각이 들었다. 불편한 일은 하나도 없다는 양, 오로지 칭찬만이 유쾌한 어조로 쓰여 있었다. 저택이나 가구, 이웃이나 도로 등이 모두 마음에 꼭 들고, 캐서린 영부인 역시 정말 소탈하고 다정하다고 했다. 마치 콜린스 씨가 예전에 묘사했던 헌스퍼드와 로징스에서 과장을 좀 빼고 일리 있게 그려낸 것 같았다. 그 이상의 무언가를 알려면 직접 가서 보는 수밖에 없겠다 싶었다.

한편 런던에 무사히 도착했음을 알리는 제인의 짧은 편지도 일찌감치 도착했다. 엘리자베스는 언니의 다음번 편지에는 빙리 집안사람들에 관한 이야기가 있기를 바랐다.

그러나 간절한 기다림은 대개 실망으로 끝나는 일이 잦은 법이고, 엘리자베스가 그토록 기다린 제인의 다음번 편지 역시 마찬가지였다. 런던에 간 지 일주일이 다 되었는데도 캐럴라인을 만나기는커녕 아무런 연락도 받지 못했다는 내용이었다. 그러나 제인은 아마 캐럴라인이 자기가 롱본을 떠나기 전 마지막으로 보낸 편지를 받지 못한 모양이라며 그 상황을 이해하려 했다. 편지에는 이렇게 쓰여 있었다.

'숙모가 내일 시내의 그쪽 지역으로 나가신다니까 겸사겸사 나도 그로스브너 스트리트를 들러볼 생각이야.'

제인의 다음번 편지는 빙리 양을 만나고 나서 쓴 것이었다.

'캐럴라인은 기분이 별로인 것 같았어. 그렇지만 나를 무척 반갑게 맞으면서 런던에 올 거면 왜 미리 말 안 했냐고 나무라더라. 내 생각대로 전에 보낸 편지를 받지 못했나 봐. 물론 그분의 안부도 물어보았는데, 별일 없이 잘 있고, 다만 늘 다아시 씨와 같이 있어서 자기들도 거의 못 만난대. 그날 저녁엔 다아시 양이 저녁 식사를 하러 오기로 했다던데, 한번 만나보고 싶더라. 캐럴라인과 허스트 부인이 마침 외출을 하려던 참이라 오래는 못 있었어. 아마 조만간 그쪽에서 나를 만나러 오겠지.'

엘리자베스는 편지를 읽고 고개를 가로저었다. 빙리 양의 태도를 보니 우연히 만나지 않는 한 빙리 씨가 언니가 런던에 있다는 사실을 알게 될 일은 없을 듯했다.

이윽고 4주가 흘렀지만 제인은 빙리 씨의 흔적조차 보지 못했다. 제인은 서운한 마음을 달래려 애썼다. 그러나 빙리 양의 무심함은 더 모른 체할 수 없었다. 제인은 매일 아침부터 집에서 기다리고, 저녁이 되면 무슨 일이 있어 못 오겠거니 하며 이해하려 했지만, 마침내 캐럴라인이 제인을 찾아온 것은 그로부터 보름이나 지난 후였다. 그것도 이내 돌아가 버렸고, 더욱이 태도까지 싹 바꾸었기 때문에 제인으로서도 더 이상 스스로를 속일 수 없었다. 빙리 양이 다녀간 직후 제인은 솔직한 속내를 담아 엘리자베스에게 편지를 썼다.

사랑하는 리지야, 너는 내가 이런 말을 한다고 해서 내가 틀리고 네가 옳았다고 의기양양해하지는 않겠지. 아무래도 그동안 나에 대한 빙리 양의 태도를 내가 잘못 생각한 모양이야. 그렇지만 리지야, 비록 네가 옳았다는 게 입증되긴 했지만, 나는 아직도 캐럴라인의 행동만 놓고 본다면 내가 그렇게 믿은 것도 무리가 아니었다고 생각해. 괜히 우기는 걸로 생각하지는 말아줬으면 좋겠다. 애초에 왜 나와 친하게 지내려고 했는지는 모르겠지만, 다시 똑같은 상황이 된다고 해도 나는 또 속고 말 거야. 캐럴라인은 그동안 쪽지 한 장은커녕 한 줄도 없다가 어제에야 찾아왔더라. 그나마 마지못해 온 게 너무 뻔히 보였어. 그동안 못 와봐서 미안하다고 고작 한 마디, 그것도 형식적으로 말할 뿐이고, 언제 다시 만났으면 한다는 말은 일언반구도 없지 뭐니. 그리고 완전히 다른 사람처럼 구는데, 캐럴라인이 숙모 댁을 나설 때 난 이미 그이를 더 이상 나와는 상관없는 사람으로 생각하기로 마음을 굳혔어. 캐럴라인이 잘했다는 건 아니지만 한편 안됐다는 생각도 들어. 애초에 나를 그렇게 각별하게 대한 건 분명히 캐럴라인이 잘못한 거야. 항상 그쪽에서 먼저 친해지려고 했다고 나는 자신 있게 말할 수 있어. 그래도 역시 생각하면 안됐지. 분명히 자기 스스로도 자기 행동이 떳떳하지 못할 테고, 그 이유는 오빠를 걱정해서 그런 거니까. 더 뭐가 있겠니. 그리고 **우리야** 그게 전혀 쓸데없는 걱정이라는 걸 알지만, 캐럴라인이 만약 그런 걱정을 품은 거라면 그렇게 행동할 수밖에 없었던 게 이해가 돼. 그리고 누이동생으로서 오빠를 그만큼 생각한다면 걱정하는 것도 그 이유로서 당연하고 기특한 우애라고 봐야지. 그렇지만 내가 놀라운 건, 캐럴라인이 아직도 그런 걱정을 하고 있다는 거야. 그분이 나를 조금이라도 마음에 두고 있다면 우린 벌써 옛날에 만나고도 남았을 텐데. 캐럴라인이 한 말로 미루어보면 그분도 내가 런던에 있다는 걸 분명히 아는 것 같거든. 그런데 한편으로는 빙리 씨가 진짜로 다아시 양을 좋아한다는 사실을 자기도 믿지 못하는 것 같아 보이기도 했어. 정말 모르겠다. 이런 말을 해도 될지 모르겠지만, 뭔가 내가 모르는 꿍꿍이가 있나 싶을 정도야. 그렇지만 괴로운 생각은 그만하려고 애쓰고 있어. 그리고 행복한 생각, 나를 아껴주는 너와 더없이 잘해주시는 삼촌, 숙모 생각만 하려고 해. 얼른 답장 보내줘. 캐럴라인은 그분이 영영 네더필드에 돌아가지 않을 거라고, 그 집을 포기할 거라고 하는데, 그것도 어째 확실해 보이지는 않더라. 그 이야기는 그만하자. 샬럿에게서 그렇게 즐거운 편지를 받았다니 참 내가 다 기쁘구나. 윌리엄 경과 마리아가 갈 때 꼭 같이 가서 만나보렴. 거기서 분명히 편하게 지낼 수 있을 거야.

언니가

엘리자베스는 편지를 읽고 조금 마음이 아팠다. 그러나 적어도 제인이 더는 빙리 양에게 속지 않게 되었다고 생각하니 그나마 기운이 되살아났다. 빙리 씨에 대한 기대도 이제는 완전히 접었다. 이제는 그쪽에서 애정이 되살아난다 해도 반갑지 않을 것 같았다. 생각하면 할수록 못 미더운 사람처럼 보였다. 그리고 오히려 진심으로 빙리 씨가 다아시 씨의 여동생과 결혼해서 제인을 버린 걸 후회하며 고통받기를 바랐다. 그 아가씨가 정말로 위컴이 말한 그대로라면 빙리 씨는 자신의 선택을 무척이나 후회할 게 틀림없으니까.

바로 이즈음 엘리자베스는 가드너 부인에게서 위컴에 관한 약속을 잊지 말라고 당부하는 편지를 받았다. 그리고 자신은 어떨지 몰라도 숙모는 반가워할 답장을 써 보냈다. 위컴이 자신에 대한 호감과 관심을 눈에 확 띄게 거두어들였다는 내용이었다. 그리고 이제는 다른 여자에게 관심을 쏟고 있었다. 엘리자베스는 그 과정을 처음부터 끝까지 지켜보았는데, 목격 당시에나 편지로 그 이야기를 서술할 때나 그다지 괴로운 마음은 없었다. 거기에는 재산만 있었더라면 분명히 **자신**이 선택됐을 거라는 허영 어린 자신감 덕도 있었는데, 지금 위컴이 잘 보이려고 노력하는 아가씨는 최근 갑자기 1만 파운드를 얻었다는 것만이 유일한 매력이었기 때문이다. 샬럿 때보다 마음이 무뎌졌는지, 엘리자베스는 재산에 대한 위컴의 욕심을 그다지 비판할 마음이 들지 않았다. 오히려 더없이 당연하게만 여겨졌다. 그리고 자기를 포기하면서 위컴이 겪었을지 모를 마음의 갈등을 헤아려보는 한편으</p>

로, 그 선택을 양쪽 모두에 현명하고 바람직한 것으로 받아들이려 하면서 진심으로 행복을 빌었다.

엘리자베스는 이 모든 이야기를 가드너 부인에게 전했고, 전후 사정을 들려주고 나서 이렇게 썼다. '이제 와서 보니 제가 그다지 사랑에 빠졌던 건 아닌가 봐요. 진정 순수하고 고결하게 그 사람을 사랑했더라면 저는 지금 그 이름조차 증오하면서 온갖 저주를 다 퍼붓고 있어야 할 테니까요. 그런데 **그 사람**은 물론이고 킹 양에 관해서도 아무런 감정이 없어요. 미운 마음도 전혀 들지 않고, 오히려 아주 좋은 여자일 거라고 생각하는걸요. 이런 건 전혀 사랑이 아니잖아요. 아무래도 조심한 덕분인 것 같아요. 제가 정신없이 그 사람에게 빠졌더라면 틀림없이 주변 사람들에게 더 흥미로운 구경거리가 되었겠지만 지금처럼 별 흥미를 끌지 못한다고 해도 유감은 없어요. 사람들의 관심을 끌려면 그만큼 희생도 치러야 하는 법이죠. 오히려 저보다는 키티와 리디아가 더 그 사람의 변심에 슬퍼하고 있어요. 아직 세상 물정을 잘 모르는 애들이라, 못생긴 남자뿐 아니라 잘생긴 남자도 먹고살려면 수입이 있어야 한다는 안타까운 현실을 받아들이기 어려운가 봐요.'

27장

1, 2월 두 달 동안 롱본가에는 더 이상 아무 일도 일어나지 않았고, 때로는 지저분하고 때로는 추운 길을 걸어 메리턴까지 산책하는 것 말고는 아무런 소일거리도 없었다. 엘리자베스는 3월에 헌스퍼드에 가기로 했다. 처음에는 그 예정에 관해 그다지 대

수룹게 생각하지 않았다. 그렇지만 곧 샬럿이 그 일로 들떠 있다는 사실을 알게 되었고, 자신도 그 만남이 더욱 구체적으로 그려지면서 생각하면 할수록 더욱 기다려졌다. 오랫동안 못 만난 덕분에 샬럿이 더욱 보고 싶어지는 한편, 콜린스 씨에 대한 거부감은 좀 누그러졌다. 어쨌든 일상에서 벗어날 수 있는 기회일뿐더러 말이 통하지 않는 어머니와 동생들과 집에만 틀어박혀 있는 것도 지겨웠으니 변화라면 얼마든지 환영이었다. 거기다 가는 길에 제인도 만날 수 있을 터였다. 그래서 엘리자베스는 약속한 날이 다가올수록 조바심까지 느끼며 출발이 지체되는 일이 없기만을 바랐지만, 모든 일은 샬럿의 원래 계획에 맞춰 순조롭게 진행되었다. 엘리자베스는 윌리엄 경과 그의 둘째 딸인 마리아와 함께 떠나기로 했다. 이어 런던에서 하룻밤을 묵어간다는 계획이 추가되어 계획은 더할 나위 없이 완벽해졌다.

단 한 가지 마음에 걸리는 것은 아버지를 혼자 두고 가는 일이었다. 아버지는 분명히 딸의 빈자리를 아쉬워할 테니까. 떠날 날이 다가오자 아버지는 섭섭한 마음에 딸에게 편지를 보내라고 당부하면서, 자기가 먼저 답장을 약속할 정도였다.

위컴 씨와의 작별 인사는 훈훈한 분위기에서 이루어졌고, 특히 위컴 씨가 엘리자베스에게 더 살갑게 대했다. 아무리 지금은 다른 사람한테 구애하고 있어도, 자기가 맨 처음으로 관심을 쏟았고, 그 관심에 답하여 자기 이야기에 귀를 기울여 주고 동정을 보여준 여성, 그리고 자기가 흠모한 첫 여성이 엘리자베스였음을 잊을 수는 없었으리라. 작별 인사를 나눌 때 위컴은 캐서린 드 버그 영부인의 인품을 다시금 상기시켜 주고, 캐서린 영부인에 관한, 아니 모든 사람에 관한 우리의 의견이 늘 일치할 거라고 장담하면서, 엘리자베스가 모쪼록 즐겁게 지내기를 빈다고 말했다. 엘리자베스에 대한 깊은 배려와 관심을 보여주는 태도였다. 엘리자베스는 이런 태도에 위컴이 결혼을 하든 독신으로 남든 언제까지나 진정으로 좋아하고 흠모할 수 있을 것 같다고 느꼈고, 자신의 기억 속에서 위컴은 언제까지나 다정하고 기분 좋게 만날 수 있는 남성의 모범으로 남으리라 굳게 믿었다.

위컴에 대한 그러한 호감을 더욱 키우는 데는 이튿날 함께 여행한 동반자들 역시 한몫했다. 윌리엄 경과 마리아는 둘 다 선량하지만 아는 게 없다는 공통점이 있어서, 둘 다 덜컹거리는 마차 소리보다 재미있거나 들을 가치가 있는 이야기는 한마디도 할 줄 몰랐다. 남들이 실없는 소리를 하는 것을 속으로 비웃는 재미도 있겠지만, 윌리엄 경의 이야기는 그러기에도 너무 철지난 것이었다. 경은 자기가 겪은 국왕 알현식과 기사 작위 수여식이라는 놀라운 사건에 관해 이미 지겹도록 들은 이야기를 되풀이했고, 이야기의 형식 또한 내용 못지않게 구태의연했다.

그레이스처치 스트리트까지의 거리는 고작 24마일밖에 안 되었고, 더욱이 아침 일찍 출발한 덕분에 정오경에는 이미 목적지에 도달할 수 있었다. 제인은 응접실 창문을 통해 내다보고 있다가 가드너가의 정문으로 들어서는 그들의 마차를 현관에서 반갑게 맞아주었는데, 엘리자베스는 제인의 얼굴을 구석구석 뜯어보고 나서 변함없이 건강하고 아름다운 언니의 모습에 기뻐했다. 계단 위에는 남자아이들과 여자아이들이 우르르 몰려 서 있었는데, 1년 만에 만나는 사촌누이를 얼른 보고 싶은 마음에 응접실에서 기다리지 못하고 나오기는 했지만 왠지 수줍어서 거기서 더 내려오지는 못하고 있었다. 다들 기뻐하며 서로 다정하게 맞았다. 무척이나 즐거운 하루였다. 낮에는 장을 보느라 수선을 피웠고, 저녁에는 극장을 찾았다.

엘리자베스는 극장에서 일부러 숙모 옆자리에 앉았다. 제인 이야기가 제일 먼저였다. 이것저것 자세히 묻는 말에, 숙모는 제인이 늘 즐겁게 지내려고 애를 쓰긴 하지만 간혹 우울해하더라고 대답했고, 예상치 못한 바 아니었던 엘리자베스는 안타까웠다. 하지만 너무 오래 그런 상태가 이어지지 않기를 바라는 수밖에 없었다. 가드너 부인은 또한 빙리 양이 그레이스처치에 왔을 때의 더 자세한 정황을 이야기해 주면서 자신과 제인이 나눈 이런저런 대화를 들려주었는데, 들어보니 제인은 정말 빙리 양과 남남이 되기로 마음먹은 모양이었다.

그리고 가드너 부인은 위컴한테 차여서 안 됐다고 놀리면서 엘리자베스의 의연한 태도를 칭찬했다.

"그건 그렇고, 엘리자베스." 숙모가 말을 이었다. "킹 양은 어떤 아가씨니? 그래도 우리 친구 위컴이 돈만 밝히는 사람은 아니었으면 좋겠다."

"그런데 숙모님, 결혼을 할 때 돈만 밝히는 것과 신중한 건 다른가요? 여기까지는 신중함이고, 여기부터는 욕심이다, 그런 게 있어요? 작년 크리스마스 때는 제가 그 사람하고 결혼할까 봐 걱정하셨잖아요. 경솔한 일이라고요. 그런데 지금은 또 겨우 1만 파운드의 재산 때문에 그 아가씨와 결혼하려 한다면 돈을 밝히는 사람이라고 말씀하시는 거잖아요."

"킹 양이 어떤 사람인지 말해주면 내가 알아서 판단할게."

"나쁜 소리를 들은 적은 없으니 아마 꽤 괜찮은 아가씨겠죠."

"그렇지만 그 아가씨는 조부가 돌아가시는 바람에 그 재산을 물려받기 전에는 그 사람한테 전혀 아무런 관심도 받지 못했다며."

"그건 그래요. 하지만 그건 당연한 거 아닌가요? 애초에 제게 돈이 없다는 이유로 그 사람이 **저**를 좋아하면 안 되는 거였다면, 더욱이 저처럼 돈도 없는 데다 좋아하지도 않는 여자에게 구애할 이유는 없잖아요?”

“그렇지만 그 아가씨가 재산 상속을 받자마자 그렇게 빨리 관심을 쏟으면 사람이 좀 천박해 보이잖니.”

“자기 처지가 궁핍한데 남들처럼 우아한 예의범절을 지킬 수가 있나요. **그 아가씨** 본인이 상관없다면 **우리**가 무슨 상관이에요?”

“**그 아가씨**가 상관없다고 해서 그 사람의 행동이 옳은 건 아니잖니. 그냥 그 아가씨의 이성이나 감성 중 한쪽이 좀 모자란 것뿐이겠지.”

“그럼,” 엘리자베스가 큰 소리로 말했다. “숙모님 좋으실 대로 생각하세요. **그 사람**은 돈만 밝히고, **그 아가씨**는 멍청하다고요.”

“아니야, 리지, 나도 당연히 그렇게 생각하긴 **싫지**. 더비셔에서 그렇게 오래 살았던 젊은이를 나쁘게 말하면 나라고 마음이 편하겠니.”

“아하! 단지 그것뿐이라면 전 지금 더비셔에 사는 젊은 남자들에 대해 별로 좋게 말하고 싶지 않은데요. 하트퍼드셔에 사는 그 사람들 친구에 관해서도 마찬가지고요. 모조리 지긋지긋해요. 얼마나 다행이에요! 내일 헌스퍼드에 가면 예의범절도 분별력도, 어느 하나 내세울 데가 없는 남자를 만나게 되니까요. 결국 알고 지낼 만한 남자들은 우둔한 남자들밖에 없나 봐요.”

“리지야, 그렇게까지 말하면 너무 우울하게 들리잖니.”

연극이 끝나기 직전에 숙모는 뜻밖의 제안으로 엘리자베스를 행복하게 만들었다. 자기 부부가 계획 중인 여름 관광 여행에 같이 가자는 것이었다.

"어디까지 갈지는 아직 확실히 안 정했어." 가드너 부인이 말했다. "하지만 아마 레이크 디스트릭트[1]까지는 가지 싶다."

엘리자베스는 이 계획에 더없이 기뻐서, 감사하는 마음으로 기꺼이 초대를 받아들였다. "아, 숙모님, 너무 고마워요." 엘리자베스는 환희에 들떠서 소리쳤다. "너무 기뻐요! 너무 행복해요! 숙모님 덕분에 제 생활에 활력이 생길 것 같아요! 실망도 우울도 모두 안녕! 바위와 산들에 비하면 남자들이 다 뭐람? 아! 너무 황홀할 것 같아요. 그 여행의 기억을 **전부** 머릿속에 담아둘 거예요. 어디 갔었는지, 본 것들 모두 기억하고요. 호수랑, 산이랑, 강이랑, 머릿속에 전부 또렷하게 새기자고요. 나중에 어떤 풍경을 떠올릴 때 그곳이 여기였네 저기였네 하면서 서로 싸우지 않게요. **우리는** 보통 여행자들하고 똑같은 감탄사만 연발해서 다른 사람들을 지루하게 만들지는 말아야죠."

28장

다음 날 여행에서 엘리자베스는 모든 것이 새롭고 흥미롭게만 느껴졌고, 무엇이든 즐겁게 받아들일 태세였다. 언니의 모습이 좋아 보여서 그간 품었던 언니의 건강 걱정도 접어둘 수 있었으니, 북부로의 여행을 기대하면서 아무런 거리낌 없이 끝없는 기쁨을 느꼈다.

큰길을 지나 헌스퍼드로 가는 좁은 길로 접어들자 다들 목사관을 찾아 두리번거렸고, 모퉁이를 돌 때마다 목사관이 언제 나

1 잉글랜드 북서부의 관광 명소.

타나나 목을 길게 뽑았다. 길 한쪽으로는 로징스 파크의 울타리가 계속 이어졌다. 엘리자베스는 로징스 사람들에 관해 들은 이야기들이 하나하나 떠올라 저절로 입가에 미소가 지어졌다.

마침내 목사관이 모습을 나타냈다. 오르막길에 있는 정원과 거기 서 있는 집, 초록색 말뚝들과 월계수로 둘러쳐진 울타리. 그 모두가 목적지에 도달했음을 알려주었다. 정문 앞에는 콜린스 씨와 샬럿이 서 있었고, 집으로 이어지는 짧은 자갈길 앞의 작은 문간에 마차가 멈추어 서자 모두 눈인사를 교환하며 웃음을 지었다. 손님들은 마차에서 내려 서로 만남의 기쁨을 나눴다. 오랜만에 친구를 만난 콜린스 부인은 기뻐서 어쩔 줄 몰라 했고, 엘리자베스는 그 모습을 보고 더욱 오기 잘했다고 생각했다. 이어 엘리자베스는 콜린스 씨의 태도가 결혼 이후에도 전혀 달라지지 않았음을 확인했다. 콜린스 씨는 여전히 틀에 박힌 예의범절을 과시하면서 온 가족의 안부를 묻고 대답을 듣느라고 엘리자베스를 문간에 몇 분이나 세워놓았다. 그러고도 모자라 입구의 깔끔함을 스스로 지적하느라 다시 시간을 지체하고 나서야 손님들을 집으로 인도했다. 손님들이 응접실에 들어서자마자 다시 한번 지나치게 점잔 빼는 태도로 누추한 곳을 찾아주셔서 감사하다는 인사말을 하고, 아내가 손님들에게 음료를 권할 때마다 꼬박꼬박 인사말을 빼놓지 않았다.

엘리자베스는 콜린스 씨가 기고만장해하는 꼴이라면 충분히 예상하고 있었다. 실제로 균형 잡힌 방 구조와 가구를 보여주는 모습은 마치 엘리자베스를 겨냥해 청혼을 거절한 게 아깝다고 생각하게 만들려는 것 같았다. 하지만 아무리 모든 것이 깔끔하고 안락해 보여도, 엘리자베스는 후회의 한숨을 지어 콜린스를 기쁘게 해줄 마음은 조금도 없었다. 오히려 그런 남편과 함께 살면서 명랑한 태도를 잃지 않을 수 있는 친구가 놀라웠을 뿐이다.
콜린스 씨는 아내가 민망해할 수밖에 없을 듯한 말을 자주 뱉어
냈는데, 그때마다 엘리자베스는 샬럿 쪽으로 저절로 시선이 가
는 것을 억제할 수 없었다. 샬럿은 한두 번 얼굴을 붉히기도 했
지만, 대체로는 현명하게도 못 들은 척 넘어갔다. 손님들이 거실
에 앉아 벽장에서 벽난로 주위에 두르는 가림막까지 그곳의 가
구 하나하나에 대해 연달아 감탄을 표하고, 런던을 비롯해 여정
중에 겪었던 모든 일을 이야기하고 나자, 콜린스 씨는 정원으로
산책을 나가자고 제안했다. 콜린스 씨가 직접 정성껏 가꾸었다
는 정원은 널찍하고 잘 꾸며져 있었다. 그는 정원을 가꾸는 것이
자신의 가장 고상한 취미라고 했다. 샬럿은 정원 가꾸기가 운동
도 되고 건강에도 좋아 가능한 한 남편에게 자주 권한다고 말을
이었는데, 엘리자베스는 그 말을 할 때 샬럿의 태연한 표정에 감
탄을 금치 못했다. 콜린스 씨는 정원의 오솔길과 갈림길로 구석
구석까지 손님들을 안내하면서 하나도 빠뜨리지 않고 모든 것을
세세히 설명했는데, 그런 탓에 손님들은 정작 그 아름다움을 느
긋이 감상하기는커녕 주인이 요구한 칭찬조차 해줄 겨를이 없을
지경이었다. 콜린스 씨는 사방에 밭이 얼마나 있는지도 알았고,
가장 멀리 떨어져 있는 숲에 나무가 몇 그루나 있는지도 알았다.
그러나 자기 집 정원은 물론이고 그 지역, 아니 영국 정원에서
아무리 알아주는 경치도 로징스의 경치에는 비할 수 없다는 것
이 콜린스 씨의 말이었다. 그의 집에서 거의 정면으로 마주보이
는, 그곳을 온통 둘러싼 나무들 틈으로 보이는 로징스는 대단히
훌륭한 현대식 건물이었고, 언덕 위에 적절히 자리 잡고 있었다.
　콜린스 씨는 정원을 다 보여주고 나자 자신의 소유지인 목초
지 두 곳으로 손님들을 안내하고 싶어 했다. 그러나 숙녀들은 아

직 서리가 남아 있는 길을 걸어갈 만한 신발이 없었기 때문에 집으로 향해야 했고, 윌리엄 경만 콜린스 씨를 따라갔다. 샬럿은 그 두 사람이 목초지를 둘러보는 동안 동생과 친구를 집으로 데리고 갔는데, 아마도 남편의 참견 없이 집을 보여줄 기회가 생겨서인지 대단히 기분이 좋아진 듯했다. 좀 작긴 했지만 그만하면 편리하게 잘 지어진 집이었다. 모든 것이 깔끔하게 배치되고 하나같이 정돈되어 있었는데, 모두 샬럿의 솜씨로 보였다. 콜린스 씨의 존재만 잊을 수 있다면 전체적으로 아주 아늑한 느낌이었다. 그리고 그 아늑함을 진심으로 즐기는 듯한 샬럿의 모습을 보니 콜린스 씨의 존재를 잊기가 그리 어렵지 않은 모양이었다.

엘리자베스는 캐서린 영부인이 아직 런던으로 떠나지 않고 그곳에 머물고 있다는 사실을 이미 들은 바 있었지만, 저녁 식사에 맞춰 돌아온 콜린스 씨가 다시금 그 사실을 확인해 주었다.

"맞아요, 엘리자베스 양. 이번 일요일에 영광스럽게도 교회에서 캐서린 드 버그 영부인을 만나뵐 수 있을 겁니다. 말씀드릴 필요도 없겠지만, 당연히 좋아할 수밖에 없는 분이지요. 워낙 상냥하고 겸손한 분이라, 예배가 끝나면 황송하게도 틀림없이 엘리자베스 양의 인사를 몸소 받아주실 겁니다. 마리아 처제와 엘리자베스 양이 이곳에 머무는 동안 황송하게도 저희를 초대해 주실 때마다 반드시 두 사람도 함께 초대해 주실 거라고 저는 거의 확신합니다. 그분은 제 처 샬럿에게도 정말 잘 대해 주십니다. 우리는 매주 두 차례 로징스에서 만찬을 드는데, 그분은 저희가 댁을 찾아뵐 때 절대로 그냥 걸어오도록 놔두는 법이 없으시답니다. 매번 저희를 위해 댁의 마차를 준비해 주시지요. 아니, 마차 한 대라고 **정정하겠습니다.** 워낙 마차를 여러 대 갖고 계시니까요."

"캐서린 영부인은 정말 아주 사려 깊고 훌륭한 분이셔." 샬럿
이 덧붙였다. "주위 사람들한테는 또 얼마나 신경을 써주시는지
몰라."

"아무렴요, 여보. 제 말이 바로 그겁니다. 아무리 존경해도 모
자란 분이지요."

그날 저녁은 주로 이미 편지를 통해 주고받았던 하트퍼드셔의
소식을 다시 이야기하는 새 지나갔다. 이윽고 자기 방으로 돌아
와 혼자가 된 엘리자베스는 샬럿이 과연 만족한 삶을 살고 있을
지 곰곰이 생각해 보았다. 집을 보여주면서 한 말이나 남편을 대
하던 침착한 태도를 헤아려보면, 샬럿이 나무랄 데 없이 자리를
잡았다는 사실은 부정할 수 없었다. 엘리자베스는 또 한편으로
이곳에 있는 동안 어떻게 지내게 될지도 생각해 보았다. 평소에
는 별일 없이 잔잔한 나날을 보내겠지만 가끔은 콜린스 씨가 끼
어들어 당황할 일을 만들 테고, 로징스 사람들과 왕래하는 일은
조금 번잡할 것도 같았다. 엘리자베스는 풍부한 상상력을 발휘
해 순식간에 그 모든 상황을 머릿속에 그려보았다.

이튿날 정오 무렵, 엘리자베스가 방에서 산책 나갈 준비를 하
고 있는데 아래층에서 갑자기 온 집안사람들이 법석을 떠는 듯
시끄러운 소리가 들려왔다. 잠시 귀를 기울이려니까 곧 누군가
가 허둥지둥 계단을 뛰어 올라와 큰 소리로 엘리자베스의 이름
을 부르는 게 들렸다. 문을 열자 층계참에 서 있던 마리아와 정
면으로 마주쳤는데, 마리아는 흥분해서 숨이 넘어가기 직전이
었다.

"아! 일라이자! 얼른 당장 응접실로 와봐. 이건 절대 놓치면 안
돼! 뭔지는 안 가르쳐줄래. 얼른 당장 아래층으로 내려가."

무슨 일이냐고 물어보았지만 소용없었다. 마리아가 아무것도

말해주지 않겠다고 고집을 부렸기 때문에 엘리자베스는 무슨 일인가 싶어 오솔길이 바라다보이는 아래층 응접실로 뛰어 내려갔다.

"애개, 겨우 이거야?" 엘리자베스가 외쳤다. "난 또 누가 정원으로 돼지 떼라도 몰고 들어온 줄 알았더니, 겨우 캐서린 영부인하고 그 딸이잖아!"

"세상에, 일라이자." 엘리자베스의 오해에 놀란 마리아가 말했다. "저분은 캐서린 영부인이 아니야. 노부인은 그 댁에 함께 사는 젠킨슨 부인이고, 다른 쪽은 드 버그 양이야. 좀 봐봐. 어쩜 저렇게 작을까. 저렇게 마르고 조그만 사람일 거라고는 정말 상상도 못 했지 뭐야!"

"바람이 이렇게나 부는데 샬럿을 마냥 집 밖에 세워놓다니, 무례해도 정도가 있지. 왜 안 들어오고 저런대?"

"아! 샬럿 언니가 그러는데, 저 아가씨는 원래 집 안에는 잘 안 들어온대. 집에 들어오는 건 그야말로 최고의 영광이라던데."

"그래도 생긴 건 마음에 드네." 다른 생각이 든 엘리자베스가 말했다. "몸도 약하고 신경질적일 것 같아. 그래, 그 사람하고는 천생연분이겠다. 결혼하면 딱이겠어."

콜린스 내외는 손님들과 함께 정원 입구에 선 채로 이야기를 나누고 있었다. 그리고 현관에 서 있던 윌리엄 경은 앞에 있는 드 버그 양을 열심히 바라보다가 그 귀하신 분이 자기 쪽으로 고개를 돌릴 때마다 계속 머리를 조아려서 엘리자베스의 웃음을 자아냈다.

마침내 이야기가 끝났는지 두 분 숙녀는 마차를 타고 떠났고, 남은 사람들은 집으로 들어왔다. 콜린스 씨는 엘리자베스와 마리아를 보자마자 운이 좋다고 잔뜩 치사를 늘어놓기 시작했다.

샬럿은 그들 모두가 다음 날 로징스의 만찬에 초대를 받았다고
설명해 주었다.

29장

콜린스 씨는 그 초대로 인해 더욱 의기양양해졌다. 내내 자기
후견인이 얼마나 고귀한 분인지를, 그리고 그 귀부인이 자기 부
부를 얼마나 아껴주시는지를 손님들 앞에 과시해 자기 능력에
대해 감탄을 살 기회를 고대해 왔던 것이다. 그런 기회를 이토록
일찍 주셨으니 과연 캐서린 영부인은 얼마나 너그럽고 배려심
깊은 분인가. 영부인의 은혜는 아무리 칭송해도 모자랐다.
 "솔직히 말씀드리자면, 그분께서 일요일 저녁 로징스에 와서
차나 들자고 하셨다면 저로서는 별로 놀라지 않았을 겁니다. 워
낙 정이 많으신 분이라, 그 정도는 능히 기대할 수 있었으니까
요. 그렇지만 이 정도로까지 신경을 써주실 줄 누가 감히 상상
이나 했겠습니까? 여러분이 온 지 얼마나 되었다고 이렇게 금방
만찬에 초대해 주시다니. (더구나 한 사람도 빠짐없이 초대해 주시
다니!) 그 누가 감히 상상이나 했겠습니까!"
 "나로서는 그다지 놀랍지 않네." 윌리엄 경이 대꾸했다. "내 신
분상 진짜 귀족의 예의범절이라면 웬만큼 접해보았으니 말일세.
궁정분들 중에는 그런 식의 기품 있는 예의범절을 갖춘 분들이
드물지 않지."
 로징스 방문에 대한 이야기는 그날 내내, 아니 다음 날 아침까
지도 그곳의 유일한 화제였다. 콜린스 씨는 손님들이 로징스에
서 당황하는 일이 없도록, 거기서 어떤 대접을 받게 될지, 그곳

에 하인들은 얼마나 많고 그곳의 만찬은 얼마나 화려한지를 미리 세세히 이야기해 주었다.

이윽고 숙녀들이 옷을 갈아입으러 가려고 자리에서 일어서자 콜린스 씨는 엘리자베스에게 이렇게 말했다.

"옷차림이라면 지나치게 신경 쓰지 않으셔도 됩니다. 캐서린 영부인은 당신 자신이나 따님께나 어울릴 만한 우아한 옷차림을 우리에게 요구하실 분은 아니니까요. 그냥 가진 옷 중에서 조금 나은 걸로 골라 입으시면 됩니다. 무리하실 필요 없어요. 캐서린 영부인은 오히려 소박한 옷차림을 더 좋아하실 겁니다. 신분 차이를 지킬 줄 아는 사람을 좋게 생각하시거든요."

콜린스 씨는 사람들이 옷 입는 새를 기다리지 못하고 이 방 저 방 문을 두들겨 대며, 영부인께서는 만찬이 늦어지는 것을 몹시 싫어하시니 시간에 늦지 않도록 빨리 옷을 입으라고 재촉했다. 아직 사교계에 익숙지 않은 마리아 루커스는 영부인의 신분이나 영부인의 엄격한 생활 습관에 대한 그와 같은 무서운 설명을 듣자 지레 겁을 먹었다. 그리하여 로징스에 처음 인사드리는 순간을 고대하면서도, 마치 아버지가 세인트 제임스 궁에서 국왕을 알현했을 때와 맞먹는 두려움을 느꼈다.

일행은 화창한 햇볕 아래 장원을 가로지르는 약 반 마일 정도의 산책길을 즐거이 걸었다. 모든 장원은 저마다 아름다운 풍경을 가지고 있게 마련이다. 엘리자베스 역시 그 장원의 경치의 수려함에 감탄하긴 했지만, 콜린스 씨가 기대하는 정도로까지 감탄하는 것은 무리였다. 콜린스 씨가 아무리 저택 정면에 있는 창문 수를 일일이 헤아리면서 처음 그 유리를 끼우는 데 루이스 드 버그 경이 들인 어마어마한 액수를 들려주어도 엘리자베스는 그다지 감탄하지 않았다.

반면 마리아는 현관을 향해 한 계단 한 계단 밟아 올라갈 때
마다 점점 더 경이로움에 사로잡히는 것 같았고, 윌리엄 경 역시
점점 평정을 잃어가는 듯했다. 용기를 잃지 않은 것은 엘리자베
스뿐인 모양이었다. 엘리자베스는 캐서린 영부인이 탁월한 재능
이나 훌륭한 인품을 지녔다고 하면 대단하게 생각했겠지만 단순
히 재산이나 지위를 바탕으로 한 권세가 전부라면 별로 우러러
보아야 할 이유가 없다고 생각했다.

현관에서 들어오는 홀에 이르자 콜린스 씨는 거의 황홀경에
빠져 그곳의 탁월한 구조와 세련된 장식을 지적했다. 거기서 그
들은 하인들을 따라 대기실을 지나 영부인 모녀와 젠킨슨 부인
이 앉아 있는 방으로 들어갔다. 캐서린 영부인은 황공하게도 몸
소 자리에서 일어나 손님들을 맞았다. 상의 끝에 남편 대신 소개
를 맡기로 한 샬럿은 콜린스 씨라면 분명히 빼놓지 않았을 온갖
변명이나 공치사를 생략하고 맡은 임무를 적절히 수행했다.

그 자리의 위풍당당함에 완전히 압도된 윌리엄 경은 이미 세
인트 제임스 궁에서 국왕을 알현한 사람답지 않게 그만 입 한번
떼지 못하고 깊이 허리 굽혀 절을 한 뒤 그대로 자리에 주저앉
아 버렸다. 딸인 마리아 역시 두려움으로 거의 제정신을 잃고 의
자에 겨우 엉덩이만 걸친 채 시선 둘 곳을 몰라 쩔쩔매는 형편
이었다. 한편 그러한 상황에 전혀 당황하지 않은 엘리자베스는
자기 앞에 앉아 있는 세 귀부인을 차분하게 관찰했다. 캐서린 영
부인은 뚜렷한 이목구비에 큰 키와 당당한 풍채로 옛날에는 외
모가 꽤 준수했을 것 같았다. 그러나 그다지 온화한 인상은 아니
었고, 낮은 신분의 손님들을 편하게 해줄 만한 격의 없는 분위기
를 풍기지도 않았다. 입을 다물고 있을 때는 그렇게까지 위압적
으로 보이지 않았지만, 일단 입을 열면 권위적이고 독선적인 그

태도에, 엘리자베스는 이내 위컴이 했던 말을 떠올렸다. 그리고 그날 관찰한 것을 토대로 영부인에 대한 위컴의 묘사가 꼭 맞아떨어진다고 생각하게 되었다.

영부인을 관찰한 뒤 그 외모와 행동거지가 다아시 씨와도 닮은 데가 있음을 금세 파악하고 나서, 엘리자베스는 이번에는 영애에게로 눈길을 돌렸다. 그 왜소하고 비쩍 마른 모습을 보니 과연 마리아가 이전에 그렇게 놀랄 만도 했겠구나 싶었다. 모녀는 체격이나 얼굴이나 한 군데도 닮은 데가 없었다. 딸은 창백하고 병색이 완연한 모습이었다. 얼굴만 보면 못생겼다고까지 할 정도는 아니었지만 평범함 그 자체였다. 드 버그 양은 거의 젠킨슨 부인에게만, 그것도 귓속말로 말을 했다. 젠킨슨 부인은 특별히 눈여겨볼 만한 데는 없었으며, 오로지 드 버그 양의 말을 들어주고, 드 버그 양 앞에 둔 햇볕 차단막의 위치를 조정하는 데만 온 신경을 쓰고 있었다.

잠시 자리에 앉아 있던 손님들은 전망을 감상하라는 권고를 받고 모두 창가로 향했다. 콜린스 씨가 따라붙어 전망의 아름다움을 설명해 주었고, 캐서린 영부인은 여름이 훨씬 더 볼 만하다고 친절히 일러주었다.

만찬은 매우 훌륭했고, 하인이며 요리 할 것 없이 모두 콜린스 씨에게 미리 들은 그대로였다. 자신이 예견한 대로 캐서린 영부인의 요청에 따라 주빈이 앉는 식탁 맨 끝자리에 앉은 콜린스 씨는 분명히 생애 최고의 기쁨을 누리고 있는 듯했다. 기쁨에 넘치는 날렵한 동작으로 음식을 썰고, 먹고, 칭찬했다. 매번 요리가 나올 때마다 콜린스 씨가 칭찬을 하고 나면 윌리엄 경이 칭찬을 하는 순서가 되풀이되었다. 이제 좀 침착함을 되찾은 윌리엄 경은 사위가 하는 말을 일일이 따라했는데, 엘리자베스는 영부인이 그런 짓에 언제쯤 짜증을 낼지 궁금할 지경이었다. 그러나 영부인은 그런 지나친 찬사에 오히려 기뻐하는 모양이었고, 특히 식탁에 오른 어떤 음식에 대해 이런 음식은 처음 먹어본다는 말이 나올 때는 더욱 인자한 미소를 지어보였다. 식탁에서는 그리 많은 대화가 오가지 않았다. 엘리자베스는 얼마든지 대화에 참여할 생각이 있었지만, 양 옆자리에 각각 샬럿과 드 버그 양이 앉아 있었기 때문에 그럴 수 없었다. 샬럿은 캐서린 영부인의 말씀을 새겨듣느라 여념이 없었고, 드 버그 양은 식사가 끝나도록 말 한마디 건네지 않았다. 젠킨슨 부인은 드 버그 양이 식사를 너무 적게 하는 것을 걱정하며 차례로 음식을 권유하고 거절당하느라 바빴다. 마리아는 입을 열 생각조차 감히 하지 못했고, 남자들은 그저 음식을 먹고 칭찬하는 게 다였다.

이윽고 응접실로 돌아간 숙녀들에게는 캐서린 영부인의 교시를 듣는 일만이 남아 있었다. 영부인은 커피가 올 때까지 그 어떤 주제를 막론하고 거의 쉴 새 없이 자기 의견을 풀어놓았는데, 그 단정적인 태도에 대해 이견을 제시한다는 것은 거의 상상도 못 할 일인 듯했다. 부인은 샬럿의 집안 살림을 마치 자기 살림인 양 세세히 캐묻고는 살림하는 방법을 무엇 하나 빼놓지 않고 일일이 가르쳐주었다. 특히 그처럼 작은 집에서는 만사를 어떤 식으로 관리해야 하는지를 알려주고, 심지어 가축을 돌보는 방식까지 세세히 지적했다. 엘리자베스는 이 귀부인이 남들에게 이래라저래라 하지 못할 주제는 아무것도 없을 거라고 느꼈다. 또 영부인은 샬럿과 대화를 나누는 사이사이에 마리아와 엘리자베스에게도 여러 가지를 캐물었는데, 특히 엘리자베스에 관해서는 집안은 어떨지 몰라도 참하고 예쁜 처녀라고 샬럿에게 살짝 귀띔하기도 했다. 부인은 엘리자베스에게 자매가 몇이고 그중

몇째인지, 다들 예쁜지, 그중 누가 먼저 결혼을 하게 될 것 같은지, 교육은 어떻게 받았는지, 아버지가 가진 마차는 어떤 것인지, 어머니의 처녀 시절 성은 무엇인지 등을 틈틈이 캐물었다. 엘리자베스는 그런 질문들이 예의에 어긋난다고 여겼지만 차분하게 대답했다. 이윽고 영부인이 말했다.

"부친의 부동산이 콜린스 씨에게 한정 상속된다지." 그리고 부인은 샬럿을 향해 고개를 돌리면서 말을 이었다. "자네한테는 잘된 일이군. 그렇지만 그것만 아니라면 나는 여자들이 재산을 이어받으면 안 될 이유가 없다고 생각해. 루이스 드 버그 경의 가문에서도 그랬고 말이야. 베넷 양은 연주나 노래를 할 줄 아나?"

"조금은 합니다."

"아하! 그럼 언제 한번 들려주지 그래. 우리 피아노는 최고급이지. 이보다 더 좋은 건 아마 보기 힘들 게야……. 자매들도 연주와 노래를 할 줄 아나?"

"한 사람만요."

"아니, 왜 다 같이 배우지 않고? 다 같이 배웠어야지. 웨브 씨네 딸들은 다들 연주를 하는데. 그 집 가장의 수입이 아가씨 아버지네 수입보다 나을 것도 없을 텐데 말이야. 그러면 그림은 좀 그리나?"

"아뇨. 전혀 못 그립니다."

"아니, 아무도 못 그린다고?"

"네."

"거참 별일일세. 하긴 아마 기회가 없었겠지. 자당慈堂께서 매년 봄철에 자네들을 런던에 데려가서 좋은 선생님의 지도를 받게 했으면 좋았을 텐데."

"어머니라면 그렇게 하고 싶으셨을 법도 한데, 아버지가 런던을 워낙 싫어하셔서서요.”

“가정교사는 아직 두고 있나?”

“가정교사는 한 번도 두어본 적이 없는데요.”

“한 번도 없다고! 어떻게 그럴 수가 있지? 딸 다섯을 가정교사도 없이 집에서만 교육시키다니! 내 생전에 그런 이야기는 처음 듣네. 자당께서 혼자 자식들을 교육시킨다고 오죽이나 고생이 심하셨을꼬.”

엘리자베스는 비어져 나오려는 웃음을 가까스로 참으면서 그렇지 않았다고 해명했다.

“그럼 누구한테 배웠지? 누구한테 보살핌을 받고? 가정교사가 없으면 아무래도 그냥 내버려두기가 쉬운데.”

“다른 집과 비교하면 내버려둔 쪽이라고 할 수 있겠죠. 그렇지만 배우고 싶은 걸 못 배운 적은 없었답니다. 늘 책 읽는 환경을 만들어주셨고, 필요한 경우에는 늘 선생님을 구해주셨어요. 물론 배울 마음이 없는 사람은 게으름을 피울 수도 있었겠지요.”

“아무렴, 이를 말인가. 그러지 못하라고 가정교사를 쓰는 건데. 내가 아가씨 자당을 알았더라면 꼭 가정교사를 쓰도록 일러두고도 남았을 거야. 꾸준히 규칙적인 가르침을 받지 않고는 제대로 된 교육을 받았다고 할 수가 없어. 가정교사를 두지 않고서는 그러기가 힘들지. 내가 가정교사를 구해준 집이 한두 집이 아니라네. 내가 생각해도 잘한 일이야. 젊은 사람들에게 좋은 일자리를 소개해 주는 건 참 보람 있는 일이거든. 젠킨슨 부인은 조카가 넷이나 되는데 내 덕분에 하나같이 좋은 자리로 갔지. 요 며칠 전에도 우연히 이름을 알게 된 아가씨를 어느 집에 소개해 줬는데, 그 집에서 어찌나 마음에 들어 하던지. 콜린스 부인, 멧커프 부인이 어제 고맙다는 인사를 하려고 일부러 들렀다는 이야기를 내가 했던가? 포프 양이 아주 보물이라고 하더군. ‘영부인, 어쩜 그런 보물을 안겨주셨어요.’ 하지 뭔가. 그나저나 베넷 양은 동생들 중에 사교계에 선보인 아가씨가 있나?”

“네, 부인, 모두 이미 선보였습니다.”

“모두! 아니, 다섯이 전부 한꺼번에 나간다고? 희한한 일도 다 있군! 아가씨가 겨우 둘째라면서. 아직 언니들이 결혼도 안 했는데 동생들이 사교계를! 분명히 동생들이 무척 어릴 텐데?”

“네, 막냇동생은 아직 열여섯도 채 안 됐어요. 그 애는 너무 어리긴 하죠. 그렇지만 사실 언니가 일찍 결혼할 생각이나 능력이 없을 수도 있는데 동생들을 마냥 기다리게 하는 건 너무한 거 아닐까요. 맨 처음 태어났든 맨 끝으로 태어났든 젊음을 즐길 권리는 똑같이 있으니까요. 늦게 태어났다 해도 응당 **그런** 권리는 행사할 수 있어야 한다고 생각해요! 그래야 괜히 자매간에 의가 상하는 일도 없을 테고요.”

“아니, 이런.” 영부인이 말했다. “아가씨는 아직 나이도 어린데 꽤나 당돌하게 자기 생각을 말하는군. 올해 나이가 몇인가?”

엘리자베스는 웃음을 띠고 대답했다. “다 큰 동생이 셋이나 있는데, 설마 제가 그걸 털어놓을 거라고 생각하시는 건 아니겠죠.”

엘리자베스가 곧이곧대로 대답하지 않자 영부인은 몹시 당황한 기색을 보였다. 엘리자베스는 영부인의 권위적인 물음에 감히 농담으로 답한 사람은 이제껏 자기 이외에는 없지 않았을까 싶었다.

“분명히 스물은 넘지 않았을 테니까 그냥 말해도 괜찮네.”

“스물한 살은 아직 안 되었습니다.”

이윽고 신사들이 합류해 티타임을 갖고 나자 카드 테이블이 차려졌다. 영부인과 윌리엄 경, 콜린스 씨 부부는 카드리유를 하려고 자리를 잡았고, 엘리자베스와 마리아는 영광스럽게도 젠킨슨 부인을 도와, 카지노를 선택한 드 버그 양과 한 팀을 이루었다. 이쪽 테이블이 가장 따분했다. 젠킨슨 부인이 드 버그 양에게 춥거나 덥지 않은지, 불빛이 너무 강하거나 너무 어둡지 않은지를 걱정스레 물은 것을 제외하면 게임과 관련이 없는 말은 단 한 마디도 오가지 않았다. 한편 다른 쪽 테이블은 그보다는 시끄러운 편이었다. 비록 주로 영부인이 나머지 세 사람의 잘못을 지적하거나 자기 이야기를 늘어놓은 게 전부였지만 말이다. 콜린스 씨는 부인이 입을 열 때마다 맞장구를 치는 한편으로 자기가 딸 때마다 부인에게 감사드리고 너무 많이 땄다 싶으면 변명을 하느라 여념이 없었다. 한편 윌리엄 경은 별로 말이 없었는데, 귀족들의 이름과 일화 들을 머릿속에 단단히 새기느라 미처 입을 열 겨를이 없었기 때문이다.

  마침내 영부인 모녀가 만족할 만큼 카드놀이를 하고 나자 테이블은 모두 치워졌고, 영부인은 콜린스 부인에게 마차를 내주겠다고 했다. 콜린스 부인은 감사히 응낙했고, 즉각 마차를 대령하라는 명령이 하달되었다. 기다리는 동안 손님들은 벽난로를 빙 둘러싸고 다음 날 날씨에 관한 영부인의 가르침을 들어야 했다. 이윽고 마차가 도착해 손님들을 불렀고, 콜린스 씨가 거듭 감사 인사를 올리고 윌리엄 경이 뒤질세라 거듭 허리 굽혀 절을 하는 가운데 손님들은 겨우 로징스를 나섰다. 문간을 나서기가 무섭게 로징스에서 본 모든 것에 대한 감상을 묻는 콜린스 씨에게 엘리자베스는 샬럿을 생각해 있는 칭찬 없는 칭찬을 다 했지만, 콜린스 씨는 그것으로는 모자랐는지 이내 자기가 직접 영부인에 관한 칭찬을 늘어놓기 시작했다.

30장

윌리엄 경이 헌스퍼드에 체류한 기간은 일주일밖에 되지 않았다. 비록 짧은 기간이나마 경은 딸이 훌륭한 남편과 대단한 이웃을 얻었으며, 결혼 생활에 잘 적응해서 아늑하게 살고 있다고 확신했다. 그 일주일 동안 콜린스 씨는 낮 시간 내내 주로 장인을 이륜마차로 모시고 다니면서 그 동네를 보여드렸지만, 장인이 떠난 후에는 온 가족이 다시 일상생활로 돌아왔다. 엘리자베스는 이제 콜린스 씨를 더 자주 보게 될까 봐 지레 걱정했지만 다행히 그렇지는 않았으니 고마운 일이었다. 아침 식사를 마치고 정찬 때까지 콜린스 씨는 주로 정원을 관리하거나 책을 읽고 편지를 쓰거나 아니면 도로가 내다보이는 서재에서 창밖을 내다보면서 소일을 했기 때문이다. 숙녀들이 지내는 방은 그 뒤편에 있었다. 엘리자베스는 샬럿이 주로 사용하는 방으로써 식당을 겸한 넓은 응접실을 놔두고 더 좁고 전망도 더 별로인 방을 택한 것이 좀 이상하다고 생각했다. 그러나 엘리자베스는 곧 샬럿이 그런 선택을 한 이유를 알아차렸다. 만일 샬럿이 콜린스 씨의 방과 똑같이 조건 좋은 방을 택했다면 콜린스 씨 역시 그 방을 자주 드나들었을 것이 분명했다. 그런 안배를 보면 샬럿은 참 현명한 사람이었다.

응접실에서는 집 정면의 좁은 길이 잘 보이지 않았지만, 콜린스 씨 덕분에 사람들은 어떤 마차가 그 길을 지나갔는지, 특히 드 버그 양이 탄 사륜마차가 그 길을 몇 번이나 지나갔는지를 알 수 있었다. 드 버그 양의 사륜마차는 하루가 멀다 하고 그 길을 지나다녔지만, 콜린스 씨는 매번 지치지도 않고 그 소식을 일부러 알려주었다. 드 버그 양은 자주 목사관 앞에 마차를 세우고 샬럿과 짧게 이야기를 나누곤 했는데, 마차에서 내려 들어왔다 가라고 권유해도 좀체 받아들이지 않았다.

콜린스 씨는 거의 매일같이 로징스를 드나들었고, 샬럿 역시 그와 같은 왕래가 쓸데없는 짓은 아니라고 생각하는 듯했는데, 엘리자베스는 그들 부부가 왜 그곳에서 그토록 많은 시간을 보내야 하는지 이해가 안 갔다. 하지만 아마 그곳에서 얻을 것이 더 있는 모양이지, 하고 짐작했다. 가끔이긴 하지만 황공하게도 캐서린 영부인이 이쪽을 방문하는 일도 있었는데, 부인은 그때마다 집안 곳곳의 모든 것을 하나도 빠짐없이 날카로운 눈길로 살폈다. 콜린스 내외가 하는 일을 일일이 확인하고 마무리된 일을 살펴보고 다시 다르게 하라고 충고하기도 했다. 또한 가구의 배치까지 지적했고, 미처 가정부의 손길이 닿지 않은 부분을 짚어내기도 했다. 그리고 드물게나마 가벼운 식사라도 할 때면 매번 콜린스 부인이 가족 수에 맞지 않게 너무 고기를 많이 내놓는다고 지적하는 것을 잊지 않았다.

엘리자베스는 오래지 않아 이 기세등등한 귀부인이 정부로부터 이 교구의 치안 유지를 위임받은 치안판사조차 무색케 할 활약을 이 지역에서 펼치고 있음을 알게 되었다. 그리고 콜린스 씨는 교구에서 일어나는 일들을 아무리 사소한 일이라도 빼놓지 않고 영부인에게 낱낱이 고해바치는 역을 맡고 있었다. 부인은 마을의 소작농 중에서 불만이 있다거나 너무 가난하다거나 해서 문제를 일으키는 사람들이 나타날 때면 언제고 마을로 행차하여 교섭이나 꾸지람을 통해 불만을 잠재우고 상황을 무마했다.

로징스의 만찬 행사는 일주일에 두 차례 정도로 고정되었다. 매번 식사는 처음 로징스를 방문했을 때와 거의 똑같았다. 다만 윌리엄 경이 없고 카드 테이블이 하나만 차려졌을 뿐이었다. 로징스를 방문하는 것 외에 다른 사교 활동은 거의 없었다. 그 동네의 전반적인 생활수준이 콜린스 부부에 비하면 훨씬 높았기 때문이었다. 하지만 엘리자베스는 그 사실을 개의치 않았고, 오히려 매일을 마음 편히 보낼 수 있었다. 이따금씩 샬럿과 가만히 마주 앉아 이야기를 나누는 것도 즐거웠고, 이른 봄치고는 날씨가 아주 좋아서 때때로 야외 나들이를 하는 것도 즐거웠다. 엘리자베스는 가끔씩 다른 사람들이 캐서린 영부인을 뵈러 갈 때 같이 가지 않고 혼자 남아 가장 마음에 드는 산책로를 거닐곤 했다. 장원의 한쪽 가장자리를 에워싼 관목 숲을 따라 난 이 오솔길은 시원한 그늘이 드리워져 걷기 좋았다. 이 오솔길은 엘리자베스를 제외하면 아무도, 아마 그토록 호기심 많은 캐서린 영부인도 미처 알아차리지 못한 모양이었다.

이처럼 잔잔한 생활 속에 벌써 헌스퍼드에 온 지 2주가 지나갔다. 부활절이 머지않았고, 부활절 바로 전 주에는 로징스에 가족이 한 사람 찾아오기로 되어 있었다. 워낙 드나드는 사람이 적은 상황이라 이것은 당연히 중요한 사건이었는데, 그 사람이 다름 아닌 다아시 씨라는 사실을 엘리자베스는 이미 헌스퍼드에 온 지 얼마 되지 않았을 때 들어서 알고 있었다. 엘리자베스로서는 전혀 반갑지 않은 사람이었지만 어쨌거나 로징스의 모임이 그나마 새로워지긴 할 테고, 또한 캐서린 영부인이 진즉 드 버그 양의 약혼자로 점찍어 놓은 다아시 씨와 드 버그 양이 함께 있는 모습을 보고 빙리 양이 그동안 헛물을 켜왔다는 사실을 확인하는 것도 재미가 쏠쏠할 것 같았다. 캐서린 영부인은 대단히 만족스럽게 다아시의 방문을 예고하며 조카에 대한 온갖 자랑을 늘어놓았는데, 루커스 양과 엘리자베스가 이미 여러 차례 만난 적 있다고 하자 거의 분을 감추지 못했다.

이윽고 다아시가 도착했고, 그 소식은 금세 목사관에 전해졌다. 누구보다 먼저 그의 도착을 확인하고 싶었던 콜린스 씨가 아침 내내 왔다 갔다 하며 헌스퍼드로 이어진 길목 쪽을 내다보고 있었기 때문이다. 마차가 장원 안으로 들어서는 순간, 콜린스 씨는 마차를 향해 고개를 조아리고 나서 그 엄청난 소식을 전하려고 부랴부랴 집으로 향했다. 그리고 이튿날 아침 일찍, 콜린스 씨는 문안 인사 겸 로징스를 방문했다. 알고 보니 그 문안 인사를 받아야 할 캐서린 영부인의 조카는 한 사람이 아니었는데, 다아시 씨가 백부의 차남인 피츠윌리엄 대령과 함께 왔기 때문이었다. 그리고 그 두 신사는 목사관으로 돌아오는 콜린스 씨를 따라와 사람들을 깜짝 놀라게 했다. 마침 집 밖에 나가 있던 샬럿은 그들이 오는 것을 보고 즉시 엘리자베스와 마리아에게 달려가 귀한 손님들이 오셨다고 알려주면서 이렇게 말했다.

"이건 분명히 일라이자 네 덕분인 것 같은데. 다아시 씨가 나한테 인사하려고 이렇게 빨리 온 건 아닐 거야."

엘리자베스가 자기는 그런 치하를 들을 이유가 없다고 말할 새도 없이 손님들의 도착을 알리는 벨이 울렸고, 이내 세 신사가 방으로 들어섰다. 앞장 선 사람은 피츠윌리엄 대령이었는데, 나이는 서른쯤 되어 보였으며 미남은 아니었지만 신사의 본보기 같은 인물이었다. 다아시 씨는 하트퍼드셔에서 보던 모습 그대로였고, 콜린스 부인에게 인사를 할 때도 예전처럼 말을 아꼈다. 그리고 속마음이야 어떨지 몰라도 콜린스 부인의 친구에게도 철저하게 침착한 태도로 인사를 했다. 엘리자베스는 말 한마디 없이 마지못해 답례했다.

피츠윌리엄 대령은 좋은 가문 출신답게 머뭇거림 없는 편안한 태도로 이내 말문을 열었고 매우 유쾌한 태도로 대화를 나누었다. 그러나 대령의 사촌은 콜린스 부인에게 집과 정원에 관해 짧고 의례적인 인사말을 건넸을 뿐, 한동안 입을 꾹 다물고 앉아 있었다. 하지만 결국은 조금쯤 예를 갖출 마음이 들었는지 엘리자베스에게 가족의 안부를 물었다. 엘리자베스는 평소와 다름없는 태도로 대답을 하고는 잠시 사이를 두었다가 이렇게 물었다.

"저희 언니가 지금 석 달째 런던에 가 있는데. 혹시 거기서 우연히 만난 적은 없으시죠?"

엘리자베스는 그런 적이 없다는 걸 이미 알고 있었다. 하지만 상대가 제인과 빙리 집안 남매 사이의 일을 알고 있는지 떠볼 생각이었다. 다아시는 애석하게도 베넷을 만나지 못했다고 대답했는데, 엘리자베스의 눈에는 다소 난처해하는 것처럼 보였다. 그 이야기는 거기서 끝났고 신사들은 이내 자리를 떴다.

31장

목사관 사람들은 하나같이 피츠윌리엄 대령의 행동거지를 칭찬했고, 숙녀들은 하나같이 대령 덕분에 로징스의 저녁 모임이 활기를 띨 것을 기대했다. 그러나 정작 그 이후 며칠간 로징스에서는 아무런 초대가 없었는데, 다른 손님이 있으니 그들이 필요 없어진 것이다. 송구스럽게도 그들은 겨우 부활절, 그러니까 신사들이 오고 난 뒤 거의 일주일이 지나서야 초대를 받을 수 있었고, 그것도 교회를 나서는 길에 저녁 시간을 보내고 가라는 권유를 받았을 뿐이었다. 그 일주일 동안 영부인도 그 딸도 거의 모습을 보이지 않았다. 피츠윌리엄 대령은 목사관을 몇 번 방문했지만, 다아시 씨의 모습은 교회에서만 볼 수 있었다.

목사관 사람들은 물론 초대를 받아들였고, 시간 맞춰 캐서린 영부인의 응접실을 찾아갔다. 영부인은 예를 갖추어 손님을 맞긴 했지만 귀한 손님들이 오기 전에 비하면 영 시큰둥한 태도였다. 실제로 부인은 거의 조카들하고만, 그것도 특히 다아시하고만 많은 이야기를 나누었다.

한편 피츠윌리엄 대령은 손님들을 진심으로 반기는 듯했다. 로징스의 생활이 좀 따분하기도 했고, 콜린스 부인의 예쁜 친구도 상당히 마음에 들었던 것이다. 피츠윌리엄 대령은 엘리자베스의 옆자리를 차지하고 앉아서 켄트와 하트퍼드셔, 여행과 집에서의 생활, 그리고 새 책과 음악 같은 것에 대해 유쾌한 태도로 말을 풀어놓았기 때문에 엘리자베스는 로징스를 방문하면서 이번이 가장 즐거운 날이라고 느꼈다. 두 사람의 대화가 끊임없이 너무나 활기차게 이어졌기 때문에 다아시 씨는 물론이고 캐서린 영부인까지 그들이 나누는 이야기에 관심을 보였다. 다아시 씨는 이내 그들 쪽으로 호기심 가득한 눈길을 거듭 보냈고, 영부인 역시 궁금증을 참을 수 없었던지 이내 그쪽을 향해 큰 소리로 이렇게 물었다.

"무슨 이야기를 그렇게 하느냐, 피츠윌리엄? 도대체 무슨 이야기길래? 베넷 양하고 무슨 이야기를 그렇게 하는 거냐? 어디 나도 좀 듣게 해봐라."

"음악 이야기를 하고 있었어요, 이모님." 대령이 마지못해 대답했다.

"음악 이야기라고! 그럼 좀 더 큰 소리로 하렴. 음악이라면 내가 제일 좋아하는 화제 아니냐. 음악 이야기에 또 내가 빠질 수 없지. 나만큼 음악을 제대로 즐길 줄 알거나 음악 취향이 고상한 사람은 영국 전역을 뒤져봐도 아마 몇 안 될 게다. 마음먹고 배우기만 했으면 아마 엄청난 대가가 되었을 텐데. 앤도 건강만 아니었으면 틀림없이 그랬을 게야. 앤은 분명히 연주에 뛰어난 재능을 보였을 텐데. 조지애나는 요즘 어떠냐, 다아시?"

다아시 씨는 넘치는 애정으로 동생의 뛰어난 솜씨를 칭찬했다.

"그렇게 잘한다니 내가 다 기분이 좋구나." 영부인이 말했다. "남보다 아주 뛰어나게 잘하고 싶으면 연습을 아주 많이 해야 한다고 말해주렴. 내가 그러더라고 하고." 다아시 씨가 대답했다. "확실히 말씀드려서, 그 애한테는 그렇게 충고해 주지 않으셔도 됩니다. 아주 성실하게 연습하고 있거든요."

"그거 참 잘됐군. 연습이야 하면 할수록 좋지. 다음번에 내 한번 편지를 써서 연습을 게을리하지 말라고 일러둬야겠다. 내가 아가씨들한테 늘 말하지만 음악적 소양을 쌓으려면 성실히 연습하지 않고는 어림도 없거든. 내 베넷 양에게도 누차 말했지만, 연습을 더 열심히 하지 않으면 진짜 훌륭한 연주는 백날 가야 못 할 게야. 콜린스 부인네는 악기가 없으니 그 대신 매일 로징스에 와서 젠킨슨 부인 방에 있는 피아노를 연주하는 건 내 얼마든지 환영함세. 그 방이면 다른 사람에게도 피해 안 주고 실컷 연습할 수 있지."

다아시 씨는 아무 말도 하지 않았지만 이모의 무례함에 다소 민망해하는 기색이었다.

티타임이 끝나자 피츠윌리엄 대령이 엘리자베스에게 약속대로 피아노를 연주해 달라고 청했다. 엘리자베스는 주저 없이 피아노 앞에 앉았고, 대령은 그 곁으로 의자를 당겨 앉았다. 영부인은 피아노 연주를 중간까지 듣다가 또다시 조카에게 말을 걸었다. 조금 후 다아시 씨는 이모 곁을 벗어나 언제나처럼 신중한 태도로 피아노 쪽으로 가더니 아름다운 연주자의 얼굴이 정면으로 마주보이는 곳에 자리를 잡았다. 다아시 씨가 다가오는 모습을 주시하고 있던 엘리자베스는 연주 중간에 쉴 틈이 생기자 장난스런 웃음을 띠고 상대를 바라보며 이렇게 말했다.

"형편없는 제 연주를 들으려고 일부러 이렇게 오시다니, 다아시 씨, 저를 겁주기로 작정하셨나 봐요? 그렇지만 동생분이 아무리 피아노를 **잘** 치신다고 해도 겁먹을 제가 아니랍니다. 저는 반항심이 있어서 남들 맘대로 겁을 먹거나 하지는 않거든요. 오히려 겁을 주려고 하면 더욱 용기가 솟아나죠."

"굳이 해명하지 않겠습니다." 다아시 씨가 대답했다. "설마 진심으로 그렇게 생각하시는 건 아닐 테니까요. 엘리자베스 양을 뵙는 즐거움을 한두 번 누린 것도 아닌데, 당신이 이따금씩 일부러 재미삼아 마음에 없는 말을 하신다는 걸 제가 모를 리 있겠습니까."

엘리자베스는 자신에 대한 다아시 씨의 설명에 명랑한 웃음을 터뜨렸고, 이윽고 피츠윌리엄 대령에게 이렇게 말했다. "대령님의 사촌께서 저를 너무 좋게 말씀해 주시네요. 제 말은 한마디도 믿지 말라고 하신 거잖아요. 저는 정말 운도 없죠. 모처럼 먼 곳에 와서 그럭저럭 괜찮은 사람인 척하려던 참에 하필이면 제 본색을 뻔히 아시는 분을 마주치다니. 정말이지 다아시 씨, 하트퍼드셔에 있을 적 제 잘못을 전부 폭로하시다니 너무하셨어요. 하지만 그건 자기 무덤을 파신 거예요. 제가 복수를 하지 않을 수 없게 만드셨잖아요. 이제 제가 입을 열면 친척들이 깜짝 놀라실걸요."

"두렵지 않습니다." 다아시 씨가 웃음을 띠고 말했다.

"자, 다아시가 무슨 잘못을 했는지 어서 들려주세요." 피츠윌리엄 대령이 탄성을 질렀다. "저 친구가 모르는 사람들 앞에서 어떻게 행동하는지 정말 궁금하군요.”

“그럼 들어보세요. 하지만 정말 지독한 이야기니까 각오 단단히 하세요. 아시겠지만 제가 하트퍼드셔에서 다아시 씨를 처음 뵌 건 무도회 때였어요. 그런데 그 무도회에서 저분이 무슨 짓을 하셨게요? 춤을 겨우 네 번밖에 안 추셨답니다! 너무 놀라게 해 드려서 제가 다 죄송하네요. 하지만 정말이에요. 신사분들 수가 모자랐는데도 겨우 네 번밖에 안 추셨다니까요. 제가 분명히 기억하기로, 파트너가 없어서 혼자 앉아 있는 아가씨들이 한두 명이 아니었는데도요. 거짓말이라고는 못 하시겠죠, 다아시 씨?”

“저는 애석하게도 당시 저희 일행 외에는 그곳의 아가씨들을 전혀 알지 못했습니다.”

“아무렴요. 무도회에서 사람을 새로 소개받는다는 건 말도 안 되는 일이죠. 자, 피츠윌리엄 대령님, 다음에는 무슨 곡을 연주할까요? 제 손가락이 명령만 기다리고 있어요.”

다아시가 말했다. “먼저 소개를 부탁드리지 않은 점은 제 생각이 부족했습니다. 하지만 모르는 사람과 친해지는 데는 영 소질이 없어서요.”

“대령님의 사촌께 그 이유를 여쭤봐도 될까요?” 엘리자베스는 계속 피츠윌리엄 대령을 향해 말했다. “남부럽지 않은 학식과 교양을 갖추시고, 세상살이에도 능숙하신 분이 왜 모르는 사람들과 친해지기가 그렇게 힘드신지?”

“그건 다아시가 말하지 않아도 제가 대신 대답할 수 있습니다. 노력할 생각이 없기 때문이지요.”

“처음 보는 사람과 금세 말을 트는 재주가 있는 사람들도 있지만 저는 확실히 그런 재주가 없습니다.” 다아시가 말했다. “사람들은 남들이 말하는 내용에 관심이 없어도 있는 척하면서 분위기도 잘 맞추던데, 저는 그게 영 안 됩니다.”

“제 손가락은,” 엘리자베스가 말했다. “이 피아노를 능숙하게 연주하지 못해요. 다른 여성들은 잘만 하던데 말이에요. 제 손가락은 그만한 힘이나 날렵함도 없고, 또 표현력도 영 모자라서요. 하지만 전 늘 그게 제 탓이라고, 제가 열심히 연습하지 않은 탓이라고 생각해 왔는데요. 다른 아가씨들과는 달리 **제** 손가락이 연주를 잘해낼 능력이 없다고 생각한 적은 없었어요.”

다아시가 웃음을 띠고 말했다. “지당하신 말씀입니다. 저보다 시간을 훨씬 더 유용하게 쓰신 거지요. 운 좋게도 엘리자베스 양의 연주를 들을 기회를 얻은 사람치고 연주 실력이 부족하다고 생각할 사람은 없을 겁니다. 우리 둘 다 친숙한 사람들 앞에서만 재주를 발휘하니까요.”

대화는 여기서 끊어졌다. 영부인이 도대체 무슨 이야기를 하고 있느냐고 큰 소리로 물어왔기 때문이다. 엘리자베스는 즉각 연주를 재개했다. 영부인은 그쪽으로 가서 잠깐 연주를 듣는 둥 마는 둥 하다 다아시에게 이렇게 말했다.

“베넷 양이 연습을 더 많이 하고 런던에 가서 제대로 배웠으면 실력이 꽤 괜찮았을 텐데. 표현력은 앤만 못해도 손가락 움직임이 그만하면 괜찮아. 앤이야 건강이 좋아서 피아노를 배우기만 했다면 훌륭한 연주자가 되고도 남았지.”

엘리자베스는 드 버그 양에 대한 칭찬에 다아시 씨가 열렬히 동의하는 것을 보려고 그쪽을 건너다보았다. 그러나 그때나 나중에나 별다른 애정의 표현은 볼 수 없었다. 다아시 씨가 드 버그 양을 대하는 태도를 전반적으로 살펴보고 나니 드 버그 양이 다아시 씨의 친척이라는 것만 빼면 별로 **빙리 양**보다 유리할 것도 없어 보여서, 엘리자베스는 빙리 양이 이 사실을 알면 조금 위안이 될까 궁금했다.

영부인은 수시로 연주 방법과 표현력에 대한 지침을 내리면서 엘리자베스의 연주를 평가했다. 엘리자베스는 가진 인내심을 모두 발휘하여 예의 바르게 그 평을 들어주었다. 그리고 손님 모두를 집까지 데려다줄 영부인의 마차가 준비될 때까지 피아노 앞에 앉아 신사들의 청에 따라 연주를 들려주었다.

32장

다음 날 아침, 샬럿과 마리아는 읍내에 볼일을 보러 가고, 엘리자베스는 혼자 집에 남아 제인에게 편지를 쓰고 있었다. 뜻밖에도 현관에서 초인종 소리가 들렸는데, 손님이 찾아온 게 분명했다. 마차 소리가 들리지 않았으니 그럴 리는 없겠지만, 혹시나 캐서린 영부인이라면 그 편지를 보고 또 갖은 무례한 질문을 던질 게 뻔했으므로 엘리자베스는 쓰던 편지를 황급히 치웠다. 그러나 문이 열리자 뜻밖에도 거기 서 있는 것은 다아시 씨였다. 그것도 혼자였다.

다아시 씨 또한 엘리자베스 혼자 집에 있는 것을 알고 놀란 기색으로 숙녀분들이 모두 집에 계시는 줄 알았다며 미리 알리지 않고 찾아온 것을 사과했다.

두 사람은 자리에 앉았고 엘리자베스는 로징스 사람들의 안부를 물었는데, 그 말이 끝나자 완벽한 침묵의 그림자가 두 사람을 뒤덮었다. 무슨 말이라도 해야 할 것 같은 압박감 속에서 마침 하트퍼드셔에서 마지막으로 만났을 **때**의 상황이 떠오른 엘리자베스는 네더필드 사람들이 그토록 서둘러 떠난 데 대해 다아시가 뭐라고 이야기할지 궁금해져서 이렇게 말했다. "지난 11월에 다들 그렇게 서둘러 네더필드를 떠나신 것은 정말 의외였어요, 다아시 씨! 하지만 빙리 씨는 그렇게 금방 여러분을 다시 만나게 되어 기쁘셨겠네요. 제 기억이 맞다면 빙리 씨는 바로 그 전날 떠나셨으니까요. 런던에 계신 동안 그분과 누이들은 모두 잘 지내시던가요?"

"아주 잘 지내고 있더군요. 감사합니다."

더 말할 생각이 없어 보여서 엘리자베스는 잠시 뜸을 들이다가 다시 물었다.

"빙리 씨는 네더필드로 돌아오실 생각이 별로 없나 봐요."

"빙리가 직접 저한테 그렇게 말한 적은 없습니다. 그렇지만 앞으로 거기 갈 일은 별로 없을 것 같습니다. 이미 알고 지내는 친구들도 적지 않은 데다 아무래도 지금 나이가 친구나 사교상의 교제가 계속 늘어나는 시기니까요."

"그러시다면 아예 그 집을 해약하시는 편이 이웃에게도 더 낫지 않을까요. 다른 가족이 들어와 살 수 있게요. 하기야 이웃을 위해서 그 집에 세를 드신 건 아니니까, 계속 그 집에 사시든 아니면 떠나시든 본인 마음이겠지만요."

"조건만 맞으면 아마 그 집을 판다고 해도 놀랍지 않을 것 같습니다." 다아시가 대답했다.

엘리자베스는 더 대꾸하지 않았다. 더 이상 빙리 씨에 대한 이야기를 하는 게 꺼려졌던 것이다. 달리 할 이야기도 없고, 엘리자베스는 이제 화제를 찾는 수고를 상대에게 넘기기로 마음먹었다.

다아시는 곧 눈치를 채고 입을 열었다. "집이 참 아늑해 보입니다. 콜린스 씨가 처음 헌스퍼드에 왔을 때 캐서린 영부인이 이 집에 무척 신경을 많이 쓰셨다지요."

"아마 그러셨을 거예요. 그리고 콜린스 씨보다 그런 은혜에 더 감복하는 사람도 없었을 테고요."

"콜린스 씨는 부인 복이 있으신 것 같더군요."

"맞아요. 그분 편에서는 정말 기뻐할 만한 일이지요. 분별 있는 여자가 그분의 청혼을 승낙하기가 쉽지 않고, 설사 승낙했다 해도 그분을 행복하게 해주기가 쉽지 않을 텐데, 바로 그런 쉽지 않은 경우를 만났으니 말이에요. 샬럿 언니는 정말 현명한 사람이거든요. 언니가 콜린스 씨와 결혼한 게 아주 현명한 일이었던 것 같지는 않지만, 본인이 행복하다면야. 그리고 신중함이라는 면에서 보면 나무랄 데 없는 결혼인 게 분명하기도 하고요."

"콜린스 부인은 친정이나 친구들과 가까운 거리에 사시게 되어서 더욱 좋아하실 것 같습니다."

"거의 50마일이나 되는 거리를 가까운 거리라고 할 수 있나요?"

"길만 좋다면 50마일 정도가 별겁니까. 넉넉잡고 반나절 남짓이면 갈 텐데요. 네, 저는 **아주** 가까운 거리라고 생각합니다."

"제 생각은 좀 다른데요. 50마일이나 되는 거리를 **좋은** 결혼 조건에 포함시키기는 힘들 것 같아요." 엘리자베스가 목소리를 조금 높였다. "전 콜린스 부인이 친정 **가까이**에 산다고 말 못 하겠어요."

"그건 엘리자베스 양이 그만큼 하트퍼드셔에 강한 애착을 갖고 계시기 때문입니다. 롱본 바로 옆이 아니라면 전부 멀다고 생각하시는 것 아닙니까."

다아시는 이 말을 할 때 약간 웃음기를 띠는 듯했고, 엘리자베스는 그 의미를 나름대로 추측해 보았다. 아마 자기가 제인과 네더필드를 생각하고 그런 말을 했다고 여기는 게 아닐까 싶었다. 엘리자베스는 상기된 얼굴로 이렇게 대답했다.

"여자가 결혼해서 친정 가까운 곳에 사는 게 좋다는 뜻으로 드린 말씀은 아니었어요. 멀고 가까운 건 생각하기 나름이고, 여러 가지 조건에 따라 다르게 생각할 수 있지요. 여행 경비쯤은 개의치 않을 수 있는 엄청난 부자라면 거리가 얼마나 먼들 무슨 상관이겠어요. 하지만 샬럿 언니는 경우가 다르거든요. 그만하면 나쁜 수입은 아니지만 그런 여행을 자주 할 수 있을 정도는 아니죠. 전 샬럿 언니가 친정과 지금보다 **두 배**는 더 가까운 곳에 산다고 해도 친정 **가까이**에 산다고 하기는 힘들 것 같아요."

다아시 씨는 이 말에 의자를 엘리자베스 쪽으로 약간 당겨 앉았다. "설마 **당신**이 고향에 대해 그렇게 강한 애착을 가지신 건 아니겠죠. **당신**이 늘 롱본에서만 사신 것도 아니잖습니까."

엘리자베스는 놀란 표정을 지었다. 다아시는 갑자기 정신이 든 듯 의자를 도로 물리고 탁자 위에 놓인 신문을 집어 들어 잠깐 보는 척하더니 한층 냉정해진 목소리로 이렇게 말했다.

"켄트 지방은 마음에 드십니까?"

이어 두 사람은 켄트 지역을 화제로 삼아 차분하게 이야기를 나누었는데, 샬럿 자매가 막 산책에서 돌아온 바람에 이 대화는 짧게 끝났다. 단둘이서만 있는 것을 보고 샬럿과 마리아는 놀라움을 금치 못했다. 다아시 씨는 자기가 잘못 알고 찾아오는 바람에 베넷 양을 방해했다면서, 그 이후로는 별로 입을 열지 않고 몇 분쯤 더 앉아 있다가 가버렸다.

"이게 무슨 뜻이겠어!" 다아시 씨가 떠나자마자 샬럿이 말했다. "일라이자, 다아시 씨는 틀림없이 너한테 반한 거야. 아니면 이렇게 스스럼없이 우리 집을 찾아왔을 리가 없어."

그러나 와 있는 동안 막상 별 말도 하지 않았다는 엘리자베스의 이야기에 샬럿은 자신의 간절한 바람이 현실일 가능성은 별로 없겠다고 생각했다. 두 사람은 여러 가지로 궁리해 보았지만 마침내 별달리 할 일이 없어서 들렀다는 쪽으로 결론을 내렸다. 이맘때 날씨를 생각하면 충분히 그럴 만도 했다. 야외에서 운동을 할 수 있는 시기는 이미 지났고, 물론 집 안에는 영부인과 책과 당구대가 있었지만 신사들은 항상 집 안에만 있을 수는 없었다. 거기다 목사관이 가까워서인지 아니면 그리로 가는 산책로가 마음에 들어서인지, 그도 아니면 목사관 사람들과 어울리는 것이 좋아서인지, 로징스의 두 신사는 거의 매일 산책을 할 때마다 목사관 쪽으로 향했다. 두 사람은 아침 식사 시간 이후로는 아무 때나 목사관을 찾아왔는데, 혼자 올 때도 있고 같이 올 때도 있는가 하면 이모를 모시고 오는 일도 있었다. 피츠윌리엄 대령이 목사관을 방문하는 것은 그곳 사람들과 어울리는 것이 즐겁기 때문임이 분명했고, 그 때문에 사람들은 더욱 대령을 좋아했다. 그리고 특히 엘리자베스는 대령이 자기에게 보여주는 호감을 분명히 느꼈을뿐더러 대령과 함께 있으면 즐거웠기 때문에 이전에 비슷한 상황이었던 위컴을 떠올렸다. 두 사람을 비교해 보면 사람의 마음을 사로잡는 온화함은 대령이 위컴보다 좀 못할지 몰라도, 박식함은 단연 대령 쪽이 탁월했다.

그렇지만 다아시 씨가 그토록 자주 목사관을 찾는 이유는 도무지 이해하기 힘들었다. 사람들과 어울리는 게 좋아서 오는 것 같지는 않았다. 10분이 넘도록 말 한마디 없이 앉아 있는 일이 흔했고, 마침내 입을 열더라도 내켜서가 아니라 마지못해 하는 티가 났다. 즉 자기가 좋아서가 아니라 딴에는 예의를 지키느라 희생하는 듯한 모양새였다. 그리고 늘 기운이 없어 보였다. 샬럿은 다아시 씨의 태도를 어떻게 해석해야 할지 갈피를 잡지 못했다. 피츠윌리엄 대령이 이따금씩 그를 보고 왜 그렇게 넋을 놓고 있느냐고 놀려대는 것으로 미루어보면, 잘은 몰라도 원래 그런 사람은 아닌 모양이었다. 샬럿은 다아시 씨가 그렇게 구는 이유가 사랑에 빠졌기 때문이라고 생각했고, 이왕이면 그 상대가 자기 친구라고 생각하고 싶었으므로, 그 증거를 반드시 찾아내려고 마음먹었다. 하지만 다아시 씨가 엘리자베스를 자주 바라보는 것은 분명했지만, 그 표정을 정확히 읽어내기 힘들었다. 한결같이 진지하긴 했지만 꼭 흠모의 표정인지는 분명하지 않았고, 때로는 그저 아무 생각 없이 멍한 표정처럼 보이기도 했다.

샬럿은 엘리자베스에게 다아시 씨가 너를 좋아하는 것 같다고 몇 차례 귀띔을 하기도 했지만, 엘리자베스는 그저 웃어넘길 뿐이었다. 그리하여 샬럿은 더 이상 이 문제를 파고들지 않기로 했다. 괜히 기대했다가 실망하면 어쩌나 걱정 되어서였다. 샬럿은 엘리자베스가 지금은 다아시 씨를 아무리 싫어한다 해도, 상대가 자기를 사랑한다는 사실을 알게 되면 그런 미움이 순식간에 사라지리라는 데 한 치의 의심도 없었다.

샬럿은 엘리자베스가 잘되었으면 하는 마음에 여러 갈래로 상상의 날개를 펼치다가, 더러 엘리자베스와 피츠윌리엄 대령이 결혼하는 것도 나쁘지 않겠다고 생각하기도 했다. 대령은 함께 있으면 더할 나위 없이 유쾌한 사람이었다. 대령이 엘리자베스에게 호감을 갖고 있다는 것은 뻔히 보였고, 그만하면 자격 조건도 훌륭했다. 그러나 대령이 다아시 씨와 비교가 되지 않는 점은, 다아시 씨가 대령에게는 하나도 없는 성직 임명권을 잔뜩 가지고 있다는 점이었다.

33장

엘리자베스는 장원을 산책하던 중에 우연히 다아시 씨와 마주치는 일을 여러 번 겪었다. 그전까지 자기 혼자 알고 있던 그 길에서 하필이면 다아시 씨를 마주치게 된 것은 엘리자베스로서는 불운한 일이었다. 처음 마주쳤을 때, 엘리자베스는 앞으로는 그런 일이 일어나지 않도록 다아시 씨에게 그 길이 자신이 좋아하는 산책로라는 사실을 일러두었다. 그러니 그 뒤로도 그런 일이 계속 일어났을 때 엘리자베스가 얼마나 놀랐겠는가! 그런 일은 한 번도 아니고 세 번이나 되풀이되었다. 아무래도 다아시 씨가 일부러 심술을 부리고 있거나 자발적으로 고행을 감수하기로 마음먹은 모양이었다. 틀에 박힌 안부 인사나 건네고 아무 말 없이 지나쳐가면 그만일 텐데, 굳이 가던 발길을 돌려 엘리자베스와 나란히 걸으려 하는 것을 보면 틀림없었다. 다아시 씨는 말을 많이 하는 일이 절대로 없었고, 엘리자베스 역시 굳이 말을 하거나 시킬 마음이 없었다. 그러나 세 번째로 우연히 마주쳤을 때 엘리자베스는 다아시 씨가 띄엄띄엄 던지는 질문에서 좀 묘한 느낌을 받았다. 예를 들어 헌스퍼드에서 즐겁게 지내고 있는지, 혼자 산책하는 것을 좋아하는지, 그리고 콜린스 씨 부부가 사는 모습이 좋아 보이는지 하는 질문들이었다. 그리고 로징스에 관해 이야기하면서 아직 엘리자베스가 모르는 부분이 더 많다고 했는데, 마치 다음번에 방문할 때는 **그곳에** 더 머물다 가라고 하는 것 같았다. 적어도 다아시 씨의 말로만 미루어보면 분명히 그런 뜻으로 해석될 여지가 있었다. 혹시 피츠윌리엄 대령을 염두에 두고 하는 이야기일까? 굳이 그런 쪽으로 해석을 해보자면 대령과 엘리자베스가 앞으로 잘될 경우를 염두에 두고 하는 말이 아닌가 싶기도 했다. 이런저런 생각에 머리가 복잡해진 엘리자베스는 이윽고 목사관 맞은편 울타리를 지나 마침내 집 입구가 보이자 반가운 마음이 들었다.

어느 날, 엘리자베스는 산책길에 최근 제인에게서 받은 편지를 가지고 나가 특히 풀이 죽어 보이는 몇몇 구절을 곰곰이 뜯어보고 있었다. 불현듯 고개를 드니 이번에 갑자기 엘리자베스를 놀라게 한 것은 다아시 씨가 아니라 피츠윌리엄 대령이었다. 엘리자베스는 즉시 편지를 감추고 가까스로 웃음을 떠올리며 말했다.

"이 길로 오신 건 처음인 것 같은데요."

"장원 곳곳을 둘러보는 게 저의 연례행사랍니다." 대령이 대답했다. "전부 둘러보고 나서 목사관을 방문할 생각이었지요. 이 길로 계속 가실 건가요?"

"아니요. 마침 되돌아가려던 참이었어요."

엘리자베스가 발걸음을 돌려, 두 사람은 함께 목사관을 향해 걸었다.

"확실히 토요일에 켄트를 떠나기로 정하신 건가요?" 엘리자베스가 말했다.

"그렇습니다. 다아시가 또 미루지만 않으면요. 일정은 그 친구 마음대로거든요."

"그러면 다아시 씨는 일정 자체는 썩 마음에 들지 않더라도 최소한 자기가 결정권자라는 데서는 만족감을 느낄 수 있겠네요. 그분은 제가 아는 사람 중에서 자기 마음대로 하는 권한을 가장 즐기는 분 같아요."

"그 친구가 자기 뜻대로 하는 걸 무척 좋아하기는 하지요." 대령이 대답했다. "하지만 그거야 누구나 마찬가지 아닐까요? 다만 그럴 수 있는 권한이 그 친구에게 더 많을 뿐이지요. 다아시는 부자고 다른 사람들은 가난하니까. 터놓고 말씀드리는 겁니다. 장남이 아니면 자기 부정과 의존에 익숙해져야 하는 법이니까요."

"글쎄요, 백작의 차남이신 대령님이 과연 그 두 가지에 얼마나 익숙하실지 의심스러운데요. 어디 터놓고 말씀해 보세요. 자기 부정과 의존에 정말 그렇게 익숙하세요? 돈이 없어서 가고 싶은 곳에 못 가시거나 원하던 물건을 손에 넣지 못한 적이 있으셨다고요?"

"날카로운 질문이군요. 과연 제가 그런 일을 많이 겪었다고는 못 하겠지요. 하지만 더 심대한 문제라면 돈 때문에 난처할 수도 있습니다. 장남이 아니면 원하는 상대와 결혼하기가 힘들지요."

"그야 원하는 상대가 부유한 여성이 아니라면 그렇겠지만, 실제로 그런 경우는 많지 않은 것 같던데요."

"경제적 자립이 힘든 데는 씀씀이가 워낙 큰 탓도 있을 겁니다. 아무튼 저와 같은 처지에서, 돈 걱정 없이 결혼할 여유가 있는 사람은 별로 많지 않지요."

'이건 나 들으라고 하는 말인가?' 무심결에 이런 생각이 든 엘리자베스는 얼굴을 붉혔다. 그러나 다시 기분을 바꿔서 가벼운 어조로 말했다. "그럼 백작의 차남 정도면 값을 보통 얼마나 쳐 주나요? 장남이 몹시 병약하지 않은 한 5만 파운드는 안 넘을 것 같은데요."

대령도 똑같이 농담으로 받아쳤고, 그 이야기는 오래지 않아 끝났다. 엘리자베스는 침묵이 길어지면 대령이 방금 한 이야기 때문에 자기가 풀 죽었다고 생각할까 염려되어 바로 말을 이었다.

"아무래도 다아시 씨가 대령님을 여기로 데리고 온 제일 큰 이유는 자기 마음대로 할 사람이 필요해서가 아닌가 싶어요. 그분은 빨리 결혼을 하시는 게 좋겠어요. 언제든지 자기 마음대로 할 수 있는 사람이 생길 테니까요. 하기야 지금도 여동생이 있으니 별로 아쉬울 건 없겠네요. 동생의 유일한 후견인이니까 뭐든지 마음대로 하실 수 있겠죠."

"그건 아닌데요." 대령이 말했다. "저 역시 그 행운을 나눠 갖고 있습니다. 저도 다아시와 같이 다아시 양의 후견인이거든요."

"어머, 그러셨어요? 그러면 후견인은 주로 어떤 일을 하세요? 혹시라도 피후견인이 속을 썩이거나 하지는 않나요? 그 나이대 아가씨들은 가끔 다루기 힘들 때가 있잖아요. 다아시 가문의 기질을 타고났다면 꽤나 자기 주관이 확실할 것 같은데요."

대령이 이 말을 들으면서 예사롭지 않은 시선으로 엘리자베스를 쳐다보았고, 말이 끝나기가 무섭게 왜 자기들이 다아시 양 때문에 애를 먹을 거라고 생각하느냐고 물어왔기 때문에 엘리자베스는 오히려 자기의 짐작이 맞았나 보다고 더욱 확신했다. 엘리자베스는 망설이지 않고 대답했다.

"그렇게 의아해하실 것 없어요. 무슨 안 좋은 소문을 들은 건 아니에요. 어쩌면 세상에서 가장 온순한 사람일지도 모르죠. 제가 아는 숙녀분들도 다아시 양을 무척이나 마음에 들어 하시더군요. 허스트 부인과 빙리 양이요. 그러고 보니 전에 대령님도 그 두 분을 아신다고 하셨죠."

"조금은요. 빙리 양의 오빠는 유쾌하고 신사다운 사람이더군요. 다아시와도 무척 친하고."

"네! 맞아요." 엘리자베스가 태연하게 말했다. "다아시 씨는 빙리 씨를 유별나게 잘 챙기고 아주 잘 보살펴 주시더군요."

"보살펴 준다! 그 말씀이 꼭 맞습니다. 제가 봐도 다아시는 정말 그 친구를 세심하게 잘 보살펴 주는 모양입니다. 여기로 오다가 들은 이야기인데, 아마 그 친구가 다아시에게 큰 도움을 받은 일이 있는 것 같더군요. 그 도움을 받은 친구가 확실히 그 사람인지는 모르니 말을 조심해야겠지만 아무튼 제 생각엔 그런 것 같았습니다."

"무슨 일이었길래요?"

"그게, 말이 너무 멀리 퍼지는 건 다아시가 별로 좋아하지 않을 겁니다. 혹여 상대편 아가씨의 가족이 안다면 불쾌하게 여길 일이라서요."

"절대로 아무에게도 말 안 할게요."

"그리고 미리 일러두지만 그 사람이 꼭 빙리라는 확증도 없습니다. 다아시는 그저 근래에 자기 친구가 무척 경솔하게 결혼을 해서 곤란한 상황에 처할 뻔한 걸 자기가 말려주었다고, 그래서 아주 기쁘다고 말했을 뿐이거든요. 이름이나 다른 자세한 이야기는 전혀 못 들었지만, 그런 곤경에 처할 만한 친구라면, 그리고 작년 여름 내내 다아시와 함께 지냈던 친구라면 역시 빙리밖에 없으니까, 그 이야기라고 제 딴에는 추측해 본 겁니다."

"다아시 씨가 자기가 그 일에 끼어든 이유를 말씀하시던가요?"

"상대편에 그만큼 강력하게 만류할 만한 이유가 몇 가지 있었던 모양입니다."

"그러면 그 두 사람을 갈라놓으려고 도대체 어떤 방법을 사용했다고 하던가요?"

"그런 이야기는 하지 않던데요." 대령이 웃음을 띠고 대답했다. "방금 말씀드린 게 답니다."

엘리자베스는 잠자코 걷고 있었지만 가슴속은 분노로 터질 것만 같았다. 그 모습을 지켜보던 대령은 무슨 생각을 그렇게 골똘히 하느냐고 물었다.

"방금 하신 말씀에 대해서요." 엘리자베스가 말했다. "제게는 다아시 씨의 행동이 영 탐탁지 않네요. 남의 일을 너무 자기 멋대로 판단하신 거 아닌가요?"

"다아시의 개입이 지나쳤다고 생각하시는 거군요."

"다아시 씨가 대체 무슨 자격으로 친구가 좋아하는 사람을 두고 왈가왈부할 수 있는지, 그리고 무슨 이유로 자기의 잣대를 내세워 친구의 행복을 결정하고 지시할 수 있는지, 전 좀 납득이 안 가네요." 엘리자베스는 불현듯 정신이 들었는지 말을 이었다. "하지만 우리는 구체적인 상황을 전혀 모르니, 무작정 그분을 탓하는 것도 공평한 일은 아니겠죠. 아마 당사자들의 감정이 그만큼 깊지 않았나 봐요."

"그 말씀이 그럴 법하군요." 대령이 말했다. "하지만 그게 사실이라면 제 사촌이 세운 공적의 영광이 다소 흐려지겠네요."

대령은 농담조로 한 말이었지만 엘리자베스는 그 말이 너무나 정곡을 찌르는 말이었다고 생각했기 때문에 굳이 대답하려 애쓰지 않았다. 그래서 갑자기 일상적인 이야기로 화제를 돌렸고, 두 사람은 이내 목사관에 도착했다. 엘리자베스는 대령과 헤어지자마자 다른 사람의 방해를 받지 않도록 자기 방에 혼자 틀어박혀 방금 들은 이야기를 곰곰이 새겨보았다. 그 이야기의 주인공이 누구인지는 불을 보듯 뻔했다. 다아시 씨가 그토록 지대한 영향력을 행사할 수 있는 사람이 빙리 말고 **또** 있을 거라고는 생각할 수 없었다. 빙리와 제인을 떼어놓는 술책에 다아시 씨가 한몫 끼었으리라는 것은 짐작 못 한 바 아니었다. 하지만 지금까지는 빙리 양이 주역을 맡아 일을 꾸몄을 거라고 생각했다. 하지만 다아시 씨가 자기가 한 역할을 부풀려 말한 게 아니라면 지금 제인이 그토록 괴로운 처지에 놓인 것은 모두 바로 다아시 씨의 오만함과 변덕 때문임이 분명했다. 다아시 씨는 비록 잠깐이나마 이 세상에서 가장 선량하고 다정한 사람에게서 행복의 희망을 모조리 앗아갔다. 그 사람이 초래한 불행의 그림자가 앞으로 얼마나 오래 갈지, 그 누가 알 수 있을 것인가.

대령은 '상대편에 그만큼 강력하게 만류할 만한 이유가 몇 가지 있었던 모양입니다'라고 말했다. 짐작건대 그 강력한 만류의 이유란 아마 삼촌 한 사람은 시골 변두리의 변호사이고 또 한 사람은 런던의 장사꾼이라는 사실이었으리라.

"언니만 놓고 보면 반대하려야 할 수가 없었겠지." 엘리자베스가 목소리를 높였다. "언니처럼 사랑스럽고 착한 사람은 다시없으니까! 게다가 총명하고 교양 있고 몸가짐도 바르고. 아버지를 봐도 마찬가지야. 좀 유별나신 데가 있긴 해도 인품으로 보나 학식으로 보나 다아시 씨 따위는 댈 것도 아니지." 하지만 어머니 생각이 떠오르자, 그 자신감은 어쩔 수 없이 무너졌다. 하지만 다아시 씨가 제인을 반대하는 이유가 어머니의 인품 때문일 리는 없다고 생각했다. 그의 자존심에 그토록 거슬리는 것은 친구의 사돈댁이 될 사람들의 상식이 부족해서가 아니라 사회적 지위의 부족함일 거라고 여겼다. 결국 다아시 씨가 반대한 이유 중 하나는 그 밉살스러운 오만함 때문이고, 또 하나는 빙리를 자기 누이동생의 임자로 찜하려는 바람 때문이었다는 것이 엘리자베스의 결론이었다.

이 문제에 골똘해 있던 엘리자베스는 열이 오르고 머리가 아파오면서 눈물까지 났다. 두통은 저녁 무렵 더욱 심해져서, 꼴보기 싫은 다아시 씨도 피할 겸 로징스에 가서 함께 차를 마시기로 한 사촌 내외와의 약속을 지키지 않기로 마음먹었다. 엘리자베스가 정말로 몸이 안 좋은 것을 안 샬럿은 남편이 억지로 엘리자베스를 데려가지 못하도록 애를 썼다. 하지만 콜린스 씨는 엘리자베스가 가지 않으면 캐서린 영부인이 혹시라도 언짢아할까 봐 대놓고 안절부절못했다.

34장

사람들이 떠나자 엘리자베스는 다아시 씨에게 본격적으로 화를 내기로 마음먹은 듯, 켄트에 있는 동안 제인이 보낸 편지를 모조리 꺼내 한 통 한 통 자세히 읽어보았다. 어느 편지를 보나 옛날 일을 떠올리게 하거나 지금 제인이 겪고 있는 고통을 말해주는 문장도, 그 어떤 불평의 말도 찾아볼 수 없었다. 하지만 어느 편지를 보나 언니의 문체에 늘 배어 있던, 그늘진 데 없는 쾌활함 역시 찾아볼 수 없었다. 제인은 불평을 품지 않는 느긋한 마음에서 생겨나 남들에 대한 친절로 표출되는 쾌활함을 지니고 있었다. 이제 와서 다시 꼼꼼히 읽어보니 처음 편지를 받아 읽었을 때는 몰랐던 근심이 문장 하나하나에 어린 것이 보였다. 다아시 씨가 부끄러운 줄도 모르고 남에게 큰 아픔을 준 사실을 그처럼 자랑하고 다녔다는 것을 알고 나니 언니의 아픔이 더욱 절실히 와닿았다. 다아시 씨가 이틀 후면 로징스를 떠난다는 게 그나마 다행으로 여겨졌고, 더욱 다행인 것은 보름 후면 다시 언니를 만나서 달래줄 수 있을 거라는 사실이었다.
다아시 씨가 켄트를 떠난다는 생각을 하자 엘리자베스는 피츠월리엄 대령도 함께 떠난다는 데 생각이 미쳤다. 그러나 대령은 엘리자베스에게 청혼할 의사가 없음을 분명히 한 거나 마찬가지였고, 엘리자베스는 대령이 마음에 들긴 했지만 그 때문에 슬퍼할 마음은 없었다.

이렇게 생각을 가다듬고 있는데 현관에서 갑자기 초인종 소리가 들려왔다. 순간 피츠윌리엄 대령이 찾아왔을지 모른다는 생각에 엘리자베스는 잠깐 마음이 설레었다. 전에도 저녁 늦게 찾아온 적이 있었으니, 아프다는 이야기를 듣고 일부러 찾아왔는지도 몰랐다. 그러나 정작 방에 들어선 사람은 놀랍게도 다아시 씨였으니, 엘리자베스는 피츠윌리엄 대령 생각을 깨끗이 잊어버렸을뿐더러 기분까지 싹 바뀌었다. 다아시 씨는 방에 들어서자마자 몹시 허둥대면서 좀 나아졌다는 소식을 듣고 싶어서 일부러 왔다고 말했다. 엘리자베스는 공손하되 쌀쌀맞게 대답했다. 다아시 씨는 잠깐 자리에 앉는가 싶더니 금세 일어서서 서성거렸다. 엘리자베스는 당혹스러웠지만 잠자코 있었다. 그렇게 몇 분인가 침묵이 흐른 후, 다아시 씨는 다소 격정 어린 몸짓으로 엘리자베스에게 다가와 이렇게 말하기 시작했다.

"아무리 애를 써도 소용이 없었습니다. 이제 더는 안 되겠습니다. 제 마음을 억누를 도리가 없군요. 이제는 당신을 열렬히 사모하고 사랑하는 제 마음을 도저히 털어놓지 않을 수가 없습니다."

엘리자베스는 너무 놀란 나머지 말이 나오지 않을 지경이었다. 다아시 씨를 멍하니 쳐다보다가 얼굴을 붉히고 귀를 의심했지만 여전히 아무 말도 나오지 않았다. 한편 다아시 씨는 그런 태도를 계속하라는 신호로 받아들이고 그 자리에서 자기가 지금 엘리자베스에게 느끼고 있는 감정, 오랫동안 마음에 품어왔던 감정을 숨김없이 털어놓기 시작했다. 유창한 언변이었다. 그러나 다아시 씨가 털어놓은 것은 그저 가슴속에 품은 사랑만은 아니었다. 오히려 사랑보다는 자존심에 관해 말할 때 더욱 유창했다. 다아시 씨는 엘리자베스의 신분이 자기보다 처지고, 이런 결혼은 가문의 수치이고, 상대편 집안을 생각하면 늘 이성이 감정을 억눌렀다는 사실을 아주 상세히 설명했는데, 그토록 열띤 웅변은 그의 애정이 얼마나 대단한 신분 차이를 극복했는지를 알려주긴 했지만 그렇다고 청혼에 그다지 도움이 될 만한 것은 아니었다.

엘리자베스는 비록 다아시 씨를 마음속 깊이 혐오하긴 했지만 그렇다고 그런 사람의 마음을 얻는 것이 대단한 명예라는 것을 모를 수는 없었다. 그래서 비록 청혼을 거절하려는 마음에는 조금도 망설임이 없었지만 거절당할 상대의 심경을 생각하면 안쓰럽지 않은 것도 아니었다. 그러나 뒤이어 다아시 씨가 쏟아놓은 말들은 그런 동정심이 사그라들게 하기에 충분했다. 엘리자베스는 어디까지 말하는지 들어나 보자는 심정으로 꾹 참고 계속 들었다. 마침내 다아시 씨는 그토록 애썼는데도 억누를 수 없는, 그처럼 강력한 자신의 사랑에 대한 보답으로 청혼을 받아들여주기를 바란다는 말로 끝을 맺었다. 이렇게 말할 때 다아시 씨의 표정에는 엘리자베스가 청혼을 수락하리라고 굳게 믿는 기색이 역력했다. 두렵다는 둥 불안하다는 둥 하는 것은 그저 **말**뿐이었고, 표정은 더할 나위 없이 자신만만했다. 엘리자베스는 그런 모습에 얼굴이 벌겋게 달아오를 지경으로 분을 참고 있다가 드디어 상대의 말이 끝나기를 기다려 이렇게 대답했다.

"보통 이런 상황에는 제게 말씀하신 그런 감정에 대해 똑같은 감정으로 답하지 못하는 경우라 하더라도 일단 감사한 마음을 표하는 것이 예인 줄 압니다. 응당 그래야겠지요. 감사한 마음을 **느낄 수만** 있었더라면 저도 분명 그렇게 했을 겁니다. 하지만 도저히 그럴 수가 없네요. 저는 단 한 번도 당신의 호감을 바란 적이 없고, 분명히 당신도 그런 호감을 원치 않으셨을 테니까요. 제가 당신을 괴롭게 했다면 죄송합니다. 그렇지만 저 자신은 전혀 몰랐던 일이니 그저 그 괴로움이 오래가지 않기만 빌 따름입니다. 이미 말씀하셨듯이 저에 대한 감정을 그토록 억눌러 오신 이유도 그만큼 충분하고, 이제 제가 이렇게 말씀도 드렸으니 그리 어렵지는 않겠지요."

다아시 씨는 벽난로 선반에 기대선 채 엘리자베스의 얼굴을 뚫어져라 쳐다보고 있었는데, 말 한마디 한마디에 놀라고 분개하는 표정이 역력했다. 안색은 분노로 창백하게 질렸고, 혼란스러움이 얼굴에 그대로 드러났다. 냉정을 찾으려 안간힘을 쓰고 있었는데, 그러기 전에는 한마디도 말하지 않을 작정인 것 같았다. 엘리자베스에게는 끔찍이도 긴 시간이 지나가고, 이윽고 다아시 씨가 억지로 짜낸 차분한 목소리로 이렇게 말했다.

"제가 기다리던 영광스러운 답변이 바로 이거군요! 혹시 제 청혼을 거절하시는 이유, 아니 거절하시면서 그처럼 **최소한의** 배려도 보이지 않으시는 이유를 좀 여쭤봐도 되겠습니까. 물론 이유가 뭐 그리 중요하겠습니까만."

"오히려 제가 여쭤보고 싶은데요." 엘리자베스가 대답했다. "왜 굳이 자신의 의지와 이성을 억누르고, 자기 자신을 억누르시면서까지. 제게 청혼을 하셔서 저를 불쾌하게 만들고 모욕하셨나요? 제가 **무례했다 해도** 충분히 그럴 만하지 않았나요? 하지만 그것 말고도 다른 이유가 있어요. 아마 본인도 분명히 알고 계실 텐데요. 제가 다아시 씨게 별다른 유감이나 감정이 없었더라도,

아니 오히려 호감을 품고 있었다고 해도, 사랑하는 언니의 행복을 빼앗아 버린 분의 청혼을 과연 수락할 수 있었을까요?"

다아시 씨는 이 말에 안색이 변했지만, 이내 침착함을 되찾고 이어지는 엘리자베스의 말에 귀를 기울였다.

"제가 다아시 씨를 좋지 않게 볼 이유는 얼마든지 있어요. 이유야 무엇이었든, 저희 언니 **일**에서 부당하고 편협한 행동을 하신 것은 사실이에요. 사랑하는 두 사람을 갈라놓아 지독한 불행으로 몰아넣은 그 일에서, 다른 누구보다 다아시 씨가 중요한 역할을 맡으셨다는 사실을 부정하실 수는 없겠죠. 덕분에 한 사람은 변덕스럽고 우유부단하다는 이유로 세간의 비난을 받고, 다른 한 사람은 허황된 바람을 품었다는 이유로 세간의 비웃음을 사게 되었어요."

엘리자베스는 여기서 말을 멈추었는데, 전혀 미안한 기색 하나 없이 태연한 상대의 표정에 그만 분노가 끓어올랐다. 다아시 씨는 짐짓 어이없다는 표정으로 입가에 미소까지 띤 채 엘리자베스를 쳐다보았다.

"그런 일을 하셨다는 사실을 부정하시는 건가요?"

다아시는 태연함을 가장하며 대답했다. "제 친구와 당신의 언니를 갈라놓으려고 온 힘을 다해 노력했다는 사실과, 그 노력이 성공을 거두어서 크게 안도하고 있다는 사실은 전혀 부정할 마음이 없습니다. 저보다 오히려 **그 친구**를 더 위했던 겁니다."

그 마지막 말의 의미를 알아듣지 못할 엘리자베스가 아니었고, 굳이 대꾸할 마음조차 들지 않았지만 분노는 더욱 커졌다.

"그게 전부가 아니죠." 엘리자베스가 말을 이었다. "제가 다아시 씨를 싫어하는 이유가 또 있어요. 그 일을 알기 이미 훨씬 전부터 저는 당신에 관한 생각을 굳혔어요. 그 몇 달 전에 위컴 씨의 말을 듣고 당신이 어떤 사람인지를 확실히 알게 되었거든요. 거기에 관해서는 뭐라고 하실 건가요? 이번에도 우정을 운운하며 변명하시겠어요? 아니면 무슨 거짓 핑계로 절 속이실 건가요?"

"그 사람의 문제에 관해 관심이 대단하시군요." 다아시 씨의 얼굴이 상기되었고, 목소리는 다소 평정을 잃은 듯했다.

"그분이 어떤 불행을 겪었는지 안 이상, 무심하기는 힘들지 않겠어요?"

"불행이라!" 다아시 씨가 경멸하는 어조로 되풀이했다. "그래요. 정말 무척이나 불행한 사람이었지요."

"본인이 그렇게 만드셨잖아요." 엘리자베스는 목소리를 높여 그 사실을 강조했다. "본인이 바로 그분을 그와 같이 어려운, 상대적으로 어려운 형편으로 몰아넣으셨잖아요. 그분에게 응당 가야 할 재산을, 그렇게 정해져 있는 걸 뻔히 아시면서도 빼앗으셨죠. 그분은 바로 당신 때문에 인생에서 가장 핵심적인 시기에 받기로 되어 있었고 응당 받아야 했던 재정적 독립 자원을 빼앗겼어요. 이 모든 일을 바로 당신이 직접 하신 거예요! 그런데도 그분이 불행하다는 이야기에 경멸과 조롱으로 응답하시네요."

"그러니까 당신에게 저는 그런 사람이군요!" 다아시 씨가 큰 보폭으로 방을 서성대며 외쳤다. "저를 이렇게 평가하신다는 거죠! 자세히 말씀해 주셔서 정말 감사합니다. 과연 제 잘못이 크군요! 하지만 혹시," 다아시 씨는 여기서 걸음을 멈추고 엘리자베스를 정면으로 마주보았다. "제가 당신에게 진즉 청혼할 마음을 먹지 못했던 여러 가지 이유를 솔직히 털어놓아서 당신의 자존심을 상하게 하지 않았더라면 그런 잘못쯤은 눈감아 주실 수도 있지 않았을까요. 제가 이성적으로 충분히 생각해 보고 아무리 뜯어보아도 전혀 거리낌 없는 완벽한 사랑으로 당신께 청혼하는 것인 양, 제 마음의 고뇌를 감추고 오로지 듣기 좋은 말씀만 했더라면 이처럼 매서운 비난을 받는 일은 없지 않았을까요. 그러나 저는 어떤 식으로든 가식을 참을 수 없습니다. 이미 말씀드린 여러 감정에 관해서도 저는 한 점 부끄러움이 없습니다. 그건 자연스럽고 정당한 것이었으니까요. 아니면 제가 당신 집안이 열등하다는 사실에 기뻐해야 했던 걸까요? 저보다 신분이 한참 처지는 사람들과 사돈을 맺게 되어 신난다고 축하연이라도 열어야 했을까요?"

엘리자베스는 다아시 씨의 말 한마디 한마디에 더욱 치미는 분노를 억누르고, 온 힘을 다해 끌어낸 침착한 태도로 말했다.

"잘못 아셨어요, 다아시 씨. 당신이 신사답지 못하게 굴긴 하셨지만, 그 때문에 제가 청혼을 거절한 건 아니에요. 덕분에 거절하면서 미안한 마음을 좀 덜긴 했지만, 그렇지 않았다고 해도 제 결심은 전혀 변함이 없었을 테니까요."

다아시 씨는 이 말에 깜짝 놀란 듯한 기색이었지만 아무 말도 하지 않았다. 엘리자베스는 말을 이었다.

"그 어떤 태도로 청혼을 하셨든, 저는 받아들일 마음이 없었을 거예요."

다아시 씨는 다시 한번 놀라는 기색이었다. 엘리자베스를 바라보는 얼굴에는 도저히 못 믿겠다는 표정과 억울하다는 표정이 뒤섞여 있었다. 엘리자베스는 말을 이었다.

"당신을 처음 뵈었을 때, 아마 처음 뵌 바로 그 순간부터, 저는 당신의 태도를 보고 이미 당신이 오만하고 잘난 척이 심하며 오로지 자기만 알고 남의 감정은 아랑곳하지 않는 분이라는 인상을 받았어요. 그런 반감을 토대로 해서, 그 뒤에 생긴 여러 가지 일들이 혐오감을 단단히 굳힌 거죠. 그래서 저는 당신을 알게 된 지 채 한 달도 되지 않아서, 세상없어도 당신 같은 사람과는 결혼하지 않겠다고 생각했어요.”

“그만하면 충분히 알아듣게 말씀하셨습니다, 엘리자베스 양. 어떤 감정이신지 완벽히 알았으니, 이제 남은 것은 부끄러운 제 감정을 수습하는 것뿐이군요. 귀한 시간을 빼앗은 점 사과드립니다. 내내 건강하고 행복하십시오.”

그 말을 끝으로 다아시 씨는 황급히 방을 나섰고, 이내 현관을 열고 집을 나서는 소리가 들렸다.

엘리자베스의 마음은 고통스럽게 요동쳤다. 온몸에 힘이 빠져 똑바로 서 있기조차 힘들 지경이었고, 그대로 의자에 주저앉아 반 시간 가까이 울고 말았다. 금방 있었던 일을 돌이켜 보면 한 순간 한순간이 모두 놀라움 그 자체였다. 다아시 씨가 내게 청혼을 하다니! 몇 달 동안이나 나를 사랑해 왔다니! 자기 친구의 사랑을 방해할 정도로 거슬렸던 그 똑같은 이유를 이겨낼 만큼, 결혼까지 생각할 만큼 나를 사랑했다니, 도저히 믿기지 않았다! 별로 애쓴 것도 없는데 그 정도로 뜨거운 사랑을 얻게 되었다는 데는 일말의 만족감이 없지 않았다. 그러나 다아시 씨의 그 밉살스럽도록 오만한 태도나, 자기가 제인에게 한 짓을 도저히 납득할 수 없는 당당한 태도로 별 변명도 없이 시인하던 모습, 그리고 위컴 씨 이야기를 꺼냈을 때 보여준 냉혹한 태도, 위컴 씨에게 지독한 짓을 했다는 사실을 구태여 부인조차 하려 하지 않던 모습을 떠올리면, 생길 뻔했던 동정심도 이내 사라져 버렸다.

이런 생각으로 마음이 어지러운 가운데 캐서린 영부인의 마차 소리가 들려왔다. 샬럿이 지금의 자기 모습을 보면 이상하게 생각할까 봐 엘리자베스는 서둘러 자기 방으로 향했다.

35장

　이튿날 아침 잠에서 깨어난 순간 엘리자베스의 머릿속에서는 어젯밤 겨우 눈을 붙였을 때 품고 있던 상념이 그대로 다시 떠올랐다. 어제 일의 충격이 전혀 누그러지지 않은 것 같았다. 일부러 다른 일을 생각하거나 일에 몰두해서 잊어버리려 해도 영 뜻대로 되지 않아서, 아침 식사를 하고 나서 기분 전환 겸 산책을 나가 바깥 공기나 쐬기로 마음먹었다. 엘리자베스는 자신이 즐겨 찾는 산책로를 향했지만 다아시 씨가 가끔 그리로 온다는 사실이 떠오른 순간 멈춰 섰다. 그래서 장원 쪽으로 가지 않고 대신 큰길에서 갈라지는 오솔길을 따라 걸었다. 하지만 그 오솔길의 한쪽은 역시 장원의 울타리와 맞닿아 있었기 때문에 엘리자베스는 곧 장원으로 들어가는 입구 하나를 지나쳤다.

　아침의 장원은 너무나 상쾌해 보여, 그 부근을 두세 차례 왔다 갔다 하던 엘리자베스는 끝내 그 입구에 멈춰 서서 안쪽을 들여다보았다. 켄트에 처음 왔을 때와 5주째인 지금의 풍경은 너무나 달라졌고, 아직 어린 나무는 날이면 날마다 더욱 푸르러졌다. 다시 산책을 계속하려던 엘리자베스의 눈에 장원 주변의 관목 울타리 사이로 얼핏 한 신사의 모습이 보였는데, 이쪽으로 오고 있었다. 엘리자베스는 혹시 다아시 씨가 아닐까 하는 생각이 든 순간 즉시 도로 걸어 나왔다. 그러나 이미 엘리자베스를 알아볼 수 있을 만큼 가까이까지 와 있던 그 신사는 더욱 빠른 걸음으로 다가오면서 이름을 불렀다. 이미 돌아서 있던 엘리자베스는 자기의 이름을 부르는 목소리가 다아시 씨의 것임을 알고 마지못해 다시 장원 입구를 향했다. 때맞춰 입구에 이른 다아시 씨는 편지를 한 통 내밀었고, 엘리자베스가 엉겁결에 그 편지를 받아들자 침착하고도 오만한 태도로 말했다. "당신을 만났으면 해서 아까부터 숲속을 걷고 있었습니다. 송구스럽지만 부디 이 편지를 읽어주시겠습니까?" 이윽고 다아시 씨는 가볍게 목례를 하더니 방향을 돌려 이내 시야에서 사라졌다.

엘리자베스는 무슨 기대보다는 강한 호기심 때문에 편지를 뜯어보지 않을 수 없었는데, 빽빽한 글씨가 편지지 두 장을 가득 채운 것으로도 모자라 봉투 안쪽까지 뒤덮고 있는 데는 더욱 놀라고 말았다. 엘리자베스는 걸어가면서 편지를 읽기 시작했다. 편지를 쓴 시간과 장소는 아침 여덟 시, 로징스라고 쓰여 있었고, 내용은 이러했다.

제가 이런 편지를 드린다고 해서 지난밤 엘리자베스 양을 그토록 불편하게 만든 감정을 재차 털어놓거나 재차 청혼을 할까 봐 놀라실 필요는 없습니다. 우리 두 사람의 행복을 위해 빨리 잊는 편이 나을 희망에 미련을 가짐으로써 당신을 괴롭게 하거나 저 자신을 초라하게 만들 의도는 전혀 없습니다. 굳이 이런 편지를 건네 읽어달라고 부탁함으로써 당신을 번거롭게 해드리지 않았으면 좋았겠지만 저도 제 성격상 어쩔 수 없군요. 이런 청을 드리는 외람됨을 용서해 주십시오. 마음이 내키지 않으시리라는 것은 잘 압니다만, 부디 편지를 읽고 명확히 사리를 가려주셨으면 합니다.

어젯밤 당신은 그 성질과 심각성이 몹시 다른 두 가지 잘못을 놓고 저를 책하셨지요. 우선 제가 빙리와 당신의 언니의 감정을 무시한 채 두 사람을 갈라놓았다고 하셨고, 둘째로 제가 명예와 도리를 잊고 응당 위컴 씨에게 돌아가야 할 직위를 박탈함으로써 현재의 행복은 물론이고 앞날의 전망까지 빼앗아

버렸다고 하셨습니다. 어릴 적부터 친구였고, 제 선친이 아끼셨던 젊은이, 오로지 우리의 후원에만 의지해 자랐으며, 당연히 그 후원이 이어지리라고 기대했던 젊은이를 제가 악의나 변덕 때문에 내쳤다면 그것은 악랄하다고나 해야 할 행위로, 고작 몇 주 동안 만나 애정을 키워온 두 젊은이를 떼어놓는 일과는 비할 수 없을 것입니다. 어쨌든 앞으로 제가 그렇게 행동한 이유에 관한 설명을 읽으신 다음에는 어제 저녁과 같은 그런 극심한 비난은 하지 않으셨으면 하는 것이 제 희망입니다. 덧붙여 제 관점에서 설명을 드리다 보면 제 감정이 당신에게는 못마땅하게 여겨질 수도 있을 터인데, 그에 관해서는 사과를 드려야 하겠습니다. 어차피 피할 수 없는 일이라면 사과를 더 길게 늘어놓지 않는 편이 현명하겠지요. 하트퍼드셔에 간 지 그리 오래지 않아 저 역시 빙리가 그곳 아가씨들 중 당신의 언니를 가장 좋아한다는 사실을 알게 되었습니다. 그러나 빙리가 아가씨에게 반하는 것은 전에도 몇 번 본 터라, 저는 네더필드에서 무도회가 열린 날 저녁에야 비로소 그 애정이 진지한 것일지도 모른다는 우려를 품게 되었습니다. 그리고 그 무도회에서 영광스럽게도 당신과 춤을 추는 동안 우연히 윌리엄 루커스 경이 하신 말씀을 듣고서, 비로소 빙리가 당신 언니에게, 주변에서 두 사람의 결혼을 기정사실로 여길 정도로 깊은 관심을 쏟고 있음을 알게 되었습니다. 경은 두 사람의 결혼이 확정된 일인 양, 날을 잡는 일만 남은 양 말씀하셨지요. 저는 그로부터 즉각 빙리의 행동을 주시하기 시작했고, 제가 아는 한 빙리가 베넷 양을 좋아하는 정도가 이전 경우와는 전혀 다르다는 사실을 깨달았습니다. 그리하여 저는 당신의 언니도 지켜보았습니다. 그분은 늘 그렇듯

이 스스럼없고 밝고 상냥한 태도를 보이셨지만, 딱히 누구를
좋아한다는 느낌은 아니었습니다. 그리하여 그날 저녁의 자
세한 관찰을 토대로 저는 당신의 언니가 빙리가 보여주는 관
심에 기뻐하시기는 해도, 본인도 그런 감정은 아니라는 확
신을 품게 되었습니다. 그러니 이 점에 관해서는 **당신**이나 **저**
둘 중 한 사람이 잘못 안 거겠지요. 아무래도 언니에 관해서
는 당신이 훨씬 더 잘 아실 테니 아마도 제가 잘못 알았을 가
능성이 더 크겠군요. 제가 그분을 잘못 판단하여 고통을 드린
게 사실이라면 엘리자베스 양이 그토록 분노하신 것도 무리
가 아닙니다. 그러나 제가 주저 없이 말씀드릴 수 있는 것은,
당신 언니의 표정과 태도가 워낙 평온했기 때문에 아무리 날
카로운 관찰자가 보았다 해도 그분은 본래 성품이 다정한 것
이지 쉽게 누굴 좋아하는 분은 아니라고 확신했으리라는 점
입니다. 물론 저는 그분이 제 친구에게 관심이 없었으면 하는
바람이 있었습니다. 그러나 외람된 말씀이지만 평소 제가 자
신의 바람이나 염려 때문에 무엇을 알아보거나 결정할 때 한
쪽으로 기우는 일은 없습니다. 그분이 빙리에게 관심이 없다
고 믿은 건 제가 그렇게 믿고 싶었기 때문만은 아닙니다. 어
디까지나 객관적인 근거가 있다고 생각했기 때문입니다. 그
리고 제 바람 역시 그에 못지않은 합리적인 근거가 있었습니
다. 제가 두 사람의 결혼에 반대한 이유는 어제 저녁 제가 말
씀드렸던, 제가 애정으로 간신히 눌러둘 수 있었던 그런 이유
만은 아닙니다. 친구는 저보다 신분을 그리 문제 삼지 않았으
니까요. 그러나 두 사람의 결혼에 강력하게 반대할 이유는 그
것만이 아니었습니다. 그 이유는 그때나 지금이나 여전하고,
친구 못지않게 제게도 문제로 여겨지는 것이지만, 제 경우에

는 비교적 간접적이라 되도록 묻어두려고 노력했습니다. 여기서 바로 그 이유들을 짧게 짚고 넘어가고자 합니다. 당신 어머님 가족의 신분이나 지위가 아무리 문제라고 해도, 그분과 당신의 세 여동생이 그토록 자주, 예외 없이 드러냈던 철저한 몰지각함에 비하면 아무것도 아니었습니다. 가끔은 당신의 부친조차 예외가 아니셨지요. 부디 용서하십시오. 당신의 심기가 불편하실 것을 생각하니 저도 괴로운 심정입니다. 그러나 당신 가족의 잘못이나 그에 관한 지적으로 아무리 심기가 불편하시더라도, 당신과 당신의 언니 두 분만큼은 그런 빈축을 살 행동을 전혀 하지 않으셔서 모든 이의 찬탄을 받으셨고 두 분의 지성과 성품은 더욱 빛났다는 걸 말씀드리면 조금이나마 위안이 될지 모르겠군요. 그날 저녁에 지켜본 광경 때문에 저는 당신의 가족에 관한 제 견해가 틀리지 않음을 확인했고, 제 친구가 제가 보기에는 불행할 것이 분명한 결혼을 하는 것을 가만히 놔둘 수는 없다는 생각이 더욱 간절해졌다는 데까지만 말씀드리겠습니다. 당신도 분명히 기억하실 테지만 친구는 그다음 날 잠깐 다녀올 계획으로 런던을 향했는데, 이제는 제가 한 일에 관해 설명을 드려야겠군요. 그 친구의 누이들도 저처럼 위기의식을 느꼈기 때문에 우리는 곧 서로 생각에 일치를 보았습니다. 지체 없이 두 사람을 떼어놓아야 한다는 결론이 났고, 빙리를 뒤쫓아 런던에 가기로 결정하기까지는 얼마 걸리지 않았습니다. 일단 런던에 가서 제가 기꺼이 떠맡은 역할은 그런 결혼이 얼마나 해로운 결과를 낳는지를 그 친구에게 설명해 주는 것이었습니다. 단순히 설명이 아니라 역설을 했지요. 그렇지만 빙리가 비록 제 설득에 어느 정도 마음이 흔들리고 한 발짝 뒤로 물러나긴 했지만, 제가 당신의 언니가 그 친구를 좋아하지 않는다고 장담하지 않았더라면 아마 제 설득 때문에 결혼을 포기하지는 않았을 거라고 생각합니다. 그 전까지 빙리는 당신의 언니가 자신과 똑같은 애정, 아니면 적어도 진지한 애정을 갖고 있다고 믿었습니다. 그러나 빙리는 워낙 겸손한 성격이라 자신의 판단력보다는 제 판단력을 더 믿었습니다. 그러므로 그 친구가 스스로를 기만하고 있다고 설득하는 데는 별다른 어려움이 없었습니다. 일단 그것을 믿게 하고 나자 하트퍼드셔로 돌아가지 않도록 만드는 것은 쉽더군요. 저는 여기까지 한 일이 잘못이라고는 생각지 않습니다. 다만 이 모든 일을 돌이켜 볼 때 단 하나 꺼림칙한 일은 당신의 언니가 런던에 와 있다는 사실을 수단과 방법을 가리지 않고 빙리에게 감췄다는 것뿐입니다. 빙리 양과 마찬가지로 저 역시 당연히 그 사실을 알고 있었지만 빙리는 전혀 모릅니다. 어쩌면 두 사람이 만났어도 별일 없었을지도 모르지요. 그러나 제가 보기엔 그 친구가 베넷 양을 만나도 괜찮을 만큼 애정이 식은 것 같지는 않았습니다. 그와 같은 속임수를 쓰는 것은 저답지 않은 비열한 행위였을지도 모르겠습니다. 어쨌든 저는 그렇게 하기로 마음먹었고, 어디까지나 좋은 의도로 그렇게 했습니다. 이 문제에 관해서는 더 이상 드릴 말씀도, 사죄할 생각도 없습니다. 제가 당신 언니에게 상처를 드렸다 해도 의도한 것은 아니었습니다. 그리고 당신은 아직 이것이 제가 한 일에 대한 충분한 해명이 못 된다고 생각하실지 몰라도, 저는 여전히 제가 비난받을 일을 했다고는 생각지 않습니다. 이제 위컴 씨에게 피해를 입혔다는 더 심각한 비난에 반박하려면 그 사람과 제 가족의 관계를 낱낱이 밝히는 수밖에 없을 듯합니다. 그 사람이 **특히** 무엇을 가지고 저를 비난했는지는 모르겠습니다. 그러나 저는 제 이야기의 진위를 밝혀줄, 정직을 보증할 수 있는 증인을 한 사람 이상 댈 수 있습니다. 위컴 씨의 부친은 오랫동안 펨벌리의 재산을 관리하셨는데, 무척 훌륭한 분이었습니다. 그리고 맡은 임무를 훌륭히 수행하셨기 때문에 제 선친은 당연히 그분께 도움을 주고 싶어 하셨습니다. 그런 이유로 그분의 아들인 조지 위컴을 대자로 삼고 아낌없는 친절을 베푸셨지요. 제 선친은 위컴 씨에게 중등교육은 물론이고 나중에는 케임브리지에서 수학할 비용까지 대셨습니다. 위컴 씨의 부친은 사치가 심한 아내 때문에 늘 어려운 형편이었던지라 아들에게 신사가 되기 위한 교육을 시킬 능력이 없었고, 따라서 그런 도움이 없었더라면 위컴 씨는 학업을 마치지 못했을 것입니다. 제 선친은 예의 바르고 쾌활한 위컴 씨와 즐겨 대화를 나누셨고, 위컴 씨를 무척 높이 평가하셔서 장차 성직자가 되었으면 하는 생각으로 자리를 마련해 주려 하셨습니다. 그러나 저는 이미 꽤 오래전부터 그 사람의 전혀 다른 면을 보아왔습니다. 그 사람은 나쁜 면, 즉 무절제함을 자신의 가장 좋은 지인인 제 부친의 눈에 띄지 않도록 숨겨왔지만, 거의 같은 나이의 젊은이로서 제 부친과는 달리 방심한 순간의 그 사람을 볼 기회가 있었던 저에게는 감출 수 없었습니다. 여기서 다시 당신께 괴로움을 드려야겠습니다. 그 괴로움의 정도를 저로서는 감히 짐작하기 힘듭니다. 그러나 당신이 위컴 씨로 인해 어떤 감정을 품고 계시든, 그 감정을 배려해 그 사람의 본성을 덮어줄 마음은 없습니다. 그 반대라면 모를까요. 자애로우셨던 제 선친은 지금으로부터 5년 전쯤에 돌아가셨는데, 마지막까지도 위컴 씨를 아끼는 마음에는 변함이 없으셔서, 직

업이 허락하는 한 최고의 지위에 오르도록 도와주고, 만일 성
직을 택한다면 넉넉한 생활을 보장할 만한 자리가 나는 대로
즉시 임명하라고 제게 각별히 당부하셨습니다. 또한 1천 파운
드의 유산도 따로 남기셨지요. 위컴의 부친도 제 부친이 돌아
가시고 얼마 안 되어 돌아가셨는데, 그로부터 반년이 되지 않
아 저는 위컴 씨가 보낸 편지를 받았습니다. 자기는 성직자가
되지 않기로 최종 결정했으니 어차피 소용없게 된 성직 우선
권 대신 당장 쓸 수 있는 돈을 받았으면 좋겠다고, 그런 요구
를 일축하지 않기를 바란다고 하더군요. 그러고는 법학을 공
부할까 하는데 1천 파운드의 유산에 붙는 이자만으로는 학업
비용을 대기 상당히 부족하리라는 걸 저도 잘 알고 있을 거라
고 덧붙이더군요. 그 말을 믿지는 않았지만 믿고 싶었습니다.
어쨌거나 그 제안을 거부할 생각은 없었습니다. 위컴 씨 같
은 사람은 성직에 적역이 아님을 잘 알고 있었으니까요. 따라
서 그 일은 이내 원만히 결론이 났습니다. 3천 파운드를 받는
대신 예정한 성직에 공석이 생긴다 해도 그 권리를 모두 포기
하기로 했지요. 저는 이제 서로 얽힐 일은 없으리라고 생각했
습니다. 그리고 그 사람의 인품을 높이 평가하지 않았기 때문
에 펨벌리나 런던의 집으로 초대하지도 않았고, 그쪽에서 찾
아오지도 못하게 했습니다. 제가 알기로 그는 그 후 주로 런
던에서 생활했는데, 법학을 공부한다는 것은 그저 구실이었
고, 모든 구속에서 벗어나 나태와 방탕에 빠져 살았다고 합니
다. 그로부터 3년 정도, 저는 그 사람에 대한 소식을 전혀 듣
지 못했습니다. 이윽고 그 사람이 다시 편지를 보내온 것은
원래대로라면 그가 목사직을 이어받기로 했던 교회의 목사님
이 돌아가셨을 때였는데, 그 자리를 자기에게 달라고 하더군

요. 자신이 혹독한 곤경에 빠져 있다고 했는데, 그야 무리도 아니었지요. 그리고 법률 공부는 자기 길이 아님을 깨달았고, 이제는 목사가 될 마음을 단단히 굳혔다고 하더군요. 물론 제가 그 자리에 임명을 해줘야 그렇게 되겠지만, 그 점에 한 치의 의심도 없다는 게 그 사람의 말이었지요. 그 자리에 누구 다른 사람을 꼭 임명해야 하는 것도 아니고, 또 당연히 존경하는 부친의 의향을 무시할 리야 있겠느냐고 하면서요. 그러니 그런 부탁을, 여러 차례 해오는데도 끝끝내 거절했다고 해서 저를 비난하지는 않으시겠지요. 점점 형편이 어려워지면서 그 사람은 갈수록 저를 원망했고, 저를 직접 비난하는 것은 물론이고 다른 사람에게도 제 비난을 심하게 해댔습니다. 끝내 저는 그와 완전히 인연을 끊었고, 그 이래 어떻게 살았는지 전혀 몰랐습니다. 그러나 지난여름 그 사람은 다시 제 앞에 나타나 제게 견딜 수 없는 고통을 주었습니다. 지금부터 말씀드리는 일은 할 수만 있다면 잊어버리고 싶습니다. 지금처럼 어쩔 수 없는 상황이 아니었으면 그 누구에게도 털어놓지 않았을 것입니다. 이렇게까지 말씀드렸으니 반드시 비밀을 지켜주시겠지요. 제게는 나이가 열 살 넘게 차이 나는 여동생이 있는데, 저와 제 모친의 조카인 피츠윌리엄 대령이 함께 그 아이의 후견인 역할을 맡고 있습니다. 1년쯤 전, 그 아이는 학교를 나와 런던에 거처를 마련했습니다. 그리고 지난여름에 그곳을 관리하는 영 부인과 함께 램스게이트로 갔습니다. 그리고 위컴 씨 역시 그곳으로 갔지요. 그리로 간 것이 계획적이었음은 의심할 여지가 없는데, 나중에 알고 보니 영 부인과 옛날부터 아는 사이였던 것이지요. 저희가 영 부인의 인품을 미처 몰랐다는 것이 참으로 불행한 일이었습니다. 그리하여 위컴은 영 부인의 묵인과 협조하에 조지애나에게 접근하여, 그 아이가 사랑에 빠졌다고 믿게 만들어 함께 사랑의 도피를 떠나자고 유혹했습니다. 그 아이는 워낙 정이 많고, 위컴이 어릴 적 자기에게 잘해주었던 기억을 잊지 않고 있었던 모양입니다. 또 당시 나이가 겨우 열다섯이었으니 그것도 변명이 되겠지요. 이런 동생의 잘못을 털어놓고 나니, 제게 그 사실을 알려준 것이 동생 자신임을 말씀드릴 수 있다는 게 그나마 다행이군요. 계획대로 도피행을 떠나기 하루인가 이틀 전에 제가 연락도 없이 동생을 찾아갔는데, 그때 조지애나가 아버지처럼 공경하던 오빠를 슬프고 화나게 한다는 생각을 견디지 못해 제게 모든 사실을 털어놓은 겁니다. 제가 그때 어떤 심정으로 어떤 행동을 취했을지는 상상하시기 어렵지 않을 겁니다. 제 동생의 명예와 감정을 생각해서 그대로 묻어두기로 했지만, 위컴에게 서신을 보냈고(그 사람은 그 즉시 그곳을 떠났더군요) 물론 영 부인은 해고했습니다. 위컴 씨의 주된 목표가 3만 파운드에 이르는 제 동생의 재산이라는 건 의심할 여지가 없었지요. 그러나 필히 저에 대한 복수심도 강한 동기였을 것으로 짐작됩니다. 성공했다면 그보다 완벽한 복수는 없었을 겁니다. 엘리자베스 양, 저는 여기까지 우리 둘 다 관심을 가졌던 모든 일에 관해 거짓 없이 설명했습니다. 만일 제 말이 전적으로 거짓이라고 생각지 않으신다면, 앞으로 제가 위컴 씨에게 가혹한 짓을 했다는 비난만은 삼가주시기 바랍니다. 위컴 씨가 무슨 거짓말로 어떻게 당신을 속였는지 저는 모릅니다. 그러나 그 거짓말이 통했다는 사실은 그다지 놀랍지 않습니다. 그 상황에 관해 모르셨으니 그 거짓말을 꿰뚫어 보거나 근거 없이 위컴 씨를 의심하실 수 없었겠죠. 이 모든 사실을 왜 어젯밤 말씀드리지 않았는지 의아해하실지도 모르겠습니다. 그러나 어젯밤에는 저도 평정을 잃어서 어디까지 사실을 밝혀야 하는지, 밝혀도 되는지를 판단할 수 없었습니다. 제가 말씀드린 모든 내용의 진위에 관해서는 누구보다도 피츠윌리엄 대령의 증언을 들어보십시오. 대령은 저와 가까운 친척으로 계속 친하게 지내왔고, 특히 제 선친의 유언집행자의 일원으로서 피치 못하게 그간의 모든 일을 낱낱이 알고 있는 사람입니다. 혹여 **저**에 대한 미움 때문에 **제** 말은 믿지 못하시더라도 제 사촌과는 허심탄회하게 대화를 나누실 수 있으리라고 믿습니다. 대령이 떠나기 전에 당신께 설명을 드릴 수 있도록, 당신이 이 편지를 오늘 오전 중에 받으시도록 애써보겠습니다. 신의 가호가 늘 함께하기를.

피츠윌리엄 다아시 드림

36장

편지를 받았을 때 엘리자베스는 설마 다시 청혼하는 건 아니겠지 싶었을 뿐, 도대체 무슨 내용일지 짐작조차 할 수 없었다. 그런데 이런 내용이었으니, 엘리자베스가 편지에 얼마나 몰두해 읽었을지, 그리고 얼마나 복잡한 감정을 느꼈을지는 능히 짐작할 수 있으리라. 편지를 처음 읽어 내려가며 느낀 기분은 이루 형언하기 어려운 것이었다. 처음에는 다아시 씨가 변명할 여지가 있을 거라고 생각한다는 사실이 놀라웠다. 수치를 모르는 사람이 아니고서야 입 밖에도 내지 못할 변명밖에 더 할 수 있을까 싶었다. 그리하여 미리부터 확고한 편견을 가지고 네더필드의 일에 관한 해명을 읽어 내려가기 시작했다. 너무 열중해서 읽다 보니 내용이 이해되지 않을 정도였고, 다음 문장에 무슨 내용이 쓰여 있을까 조바심이 나서 지금 읽고 있는 문장의 의미도 제대로 이해되지 않았다. 언니가 빙리에게 관심이 없어 보였다는 이야기는 즉각 거짓말이라고 단정했고, 그 결혼을 반대한 진정한, 가장 큰 이유로 댄 내용에는 너무나 화가 나서, 상대의 입장에서 다시 생각해 볼 마음이 전혀 들지 않았다. 엘리자베스가 만족할 만한, 자기가 한 일에 대한 유감 표명은 일언반구도 없었다. 문체도 후회하는 기색은 전혀 없는 고자세였다. 한마디로 오만과 불손 그 자체였다.

그러나 그 뒤에 위컴 씨의 일을 해명하는 부분은 비교적 흥분이 가라앉은 상태로 읽어 내려갈 수 있었는데, 이때는 뭐라 정의하기 어렵지만 날카로운 고통을 느꼈다. 만약 그것이 사실이라면 위컴의 인품에 관해 자신이 갖고 있던 견해는 모조리 뒤집지 않으면 안 될 텐데, 사실관계는 위컴이 말한 이야기와 딱 맞아떨어지는 부분이 적지 않았다는 것이 문제였다. 놀라움과 우려, 그리고 심지어 두려움이 마음을 무겁게 짓눌렀다. 엘리자베스는 그 모든 것을 믿고 싶지 않은 마음에 여러 번 이렇게 소리쳤다. "분명히 거짓말이야! 말도 안 돼! 거짓말 중에서도 최고로 야비한 거짓말이야!" 이윽고 맨 뒤 한두 쪽은 거의 보지도 않은 채로 편지를 끝까지 읽고 나자 편지를 서둘러 치워버리고 다시는 펼쳐보지도, 거들떠보지도 않겠다고 작심했다.

머리가 복잡하고 열에 들뜬 상태에서 엘리자베스는 계속 걸었다. 하지만 그것도 소용없이, 편지를 다시 펼치기까지는 채 30초도 걸리지 않았다. 엘리자베스는 안간힘을 써서 마음을 다잡고 위컴에 관한 부분을 샅샅이 다시 훑으며 한 문장 한 문장 의미를 새겨나가는 굴욕적인 작업에 들어갔다. 위컴과 펨벌리 집안의 관계에 대한 설명은 위컴의 이야기와 정확히 일치했다. 고 다아시 씨가 베푼 친절 역시(비록 그 정도까지인 줄은 몰랐지만) 위컴의 이야기와 딱 맞아떨어졌다. 거기까지는 두 사람의 말이 서로 상대방의 이야기를 확인시켜 주는 셈이었다. 그러나 유언에 관해서는 엄청난 간극이 있었다. 엘리자베스는 목사직에 관해 위컴 씨가 한 이야기를 아직도 선명히 기억하고 있었고, 그때 들은 단어 하나하나를 모조리 떠올릴 수 있었으니 두 사람 중 하나는 작정하고 거짓말을 하고 있다고 생각할 수밖에 없었다. 그리고 잠시 동안은 원래 자기 생각이 맞았다고 마음 편한 결론을 내렸다. 그러나 바로 다음 부분, 위컴이 성직에 대한 권리를 포기하는 대신 3천 파운드라는 적지 않은 금액을 받았다는 대목을 주의 깊게 거듭 읽고 나니 다시금 망설여졌다. 편지를 내려놓고 한 문장 한 문장을 저울질하고 각 문장의 가능성을 곰곰이 생각해 보면서 최대한 공정을 기하려고 해보았다. 그렇지만 별로 도움이 되지 않았다. 양쪽 다 주장만이 있을 뿐이었다. 엘리자베스는 편지를 계속 읽어 내려갔다. 처음에는 그 어떤 변명을 해도 다아시 씨가 한 행동의 파렴치함은 변함이 없을 거라고 생각했지만, 한 줄 한 줄 읽으면 읽을수록 오히려 그 전체 사건에서 그는 아무런 잘못이 없다고 해석할 수도 있음을 깨닫게 되었다.

엘리자베스는 다아시 씨가 그토록 서슴없이 위컴 씨가 늘 무절제하고 방탕한 생활을 했다고 비난한 데서 큰 충격을 받았다. 그것이 부당한 비난이라고 부를 만한 근거를 찾을 수 없었으니 더욱 그랬다. 위컴 씨에게서 부대에 들어가기 전에는 어떻게 살았는지 한 번도 들어보지 못했고, 그 부대에 들어간 경위도 런던에서 우연히 한두 번 마주친 젊은이의 소개를 받고 들어갔다는 것이 전부였다. 위컴 씨의 과거 생활에 관해 하트퍼드셔에 알려진 것은 본인이 직접 이야기한 것이 다였다. 위컴 씨의 본모습을 직접 알아볼 기회가 있었다 해도 엘리자베스는 그럴 마음조차 먹지 않았을 것이다. 표정, 목소리, 태도만 보고 섣불리 나무랄 데 없이 훌륭한 사람으로 단정했던 것이다. 엘리자베스는 위컴의 선량함을 입증해 줄 어떤 증거, 다아시 씨의 비난이 거짓임을 보여줄 만한 어떤 정직하거나 너그러운 행동을 한 일이 있는지를 떠올려보려고 애썼다. 아니면 최소한 그의 도덕성이 충분히 뛰어나다면, 다아시 씨가 말한 '수년간 이어진 나태함과 방종'을 단지 우연한 과오쯤으로 넘기려는 자신의 판단이 반드시 틀린 것은 아니지 않을까 기대했던 것이다. 그러나 아무것도 떠오르지 않았다. 위컴 씨의 매력적인 분위기나 언변은 바로 눈앞에 있는 것처럼 떠올랐지만 이웃 사람들의 칭찬이나 뛰어난 사교술로 얻은 평판을 빼면 더 실제적인 미덕의 예는 떠오르지 않았다. 이 부분에서 한동안 멈춰 있던 엘리자베스는 계속 편지를 읽어나갔다. 그러나 위컴 씨가 다아시 양을 두고 꾸민 음모에 대한 이야기는 바로 어제 아침 피츠윌리엄 대령과 나눈 대화와도 어느 정도 일치했으니 안타까울 따름이었다! 마지막으로 다아시 씨는 바로 그 피츠윌리엄 대령에게 자기 말의 진위를 확인해 보라고 말했다. 대령은 이미 사촌의 일이라면 자기도 낱낱이 알고 있다고 말했고, 대령의 인품을 의심할 근거는 전혀 없었다. 잠시 대령에게 물어보기 직전까지 갔었지만, 영 어색한 상황이 될 것 같아서 망설이다가 그냥 포기하기로 했다. 사촌이 자기 이야기를 뒷받침해 주리라는 자신도 없이 다아시 씨가 무모하게 그런 제안을 할 리가 없었다.

엘리자베스는 필립스 이모부의 집에서 처음 만날 날 저녁, 위컴이 한 이야기가 아직도 귀에 선했다. 그때 쓴 표현 대부분이 아직도 생생히 기억에 새겨져 있었다. 그리고 **이제** 와서 그 대화를 돌이켜 보니 비로소 처음 만난 사람에게 그런 이야기를 하는 것이 이상하다는 데 생각이 미치면서, 왜 지금껏 그 생각을 못 했는지 의아해졌다. 그런 식으로 자기 이야기를 하는 것도 그렇고, 말과 행동도 딴판이었다. 위컴 씨는 다아시 씨를 만나는 게 하나도 두렵지 않다고 으스댔고, 다아시 씨가 자기를 피해 그곳을 떠난다면 모를까 자기는 그대로 있겠다고 장담했었다. 하지만 그 바로 다음 주에 위컴 씨는 네더필드에서 열린 무도회를 피했다. 또한 네더필드 사람들이 런던으로 떠나기 전에는 엘리자베스에게만 자기 이야기를 했는데, 그들이 떠나고 나자 모든 사람들이 그 이야기를 알고 있었다. 그렇다는 것은 위컴 씨가 다아시 씨의 명예를 떨어뜨리는 데 조금도 망설이거나 주저하지 않는다는 뜻이었고, 이는 다아시 씨의 부친에 대한 존경심 때문에 그분의 아들에게 창피를 주지는 않을 거라던 다짐과는 모순적이었다.

위컴 씨에 관한 모든 일들이 이제는 완전히 다르게 보였다! 이제 보니 위컴 씨가 킹 양에게 관심을 보인 이유는 혐오스럽게도 순전히 돈 때문이었다. 그 유산이 대단찮다는 사실은 위컴 씨가 별 욕심이 없다는 게 아니라 닥치는 대로 아무라도 붙잡으려 한다는 증거였다. 그러고 보니 위컴 씨가 자기에게 관심을 보인 이유도 의심스러워졌다. 아마 엘리자베스의 재산에 관해 잘못 알고 있었든가, 아니면 이제 와서 든 생각이지만, 엘리자베스가 부주의하게 보여준 호감을 부추김으로써 허영심을 만족시키고 있었던 모양이었다. 그나마 남아 있던, 위컴 씨를 두둔하려는 마음은 점점 희미해졌다. 빙리 씨가 제인의 물음에 다아시 씨가 위컴 씨에게 잘못한 일은 없다고 처음부터 단언했던 것 역시 이미 오래전에 다아시 씨가 옳았음을 입증했다. 또 다아시 씨가 비록 오만하고 거부감을 주긴 했지만, 그간 가까이 지켜보면서 상대의 인품을 알 만큼 알게 된 엘리자베스에게도 무절제하거나 부정직하거나, 종교적 혹은 도덕적으로 결함이 있는 사람으로 여겨질 만한 행동을 보인 적은 한 번도 없었다. 적어도 가까운 사람들에게는 존경과 존중을 받는 것이 틀림없었다. 위컴 씨조차도 오빠로서는 좋은 점이 있다고 말했고, 엘리자베스 자신도 다아시 씨가 누이 이야기를 할 때는 아주 다정해지는 것을 보고 그 사람도 다정한 마음이 **있긴** 있나 보다고 생각했다. 만일 위컴 씨가 다아시 씨에 관해 말한 것이 사실이라면, 그런 부당하기 짝이 없는 행위를 사람들이 전혀 모를 수가 있었을까. 그리고 빙리 씨처럼 선량한 사람과 그런 파렴치한 사람이 친구가 될 수 있었을까.

이제 엘리자베스는 점점 자신이 부끄러워졌다. 다아시 씨와 위컴 씨를 생각할 때마다 자기가 눈이 멀고 편협했으며, 편견덩어리에 어리석었음을 느끼지 않을 수 없었다. "내가 그렇게 말도 안 되는 짓을 했다니!" 엘리자베스는 소리를 질렀다. "분별력만큼은 자랑으로 삼았던 내가 말이지! 적어도 영리하다는 것만큼은 자랑이었던 내가! 지금껏 늘 언니의 너그러움과 솔직함을 순진하다고 비웃고 쓸데없이 남을 의심하면서 허영심을 충족시키곤 했던 내가! 이게 무슨 망신이람! 하지만 망신을 당해도 싸지! 위컴 씨를 사랑했어도 이보다 더 완벽하게 눈이 멀 수는 없었을 거야. 그렇지만 그런 감정은 사랑이 아니라 허영심이었어. 처음 알게 됐을 때 한 사람은 나를 무시해서 기분 상하게 했고, 다른 한 사람은 각별한 호감을 표해서 나를 기분 좋게 했기 때문에,

두 사람을 판단할 때 선입견과 무지를 따르고 이성을 밀어냈던 거야. 지금껏 이토록 자신을 몰랐다니."

자신에서 제인으로, 제인에서 빙리로 생각이 흐르던 중에 적어도 언니와 빙리의 **문제**만큼은 다아시 씨의 설명이 미진하다는 생각이 퍼뜩 떠올랐다. 그래서 편지를 다시 읽어보았는데, 두 번째로 읽어보니 처음 읽었을 때와는 전혀 느낌이 달랐다. 그야 한 부분이 옳다고 인정하고 나면 다른 부분도 당연히 그 영향을 받을 수밖에 없지 않겠는가? 다아시 씨는 자기로서는 언니의 애정을 전혀 느끼지 못했다고 말했는데, 그러고 보니 일전에 샬럿이 말한 이론이 떠올랐다. 제인에 관한 다아시 씨의 묘사는 그러고 보면 공평했다. 제인의 감정은 아무리 열렬했어도 겉으로는 거의 티가 나지 않았다. 또 평상시 제인은 호감이 있든 없든 늘 남을 상냥하게 대했다. 자기의 가족을 언급하면서 분하지만 납득이 가는 비난을 하는 대목에 이르자 엘리자베스는 지독한 수치심을 느꼈다. 무도회에서 있었던, 애초에 다아시 씨의 반감을 확고히 해주었던 그 특정한 상황에 관해서는 자신이 오히려 다아시 씨보다도 더 신경이 쓰였던 터라, 도저히 그 비난의 정당함을 부정할 수 없었다.

언니와 자신에 관한 칭찬은 공치사만은 아니라고 느껴졌다. 그건 그나마 위안거리가 되긴 했지만 나머지 가족들이 자초한 경멸로 받은 상처를 달래기는 무리였다. 그리고 제인이 그런 좌절을 겪어야 했던 이유가 알고 보니 가장 가까운 가족들 탓이었고, 그런 부적절한 행동 때문에 자신과 언니까지 실제로 남들의 빈축을 살 수 있다고 생각하니 이전 어느 때보다도 마음이 무거워졌다.

엘리자베스는 너무나 심각하고 급작스러운 깨달음을 받아들이러고 노력하는 한편 그동안의 일들을 하나하나 낱낱이 다시 떠올리느라 온갖 상념에 잠겨 오솔길을 두 시간 가까이 서성였다. 그리고 마침내 밀려오는 피로감을 이기지 못해, 또한 산책이 너무 길어졌다는 생각에 집으로 발길을 돌렸다. 아무 일 없었던 양 사람들을 보려면 이런저런 상념을 전부 눌러두어야겠다고 단단히 마음먹었다.

엘리자베스는 집에 들어서자마자 로징스의 두 신사가 그 사이에 따로따로 자기를 찾아왔었다는 이야기를 들었다. 다아시 씨는 작별 인사를 하러 왔다가 금방 갔지만 대령은 한 시간 가까이 기다리다가 장원으로 직접 찾아 나서려고까지 했다는 것이다. 엘리자베스는 대령을 만나지 못해 아쉬운 **척**했지만 실은 너무나 다행이라고 생각했다. 온통 편지 생각으로 머릿속이 가득해서 대령에게 관심을 기울일 여력이 없었다.

37장

두 신사는 이튿날 아침 로징스를 떠났다. 미리부터 소작인들이 사는 오두막집 근처에서 대기했다가 작별 인사를 올리고 온 콜린스 씨는, 두 사람 다 건강해 보였으며 바로 전 로징스에서 슬픈 작별 인사를 나눈 것치고는 기분도 나쁘지 않아 보이더라는 반가운 소식을 전해주었다. 그러고 나서 영부인 모녀를 위로하려고 급히 로징스로 갔다가, 다시 영부인이 무료함을 이기지 못해 그들을 불러 만찬을 하고 싶어 한다는 소식을 가지고 퍽 으쓱해서 돌아왔다.

엘리자베스는 영부인을 보자 자기가 마음만 먹었으면 지금쯤

예비 조카며느리로 인사를 드리고 있었겠구나 하는 생각이 떠올랐다. 만일 그랬더라면 영부인이 얼마나 분개했을까 생각하니 웃음을 참기 힘들었다. '무슨 말을 했을까? 어떻게 나왔을까?' 이런 생각을 하며 혼자 재미있어했다.

처음 나온 이야깃거리는 로징스의 식구가 줄었다는 것이었다. "정말 가슴이 허전하구나." 영부인이 말했다. "사람 난 자리를 나만큼 아쉬워하는 사람이 또 있을까. 거기다 그 애들은 내가 워낙 아끼는 애들이니까. 걔들도 워낙 나를 따르고! 이번에는 정말 어찌나 떠나기 싫어하던지! 하기야 늘 그랬지만. 대령은 그래도 웬만큼 버티는 것 같던데, 다아시는 정말 너무 서운해하는 것 같더구나. 작년보다 훨씬 더. 그 애는 해마다 로징스가 더 좋아지는 모양이야."

콜린스 씨가 끼어들어 자기에게도 그렇게 보였다고 한마디 보태자 모녀는 다정한 미소를 지어보였다.

저녁 식사가 끝나고 영부인이 베넷 양에게 왜 기운 없어 보이냐고 묻더니, 이내 엘리자베스가 집에 돌아가기 싫은 모양이라고 스스로 답하고는 이렇게 덧붙였다.

"그런 거면 자당께 편지를 써서 좀 더 있다 가겠다고 말씀을 드리게. 콜린스 부인도 아가씨가 더 오래 같이 있어주면 틀림없이 더 좋을 게 아닌가."

"친절한 말씀에는 정말 감사드립니다." 엘리자베스가 대답했다. "하지만 제가 수락할 수 있는 일이 아니라서요. 다음 토요일까지 런던에 가야 하거든요."

"아니, 그럼 겨우 6주 만에 간다는 건가. 두 달은 있을 줄 알았는데. 아가씨가 오기 전에 내가 콜린스 부인한테 그럴 거라고 말해놨는데 말이지. 그렇게 빨리 가야 할 이유가 있을 리가 없어.

자당께서도 보름쯤 더 있다 가는 건 분명히 허락해 주실걸세."

"그렇지만 아버지가 빨리 허락을 안 하실 거예요. 지난주에도 얼른 돌아오라고 편지를 보내셨어요."

"그거야! 자당이 허락하시면 춘부장椿府丈께서는 당연히 허락하시겠지. 아버지가 딸들을 아끼면 얼마나 아낀다고. 그리고 만일 딱 **한 달**만 더 있다 가면 둘 다는 안 돼도 한 사람쯤은 내가 런던까지 데려다줄 수도 있어. 어차피 6월 초에 런던에 가서 일주일 정도 있다 올 생각이니까. 도슨더러 사륜마차의 마부석에 앉아 가라고 하면 한 사람이 더 탈 자리는 충분히 날 거야. 사실 아가씨 둘 다 몸집이 작으니까 날만 덥지 않으면 둘 다 같이 타도 되고."

"너무나 친절하신 말씀입니다만, 원래 계획대로 해야 할 것 같습니다."

영부인은 포기한 듯했다.

"콜린스 부인, 하인을 꼭 하나 딸려 보내게. 난 있는 그대로 말하는 사람이니까, 아가씨 둘이서만 역마차로 간다는 건 정말 생각도 할 수 없는 일이야. 제대로 된 처신이 아니지. 꼭 누구 따라갈 사람을 안배하게. 그런 일은 내가 세상에서 제일 싫어하는 짓이야. 젊은 아가씨들은 응당 신분에 걸맞은 보호와 시중을 받아야 하는 법이거든. 작년 여름에 내 조카딸인 조지애나가 램스게이트에 갈 때도 하인 두 사람을 데리고 가라고 내 신신당부했지. 펨벌리의 다아시 씨와 앤 영부인의 영애인 다아시 양이 그러지 않는다는 건 적절한 처신이라고 할 수 없거든. 난 그런 일에 무척 사려가 깊다네. 존을 보내서 같이 가게 하면 되겠군, 콜린스 부인. 내가 미리 알았으니 얼마나 다행인가. 아가씨들끼리만 보냈다면 분명히 **자네가** 욕을 먹었을 게야."

“저희 삼촌이 하인을 보내주실 거예요.”

“오호! 아가씨 삼촌이! 하인을 데리고 있는 모양이지? 그런 생각을 할 줄 아는 사람도 있다니 잘됐군. 말은 어디서 갈아타나? 아! 당연히 브롬리겠지. 벨에 가서 내 이름을 대면 알아서 잘해줄 걸세.”

영부인은 그들의 여행에 관해 이것저것 캐물었는데, 대개는 자문자답이었지만 그렇지 않을 때도 간혹 있었으므로 엘리자베스는 딴생각에만 빠져 있을 수 없었다. 사실 그래서 오히려 다행이기도 했으니, 그렇지 않았으면 온통 편지 생각에 다른 것은 몽땅 잊어버릴 지경이었기 때문이다. 상념에 잠기는 것은 혼자 있을 때를 위해 미뤄두어야 했다. 혼자 있을 틈이 나면 늘 안도의 한숨을 내쉬며 생각에 빠져들었다. 매일 잠깐이라도 혼자 산책을 나가 불쾌한 회상을 되새기는 쾌락에 탐닉했다.

다아시 씨의 편지는 이제 거의 줄줄 외울 지경이었다. 문장 하나하나를 차근차근히 뜯어보았는데, 다아시 씨에 대한 감정은 때에 따라 크게 달랐다. 다아시가 말하던 태도를 생각하면 아직도 화가 치밀었다. 그러나 자기가 상대를 얼마나 부당하게 비난했는가를 생각하면 오히려 자신에게 화가 났다. 그리고 상대가 낙심했을 것을 생각하면 안됐다 싶기도 했다. 자기를 좋아해 준 것은 고마웠고, 다아시 씨의 인품에 대해서는 존경심이 들었다. 그래도 좋아할 수는 없었다. 또한 청혼을 거절한 걸 후회할 마음이나 다시 만나고 싶은 마음은 조금도 없었다. 자기가 한 짓이 너무나 창피하고 후회스러운 데다, 자기 가족의 안타까운 결점은 더 말해 무엇하랴. 게다가 그런 결점은 고쳐볼 가망도 없었다. 아버지는 어린 딸들의 경박한 몸가짐을 말려 보려고 하기는커녕 그런 행동을 비웃는 데 만족했다. 거기다 적절한 처신과는 거리가 먼 어머니는 문제의식 자체가 전혀 없었다. 엘리자베스와 제인이 캐서린과 리디아의 경박한 행동을 고쳐보려고 애쓰지 않은 것은 아니었다. 그러나 막상 어머니가 오냐오냐하면서 오히려 그런 행동을 부추기는데 나아질 리가 없지 않은가? 의지가 약하고 성질이 급하며 늘 리디아가 하자는 대로만 하는 캐서린은 언니들의 충고에 오히려 대들었다. 그리고 천방지축에 생각 없는 리디아는 언니들의 이야기를 들은 척도 하지 않았다. 그 둘은 무지하고 게으른 데다 허영심만 가득했다. 메리턴에서 장교가 사라지지 않는 한, 그리고 메리턴이 롱본에서 걸어갈 수 있는 거리인 한, 두 아이가 장교들과 시시덕대러 메리턴에 놀러가지 못하게 만들 방법은 없으리라.

또 하나, 엘리자베스의 마음을 짓누른 생각은 제인에 대한 걱정이었다. 다아시 씨의 해명 덕분에 다시 빙리 씨를 좋은 사람으로 생각하게 되었으니, 제인이 그만한 사람을 놓친 게 더욱 안타까워졌다. 빙리 씨의 애정은 한때의 변덕이 아니었음이 밝혀졌고, 친구를 너무 믿었다는 것을 빼면 그 사람의 행동을 비난할 구석은 없었다. 제인이 모든 면에서 그토록 바람직하고 이로우며 장래의 행복을 약속하는 결혼의 기회를, 다름 아닌 식구들의 교양 없고 어리석은 행동 때문에 놓쳤다고 생각하니 한스럽기 그지없었다!

이런 생각에 위컴 씨에게 속았다는 생각까지 더해져, 전에는 자기가 우울해하지 않는 밝은 성격이라고 믿었던 엘리자베스였지만 이제는 명랑한 게 아니라 태연한 척하기조차 힘들었다.

목사관 손님들은 그곳을 떠나기 전 마지막 한 주 동안, 처음 왔을 때만큼 자주 로징스를 방문했다. 떠나기 바로 전날도 거기서 저녁을 보냈는데, 영부인은 여행에 관해 꼬치꼬치 캐묻고, 짐을 싸는 가장 좋은 방법에 대한 교시를 내려주시면서 야회복을 개어 넣을 때는 오로지 한 가지 방법으로 해야 한다고 역설했다. 마리아는 집에 가면 아침 내내 쌌던 짐 가방을 모조리 도로 풀고 처음부터 다시 싸야겠다고 생각할 정도였다.

헤어질 때 캐서린 영부인은 대단히 선심 쓰는 태도로 여행을 잘 하라는 인사말을 하면서 다음 해에 다시 헌스퍼드에 오라고 초대했다. 드 버그 양은 황공하게도 두 아가씨에게 작별 인사를 위해 손을 내밀어 주었다.

38장

토요일 아침 엘리자베스와 콜린스 씨는 다른 사람들이 나타나기 조금 전에 식당에서 마주쳤다. 콜린스 씨는 이 절호의 기회를 틈타 자기가 반드시 하려고 진즉부터 마음먹고 있던 작별 인사를 건넸다.

"엘리자베스 양." 콜린스가 말했다. "친절하게도 이 누추한 곳을 방문해 주신 데 대해 제 아내에게서 감사의 인사를 들으셨는지 모르겠지만, 못 들으셨다고 해도 떠나시기 전엔 틀림없이 들으실 수 있을 겁니다. 그동안 함께 지내주셔서 너무나 감사합니다. 저희야 그리 넉넉한 형편도 아니고 집은 누추하고 하인도 거의 없는 데다 바깥출입도 드무니 헌스퍼드에서 지내시는 게 틀림없이 당신 같은 아가씨한테는 몹시 지루했을 겁니다. 그런데도 저희를 찾아주셨으니 저희가 얼마나 감사하고 있는지, 그리고 계시는 동안 불편하지 않으시도록 저희가 얼마나 노력했는지를 부디 알아주셨으면 합니다."

엘리자베스는 열의를 담아 고맙고 너무 좋았다고 확언했다. 지난 6주 동안 대단히 즐거웠다고, 샬럿과 함께 지내는 것과 넘치는 환대를 받은 것은 분명 **엘리자베스**로 하여금 감사한 마음을 느끼게 했으며, 폐만 끼쳐 죄송하다고도 말했다. 그 말에 흡족한 콜린스 씨의 입가에 웃음기가 돌았지만 짐짓 엄숙한 태도로 대답했다.

"지내시는 데 불편함이 없었다는 말씀을 들으니 더 바랄 것이 없군요. 저희로서는 정말 최선을 다했습니다. 무엇보다 운이 좋았던 것은 저희가 더 귀한 분들께 당신을 소개해 드릴 수 있었고, 로징스와 저희의 관계 덕분에 누추한 집을 벗어나는 기회를 자주 드릴 수 있었다는 겁니다. 그러니 엘리자베스 양이 헌스퍼드를 방문한 것이 온전히 지루한 일만은 아니었으리라고 자부해도 되겠지요. 캐서린 영부인의 가족과의 관계, 그것이 얼마나 이점이 많은가를 생각해 보면 저희는 정말 특별히 운이 좋았다고 할 수 있지요. 이런 행운을 자랑할 수 있는 이들이 많지는 않을 겁니다. 이제 저희가 사는 모습을 보셨으니까, 저희가 로징스와 얼마나 지속적인 관계를 맺고 있는지를 보셨을 테지요. 사실 이 누추한 목사관이 아무리 불편하다 해도, 머물면서 로징스와 저희의 그토록 가까운 왕래에 동참하셨으니 여기 오신 것이 안된 일은 아닐 겁니다."

콜린스 씨는 방 안을 서성이며 말로 다 표현할 수 없는 북받치는 감정을 다스리려 애썼고, 그동안 엘리자베스는 짤막한 몇 마디 안에 예의와 진실을 결합시키려고 애썼다.

"사실 하트퍼드셔에다 저희에 관해 좋은 이야기를 전해주셨으면 좋겠습니다, 친애하는 엘리자베스 양. 그렇게 하시는 데 무리가 없으리라고 믿어도 자만은 아니겠지요. 캐서린 영부인이 제

아내에게 얼마나 각별한 관심을 기울여 주시는지 하루가 멀다하고 직접 보셨으니까요. 전체적으로 보아 당신의 친구가 불운한 선택을 한 것처럼 보이지는 않았으리라 믿습니다……. 그러나 이 점은 말하지 않는 편이 낫겠군요. 다만, 친애하는 엘리자베스 양, 분명히 말씀드릴 수 있는 것은, 당신이 결혼하실 때도 그와 똑같은 행운을 얻으시기를 바란다는 겁니다. 제 사랑하는 아내 샬럿과 저는 그야말로 일심동체입니다. 모든 점에서 성격이나 생각이 신기할 정도로 일치하지요. 천생연분이 이런 게 아닌가 싶을 정도입니다."

엘리자베스는 그렇다면 정말 행복하시겠다고, 그리고 콜린스 씨 부부가 행복하다는 건 자기도 지난겨울 확실히 보아 알고 있으며 그 행복한 모습을 보아 자기도 즐거웠다고, 애쓰지 않고 그런대로 무난하게 대답할 수 있었다. 하지만 그 행복의 원천인 샬럿이 들어오는 바람에 콜린스 씨가 자기의 행복을 일일이 늘어놓지 못하게 되었을 때는 반갑기 그지없었다. 가엾은 샬럿! 그런 사람들 사이에 샬럿을 두고 떠나려니 가슴이 아렸다. 그러나 그건 샬럿이 멀쩡한 정신으로 택한 삶이었다. 그리고 샬럿이 손님들이 가는 것을 섭섭해하는 것은 분명했지만 별로 동정을 구하는 것 같지는 않았다. 자기 집을 가지고 살림을 꾸려나가며 교구와 가축을 돌보는 일들에 아직은 질리지 않은 모양이었다.

마침내 마차가 도착해서, 트렁크는 붙들어 매고 작은 짐들은 안에다 실으니 모든 준비가 끝났다. 엘리자베스는 샬럿과 다정하게 작별 인사를 나누었고, 콜린스 씨에게 마차까지 배웅을 받았다. 콜린스 씨는 정원을 걸으면서 엘리자베스에게 지난겨울 자신을 환대해 준 롱본의 가족에게 지극한 경의와 함께 안부 인사를 잊지 말고 전해달라고 부탁했다. 더불어 본 적도 없는 가드너 부부에게 전하는 인사말도 빼놓지 않았다. 콜린스 씨의 도움으로 엘리자베스와 마리아가 마차에 오르고 마차 문이 막 닫히려는 찰나, 콜린스 씨가 갑자기 경악한 표정으로 로징스의 귀부인들에게 전할 말씀을 남기지 않았다는 사실을 일깨워 주었다.

"그렇지만," 콜린스 씨가 덧붙였다. "물론 여기 계시는 동안 친절히 대해주신 데 대한 감사 말씀과 함께 공손한 작별 인사를 전해드리기를 바라실 테지요."

엘리자베스는 반대하지 않았다. 마차는 그제야 문을 닫고 출발할 수 있었다.

"세상에나!" 잠깐 동안 침묵을 지키고 있던 마리아가 탄성을 질렀다. "우리가 여기 온 지 겨우 하루나 이틀밖에 안 된 것 같아! 그런데도 어찌나 많은 일이 일어났는지!"

"정말 많은 일이 일어나긴 했지." 엘리자베스가 한숨을 쉬며 말했다.

"로징스에서 아홉 번이나 만찬에 참석했고, 거기다 두 번이나 차를 마셨으니! 사람들에게 할 이야기가 잔뜩이야!"

엘리자베스가 속으로 덧붙였다. '그리고 난 사람들한테 감출 이야기가 잔뜩이지!'

가는 길에는 별로 많은 대화가 오가지도 않았고, 놀랄 만한 일도 없었다. 두 사람은 헌스퍼드를 떠난 지 네 시간 만에 가드너 씨 댁에 도착했는데, 그곳에서 며칠 묵어갈 예정이었다.

제인은 좋아 보였고, 엘리자베스는 숙모가 신경 써서 마련해 놓은 다양한 사교 모임들 때문에 언니의 기분을 자세히 살필 기회가 거의 없었다. 그러나 함께 롱본의 집으로 돌아갈 테니 앞으로 살펴볼 시간이야 얼마든지 있으리라.

한편 롱본에 돌아가기 전까지 다아시 씨의 청혼 사실을 언니에게 이야기하고 싶은 걸 참느라 무척 힘이 들었다. 그 이야기를 들려주어 제인을 놀라게 해주고 싶기도 했고, 동시에 아직 이성의 힘으로도 떨쳐내지 못한 자신의 허영심을 만족시키고도 싶었다. 어디까지 이야기를 해야 할지 망설여지지만 않았어도, 그리고 그 이야기가 빙리 씨 이야기로 이어져 언니를 더욱 슬프게 할까 봐 걱정되지만 않았어도 몽땅 털어놓고 싶은 유혹을 도저히 참지 못했으리라.

39장

5월 둘째 주, 세 아가씨는 함께 그레이스처치 스트리트를 떠나 하트퍼드셔의 고향집으로 향했다. 베넷 씨의 마차가 마중 나오기로 되어 있던 여관 앞까지 가자 키티와 리디아가 2층 식당에서 내다보고 있는 모습이 바로 눈에 띄었다. 마부가 시간을 딱 맞춘 모양이었다. 둘은 거기서 한 시간 넘게 기다리는 동안 건너편의 모자 가게를 들르거나 근무 중인 위병을 지켜보거나 오이 샐러드를 만들거나 하면서 나름대로 즐거웠던 듯했다.

두 동생은 언니들을 맞이하고 나서, 여관 식당에서 흔히 내놓는 냉육을 차려놓은 식탁을 의기양양하게 가리켰다. "정말 근사하지? 깜짝 놀랐겠지만 기분은 좋지?"

"언니들한테 우리가 한턱내는 거야." 리디아가 덧붙였다. "그런데 돈은 언니들이 빌려줘. 방금 저기 있는 가게에서 가진 돈을 다 써버렸거든." 리디아는 자기가 산 물건들을 보여주었다. "여기 봐, 나 이 보닛 샀어. 별로 예쁘지는 않지만, 그래도 사두는 게 나을 것 같아서. 집에 가자마자 다 고쳐서 더 예쁘게 만들어

봐야지."

언니들은 모자가 영 보기 싫다고 했지만 리디아는 전혀 개의치 않고 이렇게 덧붙였다. "흥! 그렇지만 가게에는 훨씬 더 보기 싫은 것이 한두 개가 아니었는걸. 더 예쁜 색 새틴을 사다가 새로 두르면 봐줄 만은 할 거야. 게다가 어차피 부대가 보름 안으로 메리턴을 떠나버린다니까, 이번 여름에는 모자고 뭐고 다 필요 없게 생겼어."

"정말이니?" 엘리자베스가 너무나 기뻐하며 외쳤다.

"브라이턴 근처에 주둔할 거래. 여름에 아빠가 우리 모두 거기 데려가 주시면 얼마나 좋을까! 그럼 너무 멋질 테고 돈도 별로 안 들 텐데. 엄마도 꼭 가시려고 할 거야! 안 그러면 이번 여름을 어떻게 견디라고!"

'아무렴,' 엘리자베스는 생각했다. '**그것** 참 신나는 계획이지. 안 갔다가는 큰일 나게? 하느님 맙소사! 브라이턴, 그것도 군인들이 우글우글한 브라이턴에 간단 말이지. 고작 민병대 하나, 그리고 한 달에 한 번 열리는 메리턴의 무도회 정도로도 난리를 치던 우리가 말이야.'

"이제 언니들이 모르는 이야기를 해줄게." 모두 자리에 앉자 리디아가 말했다. "그게 뭐게? 너무 멋지고, 아주 중요한 소식이야. 우리 모두가 좋아하는 어떤 사람에 관한 소식이지."

제인과 엘리자베스는 서로 얼굴을 마주보고 나서 웨이터를 그만 가보라며 내보냈다. 리디아는 웃으면서 이렇게 말했다.

"참, 언니들은 참 따지는 것도 많고 조심할 것도 많으셔. 웨이터가 들으면 뭐 큰일이라도 날까 봐? 저 사람은 매일 별의별 이야기를 다 들을 텐데. 하긴 정말 못생기긴 했어! 나가니깐 살겠네. 저렇게 긴 턱은 생전 처음 봐. 그건 그렇고, 이제 그 소식을 들려줄게. 바로 위컴 이야기야. 웨이터에게 들려주긴 아깝겠지?
바로 위컴이 메리 킹하고 결혼할 위험이 없다는 거야. 어때! 그
여잔 리버풀에 있는 자기 삼촌한테 갔대. 아예 간 거야. 위컴은
걱정 없어.”

“메리 킹도 마찬가지지!” 엘리자베스가 덧붙였다. “재산을 생
각하면 경솔한 그런 관계를 맺을 걱정이 없어졌으니까.”

“그 여자가 위컴을 좋아했으면서도 떠난 거라면 정말 엄청난
바보야.”

“아마 양쪽 모두 별로 애정이 없었던 거겠지.” 제인이 말했다.

“**위컴 쪽**은 분명히 그랬겠지. 그 여자를 눈곱만큼도 좋아하지
않았을 거야. 그런 밉살스러운 주근깨투성이 난쟁이를 좋아할
사람이 **있겠어?**”

엘리자베스는 충격을 받았다. 비록 그런 거친 **표현**을 입 밖에
내지 못했을 뿐, 어쩌면 자기도 이전에는 마음속에서 그와 같은
감정을 제멋대로 품지 않았을까!

모두들 식사를 마치고 언니들이 돈을 내자 곧이어 마차가 준
비됐다. 조금 애를 쓰니 전체 인원과 상자들과 반짇고리와 짐 꾸
러미, 그리고 키티와 리디아가 구입한 반갑잖은 물품까지 다 자
리를 잡을 수 있었다.

“어쩜 이렇게 딱 맞춰 앉았대!” 리디아가 탄성을 질렀다. “보닛
을 너무 잘 산 것 같아. 모자 상자 하나가 늘었다는 것만 해도 신
나는걸! 자, 이제 집에 가는 내내 아주 편안하게 앉아서 웃고 떠
들어보자고. 그럼 먼저, 언니들이 집에 없는 동안 있었던 이야기
좀 해줘. 혹시 괜찮은 남자는 만났어? 연애는 좀 해봤어? 난 진
짜 언니들이 남편 하나쯤은 얻어서 돌아왔으면 하고 얼마나 바
랐는데. 큰언니는 좀 있으면 진짜 노처녀잖아. 거의 스물셋 아

냐! 하느님, 내가 만약 스물세 살까지 결혼을 못 하면 얼마나 창피할까! 필립스 이모가 언니들이 결혼하길 얼마나 바라는지 몰라. 이모는 리지 언니가 콜린스 씨의 청혼을 승낙했어야 된다고 하셨지만, 그럼 너무 재미없잖아. 아유! 언니들보다 내가 먼저 결혼하게 되면 어떡하지? 그러면 내가 댄스파티 때마다 보호자 역할로 언니들을 데려가야지. 아 참! 전에 포스터 대령 댁에서 진짜 재미있었어. 그날 키티 언니하고 둘이 거기 가기로 했었는데, 포스터 부인이 저녁에 작은 댄스파티를 열겠다고 약속했거든(나랑 포스터 부인이랑 **진짜** 친해졌다!). 그래서 부인이 해링턴네 두 자매한테도 오라고 했는데, 해리엇이 아파서 어쩔 수 없이 펜만 혼자 왔어. 그래서 우리가 어떡했게? 챔벌레인한테 여장을 해서 여자인 척하게 시켰어. 얼마나 웃었을지 생각 좀 해봐! 글쎄 대령하고 부인하고 키티 언니하고 나만 빼면 아무도 몰랐다니까. 아 참, 이모도 알았지. 어쩔 수 없이 이모 가운을 빌리는 바람에. 얼마나 신났는지 모를걸. 데니하고 위컴하고 프랫 말고도 남자들이 두세 사람 더 왔는데, 전혀 못 알아보더라니까, 세상에! 진짜 웃겼어! 포스터 부인도 엄청 웃더라. 웃다가 죽는 줄 알았네. **그러는** 바람에 남자들이 수상쩍어해서 금방 들통이 났지 뭐야."

리디아는 롱본으로 가는 내내 이처럼 그동안 있었던 파티 이야기나 재미있는 농담을 들려주어 언니들을 즐겁게 해주려고 애를 썼다. 키티도 힌트를 주거나 한두 마디씩 추임새를 넣으면서 거들었다. 엘리자베스는 듣는 둥 마는 둥 했지만 위컴의 이름이 여러 번 언급되는 것을 듣지 않을 도리가 없었다.

자매는 집에서 환대를 받았다. 베넷 부인은 제인이 여전히 예쁘다며 좋아했고, 베넷 씨는 식사 중에 엘리자베스에게 거듭 이렇게 말했다.

"네가 돌아와서 기쁘구나, 리지야."

루커스네 식구들 여럿이 마리아에게 그간의 소식을 들으러 몰려와서 식당은 북적북적했다. 주제도 다양했다. 루커스 부인은 식탁 맞은편에 앉은 마리아에게 샬럿이 잘 있는지, 닭들은 잘 키우고 있는지를 물었고, 베넷 부인은 몇 사람 건너 앉은 제인에게서 최근 유행을 알아내어 그것을 루커스네 어린 딸들에게 전하는 교환수 역할에 바빴고, 리디아는 누구보다도 큰 목소리로 식당에 있는 모든 사람을 대상으로 아침에 있었던 신나는 일들을 떠들어대고 있었다.

"아이 참! 메리 언니." 리디아가 말했다. "언니도 우리하고 같이 가지 그랬어. 얼마나 재미있었는데! 있잖아, 키티 언니하고 나하고 우리가 차양을 전부 내린 거 있지. 마차에 아무도 없는 척하려고 말이야. 키티 언니가 멀미만 안 했어도 내내 그렇게 갔을 텐데. 조지 여관에서 우리 진짜 멋있었다. 제인 언니랑 엘리자베스 언니랑 마리아까지 세 사람한테 점심으로 세상에서 제일 맛있는 냉육 요리를 사줬거든. 언니도 갔으면 같이 먹었을 텐데. 그리고 여관을 나왔는데, 진짜 재미있었어! 우린 마차 안에 다 못 들어가는 줄 알았어. 진짜 웃겨 죽는 줄 알았다니까. 그리고 집에 오는데 내내 진짜 재밌었어! 진짜 큰 소리로 웃고 떠들어서 10마일 밖에서도 다 들렸을걸!"

메리는 리디아의 말에 몹시 심각한 태도로 대답했다. "얘, 막내야. 언니는 그런 재미를 얕잡아 볼 생각은 없단다. 대개 여자들은 타고나길 그런 걸 좋아하니까. 하지만 나로서는 그런 데 전혀 매력을 느끼지 못한단다. 나는 책이 훨씬 더 좋아."

하지만 리디아는 한마디도 듣지 않았다. 원래부터 남의 말을 30초 이상 듣는 법이 없었고, 메리의 말은 그나마도 듣지 않았다.

오후에 리디아를 비롯한 아가씨들은 메리턴으로 가서 그동안 못 만난 사람들을 만나보고 싶어 안달을 했다. 하지만 엘리자베스가 끝끝내 반대했다. 베넷 집안 딸들이 집에 온 지 반나절도 안 되어 장교들을 쫓아다닌다는 소리를 들어서야 되겠는가. 그렇게 반대하는 데는 다른 이유도 있었다. 위컴 씨를 다시 만날 것이 끔찍해서, 할 수 있는 한 미뤄볼 작정이었다. **그녀는 연대**가 곧 떠난다는 사실에 이루 말할 수 없이 마음이 놓였다. 그들이 예정대로 보름 안에 떠나고 나면 위컴 씨 때문에 더 이상 신경 쓸 일이 없겠지. 그래야 할 텐데.

엘리자베스는 집에 돌아온 지 몇 시간 지나지 않아 부모님이 앞서 리디아가 여관에서 얼핏 말한 브라이턴 계획을 놓고 여러 차례 이야기하는 것을 들었다. 아버지가 그런 계획을 승낙할 의향이 전혀 없다는 것이 엘리자베스에게는 뻔히 보였지만, 워낙 반어적으로 모호하게 대답을 하시다 보니 어머니는 낙심과 희망 사이를 왔다 갔다 하고 있었다.

40장

엘리자베스는 그간의 일을 제인에게 전부 털어놓고 싶은 마음을 더는 참을 수 없었다. 그리하여 결국 이튿날 아침, 미리 놀라지 말라고 언질을 준 다음 다아시 씨와 자기 사이에 있었던 일을 이야기해 주었다. 물론 미리 마음먹은 대로, 언니와도 관련된 특정한 부분들은 덮어두었다.

베넷 양의 놀라움은 엄청났지만 그리 오래가지는 않았는데, 동생을 워낙 아끼고 높이 보다 보니 엘리자베스가 어떤 찬양을 받아도 그야말로 당연한 일이라고 여겼기 때문이다. 그리고 곧 다른 감정들 때문에 그 놀라움은 완전히 묻혀버렸다. 제인은 다아시 씨가 좀 더 받아들일 만한 방식으로 자기 감정을 전하지 못한 것이 유감스러웠지만, 그보다는 동생한테 거절을 당해서 얼마나 괴로울지를 생각하며 더욱 애석해했다.

"그렇게 성공을 자신하면 안 되는 거지." 제인은 말했다. "그 자신감을 겉으로 내보이면 더욱 안 되고. 하지만 너도 좀 생각해 봐. 그 때문에 실망이 얼마나 더 클지."

"그렇긴 해." 엘리자베스가 말했다. "나도 진심으로 안됐다고 생각해. 하지만 그분한테는 나에 관해 다른 감정들도 있으니까, 그런 호감쯤을 금방 몰아낼 수 있을 거야. 아무튼 그분을 거절했다고 나를 나무랄 건 아니지?"

"나무라긴! 절대 아니야."

"그렇지만 위컴 씨 이야기를 가지고 그렇게 몰아친 건 나무랄 거잖아."

"아니야, 네가 한 말이 뭐가 잘못인지 난 모르겠는걸."

"바로 그다음 날 일어난 일을 말해주면 알게 **될걸**."

그러고 나서 엘리자베스는 편지에 관해, 그중 조지 위컴과 관련된 내용을 전부 이야기해 주었다. 제인은 가엾게도 너무 큰 충격을 받았다! 가엾다고 한 것은 제인이 여태컷 위컴 씨 한 사람이 아니라 온 인류를 통틀어도 이러한 사악함은 없을 거라고 기쁜 마음으로 세상을 살아왔으니 하는 말이다. 그나마 다아시 씨의 오명이 벗겨진 것이 기쁘긴 했지만 그런 깨달음의 충격을 달래줄 수는 없었다. 제인은 뭔가 오해가 있었을 거라고, 양쪽 다 비난하지 않을 수 있는 해명을 찾아보려고 애를 썼다.

"그래봤자 소용없어." 엘리자베스가 말했다. "둘 다 좋은 사람이 되게 할 방법은 전혀 없으니까. 한쪽을 택해. 다른 쪽은 포기하고. 그 두 사람 사이에는 딱 그만큼, 한 사람만 좋은 사람으로 만들어줄 만큼의 미덕밖에 없어. 그게 지금은 처음하고는 완전히 다른 쪽으로 기울어버렸지 뭐야. 난 그 미덕이 다 다아시 씨거라고 믿을 거지만, 언니는 좋을 대로 선택해."

그렇지만 제인이 겨우 웃음을 떠올릴 수 있게 된 것은 그로부터 한참이나 지나서였다.

"이렇게 충격을 받은 적은 처음인 것 같아." 제인이 말했다. "위컴 씨가 그렇게 나쁜 사람이라니! 도저히 믿기지가 않아! 그리고 가엾은 다아시 씨! 리지, 그분이 얼마나 괴로웠을지 생각 좀 해봐. 얼마나 실망했을까! 네가 자기를 얼마나 싫어하는지 알았으니! 거기다 그렇게 자기 동생 이야기까지 해야 했으니! 너무 마음이 아프다. 너도 그렇겠지만."

"아니! 그렇지 않아. 언니가 그렇게 안타까워하고 측은해하는 걸 보니까 나는 오히려 무덤덤해지는걸. 그분의 억울함은 언니가 다 알아줄 테니까, 난 점점 더 관심이 없어져. 언니가 쏟아주는 만큼 난 아끼게 되는 거지. 언니가 계속 그렇게 안됐다 안됐다 하니까 내 마음은 금방 깃털처럼 가벼워지겠는걸."

"위컴도 안됐어. 그렇게 선량한 얼굴을 하고 말이야! 그렇게 스스럼없고 신사다운 태도를 가진 사람이!"

"틀림없이 그 두 사람 교육에 뭔가 엄청난 잘못이 있었나 봐. 한 사람은 속 내용만 선량하고, 다른 사람은 겉모양만 선량하니 말이야."

"난 네 말처럼 다아시 씨의 **겉모양**이 그렇게 나빠 보이는 건 아니라고 생각했어.”

“그런데도 나는 아주 똑똑한 척하려고 작정하고 그 사람을 미워하기로 했거든. 전혀 아무 근거도 없이. 누굴 그 정도로 미워하면 재치와 기지를 발휘하는 데 장애가 없어지잖아. 계속 심한 말을 할 수가 있는 거야. 전부 부당한 말인데도. 하지만 누굴 계속 비웃다 보면 가끔씩은 재치 있는 말이 나오기도 하니까.”

“리지야, 그래도 처음 편지를 읽었을 때는 지금처럼 태연하지 못했겠지.”

“정말 그랬어. 너무 괴로웠어. 정말 너무 괴로웠어, 비참할 정도로. 내 기분을 털어놓을 사람도 없고, 내가 그렇게 바보 같고 허영스럽고 어리석은 건 아니었다고 위로해 주는 언니가 있는 것도 아니고! 아! 언니가 얼마나 보고 싶었게!”

“위컴 이야기를 하면서 다아시 씨에게 그렇게 심한 표현을 쓴 게 너무 후회됐겠다! **그렇게** 말할 일이 아니었다는 게 이제 분명해졌으니 말이야.”

“맞아. 하지만 평소 그렇게 편견을 키워왔으니 그런 지독한 소리 해서 망신을 자초한 것도 당연하지. 꼭 언니 충고를 받고 싶은 게 있어. 아는 사람들한테 위컴의 본색을 폭로해야 돼, 말아야 돼?”

베넷 양은 잠시 사이를 두고 대답했다. “그렇게 폭로하는 건 좀 심한 것 같아. 네 생각은 어떤데?”

“나도 그렇게 생각했어. 다아시 씨가 자기가 한 말을 공개해도 된다고 허락한 것도 아니고. 오히려 자기 동생과 관련된 자세한 사실들은 가능한 한 비밀을 지켜달라고 했지. 그 부분을 빼고 나머지 행실만 폭로한다면 사람들이 믿기나 하겠어? 다들 다아시 씨에 관한 편견이 너무 심해서, 눈에 흙이 들어가기 전에는 조금이라도 그 사람을 좋게 보아줄 마음이 없을 거야. 난 자신 없어. 어차피 위컴이 곧 떠나고 나면 이곳에서는 그 사람 본색이 뭐든 아무 상관 없어질 테니까. 언젠가 모든 것이 밝혀진다면 우린 왜 진즉 몰랐냐고 사람들의 어리석음을 비웃을 수도 있겠지. 지금은 입 다물고 있을래.”

“맞는 말이야. 위컴의 잘못을 그렇게 폭로해 버리면 그 사람은 다시는 일어설 수 없을지도 몰라. 아마 자기도 지금쯤은 자기 잘못을 후회하고 바른 길로 돌아서고 싶어 하지 않을까. 사람을 절망에 빠뜨릴 일은 하지 말자.”

엘리자베스는 이 대화 덕분에 마음속 소용돌이를 가라앉힐 수 있었다. 보름간이나 마음을 짓누르던 비밀 중 두 가지를 내려놓았고, 언제든 다시 이야기하고 싶어지면 분명히 기꺼이 들어줄 언니가 있었다. 그렇지만 신중을 기하느라 털어놓지 못한 이야기가 아직 마음에 걸렸다. 엘리자베스는 다아시 씨 편지의 나머지 절반을 언니에게 감히 말해줄 수 없었고, 빙리 씨가 언니를 얼마나 진심으로 좋아했는지를 설명해 줄 수도 없었다. 그 누구에게도 털어놓을 수 없는 이야기였다. 엘리자베스는 제인과 빙리 씨 양측이 서로의 오해를 완전히 푸는 날이 오지 않으면 이 마지막 거추장스러운 비밀은 영영 털어버릴 수 없음을 잘 알았다. ‘그럴 가능성은 없겠지만 만약 그런 일이 정말로 일어난다면,’ 엘리자베스는 생각했다. ‘그때 가서는 털어놓을 수 있겠지만 그렇게 되면 어차피 빙리 씨 입으로 직접 듣는 게 낫겠지. 말할 자유가 생기면 말할 필요가 없어지는 거네!’

이제 집에 오니 언니의 진짜 기분을 살필 겨를이 생겼다. 제인은 행복하지 않았다. 아직까지 빙리 씨를 마음속 깊이 간직하고 있는 것이 분명했다. 그전에는 사랑에 빠지는 공상조차 해본 적이 없었던지라 제인의 사랑은 온통 첫사랑의 열기로 가득했고, 적지 않은 나이와 진중한 성품 때문에 여느 첫사랑보다 훨씬 오래갔다. 또한 제인의 마음속에 빙리 씨가 남긴 기억은 너무나 소중했고, 빙리 씨는 다른 남자들과는 비교할 수도 없는 사람이었다. 그러니 자기 건강이나 주위의 평화를 해치기 마련인 회한에 빠지는 것을 간신히 피할 수 있었던 것은 오로지 제인이 워낙 현명하고 주변 사람들의 기분을 살필 줄 아는 사람이기 때문이었다.

"그런데, 리지야." 어느 날 베넷 부인이 말했다. "네 언니 일이 그렇게 된 거, 넌 **이제** 어떻게 생각하니? 나는 그 이야기는 다신 아무 데서도 안 할 작정이다. 저번에 네 이모한테도 그렇게 말해 뒀지만. 그런데 제인이 런던에서 그 인간 뒤꽁무니라도 봤는지 못 봤는지 통 말이 없구나. 참 내, 뭐 그런 형편없는 젊은이가 다 있는지. 이제 네 언니가 그 사람을 잡긴 다 틀렸지 뭐냐. 여름에 네더필드로 온다는 소리도 전혀 없더라. 알 만한 사람한테는 죄다 물어봤는데."

"이젠 네더필드에서 살지 않을 것 같아요."

"아, 그래! 그야 알아서 하라지. 누가 와주십사고 한다든. 그 인간이 내 딸한테 무슨 짓을 했는지 내가 어디 가서 말 안 하나 봐라. 내가 그 애였으면 절대로 못 참았지, 암. 그 애는 분명히 속이 상해서 죽어버릴 게야. 그때 가서 그 인간이 제 잘못을 뉘우칠 걸 생각하니 그나마 좀 마음이 풀린다."

그러나 엘리자베스는 그런 생각으로 조금도 마음이 풀리지 않았기 때문에 아무 대답도 하지 않았다.

"참, 리지야." 어머니는 곧 말을 이었다. "콜린스네는 아주 잘 산다면서? 그래, 그래. 뭐 앞으로도 그러기만 바란다. 그 집은 뭘 해먹던? 샬럿이야 뭐 살림꾼이니까. 제 어머니 반만큼만이라도 똑똑하다면 알아서 절약을 하고 있겠지. 아마 **자기 집** 살림하면서 버리는 거 하나 없을 거야."

"없어요. 전혀 없더라고요."

"아무렴, 오죽이나 알뜰할까. 그럼, 그럼. **부부가** 수입을 초과하지 않으려고 아주 신경을 쓰겠지. 그 **부부는** 돈 때문에 고생할 일은 없겠구나. 그래, 참 잘된 일이지 뭐냐! 그건 그렇고, 그 둘이서 분명히 너희 아버지가 죽은 다음의 롱본에 대해선 자주 말하지 않던? 시간이 문제지, 아주 벌써 자기네 것이 다 된 양 여기고 있을 텐데."

"제 앞에서야 어디 그런 이야기를 하겠어요."

"암, 그랬다면 이상하지. 그렇지만 틀림없이 둘이서는 자주 그 이야기를 할 거다. 그래, 합법적이지도 않은 재산을 손에 넣고도 마음이 편하다면, 저희들이야 잘된 일이지. 나 같으면 한정 상속 같은 재산은 부끄러워서 못 받을 텐데."

41장

집으로 돌아온 첫 주는 어느새 지나갔다. 둘째 주가 시작되었다. 그 주에는 연대가 메리턴을 떠나게 되어 있어서, 근방에 사는 아가씨들은 모두 기운이 빠져 있었다. 쾌활함은 거의 찾아볼 수 없었다. 예전과 다름없이 먹고, 마시고, 자고, 평소 하던 일들을 그대로 해나갈 수 있는 것은 오로지 베넷 집안의 맨 위 두 딸뿐이었다. 두 사람은 이런 무심함 때문에 키티와 리디아에게 자주 원망을 들었는데, 비참한 기분에 빠진 두 동생은 자기 식구

중에 그렇게 둔감한 사람들이 있다는 게 도무지 이해가 가지 않았다.

"맙소사! 우린 어떻게 될까? 뭘 어떻게 해야 한담?" 키티와 리디아는 마음이 찢어지는 듯한 탄성을 자주 토했다. "리지 언니는 그렇게 웃음이 나와?"

다정다감한 어머니도 그들과 슬픔을 나누었는데, 자기도 25년 전 비슷한 상황에서 괴로워한 기억이 있었다.

"그때 밀러 대령의 연대가 떠나고 나서 꼬박 이틀은 울었을 거다. 꼭 가슴이 터지는 줄 알았지 뭐냐." 어머니가 말했다.

"난 분명히 가슴이 터지고 말 거야." 리디아가 말했다.

"브라이턴으로 갈 수만 있다면!" 베넷 부인이 말했다.

"아, 그럼요! 브라이턴으로 갈 수만 있다면! 그렇지만 아빠가 그렇게 반대를 하시니."

"해수욕만 좀 해도 건강에 얼마나 좋을까."

"필립스 이모도 나더러 해수욕을 하면 아주 좋을 거라고 하셨어." 키티가 덧붙였다.

이런 한탄은 줄곧 롱본의 저택을 떠나지 않았다. 엘리자베스는 그 덕분에라도 머릿속 생각을 잊어보려고 했지만 전혀 즐겁지 않고 오로지 창피할 따름이었다. 다아시 씨가 반대할 만도 하다는 생각이 새삼 들어서, 그 어느 때보다도 빙리 씨의 결심을 가로막은 행동을 용서할 마음이 들었다.

하지만 리디아의 앞날에 드리웠던 구름은 곧 걷혔다. 포스터 부인에게서 브라이턴에 동행하자는 초대를 받았기 때문이었다. 이 더할 나위 없이 소중한 친구는 나이가 아주 젊었고, 결혼한 지도 얼마 안 되었다. 부인과 리디아는 둘 다 서로의 활기차고 유쾌한 성격이 마음에 들어서, 서로 안 지 석 달 만에 둘도 없는 사이가 되었다.

이렇게 되자 리디아는 기뻐 날뛰며 포스터 부인을 찬양했고, 베넷 부인 역시 기뻐 어쩔 줄 몰라 하는 한편 키티는 처참한 절망에 빠졌는데, 그 모습은 말로 형언하기 어려울 정도였다. 리디아는 언니인 키티의 기분은 아랑곳도 않고 환희의 도가니에 빠져 끊임없이 온 집안을 뛰어다니면서 아무나 붙잡고 축하해 달라고 하고, 어느 때보다도 더 시끄럽게 웃고 떠들어댔다. 반면 가련한 키티는 응접실에서 자신의 신세를 끊임없이 한탄했는데, 징징거리는 말투에다 내용 역시 말도 안 되는 소리였다.

"포스터 부인이 **나**는 쏙 빼놓고 리디아만 부르다니 말도 안 돼. 나랑 특별히 친한 건 **아니지만**. 나도 리디아만큼, 아니 리디아보다 초청받을 권리가 더 많은데 말이야. 내가 두 살이나 더 많잖아."

엘리자베스는 이성을 찾도록 설득하려 했고, 제인도 단념시키려 했지만 허사였다. 실상 엘리자베스는 어머니나 리디아처럼 기뻐하기는커녕 그 초대를 리디아에게 그나마 남아 있을지도 모를 상식에 대한 사형 집행장으로 여겼다. 그래서 들통나면 미움을 받을 것을 감수하고 아버지에게 리디아를 보내지 말라고 몰래 조언하지 않을 수 없었다. 가뜩이나 처신이 바르지 못한 아이를 포스터 부인 같은 여자와 붙여놓으면 해로우면 해로웠지 이로울 게 없으며, 더욱이 집보다도 더 유혹거리가 많은 브라이턴에 보냈다가는 분명 문제가 더욱 심각해질 거라고 말했다. 아버지는 그 말을 귀담아듣고 나서 이렇게 말했다.

"리디아는 늘 사람들 앞에 나서서 주목을 끌지 않고는 못 배기는 앤데, 그래도 이번 같은 경우는 가족한테는 돈도 안 들이고 그리 피해도 안 줄 테니 그만하면 괜찮지 않겠냐."

"아버지가 모르셔서 그렇지, 어쩌면 우리 모두에게 엄청난 피해를 줄지도 몰라요." 엘리자베스가 말했다. "리디아가 조심성 없이 경박하게 굴어서 말이에요. 아니, 벌써 피해를 입혔어요. 그러니 이 일은 다시 생각해 주셨으면 해요."

"벌써 피해를 입혔다고!" 베넷 씨가 되뇌었다. "흠, 네 애인들이 개 때문에 겁먹고 도망가 버리기라도 했느냐? 가엾은 리지! 하지만 너무 낙담 말거라. 집안에 그런 바보가 좀 있다고 해서 인연을 끊으려 하는 그런 까탈스러운 젊은이들이라면 아쉬워할 가치도 없지. 어디, 리디아의 바보짓 때문에 물러선 시시한 젊은이들 명단이나 한번 보자."

"오해하셨나 봐요. 제가 그런 피해를 받았다는 건 아니에요. 무슨 특정한 피해가 아니라 일반적인 피해를 말씀드리는 거예요. 천방지축에다 자만심 강하고 절제를 우습게 아는 리디아의 성격 때문에 우리 가족이 남들에게 빈축을 사고 얕잡아 보일 수 있어요. 외람되지만 있는 그대로 말씀드릴게요. 이제 아버지께서 마음먹고 리디아의 막 나가는 성격을 다잡으시고 평생 그렇게 남자들을 쫓아다닐 거냐고 따끔하게 이르지 않으시면 걔는 다시는 걷잡을 수 없는 나락으로 떨어지고 말 거예요. 성격이 아예 그렇게 굳어버려서, 겨우 열여섯 살에 아주 내놓은 바람둥이가 되어서 자신은 물론이고 우리 가족까지 조롱거리로 만들 거라고요. 바람둥이치고도 아주 밑바닥 바람둥이가 되어서 말이에요. 젊다는 것하고 외모가 그런대로 괜찮다는 것 말고는 아무런 매력도 없는 애가 남들 눈에 띄지 못해서 그렇게 안달을 해대니 다들 꽤나 얕잡아 볼 텐데, 그렇게 텅 빈 머리로는 그런 경멸을 어떻게 무마하겠어요. 키티 역시 위험하긴 마찬가지예요. 걔는 리디아가 하자는 대로만 하니까요. 허영덩어리에다 무식하고 게

으르고 도무지 말을 듣지를 않는다고요! 제발! 아버지, 정말 걔들이 어디서나 욕을 먹고 경멸을 받지 않을 수 있을 거라고, 언니들한테까지 그런 욕을 먹이지 않을 거라고 생각하시는 거예요?"

베넷 씨는 엘리자베스의 마음이 온통 이 문제에 쏠려 있다는 것을 알고, 다정스럽게 딸의 손을 잡으면서 이렇게 대답했다.

"얘야, 그렇게 속 끓이지 마라. 너하고 제인은 어디를 가든 늘 존중을 받을 거다. 너희야 어리석은 동생 둘, 아니 셋이 있다고 해서 같이 얕잡아 보이는 일은 없을 게야. 리디아를 브라이턴으로 보내주지 않으면 이 집은 조용할 날이 없을 게다. 그러니 보내주자꾸나. 포스터 대령은 지각 있는 분이니 리디아도 크게 실수는 못 할 게다. 또 재산도 없는 애를 누가 노리기나 하겠냐. 다행이지. 여기서나 그렇지, 걔도 브라이턴에 가면 평범한 바람둥이 축에도 못 낄 게다. 장교들은 걔한테 관심을 둘 가치도 못 느낄 게야. 그러니 거기 가서 자기가 얼마나 보잘것없는지를 느끼고 오기를 기대하자꾸나. 어쨌든 더 심해지면 그땐 평생 가두어 두어도 저도 뭐라고 못 하겠지."

결국 아버지를 설득하지는 못했지만 엘리자베스는 여전히 생각이 바뀌지 않았기 때문에 실망하고 섭섭한 마음으로 서재를 물러나왔다. 그렇지만 성격상 속상한 일을 계속 붙들고 앉아서 더욱 속을 끓이지는 않았다. 일단 자기가 할 바를 다 하고 나면 피할 수 없는 일을 미리 걱정하거나 조바심을 내서 그 걱정을 더욱 키우지 않는 것이 엘리자베스의 성격이었다.

엘리자베스가 아버지와 나눈 이야기를 리디아와 어머니가 들었다면 말 많은 두 사람이 아무리 합심해도 그 분노를 제대로 표현할 수 없었으리라. 리디아는 브라이턴으로 가는 상상에 빠저 온 세상의 행복을 전부 누렸다. 그 상상의 날개 속에서 리디아는 장교들이 우글거리는 즐거운 해수욕장의 거리들을 보았다. 또 아직 알지 못하는 수십 명의 장교들의 주목을 한 몸에 받는 자신의 모습도 보았다. 캠프의 온갖 영광스러운 모습 또한 보았다. 아름답고 질서 정연하게 늘어선 막사는 눈부신 주홍색 군복을 입은 젊고 유쾌한 군인들로 붐볐다. 그리고 그 풍경을 마지막으로 완성하는 것은 한 막사 아래서 적어도 여섯 명의 장교와 동시에 시시덕거리고 있는 자신의 모습이었다.

리디아가 만약 언니가 이런 장래와 현실로부터 자기를 떼어놓으려 했다는 것을 알았다면 어떻게 되었을까? 그 심정을 제대로 이해해 줄 사람, 똑같이 느껴줄 사람은 오로지 어머니뿐이었으리라. 안타깝게도 남편이 그곳에 갈 마음이 전혀 없다는 것이 확실해지자, 어머니의 마음을 달래주는 것은 오로지 리디아가 브라이턴에 간다는 생각뿐이었다.

그러나 두 사람은 그런 일이 있었다는 것을 전혀 몰랐고, 리디아가 집을 떠나는 바로 그날까지 그저 기뻐서 날뛸 따름이었다.

엘리자베스는 마지막으로 위컴 씨를 만났다. 집으로 돌아온 후 이미 여러 차례 위컴 씨와 만났던 터라 이제는 마음이 많이 진정되었다. 과거의 감정으로 인한 동요 역시 완전히 사라졌다. 심지어 처음에는 그토록 마음에 들었던 점잖은 태도에서조차 가식이 느껴져, 혐오스럽고 지겨웠다. 뿐만 아니라 자기를 대하는 태도 역시 이제는 영 불쾌했는데, 그런 일이 있고 난 지금 와서 서로 처음 알게 되었을 때와 같은 관심을 되살려 보려고 드는 것이 빤히 보였기 때문이다. 엘리자베스는 위컴 씨가 자기를 그토록 가볍고 변덕스러운 연애질의 상대로 삼았다는 것을 알고 상대에 대한 관심을 잃어버렸다. 지나치게 생각하지 않으려고 했지만, 위컴 씨가 자기에 대한 관심을 먼저 거둬들였으면서도, 이유나 기간에 상관없이 그 관심을 되살리기만 하면 언제든 상대의 허영심을 만족시키고 애정도 확보할 수 있으리라고 믿는 품이 자기를 얕잡아 보는 것처럼 느껴졌다.

마침내 연대가 메리턴을 떠나는 날, 위컴 씨는 다른 장교 몇 명과 함께 롱본에서 식사를 했다. 그리고 그다지 다정하게 헤어질 기분이 아니었던 엘리자베스는 헌스퍼드에서 어떻게 지냈느냐는 위컴 씨의 물음에, 피츠윌리엄 대령과 다아시 씨가 3주 동안 로징스에서 머문 사실을 알려주고 나서 대령과 아는 사이냐고 물어보았다.

위컴 씨는 놀라고 불편하고 경계하는 듯한 표정을 지었지만 순식간에 정신을 차리고 웃음으로 답하면서, 옛날에 자주 보았다고 했다. 그리고 몹시 신사다운 사람이더라고 말하고 나서 그 사람이 마음에 들더냐고 물어보았다. 엘리자베스는 대령을 무척 칭찬했다. 위컴 씨는 짐짓 태연한 척하면서 이내 이렇게 덧붙였다. "대령이 로징스에 얼마나 있었다고 하셨지요?"

"3주 가까이요."

"자주 만나셨습니까?"

"네, 거의 매일요."

"자기 사촌하고는 무척 다르게 굴지요."

"예, 아주 달라요. 그렇지만 알고 보니까 다아시 씨도 점점 나아지던데요."

"정말입니까!" 엘리자베스는 이렇게 외치는 위컴 씨의 표정을 놓치지 않았다. "그런데 여쭤봐도 될까요?" 위컴 씨는 얼른 자제하면서 더 유쾌한 어조로 덧붙였다. "말하는 태도가 좀 나아졌나요? 평소 말하는 투에다 좀 예의를 차리는 흉내라도 덧붙이던가요?” 그러고는 좀 더 낮고 진지한 어조로 말을 이었다. “설마 본질적인 면에서 나아졌으리라고는 기대하기 힘들군요.”

“네, 맞아요!” 엘리자베스가 말했다. “본질적인 부분은, 거의 변한 게 없다고 생각해요.”

위컴 씨는 이 말을 듣고 반가워해야 할지 의심해야 할지 모르겠다는 표정이었다. 엘리자베스의 표정에서 느껴지는 무언가가 위컴 씨로 하여금 두렵고 불안한 심정으로 상대의 말에 귀를 기울이게 했다. 엘리자베스는 이어서 이렇게 덧붙였다.

“제가 알고 보니까 나아졌다고 한 건, 그분의 사고방식이나 태도 자체가 나아졌다는 뜻이 아니고 제가 그분을 더 잘 알게 되니까 그분의 성격을 더 잘 이해할 수 있게 되었다는 뜻이었어요.”

위컴 씨는 이제 너무나 놀라 얼굴빛이 붉어지며 당황한 표정을 지었다. 몇 분쯤 침묵을 지키다가 겨우 민망함을 떨쳐버리고 다시 엘리자베스를 향해 더없이 부드러운 어조로 말했다.

“엘리자베스 양은 제가 다아시 씨를 어떻게 생각하는지 잘 아실 테니, 그 사람이 현명하게도 **겉**으로나마 올바르게 굴려고 한다는 데 제가 진심으로 기뻐한다는 걸 이해하실 겁니다. 그런 오만함도 방향만 잘 잡으면 자기 자신에게는 몰라도 남들한테는 도움이 될 수도 있겠죠. 그 덕분에 다른 사람에게는 제게 한 것 같은 그런 부당한 짓을 삼갈 수도 있으니까요. 다만 제가 걱정하는 것은 방금 말씀하신 그런 조심성이 자기 이모를 방문할 때만 나타나는 것은 아닌가 하는 점입니다. 그 사람은 이모한테 잘 보이고 싶어 하니까요. 이모 앞에서는 늘 그런 두려움이 작동하는 것 같더군요. 아마 그 사람이 무척이나 좋아하는 드 버그 양과의 결혼을 성사시키고 싶어서일 겁니다.”

엘리자베스는 이 말에 웃음이 비어져 나왔지만 그냥 머리만 약간 끄덕여 보일 뿐 아무 대답도 하지 않았다. 위컴 씨는 해묵은 원한 이야기에 동참해 주기를 바라는 것 같았지만 엘리자베스는 그럴 기분이 아니었다. 그날 저녁 이후에 위컴 씨는 겉으로는 평소의 명랑함을 유지했으나 더 이상 엘리자베스와 친한 척을 하려고 들지는 않았다. 그리고 마침내 두 사람은 서로 예절을 지키면서, 그리고 아마도 양쪽 다 다시는 만날 일이 없었으면 하는 마음으로 헤어졌다.

모임이 파하고 리디아는 포스터 부인과 함께 메리턴으로 돌아갔다. 그곳에서 다음 날 아침 일찍 출발할 예정이었다. 가족과의 작별 인사는 슬프다기보다는 소란스러웠다. 눈물을 흘린 사람은 키티뿐이었지만 그것도 속상하고 샘이 나서였다. 베넷 부인은 딸의 행복을 있는 대로 축원하면서 기회가 닿는 한 최대한 즐기라고 신신당부했다. 이런 충고를 그대로 이행하지 않을 리디아가 아니었고, 리디아가 신이 나서 소란을 피우며 작별을 고하는 통에, 한결 나직한 언니들의 작별 인사는 완전히 묻혀버렸다.

42장

엘리자베스의 견해가 오로지 자기 가족만을 바탕으로 했다면 결혼의 행복이라거나 가정의 안락함에 관해 그다지 바람직한 그림을 형성하지 못했을 것이다. 아버지인 베넷 씨는 젊고 아름다운 데다 성격도 좋아 보이는―젊고 아름다운 여자는 그렇게 보이기 쉬우니까―여성에게 반해 결혼까지 했는데, 막상 결혼해 보니 아내는 머리도 나쁘고 마음도 편협한 여자여서 이미 결혼 생활 초기에 애정은 모두 사라져 버리고 말았다. 그리하여 존경, 존중, 신뢰는 영원히 사라졌고, 가정의 행복에 대한 견해들도 모두 뒤집혀 버렸다. 그렇지만 베넷 씨는 자기 자신이 신중하지 못해서 초래된 실망을 달래려고, 어리석음이나 약점으로 인해 그런 실망을 초래한 불행한 사람들이 스스로를 위안하려고 찾는 도락에 빠질 성격이 아니었다. 그보다는 주로 자신이 사랑하는 자연과 책에서 즐거움을 얻었다. 아내 덕분에 얻은 거라고는 무지와 어리석음을 비웃는 데서 느끼는 즐거움밖에 없었다. 이는 보통 남편이 아내에게서 얻고 싶어 하는 부류의 행복은 아니지만, 다른 즐거움을 얻을 수 없다면 주어진 여건에서 허락되는 것을 얻는 것이 현명한 일이리라.

그렇지만 자기 아버지의 행동이 남편으로서 적절치 못하다는 것을 모를 엘리자베스가 아니었다. 엘리자베스는 늘 그런 모습에 괴로워했다. 그렇지만 아버지의 현명함을 존경하고 자신을 다정히 대해 주시는 데 감사하면서, 뻔히 보이는 그런 모습들을 잊어버리려 애썼다. 결혼의 의무와 예절에도 어긋나는, 남편이 자식들로 하여금 아내를 경멸하도록 그냥 내버려두는 현실을 아예 생각지 않으려고 했다. 그렇지만 지금은 서로 맞지 않는 결혼이 자식들에게 끼치는 손해가, 그리고 잘못된 방향으로 이용된 능력에서 솟아나는 해악이 그 어느 때보다도 절실하게 느껴졌다. 아버지가 자신의 능력을 올바로 쓰시기만 했더라면 아내의 사고방식을 트이게 만들지는 못할망정 적어도 딸들만큼은 어디 가도 욕먹지 않게 키울 수 있었을 텐데 말이다.

엘리자베스는 위컴 씨가 떠난 것은 기뻤지만 그것 말고는 연대가 가버린 데 만족할 만한 이유를 별로 찾지 못했다. 외부의 파티는 전에 비해 줄었고 집에서는 뭐든 다 따분하다고 늘 투덜대는 어머니와 동생이 집안 분위기를 우울하게 만들었다. 그리고 키티는 머릿속을 어지럽히던 것들이 사라지자 어느 정도 원래 상태로 돌아온 것 같았지만, 성격상 더 큰 잘못을 저지를 우려가 있는 리디아는 해수욕장에다 군대 주둔지라는 이중적인 위기에 처해 어리석음과 자만심만 더 강해질 것 같았다.

따라서 전체적으로, 엘리자베스는 조바심 내며 기다렸던 일이 반드시 애초에 약속했던 모든 만족을 가져다주지는 못한다는 사실을 깨달았다. 비록 그런 깨달음이 이번이 처음은 아니었지만 말이다. 그러니 실제적인 행복의 출발점으로 다른 시기를 잡아야 했다. 현재의 자신을 위로하고 다음번 실망에 대비하려면 소망과 희망이 이루어질 시기를 정하고 다시 그것을 기대하면서 즐거움을 누리는 방법밖에 없으니까. 이제 엘리자베스를 가장 행복하게 하는 것은 레이크 디스트릭트 여행에 대한 생각이었다. 어머니와 키티가 불평을 늘어놓는 바람에 속이 상할 때는 오로지 그 생각에서 위안을 얻었다. 제인과 함께 갈 수만 있다면 더욱 완벽할 텐데.

'그래도 잘된 거야.' 엘리자베스는 생각했다. '아쉬운 게 있으니까. 계획이 너무 완벽하면 결과적으로는 틀림없이 실망하고 말 거야. 하지만 언니가 곁에 없다는 데서 늘 안타까운 마음을 잊을 수 없을 테니까, 내가 기대하는 즐거움은 모두 실현될 거라고 생각해도 괜찮을 거야. 모든 면에서 즐거움만을 약속하는 계획은 절대로 성공할 리 없어. 전체적인 실망을 피하는 방법은 뭔가 속상해할 만한 사소한 일을 만드는 거야.'

리디아는 떠나면서 어머니와 키티한테 아주 자세한 편지를 자주 보내겠다고 약속했다. 그러나 편지는 늘 오래 기다려야 왔고 늘 매우 짧았다. 어머니에게 보낸 편지에는 자기들이 방금 도서관에서 돌아오는 길인데 이런저런 장교들과 거기서 어울렸으며 아주 정신이 나갈 만큼 아름다운 장신구들을 보았다, 가운과 파라솔을 새로 샀는데 더 자세히 설명하고 싶지만 포스터 부인이 불러서 얼른 서둘러 가지 않으면 안 되겠다, 부대로 가게 될 거다, 하는 이야기 말고는 아무것도 없었다. 그리고 키티한테 보낸 편지에서는 얻을 정보가 더 없었다. 편지가 조금 더 길긴 했지만 단어들 밑에 줄을 잔뜩 쳐서 다른 사람에게 보여주지 못하게 했기 때문이다.

리디아가 집을 떠난 지 2, 3주 정도 지나자 롱본에는 건강과 유쾌함과 활기가 되살아나기 시작했다. 모든 것이 한층 행복하게 보였다. 겨울 동안 런던에 가 있었던 가족들도 다시 돌아왔고, 여름의 옷차림과 모임을 놓고 이야기꽃을 피웠다. 베넷 부인은 수다스러운 본모습으로 되돌아갔고, 6월 중순경에는 키티도 눈물 없이 메리턴에 갈 수 있을 정도로 회복되었다. 그 모습을 보고 엘리자베스는 키티가 오는 크리스마스 무렵이면 장교 이야기를 하루에 한 번 이상은 입에 올리지 않을 정도로 분별력이 생길지도 모른다는 행복한 기대를 품기도 했다. 다만 육군성이 변덕을 부려서 메리턴에 또 다른 연대를 주둔시키지 않는다면 말이다.

북부 지방 여행을 떠나기로 한 시기가 급히 다가와, 겨우 보름밖에 남지 않았을 때 가드너 부인에게서 편지가 왔다. 출발을 연기하고 일정도 단축하자고 했다. 가드너 씨가 일 때문에 7월 중순이나 되어야 출발할 수 있게 되었고 한 달 내로 런던에 다시 돌아와야 한다는 것이었다. 그러면 기간이 너무 짧아지므로 계획한 만큼 멀리까지 가서 많은 것을 보지 못하게 되든가, 아니면 다 보더라도 계획한 만큼 여유롭고 편안하게 보기가 힘들 테니

레이크 디스트릭트는 포기하고 더 짧은 여행으로 대체할 수밖에 없게 되었다. 현재 계획대로라면 북쪽으로는 더비셔까지 가는 것이 한계였다. 더비셔도 다 보려면 3주는 걸릴 만큼 볼 게 많았고, 가드너 부인은 특히 그곳에 이끌렸다. 옛날에 그곳에서 꽤 오래 살았고 이번에도 며칠 동안 머물게 될 그 도시가 부인에게는 분명히 무척이나 찬양받는 매틀록이나 채츠워스, 도브데일, 피크 지역의 관광지 못지않게 커다란 호기심의 대상이었다.

엘리자베스는 실망이 컸다. 레이크 디스트릭트를 꼭 보리라 마음먹고 있었고, 그래도 시간이 충분할지도 모른다고 생각했다. 하지만 자기 입장에서는 만족할 수밖에 없었고, 만족하는 게 성격이기도 했다. 그래서 다시 모든 것이 괜찮아졌다.

더비셔 이야기가 나오니 여러 가지가 연상되었다. 우선 펨벌리와 그 주인을 생각하지 않을 수 없었다. '하지만 그곳으로 가는 게 불법도 아니고, 형석螢石 몇 개쯤 집어온다고 그분에게 들키기야 하겠어?'

기다리는 시간이 이제 두 배로 늘어났다. 삼촌과 숙모가 오려면 4주나 더 있어야 했다. 그러나 그 시간도 지나갔고, 가드너 부부는 마침내 네 아이들을 데리고 롱본에 나타났다. 아이들, 즉 여섯 살과 여덟 살짜리 여자아이 둘과 어린 남동생 둘을 각별히 보살피는 역은 사촌인 제인이 맡기로 했다. 아이들은 모두 제인을 가장 좋아했고, 제인은 늘 사리가 반듯하고 마음이 고와서 아이들을 맡기에 제격이었다. 제인은 아이들을 가르치고 같이 놀아주고 사랑해 주었다.

가드너 부부는 롱본에서 하룻밤만 묵고 다음 날 아침 엘리자베스와 함께 새롭고 즐거운 여행길에 올랐다. 한 가지 즐거움은 벌써 확실했는데, 여행 동반자를 잘 골랐다는 것이었다. 여행 동반자로 적합하려면 불편함을 견딜 수 있는 체력과 성격, 즐거움을 더욱 증폭시키는 명랑함, 그리고 외적인 환경이 실망스럽더라도 자기들끼리는 얼마든지 즐거울 수 있는 애정과 지혜로움이 있어야 했다.

더비셔나 그리로 가는 길에 있는 볼 만한 곳들에 관해 설명하는 것은 이 책의 목적이 아니다. 옥스퍼드, 블렌하임, 워릭, 케닐워스, 버밍엄 등은 이미 충분히 알려져 있다. 여기서 관심사는 더비셔의 조그마한 지역이다. 그 지역의 주요한 볼거리들을 다 보고 나서 가드너 부인이 옛날에 살았고 아직도 아는 사람이 좀 남아 있다는 사실을 최근에 알게 된 램턴이라는 작은 읍으로 발길을 돌렸다. 숙모는 엘리자베스에게 펨벌리가 램턴에서 5마일 거리밖에 안 된다고 알려주었다. 그들의 경로상 일직선 위에 있는 것은 아니었지만 1, 2마일 정도밖에 벗어나지 않았다. 가드너 부인은 그 전날 저녁 때 행선지 이야기를 하다가 그곳을 다시 가보고 싶은 의향을 내비쳤다. 가드너 씨도 좋다고 하면서 엘리자베스에게도 동의를 구했다.

"애, 너 그렇게 많이 들었던 장소를 직접 보고 싶지 않니?" 숙모가 말했다. "네가 아는 사람들도 여럿 그곳과 관련이 있기도 하고. 너도 알잖니, 위컴도 자기 어린 시절을 내내 그곳에서 보냈어."

엘리자베스는 난처해졌다. 자기가 펨벌리에 가야 할 이유는 전혀 없다고 느꼈고, 따라서 보고 싶지 않은 체할 수밖에 없었다. 대저택을 보는 데는 이제 질렸다고, 너무 많이 봤더니 이제는 좋은 양탄자니 새틴 커튼 같은 걸 보아도 좋은지 모르겠다고 말해야 했다.

가드너 부인은 엘리자베스의 어리석음을 나무랐다. "비싼 가구를 비치한 멋진 집이 다라면 나도 관심 없었을 거다. 하지만 그 부지가 멋지거든. 이 고장에서 알아주는 멋진 숲이 몇 군데나 있어."

엘리자베스는 결국 입을 다물었다. 그렇지만 마음속으로는 받아들일 수 없었다. 그곳을 둘러보다가 다아시 씨를 마주치는 상황이 즉각 떠올랐다. 얼마나 끔찍할까! 생각만 해도 얼굴이 달아올랐다. 그런 위험을 무릅쓰느니 숙모에게 터놓고 말하는 편이 낫겠다고 생각했다. 그러나 그것도 문제가 없지는 않았다. 그래서 결국 주인 가족의 부재 여부를 몰래 물어보고 난 다음에 최후의 수단으로 그렇게 하기로 마음먹었다.

그리하여 엘리자베스는 밤에 자기 방으로 물러가서 객실 하녀에게 펨벌리가 정말 훌륭한 곳인지, 주인의 이름이 무엇인지, 그리고 조마조마한 심정으로, 주인 가족이 여름을 지내러 내려와 있는지를 물어보았다. 이 마지막 질문에 대해서는 너무나 반갑게도 아니라는 대답이 나왔다. 이제 걱정이 사라지자 여유가 생기면서 그 저택을 보고 싶은 엄청난 호기심이 생겼다. 그래서 다음 날 아침 다시 그 이야기가 나왔을 때, 엘리자베스는 아무렇지 않은 척하면서 사실 그 계획이 특별히 싫은 건 아니라고 기꺼이 대답했다.

그리하여 마침내 일행은 펨벌리로 떠났다.

오만과 편견

3부

43장

마차를 타고 가는 길에, 엘리자베스는 차창 밖으로 처음 보이는 펨벌리 숲을 그리 편치만은 않은 마음으로 내다보았다. 하지만 마침내 장원으로 들어서자 마음이 무척이나 설레었다.

장원은 무척이나 넓었고, 지형도 매우 다양했다. 마차는 그 가운데 가장 낮은 지역으로 들어서더니 멀리 뻗은 아름다운 숲을 한동안 가로질렀다.

눈길을 끄는 광경이 어찌나 많은지, 엘리자베스는 열심히 구경하고 감탄하느라 거의 말을 할 겨를도 없었다. 반 마일 정도 이어진 완만한 오르막길을 지나자 마차는 상당히 높은 언덕 꼭대기에 도달했는데, 그곳에서 숲이 끊어지고 길은 계곡으로 급격히 꺾였다. 그리고 계곡 맞은편에 자리한 펨벌리 하우스가 불현듯 일행의 시야에 들어왔다. 그 크고 멋진 석조 건물은 언덕배기에 듬직한 모습으로 서 있었고, 숲이 울창하게 자리한 그 뒤편의 높은 언덕은 마치 멋진 배경 그림 같았다. 또 저택 앞쪽으로는 원래도 좁지 않았던 개울을 한층 넓혀놓았는데, 인공적인 느낌은 전혀 풍기지 않았다. 둑도 괜히 멋을 부려 어색하게 꾸민 느낌이 없었다. 엘리자베스는 기뻤다. 자연적으로 이처럼 완벽한 곳, 혹은 서툰 취향으로 자연적인 아름다움을 망쳐놓지 않은 이런 곳은 한 번도 본 적이 없었다. 일행은 모두 열띤 찬사를 보냈고, 순간 엘리자베스는 펨벌리의 안주인이 된다는 것이 대단한 일이라는 생각이 들었다!

이윽고 마차는 언덕을 내려와 다리를 건너 저택을 향해 달렸는데, 저택이 가까워질수록 그 주인과 마주칠지 모른다는 두려움이 더욱 강해졌다. 혹시 객실 하녀가 잘못 알았으면 어떡한담.

일행은 집 구경을 부탁하고 입장을 허가받았다. 하녀장을 기다리는 동안 엘리자베스는 자기가 어쩌다 이곳을 오게 되었는지 새삼 신기해했다.

하녀장이 왔다. 연륜이 좀 있어 보이는 점잖은 여자였는데, 엘리자베스가 상상했던 것보다 덜 세련됐지만 더 정중했다. 일행은 하녀장을 따라 식당 겸 거실로 들어섰다. 넓고 배치가 좋고 멋지게 꾸며진 방이었다. 엘리자베스는 대충 둘러보고 나서 창가로 가 경치를 즐겼다. 자기들이 막 내려온 언덕은 멀리서 보니 더 가팔라 보였고, 숲으로 왕관을 두른 모습이 마치 아름다운 그림 같았다. 지형도 하나같이 훌륭했다. 강과 둑 위에 사이를 두고 선 나무들과 굽이치는 계곡까지, 보이는 구석구석 모두가 엘리자베스의 마음을 벅차오르게 했다. 각 방마다 모두 다른 경치를 제공했지만, 어느 창문으로 내다보나 아름다운 볼거리가 넘쳤다. 모든 방이 고상하고 멋졌으며 주인의 재력에 어울리는 가구로 장식되어 있었다. 하지만 번드르르함이나 쓸데없이 세련된 구석은 조금도 없어서 엘리자베스는 주인의 취향에 감탄했다. 로징스의 가구들에 비하면 덜 화려해도 진정한 우아함은 더했다.

'내가 이런 곳의 안주인이 될 뻔했다니!' 엘리자베스는 생각했다. '지금쯤이면 이 방들에 익숙해졌을지도 모르지. 손님으로 구경하는 게 아니라 주인으로 편안히 있었을지도 몰라. 그리고 삼촌과 숙모를 손님으로 반갑게 맞았겠지. 하지만 아니야.' 엘리자베스는 현실로 돌아왔다. '그런 일은 절대로 없었을 거야. 삼촌과 숙모를 다시는 만나지도 못했을걸. 하물며 초대하는 건 어림도 없었을 거야.' 그런 생각이 떠올라서 다행이었다. 그렇지 않았으면 후회 같은 감정을 느낄 뻔했다.

엘리자베스는 하녀장에게 주인이 정말 출타 중인지 묻고 싶은 마음이 간절했지만 용기가 없었다. 그러나 마침내 삼촌이 그 질문을 했고, 엘리자베스는 레이놀즈 부인의 대답을 듣고 흠칫 놀라 그만 고개를 틀었다. 부인이 그렇다고 대답하고 나서 이렇게 덧붙였기 때문이다. "하지만 내일 돌아오실 예정입니다. 여러 친구분들과 더불어서요." 엘리자베스는 무슨 사정이 생겨서 여행이 하루 더 지체되지 않았던 것이 너무나 다행스러웠다!

그때 숙모가 엘리자베스를 부르더니 그림 한 점을 가리켰다. 다가가서 보니 벽난로 위에 세밀화 서너 점이 있었는데, 그 중간에 위컴 씨를 닮은 그림이 있었다. 숙모는 웃음을 띠며 엘리자베스에게 그림이 마음에 드느냐고 물었다. 그러자 하녀장이 나서서 이 그림의 젊은 신사분은 작고하신 선대 주인의 집사의 아드님이었는데, 선대 주인이 양육비를 대셨다고 말해주었다. "지금은 군대에 들어갔는데, 아주 방탕하게 사는 모양이라 걱정이에요." 하녀장이 덧붙였다.

가드너 부인은 조카를 바라보며 웃음을 지었지만 엘리자베스는 마주 웃어줄 형편이 아니었다.

"그리고 저 그림이 저희 주인이세요. 판박이지요." 레이놀즈 부인이 다른 세밀화를 가리키며 말했다. "아까 그림하고 같이 그려진 거랍니다. 한 8년쯤 전에요."

"주인께서 멋진 분이시라고들 하더니." 가드너 부인이 그림을 보면서 말했다. "과연 미남이시네요. 리지야, 저 그림이 닮았는지 안 닮았는지 어디 네가 한번 말해보렴."

자기 주인을 안다는 말에 레이놀즈 부인은 엘리자베스에게 관심을 보였다.

"저 아가씨께서 다아시 씨를 아시나요?"

엘리자베스는 얼굴을 붉히며 대답했다. "조금요."

"그럼 그분이 아주 잘생긴 신사라고 생각하지 않나요, 아가씨?"

"네, 아주 잘생기셨어요."

"제가 아는 한 그렇게 잘생기신 분은 다시없을 거예요. 그런데 위층 화랑에 있는 그림이 이것보다 더 멋지고 더 크답니다. 이 방은 선대 주인이 제일 마음에 들어 하시던 방이라서, 이 세밀화들을 그때 그대로 놓아두었지요. 참 많이도 좋아하셨는데."

엘리자베스는 그제야 위컴 씨의 초상이 여기에 끼어 있는 이유를 알았다.

그러고 나서 레이놀즈 부인은 다아시 양의 초상화 하나를 가리켜 보였는데, 겨우 여덟 살 때 그린 그림이었다.

"다아시 양도 오빠만큼 인물이 훤한가요?" 가드너 씨가 물었다.

"아! 그럼요, 제가 세상에서 본 중 제일 아름다우세요. 교양도 넘치시고요! 온종일 음악을 연주하고 노래를 부르신답니다. 다음 방에는 아가씨를 위해 막 들여온 새 악기가 있지요. 주인어른 선물이랍니다. 아가씨는 내일 주인 나리와 같이 오세요."

평소 활달하고 스스럼없는 가드너 씨는 질문도 하고 추임새도 던져가며 레이놀즈 부인이 더 많은 이야기를 하도록 부추겼다. 자부심 때문이든 애정 때문이든, 부인은 자기 주인과 그 누이에 관해 이야기하기를 무척이나 좋아하는 게 분명했다.

"주인께서는 매년 펨벌리에 와서 오래 계시나요?"

"저야 늘 아쉽지만 그래도 연중 절반은 이곳에서 보내신다고 할 수 있어요. 다아시 양은 여름에는 꼬박꼬박 내려오세요."

'램스게이트에 갈 때는 빼고 말이지.' 엘리자베스는 생각했다.

“주인께서 결혼을 하시면 더 자주 보실 수 있을 텐데요.”

“그렇지요. 그런데 **그게** 언제가 될지 모르겠어요. 그분께 어울릴 만큼 훌륭한 분이 과연 계실는지.”

가드너 내외는 미소를 지었다. 엘리자베스는 이렇게 말하지 않을 수 없었다. “그렇게 생각하시는 걸 보니 그분은 분명 무척 좋은 분인가 봐요.”

“저뿐만 아니라 그분을 아는 사람이라면 누구나 그렇게 말할 걸요.” 하녀장이 대답했다. 엘리자베스는 설마 그러기야 하랴 싶었는데, 이어진 하녀장의 말에는 더욱 놀라고 말았다. “제 평생에 그분에게서 심한 말 한 번 들은 적이 없답니다. 그분이 네 살 적부터 죽 모셨는데도요.”

찬사치고도 특별한 이러한 찬사는 엘리자베스의 생각과는 정면으로 대치되었다. 다른 건 몰라도 다아시 씨의 성격이 온화하지 않다는 것만큼은 확신했기 때문이다. 엄청난 관심이 솟아나면서 더 듣고 싶어 안달이 나는 참에 마침 삼촌이 고맙게도 이렇게 말해주었다.

“그런 말을 들을 만한 사람은 많지 않지요. 주인 복이 있으시네요.”

“그럼요, 저도 알지요. 온 세상을 다 뒤져봐도 더 훌륭한 분은 못 찾을걸요. 그런데 제가 여태껏 살면서 보니까, 어렸을 때 성품이 좋은 이가 자라서도 좋더라고요. 그분은 예전에도 늘 세상에서 가장 마음씨가 곱고 너그러운 소년이었지요.”

엘리자베스는 하녀장에게서 거의 시선을 떼지 못하고, ‘과연 다아시 씨를 두고 하는 이야기가 맞나!’ 하고 생각했다.

“선친이 참 훌륭하셨지요.” 가드너 부인이 말했다.

“맞아요, 부인. 정말 그러셨어요. 아드님도 선친하고 꼭 같으실 겁니다. 없는 사람들한테 선친만큼이나 잘해주시죠."

엘리자베스는 놀랍기도 하고 도무지 못 미덥기도 했지만 하녀장의 이야기에 점점 더 귀가 솔깃해지면서 더 많은 것을 알고 싶어 조바심이 났다. 다른 이야기는 전부 귓가를 스쳐갈 뿐이었다. 레이놀즈 부인은 그림의 주제라든가 방의 넓이라든가 가구의 가격 같은 이야기를 했지만 듣는 둥 마는 둥 했다. 그리고 부인이 주인을 넘치도록 칭찬하는 것이 일종의 가족에 대한 편견 때문이라고 여긴 가드너 씨는 그런 모습이 재미있어서 곧 화제를 그쪽으로 몰아갔다. 거대한 층계참을 걸어 올라가면서, 부인은 자기 주인 칭찬에 열을 올렸다.

"그분은 지주로서도 주인 나리로서도 세상에서 최고세요. 저 밖에 모르는 막돼먹은 요즘 젊은이들하고는 다르죠. 소작인이나 하인치고 그분을 칭찬하지 않는 사람이 없어요. 더러 거만하다고 하는 사람들도 있긴 하죠. 하지만 전 그런 모습은 전혀 보지 못했어요. 아마 그저 그분이 다른 젊은이들처럼 속없이 떠들어대지 않아서 그러나 봐요."

'이 말대로라면 그분은 정말 좋은 분이잖아!' 엘리자베스는 생각했다.

"이런 칭찬은," 숙모가 옆에서 속삭였다. "우리 가엾은 친구에게 한 짓과는 영 안 어울리는데."

"어쩌면 우리가 속았을지도 몰라요."

"설마 그러려고. 우리 소식통은 너무 확실했잖아."

위층에 오른 일행은 널찍한 로비를 통과해 매우 아름다운 거실로 안내받았다. 최근 들어 아래층 방보다 더 우아하고 밝게 꾸며진 곳이었는데, 다아시 양이 마지막으로 펨벌리에 왔을 때 이 방을 마음에 들어 했기 때문에 다아시 양을 기쁘게 해줄 목적으로 방금 완성되었다고 했다.

"오빠로서는 확실히 훌륭하네요." 창문 쪽으로 걸어가면서 엘리자베스가 말했다.

레이놀즈 부인은 다아시 양이 이 방에 들어와서 기뻐할 것을 고대했다. "그분은 늘 그러세요." 부인은 덧붙였다. "동생이 좋아하는 일이라면 뭐든 그 자리에서 해버리시지요. 동생을 위해서라면 못 하실 일이 없을걸요."

이제 더 남은 곳은 화랑과 주 침실 두세 군데 정도였다. 화랑에는 훌륭한 유화가 많았지만 엘리자베스는 그쪽은 잘 몰랐고 아래층에서 본 것도 있어서, 더 흥미롭고 감상도 쉬운, 다아시 양을 그린 크레용 회화 쪽에 더 끌렸다.

화랑에는 가족 초상화가 여러 점 걸려 있었지만 손님들의 관심까지 끌 만한 그림들은 아니었다. 엘리자베스는 자기가 아는 유일한 얼굴을 찾았다. 마침내 실물과 놀랄 만큼 닮은 그 모습이 시야에 들어왔다. 그림의 주인공은 예전에 엘리자베스를 바라볼 때 몇 번인가 지었던 바로 그 웃음을 짓고 있었다. 엘리자베스는 한동안 그림 앞에 서서 깊은 생각에 잠겼고, 다 함께 화랑을 나오기 전에 다시 한번 그 앞으로 돌아갔다. 레이놀즈 부인은 그의 선친 생전에 그린 그림이라고 알려주었다.

분명히 이 순간, 엘리자베스는 이 그림의 주인공에 대해 한창 만나던 때 느끼던 것보다 더 따뜻한 감정을 느꼈다. 레이놀즈 부인의 찬사는 결코 하찮은 것이 아니었다. 총명한 하인의 칭찬보다 더 가치 있는 칭찬이 과연 있을까? 오빠로서, 지주로서, 주인으로서, 그는 너무나 많은 사람의 행복을 손에 쥐고 있었다! 그의 힘이라면 얼마나 많은 기쁨이나 고통을 초래할 수 있을까! 또 그가 행할 수 있는 착한 일이나 나쁜 일은 얼마나 많을까! 하녀장의 말을 들으면 그를 칭찬할 수밖에 없었고, 그의 두 눈이 자기를 똑바로 응시하는 화폭 앞에 서서, 엘리자베스는 자기에게 보여준 그의 애정에 대해 그 어느 때보다도 깊은 감사의 마음을 느꼈다. 청혼을 할 때의 그 열렬함이 다시 떠올랐고, 그가 쓴 부적절한 표현에 대해서도 마음이 한결 누그러졌다.

저택에서 손님으로 구경할 수 있는 곳은 모두 보고 나서 일행은 다시 아래층으로 내려와 하녀장에게 작별 인사를 했다. 다음으로 안내를 맡은 정원사가 현관에서 기다리고 있었다.

잔디밭을 가로질러 강 쪽으로 걸어가다가, 엘리자베스는 저택을 다시 한번 보려고 몸을 돌렸다. 삼촌과 숙모도 함께 멈춰 섰고, 엘리자베스가 건축 연대를 가늠해 보고 있는데 건물 뒤편 마구간 쪽으로 난 길에서 갑자기 누군가 모습을 드러냈다. 바로 건물의 주인이었다.

채 20야드도 안 되는 거리에서 그토록 갑자기 나타났으니, 엘리자베스가 그의 눈에 띄지 않을 방법은 없었다. 곧 두 사람의 눈길이 마주치자, 둘 다 뺨이 시뻘겋게 상기되었다. 다아시 씨는 어찌나 놀랐는지 얼마 동안 그 자리에 못 박힌 듯 서 있었다. 그러나 이내 정신을 차리고 다가와 엘리자베스를 향해 완벽하게 침착하다고 못 해도 적어도 완벽하게 정중한 인사말을 건넸다.

엘리자베스는 본능적으로 등을 돌렸지만 그가 다가오자 당황하여 멈춰 선 채 인사를 받았다. 나머지 두 사람은 위층에서 그와 닮은 초상화를 본 것만으로는 처음 눈앞에 나타난 다아시 씨를 알아보기에 부족했더라도, 정원사가 놀라는 표정으로는 그를 금방 알아보았으리라. 가드너 부부는 그가 조카에게 말하고 있는 동안 약간 떨어져 서 있었는데, 엘리자베스는 너무 놀라고 당황한 나머지 눈을 들어 그의 얼굴을 쳐다볼 엄두조차 내지 못했

고, 가족의 안부를 묻는 정중한 질문에 대답하기조차 힘들 지경
이었다. 마지막 보았을 때와는 너무나 달라진 그의 태도에 놀란
엘리자베스는 그가 한마디 할 때마다 점점 더 당황했다. 그리고
자기가 하필이면 거기서 그와 마주쳤다는 것이 너무나 주책없는
일이라는 생각이 시시각각 떠올라, 평생 그토록 불편하기는 처
음이었다. 한편 상대도 그다지 편안해 보이지는 않았다. 평소의
침착함은 자취를 감춘 어조로 롱본을 언제 떠나셨느냐, 더비셔
에는 얼마나 머무실 거냐고 거듭 성급히 물어보는 모양이 꽤나
혼란스러운 듯했다.

결국 말할 거리도 다 떨어졌는지, 다아시 씨는 잠시 한마디도
없이 서 있다가 퍼뜩 정신을 차리고 작별 인사를 했다.

엘리자베스는 나머지 일행이 다아시 씨의 훤한 인물에 감탄을
표하는 소리를 귀담아들을 경황이 아니었고, 자기 감정에만 사
로잡혀 묵묵히 사람들 뒤를 따랐다. 수치심과 민망함이 오롯이
몰려왔다. 도대체 무슨 생각으로 이곳에 오는 불행한 실수를 저
지른 것일까! 얼마나 이상하게 생각했을까! 그렇게 자만심 강한
남자가 나를 얼마나 우습게 보았을까! 일부러 자기 앞에 얼쩡거
린다고 생각할지도 몰라! 아! 내가 왜 왔을까! 아니, 그 사람은
대체 왜 예정대로 오지 않고 하루 일찍 왔을까! 단 10분만 빨리
왔어도 그처럼 빈축을 살 일은 피할 수 있었을 텐데. 그 사람이
바로 그때 도착해 말이나 마차에서 내린 게 분명했으니 말이다.
그 얄궂은 만남을 생각하니 달아오른 얼굴이 도무지 식을 줄 몰
랐다. 게다가 놀랍도록 돌변한 그 태도는 도대체 무슨 의미일까?
내게 먼저 말을 건 것만도 놀랄 일인데, 거기다 그리 정중한 어
조로 우리 가족의 안부까지 묻다니! 그동안 봐오면서 그처럼 격
의 없이 부드럽게 말하는 모습은 갑자기 마주친 지금 본 게 처

음이야. 지난번 로징스 파크에서 편지를 쥐여주며 이야기하던 모습하고는 완전히 딴판이잖아! 엘리자베스는 어떻게 생각해야 할지, 어떻게 해석해야 할지 도무지 알 길이 없었다.

일행은 이제 강가 한 켠의 아름다운 산책로에 들어섰다. 매 걸음걸음, 보이는 숲과 지형은 더욱 아름다워졌다. 그러나 엘리자베스는 한동안 그 아름다움을 통 지각하지 못했다. 삼촌과 숙모가 말을 시킬 때마다 그저 기계적으로만 대답할 뿐, 또한 보라고 가리키는 쪽으로 자동적으로 눈길만 돌릴 뿐, 아무것도 눈에 들어오지 않았다. 생각은 온통 펨벌리 저택의 한 곳, 어딘지 몰라도 다아시 씨가 그 순간에 있을 그곳으로 쏠렸다. 지금 이 순간 무슨 생각을 하고 있을지, 자기를 어떻게 생각하고 있을지, 그리고 무엇보다도, 아직도 자기를 좋아할지가 너무나 궁금했다. 어쩌면 이제는 아무렇지 않게 편해져서 그렇게 정중해진 걸까. 그렇지만 그 사람 목소리에는 편하지만은 않은 **어떤** 것이 있었어. 나를 보고 괴로움이 더 컸는지 반가움이 더 컸는지는 몰라도 확실히 마음 편한 모습은 아니었어.

그러나 마침내 왜 그렇게 넋을 놓고 있느냐는 일행의 말에 퍼뜩 정신이 든 엘리자베스는 평정을 되찾아야겠다고 생각했다.

일행은 숲으로 들어가 잠시 동안 강이 보이지 않는 더 높은 지대로 올라갔다. 나무들 사이사이로는 계곡의 아름다운 경치와 너른 숲이 뻗어 있는 맞은편 언덕과 강이 드문드문 감질나게 엿보였다. 가드너 씨는 마음 같아서는 장원을 전부 돌아보고 싶은데 과연 걸어서 다 볼 수 있을지 의심스럽다고 말했다. 그러자 안내인은 자랑스러운 미소를 지으며 둘레가 10마일이라고 대답했다. 그 대답에 일행은 그냥 흔히 밟는 순환로를 따라가기로 했다. 이윽고 다시 우거진 숲 사이로 내리막길을 따라 시내의 폭이 가장 좁아지는 곳에 이르렀다. 그곳 분위기와 잘 어울리는 단순한 다리로 시내를 가로지르니, 지금까지 본 중에 가장 덜 꾸며진 곳이 나왔다. 계곡도 이곳에서는 무척 좁아져서, 겨우 시내 하나와 그 가장자리를 두르고 있는 거친 덤불숲 가운데로 난 좁은 산책로가 전부였다. 엘리자베스는 그 굽이굽이를 다 직접 밟아 보고 싶었다. 그러나 다리를 건너가니 어느덧 저택과는 상당히 멀어져 버렸고, 별로 잘 걷지 못하는 가드너 부인은 더 이상은 못 가겠다며 얼른 마차로 돌아가자고 보챘다. 그러니 엘리자베스도 어쩔 수 없어서, 일행은 도로 강을 건너 저택을 향해 지름길을 걸었다. 그러나 낚시를 무척 좋아하는데 취미 생활을 할 시간이 별로 없는 가드너 씨가 강에서 드문드문 보이는 송어를 찾아보고 안내인과 낚시 이야기를 나누는 데 정신이 팔린 터라 가는 길은 무척 느렸다. 이렇게 느릿느릿 걷던 일행은 다시금 놀라고 말았으니, 다아시 씨가 멀지 않은 거리에서 다가오고 있는 것이 보였기 때문이다. 엘리자베스 역시 조금 전에 처음 마주쳤을 때만큼이나 놀랐다. 이쪽은 건너편에 비해 시야를 가리는 것이 더 적어서, 서로 마주치기 전에 미리 그의 모습을 볼 수 있었다. 엘리자베스는 놀라긴 했지만 적어도 아까보다는 마음의 준비를 갖출 겨를이 있어서, 정말로 자기들을 만나러 오는 것이라면 당황한 기색을 내비치지 말아야겠다고 결심했다. 사실 한편으로는 그가 분명히 다른 길로 꺾어 가리라 싶기도 했다. 산책로가 굽어지는 곳에서 그가 모습을 감춘 동안은 계속 그렇게 생각했다. 그러나 그 굽이를 지나자 그는 곧장 일행 앞에 서 있었다. 엘리자베스는 조금 전에 보여준 그의 정중한 태도에 조금도 변함이 없음을 단박에 눈치챘다. 그리고 마주치자마자 그 정중함을 흉내내어 아름다운 경치를 칭찬하기 시작했다. 그러나 '너무 멋지네요.' 혹은 '너무 좋군요.' 같은 말을 입 밖에 낸 순간 즉각 좋지 않은 기억이 다시 떠올라 그 칭찬이 악의로 해석될지 모른다는 생각이 들었다. 엘리자베스는 안색이 바뀌었고, 더 이상 말이 나오지 않았다.

가드너 부인은 그들보다 약간 뒤쪽에 서 있었다. 다아시 씨는 엘리자베스가 말을 멈추자 부디 동행을 소개해 달라고 청했다. 이런 친절한 공격에 엘리자베스는 전혀 준비가 되어 있지 않았다. 내게 청혼하면서 자존심이 상했던 이유인 바로 그 사람들을 자기가 먼저 소개해 달라고 하다니, 엘리자베스는 웃음을 참을 수가 없었다. '이분들이 누구인지 알면 얼마나 놀랄까?' 엘리자베스는 생각했다. '신분이 높은 사람들로 착각한 모양이지.'

그러나 엘리자베스는 지체 없이 일행을 소개했다. 그리고 과연 그 사실을 어떻게 받아들이는지 보고 싶어서 슬쩍 다아시 씨를 훔쳐보았다. 은연중에 이런 창피한 자리에서 있는 대로 서둘러 꽁무니를 빼려 하지 않을까 하는 기대도 있었다. 다아시 씨는 분명히 **놀란** 것 같았다. 하지만 애써 의연한 태도를 보이고는 꽁무니를 빼기는커녕 가드너 씨와 마주 서서 대화를 나누기 시작했다. 엘리자베스는 기쁨과 승리감을 느끼지 않을 수 없었다. 자기에게 얼굴 붉히지 않아도 되는 친척이 있다는 사실을 다아시 씨가 알게 되었다는 데 마음이 놓였다. 엘리자베스는 두 사람이 나누는 대화를 한마디 한마디 귀 기울여 들으면서, 지성과 고상함과 예의범절을 보여주는 삼촌의 표현 하나하나, 문장 하나하나에 자부심을 느꼈다.

두 사람의 화제는 곧 낚시로 옮겨갔고, 다아시 씨는 엄청나게 정중한 태도로, 근처에 머무는 동안 얼마든지 낚시를 하러 와도 좋다고 초대하면서 낚시 도구까지 빌려주겠다고 자청했다. 그뿐만 아니라 시내에서 고기가 가장 잘 잡히는 목까지 알려주었다. 엘리자베스와 팔짱을 끼고 걷던 가드너 부인은 조카에게 영문을 모르겠다는 표정을 지어보였다. 엘리자베스는 아무 말도 하지 않았지만 속으로는 지극히 만족스러웠다. 그처럼 호의를 베푸는 게 자기 때문임이 분명했으니까. 그러나 한편 놀라움도 지극해서, 엘리자베스는 속으로 끊임없이 이렇게 되물었다. '왜 저렇게 달라졌지? 이유가 도대체 뭘까? 설마 **나** 때문은 아닐 거야. 저렇게 온화해진 게 **나** 때문일 리는 없어. 헌스퍼드에서 나한테 들은 말 때문에 저렇게 변했다는 건 말이 안 돼. 나를 아직도 사랑한다는 건 말이 안 돼.'

이렇게 여자들이 앞장서고 남자들이 뒤따르는 식으로 한동안 걷다가, 희한하게 생긴 수중 식물을 더 잘 살펴보려고 강가로 내려갔다 온 후 그 배치가 약간 변했다. 발단은 가드너 부인이었는데, 부인은 아침부터 오래 돌아다니는 바람에 너무 피곤해서 엘리자베스의 팔 대신 이제 남편의 팔에 기대고 싶어 했다. 그래서 다아시 씨가 부인을 대신해 엘리자베스의 옆자리를 차지했고, 두 사람은 나란히 걸었다. 잠시 침묵이 흐른 후 엘리자베스가 먼저 입을 열었다. 이곳에 오기 전에 먼저 그가 없음을 확인했다는 사실을 알아주었으면 하는 마음에서, 이렇게 만난 것이 전혀 뜻밖이라는 말부터 꺼냈다. "하녀장이 내일까지는 확실히 안 오실 거라고 했거든요." 그리고 이렇게 덧붙였다. "실은 베이크웰을 떠나기 전에 벌써 당신이 이곳에 빨리는 안 오신다는 걸 알고 있었어요." 다아시 씨는 그 말이 맞다고 답하면서, 집사를 볼 일이 좀 있어서 동행들보다 몇 시간 앞서 왔다고 말했다. "그 사람들은 내일 일찍 올 겁니다. 그리고 그 가운데는 당신이 아시는 분들도 있습니다. ……빙리 남매지요."

엘리자베스는 그저 고개만 살짝 숙여 보였다. 빙리 씨의 이름이 두 사람 사이에서 마지막으로 나왔던 당시 상황이 곧장 떠올랐다. 얼굴빛을 보아하니 그도 비슷한 상황을 떠올린 것 같았다.

"일행 중에 또 한 사람이 있는데." 다아시 씨가 잠깐 뜸을 들였다 말을 이었다. "엘리자베스 양을 무척 만나고 싶어 한답니다. ……램턴에 머무시는 동안 제 동생을 만나달라고 하면 무리일까요?"

엘리자베스는 이 청에 사실 대단히 놀랐다. 너무 놀라서 어떻게 받아들여야 할지 모를 지경이었다. 다아시 양이 혹시라도 자기를 만나고 싶어 한다면 그건 분명히 오빠 때문일 거라는 생각이 들었다. 그 점은 더 생각할 것도 없이 만족스러웠다. 이제 보니 원망 때문에 나를 나쁘게 생각하지는 않는구나 싶어서 기뻤다.

두 사람은 이제 침묵 속에서 걸음을 옮겼다. 각자 깊은 생각에 빠져 있었다. 엘리자베스는 마음이 편치 않았다. 편할 수가 없었다. 그러나 으쓱한 마음도 없지 않았다. 자기 동생을 소개하고 싶다는 것은 그야말로 최고의 찬사였으니까. 그들은 이내 나머지 두 사람보다 훨씬 앞서가서, 마차에 도착했을 때는 가드너 내외보다 8분의 1마일이나 앞서 있었다.

다아시 씨는 이윽고 엘리자베스를 집으로 청했다. 그러나 엘리자베스가 피곤하지 않다며 한사코 사양해서 둘은 잔디밭에 같이 서 있었다. 이런 경우에는 무슨 말이라도 하지 않으면 어색해지고 만다. 엘리자베스는 이야기를 하고는 싶었지만, 말하면 서로 곤란해질 주제들밖에 떠오르지 않았다. 마침내 엘리자베스는 자기가 여행 중이라는 생각을 떠올렸고, 두 사람은 엄청난 인내심을 가지고 매틀록과 도브데일에 관해 이야기를 나누었다. 그러나 시간과 숙모는 몹시도 느렸다. 엘리자베스의 인내심과 말할 거리는 둘만의 대화가 끝나기 전에 거의 바닥이 났다. 이윽고 가드너 씨 부부가 나타나자 일행은 모두 집 안으로 들어가 다과라도 들자는 간곡한 권유를 받았으나 끝내 사양하고 서로 지극히 정중하게 작별 인사를 나누었다. 다아시 씨는 여자들이 마차에 오르는 것을 도와주었고, 마차가 출발하자 엘리자베스는 집을 향해 천천히 걸어가는 다아시 씨의 모습을 돌아보았다.

이제 삼촌과 숙모의 감상평이 시작되었다. 두 사람 다 실물이 기대했던 것보다 이루 말할 수 없을 만큼 훨씬 더 낫더라고 단언했다. "행동거지에 흠잡을 데 하나 없고 예의 바르고 잘난 척도 안 하더구나." 삼촌이 말했다.

"확실히 좀 폼을 잡는 것 같은 구석은 있었지만," 숙모가 대꾸했다. "분위기가 그렇다는 거고, 영 안 어울리는 것도 아니더라. 나도 이제 하녀장하고 똑같이 말할 수 있겠어. 그 사람더러 거만하다는 사람도 가끔 있지만, 내 보기엔 전혀 아니더라고."

"나는 그 사람이 우리를 대하는 태도가 제일 놀랍던데. 그냥 정중한 정도가 아니라 정말 신경을 쓰더구나. 그렇게까지 신경을 써줄 필요는 없었는데 말이야. 엘리자베스와 그렇게 잘 아는 사이도 아니라면서."

"확실한 건, 리지," 숙모가 말했다. "위컴만큼 미남은 아니더구나. 아니 뭐, 위컴만큼은 아니라는 거지, 아주 흠잡을 데 없더라. 그런데 넌 왜 그 사람이 그렇게 기분 나쁜 사람이라고 말했니?"

엘리자베스는 애써 변명하면서, 자기도 전보다는 이번에 켄트에서 본 모습이 훨씬 마음에 들었고, 오늘 아침만큼 상냥하게 구는 것은 처음 보았다고 말했다.

"어쩌면 그렇게 정중하게 군 게 좀 변덕을 부린 건지도 모르

지.” 삼촌이 말했다. “높으신 분들은 종종 그러지들 않더냐. 그러
니 낚시 이야기는 그냥 그러려니 해야겠다. 하룻밤 자고 나면 마
음이 바뀌어서 자기 땅에서 나가라고 할지 또 알겠냐.”

엘리자베스는 두 분이 다아시 씨의 성격을 완전히 잘못 알고
있다고 느꼈지만 아무 말도 하지 않았다.

“적어도 우리가 본 바로는,” 가드너 부인이 말을 이었다. “가엾
은 위컴에게 한 것 같은 그런 지독한 짓을 했을 사람처럼은 안
보이더라. 나쁜 사람 같은 표정은 전혀 없어. 오히려 정반대야.
말하는 입매도 어찌나 상냥하던지. 또 마음씨가 나쁜 사람으로
는 안 보이는 어떤 품위 같은 게 있어. 그렇지만 집을 구경시켜
준 그 부인은 좀 과장이 심했지! 한번은 거의 웃음을 터뜨릴 뻔
했다니까. 하여간에 너그러운 주인인 것 같긴 하더구나. 하인의
눈으로 보면 그게 세상에서 제일 좋은 점이겠지.”

엘리자베스는 이때 위컴에 대한 다아시 씨의 행동을 변호하
는 무슨 말을 해야 할 것 같은 의무감을 느꼈다. 그래서 최대한
조심스러운 방식으로, 자기가 켄트에서 다아시 씨의 친척에게서
들은 이야기에 따르면 다아시 씨의 행동을 아주 다르게 해석할
여지가 있다는 것, 그리고 하트퍼드셔에서 생각했던 것만큼 다
아시 씨가 못되지도, 위컴이 그렇게 착하지도 않다는 점을 납득
시켰다. 이를 입증하기 위해 구체적으로 밝힐 수는 없지만 믿을
수 있는 정보통을 통해 들은 이야기라면서 둘 사이에 있었던 모
든 금전적 거래를 상세히 말해주었다.

가드너 부인은 깜짝 놀라는 한편으로 마음이 무거워졌다. 그
렇지만 옛날에 즐겁게 지내던 곳이 가까워지자 즐거운 회상이
떠올라 다른 생각을 밀어냈다. 볼 만한 장소가 나올 때마다 매번
남편에게 손으로 가리키느라 다른 생각은 할 겨를도 없었다. 부

인은 아침나절의 산책 때문에 피곤했지만 일행과 함께 식사를
마치자마자 옛 지인들을 찾아 나섰다. 그리고 저녁 내내 여러 해
동안 못 본 사람들을 다시 만나는 반가움을 누렸다.

엘리자베스는 그날 일어난 일에 온통 생각이 가 있어서, 새로
만난 사람들에게는 거의 신경을 쓸 수 없었다. 다아시 씨의 정중
한 태도, 무엇보다도 자기 여동생을 만나달라는 청에 대해 의아
해하며 오로지 그 생각만 거듭할 뿐이었다.

44장

엘리자베스는 다아시 양이 펨벌리에 도착하면 그다음 날쯤 만
나러 오겠거니 싶어서 그날 아침나절에는 여관 근처에 있으리라
마음먹었다. 그러나 이 짐작은 틀렸다. 엘리자베스가 램턴에 온
바로 그다음 날 다아시 양 일행이 엘리자베스를 찾아왔기 때문
이다. 엘리자베스 일행은 새 지인들과 주변을 산책하다가 막 여
관으로 돌아와 그 가족과 식사하려고 옷을 갈아입고 있었다. 마
차 소리에 창밖을 내다보니 신사 하나와 숙녀 하나를 태운 이륜
마차가 여관으로 다가오는 것이 보였다. 한눈에 하인복을 알아
보고 상황을 파악한 엘리자베스는 곧 다가올 영예로운 만남을
예고해 친척들을 적잖이 놀라게 했다. 삼촌과 숙모는 여간 놀라
지 않았다. 그리고 지금의 상황에다 엘리자베스가 당황하는 태
도, 그리고 전날의 여러 상황까지 합쳐지자 이 문제를 완전히 새
롭게 보기 시작했다. 전에는 전혀 짐작도 못 했지만, 다아시 씨
가 이런 식으로 이렇게 관심을 보여준다는 것은 자기 조카에게
관심이 있다는 뜻으로밖에 해석할 수 없었던 것이다. 이렇게 새

로이 깨어난 생각들이 이들의 머릿속을 스치는 사이, 엘리자베스는 시시각각 마음의 동요를 느꼈다. 안절부절못하는 자기 자신이 놀랍기도 했고, 오빠가 애정 때문에 누이에게 자신을 너무 지나치게 좋게만 말해놓았을지 모른다는 걱정도 들었다. 그리하여 너무 잘하려다가 오히려 상황을 망쳐버리기라도 하면 어떡하나 하는 두려움까지 솟았다.

엘리자베스는 밖에서 보일까 봐 창가에서 물러섰다. 그러고는 침착하려고 애쓰면서 방 안을 서성거렸는데, 놀란 마음을 가까스로 다스리고 있는 삼촌과 숙모의 표정은 엘리자베스를 더욱 곤란하게 했다.

이윽고 다아시 양이 오빠와 함께 나타났고, 그토록 두려워했던 소개 절차가 이루어졌다. 엘리자베스는 새로 소개받게 된 사람이 자기 못지않게 당황해하는 데 놀랐다. 램턴에 온 후로 다아시 양이 극히 거만하다는 이야기를 들었지만, 그게 아니라 그저 극히 수줍음을 탈 뿐이라는 사실은 잠깐 보기만 해도 명확했다. 어찌나 수줍었던지 1음절이 넘는 제대로 된 단어 한 마디를 입밖에 내지 못했다.

다아시 양은 키가 컸고 덩치도 엘리자베스보다 컸다. 그리고 열여섯이 채 안 되었지만 이미 성숙하고 여성스럽고 우아했다. 오빠만큼 훤한 인물은 아니었지만 현명하고 착해 보이는 얼굴에, 태도는 전혀 가식이 없이 부드러웠다. 다아시 씨 못잖게 날카롭고 침착한 관찰자를 만날 줄만 알았던 엘리자베스는 그처럼 다른 느낌에 마음을 놓았다.

얼마 안 있어 다아시 씨는 빙리도 찾아올 거라고 일러주었다. 그리고 엘리자베스가 반가움을 표하고 방문객을 맞을 준비를 할 겨를도 없이 벌써 계단을 올라오는 빙리의 빠른 발걸음 소리가 들렸고, 이내 본인이 방으로 들어섰다. 빙리에 대한 엘리자베스의 분노는 이미 오래전에 모두 사라졌지만, 혹시 조금이나마 남아 있었다 해도, 다시 만나자마자 너무나 꾸밈없이 성의를 표하는 그 모습을 보고는 이내 사라져 버렸으리라. 비록 흔한 인사말이었지만 빙리는 다정함을 담아 가족의 안부를 물었고, 이전과 마찬가지로 쾌활하고 편안한 언행을 보였다.

가드너 내외 역시 엘리자베스 못지않게 빙리에게 관심을 기울였다. 전부터 빙리를 보고 싶어 했던 것이다. 바른 말로, 그곳에 있는 모든 사람들이 내외에게는 강한 호기심의 대상이었다. 특히 다아시와 자기 조카 사이에 의문을 품고 두 사람을 각각 조심스럽지만 세심히 관찰했다. 그리고 그 결과, 둘 중 한 사람은 자기가 사랑에 빠져 있음을 알고 있다고 확신했다. 숙녀 쪽의 감정에 관해서는 아직 확신할 수 없었지만 신사 쪽은 분명히 연모로 넘쳤다.

엘리자베스는 할 일이 많았다. 방문자들 각각이 어떤 생각을 품고 있는지를 알고 싶었고, 마음을 가라앉히고 모두에게 유쾌해 보이고 싶었다. 그리고 실패할까 봐 가장 걱정한 이 둘째 목표는 오히려 확실히 성공할 것 같았다. 즐겁게 해주고 싶었던 그 당사자들이 벌써부터 이편이 되어주었기 때문이다. 빙리는 기꺼이 즐거워하려 했고, 조지애나는 열심히 즐거워하려고 했으며 다아시는 작심하고 즐거워하려고 했다.

빙리를 보고 있으니 자연히 언니 생각이 났다. 아! 빙리도 같은 생각을 하는지 알 수만 있다면! 이따금씩 빙리의 말수가 적어진 건 아닌가 싶기도 했고, 자기를 쳐다볼 때 언니와 닮은 점을 찾으려 하는 듯싶어 기껍기도 했다. 그러나 그 모두가 그냥 혼자만의 상상일지라도, 제인의 경쟁자로 내세워졌던 다아시 양에 대한 빙리의 태도는 의심할 여지가 없었다. 양쪽 다 특별한 호감은 전혀 보이지 않았다. 빙리 양의 희망을 정당화할 만한 낌새는 전혀 볼 수 없었으니, 그 점에서는 안심이었다. 그리고 떠나기 전에 두어 번 정도, 엘리자베스의 희망 섞인 해석일지 몰라도, 빙리는 지나간 이야기를 하면서 제인에 대한 애정을 얼핏 내비치기도 했고, 제인의 이름이 나오는 이야기를 계속했으면 하고 바라는 것 같기도 했다. 다른 사람들이 자기네끼리 대화하는 틈을 타 빙리가 절절한 안타까움을 담은 어조로 제인을 만나는 즐거움을 누린 지가 너무 오래됐다고 말한 것이다. 그리고 엘리자베스가 미처 대답하기도 전에 이렇게 덧붙였다. "8개월도 넘었지요. 다 함께 네더필드에서 춤을 춘 11월 26일을 마지막으로 한 번도 못 뵈었으니까요."

엘리자베스는 그처럼 정확히 기억하고 있는 데 기뻤다. 빙리는 후에도 다른 사람들이 듣지 않는 틈을 타서 자매분이 **전부** 아직 롱본에 있느냐고 물었다. 이 질문이나 앞서의 말이나 내용은 대수롭지 않았지만 표정이나 태도는 의미심장했다.

다아시 씨는 엘리자베스가 틈나는 대로 슬쩍슬쩍 쳐다볼 때마다 매번 온화한 표정을 짓고 있었고 말투에도 거만하거나 주위 사람들을 경멸하는 기색이 전혀 없어서, 나중에는 어떨지 몰라도 어제 보여준 개선된 태도가 적어도 하루는 간 것이 확실했다. 불과 몇 개월 전만 해도 안다는 것 자체가 수치였을 사람들과 안면을 트고 잘 보이려고 애쓰는 것을, 그리고 자기에게뿐만 아니라 대놓고 업신여겼던 바로 그 친척들에게도 공손한 모습을 보고, 엘리자베스는 너무 놀란 나머지 충격까지 받았다. 헌스퍼드 목사관에서의 격렬했던 마지막 만남을 생각해 보면 더욱 그랬다. 네더필드의 친구들이나 로징스의 높으신 친척분들과 있을 때까지 포함해서, 지금처럼 거만을 떨거나 고집스레 침묵을 지키지 않고 사람들에게 먼저 다가가려는 모습을 보여준 것은 처음이었다. 그렇게 해서 잘 보인다 해도 그다지 얻을 것도 없고, 사실 알고 지낸다는 것만으로도 네더필드와 로징스 양쪽 여자들의 조롱과 비난을 살 만한 그런 사람들에게 말이다.

반 시간쯤 지나 방문객들이 그만 가려고 일어서자, 다아시 씨는 가드너 씨 부부와 베넷 양이 이 마을을 떠나기 전에 펨벌리의 정찬에 한 번 초대하고 싶다고 청하면서 누이에게도 같이 청하도록 했다. 다아시 양은 머뭇거리는 걸 보니 손님을 초대하는 데 별로 익숙하지 않은 모양이었지만, 기꺼이 오빠의 뜻에 따랐다. 가드너 부인은 이 초대의 주요 **대상**일 게 분명한 자기 조카의 뜻을 알고 싶어서 조카를 바라다보았는데, 엘리자베스는 그만 고개를 돌려버렸다. 그러나 부인은 싫어서 그런 것이 아니라 잠깐 당황한 탓이겠거니 이해하고, 가겠다고 약속했다. 사교를 좋아하는 남편 역시 거절하지 않을 터였다. 그리하여 날짜는 이틀 후로 정해졌다.

아직 엘리자베스에게 할 이야기도 많이 남았고 하트퍼드셔의 아는 사람들에 대해 물어볼 것도 많았던 빙리는 다시 만날 기회가 생겨서 대단히 기뻐했다. 그리고 엘리자베스는 그 기쁨을 언니 이야기를 더 듣고 싶어 한다는 뜻으로 해석하고 흡족해했다. 무엇보다 바로 그것 때문에 엘리자베스는 방문객들이 떠난 후 그들이 머물던 30분간을 흡족한 마음으로 돌아보았다. 정작 그 시간에는 거의 즐기지 못했지만 말이다. 혼자 있고 싶기도 하고 삼촌과 숙모가 이것저것 캐묻거나 지레짐작할까 봐 겁이 나기도 해서, 빙리에 대한 칭찬까지만 듣고 옷을 갈아입으러 얼른 나와버렸다.

　그러나 가드너 부부는 조카에게 억지로 말을 시킬 생각이 없었으니, 그 걱정은 기우였다. 조카는 자기들이 전에 생각한 것 이상으로 다아시 씨를 잘 알고 있는 게 분명했다. 또 다아시 씨가 조카를 무척 사랑하고 있다는 것도 분명했다. 궁금한 것이 많았지만 부부는 캐물을 엄두를 내지 못했다.

　이제 가드너 부부는 다아시 씨가 좋은 사람이라고 확신했다. 직접 만나보니 어디 한 군데 흠잡을 데가 없었다. 정중한 태도는 깊은 감명을 주었고, 자기들의 느낌과 하인의 말로만 설명한다면 다아시 씨를 알던 하트퍼드셔 사람들은 그 사람이 다아시 씨라고 인정하지 않을 정도였다. 하여간 이제 하녀장을 믿을 이유가 생겼고, 사실 네 살 때부터 그를 알고 있었을뿐더러 그 자신도 믿을 만한 사람으로 보였던 하녀장의 말의 권위를 섣불리 부정한다면 그쪽이 오히려 불합리한 일이리라. 램턴에 있는 자기 친구들 말을 들어보아도 하녀장의 말을 곧이곧대로 받아들이지 않을 이유가 없었다. 친구들이 한 비난이라고는 자부심이 좀 지나치다는 것밖에 없었는데, 자부심은 아마 있을 법도 하지만, 설혹 그렇지 않다면 다아시 씨의 가족과 직접 만날 일이 없는 작은 읍내 주민들만의 이야기이리라. 다아시 씨가 빈민들을 많이 도와주었으며 마음이 너그럽다는 것은 두루두루 인정받는 사실이었다.

　그리고 일행이 곧 알게 된 사실은 위컴의 평판이 그다지 좋지 않다는 것이었다. 다아시 씨와 그 사이에 정확히 무슨 일이 있었는지는 몰라도, 위컴 씨가 더비셔를 떠날 때 남긴 적지 않은 빚을 다아시 씨가 대신 갚아주었다는 사실만큼은 다들 알고 있었다.

　엘리자베스는 지난밤보다 오늘 밤에 펨벌리를 더 많이 생각했다. 오늘 밤이 몹시 길게 느껴졌음에도, 그 저택에 있는 어떤 **한** 사람에 관한 생각을 정리하려면 밤을 새도 모자랐다. 엘리자베스는 자리에 누운 채 꼬박 두 시간 가까이 자기 감정을 정리해보려고 애썼다. 미움이 아닌 것만은 확실했다. 아니, 미움이야 이미 오래전에 사라졌고, 그와 거의 동시에 혐오감 같은 감정을 느낀 적이 있다는 사실 자체가 부끄러웠다. 처음에는 그의 장점들을 알게 되면서 생긴 존경심을 마지못해 인정하는 수준이었지만 차츰 그에 대한 거부감이 사라졌고, 바로 어제 일이지만 다른 사람들이 그가 좋은 사람이라고, 아주 상냥한 사람이라고 칭찬하는 것을 들으니 뭔가 따뜻한 감정까지 느껴졌다. 그러나 엘리자베스의 마음속에서 존경과 존중보다도 더 큰 비중을 차지한 호감의 원인은 바로 감사였다. 자기를 사랑해 주었다는 것, 청혼을 거절하면서 무례하게 쏘아붙인 태도나 그 모든 부당한 비난을 용서할 정도로 여전히 자기를 사랑하고 있다는 데 대한 감사였다. 자기를 원수인 양 피할 줄만 알았던 사람을 우연히 마주쳤는데, 오히려 저쪽에서 먼저 살갑게 대해오다니. 더욱이 자기의 친지들에게 잘 보이려 하고 누이를 소개하려고까지 하면서도, 둘 사이에 있었던 일을 내색하거나 어색하게 부러 친한 척하려 하지도 않았다. 그토록 자존심이 강한 사람이 이렇게 변한 것을 보니 놀랍기만 한 것이 아니라 고맙기까지 했다. 사랑, 그것도 열렬한 사랑 때문임이 분명했으니까. 왜인지는 스스로도 몰랐지만, 엘리자베스는 그런 변화에 개운찮은 기분은 전혀 없이 가슴이 벅차올랐다. 상대가 고맙고 존경스럽고 대단해 보였으며, 진정으로 행복하기를 바랐다. 다만 그 행복을 좌우할 힘이 자신에게 달려 있기를 그녀가 얼마나 원하는지, 상대가 다시 청혼을 하느냐 마느냐가 그녀에게 달려 있는 것처럼 보이는 지금, 과연 자기가 어떻게 하는 것이 두 사람 모두에게 이로울지 궁금했다.

이날 저녁 숙모와 조카는, 다아시 양이 늦은 조찬 시간에야 펨벌리에 도착했는데도 불구하고 바로 그날 그들을 찾아온 것은 매우 특별한 예의였으므로, 똑같이 하지는 못하더라도 그에 상응하는 정중함을 이쪽에서도 어느 정도는 보여야 한다고, 따라서 다음 날 아침 다아시 양을 방문하러 펨벌리에 찾아가는 것이 매우 바람직하다는 데 의견을 모았다. 그래서 그렇게 하기로 했다. 엘리자베스는 스스로도 그 이유를 몰랐지만 하여튼 기뻤다.

가드너 씨는 아침 식사를 마치자 곧 밖으로 나갔다. 정오까지 펨벌리의 신사 몇 사람과 만나 낚시를 하기로 전날 약속을 해두었던 것이다.

45장

빙리 양이 자기를 싫어한 이유가 질투 때문임을 이제는 확실히 알고 있는 엘리자베스는 자기가 펨벌리에 나타나면 빙리 양이 얼마나 반갑잖아 할까 싶은 한편, 이제 다시 왕래가 시작되면 그쪽에서 어느 정도나 예의를 차릴지 궁금하기도 했다.

일행은 저택에 도착하여 현관홀을 통해 응접실로 안내받았다. 응접실은 여름을 나기 좋은 북향이었다. 마당 쪽으로 난 창문으로는 저택 뒤편의 높고 울창한 산과 아름다운 참나무, 스페인 밤나무가 여기저기 시원스레 흩어져 있는 중간 지대의 잔디밭이 내다보였다.

다아시 양은 이 방에서 손님을 맞이했는데, 허스트 부인과 빙리 양, 그리고 런던에서 다아시 양과 함께 사는 부인이 미리 와서 앉아 있었다. 조지애나는 무척이나 정중한 태도로 손님을 맞았지만, 어쩔 줄 몰라 하는 기색이 역력했다. 사실은 너무 수줍음을 타고 자신감이 없을 뿐이었지만, 낮은 신분에 자격지심이 있는 사람들이라면 거만하고 부루퉁하다고 오해할 법도 했다. 그러나 가드너 부인과 조카는 조지애나를 이해하고 동정했다.

허스트 부인과 빙리 양은 예의상 마지못해 아는 척만 했다. 손님들이 자리에 앉고 나자 잠시 침묵이 이어지면서 어색한 분위기가 흘렀다. 이윽고 침묵을 깬 것은 앤즐리 부인이었는데, 품위 있고 인상 좋은 이 부인은 먼저 이야기를 건네려고 애쓰는 것이 다른 두 사람보다는 품성이 훨씬 바른 사람인 듯했다. 그래서 앤즐리 부인과 가드너 부인은 드문드문 엘리자베스의 도움을 받아가며 대화를 나누었다. 다아시 양은 이 대화에 끼어들고 싶지만 용기가 없는 듯한 얼굴이었고, 틈을 보아 남들이 귀 기울이지 않을 때 이따금 단문으로 한마디씩 하곤 했다.

엘리자베스는 곧 빙리 양이 자신을 예의주시하면서, 특히 다아시 양에게 말이라도 한마디 걸려고 하면 더욱 신경을 곤두세운다는 사실을 알아차렸다. 그렇다고 빙리 양이 무서워서 다아시 양과 이야기를 나누지 못할 엘리자베스가 아니었지만, 자리가 너무 멀었다. 또 말을 많이 못 한다고 안타까울 것도 없었다. 자기 생각에 여념이 없었던 것이다. 남자들은 어느 때고 불쑥 방으로 들어올 수 있었다. 엘리자베스는 그들 가운데 이 저택의 주인이 있었으면 하고 바라는 건지, 있을까 봐 걱정이 되는 건지 자기 마음을 알 수 없었다. 이윽고 거의 15분 내내 한마디도 하지 않고 앉아 있던 빙리 양이 가족의 안부를 묻는 냉랭한 말로 엘리자베스의 주의를 일깨웠다. 엘리자베스 역시 쌀쌀맞고 짤막하게 대답했고, 상대는 더 아무 말도 하지 않았다.

마침내 하인들이 냉육과 케이크, 온갖 제철 과일을 들고 들어
오는 바람에 분위기가 좀 바뀌었다. 그나마도 앤즐리 부인이 다
아시 양에게 여러 번 의미심장한 눈짓과 미소를 던져 주인의 역
할을 일깨워 준 덕분이었다. 이제는 모든 사람들이 해야 할 일이
생겼다. 모두 말은 못 해도 먹을 수는 있었기 때문이다. 사람들
은 포도와 천도복숭아와 복숭아를 피라미드처럼 아름답게 쌓아
올린 테이블로 모여들었다.

그렇게 먹고 있으려니 다아시 씨가 방에 들어와서, 엘리자베
스는 자기가 다아시 씨가 나타나기를 기대하는 마음이 더 컸는
지 두려워하는 마음이 더 컸는지를 판단할 수 있게 되었다. 좀
전까지만 해도 그가 나타나기를 바라는 마음이 더 크다고 생각
했지만 정작 그 순간에는 그가 안 왔으면 더 좋았겠다는 생각이
들었다.

다아시 씨는 저택에 와 있던 두세 명의 다른 신사들과 함께
강가에서 낚시에 몰두해 있던 가드너 씨와 같이 있다가, 그날
아침 가드너 부인과 엘리자베스가 조지애나를 방문할 계획이
라는 말을 듣고 이리로 온 것이었다. 엘리자베스는 다아시 씨
가 등장한 즉시 마음을 편안하고 차분하게 먹기로 했다. 이것은
분명히 현명한 결심이었고, 모든 사람이 두 사람 사이에 의혹을
품고 있는 데다가 다아시 씨가 처음 방에 들어섰을 때 모든 이
의 눈길이 그에게 쏠린 만큼 반드시 필요한 결심이기도 했지만,
그런 탓에 더욱 지키기 힘든 결심이기도 했다. 그중에서도 가장
호기심을 드러낸 것은 빙리 양이었는데, 다만 그 호기심의 대
상 중 한쪽에게 말을 건넬 때만큼은 항상 얼굴 가득 웃음을 띠
었다. 엘리자베스를 질투하고 있긴 하지만 아직 절박한 정도는
아니었고, 여전히 다아시 씨에 대한 관심을 거두지 못했기 때문

이었다. 다아시 양은 오빠가 들어오자 더욱 말을 하려고 애썼다. 다아시 씨는 자기 누이와 엘리자베스가 친해지기를 바라는 마음에서 양쪽에 말을 시키려고 부단히 노력했고, 엘리자베스 역시 그것을 느꼈다. 이런 눈치를 모를 리 없는 빙리 양은 화가 난 나머지 냉정을 잃고, 틈이 나자마자 예의 바른 척하면서 비아냥거리는 말을 던졌다.

"아 참, 일라이자 양, 메리턴의 부대가 전출되었다면서요? 댁에서 상심이 크시겠어요."

다아시의 앞이라 감히 이름을 직접 입 밖에 내지 않았을 뿐, 위컴을 염두에 두고 있는 것이 분명했다. 엘리자베스는 위컴과 관련된 수많은 기억이 떠오르면서 순간 평정을 잃을 뻔했지만, 이 악의적인 공격에 져서는 안 되겠다 싶어 애써 아무렇지 않은 어조로 즉각 대답했다. 그리고 대답하면서 무심결에 힐끗 쳐다보니 다아시 씨는 상기된 표정으로 이쪽을 유심히 바라보고 있었고, 조지애나는 어찌할 바를 몰라 눈을 내리깔고 있었다. 만일 자기가 그토록 아끼는 친구가 얼마나 괴로운 심정인지 알았더라면, 당연히 빙리 양은 말에 그런 뼈를 담지 않았으리라. 빙리 양은 그저 엘리자베스가 좋아하는 남자 이야기를 꺼내 속을 뒤집어 놓을 셈이었다. 엘리자베스가 흥분해서 다아시 씨에게 좋지 않은 모습을 보였으면 하는 바람도 있었고, 그 부대와 관련해 그녀의 식구들이 저지른 어리석고 터무니없는 짓들을 생각나게 할 속셈도 있었다. 빙리 양은 다아시 양이 사랑의 도피를 떠나려다 실패한 사건에 관해서는 전혀 몰랐다. 그 일은 엘리자베스를 제외하고, 어쩔 수 없이 알게 된 사람에게가 아니면 철저히 숨겼던 사실이었다. 다아시는 특히 빙리의 친척에게 그 일이 절대 알려지지 않도록 신중을 기했는데, 엘리자베스가 오래전부터 짐작한 것처럼 누이와 빙리를 맺어주고 싶은 바람 때문이었다. 다아시에겐 분명히 그런 계획이 있었고, 자기 친구를 베넷 양과 떼어놓으려 한 것은 반드시 그 때문만은 아니겠지만 그렇다고 오로지 친구의 행복만을 위해서도 아니었다.

그러나 엘리자베스가 침착하게 행동하자 다아시 역시 곧 진정했다. 그리고 상황이 뜻대로 되지 않아 기가 죽은 빙리 양이 위컴의 이름을 직접 입에 올리지 못한 덕분에 조지애나도 안정을 되찾았다. 비록 이제 입은 딱 붙어버렸지만 말이다. 조지애나는 오빠와 눈을 마주칠까 봐 지레 겁을 먹었지만 막상 오빠는 동생 일을 전혀 떠올리지 못했다. 빙리 양은 다아시의 생각을 엘리자베스로부터 떼어놓으려고 술수를 부렸지만, 오히려 바로 그 술수 때문에 다아시는 더욱 확실하고 유쾌한 기분으로 엘리자베스에게 생각을 집중했다.

앞서 말한 질문과 대답이 있고 얼마 안 있어 손님들이 떠날 시간이 되었다. 다아시 씨가 마차까지 손님들을 배웅 나간 사이, 빙리 양은 엘리자베스의 몸매, 처신, 옷차림 따위를 평하면서 분을 풀었다. 그러나 조지애나는 거기 끼어들 마음이 없었다. 오빠의 판단이 틀릴 리가 없었으니, 오빠의 평가만으로도 엘리자베스의 편이 되기에 충분했다. 오빠가 한 말에 따르면 조지애나는 엘리자베스를 사랑스럽고 상냥한 여자로밖에 볼 수 없었다. 그리고 다아시가 응접실로 돌아오자 빙리 양은 그의 누이에게 이제껏 했던 말을 다시 되풀이했다.

"오늘 아침에 보니 일라이자 베넷은 안색이 영 안 좋던데요, 다아시 씨." 빙리 양이 소리를 높여 말했다. "마지막으로 본 게 지난겨울인데 그 사이에 사람이 어떻게 그렇게 변했담. 너무 시커멓고 꺼칠해졌더라고요! 루이자와 저는 다시 만나지 않는 편이 좋았겠다고 하던 중이었어요."

다아시 씨는 이런 말을 듣고 기분이 좋을 리가 없었지만 꾹 참고, 좀 탄 것 같긴 하지만 그 외에는 별로 달라진 점을 모르겠다고, 그쯤은 여름철에 여행하다 보면 당연하지 않느냐고 냉랭하게 대답했다.

"저는요," 빙리 양이 대꾸했다. "지금까지 한 번도 그 여자한테 예쁜 구석이 있다고 생각해 본 적이 없어요. 얼굴은 살이 없고, 안색에는 윤기가 없어요. 이목구비도 어디 한 군데 내세울 데가 없고요. 코는 완전히 평범하고 콧날도 전혀 개성이 없는걸요. 치아는 그럭저럭 나쁘지 않지만 그저 평범한 정도고, 눈이 예쁘다고 하는 사람들도 있던데 뭐가 특별한 건지 전 도통 모르겠어요. 눈빛이 날카롭고 심술궂어서 정말 별로예요. 더구나 전체적으로 품위는 없는 주제에 오만한 분위기까지 풍겨서 완전히 꼴불견이에요."

빙리 양이라고 다아시가 엘리자베스를 사모한다는 것을 모를 리 없었으니, 이런 방식은 그다지 슬기롭지 못했다. 그러나 사람은 화가 나면 어리석어지는 법이다. 마침내 다아시 씨가 좀 자극을 받은 듯한 표정을 보이자 빙리 양은 자기 목적이 어느 정도 달성되었다고 느꼈다. 그러나 다아시 씨가 여전히 입을 꾹 다물고 있었기 때문에, 어떻게든 입을 열게 하려고 다시 말을 이었다.

"제가 기억하기로, 아마 우리가 하트퍼드셔에서 처음 그 여자를 알게 되었을 때 같은데, 그 여자가 미인이라고 소문났다는 것을 알고서 다들 무척 놀랐었죠. 특히 당신이 어느 날 밤에 하신 말씀이 생각나요. 네더필드에서 식사를 한 후였는데, '**저 여자가 미인이라고! 차라리 저 여자 어머니를 현인이라고 부르지.**' 그러셨죠. 그런데 그 후로는 그 여자를 점점 낮게 보시게 된 모양이에요. 아마 한때는 그만하면 예쁘다고까지 생각하셨죠.”

“그랬지요.” 마침내 인내심이 바닥난 다아시가 대답했다. “그렇지만 **그것**은 처음 그분을 알게 되었을 때만이었습니다. 그 이후 몇 달 전부터 지금까지 그분을 내가 아는 사람들 중에서 가장 아름다운 여인이라고 생각하고 있습니다.”

다아시는 이 말을 끝으로 자리를 떴고, 빙리 양은 그런 말을 억지로 끌어내 다른 누구도 아닌 자기 자신에게 고통을 주었다는 사실에 쓰디쓴 만족감을 곱씹어야 했다.

돌아오는 길에 가드너 부인과 엘리자베스는 펨벌리를 방문하는 동안 일어난 모든 일에 대해 이야기를 나누었지만, 둘 다에게 각별히 관심이 있는 일만은 마음속에 담아두었다. 그곳에 있었던 모든 사람들의 표정과 행동거지를 이야깃거리로 삼았지만, 그들이 가장 큰 관심을 쏟았던 사람만은 예외였다. 두 사람은 다아시의 누이, 친구, 저택, 과일 등 그 사람만 쏙 뺀 모든 것을 놓고 이야기꽃을 피웠다. 그러나 엘리자베스는 숙모가 다아시를 어떻게 보았는지가 궁금했고, 숙모 역시 조카가 그 이야기를 먼저 꺼내주었다면 무척 반가웠으리라.

46장

엘리자베스는 램턴에 처음 왔을 때 제인에게서 편지가 와 있지 않아서 무척 실망했는데, 그 뒤로 이틀 동안 아침마다 이 실망이 되풀이되었다. 그러나 마침내 그 실망도 끝났으니, 사흘째 되는 날 아침에 언니가 보낸 편지 두 통이 한꺼번에 배달된 것이다. 한 통에는 다른 곳으로 잘못 배달되었다는 표지가 붙어 있었다. 제인이 주소를 제대로 적지 않았으니 그럴 만도 했다.

편지가 도착했을 때는 다들 산책을 준비하고 있었는데, 삼촌 내외는 혼자 조용히 편지를 읽을 수 있도록 엘리자베스를 놓아두고 자기들끼리 산책을 갔다. 엘리자베스는 잘못 배달되었던 편지부터 먼저 열어보았다. 날짜는 닷새 전으로 되어 있었다. 앞머리에는 소소한 파티나 모임 같은, 마을의 시시콜콜한 일상이 적혀 있었지만, 그 하루 후로 날짜가 적힌 뒤쪽 반절은 순탄치 않은 어투로 쓰여 있어서 마음을 다잡고 읽어야 했다. 내용은 이러했다.

사랑하는 리지야, 앞의 글을 쓴 다음에 미처 예기치 못한 심각한 일이 일어났어. 누가 아픈 건 아니니까 놀라지 마. 내가 하려는 이야기는 불쌍한 리디아 이야기야. 온 가족이 잠자리에 들자마자 밤 열두 시에 속달이 왔어. 포스터 대령님이 보내신 건데, 글쎄 리디아가 부대의 장교와 스코틀랜드로 도망을 갔다는 거야. 그 장교는 바로 위컴이고! 우리가 얼마나 놀랐겠니. 그런데 키티는 어느 정도 낌새를 채고 있었나 봐. 난 너무 속상하다. 어떻게 봐도 너무 부적절한 만남이잖니! 그렇지만 결국은 잘 해결되겠지, 뭐. 우리가 위컴의 인품을 잘못 알았기를 빌어. 분명히 생각이 모자라고 경솔한 사람이긴 해. 하지만 사랑의 도피를 떠났다고 해서 꼭 사람이 악하다고는 볼 수 없잖아. (그거라도 기뻐해야지.) 최소한 욕심이 없는 사람이라는 건 밝혀졌으니까 말이야. 아버지께서 리디아에게 줄 재산이 없다는 건 그 사람도 알겠지. 딱한 어머니는 너무 슬퍼하고 계셔. 아버지는 그보다는 잘 견디시고. 그래도 그 사람에 관한 나쁜 이야기를 모르시니 정말 다행이지. 우리도 그냥 잊자꾸나. 두 사람은 토요일 밤 열두 시쯤에 출발한 모양인데, 어제 아침 여덟 시 전까지는 아무도 몰랐나 봐. 알자마자 곧장 속달을 보냈다고 하니까. 그 두 사람이 분명히 여기서 10마일도 안 되는 곳을 지나갔을 거라니. 대령님의 말로 미루어 보면 곧 이리로 찾아오실 모양이야. 리디아가 대령님 부인에게 자기네 계획과 관련해서 몇 마디 남겨놨나 봐. 이제 그만 줄여야겠다. 가엾은 어머니를 너무 오래 혼자 두었어. 나도 내가 뭐라고 쓰고 있는지 잘 모르겠다, 네가 지금 상황을 이해할 수 있을지 걱정이야.

엘리자베스는 편지를 다 읽자마자 그 내용을 미처 생각해 볼 겨를도 없이, 그리고 자기가 어떤 감정인지도 알지 못한 채 당장 다른 편지를 뜯어 읽어 내려갔다. 첫 편지를 쓰고 나서 하루 지나 쓴 편지였다.

사랑하는 리지, 지금쯤은 급히 써 보낸 내 편지를 받았겠지. 이번 편지가 그것보다는 더 조리가 있었으면 좋겠다. 시간에 쫓기는 것도 아닌데 머릿속이 어찌나 복잡한지 과연 제대로 설명할 수 있을지 모르겠어. 사랑하는 리지야, 뭐라고 써야 할지도 모르겠지만 나쁜 소식이야. 그것도 시급한 소식이고. 이제 우리는 위컴 씨와 가엾은 리디아의 결혼이 분별없다고 탓하는 게 아니라 그 결혼이 이루어지지 않을까 봐 걱정하는 처지야. 두 사람이 스코틀랜드로 간 게 아닐지도 모른다는 우려가 너무도 크거든. 대령님은 그제 브라이턴을 떠나셔서, 어제 우리가 속달을 받고 몇 시간 후에 도착하셨어. 리디아가 대령 부인께 남긴 단신 때문에 두 사람이 그레트나그린[1]으로 가는 줄만 알았는데, 데니가 위컴은 거기 갈 생각도 없고 리디아와 결혼할 마음도 없을 거라고 말했다지 뭐니. 대령님도 그 말에 깜짝 놀라서 두 사람 뒤를 쫓으려고 브라이턴을 떠나셨대. 클래펌까지는 어렵잖게 쫓아갈 수 있었는데, 거기서 흔적이 끊어졌나 봐. 그곳에 닿자마자 엡섬에서 타고 온 마차를 돌려보내고 임대 마차로 갈아탄 모양이야. 그 이후로는 런던으로 가는 걸 본 사람이 있다나 봐. 무슨 생각을 해야 할지 모르겠다. 대령님은 런던을 뒤져보고 나서 하트퍼드셔로 오셨는데, 바넷과 햇필드의 통행세 받는 곳이나 여관을 모조리 탐문하고 다녔지만 허사였던 모양이야. 그런 사람들이 지나가는 걸 본 사람이 하나도 없었대. 대령님은 친절하게도 롱본을 찾아주셨는데, 정말 진심으로 걱정하시는 것 같더라. 대령님 내외를 생각하면 정말 안쓰러워. 어떻게 그 두 분을 탓하겠니. 사랑하는 리지, 우리는 너무 슬퍼. 부모님은 최악의 사태까지 생각하시나 본데, 난 위컴이 설마 그렇게까지 나쁜 사람이랴 싶어. 어쩌면 사정이 생겨서 원래 계획을 바꾸어 런던에서 몰래 결혼하기로 했는지도 모르잖니. 게다가 만에 하나 그 사람이 리디아 같은 멀쩡한 집 딸을 그렇게 악랄하게 속일 수 있는 사람이라 해도, 리디아가 그렇게 아무 생각 없이 속아 넘어갈 수 있을까? 그건 말도 안 돼. 그렇지만 대령님께서 두 사람이 결혼했으리라고 생각하시지 않는다는 걸 알고 나니 나도 슬프긴 하다. 내가 내 희망을 이야기했더니 대령님은 고개를 저으면서 위컴은 못 믿을 사람이라고 하셨어.

<hr>

1 잉글랜드와 스코틀랜드의 국경 마을로, 당시 스코틀랜드에서는 미성년자가 결혼할 때 부모의 동의가 필요하지 않았다.

어머니는 가엾게도 정말 병이 나서 자리보전을 하고 계셔. 기운을 내시면 좋겠는데, 기대하기 힘든 형편이야. 한편 아버지는, 그처럼 평정을 잃으신 건 처음 봤어. 딱하게도 키티는 그 두 사람 사이를 숨겨왔다고 불호령을 들었지. 하기야 그런 비밀스러운 일을 짐작하기가 쉽겠니. 사랑하는 리지, 너라도 이런 괴로운 상황에서 벗어나 있으니 진심으로 기쁘다. 그렇지만 이제 맨 처음의 충격도 가시고 했으니 집으로 돌아와 줄 수 있을까? 하지만 그럴 수 없다면 억지로 강요하지는 않을게. 내 생각만 할 수야 없지. 안녕! 방금 내가 안 하겠다고 한 말을 하려고 다시 펜을 들었는데, 사정이 워낙 급박해서, 삼촌, 숙모 두 분 다 가능한 한 빨리 이곳으로 와주셨으면 좋겠어. 내가 서슴없이 그런 부탁을 드릴 수 있는 건 두 분이 어떤 분들인지 알기 때문이야. 특히 삼촌에게는 따로 드릴 청이 있어. 아버지가 대령님과 같이 리디아를 찾으러 바로 런던으로 향하실 거야. 일을 어떻게 처리하실 생각인지는 몰라도, 워낙 슬픔에 빠져 계시니 과연 최선의 방법으로 무사히 일을 처리하실 수 있을지 걱정스러운데, 대령님은 내일 저녁까지는 다시 브라이턴으로 돌아가셔야 한대. 이처럼 위급한 상황이라 삼촌이 꼭 좀 도와주시고 의견을 들려주셨으면 좋겠어. 삼촌이 이런 심정을 바로 이해하시고 도와주실 거라고 믿어.

"아! 삼촌은, 어디, 어디 계실까?" 엘리자베스는 편지를 끝까지 읽자마자 삼촌을 찾아 나서려고 의자에서 벌떡 일어났다. 한시가 급했다. 그러나 문 앞까지 가자 하인이 반대편에서 문을 열었고, 그 뒤로 다아시 씨가 나타났다. 다아시 씨가 상대의 창백한 얼굴과 서두르는 태도를 보고 놀란 마음을 진정시키고 미처 입을 열기 전에, 리디아 일로 머리가 꽉 차 있던 엘리자베스가 급한 탄성을 질렀다. "실례인 줄 압니다만, 나가봐야겠어요. 급한 일이 생겨서 당장 삼촌을 찾아야 해요. 지체할 시간이 없어요."

"아니 이런! 대체 무슨 일입니까?" 다아시는 감정이 급한 나머지 예의를 잊고 목소리를 높였지만 이내 정신을 차렸다.

"급하신데 괜히 붙잡으려는 것이 아닙니다. 그렇지만 가드너 씨 부부를 찾는 일은 저나 하인에게 맡기십시오. 몸이 안 좋으신 것 같으니 혼자서 가시면 안 됩니다."

엘리자베스는 한순간 망설였지만 무릎이 후들거렸고 직접 찾아 나선다고 해도 별로 나을 것도 없을 것 같았다. 그래서 가쁜 숨을 몰아쉬며 힘겨운 어조로 다시 하인을 불러 즉시 주인 내외를 모셔오도록 했다.

하인이 방을 나가자 엘리자베스는 기운이 빠져 의자에 풀썩 주저앉았다. 안색이 너무 나빠서, 다아시는 그녀의 곁을 지키며 동정심이 가득한 부드러운 어조로 이렇게 말하지 않을 수 없었다. "하녀를 불러오지요. 무얼 좀 드시면 나을까요? 포도주 같은 거라도 한잔 가져다드릴까요? 몸이 정말 안 좋아 보이십니다."

"아니요, 괜찮아요. 감사합니다." 엘리자베스는 정신을 차리려고 애쓰며 대답했다. "저는 아무렇지도 않아요. 아주 멀쩡해요. 다만 방금 롱본에서 받은 끔찍한 소식 때문에 너무 속이 상해서 그래요."

그 말을 입 밖에 내자 갑자기 눈물이 쏟아지는 바람에 엘리자베스는 얼마간 아무 말도 못 했다. 다아시는 영문을 몰라 답답했지만, 염려스럽다는 말을 희미하게 중얼거릴 뿐 안타까운 마음으로 말없이 지켜보는 수밖에 없었다. 이윽고 엘리자베스가 다시 입을 열었다. "언니에게서 막 편지를 받았는데 끔찍한 소식이에요. 도저히 감출 수도 없는 소식이고요. 막내가 모든 친구들과 친지를 두고 달아나서 어떤 사람, 아니 위컴 씨한테 자신을 내던 졌다는군요. 브라이턴에서 같이 달아났답니다. **다아시 씨**도 그 남 자를 잘 아시니까 그 뒷이야기는 말씀드리지 않아도 짐작하시겠 지요. 리디아는 돈도 없고 알아줄 만한 친척도 없어요. 그 남자 가 끌릴 만한 게 아무것도 없는 애예요. 그러니 그 애의 인생은 이제 끝장이에요."

다아시 씨는 너무 놀란 나머지 그 자리에 못 박힌 듯했다. 엘 리자베스는 한층 더 떨리는 목소리로 덧붙였다. "**제**가 막을 수도 있었는데! 저는 그 남자의 본색을 알았잖아요. 제가 아는 일부만 이라도 가족에게 이야기해 주었더라면, 일부만이라도요! 그 남 자의 본색을 알았다면 이런 일은 없었을 텐데. 그렇지만 이제 한 참, 한참 늦어버렸어요."

"정말 안타깝군요." 다아시가 말했다. "안타깝고 충격적인 일입 니다. 그렇지만 확실한가요? 확실히, 절대적으로 확실한 일인가 요?"

"아, 그럼요! 두 사람은 일요일 밤에 브라이턴을 떠났고, 런던 으로 갔다는 것까지는 밝혀냈는데 그 이후로는 흔적이 없다나 봐요. 스코틀랜드로 가지 않은 것만은 틀림없어요."

"그렇다면 동생분을 찾으려고 무슨 수를, 무슨 방법을 써보셨 답니까?"

"아버지는 런던으로 가셨고 제인의 편지에는 삼촌의 도움이 필요하다고 쓰여 있어서, 제 생각 같아서는 30분 내로 떠났으면 해요. 그렇지만 무슨 방법이 있겠어요. 아무것도 소용없다는 걸 잘 아는걸요. 그런 사람을 어떻게 설득하겠어요? 과연 찾을 수나 있을까요? 전 완전히 포기했어요. 이런 끔찍한 일이!"

다아시는 동의하는 뜻으로 말없이 고개를 저었다.

"그 사람의 본색을 **제가** 확실히 알았을 때, 아! 당연히 그렇게 해야 한다는 걸, 용기를 내서 그렇게 해야 한다는 걸 알았다면! 하지만 몰랐어요. 그렇게까지 하기가 겁났던 거죠. 너무나 끔찍한 잘못을 저지르고 말았어요!"

다아시는 아무런 대답이 없었다. 깊은 생각에 빠져 방 안을 서성거리는 모습이, 엘리자베스의 말이 거의 들리지 않는 것 같았다. 미간은 근심으로 좁아지고 얼굴에는 그늘이 드리웠다. 엘리자베스는 그 모습을 보고 즉각 알아차렸다. 그에 대한 자신의 영향력이 사그라들고 있었다. 이토록 커다란 가족의 약점과 치욕이 발각되었으니 그러지 않는다면 **오히려** 이상한 일이리라. 이해 못 할 일도 비난할 일도 아니었다. 그러나 아무리 다아시가 그런 마음을 겉으로 티 내지 않으려 했어도, 엘리자베스는 그 사실로 위로를 받거나 마음의 아픔이 덜어지지는 않았다. 오히려 하필이면 이 순간 자신이 무엇을 원하는지를 깨달았다. 그를 좋아해 봤자 소용없게 된 지금에야말로, 자신이 거짓 없이 그를 사랑할 수도 있었을 거라고 느꼈던 것이다.

그러나 자신에 대한 생각은 잠시였을 뿐, 곧 지나가 버렸다. 리디아에 관한 생각, 아니 리디아가 가족에게 안겨준 수치와 비참함에 관한 생각 때문에 개인적인 생각이나 걱정을 할 겨를이 없었다. 엘리자베스는 손수건으로 얼굴을 가린 채 얼마 동안 그 외의 모든 일을 잊고 있다가 다아시 씨의 목소리를 듣고서야 퍼뜩 현실로 돌아왔다. 다아시 씨는 동정심이 가득 담겨 있긴 하지만 여전히 자제하는 목소리로 말했다. "혹시 아까부터 혼자 있고 싶으신 건 아닌지 걱정이군요. 저 자신도 진심이지만 아무 도움이 되지 않는 걱정 말고는 여기 머물러 있을 명분이 없고요. 제가 어떻게든 이런 슬픔을 위로해 드릴 수 있다면 얼마나 좋을까요! 그렇지만 공치사나 듣자고 별 소용도 없는 위로의 말로 엘리자베스 양을 괴롭힐 수는 없지요. 이 사태로 인해 제 누이가 오늘 펨벌리에서 당신을 뵙지 못하게 된 것이 유감입니다.”

“아, 그렇죠. 다아시 양께는 대신 사과를 전해주세요. 시급한 일로 곧장 돌아가게 되었다고요. 이 불행한 일은 당분간은 좀 숨겨주세요. 그리 오래는 못 숨길 일이지만요.”

다아시는 흔쾌히 약속했다. 다시금 이 통탄스러운 사태에 슬픔을 표하고, 지금 기대하는 것보다는 더 바람직한 결말이 나기를 기원하며, 친척들에게 전하는 안부 인사를 남기고 나서 마지막으로 심각한 눈길을 한 번 던지고는 떠났다.

다아시가 방을 나서자 엘리자베스는 더비셔에서 몇 번 만났을 때처럼 따뜻한 관계를 이어간다는 것이 이제는 어려워졌음을 느꼈다. 갈등과 변화로 복잡했던 두 사람의 사이를 돌이켜보노라니 감정의 얄궂음에 한숨이 나왔다. 과거라면 두 사람의 사이가 그처럼 끝나는 것이 오히려 반가웠을 텐데 지금은 끝나지 않았으면 하는 마음이었으니까.

만약 감사와 존경이 애정의 좋은 기반이 될 수 있다면, 엘리자베스의 감정 변화는 그리 놀랍지도, 잘못된 것도 아닐 것이다. 하지만 만약 그렇지 않다면, 즉 그런 기반에서 생겨나는 호감이, 종종 묘사되듯 첫 만남에서부터, 심지어 두 마디 말도 나누기 전에 생기는 강렬한 감정에 비해 비합리적이거나 부자연스럽다고 한다면, 엘리자베스를 옹호할 수는 없으리라. 다만 위컴에게 호감을 느끼면서 두 번째 방법을 시도해 보았다가 실패하자 이와는 다르게 좀 더 무덤덤한 애정을 찾게 되었다고 변명할 수 있다면 모를까. 어쨌든 엘리자베스는 떠나는 다아시의 모습을 보면서 아쉬운 마음이었다. 그리고 리디아의 수치스러운 행동 때문에 벌써부터 이렇게 피해를 겪고 나니 그 일이 더욱 끔찍하게 여겨졌다. 엘리자베스는 두 번째 편지를 읽고 나서 위컴이 리디아와 결혼하려 할지 모른다는 희망을 완전히 버렸다. 그리고 제인을 빼면 그런 생각으로 조금이라도 안심할 수 있는 사람은 아무도 없을 것 같았다. 일이 이렇게까지 된 것은 전혀 놀랍지 않았다. 맨 처음 편지를 읽고 나서는 사실 놀라웠다. 위컴이 재산이 없는 여자와 결혼할 수 있다는 사실도 놀라웠고, 리디아가 도대체 어떻게 위컴의 사랑을 얻었는지도 이해할 수 없었다. 그러나 지금은 모든 것이 너무나 당연히 여겨졌다. 이런 종류의 애정을 얻어낼 매력이라면 리디아에게도 없지 않았다. 그리고 리디아가 애초부터 결혼할 생각 없이 도피 여행을 떠났을 것 같지는 않았지만, 그 애의 머리나 도덕관을 생각하면 얼마든지 위컴의 꼬드김에 넘어가고도 남았으리라.

리디아는 연대가 하트퍼드셔에 주둔했던 시절에는 딱히 위컴을 좋아하는 낌새를 풍기지 않았지만, 워낙 계기만 있으면 누구하고든 쉽게 사랑에 빠질 수 있는 아이였다. 자기에게 얼마나 관심을 보여주느냐에 따라 어떤 때는 이 장교, 다른 때는 저 장교로 바꿔가며 좋아했으니까. 애정은 계속 이 사람 저 사람을 오갔을지언정, 대상이 없었던 적은 한 번도 없었다. 이런 애를 그냥 내버려두는 것으로도 모자라 부추겼으니 그 얼마나 큰 실수인가. 아! 후회에 뼈가 저렸다.

엘리자베스는 집에 돌아가고 싶어 미칠 지경이었다. 바로 그 현장에서 직접 상황을 보고 듣지 않으면 못 배길 것 같았고, 온통 난리가 난 집에서 이제 온갖 책임을 혼자 짊어지고 있을 제인의 짐을 덜어주고 싶었다. 아버지도 안 계시고 어머니는 상황에 대처하기는커녕 오히려 보살핌을 받아야 하는 형편이 아닌가. 이제 리디아를 구제할 방법은 없다고 거의 포기하다시피 했지만 그래도 삼촌이라면 무언가 해주실 수 있을 것 같았고, 그래서 엘리자베스는 극도로 초조하고 괴로운 심정으로 삼촌을 기다렸다. 가드너 씨 부부는 하인의 이야기를 듣고 조카가 갑자기 병이 났나 싶어 놀란 채로 부랴부랴 돌아왔다. 엘리자베스는 그런 일은 아니라고 바로 안심시키고 나서 급히 부른 이유를 설명하기 위해 두 통의 편지를 소리 내어 읽고, 특히 떨리는 목소리로 둘째 편지의 추신을 힘주어 읽었다. 리디아를 그다지 예뻐하지 않았던 가드너 부부였지만 그럼에도 깊은 상심을 피할 수 없었다. 이 일은 리디아만이 아니라 모두의 일이었기 때문이다. 가드너 씨는 너무 놀랍고 기가 막혀서 탄성을 연발했지만, 이내 할 수 있는 한 도움을 아끼지 않겠다고 약속해 주었다. 예상 못 한 바는 아니었지만 그래도 고마운 마음에 엘리자베스는 눈물을 흘렸다. 세 사람은 곧 뜻을 모아 떠나는 것과 관련해 모든 일을 신속히 결정했다. 가능한 한 빨리 떠나기로 했다. "그렇지만 펨벌리 약속은 어쩌지?" 가드너 부인이 말했다. "네가 우리를 찾으러 보낼 때 다아시 씨가 여기 있었다고 존이 그러던데, 정말 그랬니?"

"네, 약속을 못 지키게 되었다고 이야기했어요. **그 일**은 다 해결되었어요."

"다 해결되었다고." 숙모는 준비를 갖추러 자기 방으로 뛰어가면서 그 말을 되뇌었다. "이런 일을 다 털어놓을 정도의 사이라는 건가! 아유, 도대체 무슨 사이인지 궁금해 죽겠네!"

그러나 그런 희망은 별로 도움이 되지 않았다. 기껏해야 이내 닥쳐온 정신없이 바쁜 시간 틈틈이 반짝 마음을 밝혀줄 뿐이었다. 엘리자베스 역시 좀 한가하고 여유가 있었다면 자기처럼 괴로움에 빠진 사람은 아무것도 손에 잡히지 않는다는 사실을 깨달았을 테지만, 이처럼 갑작스럽게 떠나게 된 것에 대해 거짓으로 양해를 구하는 쪽지를 램턴의 모든 친구들에게 보내는 일을 포함해서 여러 가지 임무로 숙모 못지않게 바빴다. 그러나 이 모든 일은 한 시간이 채 안 되어 끝났고, 가드너 씨가 여관비를 정산하고 나자 이제 남은 일은 출발하는 것뿐이었다. 그날 오전 내내 괴로움에 빠져 있던 엘리자베스는 생각보다 빨리 마차에 올라 롱본으로 향했다.

47장

"내가 다시 한 번 잘 생각해 보았는데, 엘리자베스야." 마을을 벗어날 즈음 삼촌이 입을 열었다. "사실 곰곰이 생각해 보니까 네 언니가 생각한 대로 못 믿을 것도 없을 것 같다. 리디아가 보호자나 친구가 없는 것도 아니고, 거기다 자기 상관 집에 묵고 있는 아가씨인데, 위컴이 아니라 누구라고 해도 감히 그런 흉계는 못 꾸미지 싶다. 그래서 좋은 쪽으로 생각해 보려고 한다. 아무리 그 애의 친지들이 가만있을 줄 알았으려고? 또 포스터 대령에게 그런 모욕을 준다면 다시 부대에 발을 붙일 수가 없지 않겠냐? 설마 그런 위험까지 감수하고 리디아를 꼬드기기야 했으려고."

"정말 그렇게 생각하세요?" 엘리자베스의 목소리가 일순 밝아졌다.

"아무렴." 숙모가 말했다. "나도 네 숙부와 같은 생각이야. 그런 짓을 했다가는 체면이고 명예고 이해관계고 모두 끝장날 텐데. 위컴이 설마 그렇게까지 나쁜 사람은 아닐 거야. 리지야, 넌 어떻게 생각하니? 설마 그런 짓까지 할 사람이라고 생각하는 건 아니지?"

"자기의 이해관계야 중시하겠지요. 그러나 나머지는 아랑곳하지 않을걸요. 두 분 말씀대로만 된다면! 그렇지만 전 희망이 안 생겨요. 정말 그런 거라면 왜 스코틀랜드로 안 갔을까요?"

"아직 두 사람이 스코틀랜드로 가지 않았다는 게 확실한 건 아니다." 가드너 씨가 대답했다.

"아, 그렇죠! 하지만 마차를 버리고 삯마차로 갈아탔다면서요! 거기다 바넷으로 간 흔적도 없다잖아요."

"좋아, 그렇다면 두 사람이 런던에 있다고 치자. 몸을 숨길 목적으로, 뭐 다른 특별한 목적이야 있겠냐. 런던에 있을 수도 있지. 둘 다 수중에 돈이 별로 없을 테니까. 스코틀랜드보다는 런던에서 결혼하는 편이 더 늦어지긴 해도 더 싸게 할 수 있다고 생각했을지도 모르지."

"그렇다면 이렇게 남몰래 해야 할 이유가 없잖아요? 뭐가 무서워서 숨어요? 왜 모두에게 비밀로 하고 자기들끼리 결혼을 해야 하냐고요. 아! 아뇨, 아니에요, 그건 아니에요. 제인의 편지에서, 그 사람의 친한 친구가 그 사람이 리디아와 결혼할 생각이 없을 거라고 했다잖아요. 그 사람은 돈이 없는 여자하고 결혼할 사람이 아니에요. 일단 경제적인 여유가 없어요. 거기다 리디아는 젊고 건강하고 명랑하다는 것 말고는 아무것도 없어요. 조건 좋은 결혼으로 한몫 벌 기회를 버릴 정도로 그 애에게 무슨 가치나 특별한 이점 같은 게 있는 것도 아니고요. 체면을 말씀하셨는데, 체면 생각에 그런 불명예스러운 도피 행각을 벌이지 못

할 거라는 건, 저는 뭐라고 말 못 하겠어요. 이런 식의 행동이 어떤 결과를 미칠지 저는 모르니까요. 하지만 다른 반론은 별로 납득이 안 가요. 리디아에게는 이런 일에 나서줄 만한 오빠나 남동생도 없고, 위컴도 아버지를 만나봤으니 아버지가 별로 상관하지 않을 거라고 생각했을지도 몰라요. 아버지는 집에서 무슨 일이 일어나든 별로 신경도 안 쓰시잖아요. 아버지들이 흔히 그러긴 하지만."

"그렇지만 너는 리디아가 그렇게 사랑에만 매달려 모든 걸 포기할 애라고 생각하니? 정식으로 결혼도 하지 않고 그 사람하고 같이 살려고 할 정도로 말이야."

"이런 문제에서 동생의 사고방식이나 정조 관념을 깎아내려야 한다니 마음이 찢어지는 것 같아요." 엘리자베스가 눈물을 머금고 대답했다. "그렇지만 제가 뭐라고 할 수 있겠어요. 제가 그 아이를 잘못 보았는지도 모르죠. 하지만 그 애는 나이도 너무 어리고 진지한 생각은 통 해본 적이 없어요. 지난 반년간, 아니, 1년 열두 달을 쾌락과 허영에만 빠져 살아왔으니까요. 게으르고 가볍고 그야말로 천방지축으로 살았어요. 부대가 메리턴에 온 다음에는 오로지 사랑이니 연애질이니 장교니 하는 것밖에는 생각하지 않았어요. 가뜩이나 그쪽으로 민감한 애가, 오로지 그런 것들만 생각하고 떠들고 했으니 그쪽으로는 아주 선수가 된 거죠. 그리고 다들 아시다시피 위컴의 인물과 말솜씨에 넘어가지 않을 여자가 어디 있겠어요."

"그런데 너도 알겠지만, 제인은 위컴을 그렇게까지 나쁘게는 안 보던데. 그런 짓까지는 못 할 거라고 생각하는 모양이던걸." 숙모가 말했다.

"언니가 누구 나쁘다고 하는 걸 보셨어요? 과거에 무슨 짓을

했든, 언니는 그런 짓을 할 수 있는 사람이 있다고는 생각조차
하지 못할 거예요. 만천하에 전부 알려지기 전까지는요. 그렇지
만 언니도 위컴의 본색은 저 못잖게 잘 알아요. 우리 둘 다 그 사
람이 말 그대로 난봉꾼이라는 걸 안다고요. 진정성도 명예의식
도 없고. 살살 남의 환심을 살 줄만 알았지 실은 거짓말쟁이 사
기꾼이에요."

"아니, 그게 정말 확실한 이야기니?" 가드너 부인은 엘리자베
스가 어떻게 그런 것을 알고 있는지 의아해져서 탄성을 질렀다.

"네, 확실하고말고요." 엘리자베스가 상기된 얼굴로 대답했다.
"저번에 그 사람이 파렴치하게 다아시 씨에게 누명을 씌웠다는
말씀을 드렸잖아요. 그리고 숙모도 전에 롱본에서 그 사람이 자
기한테 그렇게 자비롭게 대해주었던 사람을 어떻게 비난하는지
직접 들으셨고요. 그리고 다른 일들도 있는데, 그건 말씀드릴 수
없어요. 그럴 가치도 없는 일이지만요. 그렇지만 그 사람은 펨벌
리 가문 전체에 관해 엄청난 거짓말을 해댔어요. 그 사람한테 다
아시 양 이야기를 들었을 때 저는 다아시 양이 거만하고 부루퉁
하고 불쾌한 여자일 거라고 확신했어요. 위컴은 뻔히 거짓말이
라는 걸 알면서도 일부러 그런 소리를 한 거예요. 다아시 양이
얼마나 상냥하고 가식 없는 사람인지를 우리가 아는데, 설마 그
사람이 모르려고요."

"그런데 리디아는 그런 걸 전혀 모르니? 너하고 제인은 그렇
게 잘 아는 걸 어떻게 걔는 전혀 몰랐대?"

"네, 전혀 몰랐어요! 그게, 바로 그게 문제였어요. 저도 켄트에
서 다아시 씨와 그분의 친척인 피츠윌리엄 대령을 자주 만나게
되고서야 그 사실을 알았거든요. 그리고 제가 집으로 돌아갔을
때 부대는 한두 주 내로 메리턴을 떠날 예정이었어요. 제인 언니

에게는 모든 이야기를 했지만, 상황도 그렇고 해서 저나 언니나 사람들에게 알리지 말고 우리끼리만 알고 있자고 결정한 거예요. 이미 이웃 사람들이 전부 그 사람이 좋은 사람인 줄 아는데, 이제 와서 뒤집어 봐야 좋을 것도 없겠다 싶었거든요. 그리고 리디아가 포스터 대령 부인을 따라가기로 했을 때조차도, 그 사람의 본색을 제대로 일러두어야겠다는 생각은 미처 못 했어요. 위컴이 그 애에게 마수를 뻗치리라고는 상상조차 못 했으니까요. 숙모는 제 말을 믿어주시겠지만, 일이 **이렇게** 될 줄 어떻게 알았겠어요.”

“그러니까 위컴과 리디아가 브라이턴으로 갈 때만 해도 둘이 서로 좋아하는 낌새는 전혀 없었다는 거구나.”

“전혀요. 어느 쪽도 전혀 티를 안 냈어요. 그런 낌새가 조금이라도 보였다면 우리 가족이 가만있었으려고요. 물론 그 사람이 처음 왔을 때는 리디아도 그 사람을 무척 좋아했어요. 그렇지만 그때는 누구나 다 그랬어요. 메리턴 시내와 시외를 막론하고 처음 두 달 동안 여자들은 모조리 그 사람에게 반해 있었으니까요. 그렇지만 그 사람은 리디아에게 딱히 관심을 보인 것도 아니라서, 어느 정도 시간이 지나 그 열광이 식고 나니 그 애는 자기를 좀 더 떠받들어 주는 연대의 다른 사람들을 더 좋아하게 되었지요.”

여행길에서 몇 번이고 이야기를 거듭해 보아도 그들의 우려나 바람이나 짐작에 보탬이 될 만한 새로운 이야기는 전혀 나오지 않았지만, 워낙 중차대한 일이라 잠깐 다른 이야기가 나오더라도 금방 이 이야기로 돌아가지 않을 수 없었다. 엘리자베스의 머릿속은 이 문제가 온통 차지하고 있었다. 극심한 고통과 자책감 때문에 한시도 그 일을 잊거나 마음을 편히 가질 수 없었다.

일행은 가능한 한 서둘러 길을 재촉했다. 그리하여 마차를 탄 채로 하룻밤을 나고 다음 날 저녁 식사 무렵에는 롱본에 도착했다. 제인을 너무 오래 기다리게 만들지는 않았다는 생각이 그나마 엘리자베스에게는 위안이 되었다.

일행이 마당으로 들어서니 마차가 다가오는 것을 보고 달려 나온 아이들이 집 앞 계단에 서 있었다. 마차가 문 앞까지 오자 아이들은 반가움으로 환해진 얼굴로 깡총깡총 뛰고 난리를 치면서 일행을 본격적으로 반갑게 맞아주었다.

엘리자베스는 마차에서 뛰어내려 아이들 각각에게 급히 입 맞춰준 후 서둘러 집 안으로 들어갔고, 어머니의 방에 있다가 급히 계단을 달려 내려온 제인과 딱 마주쳤다.

자매는 눈물을 글썽이며 정겹게 얼싸안았고, 엘리자베스는 곧장 그 사건에 관해 무슨 소식이 없느냐고 물었다.

"아직은 없어." 제인이 대답했다. "하지만 이제 삼촌이 오셨으니 잘 해결되겠지."

"아버지는 아직 런던에 계셔?"

"그래, 편지에도 썼지만 화요일에 가셨어."

"소식은 좀 보내셨어?"

"한 번 보내시고 그만이야. 수요일에 무사히 도착했다고, 계신 곳 주소랑 같이 몇 줄 적어 보내셨어. 내가 그래 주십사 부탁드렸거든. 그 밖에 전할 만한 소식이 생기기 전까지는 따로 편지 안 할 거라고 하셨어."

"그럼 어머니는, 어머니는 어떠셔? 다들 어때?"

"어머니는 그럭저럭 괜찮으셔. 무척 상심하시긴 했지만. 지금 2층에 계시는데, 너하고 삼촌, 숙모를 보면 무척 반가워하실 거

야. 계속 드레스룸에서 두문불출이셔. 메리와 키티는 아주 잘 있
으니 그나마 다행이야."

"그런데 언니는, 언니는 어때?" 엘리자베스가 외쳤다. "안색이
너무 나쁘다. 너무 힘들었지!"

제인은 자기는 아주 건강하다고 동생을 안심시켰고, 가드너
부부가 아이들에게 붙잡혀 있는 사이에 나눈 이 짧은 대화는 사
람들이 다가오는 바람에 거기서 끝났다. 제인은 삼촌 내외에게
달려가 인사하고 감사를 표하며 웃음과 눈물을 나누었다.

모두 거실로 들어간 다음에는 당연히 엘리자베스가 이미 확
인한 문답이 되풀이되었고, 삼촌 내외도 곧 새로운 소식이 없음
을 알게 되었다. 그렇지만 너그러운 성품을 지닌 제인은 아직
도 희망을 품고 있었다. 아직도 모든 일이 좋은 쪽으로 마무리
될 거라고 생각했으며, 매일 아침 리디아나 아버지한테서 일의
진행 상황을 알리거나 결혼 소식을 알리는 편지가 날아올 것을
기대했다.

얼마간 대화를 나누고 나서 모두 베넷 부인의 방으로 향했는
데, 예상한 대로 부인은 그들을 맞아 위컴의 악랄함을 비난하며
한탄과 후회의 눈물을 펑펑 쏟아냈고, 자기가 지금 얼마나 힘든
가 하는 하소연을 늘어놓았다. 모든 사람을 비난하되, 무조건 딸
에게 오냐오냐해서 그런 불행을 불러온 장본인인 자신만은 예외
였다.

"내 말대로 온 가족이 브라이턴으로 갔으면 **이런** 일은 안 일어
났겠지." 부인이 말했다. "가엾은 리디아를 혼자 내버려두니 이
런 일이 생기지. 포스터 부부는 어쩌자고 그 아이를 그렇게 내버
려뒀대? 그 사람들이 신경만 좀 썼어도 이런 일은 없었어, 그랬
으면 그 애가 그런 짓을 했을 리가 없지. 안 그래도 내 자식을 그

사람들한테 맡긴다는 게 영 못 미더웠는데, 하지만 누가 내 말을 들어먹어야지. 가엾은 내 새끼! 이제 아버지도 가셨으니 위컴을 만났다 하면 당장 결투를 벌이실 텐데, 그 양반은 죽고 말 거야. 그럼 우린 전부 어떻게 되겠어? 그분 시신이 무덤에서 채 식기도 전에 콜린스네가 우릴 내쫓을 텐데, 동생네마저 우릴 모른 척하면 우린 앞날이 없어."

다들 입을 모아 그런 끔찍한 이야기는 입 밖에도 내지 말라고 만류했다. 가드너 씨는 자기가 누님과 그 가족 모두를 얼마나 사랑하는지를 들려주어 누이를 안심시키고 나서, 바로 다음 날 런던으로 가서 베넷 씨를 도와 어떻게든 리디아를 구할 수 있도록 애써보겠다고 말했다.

"괜히 미리 겁먹지 마세요." 가드너 씨가 덧붙였다. "최악의 사태에 대비해 두는 건 나쁘지 않지만, 꼭 그렇게만 생각할 필요는 없죠. 아직 두 사람이 브라이턴을 떠난 지 일주일도 안 됐다면서요. 며칠 더 있으면 반드시 소식이 올 겁니다. 두 사람이 결혼을 하지 않았거나 결혼할 생각이 없다는 게 아직 확실히 밝혀진 것도 아닌데, 다 끝장났다고 생각할 필요는 없어요. 런던에 가는 대로 형님을 찾아 저희 집으로 모시고 가서 같이 의논을 해보겠습니다."

"아이구! 제발 좀 그래 다오." 베넷 부인이 대답했다. "런던에 가면 그 두 사람을 꼭 좀 찾아내라. 그리고 그때까지 결혼을 안 했으면 결혼도 **시키고**. 리디아더러 결혼 예복 같은 것 때문에 괜히 기다리지 말고, 일단 결혼하고 나면 돈을 줄 테니 그때 가서 뭐든지 사라고 해. 그리고 제일 중요한 건, 너희 매부가 결투를 못 하게 해야 한다. 내가 지금 어떤 상태인지도 말해주고. 놀라서 정신이 나갈 지경에다 오한까지 들고, 옆구리는 경련이 이는 데다 머리가 아프고 심장까지 뛰어대니 밤낮으로 아주 죽겠어. 그리고 리디아한테는 나를 만나기 전까지는 옷을 주문하지 말라고 해. 걔 어디가 제일 좋은 옷가게인지 모르니까. 아유, 얘야, 정말 착하기도 하지! 누나는 네가 알아서 다 잘해줄 줄 알았어.”

이 말에 가드너 씨는 온갖 노력을 아끼지 않겠다고 다짐하긴 했지만 걱정이든 희망이든 적절히 자제해 가면서 품으라고 권하지 않을 수 없었다. 일행은 이런 이야기를 나누다가 정찬이 차려지자 방을 나왔고, 부인은 방에 남아서 딸들이 없을 때 보살펴주는 가정부에게 계속 있는 한탄 없는 한탄을 늘어놓았다.

동생 부부는 누이가 그처럼 혼자 방에 틀어박혀 있을 이유가 없다고 생각했지만 그렇다고 굳이 말릴 생각도 없었다. 식사 시중을 드는 하인들 앞에서 입조심을 할 만한 분별력이 있는 부인도 아니었으니, 가장 믿을 수 있는 가정부 **혼자** 그 우려와 한탄을 모두 받아주는 편이 낫겠다고 생각했던 것이다.

식당에서 그들은 곧 자기 방에서 각자 용무를 보느라 분주했던 메리와 키티를 만났다. 메리는 책을 보느라 바빴고, 키티는 화장을 하느라 바빴다. 그렇지만 둘 다 안색도 괜찮았고 변한 구석도 전혀 없었다. 다만 키티의 말투가 평소보다 좀 더 짜증스럽게 들리기는 했는데, 가장 친했던 동생이 가버려서인지 아니면 자기가 그 일에 말려들어서인지는 알 수 없었다. 메리는 딴에는 어른스럽게 군다고, 사람들이 식탁에 앉자마자 자못 심각한 표정으로 엘리자베스에게 이렇게 소곤거렸다.

“이 실로 불행한 사건을 두고 설왕설래가 분분할 테지. 하지만 우리는 자매로서 악의의 물결에 맞서 아픈 서로의 가슴에 위로의 향유를 부어주자.”

엘리자베스가 통 대꾸할 기색을 보이지 않자 메리는 이렇게 덧붙였다. "이 사건은 리디아에게는 필히 불행한 일이지만 무척 유용한 교훈을 제공하기도 해. 여성이 정조를 상실하면 두 번 다시 회복할 수 없다는 점, 자칫 한 발짝이라도 엇나가면 파멸의 구렁텅이에 떨어질 수 있다는 점, 여성의 평판이란 아름다운 만큼이나 깨지기 쉽다는 점, 가치 없는 남성 앞에서 여성은 끝없이 몸조심을 해야 한다는 점이야."

엘리자베스는 놀라서 눈을 휘둥그레 떴지만 너무 어이가 없어서 대답할 말을 찾지 못했다. 그러나 메리는 무척이나 신이 난 듯 이런 도덕적 교훈들을 줄줄이 늘어놓았다.

마침내 오후가 되자 제인과 엘리자베스는 반 시간 정도 둘이서만 이야기를 나눌 틈이 생겼다. 엘리자베스는 이 기회를 놓치지 않고 즉시 여러 가지 질문을 던졌고, 제인 역시 그에 못지않은 열의로 대답해 주었다. 엘리자베스는 이 사건의 결과는 틀림없이 끔찍할 거라고 생각했고, 제인도 아주 부정할 수는 없어서 둘 다 한숨만 쉴 뿐이었다. 이윽고 엘리자베스가 이렇게 말했다. "그래도 아직 내가 모르는 게 있으면 전부 다 말해줘. 좀 더 소상히 이야기해 봐. 대령님이 뭐라고 했어? 도망치기 전에 정말 아무런 낌새도 못 챘대? 항상 같이 있었을 텐데 보이지를 않았다니 말이야."

"대령님 말로는 리디아 쪽에서는 좋아하는 기색이 좀 있긴 했지만 경계할 정도는 아니었대. 대령님도 참 딱하지! 그분은 그렇게 세심하고 친절하실 수가 없었어. 두 사람이 스코틀랜드로 가지 않았다는 생각이 떠오르기 전에 벌써 우리 쪽으로 출발하신 것 같더라. 자기가 이 일에 신경을 쓰고 있다는 걸 알려주시려고. 그리고 주변에서 그런 우려가 나오니까 더 서두르신 모양이야."

"데니가 위컴은 결혼하지 않을 거라고 장담했댔지? 그 사람은 둘의 계획을 미리 알았대? 대령님이 데니를 직접 만나보셨대?"

"응. 그렇지만 **직접** 물어보니 데니는 전혀 몰랐던 일이라면서 속내를 털어놓지 않으려 했던 모양이야. 둘이 결혼하지 않을 거란 이야기를 되풀이하지는 않은 거지. **그걸 보면**, 물론 바람이긴 하지만, 그 사람이 잘못 알았을지도 모르는 거잖아."

"대령님이 직접 오시기 전에, 우리 집에서는 아무도 둘이 정말 결혼하지 않았을지도 모른다는 생각은 안 해본 거야?"

"어떻게 그런 생각을 할 수가 있겠어! 난 리디아가 그 사람하고 결혼해서 과연 행복할지가 좀 의심스러웠달까, 하여튼 걱정스럽긴 했어. 그 사람은 전에도 좀 잘못된 행실을 보였으니까. 하지만 아버지와 어머니는 그걸 모르시니까 그냥 결혼이 신중하지 못하다는 것만 걱정하셨어. 근데 그때 키티가, 딴 식구들보다 더 많이 안다는 게 자랑스러웠는지 리디아의 마지막 편지를 보고 자기는 이럴 줄 알았다고 으스대더라. 키티는 그 둘이 이미 몇 주 전에 서로 사랑에 빠진 걸 알았대."

"그래도 브라이턴으로 가기 전부터는 아니었겠지?"

"응, 그렇진 않을 거야."

"대령님은 위컴을 좋게 보시는 것 같았어? 혹시 그 사람의 본색은 아셔?"

"솔직히, 이전만큼은 위컴을 좋게 이야기하지 않으셨어. 생각이 없고 낭비가 심하다고 하시더라. 그리고 이 안타까운 사건이 일어난 후에 들은 이야기인데, 메리턴에 빚을 잔뜩 남기고 떠났대. 사실이 아니었으면 좋겠는데."

"아아, 제인. 우리가 그렇게 비밀스럽게 굴지 말고 아는 걸 전부 털어놓았더라면 일이 이렇게까지는 안 되었을 텐데!"

"그랬으면 지금보다는 나았겠지." 제인이 대답했다. "그렇지만 당시에 어떤 마음인지 모르면서 옛날에 저지른 잘못을 폭로하는 것은 도리가 아니라고 생각했어. 우린 좋은 뜻으로 그랬던 거야."

"대령님이 리디아가 부인에게 남겼다는 서신 내용을 자세히 알려주셨어?"

"직접 가져와서 보여주셨어."

제인은 수첩에서 편지를 꺼내어 엘리자베스에게 주었다. 내용은 이러했다.

해리엇 언니,

제가 어디로 떠났는지 알면 언니는 아마 배를 잡고 웃으실 거예요. 그리고 언니가 내일 아침 제가 없어진 걸 알고 놀라실 걸 생각하니 저도 웃음을 참을 수가 없네요. 전 그레트나그린으로 떠나요. 그리고 제가 누구랑 가는지 모르신다면 언니는 바보 천치예요. 왜냐하면 제가 이 세상에서 유일하게 사랑하는 사람은 바로 천사 같은 그 사람뿐이거든요. 그이가 없으면 저는 행복할 수가 없으니 집을 나가는 게 큰 죄는 아닐 거예요. 언니 마음이 내키면 롱본에도 제 일을 알려주세요. 하지만 제가 직접 편지를 써 보내면 더욱 놀라게 할 수 있겠죠. 리디아 위컴이라고 서명해서 보내면 얼마나 재미있을까! 너무 웃음이 나와서 편지를 못 쓸 것 같아요. 프랫한테는 오늘 밤 춤추기로 한 약속을 어기게 되어서 미안하다고 좀 전해주세요. 나중에 모든 걸 알게 되면 이해가 갈 거라고, 다음번 무도회에서 만나면 얼마든지 같이 춰주겠다고요. 롱본에 닿으면 옷을 가지러 사람을 보낼게요. 그런데 그 수놓은 모슬린 가운

은 크게 터진 데가 있어서, 샐리한테 이야기해서 좀 수선해서
보내주셨으면 좋겠어요. 안녕, 대령님께도 꼭 안부 전해주시
고요. 떠나는 저희를 위해 축배를 들어주세요.

언니를 사랑하는 리디아 베넷

"어쩜 이렇게 생각이 없을까!" 편지를 다 읽은 엘리자베스가
탄성을 질렀다. "그 와중에 썼다는 편지가 이런 거라니. 하지만
적어도 하나는 알았어. **리디아**는 정말 결혼할 작정으로 떠났다는
거 말이야. 그 남자가 나중에 가서 어떻게 술수를 부릴지는 몰라
도, 리디아 쪽에서 수치를 **자초**한 건 아니었어. 가엾은 아버지!
마음이 어떠셨을까!"

"난 누가 그렇게 충격받은 모습은 그때 처음 봤어. 10분 가까
이 아무 말도 못 하시더라. 어머니는 이내 자리에 누우셨고, 집
안이 발칵 뒤집히고 말았지!"

"참! 언니." 엘리자베스가 소리쳤다. "그날 안으로 집안의 하인
이란 하인은 모조리 그 일을 알게 됐겠네?"

"글쎄. 아니었으면 좋겠지만, 이런 때 쉬쉬한다는 게 쉬운 일
이 아니잖니. 어머니는 거의 발작을 일으키셔서, 진정시켜 드리
려고 내 딴엔 애를 썼는데 아무래도 부족했나 봐! 앞으로 일어
날 일을 생각하니 끔찍해서 기운이 나야 말이지."

"언니 혼자 어머니를 보살펴 드리려니 얼마나 힘들었겠어. 언
니도 안색이 영 안 좋아. 아, 내가 언니와 같이 있었어야 했는데!
언니 혼자 얼마나 신경을 쓰고 걱정을 했겠어."

"메리와 키티도 무척 신경을 써주고 힘든 일을 같이 나누고 싶
어 했지만, 걔들한테 부담을 주기는 싫었어. 키티는 마르고 약한
데다 메리는 공부를 그렇게 많이 하는데 그나마 쉬는 시간을 빼

47장　　**341**

앗을 수는 없잖아. 필립스 이모가 아버지가 가신 후 화요일에 롱본에 오셔서 친절하게도 목요일까지 함께 계셔주셨어. 그래도 이모가 계셔서 우리 모두 큰 도움과 위로를 받았어. 또 루커스 부인도 목요일 아침에 부러 여기까지 걸어오셔서 친절하게 우리를 위로해 주셨지. 도울 일이 있으면 부인이나 딸들이나 다들 도와주겠다고 하시더라.”

“그냥 댁에 가만 계시지 그랬대.” 엘리자베스가 목소리를 높였다. “뭐 별 뜻이야 없으셨겠지만, 이런 불행한 일을 당한 판국에 이웃 얼굴을 보는 게 뭐 그리 반갑다고. 무슨 도움을 받을 수도 없는 상황이고, 위로한다고 그게 위로가 돼? 그냥 멀리서 보면서 승리감이나 즐길 것이지.”

다음으로 엘리자베스는 아버지가 런던에서 리디아를 찾아오기 위해서 어떻게 손을 쓰실 생각인지를 물었다.

“내 생각에는 아마,” 제인이 대답했다. “둘이 마지막으로 마차를 갈아탔다는 엡섬이라는 곳에서 마부들을 수소문해 보실 생각인 것 같았어. 아마 클래펌에서 두 사람을 태운 마차의 번호를 알아내시려나 봐. 그 마차가 런던에서 오는 손님을 태우고 왔다는데, 거기서 남녀 둘이 다른 마차로 갈아타는 걸 본 사람이 있을지도 모르니까 그걸 알아보시려는 게 아닐까. 일단 마부가 어느 집에 그 손님을 내려줬는지만 알아내면 거기 가서 물어보실 작정인 것 같아. 어쩌면 그 마차의 차고와 번호를 알아낼 수 있을지도 모르잖아. 그것 말고는 어떤 계획이 있으신지 나도 몰라. 너무 황급히 떠나시는 바람에 이것도 겨우 알아낸 거야.”

48장

모두가 그토록 기다렸건만, 다음 날 아침이 되어도 베넷 씨에게서는 편지 한 줄도 없었다. 아버지가 평소 편지를 늦게 쓰고 될 수 있는 한 미뤘다 쓴다는 걸 알면서도, 이처럼 시급한 상황이니 좀 더 서둘러주지 않을까 기대했던 가족들은 모두 실망했다. 딱히 좋은 소식이 없나 보다고 생각할 수밖에 없었지만, 그래도 그것만이라도 좀 확인하고 싶었다. 가드너 씨 역시 내내 편지만 기다리다 결국 길을 떠났다.

삼촌이 떠났으니 적어도 이제는 일이 되어가는 상황을 계속 전해 들을 수 있을 것 같았다. 그리고 삼촌은 떠나면서 가능한 한 빨리 베넷 씨가 롱본으로 돌아오도록 애써보겠다고 약속했기 때문에 베넷 부인은 적잖이 안심했다. 부인은 그렇지 않으면 자기 남편이 필히 위컴과 결투를 벌여 죽임을 당하고 말 거라고 생각했다.

가드너 부인은 같이 있으면서 조카들에게 힘이 되어주려고 하트퍼드셔에 며칠 더 머물기로 했다. 부인은 조카들과 교대로 시누이를 돌보았고, 틈이 나는 대로 조카들을 많이 위로해 주었다. 필립스 부인 역시 조카들을 자주 찾았다. 하지만 말로는 늘 조카들을 위로해 주러 왔다면서 막상 올 때마다 새로 알려진 위컴의 낭비벽이나 무절제한 짓거리를 알려주는 바람에 한번 왔다 가면 분위기는 더욱 침울해질 뿐이었다.

메리턴의 모든 사람들은 이제 겨우 석 달 전만 해도 빛의 천사인 양 떠받들던 사람을 욕하느라 정신이 없었다. 하는 말에 따르면 위컴이 빚을 지지 않은 상인은 하나도 없었고, 심지어 그 상인들의 가족들까지 유혹하려 했다고 했다. 다들 입을 모아 위컴이 세상에서 가장 악랄한 인간이라고 공언하면서, 자기들은 선해 보이는 그 겉모습에 한 번도 속은 적이 없다고들 했다. 엘리자베스가 이런 말들을 절반만 믿는다고 해도 리디아는 신세를 망친 것이 분명했다. 심지어 엘리자베스보다도 그런 말들을 믿지 않았던 제인마저 거의 희망을 버렸다. 전에는 그래도 마음 한구석으로는 끝까지 두 사람이 스코틀랜드에 갔을 거라고 믿고 있었는데, 만약 그게 사실이라면 지금쯤은 무언가 소식이 왔어야 했다. 그게 아니니 제인은 절망을 피할 수 없었다.

가드너 씨는 일요일에 롱본을 떠났는데, 가드너 부인은 화요일에 남편의 편지를 받았다. 남편은 런던에 도착하자마자 바로 매형을 만났고, 매형을 설득해서 그레이스처치 스트리트의 집으로 데려왔다고 했다. 베넷 씨는 그전에 엡섬과 클래펌에 갔었지만 쓸모 있는 정보를 전혀 얻어내지 못한 터라, 두 사람이 처음 런던에 와서 거처를 정하기 전에 호텔에 묵지 않았을까 하는 생각에 시내에 있는 주요 호텔들을 다 탐문할 계획이었다. 가드너 씨는 그 방법이 썩 효과가 있을 것 같지는 않지만 형님이 워낙 열심이니 자기도 거들 생각이라고 적었다. 그리고 이어 매형이 아직은 런던을 떠날 마음이 전혀 없는 것 같다면서, 곧 다시 편지하겠다고 약속했다. 추신도 있었는데, 내용은 이러했다..

포스터 대령에게 편지를 써서, 가능하면 위컴의 부대 동료들을 대상으로 그 사람이 런던에 숨어 있는 거처를 알 만한 친척이나 친지가 있는지 알아봐 달라고 부탁했소. 누군가 알 만한 사람이 있어서 그런 단서를 얻어내기만 하면 크게 도움이 될 것도 같은데. 지금은 전혀 아무런 실마리가 없으니까 말이오. 아마 대령도 자기 힘닿는 한 도와주겠지. 그런데 생각해 보니, 어쩌면 위컴의 친척 중에 지금 살아 있는 사람이 누가 있는지를 리지가 제일 잘 알 것도 같소.

엘리자베스는 삼촌이 이렇게 자신의 정보력을 믿는 이유를 충분히 짐작할 수 있었지만, 그 신뢰에 값하는 정보를 제공할 능력은 없었다.

위컴은 여러 해 전에 돌아가신 양친 이야기를 빼면 친척 이야기는 전혀 하지 않았다. 그렇지만 위컴의 부대 동료들 가운데서 더 많은 정보를 갖고 있는 사람이 있을지도 모르는 일이었고, 자신은 그다지 거기에 기대를 걸지 않았지만 그렇다고 지레 포기할 마음은 없었다.

롱본에서는 하루하루가 초조함 속에 지나갔다. 그중에서도 가장 초조한 시간은 우체부가 오는 시간이었다. 아침에 일어나면 제일 먼저 편지가 오기만을 기다렸다. 좋은 소식이든 나쁜 소식이든 편지가 와봐야 알 수 있으니, 내일이면 중요한 소식이 오겠지 하고 다들 기다리는 것이었다.

그러나 가드너 씨가 다시 소식을 전하기 전에 다른 곳에서 아버지 앞으로 편지가 한 통 도착했다. 발신인은 콜린스 씨였고, 제인이 편지를 뜯어보았다. 아버지가 런던에 가 있는 동안 자기 앞으로 오는 편지를 모두 뜯어보라고 제인에게 일러두었기 때문이다. 그리고 콜린스의 편지가 얼마나 명물인지 익히 아는 엘리자베스도 제인의 어깨 너머로 같이 편지를 읽었다. 내용은 이러했다.

그간 안녕하셨는지요.
어제 하트퍼드셔에서 온 편지를 보고 알게 된바, 제 처지로 보나 귀댁과의 관계로 보나 귀댁에서 작금에 처해 계신 가슴 아픈 상황에 대하여 절절한 위로를 드리는 것이 응당 해야 할 도리라고 여겨져 이렇게 삼가 적습니다. 저희 내외는 어르신께서 겪고 계실 고통에 대해 어르신과 모든 가족 여러분께 심심한 동정을 금할 길이 없습니다. 그러한 고통은 시간이 지난다고 해서 사라질 성질의 것이 아니니 그 상심이 어찌나 크실지 감히 헤아리기조차 어렵습니다. 그런 극심한 불행을 조금이라도 덜어드릴 수 있으려면, 그리고 부모로서 그보다 극심할 수 없는 아픔을 겪고 계신 두 분께 위로를 드리려면 제가 도대체 어떤 말씀을 드려야 할까요. 차라리 따님이 죽는 편이 두 분께는 더 행운이 아니었나 생각합니다. 또한 제 처의 말을 들으니 따님의 이런 엇나간 행동은 자식을 지나치게 방임한 데서 비롯된 모양이니 더욱 애통할 따름입니다. 다만 본래 따님이 좋지 않은 성정을 타고난 탓도 있다고 여겨지니, 어르신 내외분도 그렇게 생각하셔서 조금이나마 위안을 받으셨으면 합니다. 그렇지 않다면 어찌 그처럼 어린 나이에 그런 엄청난 일을 저지를 수 있었겠습니까? 어쨌거나 저희 내외는 이번 일에 관해 어르신이 심심한 동정을 받아 마땅하다고 봅니다. 제가 이 일을 말씀드렸더니 캐서린 영부인과 영애께서도 역시 그렇게 생각하시더군요. 따님 하나가 이처럼 엇나가면 응당 나머지 따님들의 장래 역시 어두워질 터인데, 영부인께서는 송구스럽게도 그런 집안과 혼사를 맺으려 할 집안이 과연 있겠느냐고까지 말씀하시더군요. 이런 생각을 하다 보니 지난해 11월에 있었던 모종의 일이 어찌나 다행인지 모르겠습니다. 상황이 다르게 돌아갔더라면 저 역시 지금 어르신과 함께 괴롭고 수치스러운 상황에 처해 있었겠지요. 어르신께서는 부디 자신을 위로하시고, 아버지의 애정을 얻을 자격이 없는 아이일랑 단호히 내치셔서, 스스로 뿌린 씨의 열매를 거두도록 하시기를 삼가 권유드립니다. (어쩌고 저쩌고……)

가드너 씨는 포스터 대령에게 답신을 받고 나서 다시 편지를 보냈지만, 반가운 소식은 전혀 없었다. 위컴이 친척과 연락을 유지하는 것을 보거나 아는 사람은 아무도 없었고, 살아 있는 근친은 아무도 없는 게 확실했다. 예전의 지인은 많았지만, 입대한 이후로는 딱히 가깝게 지내는 사람이 없다고 했다. 그러니 위컴에 관한 소식을 전해줄 수 있는 사람은 하나도 찾아낼 수 없었다. 거기다 위컴이 그렇게 숨어 지낼 수밖에 없는, 납득할 만한 이유가 밝혀졌다. 그 이유는 리디아의 친척에게 들키는 것이 무서워서가 아니라 파산 일보 직전이기 때문이었다. 이제 막 알게 된 사실이지만, 위컴은 브라이턴에 엄청난 액수의 노름빚을 남기고 떠났다고 했다. 대령의 말에 따르면 1천 파운드는 족히 되는 빚이었다. 그는 마을에서 상당한 외상값을 지고 있었지만, 노름빚이 그보다 더 컸다. 가드너 씨는 롱본의 가족들에게 이런 자세한 상황을 굳이 감추지 않았다. 이 이야기를 듣고는 제인도 기가 질렸다. "노름꾼이라니! 어떻게 이런 일이. 거기까지는 정말 생각도 못 했어."

편지에는 매형이 다음 날이면 집에 도착할 거라고 쓰여 있었는데, 다음 날은 토요일이었다. 베넷 씨는 모든 노력이 수포로 돌아가자 그만 낙심해서 뒷일은 넘기고 집으로 돌아가라는 처남의 간청을 따르기로 했다. 가드너 씨는 이후에 상황을 봐서 더 두 사람의 뒤를 쫓을 일이 생기면 알아서 처리하겠다고 자청했다. 한편 남편의 생사를 그토록 걱정하던 베넷 부인은 막상 이런 소식에 그다지 반가워하지 않는 태도로 딸들을 놀라게 했다.

"뭐라고, 불쌍한 리디아는 그냥 거기다 두고 돌아오신다는 말이냐!" 부인은 외쳤다. "설마, 두 사람을 찾아내지도 못했는데 그 양반이 런던을 떠나시려고. 그이가 돌아오면 누가 위컴하고 결투를 벌여서 리디아와 결혼하게 만든단 말이냐?"

가드너 부인은 이제 그만 집에 갈 때가 되었다고 생각해서, 베넷 씨가 런던을 떠나오는 시간에 맞춰 런던으로 향하기로 했다. 그래서 마차가 부인과 아이들을 가장 가까운 역까지 데려다주고 다시 주인을 태운 뒤 롱본으로 돌아왔다.

가드너 부인은 더비셔에 있을 때부터 궁금해했던 엘리자베스와 다아시의 사이에 대해 전혀 궁금증이 풀리지 않은 채 복잡한 마음으로 떠났다. 조카는 한 번도 먼저 다아시의 이름을 입에 올리지 않았고, 내심 저쪽에서 편지라도 보내오지 않을까 했던 기대도 그냥 기대로 끝났다. 엘리자베스가 돌아온 이후로 펨벌리에서는 편지 한 장 오지 않았다.

온 집안에 불행이 닥친 상황이라 엘리자베스는 자신의 우울한 기분을 굳이 변명할 필요도 없었다. 따라서 아무도 엘리자베스의 **그런** 우울함의 원인을 의심하지 않았다. 엘리자베스는 이제 와서는 자기 감정을 어느 정도 알게 되어서, 다아시 때문에 리디아의 일에 대한 수치심과 걱정이 심지어 배가되었다. 그렇지 않았더라면 지금처럼 매일같이 잠을 설치지는 않았을지도 모른다고 엘리자베스는 생각했다.

집에 돌아온 베넷 씨는 겉으로 보아서는 평소와 다름없이 득도한 사람처럼 침착해 보였다. 한동안 집을 떠나 있게 만들었던 그 사건에 관해서는 말 한마디 없이, 거의 침묵을 지키고 있는 모습도 평소 그대로였다. 딸들은 그 얼마 후에야 마침내 그 일에 관해 물어볼 용기가 생겼다.

오후 티타임 시간에 아버지가 응접실에 내려왔을 때, 마침내 엘리자베스가 큰맘 먹고 그 이야기를 꺼냈다. 그동안 얼마나 속이 상하셨을지 생각하니 마음이 아프다고 한마디 하자 아버지가 대답했다. "그런 말 마라. 내가 속이 상하는 거야 당연한 일 아니냐. 내 잘못이니 내 속이 상해야지."

"너무 자책하지 마세요." 엘리자베스가 달랬다.

"그야 너무 자책하는 것도 과오이긴 하지. 사람은 너무 쉽사리 자책에 빠지니까 말이다! 하지만 리지야, 내 평생 이번 한 번만이라도 내 잘못을 절실히 느껴보고 싶다. 뭐 별로 겁날 것도 없어. 어차피 오래가지 않을 테니까."

"두 사람이 런던에 있다고 생각하세요?"

"그래, 아니면 어디 가서 숨어 있겠니?"

"거기다 리디아야 늘 런던에 가고 싶어 했으니까요." 키티가 끼어들었다.

"그럼 그 애는 만족스럽겠군." 베넷 씨가 짐짓 태연한 어조로 말했다. "거기 꽤나 오래 있을 모양이니까."

베넷 씨는 잠시 사이를 두고 말을 이었다. "리지야, 지난 5월에 네가 충고한 그대로 상황이 돌아갔다고 해서 너무 마음 쓰지는 마라. 네가 그토록 생각이 깊은 걸 아버지가 진즉 몰랐구나."

제인이 어머니의 차를 가지러 들어오는 바람에 거기서 대화가 끊겼다.

"누구 보라고 그러고 있다더냐." 베넷 씨는 언성을 높였다. "불행한 상황에 고상을 떨고 있으니 꽤나 재미있는 모양이지! 언젠가는 나도 똑같이 해볼 테니 두고 봐. 나이트캡을 쓰고 가운을 입고 서재에 앉아서 실컷 투덜대 볼 테니까⋯⋯. 아니, 키티가 달아날 때까지 기다려 볼까."

"전 그럴 일 없어요, 아버지." 키티가 부루퉁하게 대꾸했다. "절 브라이턴에 보내주시면 리디아 같은 짓은 안 해요."

"너를 어디로 보낸다고! 브라이턴 근처 이스트본까지도 못 보낸다, 50파운드를 준다 해도 어림없어! 아니다, 키티. 이제라도 알았으니 아버지는 너부터 조심을 할 거다. 이제 다시는 장교는 내 집에, 아니 이 마을에 얼씬도 못 해. 언니들하고만 춤을 춘다고 약속하지 않으면 무도회도 절대 금지다. 또 매일 10분간 분별 있게 행동했다는 걸 입증하기 전까지는 집 밖 출입도 못 할 줄 알아라."

이 모든 위협을 곧이곧대로 받아들인 키티는 울음을 터뜨렸다.

"이런, 이런. 그렇게 낙심하지 마라." 아버지가 말했다. "앞으로 10년간 얌전히 있으면 재심의 여지가 있으니까."

49장

베넷 씨가 돌아온 지 이틀 후, 제인과 엘리자베스는 집 뒤의 관목 숲을 산책하던 중에 가정부가 그리로 오는 것을 보았다. 어머니가 불렀나 보다 싶어 그쪽으로 다가갔다. 그러나 어머니의 부름은 없었고, 가정부는 제인에게 이렇게 말했다. "아가씨, 방해해서 죄송하지만 런던에서 좋은 소식을 받으신 것 같아서, 실례를 무릅쓰고 좀 여쭤보려고요."

"무슨 말이에요, 힐? 런던에서 무슨 소식이 왔다는 건지."

그러자 힐 부인은 몹시 놀라서 큰 소리로 외쳤다. "가드너 씨가 주인어른께 속달을 보내셨는데, 아가씨들은 모르셨어요? 벌써 와서 주인어른께 편지를 전달한 지 30분은 됐어요."

두 아가씨는 달렸다. 서로 대화를 나눌 틈도 없이 열심히 달렸다. 이윽고 현관을 통과해서 조찬실로 뛰어들었다가 조찬실에서 다시 서재로 뛰어갔다. 하지만 아버지는 보이지 않았다. 어머니와 같이 계신가 보다 싶어서 2층으로 올라가려다 집사를 마주쳤는데, 집사는 이렇게 말했다.

"주인어른을 찾으시는 거면 작은 숲 쪽으로 가시던데요."

말을 듣자마자 두 사람은 다시 현관을 지나 잔디밭을 가로질러 아버지를 뒤쫓아 달렸는데, 아버지는 마당 한쪽에 있는 작은 숲을 향해 천천히 걸어가는 중이었다.

엘리자베스는 이내 자기만큼 몸이 가볍지도 않고 달리기도 익숙지 않은 제인을 따돌리고 아버지를 따라잡아 숨을 헐떡이며 소리 질렀다.

"아유, 아버지, 무슨 소식이에요? 무슨 소식이냐고요. 삼촌이 소식을 보내신 거예요?"

"그래. 속달로 보냈구나."

"그럼 무슨 소식이에요? 좋은 소식이에요, 나쁜 소식이에요?"

"좋은 소식이랄 게 있겠니?" 아버지가 주머니에서 편지를 꺼내면서 말했다. "어쨌거나 읽어보고 싶겠지."

엘리자베스는 아버지의 손에서 편지를 낚아채다시피 했다. 제인도 때맞춰 두 사람을 따라잡았다.

"소리 내서 읽어보렴." 아버지가 말했다. "나도 도통 무슨 소리인지 알 수가 없으니까."

그레이스처치 스트리트,
8월 2일, 월요일

존경하는 형님께.

마침내 조카에 관해 소식을 전해드릴 수 있게 되었습니다. 형님께서도 대체로 만족하실 만한 소식이 아닐까 싶습니다. 형님이 토요일에 떠나시고 나서 바로, 운 좋게도 두 사람이 런던에서 머물고 있는 곳을 알아내게 되었습니다. 자세한 내용은 만나서 말씀드리겠습니다. 지금은 부디 두 사람을 찾아냈다는 사실을 알려드리는 것만으로 만족해 주십시오. 저는 두 사람을 다 만나보았습니다.

"내가 바라던 대로 된 거네." 제인이 외쳤다. "두 사람은 결혼한 거야."

엘리자베스는 계속 읽어 내려갔다.

저는 두 사람을 다 만나보았습니다. 두 사람은 아직 결혼하지 않았고, 앞으로도 별로 그럴 생각이 없어 보입니다. 그렇지만 제가 감히 형님을 대신해 한 약속을 형님이 이행할 의향만 있으시다면 두 사람이 머지않아 결혼할 수도 있으리라 봅니다. 형님이 해주셔야 할 일은, 형님과 누님이 작고하신 후 자식들 몫으로 돌아갈 5천 파운드를 리디아에게도 똑같이 분배해 증여하시겠다고 보증해 주시는 겁니다. 이에 더해 형님 생전에 매년 백 파운드를 지급하겠다고 약속해 주셔야 합니다. 조건은 이것이 다인데, 모든 상황을 고려하면 제게 그럴 만한 권한이 있다고 여겨서 형님을 대신해 조건에 응하기로 주저 없이 결정했습니다. 형님이 지체 없이 답장을 보내주실 수 있도록 이 편지는 속달로 보내드립니다. 이상의 내용에서 형님께서는 위컴 씨의 형편이 널리 알려진 것과는 달리 극도로 절망적이지는 않다는 사실을 쉽게 짐작하시리라고 믿습니다. 그 점은 잘못 알려진 모양이더군요. 그리고 제가 기쁘게 말씀드릴 수 있는 것은, 그의 모든 빚이 정리된 후에도 리디아에게 그 애 자신의 지참금 외에 약간의 돈을 더 얹어줄 수 있을 것 같다는 사실입니다. 형님이 이 문제에 관해 제게 전권을 위임하신다면, 또 응당 그래 주실 것으로 믿습니다만, 즉각 해거스턴에게 지시해서 적절한 양도 절차를 준비하도록 하겠습니다. 형님이 다시 런던에 오셔야 할 필요는 전혀 없을 듯합니다. 제가 책임지고 부지런히 처리할 터이니 저를 믿고 롱본에 편안히 계십시오. 부디 답장은 가능한 한 서둘러 보내주시고, 형님의 뜻을 정확히 밝혀주십시오. 저희는 식을 올리기 전까지 리디아를 저희 집에 두는 게 가장 좋겠다고 판단했는데, 형님도 반대하지는 않으시겠지요. 그 아이는 오늘 이리로 옵니다. 상황이 더 결정되는 대로 바로 다시 편지를 드리겠습니다.

이만 줄입니다.

에드워드 가드너 올림

"이건 말도 안 돼!" 편지를 다 읽고 나서 엘리자베스가 외쳤다. "그 사람이 리디아와 결혼한다는 걸 어떻게 믿으라고."

"위컴이 우리 생각만큼 형편없는 사람은 아니었던 거지." 제인이 말했다. "아버지, 축하드려요."

"그런데 답장은 보내셨어요?" 엘리자베스가 물었다.

"아니, 이제 보내야지."

엘리자베스는 한시도 지체하지 말고 서둘러 편지를 쓰시라고 간절히 애원했다.

"아이 참! 아버지." 엘리자베스는 소리를 질렀다. "얼른 들어가셔서 바로 보내주세요. 이런 일은 한시도 지체할 수 있는 일이 아니잖아요."

"내키지 않으시면 제가 대신 써드릴게요." 제인이 말했다.

"내키지야 않지만 그럴 수야 있나."

아버지는 그렇게 대꾸하고 나서 등을 돌려 딸들과 나란히 집을 향해 걸었다.

"그런데 하나 여쭤봐도 돼요?" 엘리자베스가 말했다. "제 생각엔, 그 조건들은 들어주셔야 할 것 같은데요."

"들어주라고! 그렇게 조금밖에 부르지 않는 게 오히려 창피하다."

"그리고 두 사람은 **꼭** 결혼을 해야 하고요! 그 남자가 **어떤** 사람인 줄 다 알면서도!"

"그래, 그래. 결혼을 하는 수밖에 달리 도리가 없지. 그렇지만 내가 정말 알고 싶은 게 두 가지 있다. 하나는 너희 삼촌이 이 일을 해결하려고 얼마나 많은 돈을 들였나 하는 거고, 또 하나는 그 돈을 내가 무슨 수로 다 갚느냐 하는 거다."

"돈을 들였다고요! 삼촌이!" 제인이 탄성을 질렀다. "그게 무슨 말씀이세요, 아버지?"

"무슨 말인고 하니, 제정신 똑바로 박힌 남자라면 고작 내 생전에 연 백 파운드, 내 사후에는 연 50파운드라는 하잘것없는 액수에 넘어가서 리디아와 결혼하지는 않을 거라는 말이다."

"정말 그래요, 미처 그 생각은 못했네요." 엘리자베스가 말했다. "빚을 전부 갚고도 약간 남는다니! 맞아요! 분명히 삼촌이 돈을 들이신 거예요! 어쩜 그렇게 마음이 넓고 선하신지. 우리 때문에 곤란해지셨으면 어떡해요. 작은 금액으로는 도저히 해결이 안 되었을 텐데요."

"암." 아버지가 말했다. "1만 파운드에서 동전 한 닢이라도 덜 받고 리디아를 데려간다면 위컴은 얼간이다. 이제 막 사위가 된 사람을 이렇게 깎아내리려니 거참 유감스럽구나."

"1만 파운드라고요! 세상에! 5천 파운드도 절대 못 갚을 텐데."

베넷 씨는 아무런 대답이 없었고, 세 사람은 각자 깊은 생각에 잠겨 집에 도착할 때까지 한마디도 하지 않았다. 아버지는 답장을 쓰러 서재로 향했고 딸들은 조찬실에 들었다.

"두 사람이 진짜로 결혼하게 되다니!" 언니와 둘만 남자 엘리자베스가 소리쳤다. "말도 안 돼! **이따위** 일에 오히려 감사해야 하는 형편이라니. 행복하게 살 가능성이 전혀 없는데도 결혼해야 하고, 위컴이 얼마나 형편없는 사람인지 알면서도 기뻐해야 한다는 거지! 아, 리디아 얘는 정말!"

"그래도 이렇게 생각하면 위안이 돼." 제인이 대꾸했다. "위컴이 리디아를 진심으로 사랑하지 않았다면 걔와 결혼하려고까지 했겠니. 삼촌이야 워낙 친절하신 분이니까 위컴의 빚을 갚아주려고 분명히 무슨 일이든 하셨겠지만 설마 그런 엄청난 돈을 내신 건 아닐 거야. 당신 자식들도 있고, 앞으로도 더 낳으실지 모르는데. 1만 파운드가 아니라 5천 파운드라도 삼촌이 어떻게 내셨겠어?"

"위컴의 빚이 얼마였는지, 그리고 리디아 몫에서 그 사람 편으로 얼마나 갔는지 알 수만 있다면 삼촌이 두 사람을 위해서 들이신 돈이 정확히 얼마인지 알 수 있을 텐데." 엘리자베스가 말했다. "그 사람은 자기 돈이라고는 단돈 6펜스도 없을 게 뻔하니

까. 삼촌과 숙모의 은혜를 무슨 수로 다 갚는담. 리디아를 집으
로 데려가서 보호하고 돌봐 주시다니, 아무리 두고두고 감사해
도 모자랄 일이야. 리디아가 지금 실제로 삼촌댁에 있다는 거잖
아! 그런 친절한 대접을 받고도 부끄러운 줄 모른다면 리디아는
평생 행복해질 자격이 없어! 숙모를 처음 뵈었을 때 얼마나 송
구스러웠을까!"

"쉽지 않겠지만 두 사람이 벌인 일은 그만 잊어주자." 제인이
말했다. "난 아직도 두 사람이 행복하기를 바라고, 그럴 수 있을
거라고 생각해. 리디아와 결혼하기로 수락했다는 것만 봐도 그
사람은 마음을 바로 먹은 게 틀림없어. 두 사람은 사랑의 힘으로
올바른 길을 갈 수 있을 테고, 시간이 지나서 그들의 분별없는
행동이 잊히면 조용히 자리를 잡고 현명하게 살아갈 수 있을 거
야."

"둘이 벌인 일은 언니도 나도 그 누구도 절대로 못 잊을 일이
야." 엘리자베스가 대꾸했다. "그렇게 말해도 소용없는 일이라
고."

이윽고 두 아가씨들은 어머니가 분명히 이 상황을 까맣게 모
르고 있으리라는 데 생각이 미쳐서, 서재에서 편지를 쓰고 있던
아버지에게 이 상황을 어머니에게 알려도 될지 여쭤보았다. 아
버지는 책상에서 고개도 들지 않고 냉랭하게 대답했다.

"너희 좋을 대로 하려무나."

"삼촌 편지도 가져가서 읽어드려도 돼요?"

"뭐든지 마음대로 가져가렴."

엘리자베스가 책상에서 편지를 집어 들었고, 둘은 나란히 위
층으로 올라갔다. 마침 메리와 키티가 둘 다 베넷 부인과 함께
있어서 한꺼번에 그 사실을 알릴 수 있었다. 제인은 좋은 소식이

라는 언질을 미리 주고 나서 소리 내어 편지를 읽었다. 베넷 부인은 기쁨으로 실신할 지경이었다. 리디아가 곧 결혼하게 될 것 같다는 대목을 읽어주자 기쁨의 탄성을 터뜨렸고, 매번 문장이 이어질 때마다 더욱 열광했다. 전에는 놀라고 화가 나서 안달복달했지만, 이제는 기쁨으로 그만큼이나 어찌할 바를 몰랐다. 리디아가 결혼하게 되리라는 소식을 들었으니 이제 다른 것은 아무래도 좋았다. 장차 딸의 행복을 염려하지도 않았고, 딸이 저지른 과오를 떠올리며 수치스러워하지도 않았다.

"우리 사랑스러운 리디아!" 부인은 외쳤다. "이렇게 기쁠 데가! 걔가 결혼을 하다니! 우리 리디아를 다시 보게 되다니! 열여섯 살에 결혼이라니! 착하고 다정한 우리 동생! 내 이럴 줄 알았지, 다 해결해 줄 줄 알았어. 우리 리디아가 너무 보고 싶구나! 우리 사위 위컴도! 그런데 예복은, 결혼식 예복은 어쩐다! 바로 올케한테 편지를 써야겠다. 얘야, 리지야, 얼른 아버지한테 가서 돈을 얼마나 주실 건지 좀 여쭤봐라. 아니, 아니다. 내가 직접 가마. 키티야, 벨을 울려서 힐을 불러라. 얼른 옷을 걸쳐야겠다. 우리 사랑스러운 리디아! 다시 만나면 얼마나 기쁠까!"

제인은 온 가족이 삼촌에게 얼마나 큰 빚을 졌는지를 어머니에게 상기시켜 이런 광란 상태를 조금이라도 진정시켜 보려고 했다.

"이렇게 좋게 마무리된 데는 삼촌 덕이 커요." 제인이 말했다. "틀림없이 삼촌이 돈을 써서 위컴 씨를 돕기로 하신 걸 거예요."

"그러니까 잘했다지 않니." 어머니가 소리쳤다. "그런 일을 삼촌이 안 하면 누가 하라고? 자기네 식구만 없었어도 그 애 돈은 전부 이 엄마하고 너희 차지가 되었을 텐데. 지금까지 선물 몇 번 해준 거 빼면 걔가 우리한테 뭐 해준 게 있어야지. 아무튼 잘

됐다! 이루 말할 수 없이 행복하구나. 이제 곧 딸 하나를 시집보
내게 됐다니. 위컴 부인이라! 아주 귀에 쩍쩍 붙는구나. 게다가
리디아는 겨우 지난 6월에 열여섯이 되었는데 말이다. 얘, 제인,
이 어미는 가슴이 너무 울렁거려서 글을 못 쓰겠다. 내가 부를
테니 네가 받아 적으렴. 돈 문제는 네 아버지와 나중에 의논해서
정하더라도 주문은 당장 넣어야겠다.”

이윽고 베넷 부인은 캘리코, 모슬린, 캠브릭 같은 온갖 품목을
줄줄이 읊어댔다. 아마 제인이 기다렸다가 아버지가 틈이 나시
는 대로 상의를 드리자고 간신히 설득하지 않았더라면 얼마 안
가서 꽤나 긴 주문 목록을 받아 적어야 했으리라. 어머니는 너무
나 행복감에 빠져 있었던 터라, 하루쯤 지체한다고 해서 큰일 나
지 않는다는 제인의 말에 평소처럼 그렇게 우기지는 않았다. 마
침 다른 계획이 떠오른 참이기도 했다. “옷을 차려입는 즉시 메
리턴에 가야지.” 부인은 말했다. “가서 필립스 이모한테 이 반가
운 소식을 전해야겠다. 그리고 돌아와서는 루커스 부인과 롱 부
인을 방문해야지. 키티야, 내려가서 마차 좀 불러놓으렴. 오랜만
에 바람 좀 쐬야겠다. 아무렴. 얘들아, 메리턴에서 뭘 갖다줄까?
아! 힐이 오네. 힐, 기쁜 소식 들었어? 리디아 아가씨가 결혼을
하게 되었지 뭐야. 잔치 때 전부 펀치 한 잔씩 돌릴게.”

힐 부인은 즉각 축하 인사를 읊기 시작했다. 엘리자베스도 그
사이에 끼어 축하를 받고 있었지만, 이내 이런 바보 같은 짓거리
에 진력이 나서 누구의 방해도 받지 않고 조용히 혼자 생각하려
고 자기 방으로 피신했다.

불쌍한 리디아의 처지는 하나도 나아질 게 없지만, 그나마 더
나빠지지 않았다는 것만도 감사할 노릇이었다. 엘리자베스의 생
각은 그랬다. 동생의 장래를 생각하면 당연히 평온한 행복도 세

속적인 성공도 기대할 수 없었지만, 겨우 두 시간 전만 해도 다른 가능성으로 걱정하고 있었던 것을 돌이켜 보면 이렇게라도 해결된 것이 불행 중 다행이었다.

50장

베넷 씨는 이 나이에 이르기 전에도 아내가 자기보다 더 오래 살 경우에 대비해 자기 수입을 다 써버리지 않고 아내와 아이들을 위해 매년 일정액을 저축했으면 좋았겠다고 생각한 적이 많았다. 그리고 이제 와서는 그런 아쉬움이 더욱 간절했다. 그런 준비를 해두었더라면 리디아가 삼촌에게 빚을 질 필요가 없었을 테니까. 돈만 있었으면 리디아를 위해 명예든 신용이든 얼마든지 사줄 수 있었을 것이다. 그랬다면 대영제국에서 가장 형편없는 청년 가운데 하나를 설득해 사위로 삼은 만족감을 에누리 없이 누릴 수 있었을 텐데.

베넷 씨는 누구에게도 전혀 아무런 이득이 없는 그런 일을 처리하면서 처남에게 부담까지 지우게 되었다는 점이 몹시도 마음에 걸려, 어떻게든 처남이 들인 금액을 알아내 가능한 한 빠른 시일 내에 그 빚을 갚기로 결심했다.

신혼 시절에는 당연히 아들이 태어날 테니 절약 같은 건 전혀 필요 없으리라고 생각했다. 아들이 성인이 되면 한정 상속이 해제될 테고, 그러면 홀로 된 어머니와 동생들을 부양할 수 있을 테니 말이다. 그러나 딸만 다섯이 연달아 세상에 나왔고, 아들은 나와주지 않았다. 베넷 부인은 리디아를 낳고 나서도 꽤 오랫동안 아들을 낳을 수 있을 거라고 믿었지만 결국은 그런 희망을 포기했다. 그리고 그때는 저축을 하기에도 이미 너무 늦은 상태였다. 부인은 워낙 절약에 소질이 없어서, 그나마 지출이 수입을 초과하지 않을 수 있었던 것은 오로지 남편의 자립심 덕분이었다.

결혼약정서에는 아내와 아이들에게 5천 파운드를 증여하기로 되어 있었지만, 자식들에게 각각 어떤 비율로 분배하느냐는 양친의 뜻에 달려 있었다. 그러니 적어도 리디아에 관해서는 그 부분만 결정해 주면 되는 일이라, 베넷 씨는 저쪽의 제안에 따르는 데 조금도 주저할 이유가 없었다. 베넷 씨는 편지를 써서 처남의 친절에 극히 짧게나마 감사를 표한 다음 처남이 취한 모든 조처에 동의하며 자기를 대행해 결정한 조건들을 기꺼이 이행하겠다고 밝혔다. 위컴이 자기 딸과 결혼하게끔 설득할 수 있다는 확신도 없었지만, 성공한다 하더라도 이보다는 훨씬 큰 부담을 떠안아야 할 것으로 생각했던 차였다. 매년 백 파운드를 지불한다 해도 이쪽이 손해 보는 금액은 고작 1년에 10파운드도 안 될 터였다. 숙식비와 용돈으로, 그리고 어머니를 통해 계속 나가는 액수를 산정해 보면 그동안 리디아에게 든 돈은 그 금액 안에 간신히 들 정도였으니까.

베넷 씨가 놀라면서도 반가워한 또 다른 이유는 자기가 그리 크게 수고하지 않고도 이처럼 일이 마무리되었다는 것이었다. 뭐니 뭐니 해도 베넷 씨가 가장 바란 것은 이런 성가신 일에 신경을 쓰지 않게 되는 것이었다. 처음에야 있는 대로 화가 나서 이곳저곳으로 딸을 찾아 나섰지만, 그 화가 가라앉고 나니 자연스레 예전의 게으른 태도가 다시 나오고 만 것이다. 편지는 즉각 발송되었다. 베넷 씨는 일을 시작하는 데는 느려도 진행하는 데는 느리지 않았다. 편지에서 처남에게는 자기가 진 빚을 더 자세히 알려달라고 부탁했지만 리디아에게는 너무 화가 나서 한마디도 전하지 않았다.

이 희소식은 눈 깜짝할 사이에 온 집안에 퍼졌고, 자연히 이웃에도 퍼져나갔다. 이웃 사람들은 이 소식을 그다지 반기지 않았다. 리디아가 런던에서 붙들려 왔더라면 더 신나는 이야깃거리가 되었으리라. 아니, 저 멀리 외딴 농가에라도 숨어 있었으면 그보다 더욱 신이 났으리라. 그러나 결혼을 한다고 해서 이야깃거리가 없는 것은 아니었다. 그리고 메리턴의 말 많은 노처녀들은 모두 이전과 똑같이 기가 살아서 리디아의 행복을 염려하는 축원의 말을 늘어놓았는데, 남편이 그 모양이니 행복할 리가 없다고 굳게 믿었기 때문이다.

보름 동안 아래층에 한 번도 내려오지 않았던 베넷 부인은 이 기쁜 날을 맞아 다시 기운이 펄펄 넘치는 모습으로 식탁의 상석을 차지했다. 그 기세등등한 모습에는 수치심 같은 것은 흔적조차 없었다. 맏딸인 제인이 열여섯이 된 이후로 그 무엇보다도 바라 마지않았던 딸의 결혼식이 이제 코앞에 다가왔으니, 부인의 생각과 말은 온통 우아한 예식이니 고급 모슬린이니 새 마차니 하인이니 하는 쪽으로만 쏠렸다. 이웃을 통해 딸이 살기에 적절한 곳을 알아보고, 딸 내외의 수입이 얼마인지는 전혀 모르고 생각도 않으면서 집이 너무 작다는 둥 별로라는 둥 여러 곳을 지레 거절하느라 분주했다.

"헤이파크 정도면 괜찮은데, 굴딩네가 나가야 말이지." 부인이 말했다. "아니면 스토크의 저택도 나쁘지는 않은데 거실이 좀 좁지. 그렇다고 애슈워스는 너무 멀고! 여기서 10마일도 더 떨어진 데로 보낼 수야 없지. 퍼비스 로지는 다락이 영 별로야."

남편은 하인들이 곁에 있는 동안에는 아내가 멋대로 지껄이도록 내버려두었지만 이윽고 하인들이 물러가자 이렇게 말했다. "여보, 사위하고 딸한테 그 집들을 한 곳만 얻어주든 전부 다 얻어주든 맘대로 해도 좋지만 그 전에 하나는 확실히 해둡시다. 이 근방에 있는 집에는 **절대로** 못 들여놓을 거요. 그 애들을 롱본에 받아들였다가는 그 파렴치한 짓거리를 부추기는 꼴이 될 테니까."

이 선언은 곧 긴 말다툼으로 이어졌지만 베넷 씨는 뜻을 조금도 굽히지 않았다. 이 말다툼은 곧 또 다른 말다툼으로 이어졌고, 베넷 부인은 딸에게 예복을 살 돈을 한 푼도 주지 않겠다는 남편의 말에 어이가 없어 말이 안 나올 지경이었다. 베넷 씨는 이 혼례에서 리디아에게 아버지로서 그 어떤 애정의 표시도 하지 않겠다고 잘라 말했다. 베넷 부인으로서는 도저히 이해할 수 없는 처사였다. 아무리 화가 났다 해도, 평생에 한 번 결혼 때나 누릴 수 있는, 아니 자기로서는 그것 없이는 결혼 자체가 성립되지 않는다고 믿는 그런 특권을 딸에게서 빼앗는다는 것이 도저히 믿기지 않았다. 부인에게는 딸이 남자와 달아나서 결혼식도 치르기 전에 보름이나 동거했다는 사실보다는 딸의 결혼식 때 새 옷을 입히지 못한다는 사실이 훨씬 더 남우세스러웠다.

이제 엘리자베스는 순간의 괴로움 때문에 다아시 씨에게 동생으로 인한 집안의 우환을 알려준 것이 너무나 후회스러웠다. 동생이 결국 결혼으로 도피 행각을 무사히 마무리할 줄 미리 알았더라면, 바로 그 현장에 있지 않았던 사람에게 굳이 그 불리한 발단을 밝히지 않는 게 나았을 테니까.

다아시 씨가 알았다고 해서 이 사건이 더 멀리 퍼질 거라고 걱정하는 것은 아니었다. 오히려 그 사람이야말로 누구보다도 그 비밀을 지켜줄 사람이었다. 하지만 다른 한편으로는 그 사람이야말로 가장 자기 동생의 잘못을 숨기고 싶은 사람이었다. 꼭 자기가 그 때문에 개인적으로 피해를 입을까 봐 걱정이 되어서가 아니었다. 이 일이 아니더라도 어차피 두 사람 사이에는 도저히 뛰어넘을 수 없는 간극이 있는 것 같았으니까. 설혹 리디아의 결혼이 가장 명예로운 방식으로 결말지어진다 해도, 그렇잖아도 못마땅한 판국에 이제는 자기가 그토록 경멸하는 인간과 가장 가까운 친척 사이가 될 집안과 다아시 씨가 굳이 인연을 맺으려 하리라고는 기대할 수 없었다.

다아시 씨가 그런 인연을 기피한다고 해서 뭐가 이상하겠는가. 더비셔에서 이미 직접 확인하기도 했고, 이런 충격적인 일을 겪고도 아직 자신의 사랑을 구하리라는 기대는 제정신이라면 도저히 할 수 없었다. 엘리자베스는 슬프고 비참했다. 뭔지 알 수 없는 후회도 밀려왔다. 이제 더 이상 그의 호의를 바랄 수 없게 되니 그의 호의가 더욱 간절했고, 이제 더 이상 그의 소식을 들을 수 없게 되니 그의 소식이 간절했다. 그리고 더는 만날 수 없게 되니 그와 함께라면 틀림없이 행복했을 거라는 확신이 들었다.

엘리자베스는 고작 4개월 전에 자기가 그토록 거만하게 거절했던 청혼을 지금이라면 얼마나 기쁘고 고맙게 받아들일지 다아시 씨가 안다면 얼마나 의기양양해할까 하는 생각이 들었다! 그는 틀림없이 더할 나위 없이 관대한 남자일 테지만, 그런 승리감을 전혀 모를 수야 있을까.

엘리자베스는 이제 인품으로 보나 재능으로 보나 다아시 씨만큼 자기와 잘 어울리는 남자는 없다는 사실을 깨닫기 시작했다. 그의 지성이나 인품은 자신과 꼭 같지는 않더라도 부족한 구석은 전혀 없을 터였다. 두 사람의 결합은 양쪽 모두에게 틀림없이 이로웠으리라. 자신의 소탈하고 활달한 태도는 그의 마음과 태도를 한결 온화하게 만들었을 테고, 그의 판단력과 학식, 세상에 대한 식견은 자신에게 큰 도움이 되었을 것이다.

그러나 지금 이런 행복한 결혼을 통해 사람들에게 찬양을 받으며 진정한 결혼의 행복에 관해 가르침을 줄 희망은 완전히 사라졌다. 이와는 다른 결합이 이 가족 내에서 곧 이루어져 이 결합의 가능성을 영영 몰아내고 말 테니까.

엘리자베스는 위컴과 리디아가 과연 자기들의 능력만으로 자립해서 살 수 있을지 알 수 없었다. 그러나 미덕을 잊고 오로지 감정만 앞세워 결합한 그들 부부가 영원히 행복할 수 없으리라는 것쯤은 쉽게 알 수 있었다.

가드너 씨는 곧 매형에게 답장을 보냈다. 베넷 씨가 써 보낸 감사의 말에 가족 모두의 행복이 나날이 더하기를 바라 마지않는다는 말로 짧게 대답하고 나서, 앞으로는 이 일에 관해 이야기하는 일이 없었으면 한다는 바람으로 끝을 맺었다. 이 답신의 주된 목적은 위컴 씨가 민병대를 떠나기로 했다는 사실을 알리는 것이었다. 삼촌은 이렇게 덧붙였다.

저 역시 결혼이 확정되는 대로 그렇게 되기를 바랐습니다. 그리고 그를 위해서나 리디아를 위해서나 그렇게 하는 편이 훨씬 바람직하다고 생각하는데, 형님도 동의하시리라고 믿습니다. 위컴 군은 정규군에 들어갈 예정인데, 육군에 그를 도와줄 능력과 의향이 있는 옛 친구가 좀 있는 모양입니다. 현재 북부에 주둔 중인 연대에서 기수직을 얻을 수 있을 것 같습니다. 그렇게 되면 이 지방과는 멀리 떨어지게 되니 그것도 잘

된 일입니다. 모르는 사람들 사이에서 체면을 잃지 않고 살다 보면 둘 다 좀 더 신중하게 살 수 있지 않을까 싶기도 하고, 그도 그러겠다고 선뜻 약조했습니다. 포스터 대령에게도 편지를 보내 이런 정황을 알리고, 브라이턴이나 그 근방의 채권자들에게 제가 속히 빚을 변제할 거라는 이야기를 전해 안심시켜 달라고 부탁했습니다. 형님도 번거로우시겠지만 메리턴에 있는 채권자들에게 비슷한 약조를 해주시기 바랍니다. 채권자 명단은 위컴에게 알아봐서 뒤에 달아놓겠습니다. 위컴은 자기 빚을 모두 밝혔는데, 우리를 속인 것은 아니기를 빌어야죠. 해거스턴에게 지시를 해두었으니 일주일이면 모두 마무리될 겁니다. 그리고 롱본에서 부르지 않으신다면 두 사람은 연대로 가게 되지요. 제 처 말로는 리디아가 북부로 떠나기 전에 식구들을 꼭 만나고 싶어 한다는군요. 조카는 잘 있고, 형님과 누님께 안부 전해달라고 합니다. 이만 줄입니다.

에드워드 가드너 올림

　베넷 씨와 딸들은 위컴이 민병대를 나오는 편이 모든 면에서 이롭다는 것을 가드너 씨 못지않게 똑똑히 이해했다. 그러나 베넷 부인만은 달갑잖아했다. 딸과 함께하는 시간이 가장 즐겁고 자랑스러울 거라고 기대하던 참에 웬 북부에 가서 살게 되었다니 실망이 이만저만이 아니었다. 부인은 딸 내외를 하트퍼드셔에 정착시키려는 계획을 포기한 적이 한 번도 없었다. 게다가 리디아가 그 연대 사람들을 얼마나 잘 알고 좋아하는데, 그곳을 떠나야 한다고 생각하니 속이 상했다.
　"리디아가 포스터 부인을 얼마나 좋아하는데." 부인이 말했다. "그렇게 보내버리다니 얼마나 충격이 클까! 또 거기에는 리디아가 무척이나 좋아하는 청년들도 몇 명이나 있는데. 그 북부의 연대에 있는 장교들이 심심한 사람이면 어쩐다니.”

베넷 씨는 북부로 떠나기 전에 다시 가족의 품으로 맞아달라는 딸의 간청—이라고 할 수 있을지 모르겠지만—을 처음에는 일말의 여지도 주지 않고 묵살했다. 그러나 제인과 엘리자베스는 동생의 마음과 앞날을 생각하면 부모님이 결혼 인사를 받아주셔야 한다는 데 합의를 보았고, 결혼식을 올리자마자 동생 내외를 롱본으로 초대하게 해달라고 너무나 간절히, 그렇지만 합리적이고도 조심스럽게 애원하는 바람에, 아버지도 마침내 딸들의 의견을 들어주기로 동의했다. 그리고 딸이 북부로 쫓겨나기 전에 이웃에게 결혼한 딸을 보여줄 수 있게 되었으니 어머니도 그만하면 흡족해했다. 베넷 씨는 다시 처남에게 편지를 써서 딸 내외가 찾아오는 것을 허락했다. 그리하여 두 사람은 식이 끝나자마자 롱본으로 오기로 했다. 그렇지만 엘리자베스는 위컴이 롱본 방문을 사양하지 않았다는 사실이 놀라웠다. 그리고 자기 기분만 생각하면 위컴과는 두 번 다시 만나고 싶지 않았다.

51장

마침내 결혼식 날이 왔다. 아마도 리디아보다는 오히려 제인과 엘리자베스가 그 결혼식에 더욱 큰 감회를 느꼈다 해도 그리 틀린 말은 아니리라. 두 사람은 마중 나간 마차를 타고 정찬 시간까지는 도착할 예정이었다. 제인과 엘리자베스는 그들이 오는 것이 좀 두렵기도 했는데, 특히 제인이 더 그랬다. **자기**가 그런 상황이었다면 얼마나 난처할까 싶어서, 리디아도 응당 그런 기분이리라 생각하고 지레 안쓰러워했다.

이윽고 두 사람이 도착했다. 가족들은 손님을 맞으려고 조찬실에 모였다. 마차가 문 앞에 당도하자 베넷 부인은 만면에 웃음을 띠었다. 한편 남편은 속내를 짐작하기 힘든 근엄한 표정이었고, 딸들은 놀라고 긴장하고 거북해 보였다.

현관에서 리디아의 목소리가 들렸다. 이어 문이 활짝 열리고 리디아가 방 안으로 뛰어 들어왔다. 어머니는 앞으로 나와 딸을 껴안고는 기뻐 어쩔 줄 몰라 하며 환영했고, 아내를 따라 들어온 위컴에게는 애정이 넘치는 미소를 지으며 손을 내밀었다. 그러고는 두 사람의 행복을 믿어 의심치 않는다는 듯 개운한 축하의 인사를 건넸다.

그러고 나서 두 사람은 베넷 씨를 향했는데, 아버지는 그다지 그들을 따뜻하게 맞아주지 않았다. 굳은 표정으로 거의 말 한마디 없었다. 젊은 부부가 태연하고 뻔뻔하게 구는 꼴을 보니 그만 화가 치밀었던 것이다. 엘리자베스는 속이 뒤집혔고, 제인조차 충격을 받았다. 리디아는 전혀 변한 기색이 없었다. 제멋대로에 염치를 모르고, 함부로 굴고, 소란스럽고, 겁이 없었다. 언니들 모두에게 돌아다니며 축하해 달라고 졸라대던 리디아는 마침내 모두 자리에 앉자 방을 열심히 두리번거리고는 사소한 변화들을 몇 가지 짚어내더니 환하게 웃으며 자기가 이 집을 떠난지도 참 오래된 모양이라고 말했다.

위컴도 리디아 못지않게 태연한 기색이었다. 하기야 워낙 항상 서글서글한 사람이니 이 결혼과 그의 인품이 그처럼 도에 어긋나지만 않았어도 특유의 미소와 유창한 언변으로 친척 모두를 즐겁게 해주었으리라. 엘리자베스는 위컴이 이렇게까지 뻔뻔스러울 수 있으리라고는 생각조차 못 했다. 그리고 이번을 계기

로 뻔뻔한 사람들의 뻔뻔함에는 이제 한계를 긋지 말자고 결심
했다. **엘리자베스**와 제인은 얼굴이 붉게 달아올랐다. 그러나 정작
남들을 이토록 당혹스럽게 만든 장본인들의 뺨은 조금도 달아오
를 기미가 없었다.

　이야깃거리가 넘쳤다. 신부와 어머니는 숨도 안 쉬고 말을 쏟
아냈고, 어쩌다 보니 엘리자베스 가까이 앉은 위컴은 전혀 거리
낌 없이 개운한 태도로 이웃에 사는 지인들의 안부를 물었다. 한
편 엘리자베스로서는 도저히 그처럼 마음 편하게 대답할 수 없
었다. 두 사람 다 오로지 행복한 기억밖에 없는 사람들 같았다.
과거를 생각해 보아도 전혀 괴로움 따위는 없을 것 같았다. 리디
아는 언니들이 무슨 일이 있어도 꺼내고 싶지 않은 이야기를 자
기가 먼저 꺼냈다.

　"생각해 보니까," 리디아가 큰 소리로 말했다. "내가 집을 떠난
지 벌써 3개월이나 된 거 있지. 보름밖에 안 된 것 같은데. 하지
만 그 사이에 진짜 많은 일이 있었지 뭐야. 아휴, 세상에! 집을
나설 때만 해도 결혼해서 돌아올 줄은 생각도 못 했는데! 그렇
게 되면 참 재미있겠다는 생각은 했지만 말이야."

　이 말에 아버지가 눈을 치켜떴다. 제인은 몸 둘 바를 몰라 했
고, 엘리자베스는 심각한 눈길로 리디아를 쏘아보았다. 그러나
신경 쓰지 않기로 작정한 일에 관해서는 전혀 듣지도 보지도 못
하는 리디아는 쾌활하게 말을 이었다. "아 참! 엄마, 내가 오늘
결혼한 거 여기 사람들도 알아요? 모르면 어떡한담. 오다가 윌
리엄 굴딩의 이륜마차를 따라잡았는데, 내가 결혼한 걸 알려줘
야겠다 싶어서 그가 옆에 왔을 때 마차 유리창을 내리고 장갑을
벗어 창문턱에 손을 올려놨어. 반지 좀 보라고. 그러고는 인사를
하고 활짝 웃어줬지."

엘리자베스는 더 견딜 수가 없어서 자리에서 일어나 방을 뛰쳐나갔다. 그러고는 다들 홀을 가로질러 식당으로 가는 소리를 듣고서야 다시 식구들에게 합류했다. 하지만 그러자마자 리디아가 여봐란 듯 어머니의 오른편 상석을 차지하고는 제인에게 이렇게 말하는 것을 들어야 했다. "아유, 제인 언니, 언니 자리는 이제 내 거니까, 언니는 아랫자리로 내려가. 난 결혼했잖아."

리디아는 원래부터 민망함 자체를 모르는 아이였고, 시간이 지난다고 해서 달라질 이유도 없었다. 리디아는 갈수록 뻔뻔해지고 펄펄 기가 살았다. 필립스 부인과 루커스네를 비롯해서 모든 이웃 사람들을 만나고 싶어 했고, 일일이 '위컴 부인'이라는 호칭을 듣고 싶어 했다. 하지만 식사를 마치고 나자 우선 힐 부인과 하녀 두 사람을 대상으로 반지를 자랑하면서 결혼했다는 사실을 뽐냈다.

"근데, 엄마." 모두가 조찬실로 돌아왔을 때 리디아가 말했다. "우리 남편 어때? 남자로서 너무 멋지지 않아? 언니들은 아마 내가 너무 부러울걸. 내 반만큼이라도 운이 좋아야 할 텐데. 언니들도 전부 브라이턴에 가라고 해요. 남편감 얻는 데는 거기가 최고라니까. 엄마, 왜 그때 다 같이 안 갔나 몰라요. 정말 아쉬워."

"암, 그렇고말고. 내 뜻대로만 됐다면 다 같이 갔을 텐데. 그런데 애야, 네가 그렇게 가버린다니까 너무 싫다. 안 가면 안 되니?"

"아유 참! 그럼 어쩌라고. 별것도 아닌 걸 가지고. 난 좋기만 할 것 같은데. 엄마, 아빠, 언니들, 다 같이 우리 만나러 와요. 우린 겨울 내내 뉴캐슬에 있을 거고, 거기는 무도회도 많이 열린대. 무도회 때 언니들 모두에게 멋진 파트너를 소개시켜 줄게!"

"그럼 더 바랄 게 없지!" 어머니가 말했다.

"그리고 엄마가 가실 때, 언니들을 한둘쯤 두고 가는 거야. 겨울이 다 가기 전에 내가 남편감을 구해줄 테니까."

"내 생각까지 해줘서 무척이나 고맙긴 한데," 엘리자베스가 말했다. "난 너 하는 식으로 남편을 구할 마음은 없어."

두 사람이 롱본에 머물 수 있는 기간은 열흘이 한계였다. 위컴 씨가 런던을 떠나기 전에 발령을 받아서, 그로부터 보름 안에 연대에 들어가야 했기 때문이다.

베넷 부인을 제외하면 그 기간이 너무 짧다고 아쉬워하는 사람은 없었다. 부인은 딸을 데리고 이웃집을 찾아가거나 집에서 파티를 열거나 하면서 그 시간을 최대로 활용했다. 그리고 가족 모두가 그 파티를 반겼다. 가족 중에서 지각 있는 사람들은 가족끼리만 있는 시간을 되도록 피하고 싶었던 것이다.

엘리자베스가 예상한 그대로, 리디아를 향한 위컴의 사랑은 위컴을 향한 리디아의 사랑에 훨씬 못 미쳤다. 그리고 그들의 도피 행각의 발단이 된 것이 그의 사랑이 아니라 동생의 사랑의 힘이었음이 밝혀진 것이나 다름없는 지금, 굳이 그런 생각을 확인할 필요도 없었다. 위컴이 파산 직전까지 몰려서 어쩔 수 없이 택한 일이라는 사실을 확실히 알지 못했더라면, 왜 굳이 사랑하지도 않는 리디아와 도피극까지 벌였는지 도저히 이해할 수 없었으리라. 그리고 위컴은 기왕 그런 형편이라면 동행을 얻을 기회를 마다할 사람이 아니었다.

리디아는 위컴이 좋아서 어쩔 줄을 몰랐다. '내 사랑 위컴'이라는 말이 입에서 떠나지 않았다. 위컴에게 견줄 만한 사람은 아무도 없었다. 리디아의 말에 따르면 위컴은 무슨 일이건 세상에서 제일 잘 해내는 사람이었고, 9월 1일 수렵 개시일에는 그 지방에서 그 누구보다도 새를 많이 잡을 것이 틀림없었다.

그들이 롱본에 온 지 얼마 안 된 어느 날 아침, 맨 위 두 언니와 같이 앉아 있던 리디아는 둘째 언니에게 이렇게 말했다.

"리지 언니, **언니**는 내 결혼식 이야기 못 들었지? 내가 엄마한테 그 이야기를 해줄 때 언니만 없었으니까. 어땠는지 궁금하지 않아?"

"아니, 전혀." 엘리자베스가 대답했다. "그 이야기는 되도록이면 안 듣고 싶다."

"어머! 참 희한하네! 그렇지만 난 꼭 말해야겠어. 언니도 알겠지만, 우린 세인트 클레멘트 교회에서 결혼했어. 위컴의 숙소가 그 교구였거든. 거기에 열한 시에 모두 모이기로 되어 있었어. 삼촌하고 숙모하고 내가 같이 가고, 다른 사람들은 교회에서 만나기로 했지. 근데 있잖아, 토요일 아침이 되니까, 글쎄 정신이 나가버릴 것 같은 거야! 무슨 일이라도 생겨서 식이 연기되면 어떡하나 싶어서. 아마 그랬으면 난 돌아버렸을걸. 그리고 있지, 숙모는, 내가 옷을 입는 내내 훈계를 그렇게 하시는 거야. 난 무슨 설교문을 읽는 줄 알았어. 그렇지만 난 열 마디 중에 한 마디도 제대로 듣지 않았어. 그 이유는 언니들도 짐작이 가지? 오로지 내 사랑 위컴 생각뿐이었거든. 그이가 예복으로 푸른 제복을 입고 나올지 아닐지 너무 궁금해서 못 참겠는 거야.

하여튼 그래서 우리는 평소처럼 열 시에 아침을 먹었어. 난 영원히 안 끝나는 줄 알았다니까. 언니들도 꼭 알아야 돼. 삼촌과 숙모는 있잖아, 내가 그 집에 있는 동안, 정말 너무 심했어. 거짓말 아니고, 진짜 문밖으로 한 발자국도 못 나가게 하셨다니까. 보름 동안이나 거기 있었는데 말이야. 파티는커녕 무슨 약속 같은 것도 한 번도 없었어. 확실히 런던에 별 볼거리는 없었지만 그래도 소극장은 열려 있었는데 말이야. 응, 하여튼 마차가 문

앞까지 왔는데, 하필이면 그때 삼촌이 그 꼴도 보기 싫은 스톤 씬가 하는 사람한테 불려가 버린 거 있지. 그러고는 있잖아, 두 사람이 들어올 생각을 안 하는 거야. 그랬으니 내가 얼마나 놀랐 겠냐고, 세상에. 삼촌이 오셔야 나를 신랑 손에 넘겨줄 텐데, 늦 기라도 하면 그날 결혼식은 틀린 거 아냐. 하지만 다행히도 10분 쯤 지나니까 삼촌이 돌아오셔서 식장으로 출발했어. 근데 나중 에 생각해보니까 삼촌이 못 가셨어도 식은 치를 수 있었겠더라 고, 다아시 씨가 해주셨을 테니까 말이야.”

“다아시 씨라고!” 엘리자베스가 깜짝 놀라서 되풀이했다.

“내가 말했잖아! 그분이 위컴하고 같이 식장에 오기로 되어 있 었다니까. 아 참, 내가 왜 그랬지! 그만 깜빡했네! 그건 절대 말 안 하기로 한 건데. 단단히 약속해 놓고! 위컴이 뭐라고 하면 어 떡하지? 이건 진짜 비밀이었는데!”

“그렇게 비밀이면 더는 한마디도 이야기하지 마.” 제인이 말했 다. “우리도 묻지 않을 테니까.”

“그럼, 당연하지.” 호기심으로 얼굴이 상기되는 것을 느끼며 엘 리자베스가 말했다. “우린 안 물을 거야.”

“고마워.” 리디아가 말했다. “언니들이 물어보면 난 다 털어놔 버릴 텐데, 그랬다간 위컴한테 한 소리 듣고 말 거야.”

이 말은 물어보라는 부추김이나 다름없어서, 엘리자베스는 유 혹을 피하려고 얼른 그 자리를 떴다.

그렇지만 그런 일을 계속 모른 척할 수는 없었다. 알아보려는 마음을 도저히 억누를 수 없었다. 다아시 씨가 리디아의 결혼식 에 왔다니, 뻔히 아무 볼일도 없고, 내키지도 않는 그런 곳에서 사람들 틈에 끼어 있었다니. 엘리자베스는 재빨리 머리를 굴려 그 이유를 생각해 보았지만 딱히 흡족한 이유가 떠오르지 않았다. 가장 마음에 드는 것은 오로지 고결한 마음에서 그런 행동을 했다는 것이었지만 아무래도 그럴싸하지 않았다. 엘리자베스는 이런 답답함을 더는 견디지 못하고 부랴부랴 편지지를 꺼내 숙모에게 짧은 편지를 썼다. 리디아가 실수로 입 밖에 낸 부분을 이야기하고, 비밀을 지키기로 한 약속과 어긋나지 않는 한도 내에서 그 내용을 설명해 달라고 부탁했다. 그리고 이렇게 덧붙였다.

숙모님은 금방 이해해 주실 거라고 믿어요. 우리 가족과는 전혀 관계가 없는 사람이, 그리고 (굳이 따지자면) 낯선 사람이나 다름없는 사람이 어떻게 하필이면 그런 때 그런 자리에 끼게 되었는지 제가 어떻게 궁금하지 않겠어요. 보시는 즉시 답장을 해주셨으면 해요. 저도 내막을 좀 알아야겠어요. 하지만 리디아가 말한 대로 반드시 비밀로 지켜져야만 하는 일이라면, 그냥 모르는 채로 넘어가려고 애써볼게요.

'하지만 그럴 **수는** 없지.' 편지를 마치고 나서 엘리자베스는 속으로 이렇게 생각했다. '숙모, 체면을 지키시느라 말씀 못 한다고 하시면, 저는 무슨 수단과 방법을 동원해서라도 반드시 알아내고야 말 거예요.'

제인은 체면을 중시하는 사람이라 리디아가 무심결에 내뱉은 말을 가지고 엘리자베스와 이야기를 나눠볼 생각은 없었다. 그리고 엘리자베스로서도 그 편이 좋았다. 숙모에게서 만족스러운 답장이 오기 전까지는 그 누구에게도 그 이야기를 하고 싶지 않았다.

52장

엘리자베스는 기대할 수 있는 한 가장 빠른 답신을 받았다. 그리고 편지를 받자마자 방해를 받을 염려가 가장 적은 조그만 숲으로 급히 가서 벤치에 앉아 행복을 맞을 준비를 했다. 편지의 길이로 보아 거절하는 내용은 아닌 게 분명했으니까.

그레이스처치 스트리트,
9월 6일

사랑하는 조카에게.

방금 네 편지를 받고, 오늘 오전은 네게 답장을 쓰는 데 보내기로 마음먹었다. **한두 줄**로는 할 말을 도저히 다 하지 못할 테니 말이다. 네가 그런 걸 묻다니, 이 숙모는 솔직히 놀랐단다. 네가 그럴 줄은 몰랐거든. 내 말은, 너한테 뭐라고 하는 게 아니라, 네가 당연히 알고 있을 줄만 알았기 때문에, 그런 걸 물어볼 줄은 생각도 못 했다는 거야. 정말 무슨 말인지 모르겠다면 미안하구나. 하지만 네 삼촌도 나만큼 놀라셨어. 네가 전부 알고 있는 줄로 믿고 이 일을 추진하신 거거든. 하지만 정말 아무것도 몰랐다면 이번에 확실히 해둬야겠구나. 내가 롱본에서 돌아오던 날, 아주 뜻밖의 손님이 네 삼촌을 찾아왔다지 뭐니. 다아시 씨가 우리 집으로 찾아와서, 두 분이서 서너 시간 가까이 긴밀히 이야기를 나누신 모양이야. 내가 집에 도착했을 즈음에는 이미 모든 일이 다 결정된 다음이라, 나는 너처럼 그렇게 호기심에 시달릴 일은 없었단다. 다아시 씨가 네 동생과 위컴 씨가 있는 곳을 알아내서, 두 사람 다 이미 만나보고 이야기도 했다고 그러더래. 위컴하고는 수차

"

만났고, 동생하고도 한 번 만나셨다더라. 내가 알기로는 우리가 떠난 바로 그다음 날 두 사람을 찾으러 더비셔를 떠나 런던으로 갔다는 거야. 그분은 양갓집 아가씨가 위컴을 사랑하거나 믿는 일이 없도록, 위컴이 얼마나 형편없는 인간인지를 응당 만천하에 알리는 것이 자기 의무였는데, 그 의무를 다하지 않았기 때문에 이번 일이 다 자기 탓이라고 하셨다나 봐. 위컴의 성격이 저절로 들통날 줄로 믿었고, 또 위컴과의 사적인 일을 세상에 알리는 것이 자기 체면을 구기는 일이라고 생각했으니, 이 모든 일이 자신의 그릇된 자존심 탓이었다는 거야. 그리고 자기 때문에 생겨난 잘못이니, 자기가 나서서 바로잡는 것이 의무라고 하셨다지 뭐니. 만약 그분에게 그것 말고 다른 뜻이 있다고 해도, 난 그분을 탓할 마음이 없다. 그분은 런던에 간 지 며칠 만에 두 사람을 찾아냈다나 봐. 우리하고는 달리 위컴의 행방을 알아낼 만한 실마리가 있었던 모양이야. 아마 그 점을 생각하고 더욱 우리 뒤를 따르기로 마음을 먹게 되었나 보더라. 이전에 다아시 양의 가정교사를 맡고 있던 영 부인이라는 여자가 있었나 본데, 뭔가 좋지 않은 일로 해고를 당했던 모양이야. 그 뒤로 그 여자는 에드워드 스트리트에 있는 큰 집을 사서 하숙집을 운영하며 살았다는구나. 그리고 그분은 그 여자가 위컴과 가깝게 지낸다는 것을 알고 있었고. 그래서 런던에 도착하자마자 정보를 얻으려고 그 여자한테 갔다나 봐. 하지만 이틀인가 사흘이 지나고서야 그 여자한테서 자기가 원하던 정보를 얻을 수 있었대. 아마 뭐 돈이라도 찔러주기 전에는 절대 입을 열지 않았던 모양이지. 그 여자는 자기 친구가 어디 숨어 있는지 실제로 알고 있었으니까 말이다. 알고 보니까 위컴은 런던에 도착하자마자 이 여자를 찾아갔었대. 아마 이 여자가 자기 집에 받아주기만 했다면 그곳을 거처로 삼았겠지. 그렇지만 결국 우리의 친절한 친구분께서는 원하던 주소를 얻어냈어. 그래서 우선 위컴을 만나, 리디아를 만나고 싶다고 하셨대. 그분 말씀으로는 원래 제일 처음 목적은 그 애를 설득해서 그 수치스러운 행각을 정리하고 가족의 품으로 돌아오게 하려는 것이었대. 물론 가족이 받아주는 것이 우선이겠지만, 그 점에서는 자신이 할 수 있는 한 도와주겠다고 하면서 말이야. 그러나 리디아는 꿈쩍도 하지 않았던 모양이야. 가족도 알 바 없고, 도움도 필요 없고, 하여튼 위컴을 떠날 마음은 조금도 없다고 했대. 위컴이 반드시 자기하고 결혼해 줄 거라고 굳게 믿고 있어서, 결혼이야 언제 하든 크게 걱정하지 않았다는 거야. 리디아의 생각이 그러니, 그분은 이제 방법은 서둘러 결혼을 확정 짓고 날을 잡는 것뿐이라고 생각했지만, 위컴과 처음 이야기를 나누었을 때 이미 그 사람이 결혼할 생각 따위는 처음부터 전혀 없었다는 것을 금방 알 수 있었대. 위컴이 자기가 연대를 떠난 것은 빚 독촉을 못 이겨서였다고 털어놓았고, 리디아가 신세를 망친다 해도 모두 그 애가 어리석은 탓이지 자기 탓은 아니라고 했다는 거야. 그 사람은 장교직을 당장 내놓을 생각이었는데, 앞으로의 계획에 대해서는 거의 아무 생각도 없다고 했대. 어디로든 가긴 가야 하는 상황인데 갈 곳도 없고, 생활을 꾸려나갈 방법이 전혀 없다는 걸 자기도 잘 알고 있더래. 그래서 리디아하고 당장 결혼하는 게 낫지 않겠냐고 물어보셨대. 너희 아버지가 부자는 아니지만 조금쯤은 도와주실 수 있을 테고, 결혼을 하면 지금보다는 분명히 낫지 않겠느냐고. 그렇지만 위컴의 대답을 들어보니까 아직도 어디 먼 곳으로 가서 결혼을 통해 한밑천 잡을 생각을 버리지 못한 눈치더라는 거야. 그렇지만 워낙 절박한 상황인지라 그 사람도 눈앞의 기회에 마음이 많이 흔들렸나 봐. 그런저런 상의를 하느라고 두 사람은 여러 번 만났대. 그야 위컴은 터무니없이 욕심을 부렸지만, 결국은 합리적인 선에서 합의를 보았다는구나. 그렇게 해서 **위컴과** 모든 일이 결정되고 나서 다아시 씨는 다음 순서로 너희 삼촌에게 그 사실을 알리기로 했어. 그래서 내가 집에 오기 전 어느 날 저녁때 그레이스처치 스트리트를 찾아왔었나 봐. 그러나 그때는 네 삼촌이 집에 없어서 만나지 못했고, 너희 아버지가 아직 삼촌하고 같이 런던에 계시다는 것과 다음 날 아침에 떠나시기로 한 걸 알았지. 그분은 이런 일은 너희 아버지보다는 삼촌하고 상의하는 게 더 낫겠다고 생각해서 아버지가 떠나시길 기다려 삼촌을 만나기로 했대. 그리고 이름을 남기지 않고 갔기 때문에 삼촌은 그냥 어떤 신사분이 사업 관계로 찾아왔었다는 이야기만 들었지. 그리고 토요일에 그분이 다시 오신 거야. 너희 아버진 롱본으로 떠났고 삼촌은 집에 있어서, 아까 말한 것처럼 두 분이 같이 많은 이야기를 나눴어. 그다음 날에도 다시 만났고, 나도 그때 그분을 만났단다. 월요일에는 다 결정이 돼서, 바로 롱본에 속달을 보냈지. 그렇지만 다아시 씨는 고집이 여간 세지 않으시더라. 이건 그냥 내 생각이지만 그분의 유일한 결점이 바로 그 고집스러움인 것 같다. 그분의 결점이 이거니 저거니 했지만, 알고 보니까 진짜 결점은 **그거더라고.** 자기가 돕게 해주지 않으면 안 된다고 그렇게 고집을 부리더래. 이 숙모가 확신하는데, 다아시 씨가 그렇게 완강하지만 않았더라도 너희 삼촌이 기꺼이 혼자서 모든 일을 처리하려고 하셨을 거야. (인사를 받으려고 하는 말은 아니니까 그냥 모르는 체하렴.) 그 일을 놓고 두 분이 오랫동안 옥신각신했나 봐. 그 수혜자인 두 사람을 생각해 보면 참 과분한 일이지. 그런데 결국은 너희 삼촌이 양보하지 않을 수 없었나 봐. 그래, 삼촌이라는 사람이 조카에게 실제로 도움은 못 주고 그냥 도와준 척만 하게 되었으니 얼마나 속이 찝찝하셨겠니. 그래서 오늘 아침 네 편지를 받고 삼촌은 무척 기뻐하셨단다. 애초에 자기 것이 아닌 칭찬을 원래 주인에게 돌릴 수 있게 되었으니 말이야. 하지만 리지야, 이 이야기는 너만 알고 있어야지 아무한테도 말하면 안 된다. 제인한테는 괜찮겠지만 더는 안 돼. 다아시 씨가 위컴에게 어떻게 해주셨는지 아마 너도 잘 알 게다. 아마 1천 파운드는 넘을 빚을 갚아주기로 하고, **리디아** 몫의 유산에다 1천 파운드를 더 주고, 장교 자리까지 사주셨지. 이 모든 일을 그분이 굳이 혼자 떠맡기로 한 이유는 앞서 내가 말했지. 사람들이 위컴의 본색을 몰라서, 결국 지금처럼 선량한 사람으로 알고 인정해 주게 된 것이 자기 잘못이라는 거야. 자기가 좀 더 잘 생각해서 입을 다물지 않았더라면 그런 일은 없었을 거라는 거지. 아마 **그것도** 영 마음에 없는 말은 아닐 게다. 하지만 과연 이런 일이 꼭 **그분만이** 아니라 **누가** 입을 다물어버린 탓이라고 할 수 있을까. 리지야, 그분 말씀은 물론 훌륭하지만, 이 하나만은 꼭 믿어다오. 그분이 이 일에 **다른 관심을** 가지고 있다고 생각하지 않았다면 네 삼촌은 절대로 양보하지 않았을 거야. 이 모든 일이 결정되고 나서 다아시 씨는 펨벌리에 머물고 있는 친구분들에게 돌아갔단다. 결혼식 당일 다시 한번 런던에 와서 돈 문제를 전부 마무리하기로 하고 말이야. 자, 이만하면 할 이야기는 다 한 것 같다. 너는 이 이야기에 무척 놀라겠지. 하지만 아마 기분 나빠하지는 않을 거라고 믿는다. 리디아는 우리 집으로 왔고, 위컴도 언제든 찾아올 수 있게 했다. 그 사람은 어쩜 하트퍼드셔에서 알던 때하고 똑같이 그렇게 태연하던지. 사실 이 이야기는 안 하려고 했는데, 리디아는 우리 집에 있는 동안 어쩜 저러나 싶게 굴더라. 그런데 집에 가서도 꼭 마찬가지였다는 제인의 편지를 보니까 내가 이렇게 말해도 그리 새로운 건 아니겠다 싶어 좀 이야기하려고. 내가 그 아이한테 몇 번이나 심각하게 말했는지 몰라. 너는 엄청난 잘못을 저지른 거고, 가족에 엄청난 불행을 가져다주었다고 말이지. 그런데 그 아이는 내 말을 듣는 건지 마는 건지, 통 들은 척도 않더구나. 정말 머리끝까지 화가 치밀어 오르는 때도 있었지만 너희를 봐서 참았단다. 다아시 씨는 약속한 날짜에 맞춰 돌아왔고, 리디아가 말한 대로 결혼식에 와주셨어. 그다음 날에는 우리와 식사를 하고 수요일인가 목요일에 다시 런던을 떠났지. 말 나온 김에 그분이 얼마나 내 마음에 쏙 들었는지를 이야기하면 (그나마 이제 와서 말하는 거지, 전에는 말할 엄두도 못 냈다만) 너 이 숙모한테 화낼래? 그분이 우리에게 어쩌나 살갑게 대해 주시던지, 더비셔에서와 하나도 변한 게 없더라. 그분의 판단력이나 사고방식이 다 내 마음에 쏙 든다. 좀 활기가 부족한 것이 흠이긴 한데, 부인만 잘 만나면 그야 나아질지도 모르지. 그런데 그분 참 의뭉스러운 구석이 있더라. 어쩜 네 이름은 거의 입 밖에도 안 내지 뭐니. 그렇지만 요즘은 의뭉스러운 게 유행인 모양이야. 이 숙모가 너무 주제넘었다면 용서해 다오. 그렇다고 설마 이 숙모를 '펨'에 못 들어오게 하는 건 아니겠지. 숙모는 그 장원을 꼭 한번 전부 둘러보는 게 소원이란다. 그것도 자

그많고 멋진 망아지 한 쌍이 끄는 지붕 낮은 사륜마차를 타고 말이야. 이제 더는 못 쓰겠다. 애들이 30분 전부터 나를 불러 대는구나. 이만 줄일게.

숙모가

엘리자베스는 편지를 읽고 마음이 동요되었지만 그 동요가 괴로움 때문인지 기쁨 때문인지 자신도 확실히 알 수 없었다. 다아시 씨가 동생의 결혼을 성사시키려고 무슨 일인가 했을 것 같은 확실치 않은 의심이 들긴 했다. 하지만 그건 현실로 믿기는 어려울 정도로 지나친 친절이고 너무 큰 신세라, 그쪽으로는 아예 생각조차 하지 않으려 했다. 그런데 그런 의심이 알고 보니 전부 사실이었다니! 일부러 런던까지 그들을 쫓아가서, 또 불가피하게 그 모든 수고와 고역을 감당했다니. 자기가 분명히 혐오하고 멸시하는 여자에게 부탁을 해야 했을뿐더러, 자기가 늘 마주치지 않으려 했고 이름조차 입 밖에 내기 싫어했던 남자와 그것도 몇 번이나 얼굴을 맞대고, 이치를 따지고, 설득하고, 끝내는 매수까지 해야 했던 것이다. 더구나 자기가 좋아하지도 않고 존중할 수도 없는 여자를 위해서 말이다. 다아시 씨가 이렇게까지 한 것은 나를 위해서라고, 엘리자베스의 마음은 속삭였다. 하지만 이내 다른 생각이 떠올라 이러한 희망을 꺾고 말았다. 꿈도 크지, 나에 대한 사랑, 그것도 이미 자기를 한번 거부했던 나에 대한 사랑 때문에, 위컴과 인척 관계를 맺게 된다는 데 대한 당연한 거부감을 다아시 씨가 이겨낼 수 있으리라고 생각했단 말인가. 위컴과 동서지간이 되다니! 다아시 씨의 자존심이 조금이라도 남아 있는 한 허락할 리 없는 일이었다. 다아시 씨는 물론 이루 말할 수 없이 훌륭한 일을 했다. 그 일의 대단함을 생각하면 엘리자베스는 수치를 느꼈다. 그러나 다아시 씨는 자기가 그일에 끼어든 데 대한 이유를 밝혔고, 딱히 그 이유를 의심할 근거가 있는 것도 아니었다. 그 일이 자기 잘못이라는 해석이 논리적으로 크게 말이 안 되는 것은 아니었고, 그저 너그러운 사람이 마침 재력도 있어서 그 너그러운 마음을 행동으로 옮긴 것뿐인지도 몰랐다. 하지만 다아시 씨가 그 일을 한 이유가 꼭 그녀 때문은 아니라 해도, 어쩌면 그녀에 대한 미련 때문에 어느 정도 괴로움을 덜어주려는 마음도 있지 않았을까. 겨우 은인을 알아냈는데 어떻게 해도 보답할 도리가 없다니, 통탄할 일이었다. 리디아를 되찾고 집안의 수치를 씻은 것이 모두 그 사람 덕분이었다. 아아! 지금껏 상대에게 품어왔던 온갖 배은망덕한 마음과 거리낌 없이 쏟아부었던 온갖 건방진 말들이 이제 너무나 아프게 찔러왔다! 엘리자베스는 비록 콧대가 꺾였을지언정 다아시 씨가 자랑스러웠다. 동정심으로 그처럼 자신을 극복하고 명예로운 행동을 할 수 있다니. 엘리자베스는 편지에서 숙모가 다아시 씨를 칭찬한 대목을 몇 번이나 거듭해 읽었다. 아무리 읽어도 모자랐지만 그래도 기뻤다. 그리고 삼촌과 숙모가 다아시 씨와 조카딸 사이에 신뢰와 애정이 있음을 굳게 믿고 있는 것 같아서 안타까운 한편으로 기꺼운 마음도 들었다.

누군가가 다가오는 바람에 엘리자베스는 상념에서 깨어나 벌떡 일어났다. 그리고 다른 길로 접어들기 전에 그만 위컴에게 따라잡히고 말았다.

"혼자 산책을 즐기시는데 제가 방해한 건가요, 처형?" 나란히 걸으며 위컴이 말했다.

"맞아요." 엘리자베스는 웃음 띤 얼굴로 대꾸했다. "그렇다고 환영하지 않는다는 건 아니고요."

"그랬다면 미안합니다. **우린** 전에는 좋은 친구였고, 지금은 그 이상이죠."

"맞아요. 다른 사람들도 나오나요?"

"모르겠어요. 어머님과 리디아는 마차를 타고 메리턴으로 갈 것 같던데요. 그런데 저, 처형, 삼촌 내외분 말씀을 들으니 직접 펨벌리에 가보셨다면서요."

엘리자베스는 그랬다고 대답했다.

"무척 부럽군요. 저로서는 바랄 수 없는 일이니까요. 그렇지만 않으면 뉴캐슬로 가는 길에 저도 한번 들러볼 수 있을 텐데 말입니다. 참, 그런데 나이 지긋한 하녀장도 만나셨겠지요? 가엾은 레이놀즈 부인, 그분은 저를 무척 예뻐하셨지요. 물론 그분이 제 이름을 꺼내지는 않으셨을 테지만요."

"아니요, 꺼내셨어요."

"뭐라고 하시던가요?"

"군대에 들어갔는데 뭐 뒷일이 안 좋았다던가 하는 걱정을 하셨어요. **그** 정도로 멀리 떨어져 살다 보면 이상한 소문도 전해지고 그럴 수 있죠."

"그야 그렇죠." 위컴은 입술을 깨물며 대답했다. 그쯤 했으면 입을 다물겠거니 싶었는데, 곧장 말을 이었다.

"지난달에 런던에서 다아시를 우연히 보고 깜짝 놀랐습니다. 한 번도 아니고 여러 번 마주쳤지요. 거기에 도대체 무슨 볼일이 있었는지 모르겠군요."

"드 버그 양하고 결혼할 준비라도 하는 모양이죠." 엘리자베스가 대꾸했다. "이런 철에 그곳에 갔다면 무언가 특수한 사정이 있었겠죠."

"정말 그렇겠군요. 램턴에 가서는 그 사람을 만나보셨습니까?

이미 삼촌 내외분께 듣기는 했습니다만."

"네. 누이동생을 소개시켜 주셨어요."

"어떻게, 마음에 들던가요?"

"무척 마음에 들던데요."

"글쎄, 요 한두 해 사이에 아주 나아졌다는 이야기가 있더군요. 제가 마지막 만났을 때는 영 안 되겠다 싶더니. 마음에 들었다니 저도 기쁘군요. 모쪼록 그 아이가 잘되었으면 합니다."

"잘될 거예요. 가장 힘든 나이는 넘겼으니까요."

"혹시 중간에 킴프턴이라는 마을은 지나셨습니까?"

"기억이 잘 안 나네요."

"원래 제가 살았어야 했을 곳이 바로 거기거든요. 아주 멋진 곳이죠! 목사관도 훌륭하고요! 모든 면에서 저한테 딱 맞았을 겁니다."

"그렇지만 설교하는 일과도 잘 맞으셨을까요?"

"아무렴요. 일단 내 의무라고 생각하면 그리 힘들 것도 없지요. 아니, 제가 불평하는 게 아니라, 뭐 어쨌든 저한테는 그곳이 안성맞춤이었을 겁니다! 제가 늘 그리는 생활이 바로 한적한 데서 유유자적하는 거거든요! 일이 다르게 돌아가지만 않았어도. 켄트에 계실 적에 혹시 다아시가 그런 이야기를 하던가요?"

"글쎄요, 제가 아주 **믿을 만한** 분한테 듣기로는, 그 자리는 조건부로 물려준 것이고, 현재 후원자의 뜻에 달린 거라고 하던데요."

"들으셨군요. 맞습니다, 그런 **부분**도 있었지요. 저도 애초에 아마 그렇게 말씀드렸을 겁니다. 기억하실는지 몰라도."

"또 이런 말도 들었어요. 지금과는 달리 그 당시는 설교하는 일이 영 취향에 맞지 않으셔서, 성직을 포기하겠다는 의사를 밝히시는 바람에 그 일이 적절히 마무리되었다고요."

"그렇게 들으셨군요! 뭐 아주 근거가 없는 얘기는 아니지요. 우리가 처음 그 얘기를 했을 때 그 점에 관해 제가 한 말을 기억하실는지 모르겠지만."

이제 두 사람은 거의 현관에 다다랐는데, 엘리자베스가 위컴을 빨리 떨쳐버리고 싶어서 걸음을 재촉한 까닭이었다. 동생을 배려해 위컴을 자극하지 않기로 결심한 엘리자베스는 상냥한 미소를 지으며 그저 이렇게만 말했다.

"자, 위컴 씨, 이제 우리는 한 가족이 되었잖아요. 옛날 일에 연연하지 말아요. 앞으로는 늘 한마음으로 지내자고요."

엘리자베스는 손을 내밀었고, 위컴은 감히 눈을 들지 못했지만 다정하고 정중한 태도로 그 손에 입을 맞췄다. 두 사람은 집으로 들어갔다.

53장

위컴 씨는 이것으로 그 일이 흡족히 마무리되었다고 생각했기 때문에 다시는 그 이야기를 꺼내 자신이나 처형인 엘리자베스를 난처하게 만들지 않았다. 엘리자베스 역시 그 정도 대화로 상대의 입을 봉해버린 데 만족했다.

곧 리디아 내외가 떠나는 날이 되었다. 베넷 씨는 온 가족이 뉴캐슬을 방문하자는 아내의 계획을 들은 척도 하지 않았기 때문에 베넷 부인은 적어도 열두 달간의 이별을 감수해야 했다.

"아아! 얘야." 부인이 흐느꼈다. "우리 리디아를 언제나 다시 보려나?"

"아이, 참! 내가 그걸 알아. 한 2, 3년이면 다시 보겠지 뭐."

"편지 자주 써야 한다, 얘야."

"시간 나면요. 그렇지만 엄마도 알면서. 결혼한 여자들이 어디 편지 쓸 시간이 나야 말이지. 언니들더러 **나**한테 편지를 쓰라고 해. 별로 할 일도 없을 테니까."

위컴의 작별 인사는 아내보다는 훨씬 살가웠다. 멋진 태도로 만면에 웃음을 띠고 그럴싸한 말들을 뱉어냈다.

"저렇게 잘난 친구가 어디 또 있을까." 두 사람이 집을 나서자마자 베넷 씨가 말했다. "저토록 유들유들하게 친한 척을 할 수 있다니. 저 친구가 아주 자랑스러워 죽겠다. 윌리엄 루커스 경의 사위보다도 내 사위가 한 수 위지, 아마."

딸이 가버리고 며칠 동안 베넷 부인은 무척이나 침울해했다.

"내 집안 식구가 멀리 가버리는 것만큼 괴로운 일이 또 있을까 싶다." 부인이 말했다.

"딸을 시집보내는 게 그런 거죠 뭐, 어머니." 엘리자베스가 대꾸했다. "그래도 아직 시집을 안 간 딸이 넷이나 남았으니 얼마나 다행이에요."

"그게 아니야, 리디아는 시집을 가서 날 떠난 게 아니잖니. 다 남편 부대가 먼 탓이지. 부대만 좀 더 가까웠어도 그렇게 금방은 안 갔을 텐데."

그러나 부인은 그로 인한 침울함을 금세 극복했고, 마침 새로운 소식이 롱본에 찾아오면서 부인의 마음이 다시금 희망으로 어지럽게 부풀어 올랐다. 네더필드의 가정부가 주인 나리의 도착을 준비하라는 명령을 받았다는 것이다. 하루이틀 안으로 내려와 몇 주간 머물면서 사냥을 할 예정이라고 했다. 베넷 부인은 어쩔 줄 모르고 안달복달했다. 제인을 쳐다보다가, 웃다가, 고개를 내두르기도 했다.

"아니, 애야, 그래서 빙리 씨가 내려온단 말이지." (가장 먼저 그 소식을 가져온 사람은 필립스 부인이었다.) "그래, 그거 참 잘 됐구나. 나야 뭐 그러거나 말거나지만 말이다. 그 사람이 우리하고 무슨 관계가 있는 것도 아니고. 그리고 **나**로 말할 것 같으면 그 사람은 두 번 다시 보기도 싫어. 하지만, 뭐, 자기가 좋아서 네더필드로 오겠다는데 막을 수는 없지. 또 무슨 일이 생길지 누가 안담? 뭐 우리하고 무슨 상관이 있는 건 아니지만, 애, 너도 알다시피, 우린 이미 옛날에 그 이야기는 입 밖에도 내지 않기로 했거든. 그런데, 음, 정말 오기는 온대?"

"확실하다니까." 필립스 부인이 대답했다. "니컬스 부인이 어젯밤에 메리턴에 왔었어. 그 여자가 지나가는 걸 보고 내가 직접 나가서 확인했다니까. 그게 사실이래. 늦어도 목요일에는, 자기 생각에는 수요일이면 올 것 같다네. 수요일에 맞춰 고기를 주문하려고 푸줏간에 가는 중인데, 그날 쓰기 딱 좋은 오리 여섯 마리를 벌써 구해놨대."

제인은 빙리가 온다는 말을 듣고 변한 얼굴빛을 감출 수 없었다. 벌써 몇 개월째 이름조차 입에 올리지 않았지만, 엘리자베스와 둘이서만 있게 되자 제인은 이렇게 말했다.

"오늘 이모가 그 소식을 전해주셨을 때 네가 내 얼굴을 살피는 걸 봤어. 내가 힘들어 보였다는 건 나도 알아. 하지만 무슨 바보 같은 생각에 빠져서 그랬던 건 아니야. 그냥 사람들이 날 주목하게 **되리란** 게 순간적으로 당황스러웠을 뿐이야. 분명히 말해서 그 일은 나한테는 기쁘지도 괴롭지도 않아. 아니, 그분이 혼자 오신다는 거 하나는 기뻐. 그러면 그분을 만나야 할 일이 별로 없을 테니까. 내가 **스스로**를 못 믿어서가 아니라, 다른 사람들이 괜히 쑥덕거릴까 봐 그게 겁나서 그래."

엘리자베스는 언니의 말을 어떻게 받아들여야 할지 알 수 없었다. 더비셔에서 빙리를 만나지 않았더라면 아마 그냥 사람들 말대로 사냥이나 하러 오나 보다고 생각했을지도 몰랐다. 하지만 빙리는 아무래도 아직 제인을 좋아하는 것 같았고, 엘리자베스는 빙리가 자기 친구의 허락을 **받고** 오는 것인지 아니면 용감하게도 허락 없이 오는 것인지가 더 궁금했다.

'그렇지만 자기가 합법적으로 세를 든 집에 오겠다는 것뿐인데 그렇게까지 억측을 하는 것도 좀 너무하지! 나라도 그냥 내버려두자.'

빙리가 오는 날이 가까워지자, 제인이 아무리 자기는 아무렇지 않다고 말했어도, 그리고 스스로도 그 말을 믿고 있었어도, 엘리자베스는 그 일이 언니에게 영향을 미치고 있음을 쉽게 느낄 수 있었다. 평소와는 달리 영 불안정한 모습을 보였던 것이다.

열두 달 전에 양친 사이에 격렬한 언쟁을 야기했던 그 주제가 다시금 거론되었다.

"빙리 씨가 오면 당장 찾아가 볼 거죠, 여보." 베넷 부인이 말했다.

"아니, 안 가. 당신이 작년에도 나를 억지로 떠밀고는 내가 가서 그 사람을 만나기만 하면 그 사람이 우리 딸과 결혼할 거라고 그랬지. 그런데 아무 성과도 없었으니 다시는 그런 바보 같은 짓은 안 할 참이오."

아내는 그냥 이웃 사람으로서 네더필드에 돌아온 사람에게 그 정도 예의는 차릴 수 있는 것 아니냐고 했다.

"내가 경멸하는 게 바로 그따위 예절이야." 남편이 대답했다.

"우리와 사귀고 싶다면 자기가 찾아오라고 하시오. 우리가 어디 사는지 모르는 것도 아니니. 자기들 마음대로 가버렸다가 다시 돌아올 때마다 들여다보느라고 쓸데없이 **내** 시간을 낭비할 마음은 없소."

"하여튼 확실한 건, 당신이 그 사람을 방문하지 않는 건 엄청나게 무례한 일이라는 거예요. 하지만 그렇다고 우리 집 정찬에 초대하는 것까지 막지는 말아요. 난 이미 결정했으니까. 어차피 롱 부인하고 굴딩 씨 부부도 곧 부르기로 했고, 그러면 우리 식구까지 열셋인데, 식탁에 자리도 하나 남는구만."

그나마 그 생각을 하니 부인은 남편의 무례함을 참을 수 있었다. 하지만 **다른** 이웃들이 자기네보다 먼저 빙리 씨를 만난다고 생각하니 속이 끓었다. 빙리의 도착을 앞두고 제인은 동생에게 말했다.

"나 이제는 그분이 오는 게 점점 싫어져. 뭐 별일이야 없을 테고, 그분을 봐도 난 전혀 아무렇지도 않을 거야. 하지만 정말 괴로운 건 어머니가 자꾸만 그 사람 얘기를 하시는 거야. 물론 다른 뜻이야 없으시겠지. 그렇지만 어머니가 하시는 말씀 때문에 내가 얼마나 괴로운지 어쩜 그리 몰라주실까. 아니, 아무도 모르겠지. 그분이 네더필드를 영영 떠나면 난 정말 행복할 것 같아!"

"무슨 말이든 해서 언니에게 위로가 되었으면 좋겠다." 엘리자베스가 대답했다. "그렇지만 나로서는 방법이 없네. 언니도 느끼겠지. 대개 괴로운 사람을 달래는 방법은 인내하라고 하는 것뿐인데, 언니처럼 늘 인내하고 사는 사람한테는 그렇게 말할 수가 없잖아."

마침내 빙리 씨가 도착했다. 베넷 부인은 하인들을 통해 그 소식을 가장 먼저 입수했지만, 그래 봤자 안달복달하는 나날을 스스로 앞당긴 꼴이었다. 부인은 초대장을 보내려면 며칠을 더 있어야 하는지 세어보았다. 그 전에는 도저히 만날 방법이 없을 것 같았다. 그러나 빙리가 하트퍼드셔에 도착한 지 사흘째 되는 날 아침, 부인은 드레스룸 창문을 통해 말을 타고 목장으로 들어서서 집 쪽으로 오는 빙리의 모습을 보았다.

부인은 이 기쁨을 함께 나누려고 호들갑을 떨며 딸들을 불렀다. 제인은 탁자 앞에 그대로 버티고 앉아 있었지만, 엘리자베스는 어머니를 기쁘게 해주려고 창가로 갔다. 하지만 창문 밖으로 빙리와 함께 있는 다아시 씨가 보이자 그만 언니 곁으로 돌아가 자리에 주저앉아 버렸다.

"그분 옆에 남자분이 같이 있어요, 엄마." 키티가 말했다. "도대체 누구지?"

"뭐 아는 사람이겠지. 나는 모르겠는데."

"보세요!" 키티가 소리쳤다. "전에 그분하고 같이 있던 그 남자 같아요. 이름이 생각이 안 나네. 그 키 크고 잘난 척하던 사람이요."

"어머나 세상에! 다아시 씨잖아! 확실해. 흥, 빙리 씨의 친구라면 누구든지 환영이지만, 그것만 아니면 정말 꼴도 보기 싫은 사람이야."

제인은 놀라움과 염려가 담긴 시선으로 엘리자베스를 바라보았다. 더비셔에서 두 사람이 만났던 일에 관해서는 거의 아는 바 없었던 제인은, 그런 해명 편지를 받고 나서 처음 그 사람을 대면하게 된 동생이 얼마나 거북할지 걱정이 되었던 것이다. 두 자매는 저마다 마음이 정말 불편했다. 서로가 상대를, 그리고 자신을 무척이나 안쓰러워했다. 어머니는 다아시 씨라면 질색이지만 빙리 씨의 친구니 정중하게 대접하겠다는 둥 운운했지만 둘의 귀에 그런 소리는 들어오지도 않았다. 하지만 엘리자베스의 불편한 심정에는 제인이 짐작할 수 없는 이유가 있었는데, 아직은 제인에게 숙모의 편지를 보여주거나 다아시에 관한 자신의 감정 변화를 이야기해 줄 용기가 없었던 것이다. 제인에게 다아시는 그저 동생에게 밉보여 청혼을 거절당한 남자일 뿐이었지만 더 많은 것을 알고 있는 엘리자베스에게 다아시는 온 가족의 엄청난 은인이었다. 그리고 제인이 빙리에 관해 느끼는 애정과는 다르다 해도 자신 역시 다아시에 관해 따뜻한 감정을 느끼고 있었고, 그런 감정이 터무니없는 것도 아니었다. 그런데 그런 사람이 이제 네더필드에, 롱본에 왔으니, 그리고 그쪽에서 먼저 자기를 찾아왔으니, 엘리자베스는 더비셔에서 처음 달라진 다아시의 모습을 보았을 때 못지않게 당황스러웠다.

엘리자베스의 얼굴빛은 잠깐 창백해지는가 했더니 오히려 다시 반짝이는 홍조가 되돌아왔고, 그 잠깐 동안 상대가 여전히 자신을 사랑하고 있다는 생각이 들자 기쁨에 찬 웃음이 떠올라 엘리자베스의 눈동자를 더욱 빛나게 했다. 그러나 아직 안심하기는 일렀다.

'먼저 저분이 어쩌나 보고 나서,' 엘리자베스는 생각했다. '그다음에 짐작을 해도 늦지 않아.'

엘리자베스는 자리에 앉아 동요하지 않으려고 애쓰면서 눈을 내리깔고 손에 든 일감에만 온 신경을 기울이려 했지만, 하인이 문으로 다가갈 즈음에는 호기심을 참지 못해 언니의 얼굴을 흘끗 쳐다보았다. 제인은 평소보다는 좀 창백해진 것 같았지만 예상보다는 아주 태연해 보였다. 남자들이 등장하자 얼굴이 약간 상기되긴 했지만, 꺼리거나 지나치게 예를 갖추는 기색도 없는 그럭저럭 편안한 모습으로 손님을 맞았다.

엘리자베스는 예의에 어긋나지 않을 정도로만 짧게 인사를 하고 다시 자리에 앉아 손에 쥔 일감에 전에 없이 열중했다. 단 한 번, 위험을 무릅쓰고 다아시 씨를 훔쳐보긴 했다. 늘 그렇듯 진중한 그 모습은 펨벌리보다는 하트퍼드셔에서 만났을 때와 더 가까워 보였다. 하지만 아마 삼촌과 숙모가 아니라 어머니 앞이라서 그런 거겠지. 이런 짐작은 괴롭긴 했지만 일리가 없는 것은 아니었다.

엘리자베스는 빙리 역시 훔쳐보았는데, 기뻐하면서도 몸 둘 바를 모르는 얼굴 표정이 그 짧은 틈에도 뚜렷이 보였다. 베넷 부인은 빙리를 아주 칙사처럼 대접하면서 다아시 씨에게는 냉랭하고 형식적인 인사만 해서, 두 딸들은 그 차이 나는 대접에 민망해 어쩔 줄 몰랐다.

어머니가 그토록 아끼는 딸을 씻을 수 없는 수치로부터 구해 준 은인이 다아시임을 알고 있는 엘리자베스는 특히 이런 잘못된 차별 대우에 괴롭고 마음이 아팠다.

엘리자베스는 가드너 씨 내외의 안부를 묻는 다아시의 말에 내심 당황하지 않을 수 없었지만, 다아시는 그 말을 끝으로 거의 입을 열지 않았다. 어쩌면 두 사람이 서로 떨어져 앉은 탓인지도 몰랐다. 하지만 더비셔에서는 안 그랬는데. 그곳에서는 내게 직접 말할 수 없었을 때는 삼촌 내외분에게 말을 걸었더랬지. 하지만 지금은 아무리 기다려도 다아시의 목소리를 들을 수 없었다. 이따금씩은 도저히 호기심을 억누를 길이 없어서 시선을 들어 다아시의 안색을 살피기도 했는데, 다아시는 특별히 누구를 쳐다보지도 않고 멍하니 방바닥만 내려다보고 있을 때가 많았다. 뭔가 깊은 생각에 잠겨서, 분명히 더비셔에서와는 달리 사람들과 격의 없이 어울릴 마음이 없는 모양이었다. 엘리자베스는 실망을 느꼈고, 실망을 느낀 자신에게 스스로 화가 났다.

'도대체 뭘 기대한 건데!' 엘리자베스는 생각했다. '하지만 그럴 거면 뭐 하러 왔담?'

다아시 외에는 그 누구와도 이야기를 하고 싶은 기분이 아니었다. 하지만 먼저 말을 붙일 용기는 없었다. 누이동생의 안부를 묻는 것이 고작이었다.

"빙리 씨, 너무 오랜만이에요." 베넷 부인이 말했다.

빙리는 즉각 그렇다고 대답했다.

"혹시라도 영영 안 돌아오시면 어쩌나 했지 뭐예요. 그런 소리를 들었거든요. 미가엘 축일에 이곳을 아주 떠나신다고요. 사실이 아니었으면 좋겠네요. 런던으로 떠나시고 나서 이 동네에는 참 많은 일이 있었어요. 루커스 양이 결혼을 했고, 제 딸아이도 하나 보냈답니다. 아마 들으셨을 테지만, 맞다, 신문에서 보셨겠네요. 『타임스』하고 『쿠리어』에 났으니까. 아주 제대로 나온 건 아니지만요. '최근 조지 위컴 님과 리디아 베넷 양 혼인'이라고만 났더라고요. 아버지가 누구고 어디 살고 하는 이야기는 한마디도 없이 말이에요. 제 남동생이 알아서 한다고 한 건데 어째 그 모양인지 모르겠어요. 혹시 보셨나요?"

빙리는 보았다고, 축하한다고 대답했다. 엘리자베스는 감히 눈을 들 수 없었기 때문에, 다아시 씨가 어떤 표정을 짓고 있는지도 알 수 없었다.

"딸을 좋은 데로 시집보낸다는 건 참 좋은 일이죠." 부인은 말을 이었다. "그렇지만 빙리 씨, 딸을 이렇게 멀리 보내고 나니 어찌나 속이 상한지 몰라요. 걔들은 저 북쪽 끝에 있다는 뉴캐슬로 가버렸답니다. 거기 얼마 동안 가 있어야 하는지도 아직 몰라요. 사위의 부대가 거기 있거든요. 저희 사위가 전에 있던 연대를 나와서 정규군에 들어갔다는 소식은 들으셨을 거예요. 얼마나 다행인지! 그 사람이 친구가 **꽤** 있는 모양이에요. 사람 됨됨이로 보면 당연히 그 정도는 있어야 하는 거지만요.”

어머니가 다아시 씨를 겨냥해서 하는 말임을 아는 엘리자베스는 수치심이 극에 달해 당장이라도 자리를 박차고 나가고 싶은 심정이었다. 그렇지만 상황이 이렇게 되자 억지로 입을 열어 무슨 말이라도 하지 않으면 안 되겠다고 생각했다. 그리하여 빙리에게 이번에 이 고장에서 얼마나 있을 생각이냐고 물었다. 빙리는 몇 주일 정도 있을 거라고 대답했다.

“빙리 씨, 그쪽에 있는 새를 전부 쏘셨으면,” 베넷 부인이 말했다. “이쪽으로 오세요. 저희 남편의 장원에서 사냥하시는 건 얼마든지 환영이에요. 우리 주인 양반도 빙리 씨를 위해서라면 기꺼이 가장 좋은 새 떼를 남겨두실 거예요.”

이런 말도 안 되고 쓸모도 없는 친절에 엘리자베스는 더욱 비참해졌다! 이래서야 1년 전에 그들의 마음을 설레게 했던 것과 같은 희망이 되살아난다 해도, 결국 허망한 결말로 모든 것이 끝나고 말지 않겠는가. 일순 엘리자베스는 앞으로 아무리 오랫동안 행복하게 산다 하더라도 제인과 자신의 이런 고통과 당혹스러움은 잊을 수 없을 것이라고 생각했다.

엘리자베스는 또 이렇게 생각했다. ‘내가 지금 진정 바라는 건 빙리와 다아시 두 사람이 이 자리에 없었으면 하는 거야. 이분들과 가까워져봤자 더욱 비참해질 뿐이니까! 두 사람 다 다시는 보지 않았으면 좋겠어!’

그러나 엘리자베스는 언니의 아름다운 모습에 옛 연인의 사랑이 다시 뜨겁게 달아오르는 것을 보자 그런 비참함을 조금은 잊을 수 있었다. 빙리는 처음 들어왔을 때는 제인에게 거의 말을 걸지 않았지만, 매 5분마다 제인에 대한 관심이 점점 더 커지는 듯했다. 제인은 1년 전과 다름없이 아름다웠고, 비록 말수는 좀 적어졌지만 여전히 싹싹하고 꾸밈이 없어 보였다. 제인은 달라진 데 없어 보이려고 주의를 기울였고, 자기가 평소만큼 말을 했다고 믿었다. 하지만 머릿속이 온갖 생각으로 번잡하다 보니 자기도 모르게 침묵에 잠길 때가 종종 있었다.

마침내 신사들이 가려고 일어서자, 베넷 부인은 미리 마음먹은 대로 수일 내에 롱본에서 정찬을 들자고 초대했고, 오겠다는 대답을 받아냈다.

"빙리 씨, 저한테 한번 빚진 거 아시죠." 부인은 이렇게 덧붙였다. "작년 겨울에 런던으로 떠나시면서, 돌아오는 대로 저희 집에서 만찬을 드시기로 약속하셨잖아요. 전 아직 잊지 않았답니다. 돌아오지도 않고 약속도 지키지 않으셔서 얼마나 실망했는지 몰라요."

빙리는 이 말에 다소 당황한 듯했지만 어쩔 수 없이 그렇게 됐다고 양해를 구했다. 이윽고 신사들은 떠났다.

베넷 부인은 당일로라도 손님들을 붙잡아 앉혀 식사 자리를 마련하고 싶었지만, 자기 집의 식탁이 평소 아무리 풍성하다 해도, 겨우 두 코스로는 사위로 점찍은 남자를 대접하기도, 연 수입이 1만 파운드에 이르는 그 친구를 만족시키기에도 모자랄 것을 염려해서 자제했다.

54장

손님들이 가고 나자 엘리자베스는 기분 전환을 하려고 산책을 나갔다. 아니, 그보다는 기분을 우울하게 만들지도 모를 문제들을 혼자서 곰곰이 생각해 보려고 산책을 나갔다고 해야겠다. 다아시 씨의 태도를 보고 놀라운 한편 화나기도 했다.

'그렇게 입을 꾹 닫고 잔뜩 찌푸린 표정으로 데면데면하게 굴려면 차라리 오지를 말지.'

다아시 씨의 태도는 도저히 명확히 설명할 길이 없었다.

'런던에서 삼촌, 숙모에게는 살갑게 대했다면서, 나한테는 왜 안 그러지? 내가 겁난다면 여길 오지 말든가. 더는 나를 좋아하지 않는다면 말이라도 좀 편하게 하든가. 정말이지 어쩔 수 없는 사람이야! 이제 그 사람 생각은 다시는 안 할 거야.'

언니가 밝은 표정으로 다가오는 바람에 엘리자베스는 잠시 이런 다짐에서 생각을 돌렸다. 표정을 보니 엘리자베스보다는 이번 방문의 결과에 더 흡족한 듯했다.

"첫 대면을 마치고 나니까 마음이 무척 편해졌어." 제인이 말했다. "내가 강하다는 것도 알게 되었고. 다음번에 그분이 와도 아무렇지 않을 것 같아. 그분이 화요일에 와서 식사하시기로 한 것도 잘됐다 싶어. 그러면 다들 우리가 서로를 아무렇지 않고 별 상관없는 사이로 생각한다는 걸 알게 될 테니까."

"그럼, 전혀 상관이 없지." 엘리자베스가 웃음을 띠었다. "언니, 조심하는 게 좋을걸."

"애는, 설마 내가 다시 위험에 처할 정도로 나약하다고 생각하는 건 아니겠지."

"내 보기에 그분은 언제든 언니와 다시 사랑에 빠질 위험에 처해 있는 것 같던데."

자매는 약속대로 신사들을 화요일에 다시 만나게 되었다. 그동안 베넷 부인은 이전의 짧은 방문에서 빙리가 보여준 싹싹함과 예전 그대로의 정중함에 다시금 기운을 얻어 새로이 온갖 행복한 계획을 짜느라 분주했다.

화요일에는 롱본에 많은 사람이 모였다. 그리고 모두가 가장 조바심 내며 기다리던 두 신사는 사냥에 정신이 팔려 지각하는 일 없이 제시간에 롱본을 방문했다. 신사들이 식당에 들어서자 엘리자베스는 평소 자기 자리, 즉 언니 옆자리에 빙리가 앉을지 어떨지를 예의주시했다. 용의주도한 베넷 부인 역시 똑같은 생각을 하고, 빙리를 자기 옆자리로 부르려는 마음을 억눌렀다. 처음 방에 들어온 순간 빙리는 좀 망설이는 듯햇다. 그러나 제인이 무심결에 웃음 띤 얼굴로 주위를 둘러보자 망설임은 끝났다. 빙리는 제인 옆자리에 앉았다.

엘리자베스는 우쭐한 기분으로 빙리의 친구 쪽을 바라다보았다. 다아시 씨는 짐짓 초연한 표정을 짓고 있었다. 빙리가 애매한 웃음을 띠고 다아시 씨를 불안한 듯 바라보는 모습이 우연히 눈에 띄지 않았더라면, 엘리자베스는 다아시 씨가 빙리의 행복을 허락한 모양이라고 생각했을지도 몰랐다.

빙리가 식사 시간 내내 제인을 대하는 태도는 전에 비하면 더 조심스러웠지만, 그 애정은 감추려야 감춰지지 않는 것이었다. 엘리자베스는 빙리 마음대로 할 수만 있다면 그 두 사람의 행복한 앞날은 약속된 것이나 다름없다고 생각했다. 비록 결과는 모른다 해도, 빙리의 태도는 보기만 해도 즐거웠다. 엘리자베스 자신은 전혀 즐거운 기분이 아니었으니 그나마 다행이었다. 다아시 씨는 엘리자베스와 식탁 맞은편, 가장 먼 자리에 앉아 있었다. 베넷 부인의 바로 옆자리였다. 엘리자베스는 두 사람이 나란히 앉은 것이 양쪽 모두에게 즐거운 일이 아니고, 또 양쪽 모두에게 득이 되지도 않으리라는 것을 알았다. 두 사람의 대화를 들기에는 너무 먼 거리였지만, 두 사람이 서로 말을 하지 않는 것, 가끔 하더라도 극히 냉랭하고 형식적인 태도로 한다는 것은 알아차릴 수 있었다. 어머니가 그처럼 무례하게 구니, 자기 가족이 다아시 씨에게 어떤 빚을 지고 있는지 아는 엘리자베스는 더욱더 괴로웠다. 가족 중에 당신이 베푼 친절을 알고 감사하는 사람이 적어도 하나는 있다는 사실을 다아시 씨에게 알려줄 수만 있다면 그 어떤 희생이라도 감수할 수 있을 것 같았다.

엘리자베스는 그래도 저녁이 되면 같이 이야기할 틈이 나지 않을까 하는 기대를 품었다. 설마 처음 들어와서 나눈 형식적인 인사말이 그날의 유일한 대화는 아니겠지. 신사들이 들어오기 전, 숙녀들끼리 거실에 모여 있는 동안 엘리자베스는 어찌나 불안하고 조바심이 났는지, 예의 따위는 다 걷어치우고 싶은 심정이었다. 마치 그날의 즐거움은 모두 그 한순간에 달려 있는 것처럼 오매불망 그들이 들어오기만을 기다렸다.

'이번에도 내 쪽으로 오지 않는다면,' 엘리자베스는 생각했다. '**그때**는 그이를 영원히 포기할 테야.'

이윽고 신사들이 들어왔다. 그리고 다아시 씨는 과연 엘리자베스의 바람에 응답하려는 것 같았다. 그러나 안타까운 것은, 제인이 차를 타고 엘리자베스가 커피를 따르던 탁자 주변에 여자들이 무슨 음모라도 꾸미는 양 옹기종기 모여 있어서, 엘리자베스 옆에는 의자 하나 들여놓을 자리조차 없었다는 것이었다. 그뿐만 아니라 신사들이 다가오자 한 아가씨가 엘리자베스에게 바싹 붙어서는 귀엣말을 했다.

"우리 남자들 때문에 흩어지지 말자. 남자들이 좀 없으면 어때?"

다아시 씨는 방 저쪽으로 걸어가 버렸다. 엘리자베스는 그 모습을 좇으며 다아시 씨가 말을 건네는 모든 사람들을 부러워했다. 하릴없이 커피나 따라주고 있는 자기 처지에도 짜증이 났다. 끝내는 어리석은 자신에게 화가 치밀었다!

'벌써 한번 거절해 놓고! 아직도 나를 사랑하기를 기대하다니, 바보가 아니고서야 그럴 수 있을까? 같은 여자한테 두 번이나 청혼하는 그런 넋 나간 사람이 어디 있겠어? 그런 모욕을 감수할 수 있는 남자가 어디 있겠냐고!'

하지만 다아시 씨가 직접 자기 커피 잔을 가져오자 약간 기운이 났다. 엘리자베스는 그 틈에 말을 건넸다.

"동생분은 아직 펨벌리에 계시나요?"

"네, 크리스마스까지 있을 겁니다."

"아니, 혼자서요? 친구들은 모두 떠나지 않았나요?"

"앤즐리 부인이 같이 있습니다. 다른 사람들은 3주쯤 전에 스카버러로 떠났고요."

더는 할 말이 떠오르지 않았다. 그렇지만 저쪽에서 말을 걸려면 얼마든지 걸 수도 있었을 텐데, 다아시 씨는 몇 분 동안이나 아무 말 없이 가만히 서 있다가 끝내 앞서의 아가씨가 엘리자베스에게 다시 귓속말을 하자 다른 쪽으로 가버렸다.

차 테이블을 치우고 카드 테이블을 들여놓자 숙녀들은 모두 자리에서 일어났다. 이번에는 다아시 씨 곁에 앉을 수 있겠거니 했던 엘리자베스의 기대는 다시 깨지고 말았다. 어머니가 휘스트 놀이에 사람이 모자라다며 다아시 씨를 억지로 끌어다 앉혔기 때문이다. 엘리자베스는 그날에 대한 기대를 완전히 버렸다. 두 사람은 저녁 내내 서로 다른 테이블에 붙들려 앉아 있었으니, 이제 더는 기대하려야 기대할 수가 없었다. 다만 자기가 다아시 씨를 훔쳐보는 것만큼 다아시 씨 역시 자기를 훔쳐보느라 게임에 제대로 집중하지 못하기를 바랄 뿐이었다.

베넷 부인은 내심 네더필드의 두 신사를 저녁 식사 때까지 붙들어 둘 마음을 먹고 있었지만, 운 나쁘게도 그들의 마차가 다른 사람들보다 먼저 오는 바람에 그럴 기회를 놓치고 말았다.

"얘들아, 오늘 어땠니?" 식구들만 남자마자 부인이 물었다. "엄마는 모든 게 전체적으로 완벽했다고 보는데, 정말 그랬지. 이렇게 훌륭한 만찬은 본 적이 없을 게다. 사슴 고기도 어쩜 딱 알맞게 구워졌지 뭐니. 그렇게 살이 푸짐한 허릿고기는 처음 봤다고 다들 그러지 않던. 수프는 지난주에 루커스네서 먹은 것보다 한 50배는 맛있었고, 심지어 자고새 요리는 다아시 씨까지 칭찬을 했으니까. 프랑스인 요리사를, 못해도 두세 명은 두고 있을 그 사람이 말이야. 그리고 제인아, 너는 오늘따라 어쩜 그리 예쁘던지. 내가 물어보니까 롱 부인도 그렇다고 하더라. 롱 부인이 또 뭐라고 한 줄 아니? '아, 베넷 부인, 이제 곧 따님을 네더필드에서 보게 되겠군요.' 정말 그랬다니까. 롱 부인은 세상에서 제일 착한 사람이야. 부인의 조카들도 인물이야 좀 아쉽지만 아주 참한 아이들이고. 난 그 애들이 너무 마음에 든다."

한마디로 베넷 부인은 환희의 도가니였다. 제인을 대하는 빙리의 태도를 보니 마침내 자기 사람이라는 확신이 든 것이다. 부인은 어찌나 신이 났던지, 자기 가족에게 바람직한 방향으로 예측한다는 것이 그만 도를 넘어, 다음 날 당장 빙리가 청혼을 하러 오지 않자 지레 낙담을 하고 말았다.

"오늘은 무척 좋았어." 제인이 동생에게 말했다. "손님들도 잘 골라 초대한 것 같고, 서로 잘 어울리더구나. 앞으로도 자주 만났으면 좋겠다."

엘리자베스는 웃음을 띠었다.

"웃지 마, 리지. 그렇게 날 의심하면 안 돼. 난 너무 억울하단 말이야. 분명히 해두지만, 그분은 이제 내게 그저 서글서글하고 지각 있고 붙임성 있는 청년일 뿐이야. 그 밖에는 전혀 기대 같은 건 없어. 지금 그분 태도로 보면 딱히 내게 호감을 살 마음이 없는 게 확실하고, 난 거기에 아주 만족해. 그분은 그저 다른 남자들에 비해 싹싹할 뿐이고, 두루두루 상냥하게 대하려는 마음뿐인 게 분명해."

"언닌 너무해." 동생이 말했다. "웃지 말라면서 어쩜 그렇게 순간순간 사람을 웃길 수가 있어."

"넌 어쩜 그렇게 날 못 믿어주니!"

"이런 때 그런 말을 어떻게 믿어!"

"하지만 본인이 이렇게 분명히 말하는데, 왜 너는 꼭 그렇지 않다고 나를 설득하려 하는데?"

"그건 나로서는 도저히 대답할 수 없는 질문이야. 원래 아무리 잘난 척해도 사람이 남한테 가르칠 수 있는 건 별 쓸모없는 것밖에 없잖아. 미안해, 언니. 하지만 그렇게 관심 없다고 우길 거면 앞으로 나한테는 언니 마음을 털어놓지 말아줘."

55장

이 방문이 있고 나서 며칠 후에 빙리 씨가 혼자서 롱본을 다시 찾아왔다. 친구는 그날 아침 런던으로 떠났고, 열흘은 있어야 돌아온다고 했다. 빙리는 한 시간 넘게 앉아 있었는데, 무척이나 기분이 좋아 보였다. 그러나 같이 식사를 하자는 베넷 부인의 청은 한사코 거절하면서, 선약이 있다고 양해를 구했다.

"다음번에는 꼭 드시고 가셔야 해요." 베넷 부인이 말했다.

빙리는 언제라도 기꺼이 응하겠다고 하면서, 허락하신다면 가장 가까운 날짜를 잡아서 다시 방문하겠다고 했다.

"내일 오실 수 있어요?"

빙리는 아무 약속이 없다고 하면서 흔쾌히 초대를 받아들였다.

다음 날 빙리는 약속을 지켰는데, 어찌나 시간을 딱 맞춰 왔는지 아가씨들은 아직 아무도 옷을 갖춰 입지 못한 상태였다. 베넷 부인은 산발한 머리와 화장용 가운 차림으로 딸의 방으로 뛰어들어가 소리를 질러댔다.

"애, 제인. 얼른 아래층에 내려가 보렴. 그 사람이 왔단 말이다. 빙리 씨가 왔다고. 진짜로 왔어. 얼른 서둘러. 세라, 얼른 이리 와서 베넷 아가씨를 도와 가운 좀 입혀드려. 리지 아가씨 머리는 그냥 놔두고."

"될 수 있는 한 서두를게요." 제인이 말했다. "하지만 키티가 우리보다 빠를 거예요. 한 30분 먼저 올라왔으니까."

"원 참! 키티가 어쨌다고! 걔가 무슨 상관이냐? 빨리빨리 해! 애, 너 허리띠는 어딨니?" 그러나 어머니가 가고 나자 제인은 혼자서는 내려가지 않겠다며 동생들에게 같이 가달라고 했다.

베넷 부인은 저녁에도 변함없이 제인과 빙리를 둘만 두지 못해 안달하는 게 뻔히 보였다. 티타임이 끝나자 베넷 씨는 평소대로 서재로 향했고 메리는 피아노를 치러 위층으로 올라갔다. 장애물 다섯 가운데 둘을 치우고 나서, 베넷 부인은 꽤 오랫동안 엘리자베스와 캐서린을 쳐다보며 눈짓을 했지만 도무지 효과가 없었다. 엘리자베스는 보고도 못 본 체했고, 캐서린은 눈치 없게도 엄마에게 이렇게 물었다. "왜 그래, 엄마? 왜 그렇게 눈짓을 하고 그래? 뭘 어쩌라고?"

"어쩌긴 뭘 어째, 아무것도 아니야. 내가 무슨 눈짓을 했다고."
베넷 부인은 한 5분쯤 가만 앉아 있는 것 같았지만, 아까운 시간
을 이렇게 낭비할 사람이 아니었다.

"이리 와보렴, 얘야, 엄마가 할 말이 있다." 부인은 이렇게 말하
고는 키티를 끌고 방을 나가버렸다. 제인은 일순 엘리자베스에
게 눈길을 보냈는데, 이런 작위적인 상황이 너무나 난처하니 제
발 너만은 남아달라는 간청의 빛이 담겨 있었다. 이윽고 몇 분쯤
후에 베넷 부인이 문을 반쯤 열고는 엘리자베스를 불러냈다.

"리지야, 엄마가 너하고 할 말이 있는데."

이렇게까지 하니 가지 않을 도리가 없었다.

"둘만 있게 두는 게 좋잖니." 엘리자베스가 홀로 나가자 어머
니가 말했다. "키티하고 나는 위층에 가서 내 드레스룸에 앉아
있으마."

엘리자베스는 어머니의 말에 반박하지 않고 잠깐 가만히 홀에
서 기다렸다가 어머니와 키티가 자리를 뜬 다음 다시 거실로 돌
아갔다.

결국 이날도 베넷 부인의 뜻대로는 돌아가지 않았다. 빙리는
모든 면에서 나무랄 데 없이 굴었지만 제인과의 사이를 공표하
지는 않았던 것이다. 빙리의 유쾌하고 격의 없는 태도는 그날의
저녁 모임을 무척 즐거운 자리로 만들어주었다. 베넷 부인이 주
책없이 구는 것도 참아주고, 온갖 말도 안 되는 소리를 잠자코
들어주는 빙리에게 제인은 마음속 깊이 고마움을 느꼈다.

이번에는 같이 남아서 저녁 식사를 해달라고 간청할 필요조차
없었다. 그리고 빙리는 작별 인사를 하기 전에 다음 날 아침 베
넷 씨와 같이 사냥을 가기로 약속했다. 자신도 원하는 바였지만
베넷 부인이 더욱 반가워했다.

이날 이후 제인은 관심이 없다는 둥 하는 소리를 다시 입 밖에 내지 않았다. 두 자매는 더는 빙리 이야기를 하지 않았지만, 엘리자베스는 다아시 씨가 예정된 시간보다 앞서 돌아오지 않는 한 모든 일이 신속하고도 무사히 진행되리라고 굳게 믿으며 행복한 마음으로 잠자리에 들었다. 그렇지만 솔직히 말하면 엘리자베스는 이미 다아시 씨가 이 모든 일에 허가를 내려준 것이 아닌가 하는 의심을 적지 않게 품고 있었다.

빙리는 약속한 시간에 정확히 맞춰 와서, 약속대로 베넷 씨와 아침나절을 같이 보냈다. 빙리는 베넷 씨가 의외로 어울리기 그리 어렵지 않은 사람임을 알게 되었다. 베넷 씨는 주제넘거나 어리석은 사람을 보면 비웃어주거나 으레 혐오감에 입을 다물어버리곤 했는데, 빙리에게는 전혀 그럴 필요가 없었다. 그래서 베넷 씨는 그간 빙리가 보아왔던 것보다는 스스럼없이 말을 걸었고, 그다지 까다롭게 굴지도 않았다. 두 사람은 만찬 시간에 맞춰 돌아왔다. 그리고 그날 저녁이 되자 베넷 부인은 다시금 맏딸과 빙리를 둘만 남겨 두려는 작전을 펼쳤다. 엘리자베스는 마침 써야 할 편지가 있어서 티타임이 끝나고 바로 조찬실로 물러났다. 어차피 다른 사람들이 모두 카드놀이를 하려고 자리를 잡았으니, 굳이 자기가 어머니의 계획을 방해하지 않아도 되겠다 싶었던 것이다.

그러나 편지 쓰기를 마치고 거실로 돌아온 엘리자베스는 놀랍게도 자신이 어머니의 영리함을 과소평가했음을 인정할 수밖에 없었다. 문을 열자마자 언니와 빙리가 마치 무슨 심각한 대화라도 나누는 듯한 태도로 난로 앞에 함께 서 있는 것이 보였다. 그것으로는 부족했는지, 움찔해서 돌아다보며 서로에게서 멀어지는 **두 사람**의 얼굴은 모든 것을 말해주고도 남았다. 세 사람 모두

에게 몹시도 어색한 상황이었다. 하지만 엘리자베스는 가장 난
처한 사람은 **자기**라고 생각했다. 셋 다 자리에 앉았지만 아무도
입을 열 생각을 하지 않았다. 이윽고 엘리자베스가 막 다시 나가
려고 하는데 빙리가 자리에서 불쑥 일어나더니 제인에게 몇 마
디 귀엣말을 하고는 부랴부랴 방을 나갔다.

행복한 비밀을 동생에게 잘 숨기지 못하는 제인은 즉각 엘리
자베스를 끌어안고 가슴이 벅차올라 지금 자기는 세상에서 가장
행복한 사람이라고 말했다.

"가슴이 터질 것 같아!" 제인은 덧붙였다. "정말이야, 내게 이
런 행복이 오다니. 아! 모두 나처럼 행복할 수만 있다면 얼마나
좋을까?"

엘리자베스는 말로 다 할 수 없는, 진심에서 우러나온 열렬한
축하 인사를 건넸다. 제인의 행복감은 엘리자베스의 말 한마디
한마디에 더욱 커졌다. 하지만 지금 제인은 동생과 같이 있을 여
유도, 자세한 이야기를 할 여유도 없었다.

"얼른 어머니께 가봐야겠어." 제인이 외쳤다. "어머니가 그렇게
속을 끓이며 애써주셨는데 지체하면 안 되지. 내가 직접 제일 먼
저 알려드려야겠어. 그분은 벌써 아버지한테 가셨으니까. 아아!
리지, 내가 우리 가족 모두를 더없이 기쁘게 할 소식을 전하게
되다니! 너무 행복해서 가슴이 터질 것만 같아!"

제인은 서둘러 어머니에게 향했다. 어머니는 일부러 카드게임
을 서둘러 끝내버리고 키티와 함께 위층에 앉아 있었다.

혼자 남은 엘리자베스는 몇 달 동안이나 그토록 애를 태우던
일이 잘 풀리기 시작하더니 이렇게 싱거울 정도로 쉽게 마무리
되었다는 데 웃음이 났다.

"그분의 친구가 그렇게 이리 재고 저리 재고 하면서 아무리 노

심초사했어도 결국은 이렇게 되었단 말이지!" 엘리자베스는 말했다. "빙리 양의 그 모든 거짓과 모략도 이렇게 끝이 나는군! 이런 게 바로 가장 행복하고 누구나 납득할 수 있는 결말이지!"

그로부터 얼마 지나지 않아 빙리가 다시 들어왔는데, 아버지와의 짧은 면담이 성공적으로 끝난 듯했다.

"언니는 어디에 있습니까?" 빙리가 문을 열자마자 성급하게 물었다.

"어머니하고 같이 위층에 있어요. 금방 내려올 거예요."

그러자 빙리는 문을 닫고 엘리자베스에게 다가와서 처제로서 축하해 달라고 했다. 엘리자베스는 빙리와 사돈이 되어 너무나 기쁘다고 진심을 담아 솔직하게 말했다. 두 사람은 다정하기 이를 데 없는 악수를 나눴다. 이윽고 제인이 내려오기 전까지 빙리는 엘리자베스에게 자기가 얼마나 행복하며 제인이 얼마나 완벽한 여자인가 하는 이야기를 하고 또 했다. 하지만 엘리자베스는 사랑 이외에도 빙리가 그처럼 행복을 기대할 만한 안정적이고 현실적인 근거가 충분하다고 믿었다. 제인이 워낙 넓은 이해심과 천사 같은 성품을 갖춘 데다, 두 사람의 정서와 취향 역시 전반적으로 서로 비슷했기 때문이다.

그날 저녁은 온 가족이 기쁨에 넘쳤다. 행복에서 우러나오는 달콤한 생기로 빛나는 제인의 얼굴은 그 어느 때보다도 아름다워 보였다. 키티는 언젠가 자기 차례가 오기를 기대하면서 얼굴에서 웃음을 지우지 못했다. 베넷 부인은 승낙이라든가 허락이라는 말로는 도저히 그 결혼에 찬성하는 자신의 뜨거운 마음을 표현할 도리가 없을 지경이었다. 그렇다고 30분 가까이 빙리에게 그런 말을 쏟아붓지 않은 것은 아니었지만 말이다. 한편 베넷씨는 저녁 식사 자리에 함께했는데, 목소리나 태도에서 정말 행복해하는 티가 났다.

그렇지만 밤이 되어 손님이 떠나기 전까지 베넷 씨는 그 일에 관해 입도 벙끗하지 않았다. 그러나 빙리를 보내자마자 그는 제인을 향해 이렇게 말했다.

"축하한다, 애야. 넌 아주 행복한 아내가 될 게다."

제인은 바로 아버지에게 입을 맞추고 감사의 인사를 했다.

"너처럼 심성이 고운 애가 그렇게 행복하게 살게 될 걸 생각하니 아버지는 너무 기쁘구나." 베넷 씨가 대답했다. "너희는 틀림없이 아주 잘살 게다. 둘이 성격이 똑같으니까 말이야. 둘 다 마음이 여리니 아무것도 결단을 내리지 못할 테고, 너무 순해서 하인들한테 매번 속을 게다. 게다가 너무 후하다 보니 지출이 늘 수입을 초과할 테고."

"설마 그러려고요. 저는 돈 문제를 경솔하거나 무분별하게 처리하는 일은 절대로 없을 거예요."

"수입을 초과한다니요! 아니, 이 양반이 무슨 말씀을 하시는 거예요." 아내가 언성을 높였다. "그 사람 연 수입이 분명히 못해도 4, 5천은 될 텐데." 그러고는 제인에게 이렇게 말했다. "아유! 애야, 이것아, 이 어미는 얼마나 행복한지 모르겠다! 오늘 밤은 한숨도 못 잘 것 같다. 나는 이렇게 될 줄 알았어. 결국은 이렇게 될 거라고 내가 그랬냐 안 그랬냐. 네가 괜히 그렇게 예쁘게 태어났으려고. 내가 기억하는데, 그 사람이 작년에 하트퍼드셔에 처음 왔을 때, 그 사람을 보자마자 그렇게 생각을 했단다. 꼭 우리 제인하고 짝이 될 사람이라고 말이야. 암! 그렇게 잘생긴 젊은이가 어디 또 있으려고!"

위컴과 리디아는 베넷 부인의 머릿속에서 완전히 지워졌다. 이제는 더 말할 것도 없이 부인이 가장 아끼는 딸은 제인이었다.

다른 딸들은 그 순간 모두 어머니의 머릿속에서 사라졌다. 한편 동생들은 언니 덕을 보려고 벌써부터 이런저런 부탁을 하기 시작했다.

메리는 네더필드의 서재를 쓸 수 있게 해달라고 부탁했고, 키티는 그곳에서 겨울마다 무도회를 열어달라고 졸랐다.

그때 이후로 빙리는 당연히 하루가 멀다 하고 롱본을 드나들었다. 아침 식사 전부터 오는 일도 자주 있었고, 매번 저녁 시간이 끝난 다음까지 있다 갔다. 가끔 어쩔 수 없이 이웃에게서 만찬 초대를 받아 갈 때도 있긴 했지만 말이다. 베넷 부인은 그런 이웃 사람들을 눈엣가시처럼 여겼다.

엘리자베스는 이제 언니와 이야기를 나눌 시간이 거의 없었다. 빙리가 와 있는 동안 제인의 관심은 모두 예비 신랑이 독차지했기 때문이다. 하지만 가끔 빙리와 제인이 떨어져 있을 때도 있었는데, 그럴 때는 두 사람에게 엘리자베스의 가치가 올라갔다. 제인이 없으면 빙리는 제인 이야기를 하려고 늘 엘리자베스를 따라다녔고, 빙리가 가고 나면 제인 역시 엘리자베스에게서 똑같은 위안을 얻었다.

"너무나 행복한 이야기를 들었어." 어느 날 저녁 제인이 말했다. "글쎄 그이는 지난봄에 내가 런던에 있다는 걸 전혀 몰랐다는 거야! 그럴 줄은 생각도 못 했지 뭐니."

"나는 그럴 줄 알았지." 엘리자베스가 대답했다. "그런데 왜 몰랐대?"

"아마 빙리 양이 감췄던 모양이야. 내가 그이와 사귀는 게 분명히 썩 달갑지 않았을 테니까. 당연하다면 당연하지, 뭐. 그이는 여러 가지로 나보다는 훨씬 나은 사람을 만날 수도 있었을 테니. 그렇지만 오빠가 나와 행복하다는 걸 알게 되면 자기들도 만족

할 테고, 그럼 예전처럼 사이좋게 지낼 수도 있지 않을까. 예전
과 똑같이 되기는 힘들겠지만 말이야.”

“언니치고는 그래도 독한 말이네.” 엘리자베스가 말했다. “언니
는 어쩌면 그렇게 심성이 고운지! 하지만 이번에도 언니가 빙리
양이 가짜로 친한 척하는 데 속아 넘어가면 난 정말 속이 상할
거야.”

“리지야, 믿어지니? 내가 지난 11월에 런던에 갔을 때 그이는
나를 정말 사랑하고 있었고, 다시 내려오지 않은 것도 내가 자기
에게 관심이 없는 줄 알아서 그랬던 거래!”

“그건 그분이 실수하신 거야. 하지만 겸손하다는 것 하나는 인
정해 주지.”

그러자 제인은 신중하다든가 자신의 장점을 스스로 모른다든
가 하는 빙리에 대한 칭찬을 연달아 쏟아냈다.

엘리자베스는 빙리가 다아시 씨의 개입을 감췄다는 것을 알고
다행이라고 생각했다. 제인이 아무리 마음이 넓다 해도, 그런 일
까지 아무렇지 않게 받아들이고 다아시 씨를 용서할 수 있을지
는 의심스러웠다.

“난 세상에서 제일 운이 좋은 사람인가 봐!” 제인이 외쳤다.
“아아! 리지, 우리 식구들 가운데서 유독 내가 이런 행복의 주인
공으로 선택되다니! 너도 나만큼 행복해졌으면 소원이 없겠다!
너도 꼭 그런 남자를 만날 수만 있다면!”

“언니가 나한테 그런 남자들 마흔 명을 갖다줘도 나는 언니만
큼 행복해질 수는 없을 거야. 언니와 똑같은 행복감을 누리려면
언니와 똑같이 착한 마음을 가지고 있어야 하거든. 아, 아니야,
난 내가 알아서 할게. 좀 기다리면 운이 좋아서 제2의 콜린스 씨
를 만나게 될지 혹시 알아.”

롱본의 경사는 곧 널리 퍼졌다. 베넷 부인은 우쭐대며 필립스 부인에게 귀엣말을 했고, 필립스 부인은 그러라고 허락한 것도 아니건만 메리턴 사람들 모두에게 똑같이 우쭐대며 귀엣말을 했다.

고작 몇 주 전에 리디아가 달아났을 때만 해도 재수 옴 붙은 집안으로 여겨졌던 베넷 집안은 이리하여 금세 세상에서 가장 복 받은 집안으로 인정받게 되었다.

56장

제인과 빙리가 약혼한 지 일주일쯤 된 어느 날 아침, 빙리와 베넷 집안 여자들이 식당에 다 같이 앉아 있는데 갑자기 마차 소리가 들려와 모두 창가로 시선을 집중했다. 그러자 사두마차 한 대가 잔디밭으로 달려오는 것이 보였다. 남의 집을 방문하기에는 너무 이른 시간인 데다, 마차도 이웃에서 흔히 보던 것과는 전혀 달랐다. 말은 역마였고, 마차나 하인의 복장도 낯설었다. 손님이 찾아온 것만은 확실했으므로, 빙리는 이런 갑작스러운 방문객에게 괜히 붙들리기 전에 잡목 숲으로 산책이나 가자고 설득해서 제인을 데리고 나갔다. 남은 세 사람은 이리저리 추측을 해보았지만 궁금증을 풀 수 없었다. 그 순간 문이 열리면서 손님이 들어섰다. 손님은 다름 아닌 캐서린 드 버그 영부인이었다.

다들 깜짝 손님에 놀랄 준비는 하고 있었지만, 이 정도로 놀라게 될 줄은 생각도 못 했다. 베넷 부인과 키티는 영부인을 본 적도 없었으면서, 오히려 엘리자베스보다 더 놀라고 말았다.

부인은 평소보다도 한층 무례한 태도로 방에 들어와서는, 엘리자베스의 인사에 그저 머리만 까닥하고는 아무 말 없이 자리에 앉았다. 영부인이 소개해 달라고 한 것은 아니었지만 어쨌거나 엘리자베스는 어머니에게 부인이 누구인지 알려주었다.

이렇게 높으신 분이 찾아주셨다는 데 가슴이 벅차오르는 한편 놀란 마음을 진정시킬 수 없었던 베넷 부인은 있는 대로 예의를 차려서 영부인을 맞이했다. 영부인은 한동안 입을 꾹 다물고 앉아 있다가 엘리자베스에게 아주 냉랭한 태도로 말했다.

"잘 있었겠지, 베넷 양. 저 부인이 자네 모친인가 보군."

엘리자베스는 그렇다고 짤막하게 대답했다.

"그리고 **저쪽**은 동생이겠지."

"그렇답니다, 부인." 베넷 부인은 캐서린 영부인에게 말을 걸 기회가 생겨 기뻐하며 말했다. "끝에서 둘째랍니다. 막내는 최근에 결혼했고, 맏딸은 약혼자하고 마당에서 산책 중이지요."

"여긴 정원이 꽤나 작군." 캐서린 영부인이 사이를 두고 말했다.

"로징스에 비하면 변변찮습니다, 영부인. 허나 송구스럽지만 윌리엄 루커스 경네 정원보다는 훨씬 넓답니다."

"여기서 여름 저녁을 보내려면 쉽지 않겠군. 창문이 정서향이니까."

베넷 부인은 저녁 식사 후에는 이곳에 모이지 않는다고 하면서, 이렇게 덧붙였다.

"콜린스 씨네는 잘 있는지 감히 여쭈어도 될는지요."

"그래요. 아주 잘 지낸다오. 그저께 밤에도 봤으니까."

엘리자베스는 영부인이 이제쯤은 샬럿이 자기한테 보낸 편지를 꺼내겠거니 생각했다. 그것 때문이 아니라면 여기까지 찾아올 이유가 있을 리 없었다. 그러나 영부인이 편지 같은 것을 꺼낼 기색을 전혀 보이지 않아서, 엘리자베스는 도무지 영문을 알 수 없었다.

베넷 부인은 극히 예를 차리는 태도로 영부인에게 다과를 권했지만 캐서린 영부인은 그다지 예를 차리지 않는 태도로 아무것도 필요 없다고 거절했다. 그러고는 자리에서 일어나면서 엘리자베스에게 이렇게 말했다.

"베넷 양, 잔디밭 한 켠에 예쁘장한 작은 뜰이 있는 것 같던데, 자네가 같이 가준다면 한번 둘러보고 싶군."

"얼른 가거라, 얘야." 어머니가 큰 소리로 말했다. "영부인을 모시고 가서 산책로 이곳저곳을 보여드리렴. 인적 드문 길로 보여드리면 마음에 들어 하실 게다."

엘리자베스는 어머니의 말씀대로 귀하신 손님을 수행하기 전에 자기 방으로 달려가서 양산을 가지고 나왔다. 캐서린 부인은 홀을 지나면서 식당과 거실로 통하는 문들을 일일이 열어보고 잠깐 살펴보더니 그럭저럭 나쁘지 않아 보인다고 하고는 계속 걸어갔다.

영부인의 마차는 문 앞에 그대로 서 있었는데, 안에 시녀가 타고 있는 것이 보였다. 두 사람은 작은 숲으로 이어지는 자갈길을 말없이 걸었다. 영부인은 평소보다도 더 무례하고 불쾌하게 굴었고, 엘리자베스는 자기 쪽에서 굳이 말을 시키지는 않겠다고 마음먹었다.

'내가 한때는 다아시 씨와 이런 사람을 닮았다고 생각했다니.' 영부인의 얼굴을 보며 그런 생각을 떠올렸다.

이윽고 작은 숲으로 들어서자마자 캐서린 영부인이 입을 열었다.

"베넷 양, 내가 여기까지 오게 된 연유를 잘 알고 있을 테지. 베넷 양의 마음이, 베넷 양의 양심이 그 이유를 말해줄 테니까."

엘리자베스는 깜짝 놀라서 영부인을 쳐다보았다.

"뭔가 오해하신 것 같은데요, 영부인. 영부인께서 왜 이곳까지 행차하셨는지 저는 짐작도 못 하고 있습니다."

"베넷 양." 영부인이 노기등등하게 말했다. "나는 그렇게 만만한 사람이 아니야. **아가씨**가 아무리 나를 기만하려 해도, **난** 그렇게 쉽게 넘어가지 않아. 내가 얼마나 성실하고 솔직한 사람인지는 모르는 사람이 없어. 그리고 지금 같은 경우도 내 성격대로 처리할 생각이야. 이틀 전인가, 경악할 소식을 들었지. 듣자하니 언니가 훨씬 우월한 집안과 결혼을 하게 될 참이고, 엘리자베스 베넷 양 **자네**도 내 조카인 다아시 씨하고 곧 맺어질 거라더군. 이런 이야기는 당연히 추문이라고나 해야 할 헛소문일 뿐이라는 건 **알지만**, 그리고 그럴 가능성을 조금이라도 생각한다는 것 자체가 이미 내 조카에 대한 모욕이지만, 어쨌든 나는 즉각 이곳으로 와서 내 마음을 아가씨한테 이야기해야겠다고 마음먹었네."

"그 이야기를 그처럼 조금도 믿지 않으신다면," 엘리자베스는 충격과 모욕감으로 얼굴이 달아오른 채로 대꾸했다. "왜 굳이 번거롭게 이곳까지 행차를 하셨는지요. 저로서는 이해가 안 됩니다만."

"그 이야기가 어처구니없는 헛소문이라는 걸 즉각 만천하에 알려야 했으니까."

엘리자베스는 냉랭하게 대꾸했다. "이렇게 저와 제 가족을 만나러 롱본까지 오셨으니 오히려 다들 그 소문이 사실이라고 여기지 않을까요. 만에 하나 그런 소문이 정말로 있다면 말씀입니다만."

"만에 하나라고! 자네는 모른다고 시치미를 떼는 건가? 그 소문이 아가씨가 직접 열심히 퍼뜨린 게 아니란 말이야? 그런 소문이 파다하게 퍼져 있다는 걸 전혀 모른다고?"

"전혀 들은 바 없습니다."

"그렇다면 그게 **근거** 없는 소문이라고도 확실히 말해줄 수 있나?"

"저는 영부인처럼 그렇게 솔직할 자신은 없습니다. **귀부인께서** 물어보신다고 **제가** 전부 답해드릴 수는 없어요."

"더는 못 참아주겠군. 베넷 양, 난 반드시 대답을 들어야겠어. 그 애가, 내 조카가 자네에게 청혼을 했나?"

"이미 영부인께서 그건 불가능하다고 말씀하신 것 같은데요."

"그야 당연하지. 그 애가 이성을 잃지 않은 한은 당연히 그래야지. 하지만 **아가씨**가 교묘하게 유혹하면 깜빡 넘어가서 자신과 집안에 대한 의무를 잊어버릴 수도 있으니까. 자네가 그 아이를 유혹했을지는 모르는 일이잖나."

"만약 그게 사실이라면 제 입으로 그걸 인정하지는 않겠죠."

"베넷 양, 내가 누군 줄 알고 이러나? 나한테 그따위로 말해서는 안 돼. 난 이 세상에서 그 애와 가장 가까운 친척이고, 그 애한테 중요한 일은 모두 알 자격이 있어."

"그렇지만 제 일까지 아실 자격은 없어요. 하물며 이렇게 나오시면 원하는 대답은 절대 듣지 못하실 겁니다."

"내 말 똑똑히 들어. 아무리 아가씨가 주제넘게 넘봐도 이 결혼은 어림도 없어. 암, 없고말고 다아시는 **내 딸애**하고 약혼을 했거든. 여기에는 뭐라고 할 텐가?"

"이렇게만 말씀드리지요. 그게 사실이라면 그분이 제게 청혼할 거라고 생각하실 까닭이 없다고요."

캐서린 영부인은 잠깐 머뭇대다가 이렇게 말했다.

"보통 약혼하고는 좀 달라. 어릴 적에 한 약속이니까. 나와 **그**

애 어머니 둘 다 그랬으면 했거든. 요람에 누워 있을 때부터 서로 맺어주기로 했지. 그런데 이제, 우리 자매가 그동안 품어왔던 소망이 막 실현될 참인데 태생도 사회적 지위도 열등하고 우리 집안과도 하등 관계가 없는 아가씨가 방해하고 나섰으니 말이야! 아가씨는 그 애 친지들의 바람을 무시할 셈인가? 그 애와 드 버그 양 사이의 무언의 약속도? 도리를 따른다든가 품위를 지킨다는 건 아무래도 상관없나? 그 애가 아주 어릴 적부터 사촌하고 맺어지기로 되어 있다는 이야기를 내 진즉부터 했을 텐데?"

"네, 진즉 들었습니다. 하지만 그게 저와 무슨 상관이죠? 단순히 그분 모친과 이모님이 그분이 드 버그 양과 결혼하기를 바랐다는 것을 알았다고 해서 결혼을 포기한다는 건 말이 안 된다고 생각해요. 무슨 다른 문제가 있지 않다면요. 두 분께선 그분의 결혼 문제를 놓고 할 만큼 하셨어요. 이제 그 결혼이 성사되느냐 여부는 다른 사람들에게 달렸고요. 다아시 씨가 사촌분께 명예로도 애정으로도 매여 있지 않다면, 다른 상대를 선택하지 못할 이유가 없지 않나요? 그리고 만에 하나 저를 선택한다면, 제가 그 선택을 받아들여선 안 될 이유는 또 뭐고요?"

"왜냐하면 명예, 예의, 분별, 아니 그보다 이해관계에 어긋나는 일이니까. 그래, 베넷 양, 이해관계라고 했어. 만약 아가씨가 모든 사람의 뜻에 맞서 혼자 고집을 부려 결혼을 한다면 그 애의 가족이나 친지한테 인정받을 생각은 아예 포기해야 할 테니까. 아가씨는 그 애와 관련이 있는 모든 사람한테 비난을 받고 무시당하고 멸시를 받을 거야. 아가씨와 친척이 되었다는 것 자체가 수치니, 아무도 아가씨 이름조차 입에 올리지 않을 거라고."

"그것 참 엄청난 불행이네요." 엘리자베스가 대답했다. "하지만 다아시 씨의 부인이라고 하면 그만큼 행복할 기회도 많을 테니,

전체적으로 그다지 후회할 것 같지는 않군요."

"이렇게 고집불통에 말이 안 통하는 아이가 있나! 내가 다 부끄럽군! 지난봄에 내가 베풀어준 친절에 보답한다는 게 고작 이건가? 나한테 전혀 빚진 게 없나? 자 앉게, 베넷 양, 자네는 내가 내 목표를 반드시 관철시키려고 단단히 마음먹고 여기 왔다는 걸 알아두게. 내 마음이 바뀌는 일은 절대로 없어. 난 남의 변덕에 따라 마음을 바꾸는 사람이 아니야. 실망 같은 것에는 익숙하지가 않아."

"**그러시다면** 더욱 딱하게 되셨네요, 하지만 저야 상관없는 일이지요."

"내가 말할 때는 끝까지 들어. 입 다물고 듣기만 하라고. 내 딸애와 조카는 천생연분이야. 두 사람 다 모친 쪽은 귀족 가문이고, 부친 쪽은 작위는 없지만 훌륭하고 명예로우며 유서 깊은 가문이지. 양가 모두 재력도 빠지지 않고. 양쪽 집안사람들이 전부 나서서 두 사람을 맺어주려 하는데, 그걸 자네가 무슨 수로 갈라놓겠다는 건가? 집안도 친척도 재산도, 어디 한 군데 봐줄 데 없는 젊은 여자가 낄 데 안 낄 데를 모르고. 이걸 그냥 두고 보란 말인가! 어림없지. 어림없고말고. 뭐가 자기한테 이로운지 제대로 안다면 아가씨가 살아온 물을 벗어나지 않는 게 좋아."

"영부인의 조카와 결혼한다고 해서 제가 그 물을 벗어난다고는 생각지 않아요. 그분은 신사고, 저는 신사의 딸이니까요. 그 점에서 저는 그분과 동등해요."

"과연, 아가씨는 신사의 딸이지. 하지만 아가씨 어머니는 어떻지? 아가씨 삼촌 숙모들은 어떻고? 내가 그 사람들 신분을 모를 거라고 생각한 건 아니겠지."

"제 친척들 신분이 어떻든," 엘리자베스가 말했다. "영부인의 조카분이 괜찮다면 영부인께서 상관하실 일이 아니죠.”

“마지막으로 묻겠는데, 그 애하고 약혼을 했나?”

엘리자베스는 캐서린 영부인에게는 일부러라도 대답해 주기 싫었지만 곰곰이 생각해 본 후 이렇게 대답할 수밖에 없었다.

“안 했습니다.”

영부인은 화색이 돌았다.

“그럼 앞으로도 하지 않겠다고 약속해 줄 수 있겠나?”

“그런 약속은 못 드립니다.”

“베넷 양은 정말 놀라운 아가씨군. 그보다는 지각이 있는 줄 알았는데. 그렇지만 내가 물러설 줄 알았다면 착각이야. 내가 원하는 확답을 얻기 전에는 떠나지 않을 테니까.”

“분명히 말씀드리지만, 전 **절대로** 그런 확답은 못 드립니다. 위협을 좀 당했다고 해서 그런 말도 안 되는 약속을 할 수는 없죠. 영부인께서는 다아시 씨가 따님과 결혼하기를 원하시겠지만, 원하시는 대로 제가 약속한다고 해서 그 **두 분**이 결혼할 가능성이 더 높아지나요? 그분이 절 사랑한다면 **제게** 거절당했다고 조카분한테 청혼하고 싶어질 리가 없잖아요? 외람되오나, 캐서린 영부인, 이런 부탁 자체가 워낙 말이 안 되지만, 그처럼 말이 안 되는 부탁을 뒷받침하는 논거도 그만큼 말이 안 되네요. 그런 식으로 저를 설득할 수 있다고 생각하셨다면 저를 아주 잘못 보셨어요. 평소 조카분의 일에 어느 정도까지 관여하시는지는 제가 모르겠네요. 하지만 분명히 제 일에 관여할 권리는 없으십니다. 그러니 이 일로 부디 더는 저를 괴롭히지 말아주세요.”

“그렇게 서둘 것 없네. 난 할 말이 아주 많거든. 지금까지 말한 그 모든 반대 이유에다 보탤 게 하나 더 있지. 난 아가씨 막냇동생의 그 수치스러운 도피 사건을 낱낱이 알고 있어. 처음부터 끝까지 전부. 그 청년이 아가씨 동생과 결혼한 건 아가씨 부친과 삼촌이 그 일을 무마하려고 돈을 쓴 덕분이라는 것도. 그런데 **그런 여자**가 내 조카의 처제가 된다고? **그 여자**의 남편, 선친의 집 사였던 이의 아들과 동서가 된다고? 맙소사! 그래, 도대체 자네 생각은 뭔가? 펨벌리의 영령들을 그렇게 더럽힐 생각인가?”

“하실 말씀은 **이제** 다 하셨겠지요.” 엘리자베스는 격분하여 대답했다. “저를 이보다 더 모욕하실 방법은 없을 테니까요. 이제 그만 집으로 돌아가도 되겠습니까?”

엘리자베스는 끝내 자리에서 일어섰다. 캐서린 영부인도 일어섰고, 두 사람은 집을 향해 돌아섰다. 영부인은 분을 참지 못했다.

“그렇다면 아가씨는 내 조카의 명예와 평판은 나 몰라라 하겠다는 거로군! 못되고 이기적인 것 같으니! 아가씨와 관계를 맺게 되면 그 애가 온 세상 사람에게 조롱거리가 된다는 생각은 안 하나?”

“캐서린 영부인, 전 더는 드릴 말씀이 없습니다. 제 뜻은 이미 다 말씀드렸어요.”

“그래, 정히 그 애를 손에 넣어야겠다는 거지?”

“그렇게 말씀드린 적은 없는데요. 다만 **영부인**의 말씀과는 상관없이, 또 저와 아무 상관없는 그 누구와도 상관없이, 제 뜻대로 제 행복을 위해 행동할 생각입니다.”

“좋아. 내 말을 거역하겠다는 거지. 의무와 명예와 은혜 따위는 전부 잊어버리고 말이야. 그 애를 친지들의 조롱거리로, 세상의 경멸거리로 만들려고 아주 작정을 했나 보군.”

“이런 일은 의무니 명예니 은혜 같은 데에 영향을 받을 일은 아니죠.” 엘리자베스가 받아쳤다. “더구나 제가 다아시 씨하고 결혼한다고 해서 그런 원칙들을 어기는 것도 아니고요. 그리고 그분 가족과 세상이 분노할 거라고 하셨는데, 저는 아무리 그분 가족이 저와 그분의 결혼에 분노한다고 해도 아랑곳하지 않을 겁니다. 그리고 양식 있는 사람들은 저와 결혼한다고 해서 그분을 경멸하지 않을 테고요."

"아가씨의 본심이 결국 그거로군! 그게 아가씨의 결심이란 말이지! 아주 좋아. 이제 내가 어떻게 해야 할지를 똑똑히 알았어. 베넷 양, 아가씨의 야망이 이루어질 거라고 믿지는 말게. 난 그냥 아가씨가 어떻게 나오나 보러 온 거야. 그래도 분별이 좀 있을 줄 알았는데. 하지만 나는 절대로 포기하지 않아."

캐서린 영부인은 계속 이렇게 떠들어댔고, 어느 새 두 사람은 마차 문 앞에 당도해 있었다. 영부인은 서둘러 뒤돌아보고는 이렇게 덧붙였다.

"베넷 양, 작별 인사는 않겠네. 자네 모친한테 안부를 전할 마음도 없어. 자네들은 그런 대접을 받을 자격이 없으니까. 나는 몹시 불쾌하네."

엘리자베스는 대답하지 않았다. 영부인에게 다시 집 안으로 들자고 권할 생각은 조금도 없어서, 혼자 묵묵히 걸어 들어갔다. 층계를 올라가는 도중에 마차가 달려 나가는 소리가 들렸다. 안절부절못하고 있던 어머니는 드레스룸 문간에서 딸을 맞아 영부인께서 왜 다시 들어오지 않고 바로 가셨느냐고 물었다.

"내키지 않으셨나 봐요." 딸이 대답했다. "한사코 거절하셨어요."

"아주 멋진 분이더라! 이런 곳까지 찾아주시다니 정말 친절하시기도 하지! 콜린스 내외가 잘 지낸다고 알려주시려고 일부러 오신 거 아니겠니. 아마 다른 데로 가시던 길이었겠지. 메리턴을 지나는 김에 널 찾아봐야겠다고 생각하신 걸 게야. 리지야, 따로 무슨 말씀은 없으시더냐?”

엘리자베스는 어쩔 수 없이 약간 지어내서 대답을 해야 했다. 두 사람이 나눈 대화를 곧이곧대로 들려줄 수는 없었다.

57장

엘리자베스는 이 뜻밖의 방문객으로 인해 마음이 크게 요동쳤다. 그 요동은 좀처럼 가라앉지 않아서, 몇 시간이나 오로지 그 생각뿐이었다. 캐서린 영부인이 자기가 다아시 씨와 약혼을 했다는 소문만 듣고 오로지 그걸 막겠다고 수고를 마다 않고 그 먼 로징스에서 이곳까지 찾아오다니. 영부인으로서야 응당 막아야 할 일이었을 것이다! 하지만 자기가 다아시 씨와 약혼했다는 그 소문의 출처가 어딘지는 도무지 짐작이 가지 않았다. 어쩌면 **그 사람**은 빙리의 친구고 **자기**는 제인의 동생이니까, 기왕 혼사 하나가 성사되는 참에 하나 더 성사되었으면 하는 바람에서 누군가가 그런 소문을 퍼뜨렸을지도 몰랐다. 언니가 결혼하면 아무래도 다아시 씨를 더 자주 만나게 될 거라는 생각은 자신도 진즉부터 하고 있었다. 그래서, **자신도** 어쩌면 언젠가는 가능성이 있을지도 모른다고 생각한 그 일에 관해 루커스 로지의 사람들 역시(아마 그들도 콜린스네와 서신 왕래를 하니까 거기서 퍼진 소문이 캐서린 영부인에게까지 가 닿은 모양이라고 엘리자베스는 결론을 내렸다) 머지않아 확실히 일어날 일로 단정 지은 건 아닐까.

그러나 엘리자베스는 캐서린 영부인의 말을 곱씹어 보면서 어떻게든 막고야 말겠다는 부인의 확고한 의지가 불러올지 모를 결말에 대해 다소나마 불안감을 느꼈다. 그처럼 확고하게 결혼을 막겠다고 다짐했으니, 자기 조카에게 가서 틀림없이 무슨 소리를 할 것 같았다. 자기와 결혼했을 때 입을 수 있는 해악에 관해 그와 같은 연설을 듣는다면 과연 **다아시 씨**라고 마음이 변하지 않을까. 조카가 이모를 얼마나 사랑하고 이모의 판단력을 얼마나 믿는지 엘리자베스로서는 모를 일이었지만, 아무래도 **자기**보다야 영부인을 더 중요시할 게 틀림없었다. 이모는 틀림없이 조카의 가장 약한 부분을 공략하기 위해 열등한 집안과 혼사를 맺었을 때 어떤 불행이 닥칠 수 있는지를 하나하나 따지고 들 것이다. 엘리자베스는 영부인의 주장과 근거가 이치에 맞지 않고 빈약하다고 생각했지만, 체면과 품위를 중시하는 사람에게는 꼭 그렇지 않을 수도 있었다.

다아시 씨가 그전까지는 마음을 정하지 못해 망설이고 있었다면(사실 보기에는 그런 것처럼 보였다), 이제 가까운 친척의 충고와 애원을 듣고 나면 그만 마음의 갈등을 잠재우고 가문의 명예를 지키고자 단호한 결단을 내리게 될지도 몰랐다. 그렇게 되면 다시는 이곳으로 돌아오지 않겠지. 캐서린 영부인은 런던을 지나는 길에 조카를 만날지도 모른다. 그러면 빙리에게 네더필드로 돌아오겠다고 약속한 것쯤은 대수가 아닐 터였다.

'그러니 며칠 내에 빙리에게 약속을 지킬 수 없다는 변명이 전달되면,' 엘리자베스는 혼잣말을 했다. '더 생각할 것도 없지. 그때는 그 사람에 대한 기대도 희망도 모두 버릴 거야. 자기가 마음만 먹으면 내 마음을 얻고 청혼도 성공할 수 있는 상황인데, 그냥 좀 아깝다는 마음만으로 물러선다면 나도 곧 그 사람 생각을 잊을 수 있겠지.'

누가 찾아왔었는지를 알고 나서 다른 가족들도 무척 놀랐다.

그러나 고맙게도 그들 역시 베넷 부인의 궁금증을 풀어준 것과 똑같은 짐작을 하고 그로써 만족했다. 적어도 그 문제 때문에 가족들이 엘리자베스를 성가시게 하는 일은 없었다.

다음 날 아침, 엘리자베스가 아래층으로 내려가는 길에 마침 서재에서 나오는 아버지를 마주쳤는데, 아버지 손에는 편지 한 통이 들려 있었다.

"리지야, 안 그래도 널 찾으려던 중이다. 내 방으로 오너라." 아버지가 말했다.

엘리자베스는 아버지를 따라갔다. 아버지가 하실 말씀이 뭔지는 모르지만, 분명히 손에 들고 계신 편지와도 무관하지 않을 것 같아 더한층 궁금했다. 일순 캐서린 영부인이 보낸 편지가 아닌가 하는 생각이 머리를 스쳤다. 어떻게 변명해야 하나 하는 생각에 앞이 캄캄했다.

엘리자베스는 아버지를 따라 벽난로 앞으로 갔다. 자리에 앉고 나자 아버지가 말했다.

"오늘 아침에 편지 한 통을 받았는데, 얼마나 놀랐는지 모른다. 주로 너와 관계된 내용이니 너도 알아두는 게 좋겠다. 내가 내 딸이 **둘**씩이나 결혼을 목전에 두고 있다는 걸 전혀 몰랐구나. 축하하마. 네가 아주 굉장한 사람의 마음을 얻었더구나."

엘리자베스는 이 말에 불현듯 그 편지의 발신인이 이모가 아니라 조카인가 보다 하는 생각이 떠올라 얼굴이 붉게 상기되었다. 다아시 씨가 마침내 자신의 의사를 밝혔다는 데 기뻐해야 할지, 아니면 편지를 자기에게 보내지 않은 데 대해 화를 내야 할지 갈피를 못 잡고 있는데, 아버지가 말을 이었다. "너 어째 다 안다는 표정이다. 하긴 아가씨들은 이런 문제라면 순식간에 간파를 하더구나. 하지만 **네**가 아무리 총명하다 해도 너를 숭배하는 사람이 누군지는 알 수 없을 거다. 이 편지는 콜린스 씨가 보낸 거란다."

"콜린스 씨가요! **그 사람**이 무슨 할 말이 있다고요?"

"그 사람이 할 말이 왜 없겠니. 우선 다가오는 제인의 결혼식을 축하한다고 썼더구나. 쓸데없이 말 많은 루커스네 식구 누군가가 말을 했겠지. 아무튼 거기에 관한 구구절절한 이야기를 읽어서 네 애를 태울 마음은 없다. 너와 관계가 있는 대목은 이거야. '저희 내외는 귀댁의 경사에 관해 진심 어린 축하 말씀을 드리옵고, 이제는 다른 주제를 간결히 다루고자 하는데, 이 또한 같은 출처에서 얻은 소식입니다. 귀댁의 따님 엘리자베스 양이 언니가 베넷가의 성을 버린 후 머지않아 성을 버리게 될 것으로 사료되오며, 그 운명의 동반자로 선택된 분은 이 나라에서도 내로라하는 인물 가운데 속하기에 부족함이 없는 분으로 알고 있습니다.' 리지야, 누구 이야기인지 짐작이 가냐? '이 젊은 신사분은 모든 인간이 간절히 원하는 모든 복, 즉 어마어마한 재산과 고귀한 가문과 광범위한 목사직 임명권을 한 몸에 갖추신 분입니다. 그러나 제가 사촌인 엘리자베스 양과 어르신께 경고드리고자 하는 것은, 이 모든 유혹적인 조건에도 불구하고, 이 신사분의 청혼을 경솔하게 받아들였다가는 도리어 재앙을 자초하는 결과를 불러올지 모른다는 점입니다. 물론 어르신께서는 눈앞의 이익을 모른 체하기 힘드실 것입니다만.' 이 신사분이 누구인지 아직 모르겠냐, 리지야? 이제는 확실히 알 수 있을 거다. '어르신께 경고를 드리게 된 동기는 이러합니다. 그분의 이모이신 캐서린 드 버그 영부인께서 이 결혼을 달가워하지 않으신다고 여길 만한 충분한 이유가 있기 때문입니다.' 그 사람이 바로 **다아시 씨**란다, 알겠니! 어떠냐, 꽤나 놀랐을 게다. 콜린스 씨고 루커스네고, 어떻게 하필이면 이름만 들어도 당장 말도 안 된다는 걸 알수 있는 사람을 찍었는지. 여자를 보면 반드시 흠을 찾아내고, 이날 이때껏 **너**한테 눈길 한번 준 적 없는 다아시 씨라니! 참 대단하구나!"

엘리자베스는 아버지의 농담에 장단을 맞춰드리고 싶었지만 억지웃음밖에 나오지 않았다. 아버지의 재치가 이렇게 유쾌하지 않은 적은 처음이었다.

"별로 재미있지 않은 모양이구나."

"아! 아니에요, 계속 읽어주세요."

"'지난밤 영부인께 이 혼사가 실제로 이루어질 듯하다고 아뢰었더니, 부인께서는 황공하옵게도 평소와 같이 그 일에 관한 당신의 소회를 즉시 밝히셨습니다. 부인께서는 제 사촌 쪽의 모종의 집안 문제를 들어 그처럼 치욕스러운 결혼은 승낙할 수 없다고 명확히 하셨습니다. 그리하여 저는 이 사실을 조속히 사촌에게 알려 사촌과 사촌의 고귀하신 청혼자가 의도하는 바를 다시금 인지하게 하고, 적절한 허가를 받지 못한 결혼을 미루도록 함이 저의 의무라고 생각했습니다.' 거기다 이런 소리까지 했구나. '사촌 리디아 양의 통탄할 일이 무사히 수습된 데 심심한 축하를 드리며, 다만 결혼 전에 동거했다는 사실이 너무 널리 알려지게 될 것이 염려스럽습니다. 그러나 저는 어르신께서 결혼 직후 그 젊은 부부를 집에 들이셨다는 소식을 듣고, 저의 놀라움을 말씀드림으로써 제 지위에 따르는 의무를 다하고자 합니다. 만약 제가 롱본의 교구 목사였다면 무슨 수를 써서라도 그런 악덕을 부추기는 일은 막았을 것입니다. 기독교인으로서 용서를 내리되, 그 모습이 눈에 띄거나 그 이름이 입에 올라서는 안 될 일입니다.' 기독교인의 용서라는 게, 그래, **이런 거**란 말이지! 나머지 내용은 샬럿이 임신을 했고 자기가 애아버지가 될 거라는 게 다다. 그런데, 리지야. 넌 별로 재미있지 않은가 보구나. 너 괜히 **새침**을 떠느라고 헛소문에 기분 상한 척하는 건 아니겠지. 한 번씩 이웃에게 놀림거리가 돼주고, 다음번엔 이쪽에서 놀려주는 게 다 사는 재미 아니겠냐?”

“어머!” 엘리자베스가 탄성을 질렀다. “저도 재미있어요. 하지만 너무 이상해요!”

“그렇지, **그래서** 재미있는 거다. 다른 남자를 지목했더라면 별일도 아니었을 거다. 그런데 **그 사람**은 너한테 눈곱만큼도 관심이 없고 너는 그 사람이라면 질색을 하니 이보다 말이 안 되는 소리가 어디 있겠냐! 아버지는 편지 쓰기가 고역이지만 콜린스 씨하고는 무슨 일이 있어도 편지 왕래를 계속해야겠다. 그뿐이 아니라, 이 사람 편지를 읽으면 위컴보다도 더 내 마음에 쏙 든다. 물론 우리 사위의 뻔뻔스러움과 기만도 내 높이 치지만 말이다. 그런데 참, 얘야, 캐서린 영부인은 이 소문에 관해 무슨 말씀이 없으시더냐? 반대하려고 일부러 오신 건 아니고?”

엘리자베스는 이 물음에 그저 웃음으로만 대답했다. 아버지의 물음에는 조금도 의심하는 기색이 없었기 때문에 재차 같은 질문을 던져도 엘리자베스는 아무렇지 않았다. 이처럼 속마음을 감추기 힘들었던 적은 이제껏 처음이었다. 울어도 모자랄 판인데 억지로 웃지 않으면 안 되었다. 엘리자베스는 다아시 씨가 자기에게 아무런 관심이 없다는 아버지의 말에 가슴 미어지는 아픔을 느끼면서 어쩌면 그렇게 아무것도 눈치채지 못하실 수 있을까 의아해했다. 하지만 한편으로는 아버지가 **눈치가 없는** 것이 아니라 자기 혼자 **착각을 한** 건지도 모른다는 생각도 들었다.

58장

엘리자베스의 짐작과는 다르게, 캐서린 영부인이 다녀간 지 며칠 만에 다아시 씨는 친구에게 못 오게 되었다는 변명의 편지를 보내는 대신 친구와 함께 롱본을 찾아왔다. 두 사람은 일찌감치 도착했다. 엘리자베스는 베넷 부인이 다아시 씨에게 영부인 이야기를 하면 어쩌나 싶었는데, 미처 걱정할 틈도 없이 제인과 단둘이 있고 싶은 빙리가 다 같이 산책을 나가자고 제안했고, 다들 동의했다. 베넷 부인은 좀처럼 산책하는 일이 없었고 메리는 공부하느라 바빠서 나머지 다섯 사람이 나섰다. 그렇지만 빙리와 제인은 이내 다른 사람들이 앞서가게 두고 저만치 뒤로 처져 버렸기 때문에 엘리자베스와 키티, 다아시 이렇게 셋이 나란히 걷게 되었다. 셋 다 거의 말이 없었다. 키티는 어려워하느라 입을 열지 못했지만, 엘리자베스는 몰래 필사적인 결심을 다지고 있었고, 아마도 다아시도 그랬으리라.

키티가 마리아를 만나러 가자고 해서, 세 사람은 루커스 로지를 향해 걸었다. 엘리자베스는 다 같이 몰려갈 필요는 없다고 생각했기 때문에, 키티를 보내고 나서 마음을 단단히 먹고 다아시와 단둘이 걸었다. 지금이야말로 그 결심을 실천으로 옮겨야 할 때였고, 엘리자베스는 순간적으로 용기를 끌어내 즉시 이렇게 말했다.

"다아시 씨, 저는 정말 이기적인 사람이에요. 그러니 당신의 마음이 상하는 한이 있더라도 제 마음의 짐은 덜어야겠어요. 가엾은 제 동생에게 그토록 큰 은혜를 베풀어주신 데 대해 감사를 드리지 않고는 견딜 수 없었어요. 그 사실을 알고부터, 저는 오직 감사하다는 말씀을 드릴 기회만 고대했어요. 다른 가족들이 그 사실을 모르지만 않았더라면 분명히 저와 함께 사의를 표하고 싶었을 거예요.”

“죄송합니다, 정말 죄송합니다.” 다아시는 놀라고 감정이 북받친 듯했다. “어쩌면 모르시는 게 더 편할 수도 있는 일인데, 그만 알아버리셨군요. 가드너 부인이 그렇게 못 믿을 분인 줄은 정말 몰랐습니다.”

“저희 숙모 탓이 아니에요. 당신이 이 문제에 관여하셨다는 사실을 제일 처음 생각 없이 발설한 건 리디아니까요. 그래서 저는 어떻게든 속사정을 알아내기로 결심한 거고요. 저희 온 가족을 대신해서 그와 같은 엄청난 동정심을 베풀어주신 데 다시 한번 감사드려요. 두 사람을 찾아내려고 얼마나 고생을 하셨을지, 또 얼마나 굴욕을 감수하셨겠어요.”

“제게 굳이 감사를 하셔야겠다면 엘리자베스 양 혼자로 충분합니다.” 다아시 씨가 대답했다. “제가 그렇게 한 데는 다른 동기도 없지 않았습니다만, 당신을 행복하게 해드리려는 바람도 분명히 있었다는 걸 부인하지는 않겠습니다. 하지만 당신의 가족은 제게 빚진 것이 없습니다. 그분들을 무척 존경하긴 하지만, 제가 생각한 것은 **당신**뿐이니까요.”

엘리자베스는 당황한 나머지 아무 말도 할 수 없었다. 잠시 침묵이 흐른 뒤 다아시가 말을 이었다. “당신은 너그러운 분이니 일부러 제 애를 태우지는 않으시겠지요. 당신의 마음이 지난 4월과 변함이 없다면 이 자리에서 그렇다고 말씀해 주십시오. **제** 애정과 소망에는 변함이 없습니다만, 한마디만 해주시면 두 번 다시 이 이야기를 꺼내지 않겠습니다.”

다아시의 태도는 보통 긴장해서 굳어 있는 것이 아니었고, 그것을 느낀 엘리자베스는 도저히 침묵을 지킬 수 없었다. 그래서 서두르느라 썩 유려하지는 않은 표현으로, 당신이 말한 지난 4월 이래 적잖은 심적 변화를 겪어서, 지금은 당신이 한 말을 고맙고 기쁘게 받아들일 수 있겠노라고 대답했다. 그 대답을 들은 다아시는 이제껏 한 번도 느껴보지 못한 행복감을 느꼈고, 뜨거운 사랑에 빠진 남자로서 가능한 한 분별 있고도 열정적인 태도로 그 행복감을 표현했다. 엘리자베스가 상대의 눈을 마주볼 수만 있었다면 틀림없이 진심에서 우러나온 기쁨의 표정이 그 얼굴에 얼마나 잘 어울리는지를 알 수 있었으리라. 그러나 비록 얼굴을 볼 수는 없어도 목소리를 들을 수는 있었다. 속마음을 털어놓는 그 말을 들으면 자신이 상대에게 얼마나 중요한 존재인지를 알 수 있었고, 그와 더불어 상대의 애정 역시 매 순간순간 더욱 소중하게 여겨졌다.

두 사람은 어디로 가는지도 모르는 채 마냥 걸었다. 생각하고 느끼고 이야기할 것이 너무 많아서 주위 상황에는 신경을 쓸 겨를이 없었다. 엘리자베스는 곧 두 사람이 서로의 마음을 알게 된 것이 다아시의 이모의 은덕임을 알게 되었다. 영부인은 런던을 지나는 길에 **정말로** 조카를 찾아가 자기가 롱본에 갔다 온 일과 그 이유, 그리고 엘리자베스와의 대화 내용을 들려주었던 것이다. 영부인은 특히 엘리자베스가 얼마나 고집스럽고 철면피였는지를 강조하려고 엘리자베스가 쓴 몇몇 표현들을 그대로 들먹였는데, 그러면 조카가 질려버려서 **엘리자베스**에게서 받아내지 못한 언약을 해줄지도 모른다고 생각했던 모양이다. 그러나 영부인에게는 안된 일이지만, 그 효과는 정반대였다.

"이모의 말씀을 듣고 오히려 희망을 얻었습니다." 다아시가 말했다. "그 전까지는 그런 희망을 감히 품지도 못했는데 말입니다. 제가 알기로 성격상 당신은 저를 거부하기로 확실하게, 최종

결단을 내렸다면 캐서린 영부인에게 서슴없이 있는 그대로 말씀
하셨을 테니까요."

엘리자베스는 상기된 얼굴에 웃음을 떠었다. "맞아요, 제 **솔직
한** 성격을 잘 아시니, **그렇게** 하고도 남을 거라고 생각하셨겠죠.
사람을 앞에 놓고 그렇게 지독하게 욕을 해댔는데, 친척분들 앞
에서야 무슨 욕을 못하겠어요."

"당신이 제게 하신 말씀이야 제가 마땅히 들었어야 할 말이 아
닙니까? 비록 그 전제는 잘못된 것이었지만, 제가 당신을 대한
태도는 그 어떤 비난을 들어도 할 말이 없는 것이었습니다. 용납
할 여지가 없었지요. 그 일을 생각하면 아직도 모골이 송연합니
다."

"그날 저녁에 누가 더 잘못했는가를 놓고 다투는 건 그만해
요." 엘리자베스가 말했다. "엄격히 따져보면 둘 다 결코 잘한 건
아니니까요. 그렇지만 그 후로는 둘 다 그런 대로 예의를 좀 알
게 되었다고 할 수 있죠."

"전 그렇게 간단히 용납이 안 됩니다. 그날 저녁 내내 제가 한
말과 태도, 제가 쓴 표현을 생각해 보면 지금까지도 너무나 괴롭
습니다. 당신의 꼭 들어맞는 비난도 절대로 못 잊을 겁니다. 당
신은 제가 '신사답지 못하게 굴긴 하셨지만'이라고 말씀하셨지
요. 제가 그 말에 얼마나 괴로웠는지 모르실 겁니다. 아마 짐작
도 못 하셨을걸요. 터놓고 말씀드려서 그 말씀이 타당하다는 사
실을 인정할 정도로 분별력이 생긴 것은 한참 후였습니다."

"제 말에 그렇게나 충격을 받으셨을 거라고는 전혀 짐작조차
못 했어요. 그렇게 받아들이실 줄은 생각도 못 했는걸요."

"그러셨을 겁니다. 그때 당신은 제가 정말 몰상식한 사람이라
고 생각하셨을 테니까요. 정말 그랬습니다. 제가 어떤 식으로 말

했든 청혼을 수락할 마음은 없었을 거라고 하셨을 때 당신의 표정이 아직도 생생합니다."

"어머! 그때 제가 한 말을 왜 자꾸 되풀이하세요. 그 말을 되새겨서 무슨 좋을 게 있다고. 분명히 해두겠지만, 저는 그때 일이라면 이미 오래전부터 부끄러워하던 참이에요."

다아시는 편지 이야기를 꺼냈다. "그 편지 한 통으로 **금세** 저를 좀 낮게 생각하게 되신 겁니다? 편지를 막 읽어보셨을 때 조금이라도 그 내용에 믿음이 가던가요?"

엘리자베스는 그 편지가 자기에게 어떤 영향을 미쳤으며, 어떻게 이전의 편견을 하나하나 지워버렸는지를 설명했다

"그 편지를 읽으면 괴로워하실 줄은 알았지만," 다아시가 말했다. "저도 어쩔 수 없었습니다. 그 편지를 없애버리셨으면 좋겠군요. 특히 한 부분을, 서두 부분을 혹시나 다시 읽으실까 봐 걱정이 되어서요. 저를 미워하셔도 당연한 표현 몇 가지가 아직도 기억이 납니다."

"그렇게 해야 당신에 관한 제 마음이 변치 않을 거라고 생각하신다면 그 편지는 반드시 태워버릴게요. 하지만 당신도 아시다시피 제가 제 생각을 절대로 바꾸지 않는 사람은 아니지만, 그렇다고 그렇게 쉽게 바꾸지는 않아요."

"그 편지를 쓸 때는 제 자신이 아주 침착하고 냉정한 상태라고 생각했습니다." 다아시가 대답했다. "하지만 나중에 생각해 보니 끔찍하게 동요된 상태였지요."

"아마 시작할 때는 그런 상태였을지 몰라도, 끝맺을 때는 그렇지 않던걸요. 작별의 인사말이 얼마나 너그러우셨는데요. 하지만 그 편지 생각은 이제 그만해요. 쓴 사람도, 받은 사람도 그때와는 완전히 마음이 달라졌으니까, 그 편지에 따라붙은 불쾌한

기억은 전부 잊기로 해요. 저에게는 이런 인생철학이 있어요. 떠올렸을 때 즐거운 과거만 생각한다는 거예요."

"그런 건 저로서는 철학이라고 인정할 수 없습니다. 당신이야 되돌아보아도 비난받을 일이 없으니, 당신이 느끼는 만족감은 철학 덕분이 아니라 무고함 덕분일 겁니다. 그쪽이 철학보다야 훨씬 낫지요. 하지만 저는 그렇지 않습니다. 쫓아낼 수도 없고 쫓아내서도 안 되는 고통스러운 기억들이 떠오르니까요. 저는 한평생 원칙에서는 아닐지 몰라도 현실에서는 이기적인 인간으로 살았습니다. 어린 시절에 옳은 길에 관한 가르침을 받기는 했지만 제 성격을 바로잡아야 한다는 가르침은 받지 못했지요. 제가 품은 원칙들은 훌륭한 것이었지만 그 원칙을 실천할 때는 오만과 자만심으로 가득했던 겁니다. 불행히도 외아들이라(그리고 조지애나는 한참 뒤에야 태어났으니), 부모님이 오냐오냐 키우셨던 거지요. 양친은 참 훌륭한 분들이셨지만(특히 부친은 이루 말할 수 없이 자애롭고 따뜻한 분이셨는데), 제가 저만 알고 거만하게 굴도록 내버려두고 부추기고 심지어는 가르치기까지 하셨습니다. 그 결과 저는 자신의 가문과 혈통 이외에는 아랑곳하지 않고, 세상 사람들을 모조리 내려다보며, 적어도 그 사람들의 사고방식과 가치가 저보다 비천하다고 생각하고 **싶어 하게** 되었습니다. 여덟 살 때부터 스물여덟 살 때까지 줄곧 그렇게 살아왔습니다. 그리고 사랑하는 당신이 아니었다면 아마 아직도 그렇게 살고 있었을 테지요! 제가 당신에게 진 빚이 얼마나 큰지 모릅니다! 당신이 주신 교훈은 사실 처음에는 뼈아팠지만 더없이 유익했습니다. 당신 덕분에 저는 겸손해졌습니다. 청혼하러 간 그때 저는 당신이 승낙해 주실 것을 털끝만치도 의심하지 않았습니다. 저 자신이 사랑하는 여자를 기쁘게 해주기에 충분한 조건을 갖추고 있다고 자신했지요. 그런데 그렇게 자신하기에 제가 얼마나 부족한 사람인지 당신이 보여주신 겁니다."

"그 당시 제가 청혼을 수락할 거라고 믿으셨어요?"

"당연히 그러실 줄 알았습니다. 제 허영심을 어떻게 생각하십니까? 저는 당신이 제 청혼을 원하고, 또 기대하고 있다고 믿어 의심치 않았습니다."

"저도 분명히 잘못한 점이 있어요. 하지만 일부러 그랬던 건 아니에요. 당신을 착각하게 만들려고 작정한 적은 없었지만 변덕에 굴해서 잘못을 저지를 때도 있었죠. **그날** 저녁 이후 저를 많이 미워하셨죠?"

"미워하다니요! 처음에는 사실 화도 났습니다. 하지만 그 분노는 곧 올바른 방향을 잡기 시작했지요."

"펨벌리에서 만났을 때 저를 어떻게 생각하셨을지는 지금도 묻기가 겁나네요. 속으로 제가 거기 간 걸 욕하셨죠?"

"전혀 아닙니다. 좀 놀라긴 했지요."

"하필이면 거기서 당신을 마주친 **저**만큼이야 놀랐으려고요. 양심상 무슨 특별한 대우를 기대할 수도 없었고, 기대하지도 않았어요."

"**그 당시** 저는 그저 가능한 한 예의를 갖춰서 제가 지난 일에 원한이나 품고 있을 만큼 속 좁은 사람이 아니라는 것을 보여드려야겠다는 마음뿐이었습니다." 다아시가 대답했다. "당신의 비난을 올바르게 받아들였다는 것을 보여드려서, 당신의 용서를 구하고 저에 관한 오해도 풀고 싶었습니다. 다른 소망이 고개를 든 것은, 정확히는 말씀드리기 어려워도, 아마 당신을 다시 뵌 지 대략 반 시간쯤 지나서가 아니었나 싶습니다."

다음으로 다아시는 조지애나가 엘리자베스를 알게 되어서 무척이나 기뻐했으며, 엘리자베스가 갑자기 떠나는 바람에 무척이나 실망했다는 이야기를 전했다. 여기서 이야기는 자연스레 그 실망의 발단으로 이어져서, 이내 엘리자베스는 다아시가 더비셔에서 자기의 뒤를 쫓아 리디아를 찾으러 가기로 마음먹은 것이 이미 여관을 나서기 전이었다는 것, 그리고 여관에서 그처럼 심각하게 생각에 잠겨 있었던 것 역시 다른 이유 때문이 아니라 그 일을 처리하는 과정에서 생길 수 있는 여러 문제들을 숙고하느라 그랬다는 것을 알게 되었다.

엘리자베스는 다시금 감사를 표했지만, 이 이야기는 둘 다에게 괴로운 주제였으므로 더 자세한 이야기는 오가지 않았다.

이처럼 이야기에 정신이 팔려 천천히 몇 마일을 걷고 난 두 사람은 시계를 보고서야 비로소 자기들이 너무 오랫동안 집을 떠나 있었음을 깨달았다.

'빙리 씨와 제인은 어떻게 되었을까!' 궁금하던 차에 마침 다아시가 그 **두 사람**의 이야기를 꺼냈다. 다아시는 빙리의 약혼에 기뻐하고 있었다. 누구보다도 먼저 친구에게서 직접 그 소식을 들었던 것이다.

"놀라셨는지 물어봐야겠죠?" 엘리자베스가 물었다.

"그럴 리가요. 전에 이곳을 떠나면서 곧 그렇게 될 거라고 생각했습니다."

"다시 말해 허락을 하셨다는 말씀이군요. 저도 그렇게 짐작했어요." 다아시는 허락이라는 말에 탄성을 질렀지만, 그 말이 꼭 적절하지 않은 것은 아닌 듯했다.

"런던에 가기 전날 저녁에 그 친구에게 다 털어놓았습니다." 다아시가 말했다. "좀 늦긴 했지만요. 제가 전에 그 친구 일에 개입한 것이 얼마나 터무니없고 주제넘었는지를, 그 결과를 전부 말해주었지요. 무척이나 놀라더군요. 그런 생각은 전혀 못 했던 모양입니다. 덧붙여 당신의 언니분이 그 친구한테 관심이 없다는 제 생각이 아마 틀렸던 것 같다는 이야기도 해주었지요. 언니분에 대한 그 친구의 애정이 조금도 약해지지 않은 게 뻔히 보였기 때문에, 두 사람이 만나면 틀림없이 행복해질 수 있을 것 같았습니다."

엘리자베스는 다아시가 자기 친구를 그처럼 손쉽게 다룬다는 사실에 웃음을 참지 못했다.

"언니가 그분을 사랑한다고 하신 건 직접 관찰해서 그렇게 말씀하신 건가요, 아니면 제가 지난봄에 한 이야기만 믿고 말씀하신 건가요?"

"전자입니다. 최근 두 번 이곳을 방문했을 때 제인 양을 자세히 살펴보았습니다. 그리고 그 사실을 확신했습니다."

"당신이 그렇다고 하니까 빙리 씨는 즉각 그렇게 믿었군요."

"그렇습니다. 빙리는 전혀 자만심이 없는 겸손한 친구거든요. 워낙 소심해서 이렇게 신경 쓰이는 일에는 자기 판단력을 믿지 않는 거지요. 하지만 제 판단을 그렇게 믿은 덕분에 일이 결국 이렇게 수월하게 풀렸다고도 할 수 있겠습니다. 제가 그 친구에게 고백해야 했던 사실이 하나 있는데, 그 친구는 거기에 관해 한동안 제게 화를 냈고, 그럴 만도 했습니다. 제인 양이 지난겨울 석 달간 런던에 있었는데 제가 그것을 알고도 일부러 그 친구에게 말하지 않았다는 사실을 털어놓았거든요. 무척 화를 내더군요. 그렇지만 제인 양의 진심을 확인하자 그 친구의 분노는 곧 누그러졌습니다. 이제는 저를 진심으로 용서해 주었습니다."

엘리자베스는 빙리 씨가 정말 바람직한 친구이고, 친구의 말을 그렇게 쉽사리 듣는 것만 해도 정말 그 가치를 따질 수 없는 친구라고 한마디 하고 싶었지만 가까스로 자제했다. 다아시가 아직 비웃음을 당하는 데 익숙하지 않다는 사실을 떠올렸고, 지금 시작하기에는 너무 이르다고 생각했던 것이다. 다아시는 물론 빙리가 자기보다야 못하겠지만 거기에 버금갈 만큼 행복하기를 기대한다고 말했고, 그렇게 말하는 사이에 어느새 집 앞에 도달했다. 두 사람은 홀에서 헤어졌다.

59장

"얘, 리지야, 도대체 어디까지 갔었니?" 엘리자베스는 방에 들어서자마자 제인에게 이런 질문을 받았고, 식탁에 앉고 나서는 모든 사람들에게서 똑같은 질문을 받았다. 엘리자베스는 그저 돌아다니다 보니 어느새 시간이 그렇게 됐더라고만 대답했다. 이 말을 하는 엘리자베스의 얼굴은 상기되었지만 아무도 수상쩍게 여기는 기색은 없었다.

그날 저녁은 별다른 일 없이 조용히 지나갔다. 공식 연인들은 이야기와 웃음을 나누었고, 비공식 연인들은 침묵을 나누었다. 다아시는 행복하다고 해서 기쁨에 겨워 법석을 떠는 성격이 아니었고, 엘리자베스는 완전히 진정이 되지 않은 상태여서, 자기가 행복한 줄 머리로는 **알아도** 아직 **실감**은 못 했다. 지금 당황스러운 것도 문제지만 그 밖에도 앞길에 놓인 문제들이 있었다. 엘리자베스는 자기의 사정을 알고 나면 가족들이 어떤 반응을 보일지 생각해 보았다. 제인을 뺀 나머지 모두에게 워낙 밉보인 처지라, 다아시의 재산과 지위로도 그 **미움**을 누그러뜨리지 못하면 어쩌나 걱정이 들었다.

밤이 되어 엘리자베스는 제인에게 사실을 털어놓았다. 제인은 의심이라고는 통 모르는 성격이었지만, 이번만큼은 도무지 믿을 수 없어 했다.

"지금 농담하는 거지, 리지, 말도 안 돼! 다아시 씨하고 결혼을 약속했다니! 아니, 난 안 속아. 그게 말도 안 된다는 걸 내가 모를 줄 아니."

"이거야 시작부터 낭패인걸! 그래도 언니만은 믿어줄 줄 알았단 말이야. 언니마저 안 믿어주면 도대체 그 누가 믿어주겠어. 하지만 난 농담 아니야. 정말 진담이야. 그분은 여전히 나를 사랑하고, 우리는 결혼하기로 약속했어."

제인은 의구심이 가득한 시선으로 엘리자베스를 바라보았다. "아니야, 리지! 말도 안 돼. 네가 그분을 얼마나 싫어하는지 나도 다 알아."

"언니는 이번 일에 대해서는 전혀 몰라. 그건 다 옛날 일일 뿐이야. 그야 그이를 그동안 계속 지금처럼 사랑하지는 않았지. 하지만 굳이 이런 일에 과거사를 떠올려서 기억력을 자랑할 필요는 없잖아. 나도 이제 다시는 옛날 일을 떠올리지 않을 거야."

제인의 얼굴은 아직도 놀라움으로 가득했다. 엘리자베스는 다시금 더욱 진지하게 자기 말이 사실이라고 강조했다.

"세상에! 어떻게 그런 일이! 하지만 정 그렇다면 나도 더는 의심하지 않을게." 제인이 소리쳤다. "애, 리지, 언니는 널 축하해주고 싶어. 아니, 축하해. 그렇지만 자신 있니? 이런 질문을 해서 미안하지만, 너 정말 그분과 행복할 수 있다는 자신 있어?"

"거기에 대해서는 아무런 의심도 없어. 우리는 벌써 이야기를 끝냈거든. 세상에서 제일 행복한 한 쌍이 되자고. 하지만 언니는 어때? 그 사람이 제부가 된다면 언닌 어떻겠어?"

"그야 너무 좋지. 빙리한테나 나한테나 그보다 기쁜 일은 없을 거야. 사실 우리도 그 이야기를 해봤지만 도저히 불가능한 일일 거라고 생각했거든. 그런데 너 그분을 진심으로 사랑하는 거니? 아아, 리지! 혹시라도 애정이 없다면 결혼은 아서야 해. 너희가 서로 정말 충분히 사랑한다는 자신이 있니?"

"물론, 당연하지! 내가 속을 전부 털어놓으면 언니는 내가 그 사람을 그 정도보다 **훨씬 더** 사랑하고 있다는 걸 알게 될걸."

"그게 무슨 말이야?"

"음, 다 털어놓을게. 나는 빙리 씨보다 그분을 더 사랑해. 그렇다고 나한테 화내지는 마."

"애, 리지, 제발 좀 진지하게 말해줘. 난 정말 심각하단 말이야. 내가 모르는 이야기가 있으면 얼른 전부 들려줘. 너는 언제부터 그분을 사랑하게 됐니?"

"그 감정은 아주 조금씩 생겨난 거라, 언제부터인지는 나도 몰라. 하지만 아마 펨벌리에 있는 그분의 아름다운 영지를 처음 보았을 때가 아닌가 싶어."

제인이 다시금 제발 진지하게 말해달라고 부탁했기 때문에 엘리자베스는 곧 자기 마음을 확인하게 된 경위를 진지하게 이야기해서 제인의 궁금증을 풀어주었다. 제인은 그 점이 확실해지자 완벽하게 흡족해했다.

"난 이제 더할 나위 없이 행복해." 제인이 말했다. "네가 나만큼 행복해하고 있을 테니까. 난 이전부터 그분을 높이 평가했어. 다른 건 몰라도 너를 사랑하고 있다는 것만으로도 그분을 좋게 생각하고도 남았거든. 하지만 빙리의 친구인 데다 너의 남편이라니, 그분은 이제 나한테 빙리와 너 다음으로 가장 소중한 사람이야. 하지만 리지, 너 어쩜 그렇게 시침을 딱 떼고 있었니. 어쩜 나한테도 한마디 안 해주고. 어쩜 펨벌리와 램턴에서 그런 일이 있었는데 한마디도 안 할 수가 있어! 이렇게 되지 않았으면 나한테 털어놓을 생각도 없었다는 거잖아."

엘리자베스는 자기가 그 일을 비밀로 감춘 이유를 말해주었다. 빙리 이야기를 먼저 꺼내고 싶지 않았고, 아직 자기 감정이 분명해지기 전이라 그의 친구인 다아시의 이름 역시 되도록이면 꺼내고 싶지 않았다고. 하지만 이제는 다아시가 리디아의 결혼을 성사시키는 데 한 역할을 언니에게 감출 필요가 없었다. 엘리자베스는 언니에게 모든 사정을 터놓고 이야기하느라 밤을 꼬박 새웠다.

"아이고, 이런!" 이튿날 아침, 창문가에 서 있던 베넷 부인이 소리를 질렀다. "저 밉살맞은 다아시 씨 말고 그냥 우리 예쁜 빙리만 혼자 오면 안 되나! 도대체 무슨 생각으로 꾸역꾸역 여길 온대? 사냥이라도 가든가 좀 다른 할 일을 찾을 일이지, 왜 자꾸 저 사람한테 들러붙어서 우리를 성가시게 하나 몰라. 저 인간을 어쩐다? 리지야, 네가 다시 저 사람하고 산책이나 나가서, 괜히 빙리를 귀찮게 굴지 못하게 해라."

엘리자베스는 이 적절한 제안에 웃음을 참을 수 없었다. 그렇지만 어머니가 늘상 다아시의 이름 앞에 붙이는 말에는 정말 속이 상했다.

두 사람이 들어오자마자 빙리가 의미심장한 눈길로 엘리자베스를 쳐다보고 어찌나 반갑게 악수를 했던지, 모든 일을 다 알고 있다는 것이 뻔히 보였다. 그러고는 곧장 큰 소리로 말했다. "베넷 부인, 리지 양이 오늘도 길을 잃을 만한 오솔길이 근처에 또 있을까요?"

“다아시 씨하고 리지하고 키티는 오늘 아침에는 오컴 언덕으로 산책을 가보면 좋을 거예요.” 베넷 부인이 말했다. “거기 산책로가 무척 좋거든요. 거기다 다아시 씨는 아마 그곳 경치를 한 번도 못 보셨을걸요.”

“다른 사람들이야 괜찮겠지만,” 빙리 씨가 대꾸했다. “키티가 가기에 거기는 좀 무리일 것 같은데, 안 그래, 키티?”

키티는 그냥 집에 있는 편이 낫겠다고 했다. 다아시는 오컴 언덕의 경치가 어떨지 무척 기대된다고 했고, 엘리자베스도 묵묵히 동의했다. 베넷 부인은 산책 준비를 하러 2층으로 올라가는 엘리자베스를 따라와 이렇게 말했다.

“정말 미안하다, 리지야. 저 밉살스러운 사람을 너한테만 맡겨두다니. 다 제인을 위해서니까 네가 좀 참아주렴. 가끔씩 그냥 몇 마디 맞장구만 쳐주면 되지 않겠니. 너무 성가시게 생각하지 마라.”

두 사람은 산책하는 동안 그날 저녁 안으로 베넷 씨의 허락을 구하기로 결정했다. 베넷 부인의 허락을 구하는 일은 엘리자베스가 맡기로 했다. 과연 어머니가 어떻게 나오실지 엘리자베스는 짐작이 안 갔다. 다아시가 아무리 엄청난 재산과 지위를 가지고 있다 해도, 과연 어머니의 미움이 그것으로 누그러질 수 있을지 의심스러웠다. 그러나 어머니가 이 결혼에 격렬히 반대를 하든 격렬히 찬성을 하든, 어느 쪽이든 별로 분별과는 상관이 없는 모습을 보일 것이 분명했다. 어머니가 싫다고 난리를 치든 좋다고 난리를 치든, 다아시에게만큼은 그 모습을 정말이지 보여주고 싶지 않았다.

저녁에 베넷 씨가 자리를 뜨자 다아시 씨도 곧장 뒤따라 일어나 서재로 향했고, 엘리자베스는 그 모습을 보자 어쩔 줄을 몰랐다. 아버지가 반대할지 모른다는 걱정은 별로 없었지만 혹시 속 상해하실지 모른다는 생각은 들었다. 가장 아끼는 딸인 **자기가** 그런 선택을 해서 아버지를 슬프게 만든 건 아닌지, 딸을 시집보내는 일로 아버지를 걱정스럽게 만든 건 아닌지 하는 생각이 들어서 불효녀가 된 심정이었다. 이처럼 비참한 심정으로 앉아 있는데 마침내 다아시가 다시 나타났다. 다아시의 얼굴에 떠오른 미소를 보니 그나마 안심이 되었다. 조금 있다가 다아시는 엘리자베스가 키티와 함께 앉아 있는 탁자로 다가와서는 키티의 솜씨를 칭찬하는 척하다가 이렇게 속삭였다. "아버님께 가봐요. 서재에서 기다리십니다." 엘리자베스는 바로 자리에서 일어났다.

아버지는 심각하고 우려가 가득한 얼굴로 방을 서성이고 있었다. "리지야, 이게 도대체 무슨 영문이냐?" 아버지가 말했다. "그 사람의 청혼을 수락하다니 어떻게 된 게 아니냐? 너는 그 사람을 미워하지 않았니?"

그 순간 엘리자베스는 옛날에 자기가 다아시를 그렇게 오해하고 원색적으로 비난한 것을 뼈저리게 후회했다! 지금 이렇게 구구절절 변명을 해야 하는 난처한 처지에 놓인 것은 모두 그 때문이었으니까. 그렇지만 이제 와서 피할 수 있는 일도 아니었고, 엘리자베스는 어지러운 머릿속을 진정시키고 다아시 씨를 사랑한다고 분명히 말했다.

"그래, 다시 말하자면, 그 사람을 선택하기로 결정을 내렸다는 말이지. 그 사람이 엄청난 부자인 것만은 분명하다. 그러니 넌 제인보다 더 근사한 옷과 마차를 갖게 될 테지. 하지만 그렇다고 과연 행복할 수 있겠니?"

"제가 그 사람을 싫어한다는 것 말고 다른 반대 이유는 없으세요?” 엘리자베스가 물었다.

“전혀 없다. 그 사람이 잘난 체하고 기분 나쁜 사람이라는 건 누구나 다 아는 사실이지만 네가 그 사람을 진심으로 좋아하기만 한다면야 아무렴 어떠냐.”

“전 그이를 좋아해요. 정말이에요.” 엘리자베는 눈물 섞인 목소리로 대답했다. “그분을 사랑해요. 그리고 그렇게 거만한 사람도 아니에요. 알고 보면 너무 좋은 사람인걸요. 아버지는 그이가 정말 어떤 사람인지 모르셔서 그래요. 그러니 제발 그런 말씀으로 절 괴롭히지는 말아주세요.”

“리지야.” 아버지가 말했다. “난 이미 그 사람한테 승낙을 했다. 무슨 부탁을 막론하고 그런 사람이 직접 해오는 부탁을 거절하기란 쉬운 일이 아니니까. 네가 정말 그 사람을 택하기로 마음먹었다면 너한테도 승낙하마. 그렇지만 좀 더 잘 생각해 보았으면 좋겠다. 리지, 내가 너를 아는데, 넌 진정 우러러볼 수 없는 남편과는 절대로 행복해질 수 없는 아이야. 너처럼 영민하고 밝은 아이가 어울리지 않는 사람과 결혼을 하면 아주 불행한 결과를 초래할 수도 있어. 어쩌면 불명예스러운 결과까지 말이다. 네가 일생의 반려자를 존중하지 않는 모습을 이 아버지는 절대로 보고 싶지 않다. 나는 아무래도 네가 지금 제정신이 아닌 것 같구나.”

엘리자베스는 더욱 심란한 마음으로, 엄숙하고 진지하게 아버지의 말에 대답했다. 그리고 마침내, 자신의 선택을 후회할 마음이 전혀 없으며, 다아시에 대한 자신의 평가는 서서히 바뀌어온 것이라고 말씀드리고, 또 다아시가 아무런 보장도 없는 상태에서 자기에게 오랫동안 그런 마음을 품어 왔음을 확언하고, 마지막으로 다아시의 온갖 장점을 일일이 강조하여 아버지가 의구심을 극복하고 이 결혼을 진심으로 승낙하게 만들었다.

"정히 그렇다면," 엘리자베스가 말을 마치자 아버지가 말했다. "나도 더 할 말이 없구나. 그게 사실이라면 그 사람은 네 배필이 될 자격이 있다. 그만한 사람이 아니고서야 우리 리지를 보낼 수 없지."

엘리자베스는 아버지의 마음을 더욱 확고히 돌려놓으려고 리디아 일에서 다아시가 자발적으로 떠맡은 역할을 이야기해 주었다. 아버지는 그 이야기를 듣고 깜짝 놀랐다.

"오늘 저녁은 정말이지 놀랄 일뿐이로구나! 그래, 다아시가 그 모든 일을 했다는 말이냐. 그 친구한테 결혼하겠다는 약속을 얻어내고, 돈을 주고, 빚을 해결하고, 장교 자리까지 얻어주었다니! 그렇다면 더욱 잘됐구나. 아버지가 그만큼 돈을 아끼고 속을 끓일 일이 없어졌으니 말이다. 그 일을 네 삼촌이 했다면 내 반드시 갚아야 하고 또 갚았겠지만, 사랑에 빠진 젊은 연인이 제 좋아서 한 일이라니. 내일 그 사람한테 돈을 갚겠다는 이야기를 꺼내보마. 그러면 너를 생각해서 한 일이라는 둥 하면서 아서라고 하겠지. 그러면 그 일은 그렇게 해결되는 거다."

이윽고 아버지는 며칠 전 콜린스 씨의 편지를 읽어주었을 때 딸이 속으로 얼마나 난처했을까를 떠올리고 한참이나 웃은 후에 엘리자베스를 내보냈다. 그리고 방을 나서는 엘리자베스의 등 뒤로 이렇게 말했다. "메리나 키티를 찾는 젊은이가 오면 들여보내라. 난 지금 한가하니까."

엘리자베스는 이제 마음에서 큰 짐을 던 기분이었다. 반 시간 가까이 방에서 혼자 생각을 정리한 끝에 엘리자베스는 다른 사람들과 함께 태연히 어울릴 수 있었다. 모든 일이 막 성사된 터라, 그날 저녁은 기뻐할 틈도 없이 조용히 지나갔다. 이제는 심각한 걱정거리도 없었고, 때가 되어 찾아올 안락한 기쁨을 가만히 기다리면 그만이었다.

베넷 부인이 밤에 드레스룸으로 올라가자 엘리자베스는 어머니를 따라가서 그 중대한 일을 알렸다. 그리고 어머니가 보인 반응은 뜻밖이었다. 처음 그 말을 듣고서는 그저 아무 말 없이 우두커니 앉아 있기만 했다. 그리고 몇 분이나 지나서도 자기가 들은 말을 전혀 이해하지 못했다. 자기 식구한테 이로운 일이나 딸들의 연정을 눈치채는 데는 언제나 기민했던 부인이 말이다. 이윽고 부인은 본래대로 돌아오기 시작해, 앉은 채로 몸을 이리저리 들썩거리다가 벌떡 일어섰다 다시 주저앉았다 하며 이 놀라운 행운에 대해 감탄을 연발했다.

"세상에! 하느님 감사합니다! 어떻게 이런 일이! 세상에! 다시 씨라고! 누가 짐작이나 했을까! 그런데 정말 사실이냐? 아이고, 우리 예쁜 딸, 리지야! 돈도 돈이지만 신분은 또 얼마나 높아지겠니! 돈이고 보석이고 마차고, 아주 발에 채이겠지! 거기에 비하면 제인은 아무것도 아니지, 암. 이 엄마는 정말 기쁘다. 너무너무 행복해. 그렇게 멋진 남자가! 그렇게 잘생긴 남자가! 키는 또 얼마나 훤칠한지! 아이고, 우리 귀염둥이 리지! 내가 옛날에 미워해서 미안하다고 꼭 좀 전해다오. 그분이야 설마 그런 것쯤은 너그럽게 이해해 주시겠지. 리지야, 리지야! 런던에도 집이 있다면서! 뭐 하나 빠지는 게 없네! 딸 셋을 시집보내게 되다니! 1년에 1만 파운드! 아이고, 하느님! 이러다 내가 어떻게 될 것 같다. 정신이 나갈 것 같아."

이런 상황에서 어머니의 승낙은 의심할 필요도 없었다. 엘리자베스는 그래도 이런 난폭한 반응을 자기 혼자서 접한 게 다행이다 싶어 얼른 자리를 떴다. 그러나 자기 방으로 들어간 지 3분이나 되었을까, 이내 어머니가 따라 들어왔다.

"우리 딸!" 어머니가 고함을 질렀다. "이 어미 머릿속이 온통 그 생각뿐이다! 연 수입이 1만 파운드도 넘는다니! 왕이나 다름없지 않니! 거기다 특별 허가도 받아야 할 거다. 그 결혼을 하려면 특별 허가를 받아야 할 거야, 암 그렇고말고. 그건 그렇고 얘야, 다아시 씨가 특히 좋아하는 음식이 있으면 좀 가르쳐다오. 내일 준비해 놓게."

안타깝게도 이런 태도를 보니 내일 어머니가 다아시를 어떻게 대할지를 미리 짐작할 수 있었다. 덕분에 엘리자베스는 다아시의 열렬한 사랑을 확인하고 부모님의 승낙을 얻었다고 해서 모든 것이 완벽하다고는 할 수 없음을 깨달았다. 그러나 다음 날은 생각보다 훨씬 무난하게 지나갔다. 다행히도 베넷 부인이 사윗감을 어찌나 경외시하는지 말도 몇 마디 못 붙이고 그저 친절하게 대하거나 그의 말에 경의를 표하는 게 다였기 때문이다.

엘리자베스는 아버지가 다아시와 친해지려고 애쓰는 것을 보고 흡족했다. 베넷 씨는 이내 엘리자베스에게 다아시가 점점 더 훌륭한 사람으로 보인다고 귀띔했다.

"나는 세 사위가 전부 무척 마음에 드는구나." 아버지는 말했다. "아무래도 위컴이 제일 마음에 들긴 한다만, 네 남편도 제인 남편 못지않게 마음에 든다."

60장

엘리자베스는 이제 기운을 되찾고 나니 장난기도 되살아나서, 다아시 씨에게 어떻게 자기를 사랑하게 되었는지 이야기해 달라고 졸랐다. "처음에 어떻게 시작하신 거예요?" 엘리자베스가 물었다. "일단 시작하신 이후로는 나무랄 데 없이 잘 해나가신 건 알아요. 하지만 처음에 시작하신 계기가 뭐였어요?"

"처음 계기가 된 시간이나 장소, 당신의 얼굴 표정이나 말 같은 것은 딱 집어서 말하기 어려운데요. 너무 오래전이라서요. 시작했다는 것을 알았을 때는 **이미** 한참이나 빠져든 뒤였답니다."

"제 미모야 처음부터 무시하셨고, **당신**에 대한 제 행동거지로 말하자면 마지못해 간신히 예의나 차리는 정도였잖아요. 이야기라도 나눌라치면 아픈 소리만 골라가며 했고요. 이제 속 시원히 말씀해 보세요. 제가 건방져서 반하신 거 아니에요?"

"당신의 생기 있는 마음에 반한 겁니다."

"그 말이 그 말이죠. 더 나을 것도 없지 뭐예요. 사실은, 당신은 사람들이 늘 당신을 경외하고 쓸데없이 주목하고 지나치게 예의를 차리는 데 진력이 났던 거예요. 오로지 **당신**에게 인정받고 싶은 마음으로 말하고 행동하는 여자들도 지겨웠고요. 그러다가 **그런** 여자들하고 너무 딴판인 저를 보니까 그만 눈이 번쩍 뜨여서 관심이 생긴 거예요. 당신이 그처럼 선량한 분이었기에 망정이지, 아니었으면 아마 저를 미워하고 말았을걸요. 당신은 일부러 본모습을 감추셨지만, 사실 마음가짐은 늘 고귀하고 정당했어요. 그러니 당신에게 잘 보이려고 안간힘을 쓰는 사람들을 마음속 깊이 경멸했겠죠. 자, 이제 제 덕분에 설명하는 수고를 더셨네요. 그런데 이제 두루두루 생각해 보니까 정말 그 설명이 완벽하게 말이 되는 것 같아요. 확실히 말해서,.분명히 당신은 저를 좋아해야 할 이유를 실제로 하나도 알지 못하셨을 거예요. 하지만 일단 사랑에 빠지면 **그런** 생각은 떠오르지 않는 법이죠."

"제인 양이 네더필드에서 병이 났을 때, 당신이 언니를 그토록 다정하게 보살피는 모습을 보고 반했을 수도 있지 않을까요?"

“아, 저희 언니요! 언니 같은 사람을 위해서 그 정도 못 해줄 사람이 어디 있어요? 하여튼 그거라도 제 좋은 점으로 생각하려면 하세요. 제 장점이야 이제 모두 당신 것이나 마찬가지니, 마음껏 부풀리셔도 좋아요. 그러면 저는 그 답례로 가능한 한 자주 당신을 놀리고 싸울 거리를 찾는 역을 맡을게요. 그럼 바로 개시하죠. 어차피 결정을 내리셨으면서 왜 그렇게 뜸을 들이셨어요? 먼젓번에 롱본을 방문하셨을 때, 그리고 저녁 식사를 하셨을 때도, 왜 그렇게 저를 모른 척하셨어요? 특히 먼젓번에 방문하셨을 때, 왜 저한테 아무 관심이 없는 것처럼 구셨어요?”

“당신이 너무 심각한 표정으로 묵묵히 계셔서 용기가 나질 않았으니까요.”

“하지만 저는 어찌할 바를 모르고 있었다고요.”

“저도 그랬습니다.”

“저녁 식사를 하러 오셨을 때는 말이라도 좀 걸어주실 수 있었잖아요.”

“감정이 너무 북받쳐서 도저히 그럴 수 없었습니다.”

“너무 이치에 닿는 대답만 하시니까 얄밉잖아요. 그 대답이 이치에 닿지 않는다고 트집을 잡을 수도 없으니까 더욱요! 그렇지만 혼자 내버려두었으면 도대체 얼마나 오래 그러고 계실 생각이었어요? 제가 먼저 말을 꺼내지 않았으면 도대체 말 한마디 건넬 생각은 있으셨느냐고요! 결국 제가 리디아 일에 관해 감사드려야겠다고 결심한 게 대단한 결과를 불러온 거죠. 어쩌면 **지나친** 결과를요. 제 말씀은, 우리가 이토록 행복해진 게 약속을 어긴 덕분이니, 도덕적으로 과연 괜찮은 건지 모르겠어요. 원래 제가 그 이야기를 꺼내면 안 되는 거였으니까요. 갈피를 못 잡겠어요.”

“그렇게 심려하지 마십시오. 지금의 결과는 그 일 때문이 아니었으니까요. 캐서린 영부인은 우리를 갈라놓으려고 부당한 술책을 꾸미셨지만 오히려 저는 거기서 자신감을 얻었습니다. 지금 제가 이렇게 행복할 수 있는 것은 제게 감사를 표하려 했던 당신의 간절한 마음 덕분이 아닙니다. 저는 당신이 먼저 입을 열어 주시기를 기다릴 기분이 아니었습니다. 제 이모가 주신 정보 덕분에 희망을 품게 되었고, 즉각 모든 것을 알아봐야겠다고 결심했으니까요.”

“그렇게 큰 도움을 주셨으니 캐서린 영부인이 무척이나 기뻐하시겠어요. 워낙 남들을 돕기 좋아하는 분이시니까요. 그렇지만 이것만은 대답해 주세요. 왜 네더필드로 내려오셨어요? 롱본으로 말을 타고 와서 난처한 기분을 맛보고 싶으셔서요? 아니면 더욱 중요한 결과를 의도하고 오신 건가요?”

“제 진짜 목적은 **당신**을 보고, 당신의 사랑을 얻을 가능성이 있을지를 가늠해 보려는 것이었습니다. 다만 표면적인 목적은, 아니 저 자신에게 내세운 목적은, 제인 양이 아직도 빙리를 사랑하고 있는지 알아보고, 만약 그렇다면 그 친구에게 사실대로 말하려는 것이었지만요. 그리고 이미 그렇게 했지요.”

“캐서린 영부인께 앞으로 닥칠 일을 알릴 용기가 있으세요?”

“아직 알리지 못한 것은 용기가 모자라서가 아니라 시간이 모자라서일 뿐입니다, 엘리자베스. 그렇지만 해야 할 일이니, 종이 한 장만 주시면 바로 처리하겠습니다.”

“언젠가 어떤 아가씨가 그랬던 것처럼 당신 곁에 앉아서 고른 필체를 칭찬해 드리고 싶지만 저도 따로 써야 할 편지가 있네요. 저도 당신처럼 소식을 전해야 할 친척 아주머니가 계신답니다.”

엘리자베스가 그동안 가드너 부인의 긴 편지에 답장을 하지

않은 것은 다아시와 자기가 사실 그리 가까운 사이가 아니라는
것을 털어놓기가 영 내키지 않아서였다. 그러나 지금은 이처럼
반가운 소식이 있으니, 엘리자베스는 삼촌과 숙모가 벌써 사흘
전부터 마땅히 누렸어야 할 이 행복을 놓치고 있다는 생각에 부
끄러워져서 즉시 이런 편지를 썼다.

사랑하는 숙모, 그토록 자세한 내용이 담긴 길고 친절하고 만
족스러운 답장을 보내주셨는데, 진즉 감사드리지 못해서 너
무 죄송해요. 하지만 솔직히 말씀드려서 답장을 하기가 좀 난
처했어요. 왜냐하면 숙모가 실제보다 부풀려서 생각을 하고
계셨거든요. 하지만 **이제는** 마음껏 부풀리셔도 돼요. 상상력
의 고삐를 풀어놓으시고, 이 일에 관해 할 수 있는 한 활짝 상
상의 날개를 펼치세요. 제가 벌써 결혼을 했다고 생각하지만
않으신다면 나머지는 크게 틀리지 않을 테니까요. 얼른 다시
답장을 하셔서 저번 편지에서보다 그이를 훨씬 더 칭찬해 주
셔야 돼요. 레이크 디스트릭트에 가지 않기로 결정하신 게 얼
마나 고마운지 몰라요. 거기를 그렇게 가고 싶었다니, 저도
참 바보였지 뭐예요! 망아지 이야기는 저도 정말 좋을 것 같
아요. 매일매일 정원을 돌아다니기로 해요. 저는 이 세상에
서 제일 행복한 사람이에요. 물론 그전에도 그렇게 말한 사람
들은 얼마든지 있었겠지만, 제 경우는 정말 사실이랍니다. 저
는 심지어 제인 언니보다 더 행복해요. 언니는 미소만 짓지
만, 저는 소리 내어 웃으니까요. 다아시 씨가 온 세상의 사랑
을 두 분께 보낸대요. 물론 제게 주고 남는 한도 내에서 말이
에요. 두 분 다 크리스마스에 펨벌리에 꼭 오셔야 해요. 이만
줄일게요.

　한편 캐서린 영부인에게 보낸 다아시 씨의 편지는 그와는 다른 형식이었고, 콜린스 씨가 마지막으로 보낸 편지에 대한 베넷 씨의 답장은 그 둘과 또 아주 달랐다.

　친애하는 콜린스 씨에게,
　번거롭겠지만 다시 축하해 주셔야 할 일이 하나 있소. 엘리자베스는 곧 다아시 씨의 아내가 될 거요. 가능한 한 캐서린 영부인을 위로해 주시오. 그러나 내가 당신이라면 조카 편에 서겠소. 그쪽이 더 나올 게 많으니까.
　그럼 이만.

　빙리 양은 다가오는 결혼에 대해 오빠를 따뜻하게 축하해 주기는 했지만 거기에 그다지 진심은 담겨 있지 않았다. 어쨌든 상황이 이렇게 되었으니, 제인에게까지 편지를 보내 기쁨을 표하고 나서 전처럼 온갖 친한 척하는 말들을 쏟아냈다. 제인은 그 말에 속지는 않았지만 그래도 마음이 움직여서, 한구석으로는 여전히 못 미더워하면서도 빙리 양이 받기에는 아까운 친절한 답장을 써 보냈다.

　한편 다아시 양은 오빠에게서 그와 비슷한 소식을 받고 나서 소식을 전한 오빠에게 버금갈 만큼 진심에서 우러나온 기쁨이 담긴 답장을 보냈다. 자신의 기쁨과 새언니에게 사랑받고 싶은 열렬한 소망을 모두 담기에는 편지지 네 장도 모자랄 지경이었다.

　한편 베넷 집안에는 어찌된 일인지 콜린스 씨의 답신이나 엘리자베스를 축하하는 샬럿의 편지보다 콜린스 내외가 루커스 로지에 와 있다는 소식이 더 먼저 도달했다. 그들 내외가 이렇게 갑자기 온 이유는 곧 밝혀졌다. 캐서린 영부인이 자기 조카에게 편지를 받고 어찌나 진노했던지, 이 결합을 진심으로 기뻐하던 샬럿은 좀 잠잠해질 때까지 그곳을 피해 있고 싶었던 것이다. 마침 이런 시기에 친구를 다시 만나게 된 엘리자베스는 진심으로 기뻤다. 다만 그 대가로, 자기가 친구를 만나는 동안 콜린스 씨가 다아시를 상대로 온갖 비굴한 정중함을 과시하듯 퍼붓는 모습을 볼 수밖에 없었다, 그렇지만 다아시는 경탄할 만큼 침착한 태도로 콜린스 씨를 견뎌냈다. 심지어 윌리엄 루커스 경이 이 마을에서 가장 눈부신 보석을 얻은 것을 축하드린다며, 앞으로 부디 세인트 제임스 궁에서 다 함께 자주 만났으면 한다고 말했을 때도 점잖은 태도로 잠자코 들어주었다. 어깨를 좀 움찔하긴 했지만, 그것도 윌리엄 경이 시야에서 사라지고 나서였다.

다아시는 그 밖에도 또 다른, 더욱 견디기 어려운 시련을 겪어내야 했으니, 바로 필립스 부인의 저속함이었다. 필립스 부인은 자기 언니처럼 다아시 씨를 어려워하느라고 싹싹한 빙리에게와는 달리 스스럼없이 말을 걸지는 못했지만, 일단 입을 열었다 **하면** 저속한 말만 내뱉을 뿐이었다. 조카사위에 대한 경외심이 부인을 다소 조용하게는 만들어주었을지언정, 더 품위 있게 만들어주지는 못했던 것이다. 엘리자베스는 다아시를 콜린스 씨와 필립스 부인에게서 가능한 한 떼어놓고, 자기나 식구들 가운데 다아시가 민망해하지 않고 대화를 나눌 수 있을 만한 사람과만 있게 하려고 애썼다. 이 모든 일에서 솟아난 불편한 감정은 연애 기간의 즐거움을 적지 않게 깎아먹긴 했지만, 한편 오히려 앞날에 대한 희망을 더 키워주기도 했다. 엘리자베스는 이처럼 두 사람 모두에게 별로 유쾌하지 않은 주위 사람들에게서 벗어나 안락함과 우아함이 가득한 펨벌리의 가족 모임으로 옮겨갈 날을 기다렸다.

61장

가장 자랑스러워하는 두 딸을 치우던 날, 베넷 부인은 어머니로서 최고의 행복감을 맛보았다. 그 후 부인이 얼마나 자랑스럽고 행복한 마음으로 빙리 부인을 방문했고 다아시 부인 이야기를 했는지는 충분히 짐작할 수 있으리라. 딸들을 좋은 곳에 시집보내고 싶은 열렬한 소망이 그렇게 거듭해서 실현되었으니 그 결과로 부인이 변해서 여생을 분별 있고 다정하고 교양 있는 여자로 보냈다고 말할 수만 있다면 가족을 위해서도 얼마나 좋을까. 하지만 그렇게 평범하지 않은 방식으로는 가정의 행복을 즐기지 못했을 그녀의 남편으로서는 부인이 여전히 가끔씩 신경질을 부리고 어리석게 구는 편이 더 나았으리라.

베넷 씨는 둘째 딸을 너무나 보고 싶어 했다. 집을 떠날 때는 무슨 용무를 보러 가는 것보다 엘리자베스를 보러 갈 때가 더 많았다. 펨벌리를 즐겨 찾았는데, 특히 전혀 예측하지 못할 만한 때를 골라 찾았다.

빙리 씨와 제인은 네더필드에서 단지 열두 달만 머물렀다. **빙리**가 제아무리 사람이 좋고 **제인**이 제아무리 착해도, 베넷 부인이나 메리턴의 친척들과 지나치게 가까운 곳에 산다는 것은 견디기 쉽지 않은 일이었다. 그래서 빙리는 마침내 더비셔 옆 마을에 저택을 구입함으로써 겸사겸사 누이들의 염원도 이루어주었고, 제인과 엘리자베스는 서로 30마일 이내에 살게 되었으니 이전보다도 더욱 행복해졌다.

키티는 주로 맨 위의 두 언니와 함께 지내면서 실제로 많은 득을 보았다. 그동안 알고 지내던 사람들보다 더 나은 사람들을 만나다 보니 그로부터 좋은 영향을 받아 크게 변한 것이다. 키티는 리디아만큼 통제 불능은 아니었기 때문에, 리디아의 영향력에서 벗어나 적절한 관심과 관리를 받자 조급함이나 무지함이 덜해졌다. 물론 리디아와 만난다면 다시 또 어떤 해로운 영향을 받을지 알 수 없는 일이었으므로, 위컴 부인이 무도회와 젊은 남자들을 들먹이며 아무리 와서 지내라고 해도 아버지가 절대로 허락해 주지 않았다.

이제는 다섯 딸 중 메리 혼자 집에 남았다. 메리는 절대로 혼자 앉아 있는 법이 없는 어머니 때문에 전처럼 열심히 공부에만 매달릴 수 없었다. 그리하여 마지못해 전보다는 세상 사람들과 더 많이 어울리게 되었지만, 매일 아침의 방문을 마치면 늘 거기서 교훈을 이끌어낼 수 있었다. 그리고 이제는 더 이상 언니들과 미모를 비교당해 모멸감을 느끼지 않아도 되었으므로, 아버지가 보기에는 메리가 별 주저 없이 변화를 받아들이고 있는 것 같았다.

한편 위컴과 리디아로 말하자면, 두 사람의 성격은 언니들의 결혼으로 그다지 큰 변화를 겪지 않았다. 위컴은 엘리자베스가 전에는 위컴 자신의 배은망덕함이나 기만을 몰랐더라도 이제는 분명히 알게 되었으리라고 생각했지만, 체념하고 그 사실을 받아들였다. 거기다 그 모든 일을 겪은 지금도, 아직 다아시를 잘 구워삶으면 한밑천 잡을 수 있을지 모른다는 희망을 버리지 않은 터였다. 리디아가 엘리자베스에게 보낸 결혼 축하 편지를 보면 위컴 자신은 어떨지 몰라도 적어도 그 처는 그런 희망을 품고 있음을 알 수 있었다. 편지는 이런 내용이었다.

리지 언니에게.

언니의 행복을 빌어요. 내가 내 사랑 위컴을 사랑하는 반만큼이라도 언니가 다아시 씨를 사랑한다면 틀림없이 무척 행복할 거예요. 언니가 그렇게 부자가 되었다니 얼마나 안심이 되는지 몰라요. 너무 바쁘지 않다면 우리 생각도 좀 해주세요. 위컴이 궁정에 자리를 얻고 싶어 하는 게 분명한데, 누가 도와주지 않는 한 우리가 버는 돈만으로는 생활하기 힘들 것 같아요. 한 해에 3, 4백 파운드 정도면 어떤 자리라도 상관없지만, 형부에게 말하지 않는 편이 낫겠다 싶으면 안 해도 괜찮아요.

그럼 이만.

엘리자베스는 말하지 않는 편이 **훨씬** 낫겠다고 확신했기 때문에, 그런 청탁이나 기대 같은 것은 다시 엄두를 낼 수 없도록 딱 부러진 답장을 보냈다. 그렇지만 자기가 사용할 수 있는 한도 내에서 조금씩 모아둔 돈을 그때그때 보내주어 두 사람을 도와주었다. 씀씀이가 너무 헤픈 데다 앞날에 대한 계획이 전혀 없으니, 두 사람은 평생 쪼들리는 형편을 벗어나지 못할 것이 뻔했다. 두 사람이 매번 숙소를 옮길 때마다 제인이나 엘리자베스는 예외 없이 빚을 청산하게 좀 도와달라는 청탁 편지를 받았다. 위컴 내외는 평화가 찾아와 제대 후 가정을 꾸린 다음에도 전혀 안정을 찾지 못했다. 늘 더 싼 곳을 찾아 뜨내기처럼 떠돌아다녔고, 늘 지출이 수입을 초과했다. 리디아를 향한 위컴의 애정은 곧 무관심으로 변해버렸고, 리디아의 애정은 그보다 조금 더 오래간 정도였다. 하지만 리디아가 아무리 어리고 경솔했어도, 유부녀라는 지위에 따르는 의무까지 저버리지는 않았다.

비록 **위컴**을 펨벌리에 받아들이는 것은 불가능했지만, 다아시는 엘리자베스를 생각해서 위컴이 일자리를 얻는 데 힘을 보태

주었다. 리디아는 자기 남편이 런던이나 배스에 혼자 즐기러 가서 집을 비울 때면 가끔 펨벌리를 방문했다. 한편 빙리네에는 두 사람 다 너무 오래 머무는 일이 잦아서, 마음 착한 빙리조차 더는 견디지 못하고 그만 가달라는 **기색**을 내비칠 정도였다.

빙리 양은 다아시의 결혼에 격분했지만 펨벌리를 방문할 권리를 잃어서는 안 되겠다는 생각에 분노를 완전히 삭였다. 그리하여 조지애나에게는 이전보다 더욱 살갑게 대했고, 다아시에게는 이전까지와 거의 다름없이 살갑게 굴었으며, 엘리자베스에게는 나무랄 데 없이 정중하게 굴었다.

펨벌리는 이제 조지애나의 집이 되었다. 그리고 올케와 시누이는 다아시가 바라던 그대로 사이좋게 지냈다. 두 사람은 처음부터 그러려고 마음먹은 그대로 서로를 사랑할 수 있었다. 조지애나는 엘리자베스를 퍽 우러러보았다. 처음에는 자기 오빠를 대하는 그 경쾌하고 짓궂은 어투에 기겁하다시피 놀랐지만 말이다. 동생으로서의 우애까지 압도할 정도로 강한 존경심을 불러일으켰던 오빠가 이제 스스럼없이 웃고 농담할 수 있는 대상이 되다니. 조지애나는 예전 같으면 꿈에도 떠올리지 못했을 생각을 품게 되었다. 엘리자베스의 행동을 보고, 여자도 남편에게 스스럼없이 굴 수 있다는 사실을 깨닫게 된 것이다. 열 살이나 위인 오빠에게 늘 그렇게 굴 수야 없었겠지만.

캐서린 영부인은 조카의 결혼에 대노했다. 그리고 결혼식 일정을 알리는 편지에 회답하면서 평소 성격대로 기탄없는 솔직함을 억누르지 않고 두 사람을, 특히 엘리자베스를 모욕했으므로 다아시는 얼마간 이모와 왕래를 일절 중단했다. 그러나 엘리자베스의 설득에 다아시는 그 무례함을 용서하고 먼저 화해를 청했다. 그리고 이모 쪽은 좀 더 오래 고집을 부리긴 했지만, 조카에 대한 애정 때문이었는지 아니면 조카며느리의 행실을 확인하고 싶은 호기심 때문이었는지, 결국 그 원한을 누그러뜨렸다. 그리고 마침내 영부인은, 그런 여자가 주인 행세를 하고 있을 뿐 아니라 런던에서 온 그녀의 삼촌과 이모의 방문으로 그곳의 숲이 오염되었음에도 불구하고 펨벌리를 방문하는 데 기꺼이 응했다.

두 사람은 가드너 삼촌 내외와 언제까지나 더없이 가깝게 지냈다. 엘리자베스는 물론이고 다아시도 두 분을 진심으로 사랑했다. 그리고 엘리자베스를 더비셔로 데리고 와서 두 사람이 맺어지는 계기를 마련해 준 두 분에 대해 양쪽 모두 고마운 마음을 늘 잊지 않았다.

제인 오스틴의 생애와 작품

　제인 오스틴은 1775년 12월 16일 영국 햄프셔 주 스티븐턴에서 교구 목사 조지 오스틴의 딸로 태어났다. 형제들끼리 소극을 만들고 상연하는 문학적인 가정 분위기에서 특히 일찍부터 글을 쓰는 데 재능을 보인 제인은 이미 열다섯 살 때부터 단편소설을 쓰기 시작해 스물한 살에는 첫 장편소설 『첫인상』을 집필했는데, 바로 이 작품이 훗날 『오만과 편견』의 바탕이 된다. 1801년, 26세의 제인은 어머니와 언니 커샌드라와 함께 장남인 제임스에게 교구를 물려주고 배스로 은퇴하신 아버지를 따라 고향인 스티븐턴을 떠난다. 결혼하지 않은 딸들은 평생 남자 식구들에게 얹혀사는 것이 당시의 사회관습이었다. 커샌드라는 제인 오스틴의 일평생 가장 가까운 친구이기도 했는데, 아마도 『오만과 편견』에서 그려진 제인과 엘리자베스 자매의 우애는 실제 두 자매의 우애를 반영한 듯싶다.

　사랑하던 고향을 떠나지 않을 수 없었던 것은 큰 아픔이었지만 이후에 정착한 초튼에서 그녀는 활발한 작품 활동을 펼쳤는데, 독립된 서재도 없이 응접실에서 작품을 썼다는 것이 놀라운 점이다. 가족이 아닌 하인이나 방문객들은 제인이 무슨 일을 하는지도 몰랐다고 한다. 특히 응접실 문은 삐걱거려서 소음이 심했는데, 고치자는 이야기를 제인이 굳이 만류한 것은 방문객이 오면 미리 알고 쓰던 원고를 재빨리 감출 수 있기 때문이었다고, 오빠인 제임스가 동생의 사후에 출간된 회고록에서 밝히기도 했다. 금방 감출 수 있는 조그만 종이에다 글을 썼던 것 역시 그런 이유인 듯하다.

『오만과 편견』은 1797년에 『첫인상』이라는 제목으로 출판사에 보내졌을 때는 거절을 당했지만, 제인이 36세가 되던 1811년에 『이성과 감성』이 먼저 출간되어 호응을 얻은 데 힘입어 지금의 제목을 달고 1813년에 출간되어 큰 성공을 거둔다. 뒤이어 『맨스필드 파크』(1814년), 『에마』(1815년) 등이 모두 호평 속에 출간되었다.

작품에서 여성의 시선으로 사랑과 현실을 현명하게 고찰한 오스틴은 현실에서도 적지 않은 연애 사건에 휘말렸다. 『오만과 편견』에 그려진, 엘리자베스의 언니 제인과 빙리가 주변 사람들의 방해로 헤어질 뻔한 사건은 제인과 이웃 청년 톰 리프로이와의 결혼이 남자 쪽 친척들의 방해로 인해 어긋난 실제 사건을 바탕으로 한 듯하다. 제인은 그 이후로도 몇 차례 다른 남자들에게서 청혼을 받고, 감정적이기보다는 현실적인 이유로 그 청혼을 수락하기도 했지만 결국 철회하고, 평생 결혼하지 않고 혼자 살다가 1817년 42세의 나이에 건강이 악화되어 윈체스터에서 세상을 떠났다. 『노생거 사원』(1817년)과 『설득』(1817년)은 작가 사후에 출간되었다.

* * *

　이웃 가족을 불러 만찬을 들거나, 옆 마을에 사는 친척집을 방문하거나, 가까스로 한 달에 한 번 정도 무도회를 여는 것이 가장 짜릿한 기분 전환거리인 18세기 영국의 조용한 시골 마을 롱본은, 옆 마을 네더필드에 한 부자 청년이 이사 오면서 한바탕 소동을 겪는다. 그리고 롱본의 유지인 딸 부잣집 베넷 집안의 맨 위 두 자매는 우여곡절 끝에 진정한 사랑과 행복을 찾고 결혼에 성공한다. 이처럼 단순하다면 단순한 구조로 이루어진 이 작품, 『오만과 편견』은 영어로 된 고전 중 가장 많이 팔린 소설로 일컬어진다. 단순히 많이 팔린 것만이 아니라, 다양한 영화와 드라마, 소설을 비롯해 수많은 제2차 창작물의 바탕이 되기도 했다. 지금으로부터 대략 200년도 더 전에 쓰인 이 작품이 현대에도 이토록 큰 매력을 발휘하고 있는 이유는 무엇일까? 내가 처음 이 작품을 접한 것은 20대 초반 무렵이었는데, 당시에는 왜 이 작품이 고전 목록에 속해 있는지 전혀 이해할 수 없었다. 특히 인생의 목표가 오로지 결혼인 것 같은 여성 등장인물들의 태도가 거슬렸다. 지금의 기준으로 보면 어느 정도 그럴 만도 하다. 우리는 흔히 과거의 사람들을 판단할 때 현재의 잣대로 보고, 마치 그들에게 다른 선택권이 있었는데 일부러 그러지 않았다는 듯 그들을 비난하곤 하니까. 하지만 실상 주인공인 엘리자베스는 상대적으로 보면 무척이나 현대적인 여성이다. 우리 현대 여성들 못지않게 엘리자베스 역시 사랑과 현실을 놓고 갈등하며, 그 사이에서 가장 현명한 타협점을 찾으려 고민한다. 결혼이 로맨틱한 사랑의 문제라기보다는 상속과 지참금의 문제였던 시대에 (그런데 지금은 과연 많이 달라졌을까?) 쓰인 이 소설이 이만큼 사랑과 현실 사이에서 납득할 수 있는 균형을 잡아냈다는 사실이 놀라울 정도다.

두 자매의 사랑과 결혼 이야기라고 보기에는 자칫 지루하게 느껴질 정도로 상당한 분량이지만 이 책은 결코 지루하지 않다. 재기 넘치는 대화와 생생한 등장인물들, 특히 개성 강한 두 남녀 주인공 사이의 상호작용 덕분이다. 엘리자베스는 앞서 말했듯이, 그리고 독자 여러분이 이미 보셨겠지만, 사회적 통념에 얽매이지 않는 현명하고 현대적인 여성이며, 다아시는 말 그대로 외적인 조건은 물론이고 내면의 모든 미덕을 갖췄지만 '오만'이라는 결점이 더해짐으로써 따분하고 교훈적인 전형성을 벗어난 인물이다. 간혹 이 작품의 독자들이 두 사람의 연애를 다루는 부분이 충분히 표현되지 않았다고 불평하는 경우를 볼 수 있는데, 실상 두 사람의 사이는 전개가 느리고 은근하며, 정감 어린 관계라기보다는 오히려 서로 날을 세운 지적인 결투의 측면을 보여줄 때가 더 많다. 그러나 그만큼 뒤에서 일어나는 사건을 통해 오해가 풀리고 결국 두 사람이 맺어질 때 얻을 수 있는 만족감이 더욱 크다. 소설의 전반부에서 두 사람이 서로를 재고 판단하며 나누는 대화들은 팽팽한 긴장감을 보여준다. 엘리자베스와 다아시가 소설의 역사상 가장 찬양받는 커플이 될 수 있었던 것은 그저 달콤한 사랑 이야기가 아니라 이처럼 사랑을 통해 서로 배우고 성장하는 지적인 연애 이야기의 주인공이기 때문이 아닐까 싶다.

이미 번역본이 수없이 나와 있는 책을 다시 한번 낸다는 것은 부담스러울뿐더러 자칫하면 의미 없는 작업이 되기 쉽다. 그런 부담을 안고 이 책을 다시 번역하기로 마음먹은 까닭은 이 책을, 꼭 읽어야 해서 읽는 딱딱한 고전이 아니라 짜임새 있고 흡인력 강한 이야기 본연으로 되돌려 독자들에게 다시 제시하고 싶었기 때문이다. 부족한 실력이나마 최대한 현대적인 느낌으로 다듬되 내용에 충실한 번역으로 독자 여러분이 부담 없이 읽을 수 있게 하는 데 노력을 기울였다.

말이 길었다. 이 책을, 1813년에 처음 출간되어 장장 3세기가 지나도록 사랑받아 왔고 앞으로도 사랑받을, 모든 여성이 꿈꾸는 완벽한 로맨스 이야기로 마음 놓고 즐기셨다면 그것으로 족하다.

2025년 6월
김지선

작가 연보

제인 오스틴(1775-1817)

1775   12월 16일, 잉글랜드 햄프셔 주 스티븐턴에서 성공회 성직자
        인 조지 오스틴George Austen과 커샌드라 리Cassandra Leigh의 여
        덟 자녀 중 일곱째로 태어남.

1783   언니 커샌드라와 함께 옥스퍼드와 사우샘프턴에서 교육을
        받음.

1785-1786 레딩 애비 여자학교에서 수학.

1787-1793 청소년기에 여러 단편 소설과 희극을 집필함. 대표작으로는
        「프레데릭과 엘프리다Frederic&Elfrida」, 「잭과 앨리스Jack&Alice」,
        「사랑과 우정Love and Freindship」, 「레슬리 성Lesley Castle」, 「잉글랜드
        의 역사The History of England」 등이 있음.

1794   풍자적인 서간체 중편소설 『레이디 수전Lady Susan』을 집필함.

1795   후에 『이성과 감성Sense and Sensibility』으로 개작될 초기 버전 『엘
        리너와 메리앤Elinor and Marianne』을 집필함.

1796-1797 후에 『오만과 편견Pride and Prejudice』으로 출간될 작품 『첫인상
        First Impressions』을 집필함. 부친 조지 오스틴이 런던의 출판사 토
        머스 캐델에게 『첫인상』 원고를 보냈으나 거절당함.

1798-1799 후에 『노생거 사원*Northanger Abbey*』으로 출간될 작품 『수전*Susan*』을 집필함.

1800 과거에 미완성으로 마무리했던 짧은 희곡 『찰스 그랜디슨 경 혹은 행복한 사람*Sir Charles Grandison or the happy Man*』 탈고.

1801 부친이 은퇴하고 장남 제임스가 교구를 물려받은 뒤, 가족과 함께 배스로 이사함. 이 시기에 창작 활동이 감소함.

1802 해리스 빅위더의 청혼을 받아 승낙했으나 다음 날 거절함. 『수전』 개고.

1803 『수전』의 판권을 런던의 출판사 벤저민 크로스비에 10파운드에 판매했으나 출간되지 않음.

1804 「왓슨가 사람들*The Watsons*」 집필 시작.

1805 부친 사망. 「왓슨가 사람들」 집필 중단

1806 모친과 함께 둘째 오빠가 있는 사우샘프턴으로 이사함.

1809 오빠 에드워드 오스틴 나이트의 초대로 초턴의 별채로 이사함. 이후 주요 작품들을 이곳에서 집필함.

1810 출판사 토머스 에거턴과 『이성과 감성』 출간 계약.

1811 10월에 익명으로 『이성과 감성』 출간. 『맨스필드 파크*Mansfield Park*』 집필 시작. 『첫인상』을 바탕으로 『오만과 편견』 집필 시작.

1812 토머스 에거턴과 『오만과 편견』 판권 계약.

1813   1월에 익명으로 『오만과 편견』 출간. 『맨스필드 파크』 완성.

1814   『에마*Emma*』 집필 시작. 5월에 토머스 에거턴에서 『맨스필드 파크』 출간.

1815   『에마』 완성 후 12월에 존 머리에 의해 익명으로 출간. 후에 『설득*Persuasion*』의 초고로 『엘리엇가 사람들*The Elliots*』 집필 시작. 11월에 섭정 왕자의 도서관을 방문하고, 『에마』를 그에게 헌정함.

1816   『수전』을 '캐서린*Catherine*'이라는 제목으로 개고. 이 해부터 건강이 급격히 나빠지기 시작함. 『설득』 완성

1817   「샌디튼*Sanditon*」을 집필하기 시작했으나 건강 악화로 중단. 7월 18일, 윈체스터에서 41세의 나이로 사망함. 그해 12월, 오스틴 사후에 존 머리가 『노생거 사원』과 『설득』을 출간함.

오만과 편견

초판 인쇄	2025. 7. 24.
초판 발행	2025. 7. 31.
저자	제인 오스틴
역자	김지선
편집	강지수
발행인	이재희
출판사	빛소굴
출판 등록	제251002021000011호(2021. 1. 19.)
팩스	0504-011-3094
전화	070-4900-3094
ISBN	979-11-93635-50-6(04800)
	979-11-93635-25-4(세트)
이메일	bitsogul@gmail.com
주소	경기도 고양시 덕양구 꽃마을로 66 한일미디어타워 1430호
SNS 인스타그램	instagram.com/bitsogul
X(트위터)	x.com/bitsogul
네이버 블로그	blog.naver.com/bitsogul

빛소굴 세계문학전집 목록